대전!

對戰

대전!

과학·액션 융합 스토리 단편집

김종일 외 9인 지음

황금가지

차례

대전(對戰) ──────────── 7

박사님의 우주전파 ──────── 53

나이트 런 ──────────── 89

지하실의 여신들 ───────── 141

영원을 위하여 ───────── 189

레어템의 보존법칙 ─────── 217

생명의 꽃 ──────────── 287

| 지역 스토리 창작센터 피칭대회 우수작 |

보름문 ──────────── 323

그들이 존재한 시간, 1905 ──── 375

궁중악사 ──────────── 447

대전(對戰)

김종일

한 번 더 싸워 보자
가장 멋진 마지막 싸움으로
바로 오늘 살고 오늘 죽는다
바로 오늘 살고 오늘 죽는다

—영화 「더 그레이」 중에서

먹고살려고 목숨 거는 일과 안 죽고 살려고 목숨 거는 일은 다르다. 지난 5년 동안 내 일은 전자였지만 그날 밤의 일은 후자였다.

문제의 스턴트 쇼 의뢰를 받은 날부터 영 내키지 않았다. 스턴트가 몸뚱이를 판돈으로 거는 도박인 이상, 운이니 예감이니 꿈자리니 징크스니 하는 미신들을 무시하기도 쉽지 않을뿐더러 무시해서도 안 된다. '억울하게' 원빈을 닮았다 하여 코리아액션스쿨 동기들이 '억빈'이라 불렀던 철구가 그 좋은 예라 하겠다. 반년 전 원빈이 나오는 액션스릴러에서 원빈 대역을 맡았던 철구는 3층 건물의 유리창을 뚫고 컨테이너트럭 지붕 위로 착지하는 장면을 찍었는데 카메라를 의식해 오버액션을 하다 컨테이너를 비껴 아스팔트 위로 착지했다. 결과는 왼쪽 종아리뼈의 '엄마 찾아 3만 리'였다. '엄마 찾아 3만 리'는 내가 속한 스턴트 팀장인 종대 형이 박살 난다는 뜻으로 애용하는 말이었다.

"정신 차련마. 스턴트는 삐끗하면 척추가 엄마 찾아 3만 리야."

그날 종대 형의 충고를 새겨듣지 않은 억빈의 종아리뼈는 '엄마 찾아' 서른 조각이 났다. 흥미로운 사실은 촬영 전 녀석이 지나가는 투로 '엄마 찾아 3만 리'를 예견했다는 점이다.

"아, 졸라 뜬금포로 뭔 놀부가 꿈에 나타나서 제비 다릴 부러뜨리는 겨. 근데 내가 제비여."

인생사가 그렇다. 별 탈 없이 지나가면 그냥 잊어버리고 끝이지만 사달이 나면 그제야 깁스를 하며 하나 마나 한 후회를 하게 된다. 아아, 어젯밤 꿈자리가 그렇게 뒤숭숭하더니만 이러려고 그랬네, 조심 좀 할걸.

뭐, 그렇게 따지자면 나는 스턴트 쇼고 나발이고 다 취소하고 집에 틀어박혀 부동자세로 포도당 주사나 맞았어야 했다. 스턴트 쇼 의뢰를 받기 전날 밤 꿈에 아버지가 나왔기 때문이었다. 다른 사람도 아니고 아버지가 나왔다면 게임 오버다. 그 인간이 하나뿐인 아들 인간 구실하며 사나 궁금해 얌전히 얼굴이나 내밀고 갔다면야 괜찮았겠지. 그러나 꿈에 나와서도 팔열지옥에서 갓 끄집어낸 따끈따끈한 주먹으로 내 얼굴에 '북두백렬권'을 퍼부었으니 전혀 괜찮지 않았다.

"원 투! 눈 감지 말랬지. 눈 감으면 끝이야! 원 투!"

우렁찬 호통을 쏟아 내며 아버지가 내지르는 스트레이트의 융단폭격은 주먹이 백 개로 보인다는 점에서 영락없이 추억의 명작 『북두의 권』에서 켄시로가 악당을 응징하던 북두백렬권(北斗百裂拳)이었다. 다만 권선징악에 북두백렬권을 썼던 켄시로와 달리 아버지는 존속학

대에 북두백렬권을 썼다는 점이 다를 뿐이었다. 아버지의 외모 또한 켄시로보다는 켄시로에게 묵사발이 나던 악당 졸개에 가까웠다.

MBC 신인왕전에 출전해 1라운드 케이오로 최단시간에 예선 탈락한 전적을 자랑했던 아버지에게 식솔들은 좋은 샌드백이었다. 전 재산을 투자한 사업에서 동업자에게 사기를 당해 쪽박을 차면서부터 아버지는 집 안을 링 삼아 뛰기 시작했다. 청 코너에는 아버지가 있었고 홍 코너에는 어머니와 내가 있었다. 따지고 보면 나, 라희도를 스턴트맨의 길로 이끈 일등공신도 아버지였다. 코뼈가 부러지거나 어금니가 나가거나 갈비뼈에 금이 가는 등 스턴트맨들에게 다반사인 부상은 그가 내게 친히 실시한 조기교육이자 현장학습이었다. 덕분에 나는 스턴트맨에게 생명과도 같은 노하우를 일찌감치 체득했다. 그 노하우가 뭐냐고? 맞을 때 덜 아프고 부딪쳤을 때 덜 다치기다. 두둑해진 맷집과 배짱은 덤이었다. 그래서 아버지가 고마우냐고? 10년 전 그가 고만고만한 잉여 인간들과 도박판을 벌이다 시비 끝에 칼 맞아 죽었다는 소식을 들었을 때 울음 대신 웃음이 나와 민망했다는 말로 대답을 대신하겠다. 상주로 문상객들과 맞절하다 쏟아 낸 통곡도 비통과 회한의 통곡이 아닌 감격과 환희의 통곡이었다는 말도 슬쩍 귀띔하련다.

살아생전 가정불화의 화신이었던 아버지는 죽어서 징크스의 화신이 되어 나를 따라다녔다. 아버지가 꿈에 나온 날이면 무슨 사달이 나도 꼭 났다. 멀쩡했던 세트가 무너져 나를 덮치는가 하면 유리 파편이 눈으로 날아와 박히기도 했다. 한 바퀴 구르기로 합을 짰던 차가 한 바퀴 반을 구르는가 하면 허벅지를 때리기로 합을 짠 격투에서 킥이 사타구니로 날아와 내 신체에서 가장 소중한 부위가 '엄마 찾아 3만 리' 될 뻔하기도 했다. 그러니 아버지와의 꿈속 재회가 달가울 리 없었다. 그날은 더했다. 꿈에서 깨어난 후에도 한참 동안 몸을 일으키지 못할 지경이었다. 실제로 북두백렬권에 두들겨 맞은 듯턱과 뺨이 얼얼했다. 찝찝한 기분을 억누르며 출근하려던 찰나 휴대전화가 울렸다. 어머니였다. 어머니는 어머니대로 내게 카운터펀치를 날렸다.

"꿈에 그 인간 나왔더라. 몸조심해라."

아버지가 어머니와 내 꿈에 동시 출연했다. 유례 없던 두 탕 뛰기였다. 그리고 바로 그날 스턴트 쇼 제안이 들어왔다. 당연히 사양했어야 했다. 하지만 막상 손사래를 치자니 명분이 우스웠다. 죄송하지만 어렵겠는데요, 돌아가신 아버지가 꿈에 나와서요.

어머니가 담석증으로 수술을 받고 주기적으로 입원 치료를 받게되면서 홀쭉해진 통장 잔고도 문제였다. 드라마나 영화에서 조폭 똘마니로 출연해 주인공 차에 매달리거나 주인공의 헛발질에 공중제비를 돌며 벌어들이는 수입으로는 간병비 대기도 빠듯했다. 벌건 헬멧에 쫄쫄이, 망토 차림으로 사타구니를 인정사정없이 조이는 와이어에 매달려 어린이 뮤지컬의 주인공 대역으로 무대 위를 날거나 털북숭이 탈바가지를 쓰고 야구장에서 텀블링까지 돌아 가며 아등바등 부수입을 벌어들여도 밑 빠진 독에 오줌 누기였다. 종대 형도 그런 내 속사정을 뻔히 아는 터라 벌이가 괜찮은 건수가 들어오면 나를 적극 밀어 주곤 했다. 이번 스턴트 쇼에 나를 꽂아 준 사람도 종대 형이었다.

"이번 건 라이또 니가 해라. 그쪽은 니 전문이잖아."

스턴트 사무실 소파에 마주 앉은 그가 늦은 아침 겸 점심으로 짜장면을 그릇째 들고 면발을 빨아들이며 심드렁하게 말했을 때 한편으로는 고마우면서도 다른 한편으로는 가슴이 덜컥 내려앉았다. 올 것이 왔구나. 물론 종대 형 말대로 카 스턴트가 내 전문 분야이기는 했다. 코리아액션스쿨을 우스운 성적으로 수료하고 스턴트맨이 된 후로 나는 무수한 영화와 드라마 속의 카 스턴트 장면을 찍었다. 마주오던 차를 들이박고 장애물을 뛰어넘고 공중을 휘돌아 뒤집히는 '그림'을 세상에 내놓는 동안 이 바닥에서 인정도 받았다. 카 스턴트하면 라희도!

말이 나와 말인데, 내 꿈은 영화감독이었다.

어릴 때 비디오로 「프렌치 커넥션」과 「매드 맥스2」를 본 후부터 그 꿈은 단 한 번도 바뀌지 않았다. 개중에서도 「매드 맥스2」는 내 인생의 영화였다. 멜 깁슨이 유조 트럭을 몰며 폭주족과 벌이던 추격 시퀀스는 볼 때마다 입이 떡 벌어졌다. 비디오테이프가 늘어지다 못해 끊어지도록 그 영화를 돌려 보며 나도 나중에 꼭 저렇게 끝내주는 자동차 액션영화의 주인공이 되겠노라고 다짐했다. 그때부터 자동차 추격 장면이 나오는 영화란 영화는 모조리 섭렵했다. 영화 속에서 자동차 엔진이 공회전하며 내뱉는 굉음과 타이어가 급회전하며 내지르는 마찰음만 들어도 심장이 벌렁거리고 관자놀이가 불끈거렸다. 하지만 우리나라는 아직 자동차 액션영화의 불모지였다. 국도에서 시속 80킬로미터 이상만 밟아도 속도위반 딱지가 날아오고 '문콕'만 해도 외나무다리에서 만난 전생의 원수처럼 멱살잡이가 나기 일쑤인 이 나라에서 「택시」나 「분노의 질주」 같은 자동차 액션영화가 나오기란 여전히 요원한 일이었다. 자동차 스턴트도 일부 영화나 드라마에서 뭔가 빵 터뜨려야 할 때나 한두 번씩 써먹는 경우가 대부분이었다. 그러니 천하의 카 스턴트맨 라희도라고 별수 있나. 헬멧이니 탈바가지니 쓰고 부업이나 뛸 수밖에.

"어때, 할래?"

종대 형이 물었지만 선뜻 입이 떨어지지 않았다. 스턴트 쇼를 의뢰한 곳은 모 수입 자동차 업체였는데 그쪽에서 대가로 제시한 금액이 어지간한 영화 한 편 뛰고 받는 액수였다. 둘 중 하나였다. 걔들이 시세를 모르거나 돈이 튀거나. 나야 재주나 부리고 돈이나 챙기면 그만이었지만 어쩐지 찝찝했다. 대가가 후해서 더 꺼림칙했다. 아버지 얘기를 해, 말아. 한참을 머뭇거리자 종대 형이 단무지 두 개를 한입에 씹으며 물었다.

"니가 좀 뭣하다 싶음 딴 애…….."

그의 말이 끝나기도 전에 내 입에서 다급한 외침이 튀어나왔다.

"행사장이 대전 어디라고 하셨죠?"

스턴트 쇼는 말이 좋아 스턴트 쇼지, 깜짝 쇼 수준이었다.

마지막 리허설까지 마치고 나니 새벽 한 시가 넘은 시각이었다. 끝까지 자리를 지켰던 행사 준비요원들까지 철수한 옥상은 세입자가 살림을 두고 야반도주한 빈집처럼 을씨년스러웠다. 섭씨 30도를 오르내리는 한여름이었지만 새벽인 데다 지상에서 100미터 이상 떨어진 고지대라 공기는 썰렁했다. 앞으로 열 시간 후에 내가 카 스턴트를 벌일 이곳은 모 수입 자동차 업체의 신축 사옥 옥상이었다.

드넓은 옥상 한편에 설치된 무대와 조명을 둘러보았다. 무대 뒤를 가로지른 대형 현수막에 인쇄된 실물 크기의 스포츠 쿠페가 바람에 너풀거렸다.

"저희 오너께서요, 워낙 임팩트 있는 이벤트를 좋아하셔서요, 이번 행사 때도 취재진들한테 확실한 임팩트를 줘서요, 스포츠 쿠페 시장에 직격탄을 날릴 임팩트를……."

행사 담당자를 처음 만났던 날, 나무늘보를 닮은 그가 근 한 시간 동안 주절주절 행사의 취지와 계획을 설명했지만 기억나는 단어라고는 달랑 '임팩트'뿐이었다. 행사의 주인공인 신차는 전륜구동 스포츠 쿠페로 모델명도 의미심장한 '파이어'였다. 파이어는 2993시시의 배기량에 직렬 6기통 트리플 터보 디젤엔진을 단 괴물이었다. 최고 출력 398마력, 최대토크 93.2킬로그램미터. 가끔 차창이 죽어도 안 올라가서 한겨울 추위에도 차창을 내린 채 고속도로를 달려야 하는 내 애마 아반떼와는 차원이 달랐다. 관계자는 이 차가 정지 상태에서 시속 100킬로미터에 이르기까지 불과 3.8초밖에 안 걸린다고 했다. 참고로 내 애마는 정지 상태에서 시속 100킬로미터에 이르기까지 족히 3.8분은 걸린다.

담당자는 행사에 선보일 모델이 마블사에 거액의 사용료를 지불하고 한정 판매용으로 디자인한 '아이언맨 스페셜 에디션'이어서 가격대가 억대라는 말도 덧붙였다. 입을 떡 벌리고 무대 뒤편에 떡하니 자리한 녀석을 보니 감탄사가 절로 나왔다. 빨간색과 금색이 어우러진 유선형의 늘씬한 차체는 아이언맨의 강철 슈트 스타일이었고 보닛과 헤드라이트는 아이언맨 마스크 모양의 디자인이었다. 시동만 걸면 당장에라도 차가 배기구로 화염을 내뿜으며 무한한 공간 저 너머로 날아갈 듯했다. 종잇장에 스치기만 해도 범퍼가 떨어져 나가고 기침만 해도 시동이 꺼지는 스턴트 전용 폐차만 끌던 나에게는 엉덩이 걸치기도 황송한 고급 차였다.

"근데 이 차를 옥상까지 어떻게 올리셨어요? 차량용 승강기도 안 보이던데……."

내가 물어보니 담당자가 대수롭지 않다는 듯 대답했다.

"아, 엊그제 헬기로 공수했습니다."

말문이 막혔다. 기껏 신차 발표회 하나 때문에 헬기까지 동원하다니 물량공세 하나만은 정말 '임팩트'가 넘치는 위인들이었다.

담당자가 일러 준 스턴트 쇼의 각본은 대략 이랬다.

'누구나 혁신을 원하지만 아무나 혁신의 주인공이 될 수는 없습니다. 여러분, 혁신을 원하십니까?'

무대에 선 사회자가 관중과 취재진들에게 대본을 읊으면 관중으로 동원된 '알바'들이 일제히 대답한다. 네에!

'이제 여러분께 진정한 혁신을 보여 드리겠습니다!'

사회자의 외침을 신호탄으로 현수막 뒤의 20미터 후방에서 '혁신'에 타고 대기하던 내가 시동을 걸고 가속 페달을 밟는다. 현수막 뒤에 설치된 도약대로 돌진한 파이어가 허공으로 솟구쳐 현수막 한가운데를 뚫고 무대로 튀어나온다. 그와 동시에 무대 둘레에 설치된 폭죽이 터진다. 폭죽의 장막을 뚫고 오륙 미터를 곧장 가로지른 차는 바닥에 착지해 90도로 드리프트하면서 관중 앞에 딱 멈춰 선다. 이어 캐리비언 베이에나 어울릴 천 조각을 걸친 레이싱 모델이 보닛을 붙들고 촬영용 포즈를 취한다. 관중석에서는 박수와 셔터 세례가 터져 나온다. 끝.

간단한 시나리오였다. 폭죽이 터지는 타이밍을 제외하면 딱히 합을 짤 필요도 없었다. 부딪치고 뒤집히고 구르는 카 스턴트를 찍어왔던 내게 이 정도는 땅 짚고 스턴트였다. 장소가 장소인지라 위험부담이 아예 없지는 않았지만 위험부담이야 숨쉬기에도 있는데, 뭘. 진행요원들이 관중석과 차의 진로를 철저히 분리해 통제할 예정이었고 옥상 너비만 해도 어지간한 초등학교 운동장만큼 널찍해 차가 철제 난간을 들이받거나 뚫고 나갈 우려도 적었다. 무대와 멀찍이 떨어진 구석에 튀어나온 승강기 탑을 빼면 으레 옥상 한복판을 차지하기 마련인 구조물도 없어서 차를 몰기도 수월했다. 결국 스턴트 쇼라고 해 봐야 신차 발표회 무대로 갑자기 툭 튀어나와서 폼이나 잡는 정도가 고작이었다.

일주일간의 준비 과정도 애초의 걱정과 달리 순조로웠다. 사전 리허설은 같은 차종으로 옥상과 비슷한 환경의 주차장에서 진행했고 승차감이 몸에 익은 후부터 현장 리허설을 진행했다. 준비 기간 내내 종대 형이 도와주었다.

"형, 형이 여자였으면 사귀자고 했을 거야."

고마운 나머지, 어젯밤 실내포차에서 소주잔을 기울이다 그런 헛소리를 했더니 종대 형이 받아쳤다.

"내가 여자였음 니 아구창은 벌써 엄마 찾아 3만 리 됐어."

덩치와 안 어울리게 진저리 치던 종대 형의 귀여운 얼굴을 떠올리니 새삼 웃음이 터졌다. 옥상 난간 너머로 담배 불똥을 털어 냈다. 리허설 끝에 피우는 담배 맛은 역시 각별했다. 난간 너머로 보이는 대전의 야경도 장관이었다. 이 근방의 고층 건물이라고는 대로 맞은편의 30층 남짓한 빌딩이 고작이어서 시야가 탁 트인 덕에 경치가 더 좋았다. 내가 세 들어 사는 옥탑방에서 보이는 변두리 뒷골목 풍경과는 차원이 달랐다.

"죽이네."

야경은 이리도 죽이는데 인간 라희도는 언제쯤 죽이는 인생을 살게 될까. 10년 뒤 나는 어떤 인생을 살고 있을까. 야밤에 인적 없는 옥상에서 그런 생각을 하니 괜히 울적해졌다. 누구는 신차 발표회에 헬기를 동원하고 누구는 취미로 억대 차를 모으는데 누구는 병원비 영수증이나 모으고 있다니…… . 그래도 지금은 양반이었다. 코리아액션스쿨에 합격했던 5년 전만 해도 상황은 더 막막했다. 보증금 200만 원에 월 18만 원짜리 월세마저 열 달을 넘긴 끝에 보증금 다 까먹고 길바닥으로 쫓겨났는가 하면 공과금을 내주기로 하고 월급쟁이 고교 동창의 자취방에 빌붙었다가 그 공과금마저 밀려 녀석에게 눈칫밥을 얻어먹었으니까. 그래도 그때는 대책 없이 다 잘 될 줄로만 알았다. 끓어오르는 혈기로만 치면 활화산의 마그마가 안 부러운 이팔청춘이었다. 내 애창곡 「맨발의 청춘」 노랫말대로 '이렇다 할 빽도 비전도 지금 당장은 없고 젊은 것 빼면 시체지만 난 꿈이 있'다 이거다.

액션스쿨 면접 날 나는 남들 다 하는 무술 시범이니 재주넘기 따위는 하지 않았다. 그저 「맨발의 청춘」을 불렀을 뿐이었다. 노래 시작부터 끝까지 물구나무를 선 채로.

"지금 보니 라희도가 아니라 라이또네."

종대 형이 박장대소를 터뜨리며 별명을 붙여 준 덕에 5년 내내 라희도라는 이름보다 '라이또'라는 별명이 나를 따라다녔다. 아, 물론 '라이또'는 '또라이'란 뜻이다.

한숨일랑 옥상 난간 너머로 던져 버리고 돌아섰다. 지하 주차장에 대 놓은 차에서 쪽잠이나 한숨 자고 올라올 셈이었다. 아반떼 운전석이나 두어 평 남짓한 옥탑방이나 어차피 좁아터지긴 매한가지였다. 오가며 길바닥에 내버릴 시간도, 기름 값도 아까웠다. 파이어 운전석에서 자 볼까도 했지만 억대의 귀한 차에 흠집이라도 내거나 아침 일찍부터 옥상을 오갈 행사 관계자들 눈에 띄기라도 하면 낭패라 관뒀다.

승강기 탑으로 들어서서 엘리베이터에 올라 지하 1층 단추를 눌렀다. 엘리베이터가 막 내려가기 시작한 후에야 바지 호주머니 속이 허전하다는 사실을 깨달았다. 휴대전화가 어디로 달아나고 없었다. 기억을 곰곰이 더듬어 보니 마지막으로 전화기를 확인한 장소가 파이어 운전석이었다. 리허설을 끝내고 차에서 내리다 빠뜨린 모양이었다. 잠시 망설였다. 돌아가서 갖고 와, 말아? 내게 전화를 걸 사람이라고는 어머니나 종대 형 아니면 저축은행을 사칭한 대부업체의 텔레마케터가 고작이었다. 애인은커녕 연락하며 지내는 여자 후배 하나 없었다. 이따금 소개팅으로 만난 여자들은 스턴트맨이라는 직업에 혹했다가도 스턴트맨의 열악한 근무 환경과 호주머니 사정을 알게 되면 연락을 뚝 끊었다. 종대 형 말대로 스턴트맨은 원양 어부만큼이나 연애하기 힘든 직종이었다.

"아 몰라, 누가 훔쳐 가기야 하겠어."

어차피 파이어 차 열쇠도 내 손안에 있었다. 그깟 시계 대용 스마트폰 따위야 날 밝은 후에 찾아도 늦진 않을 터였다. 엘리베이터에서 나와 차를 세워 둔 지하 주차장 구석으로 걸어갔다. 퀭한 조명이 밝힌 지하 주차장은 휑했다. 차에 올라 운전석을 뒤로 한껏 젖히고 누우니 이내 눈꺼풀이 묵직해졌다.

소스라치게 놀라 눈을 떴다. 담배 자국이 군데군데 찍힌 차 천장이 보였다. 멍한 정신으로 사방을 두리번거린 후에야 나는 누구이며 여기는 또 어디인지 알아차렸다. 자다 눈을 번쩍 뜰 만큼 섬뜩한 악몽을 꾸기는 했는데 그 내용이 무엇이었는지는 도통 기억나지 않았다. 몇 시지? 지하 주차장의 흐릿한 조명으로는 밤낮 구별하기도 어려웠다. 시간을 확인하려고 습관적으로 바지 호주머니를 뒤적이다 휴대전화를 옥상 어디에 두고 왔다는 데에 생각이 미쳤다. 차 열쇠를 꽂아 배터리 전원을 넣고 자동차 내장 시계를 확인했다. 3시 14분. 기껏해야 두 시간 정도밖에 못 잔 셈이었다.

운신할 공간이 부족해 부동자세로 잔 탓에 온몸이 찌뿌드드했다. 볕 한 줌 안 드는 지하 주차장이라고는 해도 계절이 계절인지라 차 안의 공기는 후텁지근했다. 차창을 내려 봐도 공기의 흐름이 없어서인지 별 효과는 없었다. 시동을 걸고 에어컨을 켜 보니 가스가 동난 에어컨은 미지근하고 퀴퀴한 바람만 뱉어 냈다. 다시 자 보려고 눈을 감았지만 잠도 오지 않았다. 무슨 꿈이었더라? 뭔가 뻥뻥 터진 듯싶

긴 한데 뭐였는지 도통 기억나지 않았다. 차 문을 열고 밖으로 나섰다. 바깥바람이나 쐬며 담배라도 한 대 피우고 전화기도 찾을 겸 옥상에 다녀올 양이었다.

로비에 이르러 상승 단추를 누르고 올려다보니 엘리베이터 숫자판이 '38'이었다. 이 시간에 엘리베이터가 옥상까지 올라가 있다니 별일이었다. 아직 정식으로 사옥이 이전하기 전이라고 들었다. 그렇다면 야근 중인 직원도 없을 터였다. 엘리베이터 두 대 중 한 대에는 개관 전까지 전력 절약 차원에서 운행하지 않는다는 안내문까지 붙은 상태였다. 경비원이 순찰이라도 도나? 헬기를 동원하지 않는 이상 끄집어 내릴 방법이 없다고는 해도 억대의 자동차가 옥상에 떡하니 놓여 있으니 신경 쓰일 만도 했다.

엘리베이터 문이 열렸다. 신형 엘리베이터라 그런지 지하 1층에서 38층까지 끊는 데에 채 1분도 걸리지 않았다. 38층 로비에서 내려 옥상으로 통하는 자동문 쪽으로 걸었다. 문이 열리자마자 담배를 물고 불을 붙였다. 위쪽 공기를 쐬니 겨우 숨통이 트였다. 담배를 한숨 깊이 들이마셨다가 휘 뱉었다. 허공에 사그라지는 담배 연기 사이로 무대 쪽에서 움직이는 사람의 뒷모습이 보였다. 사람? 무대 앞에 둘, 무대 밑에 하나, 도합 셋이었다. 모두 경찰복 차림이었다. 경찰이 여긴 어쩐 일이래? 갸웃거리며 그리로 다가갔다.

"무슨……?"

내 인기척에 돌아본 경찰 하나가 대답했다.

"아, 네, 여기에 폭탄이 설치됐다는 신고가 들어와서요."

눈웃음을 생글거리는 얼굴만 봐서는 나이를 짐작하기도 어려운 인상이었다. 입술 끝도 덩달아 추켜 올라갔는데 그 미소가 어쩐지 투명 테이프를 붙여 위로 끌어당긴 듯 부자연스러웠다. 「다크 나이트」의 조커가 우리나라 경찰복을 입고 현실로 튀어나왔다면 저런 얼굴일지도 모른다는 생각이 들었다. 조커 옆에 선 덩치 큰 경찰이 나와 눈이 마주치자 고개를 주억거렸다. 각진 얼굴과 다부진 몸집이 사람 크기로 뻥튀기된 레고 인형을 보는 듯했다. 그런데 가만, 지금 엄청 심각한 상황 아닌가?

"폭탄요?"

"보시다시피."

내 반문에 조커가 무대 밑을 가리켰다. 아니나 다를까, 빨간 스커트를 위로 젖힌 무대 밑으로 깜빡거리는 붉은 등과 각종 전선들 그리고 무대를 지탱한 철골 여기저기에 들러붙은 백설기 같은 블록들이 보였다. 그 품이 어째 수능 고사장 교문에 덕지덕지 들러붙은 엿가락 같기도 해서 살상무기라는 느낌은 전혀 들지 않았다. 테러 대박 폭발 기원!

"근데 저게 진짜 폭탄 맞나요?"

현장에서 더러 봤던 촬영용 폭약과는 그 모양부터 달라서 물어보았다.

"진짜 폭탄 맞는지 알아보려고……"

"……이러고 있는 거겠죠?"

조커가 운을 떼자 무대 밑에 누워 백설기를 조사하던 경찰이 이어받았다. 목소리와 말투가 꽤나 비슷해서 언뜻 들으면 한 사람이 대답하는 듯했다. 주위를 둘러보았다. 사방은 마냥 고요하기만 했다. 새벽 대로를 오가는 차 소리가 고작이었다. 고요한 밤 거룩한 밤 어둠에 묻힌 밤. 한겨울이라면 캐럴이 울려 퍼져도 어색하지 않을 분위기였다. 어쩐지 미심쩍었다. 진짜 폭탄이 설치되었다면 지금쯤 이 근방이 난리가 났어야 하지 않나?

"만약에요, 저게 진짜 폭탄이고 터진다면 피해 규모가 어떻게 돼요?"

진담 반 농담 반으로 또 한 번 물어보았다.

"이 옥상도 그렇고 신차 발표회에 참석한 인원들도……"

"……싹 다 날아가겠죠."

이번에도 예의 콤비가 대답을 사이좋게 나누었다. 사태의 심각성과는 거리가 먼 무사태평이었다. 의심이 점점 불어났다. 보아하니 일반 경찰서나 지구대에서 나온 말단 경찰 같은데 이 중차대한 조사를 왜 이런 말단 경찰들이 하지? 모르기는 해도 군경, 소방 관계자 등등으로 이루어진 합동 조사반을 급파해서 조사해야 하지 않나?

저 폭탄인지 백설기인지를 언제 누가 설치했는지도 미스터리였다. 마지막 리허설을 끝내고 행사 준비 요원들이 철수한 때가 새벽 1시 남짓한 시각이었다. 내가 마지막으로 옥상에서 내려갔으니 저 이물질은 옥상이 비었던 두 시간 남짓한 시간에 설치되었을 가능성이 컸다. 그런데 그 짧은 시간 동안 대체 누가 저런 짓을 했으며 누가 또 그 사실을 알아차리고 경찰에 신고했단 말인가.

말이 나와서 말인데, 가장 미심쩍은 장본인들은 바로 내 눈앞의 위인들이었다. 폭탄이 터지면 옥상이 싹 다 날아간다고 말하면서도 태도는 해운대에 놀러 온 피서객들처럼 느긋하기 짝이 없었다. 어찌 보면 이 상황을 즐기는 듯싶기까지 했다. 진짜 폭탄이 아닌 줄 알고 저러나? 대체 무슨 근거로? 그러다 진짜 뺑 터지기라도 하면 어쩌려고? 어째 영 수상했다. 중동이나 미국도 아닌 대한민국에서, 정부기관이나 중요시설도 아닌 자동차 회사 사옥 옥상에 폭탄이라니 말이 돼? 혹시 일반인을 대상으로 한 몰래카메라인가? 눈앞의 삼인조도 실은 연기자이고 저 백설기 폭탄도 그냥 먹는 백설기 아냐? 그래서 내가 얼추 속아 넘어갈 즈음, 무대 어디쯤 숨어 있던 한물간 개그맨이 튀어나와 무대 뒤에 숨겨 두었던 카메라를 가리키며 "네, 지금까지 몰래카메라였습니다. 연기자들의 어설픈 연기에도 흔쾌히 속아 넘어가 주신 스턴트맨 라희도 씨께 감사의 선물로 백설기 한 세트를 드리겠습니다!"라며 썰렁한 농담이라도 떠벌리는 거 아냐?

"일단 내려가지 말고 여기 계세요."

"신원조회를 해야 하니까요."

조커 콤비가 그렇게 말하자 레고가 슬쩍 내게 다가와 내 팔을 붙들었다. 팔을 쥔 손 모양마저 레고 인형의 C 자형 손 같은데 그 손아귀 힘이 아시아팔씨름선수권대회 챔피언 급이었다. 이제 의심은 바늘로 콕 찌르면 뺑 터져 버릴 만큼 부풀었다. 민간인을 긴급 대피시켜도 모자랄 판국에 옥상을 날려 버릴지도 모를 폭탄 앞에 붙들어 놓는 행태가 어느 나라 경찰의 수사 방식이야? 말로는 신원조회를 한다면서도 경찰들이 으레 소지하는 신원조회용 단말기 따위는 꺼내지도 않았다. 신원조회는 그냥 핑계고 나를 여기에 붙들어 놓으려는 수작 아냐? 그즈음부터 나를 둘러싼 이 삼인조의 정체가 의심스러워지기 시작했다. 경찰복을 입었으면서도 하나같이 경찰 모자도 안 쓰고 그 흔한 무전기마저도 들고 있지 않은 본새도 수상쩍었다. 경찰이 소지할 만한 물건이라고는 허리춤에 단 경찰봉이 고작이었다. 사실 경찰복이나 경찰봉 정도야 돈만 있으면 쉽게 구하는 세상이었다. 혹시 이 인간들, 경찰을 가장한 떼강도나 떼도둑 아냐? 그러고 보면 경찰복처럼 상대를 쉽게 무장 해제시키는 옷도 드물었다. 나쁘게 써먹자면 한도 끝도 없지. 왜, 「터미네이터2」에서 액체금속 T-1000은 아예 대놓고 처음부터 끝까지 경찰복을 입고 존 코너를 죽이겠다고 쫓아다녔잖아.

"근데 어느 서에서 나오셨어요?"

당신들 경찰 아니지? 그런 식으로 섣불리 직구를 던졌다가는 영화 「추격자」에서 김윤석에게 접의자로 정수리를 얻어터지고 뻗은 포주꼴 나기 십상이라 돌려 물었다. 순간 조커의 눈이 번뜩였다.

"왜요?"

"우리가 지금 짭새 코스프레라도 하는 중일까 봐?"

대답을 이어받던 무대 밑의 콤비가 철골 사이에서 빠져나와 몸을 일으켰다. 조커와 나란히 선 그의 얼굴을 확인한 순간 나는 흠칫했다. 누가 콤비 아니랄까 봐 조커 콤비는 서로 완전히 빼닮은 얼굴이었다. 복제인간이 아니라면 일란성 쌍둥이가 틀림없었다. 아무래도 후자겠지?

"의심이 참 많은 분이네."

"경찰 신분증이라도 보여 드려?"

노골적인 시비조로 을러대면서도 눈앞의 조커 얼굴들은 여전히 생글거렸다. 그러나 그 웃음기 사이로 번뜩이는 네 개의 도끼눈은 당장 내 간을 빼먹을 기세로 희번덕거렸다. 놈들은 경찰 신분증 운운하면서도 신분증을 꺼내지도 않았다. 조커 형제가 눈알을 굴려 뜻 모를 눈빛을 주고받았고 레고가 멀뚱멀뚱 그 둘의 눈치를 보았다.

"아뇨, 늦게까지 고생 많으셔서 나중에 모범경찰로다 추천이라도 하려고……."

나는 내가 듣기에도 궁색한 변명을 어물거리며 한 발짝 물러섰다. 조커 형제가 입가를 씩 끌어 올렸다. 지금 그걸 핑계라고 대냐? 조커 형제는 노골적인 비웃음으로 그 말을 대신했다.

"북부서에서 나왔어요, 우리."

이번에는 형제가 거의 동시에 말했다. 싸한 한기 한 줄기가 등줄기를 긁고 지나갔다. 옥상을 한바탕 쓸고 지나간 바람 때문만은 아니었다.

"아, 그러시구나. 가만 보면 북부서 분들이 참 유능하시더라고요. 오죽하면 이런 말도 있죠. '북부서로 진로를 돌려라!'"

말해 놓고 후회했다. 마지막 농담은 하지 말걸. 아무도 웃지 않았다. 오히려 조커 형제는 내내 얼굴에 머금었던 웃음기마저 거두었다. 둘의 얼굴에 살기가 어렸다. 이대로 가다가는 제명에 못 죽겠다는 직감이 번뜩 스쳤다. 사태가 더 악화되기 전에 어떻게든 여기서 발을 빼야 했다. 그런데 무슨 수로? 엘리베이터 쪽으로 꽁무니를 내빼자니 눈앞의 일당이, 네네, 그럼 살펴 가세요, 라고 인사하며 손을 흔들어 줄 리도 없고 무작정 옥상 너머로 몸을 날리자니 38층 아래의 길바닥이 나를 아니 반겨 줄 리도 없었다. 시험 삼아 뒤로 두어 발짝 뒷걸음질 쳐 보았다. 아니나 다를까, 내 팔을 움켜쥔 레고의 손아귀 힘이 아시아팔씨름선수권대회 챔피언 급에서 세계팔씨름선수권대회 챔피언 급으로 격상되었다. 여기서 벗어나려거든 나를 쓰러뜨리고 가라. 나를 무표정하게 바라보는 놈의 얼굴이 그렇게 말하는 듯했다.

한 가지는 확실해졌다. 이 패거리의 정체가 무엇인지는 몰라도 내가 아는 민중의 지팡이는 아니다. 놈들은 결정적인 실수를 했다. 대전에는 북부 경찰서가 없다. 예전에는 있었다. 하지만 2007년에 북부 경찰서가 대덕 경찰서로 바뀐 뒤로 북부 경찰서라는 단어는 대전에서 사라진 지 오래였다.

진땀이 났다. 이 빼도 박도 못할 상황을 어떻게 모면하지? 그때 무대 뒤편에 세워 둔 파이어에 번뜩 생각이 미쳤다. 나는 최대한 자연스레 미소를 지으며 슬그머니 레고의 손아귀에서 팔을 빼려 했다. 그러나 레고의 악력은 수갑처럼 완강했다.

"차에 바까스 시원한 거 있는데 좀 갖다 드릴게요."

내가 무대 뒤를 턱짓으로 가리키자 레고가 조커 형제를 바라보았다. 조커들이 무대 뒤편을 흘끔 넘겨다보더니 희미하게 고개를 끄덕였다. 그제야 내 팔을 옥죄던 족쇄가 느슨해졌다.

"폭탄 터지기 전에 얼른 갔다 올게요."

태연한 척 무대 쪽으로 종종걸음을 쳤다. 후들거리는 다리를 놈들이 눈치챌까 봐 조마조마했다. 나조차도 감탄할 만한 임기응변이었다. 박카스라니……. 멍청한 놈들아, 차가 무슨 냉장고냐, 박카스 시원한 게 있게? 그러나 쾌재도 잠시였다. 차에 다다를 즈음 고개를 번쩍 든 의심에 나도 모르게 걸음을 늦추었다. 혹시 놈들도 대전에 북부서가 없다는 사실을 알고 있다면? 나를 떠보려는 심사로 일부러 틀린 대답을 했다면? 박카스는커녕 활명수도 기대하지 않았으면서도 그저 내가 어떻게 하는지 보려고 놓아주었다면? 만에 하나, 무대 밑의 백설기들이 진짜 폭탄이고 저 폭탄을 설치한 장본인들이 바로 저놈들이라면? 그렇게 가정하고 보니 아귀가 그럭저럭 맞아떨어졌다. 이를테면 이런 식. 옥상에서 모든 인원이 철수한 후 놈들이 나타난다. 놈들은 두 시간에 걸쳐 무대 밑에 폭탄을 설치하고 일어서려는데 예기치 않은 불청객이 나타난다. 마침 경찰복도 입었겠다, 놈들은 그 불청객에게 경찰인 척한다. 현재 놈들은 범죄 현장의 목격자이기도 한 불청객을 붙들어 두고 추후 처리를 고심하는 중이다.

만일 그 가정이 사실이라면 이다음에는 무슨 일이 일어날까. 무슨 일이 되었든 내 신상에 이로운 일은 분명 아닐 터였다. 전화기를 먼저 찾아야 하나, 아니면 계획대로 파이어를 몰고 승강기 탑까지 먼저 가야 하나. 차에 씌워 두었던 덮개를 벗기며 따져 보았다. 차라리 차를 몰고 저 세 놈을 싹 다 깔아뭉개 버려? 그랬다가 저 무대 밑의 백설기들이 그냥 먹는 백설기였고 쟤들도 별로 위험하지 않은 뻥쟁이면? 괜히 나만 과실치상이나 과실치사로 덤터기를 쓰게 되겠지.

일단 차에 타고 보자. 전화기를 찾아 112에 신고를 하든 차를 몰고 승강기 탑까지 가서 엘리베이터를 탄 저놈들을 밀어 버리든 차에 타고 볼 일이었다. 허겁지겁 문을 따고 막 차 문을 여는 순간, 기도비닉에 유의하며 접근한 레고가 경찰봉을 치켜 들고 내 등 뒤로 다가드는 광경이 창유리에 비쳤다.

뒤통수를 표적으로 삼은 일격이 날아들었다. 장수말벌의 날갯짓 같은 소리가 귓속을 파고들었다. 어마뜨거라, 고개를 수그려 정타는 피했지만 뒤통수를 비껴 맞았는데도 충격이 컸다. 눈앞이 핑그르르 돌았다. 애먼 창유리에 금이 쩍 갔다. 저게 얼마짜린데! 그런데 차 걱정 할 때가 아니었다. 레고는 손아귀 힘뿐만이 아니라 순발력도 뛰어났다. 허공에 커다란 획을 비껴 내리그었던 경찰봉이 곧바로 벨 예(乂) 자를 완성하며 또다시 정면으로 다가들었다. 고개를 홱 젖혔지만 고압전류 같은 충격이 턱을 후려쳤다. 정통으로 맞았더라면 최소한 실신, 최악의 경우 혼수상태에 빠지고도 남을 타격이었다. 뒤로 벌렁 자빠졌다. 몸을 벌떡 일으켰지만 미처 중심을 잡기도 전에 조커 콤비까지 가세한 몰매가 집중호우처럼 쏟아졌다. 북두백렬권이었다. 역시나 아버지가 나왔던 꿈은 예지몽이었다. 속절없이 바닥에 고꾸라졌다. 눈앞에 불꽃이 펑펑 터졌고 어금니가 맞부딪치고 숨이 턱 막혔다. 하도 아파서 비명도 나오지 않았다. 내가 할 수 있는 일이라고는 치명타를 입지 않도록 몸을 아르마딜로처럼 웅크리고 급소를 피해 맞는 일뿐이었다. 불행 중 다행이라면 맞는 데에는 이골이 났다는 점이었다. 아이고, 고맙습니다, 아버지.

17대1까지는 아니더라도 스턴트맨이라면 적어도 혼자서 셋은 상대해야 하지 않느냐고? 미안하지만 스턴트맨은 아이언맨이 아니다. 철없던 시절 내가 대전 뒷골목에서 똘마니 짓을 하고 다닐 때 체득한 인생의 진리가 있다. 그것이 바로 "다구리에 장사 없다."였다. 혹시 종대 형이라면 모르겠다. 종대 형은 태권도부터 합기도, 검도 등등 공인 무술만 도합 18단이니까. 아무튼 현실은 액션영화와 달랐다. 현실에서는 「올드보이」의 사설 감방 복도에서처럼 똘마니들이 차례차례 덤비며 주인공에게 반격할 여지를 충분히 주는 배려 따위는 없다. 「달콤한 인생」에서 필리핀 갱들이 이병헌에게 떼거리로 곤봉을 휘둘러 곤죽을 만드는 일이 차라리 현실에 가깝다.

"바까스 어딨어, 바까스?"

조커들이 경찰봉을 휘두르며 이구동성으로 물었다. 내가 정말 박카스를 가지러 가는 줄 알았나? "바케쓰로 피 받을 준비나 하시지?"라고 추억의 말장난으로 받아치고 싶었지만 그랬다가는 놈들이 내 피를 받을까 봐 참았다. 북두백렬권이 멍석말이처럼 지나간 뒤 나는 쭉 뻗어 버렸다. 실은 쭉 뻗은 척했다. 아직 몇 대 더 맞을 여력은 있었지만 쭉 뻗은 척이라도 해야 더 안 때리겠지 싶어 택한 궁여지책이었다. 찢기고 터져서 너덜너덜해진 입안에 흥건한 피를 뱉어 내고 싶었지만 그마저도 꿀꺽꿀꺽 삼켜야 했다. 이럴 줄 알았으면 마우스피스라도 하고 올걸. 헬멧을 쓰고 올걸 그랬나? 다행히 내 작전은 적중했다. 삼인조가 이내 매질을 멈추었고 조커들이 쪼그리고 앉아 나를 들여다보았다.

"죽었나?"

"숨은 쉬는데?"

사람이 아닌 길고양이를 두고 말하듯 심드렁한 투였다.

"이제 어쩌지?"

"좀 갖고 놀아 볼까 했더니 재미없네."

조커 형제가 몸을 일으키며 동시에 말했다.

"던져 버리자."

가만, 이게 아닌데? 던져? 지금 나를 던져 버리겠다는 거야? 어디로? 답은 금세 나왔다. 레고가 내 왼 다리를 붙들더니 옥상 난간 쪽으로 나를 질질 끌고 가기 시작했다. 행선지는 뻔했다. 나 어릴 적 축사에서 길렀던 황소 누렁이가 도축장으로 끌려가며 느꼈던 심정을 이제야 알 듯했다. 불쌍한 누렁아, 무서웠지? 나도 무섭다.

"여기가 38층이랬지?"

"어, 38층."

"38층에서 떨어지면 바닥까지 몇 초나 걸리려나?"

"글쎄, 중력가속도 9.8미터퍼세크제곱에 38층 높이가 한 층에 대략 3미터씩 잡아 114미터, 얘 체중이 대략 70킬로그램, 거기에 공기 저항이……"

"닥치고, 몇 초? 난 6초."

"난 5초."

조커 형제가 어깨동무까지 하고 내 머리맡을 졸졸 따라오며 주고받는 대화가 사뭇 정겨웠다.

"아파트 옥상에서 번지점프를."

"아파트 옥상에서 번지점프를."

조커들은 정겨운 대화만으로는 부족했는지 자우림의 「일탈」의 한 대목을 구간 반복하며 낄낄댔다. 살려 주세요. 살려만 주시면 조커 님들께서 무대 밑에 뭘 설치했는지 말 안 할게요. 바로 이 자리에서 곧장 이민을 가든 밀항을 하든 이 나라를 떠서 다시는 고국 땅을 밟지 않을게요. 그리고 지금 뭘 모르시나 본데 여기서 내가 떨어져 죽으면 내일 행사 때 스턴트 쇼를 못 하게 돼요. 신차 발표회에서 스턴트 쇼를 할 스턴트맨이 사옥 옥상에서 떨어져 죽으면 발표회 일정에도 분명 차질이 생기겠죠? 경찰에서 추락 원인을 두고 수사를 할 테고 발표회도 취소되거나 연기될지도 몰라요. 그럼 조커 님들께서 설치한 폭탄을 터뜨려도 소기의 목적을 달성하기가 쉽지 않겠죠? 그러니까 내가 죽게 되면 그 나비효과로 조커 님들의 폭탄 테러도 결실을 맺지 못하게 된다, 이 말이죠. 자, 그래도 저를 던져 버리실래요? 가만있어 봐요, 이런 극단적인 자충수 말고 누이 좋고 매부 좋은 묘수가 있다니까요. 그렇게 애걸복걸하고 싶었지만,

"살려……"

라는 말을 내뱉기가 무섭게 입안에 잔뜩 고인 피가 목구멍으로 넘어가면서 사레들리는 바람에 쿨럭쿨럭 기침을 하다 웩웩 헛구역질까지 하느라 준비한 애원은 한마디도 제대로 못 했다. 그사이 옥상 난간 앞에 다다른 레고가 내 양발을, 조커들이 내 양팔을 사이좋게 한 짝씩 붙들었다. 몸이 번쩍 떠올랐다. 철제 난간은 그 높이가 기껏해야 성인 남자 사타구니 정도까지밖에 안 되었다. 상황이 상황인지라, 가느다란 세로 기둥이 한 뼘 간격으로 서고 그 위를 쇠파이프가 가로지른 난간의 모양새도 피 혈(血) 자로 보였다. 망할 놈의 자동차 회사! 신차 발표회 따위에 헬기까지 동원할 예산을 줄여 옥상 난간에나 투자할 일이지. 이런 미친놈들이 사람을 내던지는 사고가 절대 발생하지 않도록 사람 키를 훌쩍 넘긴 높이의 철조망을 두르고 거기에 고압전류도 좀 흐르게 하고 그 위에 윤형 철조망도 얹고 주야간으로 탐조등도 밝히고 삼엄한 경비를 세웠더라면 이런 사태는 없었을 거 아냐!

"셋 하면 던지자. 하나……"

조커가 말했다. 삼인조가 나를 옥상 너머로 내던질 반동을 싣느라 내 몸뚱이를 그네 삼아 앞뒤로 흔드는 동안 옥상 너머의 야경이 한눈에 들어왔다. 아까만 해도 그토록 죽이기만 했던 야경이 이번에는

나를 죽일 기세로 혀를 날름댔다. 이런 높이에서 떨어지면 바닥에 닿기도 전에 심장마비로 죽는다는 말이 있다. 과학적 근거라고는 손톱에 때만큼도 없는 거짓말이다. 이 정도 높이는 아니었지만 나도 건물 옥상에서 바닥으로 뛰어내리는 장면을 찍은 적이 있는데 여태껏 멀쩡히 살아 있잖아. 바닥에 에어쿠션이 깔려 있었는데도 막상 몸이 밑으로 떨어지기 시작하자 이제 죽는구나 싶었다. 눈앞으로 다가드는 에어쿠션을 내려다보며 빌고 또 빌었다.

제발, '엄마 찾아 3만 리'만은 안 돼!

이 순간도 마찬가지였다. 막상 죽을지도 모른다는, 아니, 확실히 곧 죽겠다는 생각이 들자 그동안 살아왔던 날들의 파편이 슬라이드처럼 눈앞을 스쳐 지나갔다. 후회가 막심했다. 성공은커녕 생식도 못했는데……. 내 영정 사진 앞에서 절을 하는 문상객들은 죄다 이름 없는 스턴트맨뿐이겠지. 알 게 뭐람, 죽으면 끝인데. 아아, 죽기 전에 결혼이라도 해 볼걸. 결혼이 안 되면 진한 연애라도……. 수진아, 그날 바람맞혀서 미안하다. 현정아, 윤미야, 은숙아! 막상 죽을 때가 되어 돌이켜 보니 해 본 일보다는 못 해 본 일이 훨씬 많았다. 이대로는 억울해서 못 죽어. 죽어도 못 죽어!

"두울."

이런 상황이 나오는 영화가 번뜩 떠올랐다. 패트릭 뎀시가 나오는 「표적」이라는 영화였다. 도박장에 간 주인공이 마을 유지의 망나니 아들과 시비가 붙었다가 망나니가 제풀에 사고사하면서 주인공도 밤새 죽기 살기로 도망 다니는 내용이었는데 영화 말미에서 주인공을 사로잡은 유지의 부하들이 그를 옥상 너머로 내던지려 한다. 그

절체절명의 위기에서 주인공은 자기를 내던진 부하의 바지 호주머니를 붙든다. 바지가 죽 찢어지고 바짓단에 매달려 대롱거리는 주인공을 떨어뜨리려던 부하들은 도리어…….

"셋!"

무정한 인간들! 내 팔다리를 붙들었던 손들이 나를 놓았다. 내 몸이 114미터 상공에 붕 떠올랐다. 아아아아아안 돼애애애애애애, 우어어어어어어. 나를 둘러싼 시간의 흐름이 초고속카메라로 촬영한 동영상처럼 느려졌다. 사람이 절체절명의 순간에 이르면 반사 신경이 극도로 예민해져서 초인적인 힘을 발휘하기도 한다는 연구 결과를 어느 신문 기사에서인가 본 적이 있다. 지금이야말로 그 연구 결과를 몸소 증명할 때다. 바지 호주머니! 나는 지푸라기라도 붙들고 늘어질 작정으로 고개를 쳐들고 조커의 호주머니를 찾았다. 그러나 애석하게도 목표물은 가까이하기엔 너무 멀리 떨어진 난간 안쪽에 있었다. 절박하게 허공을 휘젓던 손이 다음으로 찾은 목표물은 옥상 난간이었다. 손끝이 난간에 닿았다. 하지만 밤이슬이 내려앉은 난간은 갓 잡아 올린 뱀장어처럼 미끄러웠다. 난간에서 손이 떨어져 나왔다. 발밑으로 펼쳐진 38층 아래의 야경이 나를 끌어당겼다. 나는 속절없이 아래로 곤두박질했다.

그때 마지막 동아줄이 눈에 들어왔다. 턱! 난간에서 2미터쯤 내려온 지점에 용도를 알 길 없이 한 뼘쯤 튀어나온 턱이 있었다. 어떻게 손을 뻗었고 어떻게 몸을 틀었는지 채 알아차리기도 전에 몸이 먼저 움직였다. 「클리프행어」에서 절벽 아래로 떨어지다 사다리를 붙들던 실베스터 스탤론처럼 나는 양손을 뻗어 턱을 붙들었고 관성을 거스른 탓으로 건물 벽에 호되게 몸을 부딪쳤다. 그 순간 아랫도리를 벽에 박는 바람에 숨이 턱 막히고 눈앞이 아득해졌다. 그러나 사내구실은 못 하게 되더라도 인간 구실은 하고 죽어야 할 판이었다. 눈물을 찔끔대면서도 필사적으로 매달렸다. 턱을 놓치면 끝장이었다. 이런 요행은 다시없을 테니까. 여기서 살아 나가면 이 턱을 설계한 건축사에게 박카스 한 박스라도 사다 줘야지.

"어쭈,「다이하드」찍냐?"

머리 위에서 조커가 외쳤다. 올려다본 순간 경찰봉이 부메랑처럼 날아왔다. 몸을 틀어 그 물건을 피하는 바람에 턱을 잡았던 한 손을 놓쳤다. 나는 나머지 한 손으로 몸무게를 지탱하며 허공에서 위태롭게 대롱거렸다. 경찰봉이 밑으로 떨어져 멀어지다가 점이 되어 아예 보이지 않게 된 후에야 길바닥에 픽 부딪치는 소리가 났다. 여기서 턱을 놓치면 나도 그 경찰봉 옆에 나란히 '엄마 찾아 3만 리'가 되겠지? 뼈와 살이 분리되고 깨진 머리에서 뇌수가 콸…… 아니다, 생각도 하지 마, 라희도!

한 손으로 마냥 몸무게를 버티기에는 무리였다. 게다가 옥상 난간 안쪽과 달리 옥상 바깥쪽은 바람의 기세가 사납고 세찼다. 죽기 아니면 까무러치기다. 팔다리를 대자로 벌리고 괘종시계의 추처럼 몸을 좌우로 흔들었다. 턱을 놓쳤던 손이 턱 위로 솟구친 순간, 턱을 턱 붙들었다.

"저거 운빨이야, 실력이야?"

"뭐냐 넌, 야마카시냐?"

나를 내려다보던 조커들이 물었다. 양손으로 턱을 붙들고 버티며 놈들을 올려다보았다. 이번에는 놈들의 눈치를 볼 필요가 없다는 판단이 들었다. 그래서 외쳤다.

"'야마 돌아'다, 이 조커 새끼들아!"

눈치 볼 필요가 없다는 판단은 오산이었다. 조커1이 카악 가래를 끌어모으더니 내게 퉤퉤 뱉었다. 영화에서는 상상도 못 할 추태였다. 후드득 떨어진 걸쭉한 이물질이 내 눈앞에 철퍼덕 들러붙었다. 내 눈앞이 흐려진 틈을 놓치지 않고 조커2가 경찰봉을 던졌다. 이번에는 피하지 못했다. 번지점프를 하듯 일직선으로 날아온 경찰봉이 얼굴을 정통으로 때렸다. 눈앞에 벼락이 떨어진 듯했다. 뜨끈한 액체가 초정리 광천수처럼 쏟아졌다. 코피였다. 코피가 멈추지 않는 품으로 보아 코뼈가 '엄마 찾아 3만 리' 된 듯했다. 하마터면 턱을 놓칠 뻔했다, 그래도 이 악물고 버텼다. 이렇게 굳어 망부석이 되더라도 버텨야 했다. 조커들과 나를 번갈아 가며 멀거니 지켜보던 레고가 옥상 저편으로 사라졌다. 잠시 후 헐레벌떡 돌아온 레고는 빨간 바윗덩이를 머리 위로 치켜든 모습이었다. 혼비백산하며 유심히 보니 바윗덩이의 정체는 여럿을 겹친 플라스틱 의자였다. 무대 근처에 겹겹이 쌓아 둔 행사용 의자를 뭉텅이로 들고 온 모양이었다.

"넌 씨발, 산타냐?"

"그거 던져서 동네 주민 다 깨우려고? 허허허, 메리 크리스마스?"

조커들의 면박에 무안해진 레고가 의자 더미를 엉거주춤 내려놓았다. 일관성 없는 놈들, 나를 던져서 동네 주민 다 깨우려던 때는 언제고! 왜, 사람은 괜찮고 의자는 안 되냐?

"잘 봐, 우리가 어떻게 하나."

조커1이 셔츠 주머니에서 담배를 꺼냈다. 놈이 담배를 물고 일회용 라이터로 불을 붙인 뒤 맛깔스럽게 한 모금 빨아들이더니 조커2에게 물었다.

"담뱃불 온도가 몇 도게?"

"500도 씨."

"자, 500도 씨 담배빵이 갑니다."

놈이 내 얼굴을 겨냥해 담뱃불을 떨어뜨렸다. 빨간 불똥이 바로 눈 앞으로 날아들었다. 그래, 눈에는 눈 이에는 이다! 나도 담배를 겨냥해 침을 뱉었다. 허공을 쾌속으로 날아간 침이 로빈 후드의 화살처럼 절묘하게 담뱃불을 꺼뜨리는 '그림'을 의도했지만 의도는 의도일 뿐 담뱃불은 담뱃불대로 뺨에 부딪히며 튕겨 나갔고,

"아 뜨거!"

침은 침대로 이마에 떨어지는 통에 누워서 침 뱉기가 얼마나 무모한 짓인지를 몸소 증명하는 결과만 낳았다. 조커가 담배 하나를 더 피워 물었다.

"또 간다. 이번에는 제대로다."

놈이 한쪽 눈까지 감고 제대로 내 얼굴을 겨냥하며 담뱃불을 치켜들었다. 담뱃불에 덴 뺨이 화끈거렸다. 이번에도 버틸지는 미지수였다. 물구나무를 서서 노래 한 곡을 부를 만큼 팔 힘에는 자신 있었는데 워낙 불안정한 자세로 건물 외벽에 붙어 있다 보니 슬슬 팔뚝이 저릿저릿해 오던 참이었다. 이 와중에 담뱃불이 눈에라도 떨어지면…… 상상만으로도 팔뚝에 소름이 돋았다. 놈이 담뱃불을 쳐들었다. 그때 옥상 안쪽에서 중년 남자의 목소리가 들려왔다.

"거기 누구요?"

삼인조가 옥상 안쪽을 돌아보았다.

"아, 네, 경찰인데요."

"폭탄 테러 신고받고 출동했습니다."

조커들이 예의 콤비 플레이로 말을 이어받으며 대답했다.

"폭탄 테러? 그게 뭔 봉창 두들기는 소리요."

살려 주세요! 폭탄 테러 용의자는 그놈들이에요! 그놈들이 저를 죽이려고 해요! 포수에게 쫓기다 나무꾼을 만난 토끼처럼 하소연을 쏟아 내려다 멈칫했다. 영화에서 이런 상황에 저런 식으로 등장한 인물은 대개 총알받이로 조기퇴장하기 십상이었기 때문이었다. 섣불리 도움을 청했다가 도움은 도움대로 못 받고 애먼 사람만 잡을 공산이 컸다. 저놈들은 충분히 그러고도 남을 미친놈들이었다. 삼인조의 이목이 옥상 안쪽에 쏠린 틈을 타서 턱걸이하듯 몸을 끌어 올렸다. 가까스로 팔뚝 하나를 턱에 턱 걸치는 데 성공했다. 평소 꾸준한 훈련과 스턴트로 다져 온 체력과 운동신경이 나를 살릴 줄은 상상도 못했다. 아래를 내려다보니 천 길 낭떠러지보다도 더 아찔한 풍경이 나를 반겼다. 도로를 오가는 차들의 불빛이 발광 플랑크톤 정도로밖에 안 보였다. 오금이 저렸다.

"내가 여태 로비를 지키고 있었는데 왜 못 봤지? 얼루 들어왔어요?"

질문 내용으로 보건대 중년은 이 빌딩의 경비원인 모양이었다. 정곡을 찌르는 질문이었다. 놈들이 진짜 경찰이고 신고를 받고 정식으로 출동했다면 당연히 건물 로비로 들어왔어야 했다.

"아, 네, 워낙 중대하고 위급한 일이라."

"저희 비상문으로 들어왔습니다."

"비상문요? 뭔 비상문요?"

대화가 점점 산으로 갔다. 하지만 모로 가도 서울로 가게 마련이었다. 삼인조가 경찰을 가장한 폭탄 테러 일당이라는 결론. 참, 내가 어어 하고 있을 때가 아니지! 내친김에 몸을 끌어 올려 턱 위로 다리를 턱 걸치고 올라섰다. 스파이더맨처럼 외벽에 바짝 들러붙어 움직이는데도 여차하면 떨어질 듯 위태로웠다. 라희도, 밑에 보지 마. 보면 다리 풀려. 자꾸만 내리깔리는 눈길을 위로 추켜올리며 마음을 다잡았다. 턱 위에 대자로 완전히 올라서는 데에도 초인적인 힘을 쥐어짜야 했다. 얼굴을 타고 흘러내린 진땀이 뚝뚝 떨어졌다. 안 그래도 밤이슬을 머금어 미끄러워진 턱 위로 코피까지 후드득 떨어지며, 오래 신어 바닥이 반들반들해진 운동화를 턱에서 밀어내려 용을 썼다. 이럴 줄 알았으면 운동화 좀 새걸로 바꿀걸! 여기서 살아 나가면 내가 당장 운동화부터 바꾼다. 저스트 두 잇! 두 발의 바깥쪽 복사뼈를 외벽에 바짝 붙이고 옆으로 슬금슬금 게걸음 쳤다. 문 워크로 움직여야 할 판이었다. 왼편으로 10여 미터 떨어진 지점이 건물 모퉁이였다. 일단 저 너머로 몸을 피했다가 기회를 봐서 난간을 붙들고 올라갈 작정이었다. 언제 놈들이 난간 너머에서 얼굴을 내밀지 몰라 가슴을 졸이며 수시로 옥상 위를 올려다보았다.

"너무 자세한 것까진 기밀이라 말씀드리기 그렇고요."

"위험하니 일단 내려가 계시면 저희가 조치를 취하고 연락 드리겠습니다."

놈들은 여전히 돼먹지 않은 헛소리로 경비원을 어르려 애쓰는 중이었다. 아무래도 언제든 외부와 연락이 가능한 상대라 나보다는 신중하게 제압하려는 심사인 듯했다. 하지만 저희들을 목격한 이상 그를 곱게 보낼 리는 없었다. 놈들이 그를 제압하고 나면 다시 이리로 돌아올 터였다. 그 전에 옥상 위로 올라서야만 했다. 그러려면 놈들이 나를 떨어뜨린 지점을 벗어나는 편이 유리했다.

"조치나 마나 이게 뭔 아닌 밤중에 홍두깬지 모르겠네. 내가 쫌 전까지 시시티브이로 들여다볼 때만 해도 옥상에 아무도 안 보였는데 순찰을 나와 보니……"

"순찰을 나와 보니 우리가 딱 서 있는 게 이상하시다, 이거죠?"

옥상 저편의 낌새가 슬슬 심상치 않게 흘렀다. 경비원도 놈들을 의심하기 시작했고 놈들도 그 사실을 알아챘다. 하기는 옥상에도 폐쇄회로 카메라가 여럿 돌아가는 중일 텐데 놈들이 이 난리를 치는 동안 경비원이 그 사실을 전혀 인지하지 못했다는 점이 미심쩍기는 했다.

바람이 불었다. 이런 고층 빌딩은 바람에 흔들리도록 설계된다는 말을 들은 적이 있다. 바람에 흔들리는 버들가지처럼 빌딩이 정말 이리저리 흔들리는 듯한 느낌이 들어 외벽에 바짝 들러붙었다. 바람아, 멈추어 다오. 제에에바아아알.

"그게 왜 그러냐면요, 우리가 손 쫌 봐 놨거든요."

"뭘요?"

"뭐긴 뭐겠어요, 시시티브이지."

상황이 급박하게 돌아갔다. 놈들이 정체를 드러냈다. 뒤이어 둔탁한 타격음과 외마디 비명이 동시에 터졌다. 놈들이 경비원을 덮친 모양이었다. 서둘러야 했다.

건물 모퉁이가 서서히 다가왔다. 모퉁이를 돌아 옥상 위로 올라가 차에 무사히 올라타기만 한다면 놈들과 정면으로 붙어도 승산이 있었다. 「원티드」에서 차 문을 열어 두고 드리프트해서 제임스 맥어보이를 조수석으로 낚아채던 안젤리나 졸리처럼 경비원을 놈들에게서 멋지게 구하는 상상을 했다. 모퉁이를 돌았다. 모퉁이 너머로 발을 내딛는 순간 발밑이 쑥 꺼졌다. 소스라치며 외벽을 붙들고 중심을 잡지 않았더라면 천 길 건물 밑으로 곤두박질했을 터였다. 없었다. 모퉁이 너머의 외벽에는 내가 몸을 지탱할 턱이 없었다. 이 빌딩 건축사 어떤 인간이야, 설계에 일관성이 있어야지, 일관성! 박카스 한 박스 취소!

"저기 친구 하나 영화 찍고 있는데 한번 보실래요?"

옥상 너머에서 난간 쪽으로 다가오는 소리가 들렸다. 내가 서 있는 턱에서 옥상 난간까지는 까치발을 들고 손을 뻗어도 한 뼘 이상 떨어진 높이였다. 나는 마이클 조던도, 호날두도 아니었다. 하지만 갈팡질팡할 계제도 아니었다. 다리를 ㄷ 자로 구부렸다가 있는 힘껏 턱을 박차고 뛰어올랐다. 나는 또다시 와이어도, 매트도 없는 112미터 상공에 떠올랐다. 실패하면 그 길로 이승 하직, 부자 상봉이었다. 모퉁이 모서리에 박힌 난간 기둥이 손끝에 잡혔다. 그 기둥을 꽉 붙들고 매달렸다. 그때 옥상 너머에서 조커가 얼굴을 비죽 내밀었다. 난간 기둥에 매달려 대롱거리면서도 모퉁이 너머의 기둥으로 팔을 뻗어 놈의 시선이 닿지 않는 쪽으로 몸을 피했다.

"어, 어디 갔지?"

"그새 떨어졌나?"

이제 놈들에게 발각되는 일은 시간문제였다. 똥줄이 탔다. 이를 악물고 한 손을 뻗어 기둥을 움켜쥐었다. 체중을 버티지 못한 기둥이 서서히 휘어지는 느낌이 손아귀로 전해졌다. 다리를 좌우로 흔들다 반동을 실어 왼발을 쳐올렸다. 난간 끝에 발이 닿았다. 난간 위로 얼굴을 내밀었다. 머리에 피를 흘리며 의식을 잃은 경비원이 바닥을 뒹굴고 삼인조가 옥상 너머를 내다보는 광경이 눈에 들어왔다. 그때 난간 기둥이 끽끽 비명을 질러 대며 놈들에게 내 위치를 알렸다.

"와, 저 스파이더맨 같은 새끼."

내 위치를 파악한 놈들이 내 쪽으로 우르르 달려왔다. 몸이 난간 위에 안정적으로 올라선 순간 늑대인간처럼 튀어 올라 옥상 위로 뛰어들었다. 착지도 늑대인간처럼 멋지게 하고 싶었지만 현실은 늘 그랬듯 그냥 인간이었다. 바닥에 볼썽사납게 굴러떨어지며 발목까지 삐끗했지만 아파할 새도 없었다. 가장 먼저 달려온 레고가 나를 덮치려는 순간, 놈의 옆구리를 밀치고 튀어 나갔다.

잡히면 죽는다. 이번엔 진짜 죽어, 라희도!

발목이 시큰거리는 고통 따위는 아무것도 아니었다. 차를 세워 둔 무대 뒤편으로 전력 질주했다. 내 목적지를 파악한 삼인조도 사냥개처럼 뒤를 쫓았다. 놈들의 숨결이 목덜미에 닿을 듯했다. 옥상을 미친 듯이 가로질러 차 문이 반쯤 열린 파이어로 뛰어들었다. 내 덜미를 붙들려는 놈들의 손길이 뒤통수를 스쳤다. 차 문을 닫자마자 놈들이 유명 스타를 쫓는 극성팬들처럼 차에 다닥다닥 들러붙었다. 차 문을 잠그자마자 놈들이 우악스러운 손길로 차 문 손잡이를 덜컥덜컥 끌어당겼다. 레고는 경찰봉을 창유리에 휘둘렀다. 아까부터 보자 보자 하니까 진짜, 이 차가 얼만지 아냐고. 너 팔아도 못 사! 호주머니를 더듬어 보니 열쇠는 무사했다. 시동을 걸면서 가속 페달을 밟았다. 타이어가 제자리를 휘돌며 요란한 마찰음을 냈다.

레고가 차 보닛 위로 뛰어들었다. 터미네이터냐? 조커1인지 조커2인지도 차 오른편에 매달렸다. 레고는 제가 정말 터미네이터라도 되는 양 보닛 위에 납작 엎드리더니 창유리에 대고 경찰봉을 휘둘렀다. 한 번, 두 번, 세 번. 차창에 금이 쩍 갔다. 나는 모른다, 변상은 네가 해라. 이제 놈들에게 본때를 보여 줄 차례였다. 감히 내 차, 아니, 내가 모는 차에 매달렸겠다? 나, 라희도야, 이 미친놈들아. 이 바닥에서 알아주는 카 스턴트 전문 스턴트맨 라희도라고!

옥상을 곧장 가로지르다 핸들을 왼편으로 홱 꺾으며 클러치를 밟고 핸드브레이크를 끌어당겼다. 차가 왼편으로 드리프트하면서 차체의 오른편이 옥상 난간을 들이받았다. 차 옆에 매달려 깝죽대던 조커가 난간과 차체 사이에 끼여 찌부러졌다. 울컥 피를 토하며 축 늘어지는 놈을 보며 다시 가속 페달을 밟았다. 그 와중에도 보닛 위에서 버티던 레고가 다시 차창 깨기 미션에 도전했다. 하나, 둘, 셋. 타격이 반복되면서 차창에 간 금이 촘촘해지더니 마침내 차창이 깨졌다. 창유리 파편이 차 안으로 우수수 쏟아졌다. 억대 자동차도 차창은 어쩔 수 없는 유리였다. 야 이 개레고야, 이거 방탄유리 아니야, 개레고야!

레고가 내 얼굴에 대고 경찰봉을 휘둘렀다. 번쩍번쩍. 눈앞에서 섬광이 터졌다. 그래, 패라, 패. 어차피 더 맞아 봐야 표도 안 난다. 이판사판이라는 심정으로 버티며 가속 페달을 밟았다. 옥상 난간이 정면으로 다가왔다. 레고가 또 한 번 경찰봉을 치켜드는 순간 나는 브레이크를 밟았다. 놈이 놓친 경찰봉이 차 안으로 홱 날아들었다. 역시 신차라 제동력도 우수했다. 제동거리를 미끄러진 파이어가 옥상 난간을 들이박기 직전에 급정거했다. 보닛 위의 레고가 관성을 못 이기고 뒤로 벌렁 나가떨어졌다. 난간에 다리를 부딪치며 뒤로 날아간 놈은 114미터 상공에 붕 떠올랐다가 곧장 38층 밑으로 곤두박질했다. 그러게, 안전벨트 착용을 습관화하라니까.

이제 한 놈 남았다. 조커1이냐, 조커2냐, 아무튼 덤벼! 그런데 놈이 어디로 튀었는지 온데간데없었다. 놈이 있던 자리에는 의식을 잃은 경비원만이 덜렁 남아 바닥을 뒹굴었다. 그 옆에 차를 대고 조수석에 떨어진 경찰봉을 챙겨 차에서 내렸다.

"아저씨, 정신 차려 보세요. 아저씨!"

경비원에게로 다가가 뺨을 두들기니 그제야 의식이 돌아오는지 그가 신음하며 부스스 눈을 떴다. 내 어깨 너머를 보던 그의 눈이 휘둥그레졌다. 뒤다!

나중에야 알아차렸지만, 조커는 내가 경비원을 깨우는 동안 나처럼 옥상 난간에 매달려 있었다. 그러다 도둑고양이처럼 옥상으로 뛰어내렸다. 돌아본 순간, 프리킥을 차는 축구 선수처럼 내게 달려드는 조커가 보였다. 대문짝만 한 놈의 발등이 눈앞에 다가들었다. 얼굴 한복판에 사커킥이 작렬했다. 철없던 시절 내가 대전 뒷골목에서 똘마니 짓을 하고 다닐 때 체득한 인생의 진리가 또 하나 있다. 그것은 바로 "사커킥에 장사 없다."였다. 둔중한 충격이 내 얼굴을 뒤흔들었고 영화 상영 도중 필름이 끊긴 상영관처럼 사방이 어둠에 잠겼다. 이종격투기의 전문용어로 말하자면 '떡실신'한 셈이었다.

"원 투! 눈 감지 말랬지. 눈 감으면 끝이야! 원 투!"

아버지의 목소리가 실신의 수렁 속에서 허우적대던 나를 끄집어 냈다. 의식이 돌아오는 동안에도 꿈을 꾸는 줄로만 알았다. 아버지가 팔열지옥에서 갓 끄집어낸 주먹으로 내 얼굴에 '북두백렬권'을 퍼붓는 줄로만 알았다. 그러나 내 얼굴을 두들기는 장본인은 조커였다.

"니가, 내 동생들을, 죽여? 넌, 죽어도, 곱게, 못 죽어!"

놈이 한마디 할 때마다 주먹이 날아들었다. 아무리 맷집이 좋아도 사람인 이상 한계가 있게 마련이었다. 이미 그 한계를 넘어섰다는 생각이 들었다. 안면신경이 이미 감각을 상실했기 때문이었다.『북두의 권』에서 켄시로의 '북두백렬권'에 당한 악당 졸개들도 그런 말을 남 겼다.

'어라라? 아프지도 가렵지도 않다.'

켄시로의 대사도 귓가를 울렸다.

'그러나 너의 목숨은 앞으로 3초!'

그 와중에도 본능적으로 주변을 더듬던 손끝에 단단한 물건이 닿 았다. 레고의 경찰봉이었다. 손끝으로 그 물건을 당겨 손에 움켜쥐었다. 내 위에 올라타 주먹을 내리꽂던 조커의 얼굴에 경찰봉을 휘둘렀다. 이성을 잃고 발광하던 놈이 예기치 못한 타격에 움찔했다. 또 한번 휘둘렀다. 놈이 떨어져 나갔다.

"그래, 끝까지 가 보자 이거지?"

파이어 보닛을 넘어간 놈이 운전석에 올라탔다. 곧장 가속 페달을 밟았는지 엔진과 타이어가 굉음을 내며 차가 급출발했다. 멀찌감치 내달렸던 차가 급정거하더니 이번에는 맹렬한 기세로 후진했다. 아직 버르적거리며 바닥을 뒹굴던 나는 간발의 차로 몸을 날려 정면충돌을 피했다. 그러나 경비원은 미처 피하지 못했다. 그는 옥상 난간과 차 범퍼 사이에 끼여 숨이 끊겼다. 차가 다시 미친 듯한 기세로 앞으로 내달리더니 고막을 긁는 소리를 내며 휙 돌아섰다. 나는 비틀거리면서도 자리에서 일어섰다.

투우사에게 달려드는 성난 황소처럼 파이어가 내게로 달려왔다. 나는 몸을 날려 충돌을 피했다. 저만치 멀어졌던 파이어가 옥상 바닥에 U 자를 그리며 휘돌아 다시 내게로 내달았다. 예의 눈웃음을 생글거리는 조커의 눈이 살기를 넘어선 광기로 번뜩였다. 오늘 밤 놈이 죽지 않는다면 놈은 앞으로도 무고한 목숨을 여럿 죽이리라는 확신이 들었다. 그래, 너 말 잘 했다. 한번 끝까지 가 보자.

놈이 모는 파이어가 다가드는 찰나, 또 한 번 시간의 흐름이 느려졌다. 아니, 실은 내 반사 신경이 잠시나마 초인적으로 예민해졌을 터였다. 그 와중에도 이리저리 고민했다. 「쌍룡회」의 성룡처럼 차를 밟고 타고 넘어? 「옹박」의 토니 자처럼 아예 뛰어넘어 버려? 이도 저도 아니면 「폴리스 스토리」의 성룡처럼 공중에 뛰어올라서 운전석에 양발차기를 날려? 오케이, 결정했어. 내 선택은 맨 마지막 영화였다. 리허설도, 합도 없었고, 와이어도, 매트도 없었지만 내게는 단 하나의 밑천이 있었다. 배짱. 나는 종대 형에 비하면 신출내기 스턴트맨에 불과했지만, 목숨을 걸고 놈과 끝장을 볼 배짱만은 종대 형 못지않았다. 멀쩡히 서 있기도 버거웠지만 버텼다. 그래, 뭐, 한 번 죽지 두 번 죽냐.

파이어가 눈앞으로 달려들었다. 몸을 날렸다. 허공으로 붕 떠오른

순간 조커의 얼굴이 보였다. 놈이 웃었다. 그래, 웃을 수 있을 때 웃어라. 나는 곧장 그 얼굴을 과녁 삼아 발을 뻗었다. 엉덩이 밑으로 보닛이 지나갔고 내 발끝이 놈의 얼굴과 가슴팍에 내리꽂혔다.

맞았다.

낚시에도 대어를 낚는 손맛이 있듯 스턴트에도 그와 흡사한 손맛이 있다. 의도했던 스턴트가 정확히 성공했다는 직감이 들었을 때 척추를 타고 흐르는 짜릿한 희열이 바로 스턴트의 손맛이다. 그 순간 나는 스턴트의 손맛을 느꼈다. 놈이 컥 소리를 내며 핏덩이를 토했다. 놈이 운전대를 놓치자 제멋대로 옥상을 내달리던 차가 옥상 난간에 옆구리를 긁었다. 불똥이 튀고 사이드미러가 날아갔다. 마주 보이는 난간에 부딪치며 차가 질주를 멈추었을 때 핸들을 필사적으로 붙들지 않았더라면 나도 레고가 그랬듯 난간 너머로 번지점프를 했을 터였다. 차는 멈추었고 조커는 연신 핏덩이를 토하며 단말마의 한숨을 몰아쉬었다. 대전은 끝났다. 나는 운전석 차 문을 열고 조커를 끌어냈다. 입가가 피로 범벅된 놈이 히죽대며 띄엄띄엄 중얼거리기 시작했다.

"제일…… 좆같은…… 영화가 뭔지…… 아냐? 악당이…… 뒈지기 전에…… 약해지는 영화야."

놈이 호주머니에서 스마트폰을 꺼냈다.

"그거…… 알아? 요새…… 스마트폰으론…… 못 하는 게…… 없어."

내가 그 물건을 빼앗기도 전에 놈이 스마트폰의 액정을 두들겼다. 대체 무슨 짓인지 어안이 벙벙했다가 놈의 눈길이 꽂힌 무대 쪽을 본 순간, 온몸의 털이 곤두섰다. 놈의 눈빛만으로도 속셈이 뻔히 보였다. 놈이 마지막으로 남긴 유언은 다음과 같았다.

"18……초 줄게, 씨발…… 새끼야."

그러니까 놈은 숨이 끊어지기 직전, 『북두의 권』의 켄시로처럼 내게 최후의 경고를 날린 셈이었다. 너의 목숨은 앞으로 18초다? 그동안 반성해라? 그래, 곧바로 안 터뜨려 줘서 매우 고맙다. 그러나 너의 목숨은 앞으로 3초다, 이 조커 새끼야!

돌이켜 보면, 그때 어떻게 다시 운전석으로 뛰어들고 어떻게 차를 돌렸는지 그리고 어떻게 결단을 내렸는지 확실치 않다. 사람이 절체절명의 순간에 이르면 반사 신경이 극도로 예민해져서 초인적인 힘을 발휘하기도 한다는 연구 결과는 정말이지 사실이었다. 옥상에 설치된 무대가 굉음을 내며 폭발하기 시작했을 때, 나는 이미 가속 페달을 밟으며 파이어를 몰고 옥상을 내달리던 중이었다. 심지어 그 와중에 전조등을 켜고 안전벨트까지 단단히 맸을 정도였다. 목적지는 둘 중 하나였다. 아버지가 기다리는 지옥 아니면 맞은편 빌딩 옥상.

물론 무모하기 짝이 없는 짓이었다. 하지만 살다 보면 무모하기 짝이 없는 줄 알면서도 그 짓을 해야만 하는 순간이 있게 마련이었다. 그 순간 다른 선택지는 없었다. 오로지 본능적인 견적과 결정이 있을 뿐이었다. 대로를 사이에 둔 맞은편 건물 옥상의 높이는 약 30층. 한 층에 대략 3미터씩 잡아 90미터. 이 건물 옥상보다 약 24미터가 낮다. 건물과 건물 사이의 거리는 대략 80미터. 그럼 몇 미터의 속도로 달려야 저 건물 옥상에 안착한다? 모르겠다, 어려서부터 나는 수학이라면 젬병이었으니까. 빵점 맞은 적도 있는데, 뭘. 일단 뛰고 보자. 아니, 날자! 실패한다면 내 인생에 종지부를 찍은 최악의 스턴트가 될 터였고, 가능성은 희박하기 짝이 없었지만, 만에 하나, 기적적으로 성공한다면 내 인생에 정점을 찍는 최고의 스턴트가 될 터였다. 날자, 날자, 한 번만, 딱 한 번만 날아 보자꾸나. 제발!

무대에서 시작된 폭발이 순식간에 무대를 집어삼키고 몸피를 거대하게 불렸다. 온갖 파편이 뒤섞인 폭풍이 내달리는 차 꽁무니를 바짝 뒤쫓았다. 룸미러에 비친 폭발의 규모는 여태껏 내가 보아 온 중 가장 크고 아름다웠다. 옥상의 '엄마 찾아 3만 리'였다. 이 차가 정지 상태에서 시속 100킬로미터에 이르기까지 불과 3.8초밖에 안 걸린다던 담당자의 호언장담은 과연 사실이었다. 옥상 난간을 들이박기 직전 속도계를 보았을 때 차의 속도는 정확히 132킬로미터였다. 파이어가 요란뻑적지근하게 난간을 뚫고 공중으로 솟구쳤다. 후끈한 화염이 뒤통수로 밀어닥쳤다.

아름다운 밤이에요. 어느 여배우의 수상 소감이 떠올랐다. 사실이었다. 지상에서 114미터 떨어진 상공을 차로 날며 맞은 밤바람은 여태껏 내가 맞아 본 중 가장 시원한 바람이었고 그 와중에 내려다본 야경 또한 여태껏 내가 보아 온 중 가장 아름다운 야경이었다. 38층 건물 옥상에서 맞은편 건물 옥상까지 차로 날아서 건너 본 적 있는 사람 있으면 나와 보라고 해. 종대 형이 봤더라면 엄지를 추켜올렸을 텐데!

비록 앞 유리창이 날아가고 여기저기가 부서졌지만 파이어는 끝까지 제 몫을 해 주었다. 까마득하게만 보였던 맞은편 건물 옥상이 순식간에 눈앞으로 다가왔다. 제발, 제발, '뻑사리'만 나지 말아 다오. 나는 핸들을 꽉 붙들고 빌었다. 차의 전조등이 맞은편 건물의 꼭

대기 층을 지나 옥상 바닥을 훑었을 때는 살았구나 싶었다. 문제는 운전석의 무게 때문에 차체가 왼편으로 기울었다는 점이었다. 건물 난간을 무사히 통과하나 싶었는데 왼쪽 뒷바퀴가 난간에 부딪치며 차체가 심하게 요동쳤다. 앞바퀴 먼저 부딪쳤다면 차체가 그대로 뒤 집혔을지도 몰랐다. 난간과의 충돌로 득과 실을 얻었다. 득은 그 충 돌이 일차로 충격을 분산해 준 덕에 착지의 충격이 약간이나마 덜해 졌다는 점이었고, 실은 그 충돌로 차가 중심을 잃고 기우뚱해졌다는 점이었다.

차가 불안정하게 바닥에 닿는 순간 나는 본능적으로 몸을 움츠렸 다. 차가 착지하며 차 천장이나 핸들 또는 차창에 머리를 부딪치거 나 목뼈가 꺾여 골로 가기 십상이었기 때문이었다. 천지가 진동하는 듯한 충격파를 일으키며 차가 바닥에 내려앉았다. 뇌가 차 바닥으로 내리꽂혔다가 껑충 튀어 오르는 듯했다. 하지만 끝이 아니었다. 착지 순간의 마찰로 속도가 줄기는 했지만 차는 그대로 건물 옥상을 내달 렸다. 건너온 건물과 달리 이 건물 옥상에는 한복판에 커다란 콘크리 트 구조물이 보였다. 그 구조물과 정면충돌하기 직전에 핸들을 틀었 지만 구조물 옆구리에 차 꽁무니가 부딪치며 차체가 중심을 완전히 잃었다. 차 문을 열고 차 밖으로 탈출을 시도하려 했지만 차가 무지 막지한 속도로 스핀을 시작했기 때문에 그럴 틈이 없었다. 브레이크 를 밟아도, 가속 페달을 밟아도 허사였다. 길게 늘어진 용수철 모양 을 그리며 옥상 위를 뱅글뱅글 미끄러진 차는 순식간에 난간까지 밀 렸다. 제발 뚫고 나가지만 말아 다오. 빌고 빌었지만 세상일은 으레 바람과는 반대로 가기 마련이었다. 차 꽁무니가 난간을 호되게 들이 받았고 차체가 난간을 뚫고 그 너머로 밀려 나갔다. 무한한 공간 저 너머로.

이제 정말 부자 상봉하나 보다 눈을 질끈 감았는데 파이어의 질주가 거기서 잠시 숨을 골랐다. 눈을 떠 보니 앞 유리가 날아간 차창 너머로 건물 옥상이 보였다. 살았다. 안도하기에는 일렀다. 이내 옥상 정경이 사라지고 밤하늘이 시야에 들어왔다. 난간에 비스듬히 걸린 차가 시소처럼 서서히 뒤로 기우는 중이었다. 차가 난간에서 떨어져 나가기 전에 안전벨트를 풀고 차 밖으로 뛰쳐나가야 했다. 안전벨트를 푸는 동안 차체가 90도로 기울며 난간 끝에 대롱대롱 걸렸다. 부서진 난간 끝에 걸렸던 차가 뚝 떨어져 나오는 순간 등받이와 핸들을 밟고 보닛 위로 몸을 날렸다. 추락하는 비행기에서 비상탈출한 조종사처럼 튀어나온 나는 눈앞의 건물 모서리를 붙들고 매달렸다. 빙글빙글 휘돌며 30층 밑으로 떨어진 파이어가 도로변에 처박히며 폭발했다. 억대의 '아이언맨 스페셜 에디션'은 그렇게 '임팩트' 있게 산화했다. 잘 가라, 파이어. 널 영원히 기억하마.

나는 한동안 버르적거린 끝에 옥상 위로 올라왔다. 멀찌감치 내가 건너온 옥상에서 검은 연기가 용틀임하며 솟구쳤다. 등 뒤로도 시커먼 연기를 내뿜으며 타들어 가는 파이어의 잔해가 내려다보였다. 저 엄청난 피해를 누가 다 감당해야 하지? 무슨 일이 있었는지 이야기하면 사람들이 믿어 주기나 할까? 혹시 나한테 덤터기 씌우는 거 아냐? 파이어가 옥상에 그리고 간 타이어의 궤적을 멀거니 바라보다 바닥에 철퍼덕 주저앉았다. 에라, 모르겠다. 저희끼리 알아서들 수습하겠지. 나는 아예 바닥에 벌러덩 드러누웠다.

세 가지만은 확실했다. 카메라도, 감독도, 관객도 없었지만 그날 밤 나는 내 인생 최고의 액션영화를 찍었고 살아남았다. 그리고 대전은 끝났다.

밤하늘을 바라보다 이내 고개를 가로저었다. 한 가지가 아니다 싶었기 때문이었다. 대전은 아직 끝나지 않았다.

대전은, 이제부터 시작이다.

박사님의 우주 전파

양혜석

"박사님, 뭐 하세요?"

박사님이 지구의 중력을 거스르는 장면을 볼 뻔했어요. 도움닫기도 없이 하늘로 뛰어오를 기세였다는 뜻이에요. 잔뜩 긴장한 채 천천히 돌아본 박사님은 한숨을 폭 내쉬었어요.

"성화 양, 언제 왔어요?"

뭐 하시냐고 어깨를 잡고 귀에 속삭이기 전에, 박사님의 등 뒤에서 11센티미터 플랫폼 힐을 힘차게 구르며 약 3분에 걸쳐 직렬 5기통 댄스를 추고 있었다는 말은 안 하는 게 낫겠네요. 소리 높여 노래도 불렀는데 말이죠. 점핑! 예, 점핑! 에브리바디! 아, 박사님의 청력을 의심하실 필요는 없어요. 원래 사고를 개시하면 오감이 자동 차단되는 분이거든요.

"왜 그렇게 놀라세요?"

"아니, 생각을 좀 하느라……."

"너무 걱정하지 마세요. 잘 하실 거예요."

어깨를 토닥토닥해 드렸더니 흠칫 몸을 빼시네요. 아니, 내가 뭘 어쨌다고? 해치지 않아요. 조금 서운해져서 몸을 홱 돌렸어요.

"서, 성화 양?"

"책상 위에 놔두신 거, 복사해야 하지 않아요? 여섯 부?"

"아, 네. 그래요. 늘 고마워요, 성화 양."

반쯤 미끄러져 내려온 안경을 검지로 끌어 올리며 박사님이 쑥스 러운 듯 웃습니다. 아아, 또 어쩔 수 없이 마주 웃어 주고 말았어요. 자꾸 이러면 우리 박사님 버릇 나빠지는데.

복사기를 돌리며 원본 종이를 대충 훑어보았어요. 제일 먼저 들어오 는 단어는 초끈 이론. 초를 먹인 명주실은 그냥 명주실보다 세 배 강 해서 연싸움에 그만큼 유리하다, 뭐 그런 건 아니겠죠? 폰트는 10에 줄 간격은 130, 빽빽한 문단 여기저기에 양자역학이니 미시적 불연속 성이니 11차원이니 하는 단어가 보입니다. 하나는 확실히 알겠네요. 오늘도 우리 수강생들은 편히 잘 주무시고 돌아가실 거라는 거요.

이곳은 모 대학교 천문우주과학과 박사 연구실. 하지만 제가 말한 수강생은 이 학교 학생들이 아니랍니다. 박사님은 귀국하신 지 얼마 안 되어서 아직 학교에서 학생들을 가르치시지는 않아요.

박사님은 국립중앙과학관에서 교양강의를 하고 계세요. 강의 제목 은 「즐거운 우주 산책: 외계인 친구를 찾아서」. 제가 지은 제목이에 요. 아, 두 달 전에 시민천문대에서 개설되었던 강의 제목은 「상대성 이론에서 초끈 이론까지: 우주과학의 흐름을 찾아서」였는데 수강생이 한 명밖에 없어서 폐강됐어요. 참고로 그 한 명은 저였죠.

"유성화 씨? 만나서 반갑습니다. 오시자마자 죄송한 말씀을 드리
게 됐네요."

박사님은 정중하게 허리를 숙였어요. 박사님이 미안해할 일이 아
닌 데도요.

"이 강의는 폐강될 것 같습니다. 신청자가 성화 씨밖에 없거든요.
죄송합니다."

"어머, 정말요? 꼭 듣고 싶었는데."

젊은 여자애가 희한하다는 표정을 적나라하게 드러낸 채 저를
바라보던 ─나중에 알게 된 거지만, 이분은 표정을 숨길 줄 몰라
요.─박사님은, 한참 망설이더니 조심스럽게 제안해 왔어요.

"저, 이건 순전히 하나의 아이디어인데, 혹시 정말로 강의가 듣고
싶다면……."

"네. 듣고 싶어요!"

지금 생각해 보면 참 신기하죠. 숫기 없는 박사님이 '대학 연구실
로 오면 일대일로 강의를 해 주겠다'는 대담한 제안을 하셨다는 게
요. 당장 그날부터 저는 영광스럽게도 박사님으로부터 우주과학에
대한 개인 교습을 받게 되었어요.

안타깝게도 첫 수업의 결과는 별로 영광스럽지 못했지만요.

격렬하게 말을 더듬는 박사님 앞에 한 시간 동안 앉아 졸며 세 번
쯤 테이블에 이마를 부딪쳤죠. 죄송하다고 생각은 하지만 세상엔 의
지의 힘으로도 안 되는 일이 있는 법이에요.

"그럼 다음 주에 뵐게요, 박사님."

아무튼 그런 제가 다시 오겠다고 하니 박사님은 난감함과 황감함과 곤란함과 고마움이 복잡하게 뒤섞인 표정을 하고 다시 말을 더듬기 시작했어요.

"다, 다음 주, 강의, 들으러 올 건가요?"

"네. 안 되나요?"

"나, 나야 물론, 성화 씨가 와 주기만 한다면야, 대환영이지만……."

"그런데 와서 또 졸지도 몰라요. 죄송해요."

박사님은 눈을 크게 뜨고 양손을 프로펠러마냥 빙글빙글 회전시켰어요.

"괜찮아요, 괜찮아요. 이게 저한테 얼마나 큰 공부가 되는지 몰라요."

"왜요, 왜요?"

"내가 사실 여러 사람 앞에 서는 데는 익숙하지 않아서…… 무대공포증이랄까."

그렇게 말해 놓고, 박사님은 또 특유의 멋쩍은 웃음을 흘렸죠.

"그래도 내 목표는 그쪽이니까, 결국은 극복하고 개발해야 할 부분이라는 거죠."

"그쪽이 어느 쪽인데요? 무대요? 슈퍼스타K라도 나가시게요? 와아, 응원 갈게요!"

"아, 그게 아니라……. 음, 말로는 잘 설명 못 하겠는데."

한참을 횡설수설하던 ─ 그러니까 이분은 냉정하게 말해서 여러 사람이 아니라 한 사람 상대로도 달변은 아니랍니다. ─ 박사님의 말을 종합해서 보기 좋게 정리하자면 대충 다음과 같은 거였어요.

"나는 사람들이 좀 더 우주에 관심을 가져 줬으면 해요. 별의 수만큼 세계가 있는데, 그걸 모르고, 그런 생각조차 해 보지 않고 평생을 지나간다면 너무 슬프잖아요. 우리한테 주어진 세상이 이렇게 까마득하게 큰데 눈길조차 주려 하지 않는다는 건, 세상한테 좀 미안하고, 어떻게 보면 실례되는 일이에요. 성화 씨, 나는 크리스마스 선물로 망원경을 받고 싶어 하는 아이들이 늘어났으면 좋겠어요. 부모님이랑 교외에 나가서 아 저게 다 별이구나, 저게 다 하나하나의 세계구나, 그런 생각을 해 봤으면 좋겠어요. 그래서 교양강의를 하려는 거예요. 사람들이 취미처럼 우주과학을 할 수 있게요."

거기까지 말해 놓고, 박사님은 부끄러운 듯 웃었어요.

"우주 어딘가에 외계인이 있다고 믿는 게…… 세상에 나 하나면 너무 외롭잖아요."

저는 그 얼굴을 바라보며 생각했죠. 아, 역시 오길 잘 했다 하고요. 그런데…….

"성화 씨, 이번 교재는 어때요?"

어느새 복사기 옆으로 다가온 박사님이 슬쩍 제 눈치를 살피고 있네요. 살짝 미소를 띠고 고개를 끄덕여 드렸어요.

"음, 강의 주제랑 잘 맞는 것 같아요."

"아, 그래요? 정말요?"

"네. 외계어죠, 이거? 박사님 전공분야."

박사님은 약 5초의 버퍼링을 거친 후 머리를 쥐어뜯으며 괴로워하기 시작했지만, 딱히 위로해 드릴 생각은 없네요. 네, 전 냉정한 여자예요. 악역이 되는 것쯤은 감수할 각오가 되어 있어요. 다 박사님을 위한 거라고요. 박사님한테는 따끔한 조언이 필요해요. 장담하는데, 저래서야 어린애들이 망원경을 사 달라고 조르긴커녕, 아버지한테 물려받은 망원경도 야구 배트로 용도변경 할걸요.

"어, 선배 아직 안 갔네?"

이런, 달갑지 않은 손님이 왔어요.

"아, 남 선생!"

박사님은 활짝 웃으며 연구실에 들어오는 남자에게 인사했어요.

남 선생님은 박사님과 연구실을 같이 쓰고 있는 분이에요. 박사님과는 대학 선후배 사이인데, 갓 귀국한 박사님을 이 학교에 소개해 주었다고 들었어요. 교수는 아니지만 꽤 인기 있고 유능한 강사님이래요. 남 선생님은 들고 있던 교재와 태블릿 PC를 자기 책상 위에 올려놓으면서 말했어요.

"선배, 오늘 문센 강의 있는 날 아니야?"

"문센 아니거든요!"

이런, 저도 모르게 소리부터 지르고 말았네요.

"아, 성화 씨. 어디서 나타난 거야?"

"아까부터 있었거든요! 그리고 문화센터 아니에요! 국립과학관이 거든요!"

"에이, 그거나 그거나. 일반인 대상 교양강의는 다 똑같지."

"아니거든요!"

네, 맞아요. 저는 이분을 별로 좋아하지 않아요. 저 히죽거리는 웃음도 능글맞은 말투도 모두 마음에 안 드는걸요. 사실 결정적인 이유는 따로 있지만요.

"그러지 말고 내 강의 조교나 좀 해 줘. 문센 강의에 무슨 조수가 필요하다고."

"문화센터 아니라니까요!"

"저, 성화 양. 걸어가려면 슬슬 출발해야 할 것 같은데……."

박사님의 조심스러운 목소리에 이성이 돌아왔어요. 박사님께 부끄러운 모습을 보여 드렸네요. 저는 어깨를 움츠리고 교재를 챙겨 들었어요.

"그 굽으로 과학관까지 걸어가게? 그러다 다리에 근육 생겨. 비싼 몸 아냐?"

"남이사!"

이크. 또 큰 소리를 내 버렸어요. 저분, 일부러 저러는 게 분명해요!

학교에서 과학관까지는 걸어서 한 시간 조금 덜 걸리는 거리예요. 갑천 변을 따라 대덕대교 쪽까지 쭉 걸어가기만 하면 되죠. 날은 아직 좀 덥지만 최고의 산책 코스예요. 하늘은 시야 한가득 펼쳐지고 저녁 바람은 상쾌하게 목을 타고 넘어가죠. 아까 남 선생님 말이 좀 신경 쓰이기는 하지만, 사실은 저도 박사님과 둘이 하는 이 산책을 아주 좋아한답니다. 11센티미터 굽으로 한 시간 걷는 것쯤 아무렇지도 않아요. 까진 새끼발가락이야 집에 가서 소독하고 약 바르면 되는 거니까요.

"성화 양은 남 선생을 별로 안 좋아하나요?"

이런 즐거운 산책 시간에 그런 말을 꺼내시다니. 원망 반 당혹 반으로 박사님을 올려다보니, 박사님이 변명하듯 덧붙였어요.

"아니, 그냥……. 저기, 좀 짓궂긴 해도 나쁜 사람은 아니에요."

"저도 알아요, 박사님."

박사님은 머쓱하게 웃었어요. 네, 나쁜 사람은 아니죠.

하지만 박사님, 바로 그게 문제랍니다.

* * *

아침 일찍 도착한 연구실에 박사님은 안 계시고, 남 선생님만 혼자 어제 과음했다며 머리를 감싸 쥐고 술 냄새를 풍기고 있었어요. 돌아 나가려는 것을 남 선생님의 목소리가 불러 세웠어요.

"어제 어땠어요?"

"뭐가요?"

"선배 강의."

저는 잠시 사이를 두고 대답했어요.

"전 안 갔어요."

과학관 앞까지 박사님을 바래다 드리고 아르바이트에 갔다는 제 말에 남 선생님은 흐응 하고 관심 없는 듯 코대답을 했어요. 저는 괜히 오기가 생겨서 덧붙였어요.

"걱정 안 하셔도 돼요. 잘 하셨을 거예요. 연습 엄청 많이 하셨으니까."

"왜 안 갔는데요?"

힐끗 곁눈질하니, 남 선생님은 양손에 얼굴을 묻은 채 손가락 사이로 저를 보고 있었어요. 저는 재빨리 시선을 돌렸어요.

"갑자기 볼일이라도 생겼어요? 아니면……."

남 선생님은 빙긋 웃었어요.

"느낌이 안 좋았나 보죠?"

그때 박사님이 연구실 문을 열고 들어왔어요. 유령처럼 흐느적대며 걸어오더니 소파에 풀썩 주저앉았어요. 저는 재빨리 박사님 쪽으로 뛰어갔어요.

"박사님, 괜찮으세요? 무슨 일 있었어요?"

"아니에요. 그냥……."

그냥은 뭐가 그냥이에요. 딱 봐도 스리런 홈런 얻어맞고 강판당한 신인 투수구먼. 여전히 히죽대며 박사님을 구경하는 남 선생님이 좀 마음에 걸렸지만, 저는 박사님의 어깨를 토닥토닥하며 물었어요.

"어제 강의에서…… 무슨 일 있었어요?"

박사님은 한참을 주저하다 입을 열었어요.

수강생 미달로 폐강된 「상대성 이론에서 초끈 이론까지: 우주과학의 흐름을 찾아서」와는 달리, 어제 개강한 「즐거운 우주 산책: 외계인 친구를 찾아서」는 수강생이 다섯 명이나 등록했어요. 에헴, 이건 전적으로 제 귀여운 네이밍의 성과라 할 수 있지요.

물론 바뀐 건 제목뿐이고 내용도 강사도 동일하다는 게 함정이지만요.

박사님의 강의 실력은 「상대성 이론에서 초끈 이론까지」를 개인 과외로 네 번이나 수강한 제가 제일 잘 알아요. 그래서 수강생들이 하나둘 고개를 떨어뜨리고, 강의실 어디선가 코 고는 소리가 들려오고, 누군가가 이마를 책상에 쿵 소리 나게 박았다는 말을 들었을 때도 별로 놀라지는 않았어요.

문제는 강의가 끝나고, 단잠에서 깨어난 수강생들이 입가를 훔치며 짐을 챙기고 있을 때쯤 발생했어요. 맨 앞자리에 앉아 있던 한 수강생이 손을 번쩍 든 것이죠.

"강사님, 드릴 말씀이 있는데요."

전 그 자리에 없었지만 박사님이 얼마나 기쁜 표정을 지었을지는 상상하고도 남아요. 문제의 수강생이 어떤 얘기를 할지는 짐작도 못했을 테니까요.

"저는 개인적으로 외계인에 관심이 있어서 이 강의를 신청했거든요. 강사님 프로필을 보니 그쪽 전문가이신 것 같고, 인터넷에도 강사님 기사가 많이 나와 있더라고요."

박사님의 전공은 전파 천문학. 그중에서도 외계 지적 생명체 탐색을 위한 인공전파신호가 주요 연구 분야예요. 귀국하신 지는 얼마 안되었지만 워낙 흔치 않은 분야다 보니 한동안 매스컴에서도 관심을 보였나 봐요. 저도 몇 번 기사를 본 적이 있어요.

"나눠 주신 강의 계획안이랑 지금까지 강의하신 걸 보면, 우주과학이론 위주로 진행하실 것 같은데 맞나 해서요. 강의 소개에는 분명히 외계인 콘택트 쪽이 중심인 것처럼 나와 있었고, 강의 제목도 그렇고……. 저는 그쪽을 주로 다뤄 주실 줄 알고 수강 신청한 거라서요."

수강생은 가슴을 쭉 펴고 당당하게 말했어요. 조금은 공격적인 말투였어요.

"강의 제목이 「외계인 친구를 찾아서」면, 제목대로 외계인 찾는 얘기 위주로 진행해 주셔야 하는 것 아닌가요?"

"하, 하지만 외계인을 다루려면, 먼저 우주에 대한 학문적 바탕이 없으면……."

삼류 잡지 기사용 가십거리가 된다는 얘기를 하고 싶으셨을 거예요. 제가 아는 박사님은 학자로서의 우월감과는 거리가 멀지만, 본인이 투신하고 있는 학문에 대한 자각은 충실한 분이니까요. 뭐, 그 이전에 극히 소심하니까 말은 못 하셨겠지만요.

"강사님은 세티 코리아(SETI Korea)에도 참여하고 계신 걸로 알고 있는데요."

이번에 입을 연 건 구석 자리의 야구 모자를 깊게 눌러쓰고 있는 남자였어요.

"저는 심리학 전공자로 채널러(channeller)에 대한 석사 논문을 쓰고 있습니다. 그래서 박사님이 이런 강좌를 여신다고 하셔서, 과학의 입장에서 외계인과의 콘택트를 어떤 식으로 이해하고 있는지 들을 수 있을 거라고 생각했습니다. 한국 세티가 얼마나 진행되었는지, 특이전파신호 포착 사례는 있는지, 외부인으로서는 구체적인 데이터를 얻기 힘드니까요."

세티란 Search for Extra Terrestrial Intelligence의 준말로, 한국어로는 외계 지성체 탐사라고 하죠. 우주에서 날아오는 전파들을 수집해서 외계 생명체의 증거를 찾는 프로젝트예요. 상상도 못 할 만큼 많은 전파 중 지구에서 발생된 전파를 걸러 내고, 그중 인공적인 것을 가려내면 끝. 지구 외에도 전파를 쓸 만큼 발달된 문명을 갖춘 존재가 있다는 증거가 되는 거죠. 말은 쉽지만 까마득한 얘기예요. 박사님은 해운대 백사장에서 깨알 찾기보다 어려운 작업이라 하시던

데요. 뭐, 우주가 해운대보다 넓으니까요.

"어, 솔직히 말해서요, 전 빵상 아줌마 같은 건 줄 알았어요! 빵
상빵상 하면서 외계인이랑 직접 막 연락도 하고 그러는 줄 알았는
데……."

중간쯤 앉아서 턱을 괴고 졸던 단발머리 여고생이 키득거리며 말
하자 옆 책상의 남학생도 열심히 고개를 끄덕였어요. 이쯤 되면 박사
님이 얼마나 당황하셨을지 안 봐도 알 만하죠. 주저앉지 않은 것만
해도 다행이랄까요. 하지만 결정타는 따로 있었죠. 스모 선수 같은
체격에 머리를 박박 깎은 마지막 수강생이 억양 없는 목소리로 말한
거예요.

"환불, 가능하죠? 첫날이니까."

"처음엔…… 환불해 주려고 했어요."

"박사님!"

"돈은 돌려줄 테니까, 강의는 들어 달라고 말하려고 했어요."

박사님은 시선을 떨구었어요. 한 손으로는 낡은 양복 윗도리 끄트
머리를 매만지면서, 아주 작은 목소리로 말했어요.

"근데, 환불을 해 주면 다들 다시는 안 올 것 같더라고요……."

박사님은 수강생들에게 뭔가를 기대하게 만들어야 했어요. 남은
아홉 번의 강의 중 한 번도 빼놓지 않고, 전원이 매주 나와서 기대에
찬 눈으로 자신을 바라보게 하고 싶었죠. 그건 따돌림당하는 초등학
생이 생일에 친구들을 집으로 초대하려는 것과 비슷한 절박함이었

을 거예요. 책상에 턱을 괴고 앉아서 혼잣말을 하는 거죠. 별로 신경 안 쓴다는 듯 무심한 말투로, 하지만 목소리는 교실 전체에 들릴 만큼 크게. 우리 집에 플스3 있는데. 게임도 스무 개 있는데.

물론 박사님은 초등학생이 아니니 혼잣말 같은 건 하지 않았어요.

"그렇지 않아도 외계 지성체와의 접촉을 준비하고 있습니다. 비밀 프로젝트라서 공공연히 말할 수는 없지만요. 접촉에 성공하더라도 기밀을 유지해 주셔야 합니다."

"죄송한데, 그걸 어떻게 믿죠?"

박사님은 일단 여유롭게 웃었어요. 그리고 힘찬 목소리로 말했죠.

"내기를 합시다. 9주 후, 종강 날까지 여러분께 증거를 보여 드리지요. 실패한다면 강의료는 전액 환불해 드리겠습니다."

"도대체 그런 거짓말은 왜 하신 거예요."

"거짓말은 아니죠. 종강까지는 아직 두 달 넘게 남았으니까, 어쩌면 그동안 외계 전파가 포착될지도 모르고……."

"선배."

어느새 다가온 남 선생님이 소파에 쪼그리고 앉아 박사님과 눈을 맞추었어요.

"말이 안 되는 얘긴 건 알지?"

"괜찮아."

박사님은 힘없이 웃어 보였어요.

"어차피 내 강의 목적은 돈이 아니니까."

바로 그게 문제라고요. 목적은 돈이 아니더라도, 최소한 먹고살 만큼은 있어야 하잖아요. 영국에서 공부할 때는 장학금이 있었고, 박사 학위를 받은 다음에는 강사로 일했으니까 생활이 유지가 됐다지만 지금은 아무것도 없잖아요. 저는 심호흡을 하고 박사님께 물었어요.

"진짜로 환불해 주실 거예요?"

의미 없는 질문인 건 알고 있었어요. 박사님은 거짓말하지 않는 분이니까요. 박사님은 가만히 웃고, 나는 입을 다물고, 남 선생님은 자리에서 일어났어요.

그리고 연구실은 조용해졌어요.

* * *

"새우버거 세트 하나, 불고기버거 세트 하나 맞죠?"

"네. 둘 다 커팅해 주세요."

차라리 불새버거 세트를 두 개 시키지 그러냐고 말하고 싶었지만 시계를 보고 참았어요. 교대시간이 다 되었거든요.

"새우버거 세트 하나, 불고기버거 세트 하나, 둘 다 커팅요!"

주문을 불러 주었는데도 손님은 자리를 비키지 않았어요. 옆쪽에서 기다려 달라고 말하려 고개를 든 순간, 손님의 얼굴을 확인하고 저도 모르게 얼굴을 찌푸리고 말았어요.

"여긴 웬일이세요, 남 선생님?"

"교대할 때 되지 않았어요? 기다릴게요."

다른 아르바이트생에게 카운터를 넘겨주었어요. 옷을 갈아입고 짐을 챙겨 들고 매장을 나가려는데, 테이블에 앉아 있던 남 선생님이 옷자락을 잡았어요.

"왜요!"

"얘기 좀 해요. 버거도 두 개 시켰잖아요."

"어머, 버거집 알바생은 버거 안 먹는 거 모르세요?"

"그럼 감자라도 먹어요. 아님 케첩이라도 마시든지. 성화 씨 식성에는 그쪽이 맞으려나?"

이렇게 나온다면 차라리 빨리 끝내는 게 나을지도 모르겠다 싶어, 직구를 던져 보기로 했어요. 저는 자리에 앉자마자 팔짱을 끼고 물었어요.

"저한테 자꾸 왜 이러세요? 저한테 뭐 관심 있으세요?"

"네."

남 선생님이 씨익 입꼬리를 올리며 말했어요.

"성화 씨가 어떤 목적으로 선배한테 접근했는지 관심이 있지요."

말문이 막혔어요. 보이지 않게 아랫입술 안쪽을 꾹 물었어요.

하지만 언젠가 한번은 부딪치리라 생각해 온 순간이기도 했어요. 저는 천천히 심호흡을 하고 물었어요.

"남 선생님이…… 무슨 상관인데요?"

"상관없죠. 관심이 있을 뿐이지. 상관있는 건 다른 쪽. 성화 씨, 가출했죠?"

심장이 덜컥 내려앉았어요. 남 선생님은 낮은 목소리로 말했어요.

"아직 선배는 모르죠?"

"……박사님한테 말할 거예요?"

"성화 씨는 말 안 할 거예요?"

저는 자리에서 일어났어요. 할 말을 찾을 수 없었기 때문에 선택의 여지가 없었어요. 가방을 집어 드는데 진동이 울렸어요. 매장을 빠져나가는 제 뒤에 대고 남 선생님이 말했어요.

"난 말 안 해요. 프라이버시니까. 그래도 빨리 정리하는 게 좋을 거예요."

매장을 나와 가방을 열어 휴대 전화를 꺼냈어요.

부재중 전화 세 통, 남겨진 음성메시지 두 통. 이럴 수가, 박사님이에요. 번호는 만난 날 알려 드렸지만 한 번도 전화하신 적 없었는데. 일단 음성 메시지부터 들어 보기로 해요. 10월, 18일, 오후, 4시, 11분에 남겨진 메시지라네요.

"성화 씨, 나예요. 미안해요. 지금, 바쁜 시간일 것 같은데…… 내가……. 아니, 아니에요. 혹시, 시간 나면 전화 줄래요? 바쁘면 무리하지는 말고요. 그냥 시간 될 때 전화 부탁할게요."

당장에라도 통화 버튼을 누르고 싶지만 일단 두 번째 메시지를 들어 보기로 해요.

"성화 씨, 나예요. 바쁘죠? 좀 일이 생겼는데……. 아니, 아주 큰 일은 아닌데…… 나는, 이런 걸 잘 몰라서……. 남 선생도 타교 강의 나가서 연락이 안 되고…… 시간 될 때 연락 좀 부탁해요. 나는, 도저히 어떻게 해야 될지……. 미안해요. 부탁할게요."

다시 심장박동이 빨라지는 게 느껴져요. 걸음을 옮겼어요. 빠른 걸음으로 걷다가 뛰었어요. 숨이 턱에 닿도록 뛰었어요. 태어나서 이렇게 빨리 뛰어 본 건 처음이에요.

이 패스트푸드점에서 일한 건 박사님네 학교에서 제일 가깝기 때문이에요. 어쩌다 매장에서 감자튀김을 사 가면 박사님은 어린아이처럼 좋아했죠. 매장에서 연구실까지는 걸어서 15분. 감자튀김이 식기 전에 도착할 수 있는데도, 그래도 너무 길게 느껴졌어요.

띄엄띄엄 녹음된 박사님의 목소리는 분명히 심하게 떨리고 있었어요.

"박사님!"

사실 좀 놀랐어요. 온갖 나쁜 상상을 하며 들어선 연구실은 의외로 여느 때와 다름없는 모습이었어요. 최소한 도둑이나 강도가 든 건 아닌 모양이에요. 책상 앞에 앉아 있던 박사님이 천천히 고개를 돌렸어요.

"성화 씨……."

그 얼굴이 단번에 10년은 나이를 먹은 것 같아, 다시 한 번 깜짝 놀랐어요.

"무슨 일이에요? 괜찮으세요?"

박사님은 입술을 떨며 아무 말도 하지 않았어요. 뭔가를 말할 듯 입을 열었다가 다시 닫기를 두어 번 하고는, 말하기를 포기한 듯 손을 들어 모니터를 가리켰어요.

모니터에 떠 있는 것이 메신저 창이라는 것을 알고, 저도 모르게 아랫입술을 깨물었어요.

김현태 님의 말:

바빠?

별바라기 님의 말:

현태니? 오랜만이다

김현태 님의 말:

ㅇㅇ 지금ㅁ시간있여?

별바라기 님의 말:

나 한국 들어왔어 계속 여기 있을 거야

별바라기 님의 말:

그럼 ^^ 시간 많아~

김현태 님의 말:

다름ㅁ아니고 지금친구부모님므아프셔서나한데 이뱅마넌만빌러달
라는데 내가보안카둘 집에놓고 안가져와서그러는데 먼저좀보내주면
안될까? 오늘퇴근하고바로보내줄께

별바라기 님의 말:

그래? 어떡하니 친구 부모님 많이 편찮으시대?

김현태 님의 말:

ㅇㅇ

별바라기 님의 말:

다행히 마침 여윳돈이 있어 어디로 보내줄까?

더 보지 않아도 될 것 같아 마우스를 놓았어요. 박사님이 더듬거렸
어요.

"경찰에 전화했는데……. 이 창을 캡쳐하라고 하는데, 어떻게 하는지 몰라서……."

소용없다고 비웃고 싶었어요. 이런 데 속는 사람이 어디 있냐고 소리라도 지르고 싶었어요. 박사님이 울며불며 법석을 떨었다면 할 수 있었을지도 몰라요. 그런데 박사님은 쓸쓸하게 웃고 있었어요.

"그런데, 벌써 돈을 찾아가서, 아마 못 돌려받을 거라고 하더라고요……."

이미 어둑해진 연구실 안에서 우리는 불을 켤 생각도 하지 못하고 멍하니 앉아 있었어요.

박사님이 200만 원을 송금한 시간은 오후 3시 50분. 첫 부재중 전화는 4시 7분으로 찍혀 있었죠. 내 전화를 기다리던 박사님이 112에 전화를 한 건 오후 5시 정도였다고 해요. 200만 원은 박사님 통장의 잔고 전액이었어요.

생각하지 않으려고 하는데 생각하게 돼요. 내가 전화를 받았으면 어땠을까. 바로 신고를 할 수 있었겠죠. 그럼 범인이 아직 돈을 안 뽑아 간 상태였을지도 몰라요. 은행에 지급정지를 요청할 수도 있었을 텐데. 그럼 돌려받을 수 있었을지도 모르는데.

박사님한테는, 저밖에 없는데. 저는 아무것도 해 줄 수가 없었어요.

"현태는 고등학교 친구예요. 몇 년 전에 연락이 끊겼는데, 너무 반가워서……."

어두워서 박사님의 표정은 잘 보이지 않아요. 대학을 졸업하자마자 영국으로 건너간 박사님에게는 지인이 적어요. 메신저에 등록되어 있다는 건, 그래도 비교적 오랫동안 연락을 이어 온 친구라는 거겠죠.

"성화 씨, 은행이 몇 시에 열죠?"

"응? 은행은 왜요?"

"내일 아침 일찍 가 보려고요. 얼마나 빌릴 수 있을지……."

무슨 말인지 한참 생각한 후, 저도 모르게 자리에서 벌떡 일어났어요.

"박사님!"

"이번 주가 종강이에요. 수강료 환불해 줘야죠. 내일모레까지 돈을 만들어야 하는데……."

"그런…… 그러실 것까진 없잖아요!"

어둠 속에서 박사님은 평소처럼 나직한 목소리로 느릿느릿 말했어요.

"약속은 약속이에요. 원래 돌려주려고 한 거고요."

그래요. 그렇겠죠. 박사님은 그런 분이니까요. 목소리가 떨릴 것 같아, 몇 번 침을 삼킨 후 조심조심 말했어요.

"하지만, 아직 시간이 있잖아요, 이틀……."

박사님이 조그맣게 웃는 소리가 들렸어요.

"전파 분석에는 시간이 걸려요. 특이 전파가 잡힌다고 해도, 패턴을 이루고 있다면 지구 내부에서 방출된 전파일 가능성이 100퍼센트라고 봐도 돼요. 그 100퍼센트를 뒤집기 위한 검증이라면, 더욱이 얼마나 걸릴지 모르죠."

"하지만, 그래도……."

"처음부터 기대하지 않았어요. 난 그냥, 사람들 앞에서 내가 좋아하는 것에 대해 말할 수 있다는 것만으로도 충분히 즐거웠죠. 공부도 됐고요. 내가 더 많이 받았어요. 그러니까 괜찮아요."

완전히 어두워져서 이제 서로가 어디 있는지도 알 수 없게 되었지만, 불을 켤 수는 없었어요.

저 유성화는 늘 즐거운 얼굴의 젊은 여자아이예요. 언제나 명랑하고 싹싹하죠. 장난치는 걸 좋아하고, 박사님이 우울해 보일 때는 걸 그룹 댄스를 춰서 웃게 만드는 센스도 있어요. 잘 토라지는 게 단점이지만, 그럭저럭 유능한 조수 후보생이죠.

그러니까 이런 얼굴을 박사님께 보일 수는 없잖아요.

* * *

"그럼, 성화 씨 다녀올게요."

마지막 강의를 나가는 박사님께 잘 다녀오시라는 인사를 하지 못했어요.

박사님은 결국 돈을 어떻게 했는지 알려 주시지 않았죠. 저도 굳이 이야기를 꺼내지 않았어요. 박사님을 곤란하게 하고 싶지 않았거든요. 출처가 은행일지 대부업체일지 사채업자일지는 몰라도 분명히 무슨 수를 써서든 마련하셨겠죠. 아마 하얀 봉투에 일일이 수강생 이름을 써서 웃는 얼굴로 나눠 주실 거예요. 그런 분이니까요.

청소를 하다가 머그를 하나 깨뜨렸어요. 개미 캐릭터가 그려진 커다란 머그예요. 머그 밑에 깔린 종이를 빼내다가 같이 떨어뜨렸어요. 너무 어이가 없어서 잠시 멍하니 서 있었어요. 컵에는 무게가 있잖아요. 지구의 중력이 작용하잖아요. 종이를 빼내면 그 위의 컵은 당연히 떨어질 텐데. 저는 지금 무슨 짓을 한 걸까요.

문득 정신을 차리고 보니 손에서 피가 줄줄 흐르고 있었어요. 깨진 조각을 집어내다가 저도 모르게 꽉 쥐었나 봐요. 놀라서 세면대로 달려가다가 이번에는 머그 조각을 밟았어요. 부츠를 뚫고 발을 파고드는 도자기 조각을 빼내다가 베이지색 가죽에 피를 잔뜩 묻히고 말았어요. 심장박동 수가 올라가고 호흡이 가빠졌지만 통증은 느껴지지 않았어요. 그래요. 통증은 없어요. 차라리 뭐라도 느껴지면 좋을 텐데.

심호흡을 해요. 크게 들이쉬고, 크게 내쉬고.

"갈 거예요?"

연구실 입구에 기대서 있던 남 선생님이 물었어요. 고개를 끄덕였어요.

"그럼 입장상 나도 움직일 수밖에 없어요."

"알아요."

남 선생님이 휘익 휘파람을 불고 물었어요.

"그까짓 수강료 100만 원 때문에?"

저는 고개를 저었어요.

"박사님이 지는 게 싫거든요."

피가 흐르는 손을 치맛자락에 적당히 문질러 닦고 연구실을 나섰어요.

과학관 강의실 문을 열어젖히자마자 보인 것은 박사님의 얼굴이었어요. 무언가를 열심히 말씀하시다가, 그 입 모양 그대로 정지하셨어요. 아직 강의가 끝나려면 30분쯤 남은 시간이죠. 제가 모른 척하고 맨 뒷자리에 앉자, 박사님은 잠시 당황하시더니 수업을 재개하셨어요.

"그러니까…… 여러분을 속일 생각이었던 건 아닙니다. 가르쳐 드릴 수 있는 거라면 모두 가르쳐 드리고 싶었습니다. 하지만 그러기 위해서는, 우리가 어떤 전제하에서 연구를 하고 있는지를 먼저 알려 드려야 한다고 생각했습니다. 결과적으로는 굉장히 재미없는 강의가 되었지만……."

몇 명이 소리 내어 웃자, 박사님도 약간 미소를 띠었습니다.

"그건 전적으로 제 미숙함 때문이라고 생각합니다. 그렇게 재미없는 이야기일 리 없어요. 우주는 아름다워요. 문자도 생기기 이전부터 사람들이 알고 싶어서 안달을 하고, 온갖 상상을 펼친 그 우주인걸요. 저는, 머나먼 옛날부터 선인들이 하나씩 올려놓고 간 돌이 이만큼 쌓였다는 걸 알려 드리고 싶었습니다."

박사님은 뒤로 돌아 화이트보드에 뭔가를 적기 시작했어요.

$$N = R^* \times f_p \times n_e \times f_l \times f_c \times L$$

R^*: 우리 은하 내 항성의 생성률

f_p: 각 항성이 행성을 갖고 있을 확률

n_e: 항성에 속한 행성들 중에서 생명체가 살 수 있는 행성의 비율

f_l: 조건을 갖춘 행성에서 실제로 생명체가 탄생할 확률

f_i: 탄생한 생명체가 지적 문명체로 진화할 확률

f_c: 지적 문명체가 다른 별에 자신의 존재를 알릴 수 있는 통신 기술을 갖고
　　있을 확률

L: 통신 기술을 가진 지적 문명체가 존속할 수 있는 기간

"드레이크 방정식입니다. 구하려는 값인 N은 우리 은하에 존재하는 교신 가능한 문명의 수죠. 즉, 이 방정식을 풀면 '우리 은하계에서 외계인이 사는 행성의 수'를 알 수 있습니다. 그런데 문제가 하나 있어요. 우리는 저들 중 어떤 변수도 확실하게 알지 못한다는 겁니다."

작은 강의실을 한번 둘러보고, 박사님이 말을 잇습니다.

"네. 맞아요. 아무 의미 없습니다. 인류가 지금까지 쌓아 올린 건 저 정도 수준인 겁니다. 무는 아니지만 1보다는 0에 가깝죠. 하지만 그 위에 손톱만 한 작은 돌 하나를 더 올리려고 발버둥 치는 사람으로서, 여러분께 그 조그마한 돌무더기의 의미를 알려 드리고 싶었습니다. 별것 아닌 돌무더기로 보일지 몰라도, 사실은 언젠가 하늘에 닿기 위해 쌓고 있는 거라는 걸요. 지금은 아니지만, 언제가 될지도 모르지만…… 하늘을 향해 내뻗은 손가락 다섯 개의 손이 다른 어떤 손과 닿을 그날까지, 우리는 무더기 위로 돌을 던지는 걸 멈추지 않을 거라는 걸요."

미소를 머금은 박사님의 얼굴이 너무 편안해 보여서, 하마터면 제가 이곳에 와 있는 이유도 잊을 뻔했어요. 박사님이 갑자기 고개를 숙였어요.

"미안합니다. 거짓말은 하지 않았지만, 여러분을 기대하게 했죠. 대답이 이런 거라서 미안합니다. 내기는 제가 졌어요. 약속한 대로 수강료는 돌려 드리겠습니다."

"잠깐만요!"

저는 자리에서 벌떡 일어나서 앞으로 나갔어요. 저를 보는 박사님의 표정은 제가 예상한 그대로였어요.

"성화 양, 이건…….."

"저 주세요. 제가 나눠 드릴게요."

박사님으로부터 봉투를 뺏듯이 받아 들고 맨 앞자리에 앉아 있는 남자에게 다가갔어요. 묘한 미소를 띠고 올려다보는 남자를 향해 오른손을 내밀었어요.

"안녕하세요, 조교 유성화입니다. 강의 수료를 축하해요."

남자가 피식 웃으며 손을 마주 잡은 순간, 그에게만 들릴 목소리로 속삭였습니다.

"그건 손이 아니잖아요."

─그건 그쪽도 마찬가지일 텐데요.

돌아온 건 한층 진동수가 낮은 초저주파. 왼손으로 내민 봉투가 조금 흔들렸습니다. 남자가 하하 웃었습니다. 이번에는 박사님도 들을 수 있는 진동수로요.

"박사님, 당연히 농담이신 줄 알았죠. 설마 진짜 돈을 돌려주시려 할 줄은 몰랐어요."

"네? 하지만…….."

"다른 분들은 어떤지 몰라도, 저는 이 돈 받을 수 없네요. 아니, 정말로요."

두 칸 뒷자리의 야구 모자의 남자에게 다가갑니다. 심리학을 전공한다고 했던가요. 악수를 청했지만, 상대는 손을 내미는 대신 입꼬리를 비스듬히 올립니다.

─드디어 나타났군.

오빌리온 성 원주민은 의사소통에 음파 대신 전파를 사용합니다.

대기가 희박하거든요. 따라서 원래 발성기관이나 청각기관은 없죠. 대신 외부의 음파도 전파로 변환해서 받아들입니다. 대답할 필요는 느끼지 못했기에 봉투를 내밀자, 남자가 코웃음을 치며 어깨를 으쓱 합니다. 꽤 괜찮은 발성 프로그램이네요.

"저도 환불은 됐습니다. 박사님이 얼마나 고지식한 분인지는 잘 알았습니다. 특이하시네요."

나란히 교복 차림인 여학생과 남학생에게 다가가자, 둘은 대놓고 싫은 표정을 하고 있습니다. 저한테도 딱히 기분 좋은 상대는 아니기 때문에 불쾌하지도 않아요. 저 둘은 사실은 하나, 자웅동체로 태어나 정신적 성숙에 따라 육체의 분열을 이뤄 내는 자부심 높은 멜다리아 성인이니까요. 박사님의 수강생은 사실은 네 명이었던 셈이죠. 뭐, 수강료는 2인분을 냈을 테니까 과학관 입장에서는 이득이네요. 여학 생, 아니 자체(雌體) 쪽이 입술을 비쭉 내밉니다.

"치. 아저씨들이 다 안 받는다는데 혼자 어떻게 염치없이 덥석 받아요."

"아니, 그런 건 괜찮아요. 어차피 약속이었고……."

"그리고 솔직히 말해서 박사님도 수고하셨잖아요. 재미없다고 돈 안 내면 학교 선생님들은 다 굶어 죽게요? 그리고요, 어차피 엄마 돈 이라서 괜찮아요."

힐끔 옆의 남학생을 보고 재빨리 덧붙입니다.

"쟤도 마찬가지일걸요."

언어중추는 아직 분열이 덜 된 모양이네요.

이제 제일 껄끄러운 수강생 한 명만 남았습니다. 모 유명 타이어

회사의 캐릭터를 닮은 남자가, 잘 꺼지지도 않는 팔짱을 억지로 끼고 물끄러미 시선을 보내옵니다. 이분에게는 악수를 청할 용기가 나지 않아요. 본능적으로 주춤주춤 물러서려는데, 남자가 육중한 몸을 일으켜 강단 쪽으로 다가오더니 박사님을 향해 오른손을 내밀었습니다.

"강의, 감사합니다. 10주 동안, 고생하셨습니다."

그리고, 약속이라도 한 듯 남은 네 명—사실은 세 명—의 수강생이 손뼉을 쳤습니다. 환호와 박수 속에서, 박사님은 금방이라도 울음을 터뜨릴 것 같은 표정으로 남자의 손을 두 손으로 잡고 연신 흔들었습니다.

"감사합니다, 감사합니다."

그 모습을 차마 볼 수가 없어서 고개를 돌렸어요. 박사님, 그렇게 흔드시면 안 돼요…… 그건 손이 아니란 말예요! 발도 아니고, 촉수도 아니고, 그건, 그건…… 아아, 차마 제 입으로는 말할 수 없어요!

* * *

네, 여기는 대덕대교 밑 잔디밭. 뒤풀이를 가장한 청문회는 어느덧 새벽 2시를 넘기고 있습니다. 참석자는 먼저 집으로 돌려보낸 미성년자 두 명—이 아니라 사실은 한 명—을 빼고, 박사님과 저, 그리고 남은 수강생 세 명이에요. 잔디밭에 흩어진 것은 소주병 다섯 개에 맥주 캔이 열일곱 개. 박사님이 빈 맥주 캔을 휙 던지며 자리에서 일어났어요.

"아이코오, 수울이 떨어졌네요오, 내가 그음방……."

"박사님, 됐으니까 앉아 계세요."

"오늘으은, 내가 사는 날이니까아, 다들 마음껏……."

그리고 박사님은 푹 고꾸라져 움직이지 않았어요.

수강생 세 명이 의미심장한 미소를 흘리며 시선을 모았습니다. 저도 모르게 몸을 부르르 떨었어요. 이건 분명히 쌀쌀한 가을 밤바람 때문만은 아닐 거예요.

"저기요, 지금 우리 박사님한테 이상한 짓 하신 거 아니죠?"

"했죠. 소맥을 세 잔이나 마시게 했는데. 알코올 분해 효소도 부족한 분한테."

싱글거리며 대답한 건 늘 맨 앞자리에 앉았다는 20대 중반의 젊은이 ─ 의 형상으로 비치도록 빛을 굴절시키고 있는 클라루악스 성의 신사분 ─ 입니다. 지구인은 빛을 통해 사물을 인식하니까 저런 간단한 트릭으로도 얼마든지 속여 넘길 수 있죠. 그래도 이 멤버 중에서는 가장 지구인과 흡사한 발성기관을 가지고 있는 분이에요. 얼굴의 반을 차지하는 입으로 씩 웃습니다.

"그럼, 성화 씨는 계속 여기 있을 거예요?"

"그럼요, 박사님은 저 아니면 아무것도 못 하시는데요."

짐짓 지구인 가청주파수로 물어 오기에, 질세라 능청맞게 대꾸해 봤어요. 한동안 말없이 소주만 들이켜던 오빌리온 성의 신사분도 전파 대신 음파 송신을 가동합니다.

"난 유코비가 연방 동의도 없이 지구에서 단독 행동을 시작하려는 줄 알았지."

"어머 그럴 리가요. 우리 엄마는 아무것도 모르는데요……. 아."

아차 했지만 이미 늦어서, 수강생 여러분은 이미 배를 잡고 웃고 있네요. 이럴 수가, 그동안 어떻게 버텼는데, 이런 데서 간단하게 들키다니!

"유코비 성 공주님이 난민 셔틀 타고 가출했다는 얘기는 요 근방에선 유명하니까."

"으와, 거짓말!"

말도 안 돼, 감쪽같다고 생각했는데! 어떻게 들킨 거지!

힘들게 웃음을 그친 클라루악스의 신사분이 눈물을 훔치며 친절하게 설명해 주었어요.

"인큐베이터에 넣은 지 달랑 사흘 된 클론을 대신 갖다 놓고 날랐다면서요? 날림일 수밖에."

"유코비 성 공주의 클론 얘기라면 나도 들은 적 있다. 여왕님이 낳은 알을 굴을 따라 굴리면서 놀았다던가. 마젤란에서는 전설이 되었더군."

아아. 더듬이가 비틀리는 것 같아요. 그놈의 덜 떨어진 클론 계집애, 집에 돌아가면 날개부터 뜯어낸 후 머리, 가슴, 배를 분리해 줘야겠군요. 아니, 그건 벌써 엄마가 했으려나?

"에이 몰라요. 저도 하나 물어볼게요. 여긴 왜 오신 거예요? 아니, 그보다 도대체 왜 다들 박사님 강의 같은 걸 신청한 거예요?"

그건 처음부터 줄곧 묻고 싶었던 질문이었어요.

박사님 강의에 지구 원주민이 아닌 수강생이 끼여 있다는 건 강의 첫날부터 알 수 있었어요. 과학관까지 갈 것도 없이 카이스트 캠퍼스

언저리부터 이미 묘한 냄새가 떠돌고 있었으니까요. 그건 탐색을 위한 분자죠. 확인은 안 했지만 아까 그 말투로 미루어 보건대 아마 오빌리온 분이었을 거라고 생각해요. 더듬이에 걸리자마자 박사님을 버리고 냅다 도망쳤지만, 추적을 완전히 따돌릴 수 있을 거라고는 생각하지 않았어요.

덧붙이자면, 원래 오늘의 계획은 다른 지구인 수강생들 앞에서 탐색분자의 주인인 '그놈'의 정체를 까발려 버릴 예정이었어요. 자, 여기 여러분이 원하던 외계인이 있어요! 우리 박사님은 거짓말하지 않았죠? 이렇게요. 이래 봬도 꽤 비장한 각오로 왔다니까요. 그런데 그 멋진 계획은 강의실 문을 열자마자 파기할 수밖에 없었죠. 세상에, 전 무슨 성간 휴게소라도 온 줄 알았어요. 네 개 행성——아니, 박사님과 저를 포함하면 무려 여섯 개 행성이네요.——주민들이 코딱지만 한 방에 옹기종기 앉아 있다니. 연방회의장도 아니고 이게 뭐냐고요, 이게.

"음, 다들 다르지 않을까? 나 같은 경우엔 원래는 순수한 학문적 동기였어요. 지구인들의 대외 인식수준을 알아보고, 적절하다고 판단되면 외교적 액션을 취해도 된다는 연방 허가까지 힘들게 받아 왔는데……."

클라루악스의 신사분이 말을 흐리며 어깨를 으쓱해 보입니다.

"박사님 강의 내용을 근거로 해서, 보고서에는 앞으로 한 200년은 안 와 봐도 될 것 같다고 쓸 예정입니다만……. 뭐, 박사님한테는 인사 정도 드리고 가기로 할까요. 그쪽은?"

오빌리온의 신사분이 눈을 내리깝니다. 그나저나 다들 참 제스처 자연스러우시네요. 네이티브 같아요. 저 같은 건 발끝도 못 따라가겠는데요.

"이상한 전파를 받았으니까."

앗. 안 좋은 예감이 듭니다.

"여행 중이었다. 유일한 취미가 오지 여행이라서. 휴양지 삼아 느긋하게 지내다가 다음 목적지로 떠날 생각이었는데 어느 날부터인가 괴전파가 들어오더군. 무시하려고 해도 끈질기게 방출되기에 대체 뭐 하는 놈인가 싶어서 좀 알아본 것뿐이야."

힐끔 이쪽을 쳐다보더니 씨익 웃습니다. 창피하고 분해서 죽을 것 같아요.

"전파 쪽은 좀 아는데, 지구인이 내보낼 만한 건 아니었어. 더듬이에서 내보내는 전파더군."

당신 받으라고 보낸 거 아니거든요! 멋대로 수신한 것뿐이면서! 가수신 범위 하나는 엄청 넓은 오빌리온 성인이니 어쩔 수 없는 일이지만, 그래도 더듬이가 비틀리는 느낌은 어쩔 수 없네요. 감당하기 힘든 충격을 여러 번 겪고 침울해져 있는데, 문제의 그분이 드디어 말문을 여셨습니다.

"의뢰, 받았으므로. 유코비 성 여왕님으로부터."

억양 없는 목소리에 어색한 말투, 머리카락 한 올 없는 머리에 비대한 몸집. 어디서나 눈에 띌 법한 외모지만 브루 성인으로서는 최선을 다한 위장일 거예요. 상대적으로 기술력이 뒤떨어진다고 비웃음을 사기도 하지만, 그들의 강점은 따로 있기에 아무도 무시하지는 못하죠.

연방 내에 브루 성인 이상의 추적자는 존재하지 않으니까요.

몸값이 엄청나게 비싸다는 게 문제지만요. 안 그래도 나라 경제가 어려운 판에, 쓸데없는 데 국고를 낭비하게 만들었으니 고향에서는 제 주가가 바닥을 치고 있겠군요. 하지만 지금은 그런 걸 생각할 때가 아니죠. 맥주 캔을 쥔 손바닥에 땀이 송골송골 맺혔습니다.

"절…… 데려가실 건가요? 엄마한테?"

"그건 본인 의사에 달려 있지요. 프라이버시니까."

뒤쪽에서 들린 목소리가 누구 것인지는 돌아보지 않고도 알 수 있었어요. 놀란 이들은 따로 있었죠. 세 행성 출신의 외계인들은 저마다의 방식으로 놀라움을 표시하고 있었습니다. 클라루악스 분이 말을 더듬었습니다.

"연방경찰? 지구에도 주재원이 나가 있다는 말은 들었지만…… 왜 하필 이런 작은 나라에?"

"외삽법이죠. 지금까지의 추세대로 지식의 발전이 이루어진다면, 이후 100년간 지구에서 주시해야 할 건 이 지역이라는 데이터를 추출했거든요. 연방경찰 전자뇌의 통계는 꽤 정확해요."

드디어 오셨군요, 지구 상주 연방경찰 나리.

이분이 연구실에 나타났을 때 저는 당장 본성으로 끌려가겠구나 각오했죠. 그 후 네 달은 왜 나를 그냥 내버려 두는 건지 고민하면서 혼자 불안에 떨었고요.

"연방경찰, 유코비 성의 국내 문제에 개입하나?"

억양 없는 추적자의 목소리에, 남 선생님이 씨익 웃고 말했습니다.

"지구는 문명의 발달 수준이 낮아 아직 다른 종의 외계인을 인지할 수 없는 미가맹 행성으로 연방에 의해 보호·관리됩니다. 특정 행성이 연방의 비준 없이 독단적으로 미가맹 행성에 영향력을 행사하는 것은 중대한 위법사항입니다. 여기에는 지구를 정치적·경제적으로 이용하는 행위도 포함됩니다."

남 선생님은 잠시 사이를 두고 말을 이었습니다.

"따라서 유코비 성 여왕님과 제1왕위계승권자 간의 정치적 분쟁에 따른 지구 내 무력행사 또한 간접적인 정치력 행사로 간주됩니다."

"정치적 분쟁? 공주님, 쿠데타였어요?"

"그렇군, 그래서 난민 셔틀을 탄 거였나!"

아니, 이게 무슨 우주 전쟁 나는 소리래! 순식간에 표정이 굳어지는 클라루악스 분과 오빌리온 분을 향해 저는 필사적으로 양팔을 휘저었습니다.

"아뇨아뇨아뇨아뇨! 그냥 가출인데요! 완전 단순 가출! 그냥 왜, 한때의 일탈, 질풍노도의 시기, 젊은 혈기, 어린 투정, 뭐 이런 거 있잖아요!"

"……다시 말해, 브루의 추적자 양반이 공주의 의사에 반하여 공주의 신병을 확보, 정적(政敵)에게 넘기는 것은 연방법 위반 행위에 해당, 연방경찰의 제재를 받게 된다는 뜻입니다."

남 선생님의 입가에는 나쁜 남자의 전형이라고 할 수 있는 종류의 미소가 떠올라 있었습니다. 그래, 저 표정! 이 사람, 아니 이 로봇의 정체는 박사님한테 처음 소개받을 때부터 알았어요. 연방경찰 소속의 안드로이드들은 도대체 왜 다 저렇게 웃는지 모르겠다니까요! 도대체 프로그래밍을 누가 하는 거야!

침묵을 지키던 추적자가 입을 열었습니다.

"이해했다. 임무수행, 불가항력. 연방법, 준수한다."

"오케이. 그 점만 주지해 주시면 세 분의 지구 체류에는 문제가 없습니다."

안도의 한숨을 내쉬던 저는 남 선생님의 목소리에 움찔 어깨를 떨었어요.

"자, 그럼 이제 공주님만 정리하면 되나. 지구에는 언제까지 체류할 예정이신지?"

그 대답은 이미 오래전에 준비해 뒀답니다. 박사님 후배 강사님.

가출을 결심한 건 얼마 전 더듬이를 손질하다 우연히 잡아낸 전파 때문이었어요. 어린아이처럼 서툴고 거친 전파였지요.

— 어디 있어요?

전 분명히 대답했어요. 정말이에요. 한 번도 빼놓지 않고 대답했어요. 그쪽이 못 받았을 뿐이죠.

— 어디 있어요? 외로워요. 보고 싶어요.

내 전파는 받아 주지도 않으면서 왜 같은 전파를 계속 보내는 거냐고요. 그게 얼마나 답답한 일인지 안 당해 본 사람은 모를 거예요. 밤마다 박사님 전파 때문에 더듬이가 욱신거려서 잠을 잘 수가 없었단 말이에요.

그래서 날아왔어요. 그게 다예요.

사실은요, 지금도 계속 보내고 있답니다. 말로는 차마 할 수 없는 제 대답을요. 저는 명랑한 목소리로 씩씩하게 대답했어요.

"박사님의 안테나가 제 전파를 수신할 때까지요."

— 여기 있어요. 당신 곁에 있어요.

나이트 런

전건우

야행성 동물들

대부분의 맹수는 야행성이다.

내 앞에 멈춰 선 고양이를 보며 언젠가 책에서 읽었던 말을 떠올렸다. 아니, 어쩌면 다큐멘터리였는지도 모르겠다. 아무튼 그런 말이 불쑥 생각났다. 마치 호시탐탐 기회를 노리고 있던 것처럼.

고양이는 입에 무언가를 물고 있었다. 정체 모를 먹잇감은 아직 숨이 끊어지지 않았는지 고양이의 이빨 사이에서 꿈틀거렸다. 고양이는 헤드랜턴 불빛을 노려보며 허연 눈을 희번덕거렸다. 시커멓고 덩치가 큰 놈이었다. 한밤의 갑천 생태계를 지배하는 맹수는 바로 자신이라는 듯 당당하고 위협적인 모습이었다. 녀석은 크르릉, 제법 괜찮은 울음소리를 내더니 보무도 당당하게 산책로를 가로질러 갔다.

더불어 갑천은 다시 평화를 되찾았다.

나는 가볍게 스트레칭을 했다. 새벽 3시, 그야말로 달밤의 체조였지만 보는 이가 없으니 거리낄 것도 없었다. 꼼꼼하고 충실하게 근육을 풀었다. 좌우 스무 번씩 발목을 움직여 유연하게 만들고 허리와 골반도 빙글빙글 돌렸다. 등을 활처럼 뒤로 젖혀서 하늘을 바라봤다. 별들이 으슬으슬 떨고 있는 가운데 동쪽에서부터 서서히 먹구름이 몰려오고 있었다. 끄응. 나도 모르게 신음이 나왔다. 조금만 더, 조금만 더…… 자세를 유지한 채 고개를 돌렸다. 엑스포 다리가 보였다. 어둠에 휩싸인 모습이 꼭 풀 죽은 아이 같았다.

"견우직녀 다리래. 예쁘지?"

처음 엑스포 다리를 봤을 때 아내는 웃으며 말했다. 그날은 금요일이었고 날씨가 맑았으며 다리는 휘황찬란하게 빛나고 있었다. 1년 전이었다. 우리의 결혼 1주년을 기념하기 위해 출발한 4박 5일간의 여행은 유성 온천에서 뜨거운 온천수와 함께 마감됐고 집으로 돌아가는 길에 아내와 나는 엑스포 다리 근처에서 차를 세웠던 것이다. 모든 게 다 좋았다. 초여름의 밤바람도, 아내의 체취도, 엑스포 다리의 찬란한 조명도.

"우리 다음에 또 보러 오자."

아내와 나는 그렇게 약속을 했는데, 그 약속이 이런 비극적인 방식으로 이루어지리라고는 그때는 알지 못했다. 세상일은 알 수 없는 것이다. 행복도 불행도, 늘 예고 없이 다가온다. 이빨을 드러낸 밤 고양이처럼.

이어폰을 귀에 꽂고 암밴드에 고정된 스마트폰에서 음악을 재생했다. 재즈풍의 경쾌한 연주곡이 흘러나왔다. 달리기 시작했다. 엑스포 다리에서 시작해 갑천대교를 거쳐 계룡대교까지는 약 5킬로미터. 그 뒤 가수원교까지 더 달리면 갑천누리길의 제1코스가 끝나지만 오늘의 목표는 계룡대교에서 돌아오는 것. 왕복 10킬로미터의 거리, 페이스를 잘 조절해서 달린다면 1시간 30분 안에 끊을 수 있으리라.

호흡을 가다듬으며 서서히 속도를 높였다. 초반 2킬로미터까지는 잠자고 있던 근육을 깨우는 데 집중해야 한다. 보폭은 크고 팔 동작은 간결하게. 달릴 때마다 헤드랜턴 불빛이 상하로 움직였다. 싸구려 헤드랜턴의 가시거리는 10미터가 한계였다. 대전역 앞 노점에서 사온 헤드랜턴을 보며 성재는 어이없어했다.

"이걸로는 나이트 런은커녕 집 앞 편의점 가기도 힘들겠다."

성재는 자신의 헤드랜턴을 주겠다고 했다. 최대 가시거리 150미터의, 광산에서 사용해도 무방할 만한 독일제 최신품이었다. 나는 사양했다.

"초보자가 사용하기에는 이 정도가 딱 좋아. 고맙지만, 나중에 조금 더 익숙해지면 좋은 걸 살게."

사실, 이유는 더 있었다. 빛이 부담스러웠다. 환하고 밝은 빛에 둘러싸여 있으면 공황에 빠졌다. 그것은 치통이나 감기처럼 찾아온다. 그러니까 공황 말이다. 이가 아프기 전 잇몸이 근질근질하고 뻐근한 것처럼, 또는 으슬으슬한 기운과 두통이 감기를 알리는 것처럼 공황에도 빌어먹을 전조가 있다. 빛이, 그것이 햇빛이든 형광등 불빛이든, 내 피부를 핥는다는 느낌이 든다. 언제나, 언제나 그것이 시작이다. 그 느낌을 알아챈 순간부터 심장이 엇박자로 뛴다. 콩닥콩닥이 아닌 닥콩다아아아코옹. 온몸의 감각이 예민해진다. 불쾌한 냄새와 바스락거리는 작은 소리들이 코와 귀로 들어갔다 나오기를 반복한다. 머리가 너무 아파서 눈알이 빠질 것 같다. 보이지 않는 손이 뇌를 쥐어짠다. 그런 후에, 사실 지금까지는 그냥 준비 체조에 불과했다는 듯 엄청난 고통이 몸을 뒤흔든다.

"공황장애네요. 아마 사고가 원인인 것 같아요. 일종의 트라우마죠."

첫 번째 발작 후 찾아간 병원에서 정신과 의사는 그렇게 말했다.

그렇지. 사고가 원인이지. 나는 어쩐지 납득해 버렸다. 아니, 당연히 받아야 할 벌이라고 느꼈다. 혼자 살아남은 자가 평생 짊어져야 할 무거운 칼.

손바닥만 한 빛에 집중하며 한 발 한 발 조심스레 움직였다. 달리기의 기본은 다음 한 발을 내딛는 데 있다. 그 한 발들이 차곡차곡 쌓이면 언젠가 목적지에 도달하게 된다. 바람이 불었다. 갈대들이 노래를 부르며 누웠다. 개구리들의 그악스러운 울음이 전자 바이올린 선율에 섞여 들었다. 공기가 상쾌했다.

"대전의 바람은 깊이가 달라."

성재의 말을 듣고도 반신반의했다. 석 달 전의 나는 산송장이나 다름없었다. 바람이 다 똑같지 뭐……. 퉁명하고 거칠한 목소리로 아마 그리 대꾸했으리라. 한밤중이었고, 나는 모든 빛이 물러가고 나서야 겨우 움직일 수 있었다.

"거기서 청승 떨지 말고 대전으로 내려와. 당장 다 정리하고."

성재는 20년 지기 친구였다. 서울의 유명 증권회사에서 제법 잘나가는 애널리스트로 일하다가 몇 년 전 갑자기 대전행을 알려 왔다.

"대전에서 뭘 할 건데?"

"버섯 농사."

"네가?"

"응. 학창 시절 내 별명이 슈퍼 마리오였잖아."

과연 그랬다. 통통한 뱃살에 복코, 게다가 얼굴마저 동글동글한 그를 동기들은 마리오라 불렀다. 워낙 똑똑하고 다재다능해서 '슈퍼'라는 수식어도 붙어서. 그래도 버섯 농사는 의외였다. 나중에야 알게 되었지만 성재의 장인이 대전에서 버섯을 재배하고 있었다. 즉, 녀석은 부와 성공을 다 버리고 처가살이를 택한 셈이었다. 왜? 언젠가 한번 내가 물었다. 둘이서 밤늦게까지 술잔을 기울이던 어느 겨울이었으리라.

"애널리스트라는 게 그야말로 애널 탈 만큼 살 떨리는 일이거든. 한 10년 가까이 해 먹으니까 도저히 못 하겠더라야. 근데 가끔 처가에 갈 때면 그렇게 마음이 편하더라고. 대전이 좀 그런 분위기가 있어. 포근하고 안락한. 큰 사건 사고도 없고 좆같은 자연재해도 없는 곳이지. 그래서 그냥 눈 딱 감고 선택했어. 나머지 생은 평화로운 곳에서 평화롭게 살자 싶어서."

성재의 거듭된 부름에 응답한 건 자살에 실패하고 나서였다. 정신과에서 공황장애와 불면증이라는 이유로 처방받은 수면유도제를 한 움큼 털어 넣었다. 술도 한 병쯤 마셨지 아마. 나는 아내와 함께 물에 빠졌던 그날처럼 차갑고 끈적끈적한 수면(睡眠) 아래로 툭 떨어졌다. 그것으로 끝이길 바랐는데, 이틀이 지난 후 병원 침대 위에서 눈을 떴다. 때마침 찾아온 어머니가 디스크 앓는 허리로 나를 질질 끌다시

피 업고 아파트 현관까지 데리고 나갔다는 이야기는 나중에야 들었다. 눈을 뜨고 처음 한 생각이 바로 그것이었다.

가자. 나도 대전에 가자. 가서, 깊이가 다르다는 그 바람 한번 맞아 보자.

무슨 소리가 들렸다.

나는 한쪽 이어폰을 뺐다. 요란한 즉흥 연주가 잠시 멀어지고 익숙한 소리들이 다가왔다. 개구리 울음, 귀뚜라미 노래, 바람의 뒤척임, 갈대가 서로 부대끼며 토해 내는 쏴아아 하는 소리. 인적 끊긴 한밤 갑천에는 인공적인 소리는 섞여 들 틈이 없었다.

내가 잘못 들었나?

다시 이어폰을 꽂았다. 그동안에도 뛰는 걸 멈추지는 않았다. 한 번 발을 쉬면 다시 궤도에 올라가기까지 몇 배의 힘이 더 필요하다.

다시 소리가 들렸다.

이번에는 확실했다. 이어폰을 빼고 멈춰 섰다. 숨을 몰아쉬었다. 더 달릴 수 있다는 듯 장딴지 근육이 파르르 떨렸다. 나는 귀를 기울였다. 분명, 비명이었다. 여자가 내지르는 고통에 찬 날카로운 비명. 소리는 바람을 타고 10여 미터 앞에서 들려온 듯했다.

뭐지?

나는 정면을 보고 천천히 걸었다. 헤드랜턴에서 뿜어져 나오는 희미한 불빛이 어둠의 언저리를 핥아 댔다. 개구리 한 마리가 불빛 속으로 뛰어들었다.

"누구 있어요? 도와 드릴까요?"

대답은 돌아오지 않았다. 바람이 휘몰아칠 뿐이었다. 묵직하고 두터운, 심상치 않은 바람이었다. 그러고 보니 일기예보에서 태풍이 온다는 이야기를 들었다. 대전은 내일 오후부터 태풍의 영향권에 들겠습니다. 미니스커트를 맵시 있게 차려입은 예보관이 태풍 피해에 각별히 주의해 달라는 말을 끝으로 꾸벅 인사를 했다.

쿵.

묵직한 소리가 났다.

"괜찮으세요?"

전진하면, 어둠도 한발 물러난다. 하지만 금세 따라붙는다. 나도 모르게 목소리가 떨렸다. 내가 단잠을 깬 듯 이름 모를 새들이 갈대숲에서 하늘로 날아올랐다. 조금씩 걸어 나갔다. 이어폰에서는 여전히 음악이 흘러나오고 있었다. 플레이를 멈추고 이어폰을 뽑아서 주머니에 넣었다. 주위를 둘러봤다. 그때마다 희미한 불빛이 이리저리 춤을 췄다. 오른쪽으로는 잘 다듬어진 잔디밭, 왼쪽으로는 나무 난간과 그 너머의 갑천. 오랜 가뭄 때문인지 바싹 말라 힘겹게 흘러가는 검은 물과 거기서 풍기는 묵고 삭은 냄새 말고는 여느 때와 같은 풍경이었다.

소리는 더 이상 들리지 않았다. 나는 몇 발자국 더 어둠 속으로 들어갔다. 이윽고 흔적이 나타났다. 매끄럽게 닦아 놓은 자전거 도로 한가운데를 시커먼 자국이 가로지르고 있었다. 잔디밭에서 갑천 쪽으로, 무언가를 질질 끌고 간 모양새였다.

몇 발자국 전부터 그것의 정체를 알 수 있었다. 축축하고 끈적끈적한, 아직 그 열기가 가시지 않은 액체.

피였다.

나는 랜턴 불빛에 의지해 핏자국을 바라봤다. 심장이 저 혼자 전력 질주를 하기 시작했다. 사고를 당한 걸까? 가능성은 있었다. 평일 한밤의 갑천누리길은 암흑천지였다. 강물 건너편의 아파트 불빛은 갑천의 두터운 어둠을 뚫지 못했다. 인적도 드물었다. 여름이라 제법 늦은 시간까지 산책객이며 자전거 라이더들이 활동을 하지만 그것도 자정 전까지였다. 술에 취해 발을 헛디뎠거나 또는 어둠 속에서 어딘가에 부딪쳐 피를 흘리며 쓰러진 걸 수도 있다. 그 때문에 비명을 질렀고.

아니잖아! 아닌 걸 알잖아! 마음속 본능이 그렇게 소리쳤다. 엄청난 양의 피였다. 게다가 쓰러진 사람이 피를 질질 흘리며 갑천 쪽으로 기어갔다는 건 상식적인 일이 아니었다. 그렇다면…….

핏자국의 끝 지점, 자전거 도로와 갑천 사이의 오목한 어둠을 향해 고개를 돌렸다.

"혹시, 거기 계세요?"

누군지 모를 누군가를 향해 얼빠진 목소리로 물었다. 어둠은 대답이 없었다. 다시 바람이 불었다. 헤드랜턴으로는, 더군다나 노점에서 산 '짜가'로는 어둠 너머까지 닿지 않았다. 입이 말랐다. 나는 몸을 일으켜 핏자국을 따라 걸음을 옮겼다.

누군가가 있었다.

보이지는 않지만 분명했다. 어둠 속에서 뻗어 나온 강렬한 시선이 내 몸을 꿰뚫었다.

다가오지 마. 한 발만 더 움직이면…….

나는 천천히 뒷걸음질을 쳤다. 마른침을 삼켰다. 여러 가지 가능성이 머릿속에서 맴돌았지만 내가 할 수 있는 건 단 하나였다. 암밴드에서 스마트폰을 빼내 전화를 걸었다. 119로 할지 112로 할지 잠시 망설였지만 전자를 택했다. 아무래도 사고였으면 좋겠다는 마음을 담아.

"여보세요?"

"네. 119입니다."

"저기…… 사고가 났어요."

어둠에서 눈을 떼지 않고 말했다. 잠시라도 다른 곳으로 눈을 돌린다면 무언가가 튀어나올 것 같았다.

"본인이 다치신 건가요?"

"아뇨. 누가 다쳤는데 그 사람이 보이진 않아요."

무슨 말을 하는 거야? 내가 생각해도 멍청한 대답이었다. 안내원은 당황하지 않고 차근차근 질문을 했다.

"그럼, 본인은 아니지만 사고 현장을 목격하셨다는 거죠?"

"네. 뭔가, 큰 사고 같아요. 빨리 도움이 필요할 것 같은데……."

"위치가 어디신가요?"

어디쯤 왔을까? 엑스포 다리에서 출발해 얼마 달리지 않았다. 저 멀리 스마트시티가 야간 조명을 밝히며 서 있었다.

"갑천누리길 가수원교 가는 방향 엑스포 다리와 대덕대교 중간쯤입니다. 서둘러 주세요."

"제보 주신 분 성함은……"

전화를 끊어 버렸다. 내 역할은 여기까지였다. 핏자국과 그 끝에 도사린 어둠을 다시 한 번 둘러본 후 꺼림칙한 흔적을 훌쩍 뛰어넘어 다시 달리기 시작했다. 사고였을 거야. 술 취한 여자였겠지. 넘어져서 무릎이 까지기만 해도 피는 얼마든지 많이 나올 수 있어. 어쩌면 다친 후에도 술기운 때문에 비틀거리다가 굴러 버린 걸지도 모르지. 금방 구조될 거야. 아무 일도 없었다는 듯이. 핏자국도 태풍 한 방이면 해결될 거고. 나는 비릿한 피 냄새를 피해, 질척거리는 어둠을 피해, 그 속에 도사리고 있던 정체불명의 존재를 피해 온 힘을 다해 달렸다. 페이스가 무너졌다. 꼴사나운 달리기였다. 그래도 상관없었다. 스스로에게 던진 거짓말이 내 발목을 낚아채기 전에 나는 최대한 멀리 도망갈 작정이었다.

거기에는 분명 둘이 있었다. 어둠 속에. 하나는 맹수였다.

그리고 뒤를 돌아보지 말 것

나이트 런을 시작하게 된 건 대전으로 내려오고부터였다. 출판사와 신문사, 그리고 각종 잡지사에 양해를 구하고 계약을 파기하거나 마감일을 미루었다. 그들도 이해해 주었다. 사고로 아내를 잃은 남자에게는 대부분 호의적이었다.

나는 서구 월평동의 원룸에 둥지를 틀었다. 외롭고 쓸쓸한 혼자만의 공간이었다. 아내의 물건을 다 처분하고 나니 내 짐은 한 줌도 되지 않았다. 일과는 짐보다도 더 단출했다. 낮에는 암막 커튼 뒤에 숨어 온종일 잤고 해가 까무룩 사라지면 일어났다. 밤에는 한숨도 잘 수 없었다. 길고 꼬장꼬장한 밤 동안 내가 하는 일이라곤 음악을 듣거나 텔레비전을 보는 게 전부였다. 글은 한 자도 쓰지 않았다. 생산적인 일은 아무것도 하지 못했다. 최소한의 양만 먹었다. 똥을 생산

하는 일도 지지부진했다. 수면제가 헤집어 놓은 위장은 좀체 낫지 않았다. 우울증과 공황장애 치료제를 먹었다. 약 기운 때문에 늘 몽롱했다. 간유리를 통해 세상을 보는 것 같았다. 나는 습지식물처럼 살아갔다. 조용히, 움직임 없이, 겨우 숨만 붙은 채로 끈덕지게.

어느 날 밤 편의점에서 삼각 김밥과 컵라면을 사 오는 길에 갑천 초등학교를 지나게 되었다. 불빛이 덜한 곳을 찾다가 길을 잃은 탓이었다. 10여 분을 걸었을 뿐인데도 숨이 턱에 찼다. 나는 잠시 쉴 생각으로 초등학교에 들어갔다. 저녁 무렵의 학교 운동장에는 많은 사람이 운동을 하고 있었다. 그중 내 눈길을 끈 것이 쉼 없이 트랙을 달리는 이들이었다.

그들은 머리에 우스꽝스러운 랜턴을 쓰고 숨을 몰아쉬며 한 발 한 발 앞으로 나아갔다. 나는 그 우직한 몸짓에 매료되었다. 그렇다. 내게 필요한 것이 바로 반복적이고 단순한 일이었다. 근육을 짜서 잡념과 죄책감을 덜어 낼 수 있는.

나도 달리기 시작했다. 매일 밤 갑천 초등학교의 트랙을 돌았다. 처음에는 근육과 관절이 날 선 비명을 질러 댔다. 심장이 목구멍을 비집고 밖으로 튀어나오려고 했다. 무작정 달렸다. 지쳐 쓰러지기를 반복했다. 랜턴도 없이 다른 사람의 불빛에 의지해 달리는 동안 한 달이 지났다. 서로의 주법에 익숙해진 사람들이 말을 걸어왔다. 그렇게 달리다간 앉은뱅이 신세가 될 거요. 달리다가 죽을 작정이 아니라면 체계적으로 뛰는 연습을 해요. 별로 좋은 자살법은 아니잖아요, 달리기라는 게.

그 후 나이트 런을 취미로 하는 사람들이 모인 카페에도 가입하고 달리기 교본 같은 책도 샀다. 밤에는 뛰고 낮에는 잤다. 아내의 보험금을 까먹으면서 충실히 달렸다. 보폭에 대해 배우고 페이스에 대해 공부했다. 허벅지와 장딴지에 제법 두툼한 근육이 붙기 시작했다. 발바닥은 살려 달라고 비명을 질렀다가 피를 흘렸다가 굳어지기를 반복했다.

"야간 산행은 아는데 야간 달리기도 있구나."

성재는 내가 무언가를 한다는 사실만으로도 반가워했다.

"이왕 하는 거 장비 잘 갖춰서 해 봐. 조심하고."

그래서 암밴드와 헤드랜턴을 샀다. 비록 싸구려지만.

나이트 런은 백주에 달리는 것과는 차이가 있다. 보폭과 호흡도 더 짧고 페이스 조절도 훨씬 힘들다. 배경이 낮에서 밤으로 바뀌었을 뿐인데도 주의해야 할 것들이 늘어난다. 나이트 러너들 사이에서 신앙처럼 내려오는 경구가 있다.

발밑을 조심할 것. 그리고 뒤를 돌아보지 말 것.

구급차가 내뿜는 사이렌 소리가 갑천을 흔들었다.

나는 달리기를 멈추고 뒤를 돌아봤다. 숨이 영 엉망이었다. 코가 아니라 입으로 들이쉰 탓에 목구멍이 따가웠다. 땀이 쉴 새 없이 흘러내렸다. 얼마 버티지 못한다. 이런 식으로 달렸다가는 폐에서 쏟아내는 쓴맛만 느낀 채 옆구리를 잡고 쓰러질 판이었다. 멀리서도 구급차의 경광등 불빛이 보였다. 들판 너머의 엑스포로에 세운 뒤 갑천누리길로 내려오는 듯했다. 사이렌 소리는 잦아들었다.

됐다. 이제 신경 *끄자.* 모든 건 국가공무원들이 알아서 해 주리라. 차가운 물속에서 나를 구해 냈던 것처럼.

다시 앞을 바라봤다. 내가 가야 할 길이 랜턴 불빛 아래에서 흔들리고 있었다. 방금 대덕대교를 넘었으니 원래 목적지였던 계룡대교까지는 아직 꽤 남았다. 나는 숨을 고르며 걷기 시작했다. 이미 페이스는 무너졌다. 더 이상 뛰어 봐야 소용없다. 초등학교 운동장에서 그랬던 것처럼 무릎을 혹사하는 일이 될 뿐이다. 갑천누리길에서의 첫 나이트 런은 실패로 돌아갔다. 아쉽다는 생각은 들지 않았다. 그저 숨이 가쁘고 머리가 멍하고 아직도 심장이 두근거릴 뿐이었다.

이제 어떻게 할까?

이대로 계룡대교까지 걷는 것은 멍청한 일이었다. 내가 선택할 수 있는 방법은 둘 중 하나였다. 도로로 나가서 택시를 타거나 출발점으로 되돌아가 집까지 걷는 것. 택시를 타자니 돈이 없었다. 돈이 있다 손 치더라도 자동차들의 맹렬한 전조등 불빛을 상상하는 것만으로도 속이 울렁대고 머리가 지끈거렸다. 되돌아가야 하나……. 대덕대교를 지나 다시 엑스포 다리로.

잠깐! 어떤 깨달음이 머릿속을 스치고 지나갔다. 워낙 재빨라 그 정체를 확인하기도 전에. 그야말로 번개 같았다. 뭐지? 뭐였지? 나는 불행했던 그 사건 이후로 호두알처럼 쪼그라든 뇌를 쥐어짜기 시작했다. 어서 생각해. 뭐가 이상한지, 어떤 게 걸리는지 생각해 내라고. 눌어붙은 껌딱지처럼, 엉켜 버린 실타래처럼, 잡히지 않는 날파리처럼 꺼림칙한 무언가가 경고 신호를 보내며…….

나는 고개를 홱 돌렸다.

구급차가 아직 서 있었다. 파랗고 빨간 불빛이 교대로 번쩍이는 중이었다. 죽어라 달려왔는데도 아주 똑똑히 보였다.

너무 긴 시간이잖아.

그렇다. 길어도 너무 긴 시간이었다. 그들은 베테랑이었다. 그러니까 구급대원들 말이다. 아직도 그 말이 귓가에 생생했다. 저희는 베테랑입니다. 저희를 믿으세요. 사모님은 꼭 구하겠습니다. 물론, 실패하는 경우도 있지만 적어도 지체하지는 않습니다.

구급차를 세우고 누리길로 내려와 핏자국을 발견하고 다친 사람을 구한 뒤 다시 차로 돌아가기까지 몇 분이나 걸릴까? 5분? 10분? 만약 구조가 지체되고 있다면 랜턴 불빛 같은 게 보여야 하지 않을까? 나는 헤드랜턴을 껐다. 정적에 휩싸인 갑천누리길에는 불빛 한 점 보이지 않았다. 심장이 다시 두근거렸다. 둥. 둥. 둥. 경고의 북소리였다.

뭔가가 잘못됐다.

그 사실을 깨닫기도 전에 나는 사고 현장을 향해 뛰기 시작했다. 둥. 둥. 둥. 북소리는 더 커졌다.

그때도 마찬가지였다. 나는 무작정 달렸다. 아내의 짧은 비명 뒤에 풍덩 소리가 들렸다. 아주 가까운 거리였다. 우리 텐트에서 계곡까지는 고작 10미터 남짓이었다. 침엽수림으로 빽빽한 산비탈만 내려가면 바로 맑은 계곡물이 나왔다. 아내는 저녁 준비를 위해 감자를 씻으러 계곡으로 내려갔다. 친구 둘도 함께였다. 아내의 친구 가족들과 같이 떠난 봄 캠핑이었다. 봄 산은 3월의 따뜻한 햇볕 속에서 모든 것들이 녹아내리며 아름다운 자태를 뽐냈다. 더없이 즐거운 캠핑이었다. 아내가 들고 있던 냄비에서 빌어먹을 감자 한 알이 굴러떨어지기 전까지는. 불운은 불운을 부른다. 상류의 얼음이 녹으며 계곡물이 갑자기 불어났다. 아내는 수영을 못했다. 나도 걸음마 수준이었다. 우리 둘이 입고 있던 패딩은 물에 닿자마자 두 배로 부풀며 무거워졌다. 아내와 내가 함께 허우적거리게 된 건 불운이 낳은 당연한 결과, 그리고 내 무모함이 불러온 끔찍한 실수였다.

한참을 달리고 나서야 헤드랜턴을 켜지 않았다는 사실을 깨달았다. 손으로 버튼을 눌렀다. 아무 반응이 없었다. 다시 눌러 봐도 마찬가지였다. 달리기를 멈추고 랜턴을 벗어 탁탁 두드렸다. 세계 공통의 응급 수리법에도 랜턴은 끝내 반응하지 않았다.

빌어먹을 싸구려 랜턴.

나는 헤드랜턴을 왼손에 쥐고 다시 움직였다. 오른손으로 스마트폰을 꺼내 불을 밝혔다. 액정이 내뿜는 푸르스름한 불빛이 어둠 속에서 애처롭게 빛났다. 구급차는 여전히 거기 그 자리에 서 있었다.

확인하고 싶은 게 뭐야?

불쑥 그런 질문이 떠올랐다. 좋았어. 아주 적절한 타이밍이야. 난 이미 절반 이상 되돌아왔다고.

또 실수할 거야?

이번 질문은 조금 아팠다. 나는 대답할 말을 찾지 못했다. 먼 하늘에서 천둥소리가 들렸다. 우르릉. 속이 단단히 불편한 것 같았다. 곧 쏟아지겠지? 나는 스마트폰을 들여다봤다. 3시 30분. 믿을 수 없게도 고작 반 시간밖에 지나지 않았다. 태풍은 생각보다 빨리 올라오는 모양이었다. 그 녀석도 성질이 급한 거야, 틀림없이.

처음 발견한 건 새로운 자국이었다. 웅덩이를 이룬 채 흥건히 고여 있었다. 핏물이라는 사실은 그 강렬한 냄새만큼이나 분명했다. 다음은 누군가의 발이었다. 피에 젖어 번들거리는 신발이 어둠 속에서 삐죽 튀어나와 있었다. 저걸 기동화라고 하지 아마? 나는 불빛을 위로 가져갔다. 허벅지를 지나 배가 나타났다. 웅덩이의 수원(水源)은 오른쪽 옆구리였다. 피가 꿀럭꿀럭 새어 나오는 중이었다. 등 뒤에서부터 바람이 불어닥쳤다. 쓰러진 구급대원이 가느다란 신음을 토했다. 나는 재빨리 다가갔다.

"괜찮으세요?"

목이 잠겨서 간신히 그렇게 물었다.

"……."

구급대원의 눈동자에서 생명의 기운이 빠른 속도로 사라져 갔다. 붉게 충혈된 눈이 내게로 향했다. 어쩌면 빛에 본능적으로 반응했는지도 모른다. 구급대원이 입술을 달싹였다. 나는 귀를 가져다 댔다.

"조……심……."

그 말이 끝이었다. 구급대원은 입을 벌린 채로 움직임을 멈췄다. 나는 쪼그려 앉은 자세 그대로 슬금슬금 뒤로 물러났다. 온몸이 떨렸다. 등줄기에는 땀이 흘러내렸다. 구급대원의 옆구리에 칼을 찔러 넣은 자가 어둠 속 어딘가에서 도사리고 있다. 그런 확신이 들었다. 놈은 내 전화 통화를 듣고 구급차가 오기를 기다리고 있었다. 그러고는 신속하고 잔인하게 해치웠다. 어쩌면 함정이었는지도 모른다. 여자의 비명과 핏자국은 미끼. 더 많은 사람의 몸에 바람구멍을 내기 위한. 그래, 놈은 맹수였다. 갑천의 어둠을 지배하는 고양이. 포식자. 그리고 놈은…….

절대 도망가지 않아!

스마트폰을 들어 허공을 비춘 것과 어둠 속에서 허연 손이 튀어나온 것은 거의 동시였다. 칼날이 번뜩였다. 순간 모든 것이 선명하고 느리게 보였다. 칼은 흔하디흔한 부엌칼이었다. 일상적으로 마주치는 그 무뚝뚝하게 생긴 칼에 피가 잔뜩 묻어 있었다. 칼자루를 쥔 손은 마르고 단단했다. 툭 튀어나온 뼈마디에서 어떤 의지가 느껴졌다. 사냥감을 놓치지 않으려는 육식동물의 의지.

나는 재빨리 손을 내렸다. 놈의 칼질이 더 빨랐다. 오른손 검지에 섬뜩한 통증이 느껴졌다. 손가락 한 마디가 잘려 나갔다. 스마트폰을 떨어뜨렸다. 고통은 손가락을 시작으로 팔을 거쳐 온몸으로 퍼져 나갔다. 머릿속에서 하얀 섬광이 터졌다. 왼손에 들고 있던 헤드랜턴을 던졌다. 딱. 무언가에 부딪치는 소리가 났다. 칼을 쥔 손이 어둠 속에서 멈췄다. 찰나의 순간이었다. 나는 등을 돌려 튕기듯 달려 나갔다. 후드득 소리가 들려 드디어 비가 내리는 줄로만 알았다. 알고 보니 손가락에서 피가 떨어지는 소리였다. 그제야 나는 확실하게 깨달았다. 죽을 만큼 아프다는 사실을. 오른손 검지로 컴퓨터 자판을 두드리기 어려워졌다는 사실을. 잡히면 죽는다는 사실을.

나는 미친 듯이 달렸다.

갑천에는 오리가 산다

놈이 쫓아오고 있을까?

소리는 들리지 않았지만 그걸 확인하기 위해 멈출 마음은 없었다. 달렸다. 그 어느 때보다도 빠르게.

습기를 잔뜩 머금은 눅눅한 바람이 정면으로 불어왔다. 헤드랜턴에 눌려 있던 머리카락들이 일제히 들고 일어났다. 결국, 싸구려라도 뭐 하나 쓸모는 있었다.

달려 나갈 때마다 컴컴한 어둠이 나를 감쌌다. 불안과 공포가 어둠 속에서 툭툭 튀어나왔다. 도로로 도망치면 어떨까? 나는 스스로에게 물었다. 야! 각오는 됐냐? 씹할 저 풀밭 너머 도로에는 빛이라는 이름의 괴물이 산다고. 가로등 불빛이 너를 찔러 죽일걸? 우라질 자동차 전조등은 어떻고? 도와 달라고 질질 짜면서 손을 흔들기도 전에 심장이 터져서 픽 죽어 버릴걸!

힐긋 옆을 돌아봤다. 엑스포 아트홀을 지나쳤다. 대덕대교를 지났다. 창의나래관의 지붕이 보였다. 결심을 굳혔다. 방향을 바꿔 풀밭을 가로질렀다. 살인마의 칼에 최후를 맞는 것보다는 공황에 빠지더라도 밝은 곳으로 나가는 게 나아 보였다.

오판이었다. 계단을 서너 개 올라가자마자 가로등 불빛이 눈을 부라렸다. 심장이 뛰고 다리에 힘이 빠졌다. 결정타는 새벽 도심을 질주하는 택시였다. 주황색 섬광이 소심한 탈주자에게 달려들었다. 나는 눈을 질끈 감았다. 도저히 참을 수 없었다. 버르적거리며, 거의 굴러떨어지다시피 계단을 내려왔다. 눈앞이 빙글빙글 돌고 명치끝이 아팠다.

빌어먹을…….

나는 흘러내린 침을 닦고 다시 풀밭을 가로질렀다. 상황은 명확하고 구원의 여지는 없었다. 야밤의 갑천에 갇혔다. 군기가 바싹 든 가로등과 전조등이 감시자였다. 전기 담장이었다. 섣불리 접근했다가는 도움을 청하기도 전에 꼴사납게 쓰러져 놈의 먹잇감이 되고 만다.

아마 온몸으로 칼 맛을 보겠지.

그 생각만으로도 잘린 검지가 욱신거렸다. 주먹을 말아 쥐고 지혈했지만 피가 계속 흘러내렸다.

몇 가지 후회들이 마음을 두드리며 소용돌이쳤다.

그냥 전화를 했다면 어땠을까? 애초에 112에 전화를 걸어 이상하다고 신고를 했다면, 자전거 도로 한가운데 핏자국이 있는데 어떤 미친 사이코패스 살인마가 여자를 찔러 죽인 후 질질 끌고 간 것 같다고 말했다면, 갑천누리길에서의 첫 나이트 런을 다음 주로 미뤘다면, 대전으로 내려오지 않았다면, 계곡물로 대책 없이 뛰어드는 대신 무언가 잡을 만한 물건을 던져 줬다면, 캠핑 같은 건 아예 떠나지 않았다면, 원래 계획대로 제주도에서 휴가를 즐겼더라면…….

모든 게 달라졌을까?

나는 속도를 올렸다. 잡념이 따라올 수 없을 정도로 힘껏 달리고 싶었다. 허벅지 근육이 팽팽하게 당겨졌다. 엉덩이에서 삐걱대는 소리가 났다. 목구멍으로 신물이 넘어왔다. 안내판이 휙휙 지나갔다. 수영 금지. 낚시 금지. 이제 하나를 더 추가해야 할 판이었다. 살인 금지.

놈은 어디쯤일까?

확인해 보고 싶었다. 쓸데없는 시도를 하느라 거리가 더 좁혀졌으리라. 아니, 어쩌면 이미 포기하고 다른 곳으로 어슬렁어슬렁 사라졌을지도 모른다. 또 다른 먹잇감을 찾기 위해서.

아주 잠깐, 귓가를 간질이는 잔인한 유혹에 굴복했다. 뒤돌아보려고 고개를 돌렸다. 그 순간 정면에서 하얀색 물체가 튀어나왔다.

부딪치지 않으려고 급하게 방향을 틀었다. 오른쪽 발목이 꺾였다. 무릎이 먼저 무너지고 그 기세 그대로 바닥으로 엎어졌다. 왼손을 뻗었지만 소용없었다. 쿵! 얼굴과 어깨가 바닥에 부딪쳤다.

"아흑."

나도 모르게 비명을 토했다. 오른쪽 다리를 가슴까지 끌어당긴 채로 무릎을 쥐고 바닥에 뒹굴었다. 정신이 아득해지는 고통이었다. 발목이 틀어졌다. 무릎은 더 심했다. 불에 달군 긴 꼬챙이를 수직으로 찔러 넣는 것 같았다. 게다가 빙빙 돌리기까지!

하얀 물체는 오리들이었다. 통통하게 살이 오른 흰 오리 세 마리가 쓰러진 나를 무심히 바라보더니 뒤뚱거리며 갑천 쪽으로 걸어갔다. 갑천에는 오리가 산다. 그 사실을 새삼 떠올렸다. 나는 이를 악물고 상체를 일으켰다. 넘어지면서 입안 어딘가를 깨물었는지 피 맛이 느껴졌다. 손목이 시큰거렸다. 뺨에서도 피가 흘렀다. 성한 곳은 왼쪽 다리밖에 없었다. 종합적이고 총체적인 고통이 리듬감을 띤 채로 머리, 어깨, 무릎, 발 사이를 돌아다녔다.

뒤를 돌아봤다. 저 멀리 내가 달려온 어둠 속에서 주황색 빛이 반짝이다 사라졌다. 놈이다. 놈이 다가오고 있었다. 다시 불이 켜졌다. 희미한 빛이 어둠의 장막을 뚫고 내 발치에서 어른거렸다. 크고 무거운 랜턴을 들고 두 눈을 희번덕거리며 사냥감의 상태를 살펴보고 있을 맹수의 모습이 떠올랐다.

얼마나 떨어져 있을까? 10미터? 20미터?

불이 꺼졌다. 탐색을 끝냈다는 신호였다. 나는 사력을 다해 일어났다. 무릎에 꽂힌 불 꼬챙이는 전동 드릴로 변한 것 같았다. 마르지 않는 샘처럼 끊임없이 고통을 선사했다. 땅에 발을 딛자 전동 드릴의 스위치가 'Power up'으로 바뀌었다. 비명을 지르지 않으려고 입술을 깨물었다. 잘린 손가락에서는 계속 피가 흘렀다. 다시 주먹을 말아 쥐었다. 양팔을 가슴께까지 들어 올려 달릴 자세를 취했다. 목적지에 가까울수록, 체력이 떨어져 달리는 게 좆같아질수록 자세를 유지해야 한다. 유명한 마라토너가 했던 말인데 누구인지 생각나지 않았다. 머릿속이 뒤죽박죽이었다. 나는 머리를 한번 저었다. 다른 건 고민할 필요가 없어. 안 그래?

다시 또 달렸다.

태초에 빛이 있었다. 그리고 그 반대편에는 완벽한 어둠과 차가운 물이 있었다.

얼음이 녹아 불어난 계곡물은 믿을 수 없을 정도로 차가웠다. 몸 구석구석의 관절을 마비시켰다. 근육을 옭아맸다. 입안으로 들어와 폐를 쥐어뜯었다. 뇌를 얼렸다. 어떤 악의를 품고 있는 것 같았다. 놓아줄 수 없다는 듯, 이 차고 어두운 물속에서 도망치도록 그냥 두고 볼 수 없다는 듯 계곡물이 내 몸을 휘감고 밑으로, 밑으로 끌어내렸다.

의식을 잃기 전에 내가 마지막으로 본 것은 저 멀리 아득하게 멀어진 빛이었다. 아무리 손을 뻗어도 닿을 수가 없었다.

살고 싶다. 살고 싶다. 살고 싶어!

수면에 맺혀 어른거리는 빛을 보며 그 어느 때보다 강하게 살고 싶다는 생각을 했다.

다시 정신을 차렸을 때 처음 본 것도 바로 빛이었다. 내 눈을 꿰뚫

듯 쏘아붙이는 펜라이트 불빛과 그 너머에 찬란하게 펼쳐진 응급실 형광등의 백색광. 그 빛들을 보자마자 익사의 공포가 살아났다. 숨을 쉴 수가 없었다. 심장이 두근거렸다. 그 후 빛은 내게 공포이자 갈망의 대상이 되었다.

10여 미터 정도 앞에서 불빛이 보였다. 자전거 도로가 아니라 갑천 쪽이었다. 희망이 샘솟았다. 나는 힘껏 소리를 질렀다.

"도와주세요."

불빛은 응답이 없었다. 멀어지거나 사라지지는 않았다. 온 힘을 짜내, 고통을 씹어 삼키며 마지막 희망을 향해 달렸다. 속도를 낼 수 없었다. 거의 걷는 수준이었다. 놈이 금방이라도 뒷덜미를 낚아채고 칼을 꽂아 넣을 것만 같았다.

불빛에 점점 가까워졌다. 마지막 힘을 짜내 소리쳤다.

"도와주세요."

누군가가 자리에서 일어나는 희끄무레한 그림자가 보였다.

"누구여?"

오랜 세월 담배로 연마해야 나올 법한 탁하고 거친 목소리였다.

"누구냐니까?"

대답할 힘도 남아 있지 않았다. 숨이 턱에 차다 못해 코까지 막아 질식할 판이었다. 마지막 몇 미터. 웃자란 강아지풀과 드넓은 풀밭을 헤치고 남자에게로 향했다. 남자가 들고 있던 LED 랜턴의 부드러운 불빛이 내 얼굴로 향했다. 빛을 가릴 새도 없이 남자의 발아래 무너져 내렸다.

"깜짝이여. 괜찮소?"

남자가 물었다. 고개를 저었다. 괜찮지 않았다. 죽을 것만 같았다. 고통에 몸을 내맡기다가 그냥 정신을 잃어버리고 싶었다. 하지만 그럴 수 없었다. 남자에게 놈의 존재를 알려야 했다.

"조심하세요."

내가 말했다.

"일단 좀 일어나 보쇼."

남자가 나를 일으켜 세워 낚시의자에 앉혔다.

"윽."

신음이 새어 나왔다. 무릎이 퉁퉁 부었다. 내가 모르는 새로운 생명체가 그 안에서 꿈틀거리고 있는 것만 같았다. 얼굴과 손에서 흘러내린 피로 옷도 엉망진창이었다.

"어쩌다가 이 꼴이……."

남자가 랜턴으로 내 몸을 훑었다. 남자는 낚시꾼이었다. 여름이면 갑천에 낚싯대를 드리우고 세월을 낚는 사람들을 심심찮게 볼 수 있었다. 성재 말로는 잉어며 배스 같은 것들이 잡힌다고 했다.

"가끔은 쏘가리도 잡히지. 다음에 한번 같이 가자고."

언젠가 그렇게 말했지, 아마. 나는 뭐라고 대답했더라. 갑천에서는 낚시 금지야. 이딴 멋대가리 없는 대꾸를 했을 게 틀림없지. 좋아. 가자고. 오늘 살아남는다면 낚시쯤 얼마든지 같이 가자. 나는 성재에게 전화를 걸어 당장에라도 약속을 잡고 싶었다. 살아남는다면, 반드시 그러자고.

감상에 젖어 있을 틈이 없었다. 자꾸만 멀어지는 정신을 부여잡으며 입을 열었다.

"지금 갑천에 웬 미친놈이 돌아다녀요. 어서 경찰 좀 불러 주세요. 그리고 지금 당장……"

"어허. 무슨 일인지는 모르겠는데 경찰은 좀 그러네. 보다시피 내가 좀."

남자는 물가에 드리운 낚싯대를 가리켰다. 환갑 정도 됐을까, 목소리보다는 젊어 보였다. 깎아 놓은 바위처럼 인상이 뚜렷했다. 툭 튀어나온 광대뼈와 각진 턱이 꼬장꼬장한 성격을 짐작게 했다. 몸도 다부지고 키도 나보다 컸다. 바람막이 점퍼 아래로 떡 벌어진 어깨가 드러났다. 노인에게서는 오랫동안 육체노동으로 다져진 거칠고 강인한 기운이 느껴졌다.

"지금 그게 문제가 아니에요. 여자도 당하고 구급대원도 당하고 저도 당했어요."

마디가 잘려 나간 오른손 검지를 들어 보였다. 바람이 닿자 쓰리고 따가웠다. 노인은 없어진 손가락에서 해답을 찾으려는 듯 미간을 찌푸리며 들여다봤다.

"미친놈?"

"칼을 들고 있어요."

"119를 부르는 게 더 나을 것 같은데."

노인은 고개를 설레설레 저었다.

"안 돼요. 저도 불렀는데 그놈이……"

"한밤중에 만신창이가 된 인간이 나타나서 칼을 든 미친놈 운운하면 당신 같으면 믿겠소?"

헛소리가 아니라니까요! 소리를 지르려다가 찌르는 듯한 통증 때문에 입을 딱 벌렸다.

"영화도 아니고 원……. 어서 그 몸뚱이나 치료하쇼. 어찌 된 영문인지 모르겠지만 완전 걸레짝이구먼."

노인은 자신의 휴대전화를 꺼내 들었다. 그때 몇 미터 뒤 어둠 속에서 불빛이 뻗어 나와 갑천 변을 훑었다.

맹수의 안광 같은 주황색 불빛.

팔뚝에 소름이 쫙 돋았다. 나는 최대한 소리를 죽여서 말했다.

"놈이에요. 지금 오고 있어요!"

노인이 전화를 걸려다 말고 나를 힐끗 봤다.

"112에, 경찰에 신고하세요. 그리고 피하세요."

그렇게 말하며 나도 모르게 자리에서 일어났다. 몸이 먼저 반응했다. 통증이 일시적으로 후퇴하고 아드레날린이 혈관을 타고 온몸으로 퍼져 나갔다. 불행하게도 딱 거기까지였다. 한 걸음을 내딛자마자 불에 달궈진 전동 드릴이 다시 작동을 시작했다. 노인은 내게 손을 들어 보이더니 가만히 있으라는 신호를 보냈다.

"어이, 거기. 일단 스톱."

노인이 큰 소리로 외쳤다. 놈은 멈추지 않았다. 불빛이 자전거 도로를 벗어나 갑천 쪽으로 다가왔다.

"저 시끼가."

노인이 중얼거렸다. 휴대전화는 여전히 든 상태로 LED 랜턴을 놈을 향해 비췄다. 반신반의하는 눈치였다. 저 불빛 뒤 주인공이 진짜 사이코패스 살인마인지, 아니면 내가 미치광이 자해공갈단인지. 그사이에도 불빛은 풀밭을 훑으며 계속 다가왔다. 노인이 다시 소리쳤다.

"멈추라니까. 멈추고 후레시 꺼."

불빛은 멈춰 섰다. 5미터 정도 떨어진 거리였다. 나는 의자 팔걸이를 꽉 쥐었다. 알루미늄이 내뿜는 차가운 기운이 손바닥에 서늘한 감촉을 남겼다. 혼자서라도 도망을 갈까? 고집불통 노인은 움직일 생각이 없어 보였다. 자물쇠처럼 입을 꾹 닫고는 불빛을 노려볼 뿐이었다. 끝내 자기 눈으로 확인하고야 말겠다는 눈치였다.

"아직 안 늦었어요. 어서 신고하고……."

그 순간 불이 꺼졌다. 노인의 짙은 눈썹이 꿈틀, 움직였다. LED 랜턴 아래 놈의 정체가 드러났다. 나는 온 신경을 집중해 어둠 너머를 바라봤다.

"좀 도와주세요."

놈이 말했다.

하이에나는 교활한 약탈자

아니, 구급대원이었다.

적어도 내 눈에는 그렇게 보였다. 주황색 상하의와 회색 조끼, 그리고 기동화. 조끼에는 피처럼 보이는 검붉은 액체가 잔뜩 묻어 있었다. 노인이 나와 구급대원을 번갈아 보더니 천천히 입을 열었다.

"무슨 일이여?"

"사고가 있었습니다. 신고를 받고 출동했는데 괴한에게 습격을 당했습니다."

노인이 랜턴을 들고 구급대원에게로 다가갔다.

"조심하세요."

내가 말했다. 노인과 구급대원 모두 나를 슬쩍 봤다. 나는 구급대원에게서 눈을 떼지 않았다. 평범한 얼굴이었다. 눈은 크고 쌍꺼풀이 없었다. 약간 매부리코에 얇은 입술, 전체적으로 서글서글한 인상이었다. 전력을 다해서 달려온 듯 얼굴이 온통 땀투성이였다. 곱슬곱슬한 머리카락은 땀에 젖어 이마에 착 달라붙었다. 얼굴 곳곳에 핏방울이 튄 상태였다. 이렇게 극적인 상황에서가 아니라면 그냥 무심히 지나칠 만큼, 그리고 다시 기억해 내지 못할 만큼 흔한 얼굴. 분명 텔레비전에서 보던 살인마와는 다른 모습이었다.

"어디 다쳤소?"

노인이 물었다.

"네. 배를 칼에 찔렸는데 그리 큰 상처는 아닙니다. 하지만 제 동료 둘이 사망했습니다."

구급대원은 숨을 몰아쉬며 말했다. 정말로 고통스러워하는 얼굴이었다. 진짜 구급대원일까? 살인마가 옷을 바꿔 입고 나를 쫓아온 건 아닐까? 분명 내가 죽음을 확인한 건 한 명이었다. 보통 운전하는 사람까지 세 명이 출동한다고 했을 때 구급대원의 말은 앞뒤가 맞았다.

"그럼 혼자만 도망친 거여?"

노인이 물었다.

"그놈이 구급차에서 기다리고 있던 동료를 먼저 처리하고 저희에게 접근했습니다. 격투를 벌였습니다만 워낙 순식간에 일어난 일이라 정신을 차리고 보니 동료 한 명이 쓰러졌고 저도 배에 칼을 맞았습니다. 이제 죽었구나 싶었는데 저분이 나타난 겁니다."

구급대원은 나를 가리켰다.

"음. 두 사람 말이 아귀가 맞구먼. 그러면 진짜로 그 뭐냐, 정신병자 같은 놈이 갑천에서 사람을 죽이고 돌아다닌다는 건데……."

"아뇨. 아직 믿을 수 없어요. 왜 저를 쫓아온 거죠?"

내가 물었다. 구급대원의 말이 사실이라면 그는 나를 따라서 멍청하게 갑천누리길을 뛴 게 된다. 일찍이 내가 생각했던 대로 갑천을 벗어나 도로로 올라가 도움을 청하는 쪽이 훨씬 빨랐을 것이다. 공황장애 같은 건 없었을 테니까.

"그건 또 그러네. 왜 신고를 하지 않았소?"

노인의 목소리에도 비로소 의심이 묻어났다. 나는 그가 여전히 휴대전화를 들고 있다는 사실을 깨달았다. 게다가 내 위치에서는 오래된 구형 휴대전화의 커다란 액정과 거기 찍힌 숫자가 똑똑히 보였다.

11.

숫자 두 개가 초록색으로 빛나고 있을 뿐 다음은 아직 입력하지 않은 상태였다. 노인은 2를 누를지 9를 누를지 여전히 고민 중인 모양이었다.

"무전기는 격투 중에 사라져 버렸습니다. 휴대전화는 구급차에 두고 내렸고요. 구급차로 돌아가면 살인자와 마주칠까 봐 두려웠습니다. 그래서 저분 뒤를 무작정 따라온 겁니다. 저도 정신이 없었거든요."

"놈은 저를 쫓아왔어요."

분명했다. 볼 수는 없었지만 어둠 속에서 뻗어 나오던 그 살의는 확실히 느꼈다. 사람들에게는, 그러니까 보통의 평범한 사람들에게는 초식동물과 같은 본능이 숨어 있다. 위험을 감지해 포식자로부터 자신을 보호하는 선천적인 감각.

"아닙니다. 선생님을 공격하고는 흥미를 잃었는지 다른 쪽으로 가버렸습니다."

놈이 구급대원의 탈을 쓰고 거짓말을 하는 건지 내 본능이 엉뚱한 신호를 감지한 건지 확신이 서지 않았다. 구급대원은 정말로 지치고 고통에 찬 듯 보였고 죽은 동료 이야기를 할 때는 얼굴에 슬픔이 떠올랐다. 나는 구급대원을, 구급대원은 나를 바라봤다. 노인은 우리 둘 사이에 서서 상황을 살피는 중이었다. 적인가, 동료인가? 사이코패스 살인마인가, 부상당한 구급대원인가?

"어쨌든 신고는 하는 게 좋겠구먼, 안 그렇소?"

노인이 물었다. 어쩌면 스스로에게 던진 질문일지도 모른다. 나는 아무런 대답도 하지 않았다. 극심한 피로가 몰려왔다. 건드리면 끊어질 듯 가늘고 예민하게 변한 신경이 의식을 겨우 붙잡고 있었다. 머리가 멍했다. 손가락 하나 움직일 힘이 없었다. 아무래도 피를 너무 많이 흘렸다. 이제는 허리까지 아팠다. 통증은 근육을 타고 슬금슬금 위로 올라오는 모양이었다. 구급대원에게 향한 시선은 거두지 않았다. 내가 할 수 있는 유일한 저항이었다. 빌어먹을 본능은 엉거주춤 서 있는 저 남자에게서 눈을 떼지 말라고 속삭이고 있었다. 동물의 왕국을 보라고. 꼭 한눈 파는 녀석이 당하잖아. 멍하니 물속을 들여다보거나 암컷 꽁무니를 바라보고 있다가는 사자가 바로 옆 덤불 숲까지 온 걸 모르게 된다고.

"일단 구급대에 먼저 연락을 하시죠. 저도 그렇지만 저분 상태가 안 좋아 보여서."

구급대원이 입을 열었다.

나는 괜찮다고 씹할! 일어나서 춤이라도 추고 싶었지만 그랬다가
는 정신을 잃고 쓰러질 게 뻔했다. 대신에 나는 노인에게 거의 윽박
지르다시피 말했다.

"경찰, 경찰을 먼저 불러요. 난 괜찮으니까."

"내가 알아서 하겠구먼."

노인이 말했다. 그런 후 휴대전화 자판을 바라봤다. 그때, 번개가
쳤다. 갑천이 눈부시게 밝아졌다가 다시 어두워졌다. 그 짧은 순간,
어둠 속에 숨어 있던 모든 꿍꿍이와 적의가 낱낱이 본모습을 드러냈
다. 나는 봤다. 그리고 알아챘다. 구급대원은 왼손에 랜턴을 들고 오
른손은 조끼 안으로 넣고 있었다. 그게 뭘? 칼에 찔린 부위를 누르고
있는 거잖아? 그럴 리가 없었다. 피가 묻은 건 왼쪽이었다.

노인도 알았을까?

놈의 눈치를 살피며 노인을 힐끗 봤다. 노인은 휴대전화에 집중하
고 있었다. 두툼한 엄지를 사용해 숫자를 누르려는 모습이 영 어설퍼
보였다.

"가만있자……."

노인의 엄지가 숫자 '9'를 누르려다가 슬쩍 방향을 바꿔 대각선 왼
쪽 위로 올라갔다. 액정에 숫자 '2'가 찍혔다. 눈치챘구나! 노인은 커
흠, 목소리를 가다듬고는 통화 버튼을 눌렀다. 나는 잔뜩 긴장한 채
놈에게로 시선을 옮겼다. 놈은 노인을 뚫어져라 바라보고 있었다. 다
시 동물의 왕국의 한 장면이 떠올랐다. 성우의 내레이션이 머릿속에

서 울렸다.

'사자는 먹잇감이 방심하는 순간을 기다리고 있습니다. 소리조차 내지 않고 말이죠.'

모두의 시선이 휴대전화로 향했던 찰나, 불과 2초 남짓한 그 순간 동안 놈은 평범한 인간의 가면을 벗어던지고 맹수의 얼굴을 드러냈다. 가장 극적인 변화를 보인 건 눈이었다. 피곤에 지친 탓인지 흐리멍덩하게까지 보였던 눈이 지금은 활활 불타오르고 있었다. 기름진 광기로 번들거렸다. 놈은 혀로 자신의 입술을 핥았다. 그 동작이 묘하게 재빨라 소름이 돋았다. 놈이 내게로 얼굴을 돌렸다. 우리의 시선이 얽혀 들었다. 나는 확신했다.

놈이다.

저놈이 그 살인마다.

그리고 저놈 또한 내가 눈치챘다는 사실을 안다!

"여보시오?"

노인이 태연한 목소리로 통화를 시작했다. 다행히 휴대전화 너머의 소리는 들리지 않았다. 나와 놈은 노인의 목소리에 온 신경을 곤두세웠다.

"어서 여기 좀 와 줘야겠소. 갑천누리길인데 대덕대교와 갑천대교 딱 중간쯤이오. 문제가 좀 발생했거든. 다친 사람이 있소. 둘이나. 한 명은 걸레짝처럼 됐고 또 한 명은 칼에 찔렸다네."

노인은 모호하게 말하는 중이었다. 통화 내용만으로는 구급대인지 경찰서인지 알 수가 없었다. 아무래도 내가 착각한 모양이었다. 노인은 뻣뻣해 보이는 외모와 달리 속에 능구렁이를 숨겨 놓고 있었다.

게다가 아주 큰 놈으로.

"119에 전화하시는 거죠? 저 좀 바꿔 주세요. 제가 소속을 밝히고 자세히 설명하겠습니다."

노인이 능구렁이라면 놈은 사자, 아니 하이에나였다. 아프리카에서 가장 강력한 턱 힘을 가졌다는 맹수. 시체를 밝히는 듯 보이지만 실상은 아프리카 제일의 사냥꾼. 영악하고 사악한 짐승. 누군가가 하이에나를 두고 했던 말이 떠올랐다. 물론 이번에도 그 누군가가 누구인지는 생각나지 않았지만.

'하이에나는 교활한 약탈자입니다. 불쌍하고 우스꽝스러운 얼굴을 하고 있지만 호시탐탐 적의 빈틈을 노리죠.'

"네? 네, 네. 맞습니다. 그러니까 어서 출동을 해 달라는 말입니다."

노인은 놈의 이야기를 못 들은 척 통화를 이어 가고 있었다.

"아저씨. 저한테 줘 보시라니까요."

놈이 한 발 앞으로 다가왔다. 노인이 고개를 들었다. 놈은 대놓고 적의를 드러냈다. 여차하면 움직일 생각으로 나도 다리에 힘을 줬다. 기다렸다는 듯이 통증이 찾아왔다. 만약 최악의 상황이 벌어진다면 내가 무언가를 할 수 있을까? 다시 번개가 쳤다. 놈의 얼굴에 뒤틀린 미소가 떠올랐다가 순식간에 사라졌다. 머리 바로 위쪽에서 하늘이 으르렁거렸다. 저 멀리에서부터 밀려오는, 꾹꾹 눌러 담긴 바람이 풀밭과 갑천을 훑고 지나갔다. 쏴아아아. 풀들이 소리를 질렀다. 검은색 강물이 부르르 몸을 떠는 게 어둠 속에서도 똑똑히 보였다.

"여기 있소."

노인이 놈에게 휴대전화를 건넸다. 놈이 손을 내밀었다. 노인과 놈의 손이 엇갈리면서 휴대전화가 바닥으로 떨어졌다.

"아이고 그냥 끊어져 버렸구먼."

휴대전화는 떨어질 때 충격으로 폴더가 접혀 버렸다. 딱. 적의 공격을 피해 입을 닫은 조개처럼 아주 단호한 모습으로.

놈의 표정이 일그러졌다. 나는 노인이 등산용 바지 뒷주머니에 슬그머니 손을 찔러 넣는 모습을 지켜봤다. 번쩍. 방금 전보다 더 강력한 번개가 하늘을 가로지르며 괴성을 질러 댔다.

"다시 걸면 되죠, 뭐."

놈이 허리를 숙여 노인의 휴대전화로 손을 뻗었다.

"몸도 불편한데 내가……."

번쩍. 섬광이 일었다. 이번에는 번개가 아니었다. 놈이 노인을 향해 갑자기 랜턴을 켰다. 일순간 나도, 그리고 노인도 눈앞이 하얘졌다. 타닥타닥. 빛의 알갱이들이 눈 주위에서 춤을 췄다. 머리가 멍했다. 귓가에서 벌 떼가 윙윙 날갯짓했다. 빛이 날카로운 칼날이 되어 눈두덩을 뚫고 머릿속으로 파고드는 것 같았다. 피부가 따끔거리고 역한 냄새가 몰려왔다. 보이지 않는 손이 심장을 움켜쥐는 것 같았다. 안 좋은 신호였다. 적색경보. 조금 있으면 쓰나미가 몰려옵니다! 모두 피하세요!

나는 입을 크게 벌려 공기를 욱여넣은 후 억지로 눈을 떴다.

놈이 조끼 안에서 오른손을 빼내는 게 보였다. 칼날이 희번덕거렸다. 내 손가락을 앗아 간 바로 그 칼이었다.

"조심해요!"

내 외침이 채 끝나기도 전에 칼이 노인의 배를 찔렀다. 노인이 몸을 떨었다. 놈은 칼을 쑥 빼고는 서너 발 뒤로 물러섰다. 자신의 작품을 감상하려는 예술가처럼.

"아주 좋아. 아주 좋아."

놈은 기침을 터뜨리듯 키득키득 웃었다.

"이 미친 개……."

노인은 버르적거리며 오른손을 허공에 휘둘렀다. 작은 낚시용 칼을 들고 있었다. 나는 순식간에 벌어진 상황에 압도당해, 그리고 몸 안 깊은 곳에서부터 스멀스멀 올라오는 공황과 맞서느라 아무것도 할 수 없었다. 몸이 굳어 버린 것 같았다. 이대로라면 접이식 낚시의자에 앉은 채로 꼼짝없이 죽을 판이었다.

크윽, 퉤!

노인은 분노를 끌어 올리듯 가래를 뱉었다. 그러고는 놈을 향해 서서히 다가갔다. 족제비처럼 생긴 낚시 칼은 랜턴 불빛을 받아 섬뜩하게 반짝였다. 노인의 배에서는 걸쭉한 피가 흘러내렸다.

"어서 도망가. 경찰이 곧 올 거야."

노인이 나를 향해 말했다.

"다음은 당신이야. 아주 잘근잘근 씹어 주겠어. 도망쳐도 소용없어."

놈이 내 쪽으로 랜턴을 비추며 말했다. 속이 울렁거렸다. 공황이 마지막 차단선을 뚫고 턱밑까지 진격했다는 신호였다. 이제 정신을 잃고 쓰러지는 일만 남았다. 그 전에 뭐라도 하고 싶었다. 최후의 일격까지는 아니고라도 적어도 한 방 정도는 먹이고 싶었다. 나는 입술을 꽉 깨물었다. 저릿한 통증이 내 정신을 잠시 깨웠다.

"영감은 오늘 운이 참 없네. 그냥 낚시나 하지 그랬어."

놈이 노인을 향해 성큼 달려들었다. 아주 유연하고 재빠른 동작이었다. 수도 없이 누군가를 공격하고 또 성과를 얻었음 직한 몸놀림이었다. 노인이 움찔하며 낚시 칼을 뻗었다. 닿지 않았다. 놈의 부엌칼이 노인의 옆구리를 물어뜯었다. 피가 튀었다. 대전에도 연쇄살인이 있었던가? 문득 그런 생각이 떠올랐다. 평화로운 도시에 나타난 저 괴물은 도대체 누구란 말인가? 노인은 그냥 쓰러지지 않았다. 기어이 놈의 왼손을 낚아챘다. 랜턴이 떨어지며 갑천 쪽으로 긴 빛을 던졌다. 한밤의 격투를 감상하던 강물에 랜턴 불빛이 비치며 검은 물비늘이 일었다. 놈은 시한폭탄이었다. 살인 본능을 꾹꾹 누르고 있었으리라. 평범한 인간의 가면을 쓴 채. 노인이 놈의 왼손을 잡은 대가를 치렀다. 부엌칼이 노인의 목을 쑤셨다. 바람 빠지는 소리가 들린다 싶더니 피가 분수처럼 쏟아졌다. 결국 오늘 폭발했다. 놈은 오늘을 거사 일로 잡았고 한밤의 갑천누리길을 몇 번이나 왕복하며 먹잇감을 찾았을 것이다. 이미 그 전에 여러 번 누군가를 죽여 봤겠지. 경찰에 잡힌 적은 없었으리라. 죽인 구급대원의 옷을 입고 내 뒤를 쫓을 정도로 용의주도하니. 노인이 무너져 내렸다. 놈은 멈추지 않았다. 칼이 몇 번이나 노인의 가슴팍을 드나들었다. 마지막은 얼굴 한가운데였다. 칼날이 뼈에 부딪치는 끔찍한 소리가 밤하늘에 울려 퍼졌다. 놈은 인간이 아니었다. 희생자를 기다리며 비죽 튀어나와 있는 못이었다. 머릿속 어딘가가 문제를 일으킨 돌연변이였다. 인간의 감정이 삭제된 괴물이었다. 인간의 천적이요 불길한 재앙이었다. 맹수고 포식자이며 하이에나였다. 그리고…….

"죽어라, 개새끼야!"

나는 용수철처럼 튀어 나가 개새끼를 향해 낚시의자를 휘둘렀다. 알루미늄으로 된 다리가 놈의 머리를 강타했다.

딱.

경쾌했으나 충분한 소리는 아니었다. 내게는 다음 기회가 없었다. 5만 원도 안 되는 붉은색 낚시의자가 유일한 무기였다. 놈이 의외의 공격에 당황한 듯 비틀거렸다. 나는 의자 다리를 붙잡고 몸을 활처럼 당긴 채 다시 힘껏 휘둘렀다. 끔찍한 통증이 온몸의 신경을 툭툭 끊으며 머리로 돌진했다. 마지막이었다. 내가 할 수 있는 최후의 발악. 하지만 아무런 성과가 없었다. 낚시의자는 자신의 본분을 망각한 듯 커다란 연처럼 펄럭이며 놈의 얼굴에 사뿐히 안착했다. 충격은커녕 놈의 시야를 잠시 가렸을 뿐이었다.

"한번 해보자고?"

놈이 얼굴에 걸린 낚시의자를 걷어 내며 외쳤다. 목소리에서 광기와 분노가 묻어났다. 나는 물끄러미 선 상태로 눈을 감았다. 자, 어서 끝내 씹할 놈아! 번개가 쳤다. 천둥소리는 더 요란해졌다. 숫제 귀에 대고 바로 울어 대는 것 같았다. 천둥이 긴 꼬리를 남기며 사라질 때쯤 기다렸던 칼날 대신 놈의 비명이 날아들었다. 나는 눈을 떴다.

"……새끼."

노인의 낚시 칼이 놈의 옆구리에 박혀 있었다. 노인은 각진 턱을 들썩이며 쿡쿡 웃고는 모로 쓰러졌다.

"아파."

놈이 중얼거렸다.

"아프다고."

놈이 비틀거리며 내게로 다가왔다. 나는 꼼짝도 할 수 없었다. 이제 진짜로 마지막이었다. 놈은 옆구리에 박힌 칼을 뽑아 내고는 신기한 듯 바라보다가 내게로 시선을 옮겼다. 평범함을 가장한 그 얼굴에 고통과 분노, 그리고 탐욕의 감정이 동시에 떠올랐다가 사라졌다.

"자, 어디서부터 요리를 할까?"

놈이 혼잣말처럼 중얼거렸다. 나는 무슨 말인가를 하고 싶었다. 욕이라도 실컷 퍼붓고 싶었다. 놈에게 달려들어 고통이 무엇인지 똑똑히 새겨 주고 싶었다. 하지만 힘이 없었다. 실이 끊어진 인형처럼 무너져 내리기 일보 직전이었다. 의식이 점점 멀어졌다. 놈이 두 겹, 세 겹으로 보였다. 놈은 칼을 쳐들고 있었다. 불과 한 발 앞이었다. 심장이 불규칙하게 뛰었다. 닥콩다아아아코옹. 여보, 내가 지금 간다. 가서 잘못을 빌게. 조금만 기다려.

얼굴 위로 차가운 액체가 떨어졌다. 한 방울, 두 방울, 그리고 곧 세찬 빗줄기가 쏟아졌다. 놈과 나는 동시에 하늘을 올려다봤다. 그때였다. 누군가가 양손으로 내 뺨을 때렸다. 정신이 번쩍 들었다. 차갑고, 물리적인 통증이었다. 그 누군가가 소리쳤다. 그러고는 등을 떠밀었다.

'달려!'

나는 놈에게서 등을 돌린 채 다시 달리기 시작했다.

여보, 왜 그랬어?

눈을 감으면 때때로 아내의 얼굴이 떠올랐다.

아내는 물속 저 깊은 곳, 어둠이 켜켜이 쌓인 그곳에서 나를 바라봤다. 아주 슬프고 무서운 눈을 하고서. 아내는 나를 향해 입을 열었다. 무슨 말인지는 들리지 않았다. 나는 입 모양만으로 짐작할 뿐이었다.

여보, 왜 그랬어?

아내는 내게 늘 그렇게 물었다. 왜 그랬느냐고, 왜 자신만 버려 두고 살아남았느냐고.

물에 빠진 아내를 향해 뛰어들었을 때 나는 아무 생각이 없었다. 그저 아내를 구해야겠다는 마음뿐이었다. 아내는 수영을 전혀 못하는 사람이었다. 아내가 내 목을 잡고 늘어졌다. 공포에 질린 눈은 초점을 잃은 상태였다. 계곡물은 우리 둘을 붙들고 내려갔다. 유속이 빨랐다. 나는 아내와 함께 물 밖으로 얼굴을 내밀기 위해 최대한 버텼다. 역부족이었다. 넘실거리는 계곡물은 우리의 얼굴을 자꾸만 내리눌렀다.

"여보…… 살려 줘."

아내는 몇 번이나 그렇게 말했다. 입을 닫고 움직이지 말라고 말해 주고 싶었지만 정신을 차릴 수가 없었다. 아내의 허리를 잡고 온 힘을 다해 들어 올렸다. 아내는 계속 내 머리를 눌러 댔다. 콧속으로 물이 들어왔다. 입으로도 들어왔다. 물은 죽음이 토해 놓은 입김처럼 차가웠다. 제법 커다란 바위 하나가 나타났다. 팔을 뻗었다. 실패였다. 몸이 점점 무거워졌다. 다리에 추를 매단 것 같았다. 아내의 버둥거림은 더 심해졌다. 물속에 깃든 고약한 누군가가 아내의 몸을 잡고 흔드는 것만 같았다. 계곡은 우리를 놓아줄 생각이 없었다.

어느 순간, 내 몸이 물속으로 쑥 내려갔다.

그다음부터는 단편적인 기억들밖에 없다. 아내가 내 몸을 붙잡고 늘어졌으며 나는 빛을 향해 계속해서 손을 뻗었다. 닿지 않았다. 아내가 내 다리를 잡고 있었다. 올라갈 수가 없었다. 딱 몇 미터면 되는데, 한 번만 다리를 놀린다면 신선한 공기를 마실 수가 있는데 아내가 다리에 매달려 있었다.

내가 아내를 밀쳐 냈던 게 아닐까?

나는 몇 번이나 그 생각을 했다. 물에서 건져진 후 잠시 정신을 차렸을 때도, 구급대원에게 아내가 빠졌다며 울부짖었을 때도, 다시 정신을 잃고 병원에서 며칠을 보내다 깨어났을 때도 그 생각을 했다. 퇴원을 하고서도 마찬가지였다. 아내의 장례를 치르고 나서도 그 생각은 내 머릿속을 떠나지 않았다.

아내를 버리고 나 혼자 살아남은 게 아닐까?

눈을 감으면 기억인지 환각인지 분명치 않은 장면들이 떠오른다. 나는 양손을 앙칼지게 뻗어 다리에 매달린 아내를 떼어 낸다. 아내의 손을 할퀸다. 아내가 저 멀리 깊은 어둠 속으로 내려가며 나를 바라본다. 원망하는 눈빛으로, 저주하는 눈빛으로. 그러고는 묻는다.

여보, 왜 그랬어?

나무가 삐걱대는 소리에 눈을 떴다.

순간, 내가 어디 있는지 알 수가 없었다. 재빨리 주위를 둘러봤다. 낯익은 나무 데크 길이었다. 나는 비 내리는 나무 길을 달리고 있었다. 정면에서 비스듬히 왼쪽으로는 갑천대교가 보였다. 갑천 건너편에는 하나로 아파트가 서 있었다.

유림공원 가는 길이구나.

비로소 정신이 들었다. 비가 쏟아지고 있었다. 번개가 하늘을 찢고 천둥이 대지를 두드렸다. 맙소사. 의식을 잃은 채로 얼마나 달려온 걸까? 놈과 마주쳤던 곳에서 유림공원 입구까지니 못해도 5분 이상은 달린 셈이다.

놈?

그러고 보니 놈은 어떻게 되었을까? 내가 그 미치광이 살인마를 떠올리자마자 기다렸다는 듯 목소리가 날아들었다.

"거기 서. 도망쳐도 소용없어. 여기는 내가 샅샅이 알고 있다고."

이번에는 뒤돌아보지 않았다. 놈은 잔인무도한 사냥꾼이긴 했으나 달리기에는 젬병이었다. 처음에도 분명 나를 따라잡을 수 있었다. 나는 손가락이 잘린 데다가 무릎과 발목도 고장이 나지 않았던가. 막판에는 뛰는 게 아니라 거의 절뚝거리는 수준이었다. 초등학생도 나보다는 빨랐으리라. 지금도 마찬가지였다. 놈은 헐떡이며 나를 쫓아오고 있었다. 목소리에서 괴로움과 조급함이 느껴졌다. 달리기는 내 쪽이 훨씬 나았다. 비록 온몸이 만신창이가 됐지만.

"지금 멈추면 최대한 고통 없이 죽여 주지. 약속할게."

놈은 분노를 가득 머금은 채로 으르렁거렸다. 나는 묵묵히 달렸다. 공황은 물러갔지만 통증이 사라진 것은 아니었다. 발을 뗄 때마다 그다음 한 발을 내딛는 것이 두려울 정도로 고통스러웠다. 다시는 오른쪽 다리를 쓸 수 없을지도 모른다. 무릎은 육안으로도 상당히 안 좋은 상태였다. 퉁퉁 부어 있었고 벌겋게 달아올라서 조명처럼 빛났다.

다행히 자세는 무너지지 않았다. 나는 기역 자로 구부린 두 팔을 일정한 리듬으로 흔들었다. 그 반동으로 앞으로 나아갔다.

"잘 하고 있어."

나는 중얼거렸다.

"계속 그렇게 달려."

입안으로 빗물이 들어왔다. 어느새 유림공원 안이었다. 식물들이 내뿜는 청량한 기운이 내 몸을 감쌌다. 공원은 어둠에 덮여 있었다. 바람이 나뭇잎들을 스치며 지나갔다. 얼굴을 때리는 빗방울이 꽤 아팠다. 나는 발길이 이끄는 곳으로 계속 달려갔다.

여기가 바로 그곳이야.

마음속에서 본능이 말했다. 아니, 어쩌면 누군가가 진짜로 내 귓가에 속삭인 건지도 모르겠다. 머릿속은 이미 오래전부터 엉망이었다. 나는 생각하기를 멈췄다.

더 이상 도망칠 곳이 없어.

여기서 저놈을 끝장내는 거야.

"숨어 봐야 금방 찾아낼 수 있어. 나는 바로 네놈 뒤거든!"

놈이 어마어마하게 큰 소리로 외쳤다. 때마침 천둥이 지축을 뒤흔들며 지나갔지만 놈의 목소리는 그 틈을 비집고 생생하게 전달됐다. 하마터면 뒤를 돌아볼 뻔했다. 금방이라도 놈이 내 어깨를 잡아챌 것만 같았다.

"내가 잡는다아아아아아아아아!"

놈이 다시 한 번 외쳤다. 나는 말려들고 말았다. 속도를 올리려고 오른쪽 다리를 반보 정도 크게 내디뎠다.

뚝.

정말로 그런 소리가 났다. 무언가가 끊어지는 소리가 무릎에서 들렸다. 아프지는 않았다. 적어도 처음에는. 다리에 힘이 풀리며 그대로 주저앉았고 그제야 생각났다는 듯 무릎이 뜨거운 통증을 토해 내기 시작했다. 아까와는 차원이 다른 고통이었다. 거대한 손이 다리를 비틀어 뜯어내는 것만 같았다.

"히히히. 결국 쓰러지게 되는 거야. 너희는 다 그래."

놈이 기쁨에 찬 목소리로 고래고래 고함을 질렀다. 뒤를 돌아봤다. 빗속이지만 놈과의 거리는 충분해 보였다. 적어도 20미터 이상.

젠장. 바보같이……

나는 왼쪽 다리로만 겅중거리며 달렸다. 좌우로 이팝나무들이 하얀 꽃을 피운 채 늘어서 있었다. 바람이 불 때마다 꽃잎들이 우수수 떨어졌다. 한여름인데도 몸이 떨리고 추웠다. 비를 너무 많이 맞아서인지, 생명의 기운이 빠져나가서인지 분간할 수 없었다. 다시 뒤를 돌아봤다. 놈의 뛰는 모습도 시원치 않아 보였다. 노인의 한 방이 꽤 컸나 보다. 죄송합니다. 나는 그 낚시꾼에게 사과했다. 듣고 있을지 어쩔지 모르겠지만.

그때는 그게 최선이었다. 노인에게 도움을 구하는 것. 허무하게 죽기는 싫었다. 아내의 목숨과 바꾼 인생이었다. 아무렴, 그렇고말고.

"이게 뭐 하는 짓이냐? 이렇게 비겁하게 죽으면 하늘나라에 간 네 마누라가 참 좋아하겠다."

수면제를 먹고 깨어났을 때 아버지가 나를 내려다보며 말했다. 딱히 꾸짖는 분위기는 아니었다. 어떻게 보면 아주 부드러웠다고도 말할 수 있는데 그 말이 내 가슴 깊숙이 박혔다.

아내의 얼굴이 떠올랐다. 나는 중앙광장으로 접어들었다. 비 때문에 바닥이 미끄러웠다. 매점과 화장실이 둥글게 몸을 말고 잠들어 있었다. 또 아내의 얼굴이 떠올랐다. 의식을 잃지 않으려고 일부러 오른쪽 다리에 힘을 줬다. 효과는 확실했다. 감전이라도 된 것처럼 머리카락이 쭈뼛 섰다. 아내의 얼굴은 사라지지 않았다. 언제나처럼 나를 향해 뭐라고 말을 했다. 나는 입 모양을 읽을 수밖에 없었다.

여보, 왜…….

"잡았다!"

놈이 내 티셔츠를 잡아챘다. 나는 몸을 비틀었다. 우리는 엉겨서 같이 쓰러졌다. 통증보다도 더 선명하게, 죽음이 코앞에 왔다는 확신이 머릿속을 울렸다. 왼쪽 어깨 위에서 새로운 통증이 폭죽을 터뜨렸다. 부엌칼이 어깨를 베고 지나갔다. 칼날이 바닥에 부딪쳤다. 몸을 뒤집었다. 놈이 내 위에 올라탔다.

"아이 이 새끼. 나를…… 힘들게……."

놈은 숨을 몰아쉬고 있었다. 칼을 내 얼굴 위에서 높이 치켜들었다. 강력한 번개 두 방이 연속으로 밤하늘을 밝혔다. 놈의 옆구리에서 흘러내리는 검붉은 피가 똑똑히 보였다. 나는 거기다가 손을 찔러 넣었다.

"으하아아아."

놈이 웃음인지 울음인지 모를 비명을 터뜨렸다. 칼이 얼굴로 내리꽂혔다. 손을 들어 간신히 막았다. 칼날이 코앞까지 다가왔다. 놈의 옆구리를 헤집었다. 질척질척하고 끈적끈적한 피가 왈칵 쏟아졌다. 놈은 몸을 비틀며 쓰러졌다. 나는 누운 채로 그나마 성한 왼발로 놈의 얼굴을 찼다. 힘이 들어가지 않았다. 그래도 멈추지 않았다.

픽.

한 번 더.

픽.

또 한 번.

놈이 몸을 굴려 내 발길질을 피했다.

"으아아!"

이번에는 내가 소리를 질렀다. 죽을힘을 짜내 몸을 일으켰다. 장미 터널이 보였다. 그곳으로 절뚝거리며 뛰어갔다. 빗속에서도 향긋한 장미 내음은 줄어들지 않았다. 놈은 어떻게 됐을까? 고통에 찬 신음은 더 이상 들려오지 않았다. 어쩌면 정신을 잃었을지도 모르지만 희박한 확률에 목숨을 걸 수는 없었다. 장미 터널을 지나 은행나무 숲으로 몸을 숨겼다. 커다란 나무에 몸을 기댔다. 잠시 숨을 골랐다. 쉬고 싶었다. 눈을 감았다. 무겁고 질척한 잠이 내 몸을 내리눌렀다. 지금이라면 빗속에서도 단잠을 잘 것만 같았다. 잠에 빠진다면 지긋지긋한 고통이 모두 사라지지 싶었다.

'정신 차려!'

다시 그 목소리가 울렸다. 나는 퍼뜩 눈을 떴다. 놈은 어디 있지? 번개가 터졌다. 놈은 내가 숨은 나무에서 불과 3미터 정도밖에 떨어지지 않은 곳에 서 있었다. 한 손에 칼을 들고 몸을 반쯤 숙인 채 사방을 두리번거리는 중이었다. 툭 불거진 눈과 말려 올라간 입술이 똑똑히 보였다. 놈은 인간이라 부를 수 있는 최소한의 껍데기마저 벗어던진 듯했다. 허공에 대고 코를 벌름거린 후 혼자서 뭐라고 중얼거리더니 다시 포효했다.

"나와. 여기 있는 거 다 아니까 나와!"

'달려! 다시 달려야 해!'

소리가 내게 재촉했다. 어디로? 나는 물었다. 아무런 대답도 없었다. 나는 천둥이 울어 대는 틈을 타 은행나무 숲을 가로지르기 시작했다.

"찾았다."

놈이 나를 발견했다. 거리는 30미터 남짓. 놈이 우스꽝스러운 자세로 나를 향해 달려왔다. 나는 오른쪽 다리를 질질 끌면서 도망쳤다. 잡히는 건 시간문제였다. 체력단련장 옆을 지났다. 거리가 줄어들었다. 이제는 놈의 헉헉대는 숨소리가 들릴 지경이었다. 인공 호수인 반도지가 보였다. 멈춰 선 물레방아가 바람이 불 때마다 삐걱거리는 소리를 토해 냈다. 유림정이 나왔다. 놈의 더운 입김이 목덜미에 느껴졌다. 반사적으로 몸을 숙였다. 부엌칼이 허공을 갈랐다. 나는 바닥에 쓰러졌다. 놈도 미끄러졌다.

'포기하지 마!'

목소리가 아니더라도 포기할 마음은 없었다.

꼭 살아날 거야. 꼭!

엉금엉금 기어서 호숫가에 세워진 유림정 안으로 들어갔다. 막다른 곳이었다. 이곳이 바로 최후의 격전지였다. 저 빌어먹을 개새끼를 골로 보내기에 딱 맞는 장소였다. 그런데 어떻게?

"이제 쥐 안에 든 독이네. 아니, 독 안에 든 쥐가? 어떤 게 맞는 거지?"

놈이 고개를 휘휘 저으며 다가왔다. 지치고 아픈 듯 보였지만 나보다 상태가 낫다는 건 확실했다. 적어도 걸을 수는 있으니까.

나는 엉덩이 걸음으로 난간까지 도망쳤다. 뒤는 폭우에 잔뜩 불어난 물이고 앞은 칼을 든 미친놈이었다. 완전히 미친놈.

놈이 킥킥거리며 웃었다. 그때 아주 작은 소리가 났다. 톡. 아니, 그보다도 훨씬 작았을지도 모르겠다. 어쨌든 나는 들었다. 옆으로 고개를 숙였다. 주머니에서 하얀색의 무언가가 튀어나와 있었다. 한참 전에 넣어 둔 이어폰이었다. 그러고 보니 싸구려 암밴드는 언제 사라졌는지 자취를 감췄다. 놈의 눈치를 살피며 이어폰을 꺼내 손에 쥐었다.

"즐거웠어, 아주. 조금 아프긴 했지만 이래야 사냥할 맛이 나지. 난이제 집으로 돌아가 씻고 잘 거야. 물론 너를 죽인 다음에."

정신의 퓨즈가 완전히 끊긴 것처럼 보였던 방금 전과 달리 놈은 진지한 얼굴로 내게 말했다. 그편이 더 섬뜩했다.

"넌 개새끼야! 하이에나도 뭐도 아니라고."

내가 소리쳤다.

"하이에나?"

놈이 고개를 갸우뚱했다. 별명이 마음에 안 든 눈치였다.

"넌 아주 비참하게 죽을 거야. 언젠간 경찰에 잡히겠지. 그러고는 한평생 감옥에 갇혀 있다가 뒈질 거야. 빼빼 마르고 시커멓게 변해서."

어떤 말이든 해서 시간을 벌어야 했다. 놈이 방심하는 순간을 노린다. 먹잇감을 궁지에 몰아넣고 승리의 기쁨에 취해 잠시 한눈을 파는 그 찰나를 위해, 나는 계속 떠들었다.

"누군가를 죽이면 그걸로 끝인 줄 알지? 지금은 모를 거야. 아니, 혹시 지금도 그런가? 네가 죽인 사람들이 나타나지? 그렇지? 어둠속에서 불쑥불쑥 그 허연 얼굴을 들이밀 거야. 원망과 분노에 찬 눈빛을 하고."

놈의 눈동자가 흔들렸다. 효과가 있었다.

"그 사람들이 계속 무슨 말을 하지? 다 널 저주하는 말이야. 누군
가의 목숨을 빼앗으면 그런 대가를 치르게 돼 있어. 흐흐. 무슨 뜻인
지 알아?"

"시끄러워!"

"무슨 뜻인지 아냐고?"

"시끄러워……."

놈이 내게 달려들던 자세 그대로 갑자기 멈춰 섰다. 그러고는 뒤를
돌아봤다. 무언가를 발견한 듯 놈이 "어?" 하는 바보 같은 소리를 내
뱉었다. 나에게는 보이지 않았다. 어둠뿐이었다.

"넌 누구야?"

놈이 어둠을 향해 물었다.

'지금이야!'

나도 안다고. 나는 벌떡 일어나 놈의 목에 이어폰을 감았다. 힘껏
잡아당겼다. 놈의 몸에 힘이 잔뜩 들어가는 게 느껴졌다.

"수, 숨 막……."

놈이 혀를 길게 빼고는 버둥거렸다. 나는 온 힘을 다해 이어폰에
매달렸다. 놈이 다리로 바닥을 굴렀다. 뒤로 밀려났다. 엉덩이가 난간
에 닿았다. 놈은 계속 나를 밀어붙였다. 바닥이 미끄러웠다. 균형을
잃었다. 아차 하는 순간 놈과 내 몸이 허공에 떴다. 그대로 떨어졌다.

풍덩.

차가운 물이 나를 휘감았다. 코와 입으로 호수 물이 들어왔다. 정

신이 없었지만 손을 놓지는 않았다. 이어폰은 놈의 목에 단단히 감겨 있었다. 놈이 허우적댔다. 손톱으로 내 손을 긁었다. 놈의 고개가 이상한 각도로 돌아갔다. 눈이 튀어나올 듯 커졌다. 혀를 길게 빼물었다. 꿈틀, 놈이 크게 요동쳤다.

죽어. 죽어, 이 새끼야!

계속 힘을 줬다. 모든 힘을 다 쏟았다. 반항이 현저히 줄어들었다. 잠시 후 놈이 축 늘어졌다. 나는 손을 놓았다. 물결이 놈의 몸을 내게로 빙글 돌렸다. 고통으로 일그러진 얼굴이 나를 바라보고 있었다. 실핏줄이 터진 눈은 새빨갰고 입은 크게 벌어졌다. 혀가 축 늘어져서 살아 있는 것처럼 꿈틀거렸다. 놈은 천천히 가라앉았다.

끝났다…….

안도감이 온몸으로 퍼져 나갔다.

나는 살아남았다고!

승리의 포효를 내지르고 싶었다. 수면을 향해 힘차게 물살을 갈랐다. 그때였다. 무언가가 내 발목을 틀어쥐었다.

놈이었다.

놈이, 내 발목을 잡고 있었다. 분명히 숨은 끊어졌는데 놈 안에 깃든 거대한 악이 최후의 송곳니를 박아 넣었다. 물결에 흔들리는 놈의 얼굴은 마치 웃고 있는 것 같았다. 나는 놈을 떼어 내려고 버둥거렸다. 숨이 막혀 왔다. 이미 한계를 넘었다. 폐 속에 남은 공기가 점점 비어 갔다. 그 빈자리는 미생물로 가득한 이 호수 물이 채우리라. 심장이 터질 것 같았다. 의식이 점점 사라지며 눈앞에 하얀 빛이 보였다. 빛이 빙글빙글 돌기 시작했다. 마지막 힘을 짜내 허우적거렸다. 놈은 여전히 내 발목을 쥔 채로 나를 밑으로, 밑으로 끌어내리고 있었다.

밑에서 기다리는 건 죽음이었다.

물을 삼켰다. 이제 끝이구나. 이제 끝이야……. 시시한 결말이었다.
나라면 이런 소설은 쓰지 않았을 것이다.

'여보.'

누군가가 나를 불렀다. 아까부터 나를 재촉했던 그 목소리였다.

'여보.'

나는 발밑을 바라봤다. 거기, 아내가 있었다. 하얗고 갸름한 얼굴
이 살아 있을 때와 마찬가지로 나를 향해 활짝 웃었다. 아내가 손을
뻗었다. 그래, 꿈속에서도 늘 그랬다. 아내가 손을 뻗었지만 나는 잡
아 주지 못했다. 이번에는 나도 손을 내밀었다. 아내와 나는 손을 맞
잡았다. 우리가 함께 숨을 쉬며 행복했던 그때처럼.

'여보, 왜 그러고 있어?'

아내가 말했다. 이번에는 똑똑히 들렸다. 입 모양을 읽을 필요가
없었다. 아내의 눈빛 속에서 원망과 슬픔을 찾아내 죄책감에 빠질 필
요도 없었다.

'힘을 내야지.'

아내가 웃었다. 나도 웃었다. 다리가 가벼워졌다. 아내가 놈의 허
리를 붙잡고 내게서 떼어 내는 게 보였다. 아니, 사실은 확실치 않았
다. 물속은 너무 어두웠고 나는 정신을 잃기 일보 직전이었다. 다만
아내의 마지막 말만은 머릿속에 생생하게 맴돌았다.

'힘을 내야지.'

나는 수면을 향해 물을 박찼다. 팔을 뻗었다. 번개가 쳤나 보다. 저

멀리서 빛이 보였다. 나는 그 빛을 향해 성큼 나아갔다.

갑천 쪽에서 사이렌 소리가 들렸다. 경찰이 출동한 모양이었다. 노인의 시체를 찾아내고 이곳 유림공원까지 오는 데 얼마나 걸릴까? 상관없었다. 나는 호수 옆 풀밭에 누워 있었다. 어느새 비가 그쳤다. 태풍이 숨을 고르는지 번개와 천둥도 멎었다. 다만 바람에 밀려 무서운 속도로 구름이 흘러갔다. 거짓말처럼 모든 통증이 사라졌다. 어쩌면 더 큰 고통을 주기 위해 통증도 숨을 고르는지 모르겠다.

"정말 힘든 달리기였어."

밤하늘에 대고 혼자 중얼거렸다. 그러고 보니 개구리가 울고 있었다. 사물이 내는 소리들이 다시 들렸다. 바람이 불면 호수가 출렁거렸고 개구리와 풀벌레들이 합창을 했으며 나뭇잎들이 몸을 비비며 따스한 노래를 불렀다. 나는 아직 살아 있었다. 숨을 크게 쉬었다. 가슴이 부풀었다.

"여보. 난 아직 살아 있어."

아내는 분명 내 말을 들었으리라. 나는 덧붙였다.

"고마워. 그리고……."

눈물이 흘러내렸다. 아침이 오면 많은 것이 변해 있을 것이다. 성재는 호들갑을 떨겠지. 아마 경찰서에도 불려 갈 거고 취재진에 시달릴지도 모르겠다. 평화로운 이곳에서는 경악할 만한 사건이니까.

정말 지독한 나이트 런이었어.

나는 눈을 감았다. 잠이 몰려왔다. 어딘가에서 고양이 울음이 들려왔다. 아무렴, 하이에나가 물러갔으니 다시 고양이가 지배할 시간이지.

지하실의 여신들

정세호

1.

저를 돌봐 준 여자가 있습니다.

제게 해 준 모든 일에 대해, 진심을 담아 감사를 표하고 싶습니다.

그러기 위해서는 일단 그녀를 되찾아야 합니다. 쉽지 않겠지만 말이죠.

당신께 그녀에 관한 이야기를 들려주고 싶군요. 말하기도 듣기도 괴로운 부분이 있겠습니다만, 서로에게 꼭 필요한 일이니 모쪼록 들어주셨으면 좋겠습니다. 다소 두서가 없을지도 모르겠네요. 조금 불편하시더라도 이해해 주시기를.

저는 몸이 좋지 않았습니다.

다른 사람의 도움 없이는 움직이지도, 말하지도 못했습니다. 살아 있는 식물이나 마찬가지였죠.

자신에 대한 기억도 없었습니다. 이름, 출신, 아무것도요. 기억을 찾은 지금도 가끔 혼란스럽습니다. 기억을 되찾았다는 사실만으로 과거의 나와 지금의 나를 같은 사람이라고 할 수 있을까요? 그 둘은 전혀 다른 존재가 되지 않았나 하는 생각을 가끔 합니다.

아, 미안해요. 상관없는 이야기를 떠들어 버렸네요. 어느 날 눈을 떴을 때, 손가락 하나 움직이지 않는 데다 자신이 어떤 사람인지 기억조차 나지 않는 경험을 하고 나면 아무나 붙잡고 이런 근본적인 질문을 던지고 싶어진답니다. 당신이라면 이해해 주시리라 믿어요. 사실 질문하는 입장에서도 그다지 유쾌한 기분은 아닙니다. 이후로도 오랫동안, 이런 생각을 하게 될 수밖에 없는 경험을 해 왔거든요. 저와 비슷한 일을 겪은 사람이 있을까요? 만약 있다면, 그 사람보다는 제가 운이 좋았으리라 생각해요. 눈을 떴을 때, 그녀를 보았거든요.

깨어나기 전 — 아니, 태어나기 전이라고 말하고 싶군요. 당시의 전 몸집만 큰 태아와 같은 존재였으니까요. 그래요. 태어나기 전, 저는 꿈을 꾸었습니다. 생생한 꿈이었지만 실제와 같은 느낌은 아니었어요. 공기와 색, 냄새 하나하나는 분명히 느껴졌지만 각각의 감각이 너무 강하다 보니 전체를 파악하기 힘들었지요. 채도와 명도가 극단적으로 강조된 그림을 보는 느낌이었죠. 이해하기 어려우실지도 모르겠지만 더 나은 설명이 떠오르질 않는군요.

처음에는 다투는 소리가 들려요. 흐릿하게 깜박이는 형광등 아래, 사방에 흰 타일이 깔려 있는 방입니다. 처음 보는데 왠지 익숙한 기계들이 가득한, 실험실이나 수술실 같은 장소예요. 한쪽 벽에는 사람도 들어갈 수 있을 만큼 큼직한 서랍이 붙은 금속제 벽장이 보였죠. 시체 보관용 냉장고였어요.

약품들이 보관된 수납장도 보입니다. 방의 한가운데에는 수술대나 해부대로 보이는 테이블 위에 창백해 보이는 여자가 한 명 누워 있어요. 왜인지 사지가 가죽 벨트로 묶여 있죠. 저는 그녀를 알지만, 정확히 누군지는 기억이 나지 않아요. 테이블 옆에는 두 남녀가 서서 다투는 중이에요. 남자는 테이블 위에 누운 여자를 가리키며 맞은편에 선 여자를 향해 고함을 치죠. 그들 역시 친숙하게 느껴지지만 얼굴은 잘 보이지 않습니다. 한참 소리를 지르던 남자가 등을 돌리고 떠나려 합니다. 여자는 남자를 부르며 뒤를 따라가요. 얼굴은 흐릿해도 그 눈만은 기억이 납니다. 뭔가를 결심한 무서운 눈빛이에요. 꿈 속의 시야를 벗어난 어디선가, 조금 더 다투는 소리가 나더니 외마디 비명이 울리곤 곧 조용해집니다. 소름 끼칠 정도로 조용한 정적……그리고 저는 눈을 떴어요.

탄생의 기억은 그리 유쾌하지 못했습니다만, 그래도 처음 본 세상에는 천사가 있었습니다. 아름다운 여자였지요. 당신도 곧 그녀를 알게 될 겁니다.

그녀의 이름은 르네. 르네 소렐이에요. 예쁜 이름이지요? 그녀는 프랑스 출신 이민자의 딸입니다. 화물선의 선장이었던 그녀의 아버지는 대공황과 제2차 세계 대전의 기억을 생생하게 간직하고 있었고, 스스로의 경험에 비추어 미국에서의 삶이 딸의 인생에 더 나은 미래를 보장해 주리라 생각해 이민을 결심했다더군요.

막 눈을 떴을 때 그녀의 웃는 얼굴이 보였어요. 잠에서 덜 깬 아이처럼 정신이 없었지만 그 웃음만은 확실히 기억합니다. 세상을 빛으로 채우는 듯한 환한 미소였어요.

르네는 저를 보살펴 줬습니다. 맑은 날이면 함께 산책을 나가기도 했지요. 르네의 집은 흰색으로 칠해진 2층짜리 목조 주택으로, 사람이 많지 않은 교외에 있었던지라 언제나 한적하고 조용했어요. 집에서 10분 정도 거리엔 걷기 좋은 느릅나무 숲도 있었죠. 작년 봄엔 자주 숲으로 산책을 나갔어요. 아침에 창문을 열어 보고 하늘이 맑으면 그녀는 웃으며 제게 말하곤 했습니다.

'샘 ─ 그녀는 저를 샘이라고 불렀습니다. ─, 오늘도 날이 좋네. 오후엔 숲에 나가 볼까?'

그러면 저는 좋다는 의미로 두 번 눈을 깜빡거렸습니다. 제게 가능한 하나뿐인 의사표현 방법이었지요. 날씨가 흐리거나 비가 오는 날에는 책을 읽어 줬습니다. 주로 길지 않으면서도 흥미진진한 단편들이었어요. 너무 높지도, 낮지도 않은 목소리가 행간을 타고 내려올 때면 황홀하기까지 했죠.

깨어났을 때의 날짜를 정확히 기억하진 못하지만, 대략 초봄 무렵이었을 겁니다. 달력 읽기가 가능할 만큼 시력이 회복된 시기가 4월 중순이었거든요. 그 전까지 정신이 온전치 못했던 기간은 약 한 달 정도. 그동안에는 캄캄한 동굴 속에서 앞사람이 든 횃불만 쳐다보고 걷는 기분이었죠. 잠을 잘 때는 어김없이 깨어날 때의 꿈을 꿨어요. 무겁게 가라앉은 실험실의 공기가 피부에 닿는 감촉이 생생하게 느껴졌지요. 꿈속 풍경이 현실보다 더 현실처럼 보일 정도였습니다. 테이블 위의 여자, 꿈속에서 그녀를 볼 때마다 저는 무척 슬퍼졌습니다. 이유는 알 수 없지만 너무 슬퍼서 깨고 나면 저도 모르게 울곤 했죠. 약품 냄새, 싸우는 남녀, 고함 소리. 전부 싫었지만 가장 끔찍한 건 비명 소리 후에 내려앉는 침묵이었어요. 영원히 계속될 것만 같은, 둔탁한 침묵.

그렇게 악몽에 시달리다 잠에서 깨면 눈앞에는 이지러진 세상뿐이었습니다. 열화된 필름의 영상과도 비슷한, 흐릿하고 구분하기 힘든 이미지들……. 때로는 만화경 내부처럼 어지럽게 흔들리다가, 광각 렌즈를 통해 보는 광경처럼 굴절되거나 찌부러져 보이기도 했죠. 하지만 신기하게도 르네만은 또렷하게 보이더군요. 눈부신 금발, 하얀 피부……. 제 기분을 아시겠어요? 이런 일방적인 찬양이 이상하게 들리실지 모르겠지만, 악몽과 뭉개진 세계의 틈 사이에 끼여 있던 저에게 그녀는 구세주나 마찬가지였어요.

르네의 보살핌 덕인지 상태는 빠르게 좋아져 갔습니다. 뒤죽박죽 이던 세상이 점점 정돈되어 보였지요. 어질러진 방의 물건들이 스스로 제자리를 찾아가는 듯했어요. 꼭 마법처럼 말예요.

르네는 의사였습니다. 제 병간호와 더불어 약을 제조하고, 주사를 놓고, 정기적으로 진찰했어요. 보통 의사들은 간호사를 두기 마련이지만 르네는 그 모든 일을 스스로 했죠. 제 몸이 이렇게 비쩍 말라서 다행이지, 만약 뚱뚱하기라도 했다면 감당하기 힘들었을 겁니다. 저는 손가락 하나 까딱하지 못했으니까요. 그런 인간을 씻기고, 옷을 갈아입히고, 침대에 눕히고, 치료하고…… 힘든 일이죠. 빨리 낫고 싶었습니다. 다행히 아까 말씀드렸듯 4월 말에는 세상이 또렷이 보였고 5월 초에는 손가락 끝을 조금씩 움직이게 되었습니다. 상태는 호전되어 갔지만 좀처럼 낫지 않는 증상도 있었죠.

때때로 잠은 불시에, 기절하듯 찾아왔습니다. 아무 때나 갑자기 잠 드는 일이 많았죠. 비열한 악마가 제 뒤통수를 때려 기절시키는 느낌 이었어요. 때로는 영영 깨어나지 못할 것만 같은 기분에 두려워 떨었 지요. 잠들면 변함 없이 악몽을 꾸었고, 깨어나면 배 속이나 가슴께 가 심하게 쑤시고 아팠습니다. 통증이 오래가지는 않았지만 가끔 반 나절 넘도록 지속되기도 했어요. 너무 아파 끙끙대며 앓는 소리를 내 면, 르네는 걱정스러운 눈빛으로 저를 바라보며 간호해 주었습니다. 그녀도 이유를 알아내고 싶었는지, 잠에서 깨고 나면 이런저런 검사 나 진찰을 했지요. 때로는 주사도 놓았고요.

다행인 점이라면 르네와 좋은 시간을 보낼 때는 갑자기 잠들거나 하는 일이 그리 많지 않았다는 점입니다. 책 읽어 주는 소리를 듣다 저도 모르게 존 적은 있지만요.

지금 와서 이런 말을 하면 이상하게 들리실지 모르지만, 저는 그녀 가 어떤 사람인지 잘 몰랐습니다. 얘기해 주지 않았으니까요. 처음에 는 말을 할 수 없으니 물어보지 못했고, 의사 표시가 가능하게 된 후 에는 일부러 묻지 않았어요. 그녀가 자신에 대해 말하길 원치 않는다 는 사실을 알았기 때문이죠. 왜 저를 이렇게 정성스레 돌봐 주는지, 제가 어떤 사람이었는지에 대한 질문은 해 봤어요. 어떤 의료기관으 로부터 위탁받은 일이라는 대답 외에는 더 이야기해 주지 않더군요. 제 병이 희귀한 질병이라 진료 겸 연구를 하며 정기적으로 지원금을 받는다고 했습니다. 뭔가 다른 일을 하는지 종종 집을 비우곤 했지만 요(거기에 대해서도 별로 말하고 싶지 않은 눈치였습니다). 환자 개인 신상에 대한 정보는 전달받지 못했다고도 들었고요.

여름이 깊어 갈 무렵엔 제 손으로 휠체어를 끌고 다녔습니다. 제힘으로 가고 싶은 곳에 갈 수 있다는 사실이 얼마나 기뻤는지 몰라요. 조금이나마 집안일을 거들 수 있는 점도 기분 좋았습니다. 거기다 발끝이 조금씩 움직이니 언젠가 휠체어를 벗어나게 되리라는 희망도 생겼지요.

제가 집 안을 돌아다니게 되고부터 르네는 조금 걱정스러워하는 눈치였습니다. 현관문 앞 2층으로 가는 계단에는 지하로 통하는 계단 입구도 있었는데, 어디에 쓰는 곳인가 싶어 아래를 내려다볼라치면 르네는 질색을 했습니다. 가파르고 위험하니 가까이 다가가지 말라고요. 예전에는 지하층에 있던 손님용 방과 세탁실, 부속실을 사용했지만, 제가 오기 전 집을 개축해서 지금은 창고용도 이외로는 사용하지 않는다더군요. 가파르긴 했지만 슬쩍만 봐도 싫어하니 좀 이상했어요. 계단 중간에 붙은 덧문이 단단히 잠겨 있어 심하게 굴러떨어질 일도 없었는데 말이죠. 그래도 한편으로는 기뻤습니다. 그녀가 나를 소중하게 여긴다는 증거였으니까요. 저 같아도 혼수상태에 전신마비였던 환자가 신나서 돌아다니기 시작한다면 기쁜 동시에 걱정이 되겠지 싶었어요. 아래를 내려다보다가 또 잠이라도 들어 버리면 넘어지지 말라는 보장도 없으니까요.

시간이 흘렀습니다. 작년 여름은 최고였어요. 우리는 봄보다 많은 곳을 다녔고, 여러 일을 함께 했지요. 처음 시내에 나갔을 때는 정말 좋았어요. 외출은 일종의 모험이었습니다. 많이 좋아졌지만 환자는 환자였으니까요. 피부색도 그렇고, 장시간 직사광선에 피부를 노출하면 별로 좋지 않다고 해서 한여름에 온몸을 꽁꽁 싸매고 나가야 했죠. 그래도 상관없긴 했어요. 저는 땀을 별로 흘리지 않거든요. 그리 덥지도 않았고요.

온도를 제대로 느끼지 못하는 점은 제 병증 중 하나였습니다. 원인은 불명이었어요. 여름 나기에는 좋지만 정상은 아니죠. 그래도 즐기는 데는 무리가 없었어요. 밖에만 나가면 묘하게 배가 고파져서 이것저것 먹기도 많이 먹었습니다. 이상할 정도로 허기가 졌어요. 세상 전체가 식욕을 자극하는 냄새로 꽉 찬 느낌이라고 할까, 왜인지 사람이 많은 곳으로 갈수록 더 배가 고팠죠. 르네는 너무 즐거워 식욕도 두 배가 되었느냐며 웃었어요. 부끄러웠지만 어쩔 수 없었습니다. 어쨌든 그날은 정말 즐거웠어요.

가을이 무르익을 무렵, 전 일어나 걷게 되었습니다. 뛸 수도 있었죠. 기뻤어요. 르네와 손을 맞잡고 팔짝거리며 좋아했지요. 그녀는 예전부터 제 회복속도를 놀라워했지만, 그래도 이렇게까지 빨리 일어나게 되리라고는 예상하지 못했나 봅니다. 르네는 제 회복의지를 높이 샀지만, 역시 그녀의 치료가 훌륭한 덕분이었죠. 아니, 훌륭하다는 말만으로는 표현이 안 돼요. 천재이기에 가능한 일이지 않을까요.

행복했습니다. 믿기지 않을 정도로요. 생각해 보세요. 얼마나 오랫동안 혼수상태였는지는 몰라도, 불쾌한 꿈과 함께 눈을 뜨니 세상은 온통 일그러져 보이고 손가락 하나 마음대로 움직이지 못했죠. 자신이 누구인지조차 기억나지 않았고요. 그 나락 끝에서 르네가 손을 내밀어 줬어요. 저에게는 신이나 마찬가지였죠. 그녀와의 생활은 여신과 함께하는 시간이었고요. 그 행복이 계속될 거라 믿었어요. 여신과 함께하는, 기적과도 같은 하루하루가요.

그렇게…… 계속 함께했다면 좋았을 텐데.

모든 것은 변하는 법이죠. 압니다. 그래도 받아들이기 힘들었어요.

2.

매사추세츠의 겨울은 길고 춥지요. 작년 겨울의 첫눈은 일찍, 풍성하게 내렸습니다. 10월의 마지막 주—눈 속에서 사방이 고요하던 아침, 그녀는 새 환자를 돌보기 시작했습니다.

그는 아무렇지도 않게 집에 들어와 있었습니다. 르네는 웃으며 말했어요.

'새 환자를 위탁받았어. 이제 우리 둘이서 이분을 돌봐 주게 될 거야. 네가 그랬듯이 이분도 다시 일어나서 걷게 하고 싶어. 도와줄 거지?'

어떻게 거절하겠어요? 하지만 싫었습니다. 죽도록 싫었습니다. 돌봐 주고 싶지 않았어요. 환자를 돌보기 힘들어서가 아니었습니다. 우리 둘 사이에 다른 누군가가 끼어드는 상황이 싫었을 뿐이에요. 저는 두려웠습니다. 르네와 마주 보고 이야기를 나누던 벽난로 앞 안락의자에 쭈그리고 앉은 저 남자가 그녀의 미소를 독차지하게 될까 봐 걱정스러웠지요. 하지만 돕겠다고 대답했습니다. 전혀 싫은 티를 내지 않았어요.

르네는 그를 램이라고 불렀습니다. 저와 비슷한 증세를 가진 환자였고, 역시나 말을 할 수 없던 처지라 본인 입에서 들은 이름은 아니죠. 전 가끔 그가 시체 같다고 생각했습니다. 개구리 올챙이 적 생각 못 하는 격이긴 하죠. 비웃으셔도 됩니다. 하지만 저도 저 자신을 시체나 다름없다 생각하곤 했으니 불공평한 건 아니에요.

그는 저와 비슷하면서도 다른 데가 있었는데, 추위에 약하다는 점이 그중 하나였죠. 조금만 온도가 떨어져도 벌벌 떨곤 했어요. 이 지역은 겨울에 꽤 추워지는 편이니 그에게는 별로 좋은 환경이 아니었지요. 저는 여름만큼이나 겨울에도 별로 불편하지 않습니다. 한겨울에 반팔, 반바지 차림으로 돌아다녀도 상관없죠. 가끔 추위나 더위가 어떤 감각이었는지 기억이 가물가물하기도 해요. 그래도 옷은 제대로 챙겨 입었습니다. 추운 날씨에 얇게 입고 돌아다니다 보면 르네가 잔소리를 했거든요.

여하튼, 램은 집 안에서도 두꺼운 옷은 물론이고 담요, 숄, 목도리 등으로 중무장을 하고 지냈습니다. 씻기기 힘들었어요. 다 벗겼다가 다시 입혀야 하니까. 욕실 온도도 신경 써야 했죠. 뜨거운 물을 틀어놓은 후 욕실 안이 충분히 더워진 다음 데리고 들어가야 했어요.

그 외에 몇 가지 소소한 차이점을 제외하고는 램은 저와 놀랄 정도로 닮은 환자였습니다. 지금도 그의 외모가 기억나요. 비정상적으로 희고 창백한 피부와 짧고 가느다란 금발. 처음엔 엷은 푸른색에 가까운 피부였습니다. 네, 보시다시피, 좀 더 짙긴 하지만 제 피부도 그런 색을 하고 있죠. 저와 비슷한 병을 가진 램을 볼 때마다 ― 얼굴을 휘감은 모자와 목도리 사이로 멍하니 뜬 눈동자를 볼 때마다 그가 점점 더 미워졌습니다.

겨울이 깊어 가면서 램의 증세는 조금씩 나아졌습니다만 순조롭다고 하기는 힘들었습니다. 12월 중순이 다 되도록 손끝을 까딱거리고 고개를 돌리는 정도밖엔 할 수 없었어요. 어쩌면 날씨 때문일지 모른다고 르네에게 말해 봤지만(그 무렵 전 수화를 배웠습니다.) 그렇지는 않다고 대답하더군요. 겉보기에 차도가 없을지 몰라도 그의 경우는 이 정도가 정상적인 경과라고 했어요. 오히려 저를 더 걱정할 정도였습니다. 처음에는 그 이유를 몰랐지만 오래지 않아 깨닫게 되었죠. 램의 혈색이 점점 더 좋아지기 시작했으니까요.

제 몰골은 사람이라기보다 인형 같죠. 푸르스름한 피부와 온도를 감지하지 못하는 몸. 제가 아직까지도 이런 상태인 데 비해서 그는 일찌감치 피부에 생기가 돌았습니다. 움직이지 못하는 그가, 걷고 뛰는 저보다 더 사람다워 보였죠. 르네는 램에게 차도가 있자 무척 기뻐했습니다. 제가 다시 움직일 수 있게 되었을 때 보여 주었던, 오로지 저만이 볼 수 있으리라 생각했던 미소를…… 그에게…… 보여 주었어요.

제 마음만 제외하면, 썩 나쁘지 않은 겨울이었습니다. 하지만 르네의 경우…… 끝까지 그렇지는 못했습니다.

어느 날부턴가 그녀는 초조해하기 시작했습니다. 작은 소리에도 민감해지고 혼자 나서는 외출이 잦아졌습니다. 제가 몸을 움직이는 데 무리가 없고, 간단한 진료가 가능하니 마음 놓고 램을 맡겼을 테죠. 어디론가 자주 전화를 걸고, 웬 문서를 잔뜩 쌓아 놓고 읽기도 했어요. 슬쩍 넘겨다보니 토지 매각에 관련된 서류나 주택 카탈로그 등의 문서들이더군요. 그것을 보고부터 저도 불안해졌습니다. 집을 옮긴다니, 상상하기 힘들었죠. 추억이 많은 곳이니까요. 떠나기 싫었습니다. 전 불안함을 견디다 못해 르네가 외출한 사이 몰래 2층 서재를 뒤져 보았습니다. 서재는 르네의 개인 공간으로, 거기만은 편하게 어지르고 싶다며 출입을 자제해 달라고 했지요. 그녀의 부탁을 무시하기 싫었지만 어쩔 수 없었습니다. 그곳에서 제가 이미 봤던 것들보다 몇 배는 더 불안한 서류들을 찾아냈어요. 가짜 여권이나 신분증 등의 제작에 필요한 서류와 대금 지불에 관한 정보가 명시된 문서였습니다. 짐작이 확신으로 바뀌는 순간이었죠. 거기에 더해, 잘 알 수는 없지만 상당히 수상쩍어 보이는 약품 몇 종에 대한 거래 계약서 사본도 찾아내었습니다. 처음엔 구매 계약서인가 싶었지만, 판매자는 르네 본인이었습니다. 뒤진 흔적이 남지 않도록 꼼꼼히 뒷정리를 하고 서재를 나온 후에도 불편한 감정은 쉽게 없어지지 않았습니다.

가끔 안색이 안 좋은데 무슨 일이 있느냐고 에둘러 르네에게 물어보긴 했습니다만 개인적인 걱정거리라며 대충 얼버무리더군요. 괜찮아질 거라고, 옛날처럼 좋아질 거라고 혼잣말처럼 중얼거리곤 했죠. 하지만 상황은 나빠져만 갔어요. 전처럼 많이 웃지 않았고, 종일 밖에 있다가는 한참을 서재에 처박히기도 했습니다. 참다 못해 다시 대화를 시도했습니다. 혼자 고민하지 말고 무슨 일인지 말해 달라고요. 하지만 끝까지 알려 주지 않았어요. 염려하게 만들어 미안하다며 웃어 줬지만 예전의 깨끗한 웃음은 아니었습니다. 걱정과 근심이 가득한, 창백한 미소였죠.

우리의 빛나는 일상이 서서히 무너져 가는 것 같아 불안했습니다. 동시에 화가 났어요. 그녀를 괴롭게 만드는 원인을 찾아내 없애고 싶었지만 그게 뭔지 알 길이 없어 갑갑하고 짜증이 났죠. 잠깐이었지만 혼자서만 고민하는 르네를 원망하기도 했어요. 저 자신에게 놀라 그런 생각을 한 사실을 잊으려 노력하긴 했지만요. 대신 저의 분노는

다른 대상을 찾았습니다. 램이었죠.

그를 원망하는 마음은 커져만 갔습니다. 그가 나타나고부터 뭔가 어긋나기 시작했다는 생각을 떨치기 힘들었어요. 물론 그는 손 하나 까딱할 수 없는 처지니 불합리한 원망이었죠. 하지만 사람이 언제나 제정신으로 살 수는 없기 마련이에요.

3.

며칠째 흐렸지만 그날은 유난히 구름이 많이 끼었습니다. 르네는 아침부터 전화를 한 통 받은 뒤 눈에 띄게 안절부절못했어요. 달래 주고 싶었지만 어떻게 해야 좋을지 모르겠더군요. 일단은 아침 준비를 하자고 생각했어요. 하지만 그게 화근이었습니다. 그녀의 기분을 조금이나마 좋게 해 주고 싶어 좋은 접시를 꺼내려 했지만, 손이 미끄러져 깨뜨리고 말았어요. 르네가 꽤 아끼는 접시였지요.

그녀는 처음으로 제게 화를 냈습니다. 미친 듯이 악다구니를 쳤어요. 저 때문에 힘들고, 모든 일이 엉망진창이며, 아무도 자신을 이해하지 못한다고 소리를 질러 댔죠. 내가 왜 이렇게 불행해야 하느냐고, 힘들여 이뤄 낸 일들이 뭣 때문에 이런 식으로 보상받아야 하느냐고요.

전 당황했습니다. 당혹감으로 가슴은 터져 나갈 듯했고, 머릿속은 어떻게 하면 르네를 달랠 수 있을지에 대한 생각으로 꽉 찼죠. 온갖 짓을 다 해 봤지만 소용이 없었어요. 그녀는 결국 울기 시작했습니다. 우는 내내 자신의 운명을 저주하면서요. 반복해서 지금의 불행을 이해하지 못하겠다고, 이런 일을 당하고 싶지 않으며 당해서도 안 된다고 말했어요. 그러다…… 갑자기 옷을 챙겨 입더니만 밖으로 나갔습니다. 밤이 늦어서야 올 테니 기다리지 말고 먼저 자라는 말만 남기고요.

아무도 없는 거실에서 한참을 멍하니 서 있었습니다. 방금 전에 일어난 일을 믿기 힘들었죠. 차라리 악몽이라고 생각하고 싶었지만 등 뒤엔 여전히 깨진 접시 조각이 널려 있었어요. 전 생각했습니다. 어떻게 이런 일이 생길 수 있지? 접시를 깨뜨리긴 했지만, 이렇게 비참해질 정도의 실수는 아니잖아. 분명 뭔가 잘못된 거야. 이건 내 잘못 때문이 아니야. 그렇게 몇 번이고 되뇌며 서 있었습니다. 시간이 얼마나 지났을까, 갑자기 목소리가 들려왔어요. 쥐어짜 내뱉는 듯, 힘에 겨운 목소리였죠.

'샘.'

누군가가 제 이름을 부르고 있었습니다.

전 부엌을 나와 거실로 향했습니다. 그곳에는 한 사람밖에 없었습니다. 램이었죠. 그때까지도 전 말을 하지 못했습니다. 램은 몸은 움직이지 못했지만 저보다 먼저 원래의 피부색을 되찾았고 말도 더 빨리 시작한 겁니다.

거실로 나간 이후에도 한참을 선 채 가만히 있었습니다. 벽난로의 불꽃만이 흔들리는 어두운 거실 안에서, 헝겊 더미에 둘둘 싸인 채 앉은 램의 뒷모습은 마치 붉은빛을 띤 괴물의 불길한 실루엣처럼 보였습니다.

다시 한 번 목소리가 들려왔습니다. 이번엔 조금 더 길게 끌리는, 불분명한 발음이었습니다.

'새앰.'

그때 제가 해야 할 일을 깨달았습니다. 이 모든 문제의 원인. 당장 제거해야 할 잘못된 '뭔가'를요. 바로 눈앞에 있었지요! 격렬한 분노가 치밀어 올랐습니다. 스스로를 통제할 능력을 상실한 상태였지만, 왜인지 저는 평소와 다름없는 걸음걸이로 벽난로 앞에 다가가 그의 앞에 섰습니다.

목도리와 모자 틈으로 회색 눈동자가 보였습니다. 그의 모자를 벗기고 숄을 풀자 멍한 표정을 한 백인 남자의 얼굴이 보였습니다. 비쩍 마르고, 이발을 한 지 좀 되어 머리가 약간 자랐지만 보기 흉할 정도는 아니었습니다. 그는 인간이었습니다.

저는 램의 목을 향해 천천히 양손을 내밀었습니다. 망설임 없이, 느리지만 확실하게. 그의 목을 잡자마자 바로 숨통을 조일 생각이었지만 그러지 못했습니다. 목이 손끝에 닿았을 때의 뜨거움에 놀랐기 때문입니다.

그때, 그는 다시 말했습니다.

'사만다.'

그곳에 살던 누구의 이름도 아니었습니다만, 이상하게도 익숙하게 들렸습니다. 이름 자체도 그렇지만 이름을 말하는 램의 목소리가 낯설지 않았습니다.

갑자기 지독한 두통이 엄습해 왔습니다. 머릿속에 꼬챙이를 쑤셔 넣은 듯 날카롭게 찌르는 통증이었지요. 전 비명을 지르며 머리를 붙잡고 램의 발치에 쓰러졌습니다. 격통이 저를 잡아 찢는 기분이었죠. 통증이 절정에 달할 무렵, 몇 가지 기억들이 의식의 표면 위로 떠올랐습니다. 물속에 던져 넣은 빈 상자가 다시 떠오르듯 자연스럽게, 조용히 말이죠.

얼마나 지났을까, 통증은 멈췄습니다만 정신을 차리는 데는 시간이 걸렸습니다. 쓰러진 채 기억 속에 새로 나타난 장면들을 무의식중에 되감아 보았어요. 만약 제 상태가 멀쩡했다면 이전에 없던 기억이라는 사실조차 쉽게 알아채지 못했을지도 모릅니다. 새 기억이라고는 해도 여전히 그 집에서의 기억들이었거든요. 하지만 극심한 고통으로 표백된 정신에는 아주 작은 위화감마저 흰 수첩에 떨어뜨린 검은 잉크처럼 선명하게 보이더군요.

눈을 뜨기 이전의 기억들이었어요. 이렇게 되기 전, 제가 모르는 저 자신의 기억이었죠.

과거의 저를 지금의 저와 동일화할 정도는 아니었지만, 새로운 사실 몇 가지를 깨닫기에는 충분했습니다. 첫 번째는, 예전에도 르네를 알았다는 사실입니다. 어떤 실험을 진행했던 듯도 하고, 침대에 누운 환자들을 살피던 기억이 났어요. 정확히는 기억이 안 났지만 무척 힘들고 알아주는 사람도 없으며 위험하기까지 한 일이었습니다.

두 번째는 어떤 냄새에 관한 기억이었습니다. 르네는 저와 램을 위해 1층에 따로 진찰실을 마련해 놓았죠. 약품 냄새가 나는 건 당연합니다. 하지만 집 안에는 그 이외에도 제가 잊었던 뭔가의 냄새가 떠돌고 있었습니다. 우습죠. 언제나 맡아 왔는데 그제야 알아채다니. 그건 하이포아염소산나트륨과 포르말린 — 방부제의 냄새와 비슷했어요. 조금 다르긴 했지만 아주 유사했지요.

잠시 후, 겨우 일어났습니다. 더 이상 아프지는 않았지만 머리가 무겁고 띵했습니다. 그래도 확인해 보고 싶은 것이 있었습니다. 계단 아래, 지하층. 냄새는 그곳에서부터 풍겨 왔습니다.

덧문 열쇠 위치는 이미 알았습니다. 서재와 마찬가지로 맘만 먹으면 언제든 들어갔겠지만 르네가 싫어하니 하지 않았을 뿐이었죠.

문을 열자마자 지하실의 눅눅한 공기에 섞인 예의 방부제 냄새가 밀려들었습니다. 적어도 손님용 방에서 풍길 냄새는 아니었죠. 독한 약품 냄새와 머릿속을 부유하는 기억들 때문에 정신이 혼미했지만 그래도 가 봐야 했습니다. 저 아래로 내려가면, 그곳에서 잊고 있던 무언가를 찾게 되리란 확신이 들었습니다.

1층의 불이 꺼진 상태였기에 입구 쪽부터 아무것도 보이지 않았습니다. 벽을 더듬어 스위치를 찾아 불을 켜니 어슴푸레한 불빛 아래 계단이 보였습니다. 생각보다는 깊었습니다. 중간에 계단참까지 있더군요. 지하는 목조 주택인 위층과는 달리 콘크리트로 마감되어 있었습니다. 벽지도 없고 카펫도 깔지 않아 그대로 드러난 회색 벽이 살풍경했습니다. 아래로 내려오니 지하층의 모습이 드러났습니다. 원래 구조는 거실이라고 할 만한 넓은 공간에 방 하나, 세탁실과 부속실, 화장실이 붙어 있는 형태로 보였지만 벽을 허물어 방과 거실을 하나로 합쳐 놓았더군요. 그 널찍한 공간 내부는 흰색 타일로 덮여 있었고, 의료용이나 실험용으로 보이는 기계들이 사방에 가득했으며 가운데에는 수술용 테이블이 있었습니다. 그래요…… 제 꿈에 나왔던 장소였습니다.

주위를 둘러봤지만 실감이 나지 않았습니다. 혹시나 착각은 아닌가 싶어 방을 돌아다니며 기계와 수술대 등을 살펴보기도 했지만 역시나 꿈속의 장소가 확실했습니다. 왜 이 실험실이 르네의 집 지하에 있는지를 알아보고 싶어 방 안을 조사하기 시작했어요. 방 한쪽에 꿈에선 보지 못한 책상이 있고, 그 위에 서류나 약품이 놓여 있는 등 약간의 차이는 있었지만 꿈속 장면과 크게 다르지 않았습니다. 실험실 전체의 정리 상태를 보니 최근까지도 사용했음이 확실했습니다. 청소도 되어 있었고요.

책상 위의 서류 중엔 이미 제가 봤던 문서도 있었습니다. 예의 위조 신분증과 여권에 관련된 서류였지요. 그 외의 연구 관련 문서들이나 서적들 중에서도 특히 눈길을 끄는 서류철이 보였습니다. 일종의 진료기록부였는데, 내용도 내용이었지만 두 개의 이름이 금방 눈에 띄었습니다.

——기록 작성자: 르네 소렐
——기록 대상자: 사만다 블레이크(26)

램이 말한 '사만다'란 바로 이 진료기록부에 기재된 사람이리라고 생각했습니다. 첫 장에는 이름 외에도 나이, 성별, 신체사항 등이 적혀 있었습니다만, 추가적인 인적사항이 기재되지 않아 병원이나 기타 의료기관에서 작성된 문건으로는 보이지 않았습니다. 병원에서는 주소를 포함해 환자의 개인정보를 되도록 상세히 기록해야 하는 규정이 있으니까요. 이상하게도 처음으로 일지가 기록된 날짜는 환자의 사망일과 일치했습니다. 사망한 환자에 대한 기록이라면 당연히 진료의 첫 날짜는 사망 당시보다 훨씬 전이었어야 할 테지요. 저는 의문을 품은 채 진료기록부를 읽어 나가기 시작했습니다. 이해 가능한 부분도, 불가능한 부분도 있었습니다만, 날짜별 진료 기록 말미에 르네가 일지 형식으로 남겨 둔 소견이 맥락을 파악하는 데 도움이 되었습니다. 그녀는 일지를 거의 일기 대용으로 사용한 모양이었습니다. 환자와 직접적으로 관련되지 않은 내용을 기술한 부분도 있었으니까요. 어쨌든, 저는 그 진료기록부를 통해 중요한 사실을 알아내었습니다.

놀랍게도, 그것은…… 죄송합니다. 사실은 믿고 싶지 않았습니다. 지금 말하기도 우습지만 제 심정은 그렇습니다. 그녀는, 나의 르네는……. 조금 천천히 얘기해도 될까요? 잊고 싶다 해서 잊을 수 있다면 얼마나 좋겠습니까만, 그러기도 힘드네요.

여기 특정 부분만 필사해 놓은 노트가 있습니다. 분량이 많아 쉬운 일은 아니었지만, 저에게 중요하다고 생각된 부분만 따로 베껴 놓았어요. 이 기록을 보여 드리죠.

3월 17일.

오전 10시 25분, 사망 확인. 사망 직후 시약의 주사를 완료. 32초 후, 최초의 징후 감지. 여전히 격렬하긴 하지만 확실히 초기의 피험자들보다 완화된 반응이다. 1분 10초, 경련이 멎고 심장박동 수와 호흡이 안정됨. 눈을 감고 있지만 동공의 움직임이 활발하다. 5분 15초경 완전히 잠이 듦. 첫 번째 고비는 넘겼다.

점진적 각성을 유도하는 시약을 이용한 첫 번째 실험이다. 아직까진 즉효성 시약이 가진 부작용이 발생하지 않았다. 조급해할 필요는 없다.

오후 1시 25분경 추가 시술을 실시, 3시경 완료.

※ 이럴 수밖에 없었을까. 사만다에게나, 그에게나 과연 이것만이…… 아니다. 약해져선 안 된다. 절대 포기할 수 없다.

3월 19일.

오후 1시 47분, 수면상태가 예상보다 길어졌지만 깨어났다.

극히 불안정한 모습이지만 분명 살아 있다. 시각과 청각을 제외한 다른 신체기능은 아직 활성화되지 않았다. 마취가 그녀의 신체에 긍정적인 영향을 끼칠 것 같지는 않지만 추가 시술을 위해서는 불가피하다.

어쨌든 이것은 위대한 진보다. 많은 일이 있었지만, 지금 이 순간만은 나 자신을 칭찬해도 좋으리라.

3월 24일.

지금까지의 관찰 결과, 초기 실험 기간 동안 피험자들이 보여 준 과도한 공격성 및 이해할 수 없는 식욕은 보이지 않는다. 아주 제한적이지만 의사소통 역시 가능하다. 현재 그녀와 나에 관련된 일들을 포함한 과거의 기억 대부분을 잃은 상태. 앞으로의 실험에서도 옛날과 같은 적극적 협력이 가능할지는 모르지만, 일단 지속적으로 그녀와 정서적 접촉을 시도해 볼 예정이다. 제한된 신체능력 때문인지도 모르지만, 흥분 시 나타날 수 있는 경련이나 불안정한 망막의 움직임은 아직 관찰되지 않았다.

4월 14일.

회복속도가 빠르다. 시력이 회복될 기미가 있음. 시력 검사에 반응을 보이고 날짜를 판독해 냈다.

　4월 28일.

　이전 실험에서도 확인된 바, 후천적 돌연변이의 결과로 의심되는 전신성 백반증(Oculocutaneous Albinism)과 유사한 증세(피부 백화를 넘어서 거의 청화(靑化)에 가까운)가 그녀에게서도 나타나고 있다. 생명 징후가 확실한 지금에도 완화될 기미가 보이지 않는다. 지속적인 관찰 및 시약 제조 과정의 재점검을 요한다.

　5월 7일.

　손가락 끝의 움직임을 확인. 예상보다 회복이 빠르다. 추가 조치가 효과를 거둔 듯하다. 전기 자극에 의한 강제적인 수면 유도가 걱정되지만, 당분간은 불가피하다.

　6월 4일.

　손을 자유롭게 움직이며 제한적이지만 필담도 가능. 과도기를 거쳐 급격한 회복세를 보이는 중.

　7월 2일.

　그녀는 이제 자신의 힘으로 움직일 수 있다. 판단력과 사고력 모두 정상이며 완벽한 필담 수행 가능. 차후 수화를 가르칠 예정이다. 자신의 인적사항과 일부 고등 학문 영역의 지식을 제외한 대부분의 일반상식, 생활양식을 기억한다. 지속적으로 실행한 정서적 접촉이 효과를 보았다. 그녀는 생명체로서의 권리를 다시 획득했다. 이제 나머지는 시간문제다. 늦어도 초겨울까지는 보행 및 발화가 가능해지리라 예상함.

　※여기서 끝이 아니다. 실험은 아직 진행 중이니 성급히 기뻐하지 말자. 다음 실험을 위한 스케줄 작성을 시작해야 할 시기이다. 그때쯤이면 샘의 도움도 기대해 볼 만하다. 그를 되찾을 날이 머지않았다.

　7월 25일.

　생각보다 늦었지만 예상한 대로다. 샘이 자신과 나에 대한 질문을 해서 생각해 둔 대로 대답했다. 언젠가 이야기해 줄 날이 오겠지만 지금은 적당치 않다.

　8월 9일.

　그녀는 나를 돕고 싶어 한다. 간단한 가사 일을 시작. 기뻐할 만한 일이지만, 지하에 대해서는 따로 주의를 주었다. 신체기능은 나날이 회복되는 반면, 피부조직에는 여전히 아무런 변화가 없다. 발화의 지연도 체크해 봐야 할 사항. 완전히 포기하지는 않았지만, 처음 단계에서 발생한 돌연변이가 추가 투약 및 수술로 회복될 가능성은 지금으로선 희박하다고 판단된다. 회복세에 들어섰으니 당분간은 경과를 지켜보자.

　8월 12일.

　샘은 이번에도 나를…… 아니, 확신할 수는 없다. 억측에 지나지 않는다.

　여전히 경과는 좋음. 상반신 거동에는 아무 무리 없다.

9월 15일.

재계약을 위해 아캄으로. 웨스트 박사에 관한 추가 자료도 확인해 볼 겸 미스카토닉을 방문했다. 불편하지만 언제고 했어야 할 일이다. 웨스트는 아직도 대학의 이름에 오점을 남긴 과거의 광인 취급을 받고 있다. 곧 그와 내가 선택한 길이 옳았다는 사실을 모두가 인정해야만 하리라.

10월 2일.

샘이 일어섰다. 축하할 만한 일이다. 아직 위태로워 보이는 걸음이 지만 지금까지 그녀가 보여 준 회복세를 보면 곧 걷게 되리라. 뛰게 될 무렵이면 본격적으로 시작해 보자. 예상일은 19일.

이제 그를 완전히 내 것으로 만들 수 있다.

다 읽으셨나요? 뭔가 기억이 나셨는지요? 그럴 수 있다면 좋겠네요. 르네는 제 판단력에 문제가 없다고 판단했습니다만 실은 그렇지 않아요. 제 판단력은 제가 잘 알지요. 때때로 무척 혼란스러워지기도 하고, 바보 같은 짓을 태연히 저질러 버릴 때도 많아요. 그래서 다른 사람에게도 한번 물어보고 싶었습니다. 제가 이 진료기록부를 보고 내린 결론이 혼자만의 망상은 아닌지.

두 발로 서서 움직이고, 음식을 먹고, 잠을 자며, 살아 있었을 때 르네를 사랑했고, 죽은 이후에도 다시 돌아와 르네를 사랑하는 샘이, 사만다 블레이크가, 정말 저 자신인지.

누군가에게 물어보고 싶었습니다.

4.

일지를 다 읽은 후 잠시 멍하니 앉아 움직이지 않았습니다. 일지의 내용은 아무리 봐도 저에 관한 기록임이 확실해 보였습니다. 하지만 부족했습니다. 뭔가가 더 필요했어요. 옛 이름을 다시 들었을 때와 마찬가지로, 망각의 늪에서 저를 끌어 올려 줄 결정적인 무언가가 말입니다.

실험실 우측 구석, 작은 복도 양옆에 붙은 두 개의 방을 살펴봤습니다. 복도 끝에는 뒷마당으로 나가는 작은 문이 보였습니다. 문에 난 작은 창으로 햇빛이 들어와 복도 한구석을 비췄습니다. 생각보다 시간이 많이 흘렀는지, 잔뜩 흐렸던 날씨가 그새 개었더군요.

한쪽 방은 실험에 필요한 기자재와 약품을 놓아둔 창고였습니다. 그중 몇 가지는 저에게도 익숙했습니다. 눈을 뜬 후로는 본 적도 없는 약품들이었죠. 그 막연한 익숙함이 저는 슬펐습니다.

다른 방은 르네가 지하에서 쓰는 집무실 겸 서고로 보였습니다. 본디 부속실로 쓰였을 법한 위치지만, 아마도 증축을 했거나 시공 때부터 일부러 넓게 지었을 테지요. 방에 들어가자 벽 한 면을 가득 채운 책장이 눈에 들어왔습니다. 세 구획으로 나뉜 책장에는 각각 다른 종류의 문서들이 꽂혀 있었습니다. 한쪽은 의학 및 생물학 관련 서적, 한쪽은 위에서부터 학술지와 논문 들, 아래로는 르네가 잡지와 신문 기사를 스크랩해 둔 바인더가 있었죠. 스크랩 중 상당수는 르네가 교수로서 재직한 미스카토닉 의대에서 과거 악명을 떨쳤던 허버트 웨스트 박사의 연구와 행적을 다룬 기사들이었습니다. 인물이 인물이라선지, 르네라면 거들떠도 안 볼 듯한 타블로이드 신문이나 펄프 잡지의 스크랩도 꽤 있더군요. 처음 바인더를 펼쳤을 때는 누구였더라 싶었는데, 읽어 갈수록 조금씩 기억이 났습니다. 실종된 지 오랜 시간이 지났지만, 미스카토닉 의대는 물론 세인들 사이에서도 미치광이 웨스트 박사와 그의 피조물들에 관한 이야기는 괴담처럼 떠돌고 있죠. 그는 특수한 시약을 이용하여 시체를 되살리는 연구를 했다고 합니다. 생명체를 정교하게 만들어진 기계와 비슷한 관점에서 바라보았던 그는, 수많은 시체를 대상으로 생명의 기운을 죽음 너머에서 다시 끌어내기 위한 실험을 했습니다. 많은 소문이 있지요. 그가 구울(Ghoul, 식인귀)을 만들어 냈다고도 하고, 웨스트 박사 자신이 스스로 만들어 낸 식인 괴물들에게 잡아먹혔다는 이야기도 있습니다. 진실이 어땠는지는 모르겠지만 어쨌든 그에게서 르네가 감화를 받았음은 분명합니다. 진료기록부에도 언급되었고, 극소수만이 남았다는 웨스트의 연구일지 사본이 서고에 있었으니까요.

책장 맞은편에는 책상이 있었습니다. 두툼한 책과 노트, 잉크가 묻은 펜 등이 굴러다니는 가운데 정면 벽에 걸린 코르크판에 빽빽이 꽂힌 신문 기사와 메모 들이 눈길을 끌었습니다. 그중에서도 특히 눈에 띈 것은 한 여성의 실종에 관한 기사였습니다.

벽에 붙어 있던 신문 기사를 조심스럽게 떼어 내 읽었습니다. 최근 5년간 젊은 여인들이 연쇄적으로 실종되는 가운데, 동일범의 소행으로 추정되는 실종이 한 건 더 발생했다는 기사였습니다. 실종된 여인의 이름은 사만다 블레이크. 미스카토닉 의대의 대학원생으로 나이는 26세. 2월 말경, 대학 도서관에서 나오는 그녀를 학부생들이 마지막으로 목격한 이후 행방불명.

신문 기사에는 사진이 붙어 있었습니다. 풍성하게 컬이 진 단발머리를 한 여자의 밝게 웃는 얼굴이었죠. 건강하고 활기차 보이는 모습이었어요.

다른 기사들도 찬찬히 살펴봤습니다. 따로 스크랩해 둔 기사들과 달리 벽에 붙은 기사들은 예의 '실종 사건'의 수사 동향에 관한 내용 위주였습니다. 너무 많고 난잡하게 붙어 있어 일일이 다 읽어 보지는 못했지만 대략적인 내용은 하나로 압축 가능했습니다. 확실한 목격자와 물증이 없어 수사에 어려움이 있지만 최근 들어 실마리가 잡혔고, 수사가 다시 활기를 찾았다는 사실이었죠. 몇몇 기사는 작성 날짜가 최근이었습니다. 자세한 수사 동향은 기재되지 않았지만, 르네의 이름이 수사 선상에 오르내리기 시작할 무렵이 10월 중순에서 마지막 주 사이였음은 어렵잖게 예상 가능했습니다. 그때쯤부터 그녀가 초조해하기 시작했으니까요. 조금 더 벽에 붙은 쪽지들을 확인해 보려는데, 다시 기억이 몰려들기 시작했습니다.

처음만큼은 아니었지만 여전히 고통스러워서, 한참을 책상에 고개를 처박고 앉아 머리를 쥐어뜯어야 했습니다. 돌아오는 기억의 양만큼이나 길게 지속된 고통 속에서 저는 과거의 자신을 되찾아 갔습니다. 하지만 기쁘지 않았어요. 너무나 슬퍼서 결국 울음을 터뜨리고야 말았습니다. 책상에 납작 엎어진 채 눈물범벅이 된 시야 너머로 보이는 지하 연구실의 풍경은 처음 눈을 떴을 때의 세상과도 비슷해 보였습니다. 온통 이지러진 채 꿈틀대던, 미쳐 버린 세계 말이죠.

조금 진정되고 나자 갑자기 르네의 얼굴이 눈에 들어왔습니다. 깜짝 놀라 고통도 잊은 채 자리에서 벌떡 일어났습니다. 다행히 제가 본 르네의 얼굴은 작은 나무 액자에 끼워진 사진 속 모습이었습니다. 액자를 집어 사진을 꺼내 들었습니다. 유원지의 축제에서 찍었는지, 배경에는 놀이기구 앞에서 즐거워하는 사람들이 찍혀 있었습니다. 그녀의 옆자리에는 풍성한 금발 머리를 한 백인 남자가 웃고 있었지요. 램이었습니다.

램지 캠벨은 영국인으로, 요크셔에서 방직 산업으로 성장한 재력가 집안의 아들이었습니다. 일찍 아버지가 돌아가시고 램의 형에게 회사의 경영권이 주어졌지만 크게 개의치 않았던 모양입니다. 구체적인 금액은 알 수 없지만, 그의 몫이 된 유산만 해도 평생 손가락 하나 까딱 안 하고 먹고살 수 있을 정도였나 봐요. 돈을 그냥 놀려 두지도 않아서, 주식과 부동산에 투자해 상당한 수익을 올렸다고 합니다. 의대는 물론이고 대학 전체에서 그는 유명 인사였습니다. 사교계에서도 주목받았던 모양이에요. 상당한 재력가에, 르네만큼은 아니어도 30대 중반이라는 젊은 나이에 일찍 의대 교수직을 따낸 남자였으니까요. 그 완벽한 남자의 시선을 빼앗은 여자가 바로 르네였습니다.

램과 르네는 미스카토닉에서 동료 교수로서 처음 만났습니다. 제가 그들 사이의 관계를 알았을 때는…… 이미 약혼을 한 뒤였습니다. 아주 비밀스러운 연애를 한 모양으로, 두 사람의 관계가 밝혀졌을 때는 학교 전체가 술렁였습니다. 별다른 일이 없었다면 아마 그대로 결혼했을지도 모르지요. 하지만 르네는 새롭게 찾은 진실의 길을 가고자 했고, 램은 자신의 연인을 끝까지 믿어 주지 못했어요. 그는 르네에게 누구보다도 든든한 조력자였지만, 어느샌가 상황은 램이 받아들일 수 있는 범위를 벗어난 지 오래였습니다. 그리고 파국이 찾아왔습니다.

이제 저는 그날을 기억합니다. 제가 죽었던 날의 일들, 그 이야기를 하기 위해서는…… 좀 더 과거로 거슬러 올라가야 합니다.

5.

아마 지금쯤 깨달으셨겠지요. 여자들이 어디로 사라졌는지를 말입니다. 르네는 자신의 정신적 멘토가 걸었던 길을 그대로 따랐어요. 웨스트 박사에 관한 이야기 중에선 헛소문도 많지만 사실로 밝혀진 것들도 꽤 있지요. 그 끔찍한 진실들 가운데, 실험의 성공을 위해 죽은 지 얼마 안 된 신선한 시체에 몰두한 나머지 결국 살인을 저지른 사실은 특히 널리 알려진 이야기입니다. 개인적인 생각이지만, 아마 처음엔 그 역시 사람을 죽일 생각까지는 없었을지도 몰라요. 르네가 그랬듯이 말이죠.

그때나 지금이나 카데바 구하기는 쉬운 일이 아닙니다. 하물며 안 좋은 선례를 그대로 따라가려고 한다면 더더욱 어렵죠. 연구를 시작할 무렵 아직 학생이었던 웨스트와 달리 르네는 교수였으니, 카데바 구하기가 상대적으로 쉽긴 했겠지요. 하지만 그것도 한계가 있었습니다. 곧 꼬리를 잡혔어요. 제가 그녀의 '연구'를 본격적으로 돕기 시작한 때는 그 무렵이었습니다.

저는 당시 르네의 연구조교였습니다. 학부생 때부터 그녀를 동경해 왔지요. 르네는 학계에서 여성 최연소 기록을 깬 교수로 이름이 높았습니다. 말 그대로 천재였어요. 남들보다 월등히 명석한 두뇌를 가진 사람들이 가끔 그렇듯 인간관계를 유지하기 힘들 만큼 괴팍한 성격도 아니었고, 무엇보다 아름다웠습니다. 외모, 성격을 포함한 그녀의 모든 것이 천재성에 맞춰 재단된 듯한 느낌이었죠. 사람 같아 보이지 않을 정도였어요. 다섯 살 차이밖에 안 났지만 저는 르네의 강의를 처음 들은 즉시 그녀를 존경하기 시작했습니다. 그리고 머지 않아…… 사랑하게 되었습니다.

스스로의 성적 정체성에 대해서는 진작부터 알았지만 확신하게 된 계기는 르네와의 만남이었습니다. 연애에는 도통 관심이 생기지 않았거든요. 부모님이 너무 걱정하셔서 일부러 남자친구를 사귀어 보아도 오래가지 못했습니다. 단지 제가 둔감하기 때문이라고 생각했지만 사실은 그게 아니었죠. 그래도 별다른 충격은 받지 않았습니다. 어쨌든 제가 행복하면 그만이라고 생각했으니까요. 터놓고 말할 사람이 없어 답답하긴 했어요. 가족들은 물론이고 친구들에게도 이야기하지 못했습니다. 그들이 제 얘기를 듣고 무슨 표정을 지을지 너무나 두려웠거든요. 물론 르네에게도 마찬가지였고요.

대학원에 들어간 후 다행히 그녀의 연구조교가 되었고, 한동안은 제 생애 가장 행복한 날들을 보냈습니다. 곁에서 일을 돕고 일상적인 대화들을 나누며 웃을 수 있다는 사실만으로도 행복했어요. 비록 제한적인 만족일 뿐이었지만 그래도 괜찮았습니다. 그날이 오기 전까지는 말이죠.

그때, 저는 방학을 맞아 잠시 코네티컷에 있는 부모님 댁에서 지내는 중이었습니다. 방학이라곤 해도 처리해야 할 일이 많아 그리 긴 휴가는 누릴 수 없었어요. 다시 아캄으로 돌아가던 날 아침부터 교수실에 남겨 둔 부모님 댁의 번호로 전화가 왔습니다. 되도록 서둘러서 돌아와 달라고 하더군요. 목소리만 듣고도 안 좋은 일이 생겼음을 알았죠. 그 길로 급히 돌아와 교수실 문을 여니, 르네가 고개를 숙인 채 의자 위에 걸터앉아 있었습니다. 제가 들어오는데도 알아채지 못하더군요. 자는 줄 알았지만 뭔가 중얼거리고 있었어요. 당황해서 이름을 부르자 그제야 고개를 들었지요. 그녀의 눈을 보고 저는 놀랐습니다. 처음 보는 눈빛이었어요. 셀 수 없이 많은 감정이 뒤섞인 채 꿈틀대며 캄캄하게 빛나던, 그 눈빛에 숨겨진 무언가를…… 저는 한참 뒤에나 깨달을 수 있었습니다.

무슨 일이냐고 물었지만 대답이 없었습니다. 그 대신, 르네는 그동안의 일들에 대해 말해 주었습니다. 그리고 앞으로의 계획에 제 힘이 필요하다고 말했지요.

저는 패닉에 빠졌습니다. 제정신이 아닌 이야기들뿐이었으니까요. 소문은 저 역시 오래전부터 들어 왔습니다. 미스카토닉 의대의 유명 여교수가 광인 허버트 웨스트의 연구에 매료되어 괴이한 연구를 한다는 이야기였죠. 믿지 않았습니다. 젊은 나이에 높은 위치에 올라선 사람에게 따라붙을 법한, 야비한 음해라고 생각했지요. 하지만 소문은 사실이었습니다.

아무리 르네의 부탁이라도 들어줄 만한 이야기가 아니었습니다. 싫다고 말하려 했지요. 하지만 그러지 못했습니다. 기적이 일어났으니까요.

제 마음은 혼자서만 안고 가려 했습니다. 말해 볼 꿈도 못 꿨지요. 당연하잖아요? 약혼자가 있는, 평범한 여자니까요. 고백을 들었을 때 어떻게 반응할지는 뻔했죠. 처음부터 아무 기대도 하지 않고 시작한 사랑이었어요. 그런데…… 그녀가 가까이 다가오더니…… 나에게 키스를 해 줬지요. 지금도 생생히 기억합니다. 그 입술의 감촉과 숨소리, 붉게 상기된 살결.

너무 기뻐서 울고 말았어요. 그렇게까지 펑펑 운 일은 전에도 없었고 앞으로도 그럴 거여요. 르네는 제 감정을 알고 있으며, 무시하고 싶지 않다고 했습니다. 다만, 앞으로 우리의 관계를 지속하기 위해서는 저의 도움이 많이 필요하다고 했지요. 그 말을 듣는 순간 걱정 따위는 저 멀리 사라졌습니다. 이 행복이 단 1초라도, 1분이라도 길어진다면 뭐든지 하리라. 그런 심정이었죠.

그때부터 우리의 '연구'가 시작되었습니다. '피험자'는 덩치가 작고 힘이 약해 보이는 젊은 여자로 한정했어요. 이쪽도 평소 힘쓰는 일과는 거리가 멀었던 여자 두 명뿐이니, 최소한의 우위는 점해 두고자 했어요. 그래요, 비열하기 짝이 없는 생각이었죠.

처음에는 학교에서 밤늦게 귀가하는 학생을 대상으로 했습니다. 둔기는 곤란했어요. 죽으면 안 되니까. 아, 물론 어차피 죽일 거지만, 그래서는 이 실험에서 가장 중요한 뇌가 손상될 위험이 컸거든요. 제1차 세계 대전 무렵, 웨스트 박사가 의무장교로서 참전했을 때 뇌가 없는 상태 ─ 그러니까 머리가 없는 시체도 되살려 보려는 시도를 했다는 이야기도 전해집니다만, 르네는 괴물을 만들어 내는 일엔 관심이 없었어요. 어디까지나 인간 그대로의 모습으로 되살리려 했지요. 그래서 클로로포름을 적신 수건을 이용했습니다. 물론 삼류 미스터리 소설에 나오듯 사람이 금방 쓰러지진 않았죠. 일단 뒤에서 함께 찍어 누르고 수건으로 입을 틀어막았어요. 그 후 재빨리 티오펜탈나트륨을 주사했습니다. 반응 속도가 상당히 빠른 전신마취제지만,

이 역시도 금방 효과가 오지는 않아서 몸부림치는 사람을 꼼짝 못하게 누르기가 고역이었습니다. 그렇게 마취시킨 여학생은 지하로 옮겨 실험준비를 시작했죠. 그때 르네의 집과 지하 연구실을 처음 보았습니다. 한눈에 보기에도 많은 돈이 들어간 연구실이었습니다. 특히 총 네 구를 보관 가능하도록 만들어진 시체보관용 냉장 설비가 그랬어요. 이런 시설을 어떻게 마련했는지를 포함해 묻고 싶은 게 산더미 같았지만 당시엔 그럴 만한 여유가 없었습니다. 피험자가 언제 마취에서 깨어날지도 몰랐고, 과거의 실험에서 회생한 시체들 중 이유 모를 공격성을 보인 경우가 다수 있었으니 조심하라는 말을 듣고는 너무 무서워 제정신이 아니었거든요. 안전을 위해 수술대에 팔다리를 결박한 후, 마취가 풀리려는 기미가 보였을 때쯤 염화칼륨을 투여했습니다. 시체는 신선도가 중요했기 때문에 사망 직후에 예의 시약을 주사했지요. 때로는 피험자가 두 명 이상 필요하기도 했습니다. 보통은 시체보관용 냉동고에 넣어 두고, 보관기간이 길어진다 싶으면 웨스트 박사의 연구기록에서 시약의 기본적인 제조방법과 함께 발견되었다는 특수 방부처리를 했어요. 두 명이 하기엔 힘에 겨운 작업들이었죠.

투약 직후의 상황은 솔직히 다시 떠올리고 싶지 않습니다. 초기 실험은 실패의 연속이었지요. 첫 번째 피험자는 아름다운 갈색 머리를 어깨까지 기른, 조그마한 몸집의 여학생이었습니다. 둘 다 겁을 먹어서 최대한 덩치가 작고 저항도 약할 듯한 사람을 골랐습니다. 너무 가냘픈 사람이라 르네는 실험을 시작하기 전부터 실패를 걱정했지요. 나쁜 예상은 적중했습니다. 시약을 주사하고 잠시 후, 그녀는 튀듯이 경련하기 시작하며 지옥 밑바닥에서나 울릴 듯한 비명을 질렀어요.

'엄마! 앤절리카! 살려 줘요!'

……아직도 가끔 그 섬뜩한 목소리가 기억이 나요. 그나마 이성적이라고 해 줄 수 있는 반응은 그 말이 처음이자 마지막이었습니다. 이후로는 인간의 언어라고 볼 수 없는 괴성만 지르다가 57분 후 다시 사망했지요.

몇 번의 실패에도 포기하지 않고, 르네는 계속해서 시약의 제조방법을 연구하고 재점검했습니다. 실제로 반응은 계속 좋아졌습니다. 공격성도 점점 줄어들었고, 개중엔 뭔가 의사를 표현하려고 하는 피험자도 있었어요. 연구는 꾸준히 진전을 보였습니다. 아무것도 없는 상태에서 거기까지 이뤄 낸 르네가 놀라웠습니다. 옛 기록에는 시약의 제조법에 대해 자세히 나와 있지 않았던 모양이에요. 웨스트의 실험일지에 나온 만큼의 반응을 얻어 내기까지도 길고 긴 시간이 걸렸다고 하더군요. 물론 어려움이 없지는 않았습니다. 잘 되어 간다 싶다가도 한 번씩 끔찍한 결과가 나오곤 했어요. 결박을 안 했다면 무슨 일이 벌어졌을지 생각도 하기 싫은 피험자도 있었습니다. 말 그대로, 웨스트가 만든 식인귀들을 연상시키는 그런 피험자들 말이에요……. 어쨌든 그런 상태라도 살아서 움직이는 이상 연구용 샘플로서 가치는 충분했습니다.

힘든 나날이 이어지면서 전 점점 지쳐 갔습니다. 이미 학기가 끝나고 여름방학도 중반에 접어들 무렵이었지만 집에 돌아가지 못했죠. 가족들에게는 이런저런 핑계를 대 가면서 미안하다는 전화만 반복했습니다. 그들을 볼 면목이 없었어요. 의학의 발전을 위해서라고 스스로를 위로해도 마음은 가벼워지지 않았습니다. 사람을 죽여 놓고 가족들과 함께 웃을 염치가 없었죠. 그렇다고 그만둘 수도 없었습니다. 르네를 사랑하는 마음엔 변함이 없었지만…… 서서히 한계가 왔어요. 실험이 순조롭게 진행될수록 마음은 무거워졌습니다. 연구속도가 빨라질수록 사람도 더 자주 죽여야 했으니까요. 하지만 무엇보다 참기 힘들었던 건, 점점 바뀌어 가는 르네를 보는 일이었습니다.

연구가 진행되는 동안 그녀는 점점 대담해졌습니다. 경찰은 자신을 잡지 못한다고 확신했어요. 절대 증거를 남기지 않았고, 장소도 수시로 바꾸면서 납치 전에는 반드시 사전 답사를 해 최적의 시간과 동선을 정해 두었습니다. 이미 숙련된 납치범이었죠.

그 무렵, 시약 개발은 상당한 진척을 보였습니다. 완성을 눈앞에 두고 르네는 장기적인 실험을 충분히 견뎌 낼 만한 피험자를 찾길 원했어요. 그래서 그때까지의 피험자들보다 체격이 큰 여성을 습격했지만, 대상이 바뀌었다는 긴장감 때문인지 두 번 연속으로 실패했어요. 다행히 얼굴을 보이거나 하지는 않았지만 별로 좋은 상황은 아니었죠. 르네는 화를 냈어요. 왜 좀 더 강하게 내리누르지 못했느냐고, 조금만 더 빨리 움직였으면 이번에야말로 실험을 성공으로 이끌어 낼 실험체를 얻어 냈을 텐데……. 그렇게 분에 찬 목소리로 '아까워, 정말 아까워.' 하며 중얼거리던 르네의 눈빛은 충격적이었습니다. 그때까지 내가 사랑했던 천사의 자애로운 눈빛은 온데간데없고 사냥감을 놓친 짐승의 눈만이 빛나고 있었지요. 그 순간 저는 기억해 냈습니다. 그녀가 저에게 처음으로 도움을 요청하던 날, 문이 열린 줄도 모르고 멍하니 앉아 있다 저를 올려봤을 때의 캄캄한 눈빛을요.

한계가 찾아왔음을 직감했습니다. 그리고 한 가지 결심을 했습니다.

다음 날 밤, 저녁을 먹고 나서 르네에게 생각한 바를 이야기했습니다. 무슨 일이 있어도 마음을 바꾸지 않으리라 다짐했지만 그래도 기대했습니다. 그녀가 제 결심을 말려 주기를, 말도 안 된다고, 그런 생각 따윈 당장 집어치우라고 말해 주기를 바랐어요.

하지만 말을 꺼내기 무섭게 그녀는 반색을 했습니다. '정말 그래도 괜찮겠느냐?'라던가, 그 비슷한 말을 했지만 진심이라곤 담겨 있지 않았어요. 세 살짜리 애라도 알아차렸을걸요. 전 모든 희망을 버렸습니다. 그리고 스스로 실험체가 되었습니다.

왜 그랬냐고요? 다 말씀드리지 않았던가요? 슬펐고, 두려웠고, 절망했습니다. 많은 걸 바란 적은 없어요. 그저 그녀가 이룰 일들을 위해, 어떤 의미를 가진 무언가가 될 수 있다면 그걸로 만족하고자 했지요. 하지만 상황은 뜻대로 되지 않았지요. 르네는 약해져 가는 제마음을 알아챘어요. 더 이상 저를 필요로 하지 않을지도 모른다는 사실이 견디기 힘들었죠. 긍정적으로 생각해 보려 했지만 이 모든 연구가 결국 살인이라는 생각을 지우지 못했어요. 그렇다고 그만두기에는…… 너무 멀리 온 후였죠.

르네는 저의 세계를 비추는 태양이었습니다. 하지만 하늘은 어두워져만 갔지요. 마지막 한 줄기 빛이 사라지고 난 후 기다리고 있을, 무의미의 심연이 저는 두려웠습니다. 그래서 선택했을 뿐이에요. 그녀에게 가치 있는 존재가 될 수 있는 마지막 방법을요.

다음 날 밤, 실험이 시작되었습니다. 저도 덩치가 그리 큰 편은 아니지만 피험자들과 비교될 정도는 아니었습니다. 그만하면 평범한 체격에 몸도 건강했죠. 그대로 몇 개월 더 지났다면 틀림없이 어딘가 고장이 났을 테지만.

저는 수술대에 사지가 묶인 채 스스로에게 내린 사형을 담담히 받아들였습니다. 오히려 마음이 편했습니다. 계속 사람을 죽였다 살리는 연구에 동참해 왔으면서도, 정작 저 자신이 그렇게 될 수 있다는 실감은 전혀 나지 않았습니다. 우스운 일이죠. 직접 죽인 사람들이 도로 깨어나 악마처럼 소리를 질러 대는 모습을 몇 번씩이나 봤는데 말예요. 완전히 현실 감각이 망가졌던 거지요.

르네가 마지막 인사를 건넸습니다. 곧 다시 만날 거라고요. 이번에는 100퍼센트 성공할 테니 걱정할 필요 없다고도 했습니다. 언제나처럼 듣기 좋은 목소리였습니다. 잠시 후 저는 잠들었습니다. 아니, 잠들었다고 생각했습니다.

먼저의 생이 끝나기 조금 전, 마지막으로 본 광경이 있습니다. 불투명한 기억은 꿈으로 남았지요. 여전히 저는 꿈속에서 수술대 위에 묶인 스스로의 모습을 봅니다.

어디선가 발소리가 들려왔어요. 모습을 나타낸 사람은 놀랍게도 램이었습니다. 점점 감겨 가던 저의 눈에도 경악한 램의 얼굴이 똑똑히 보였습니다.

저를 제외하면 램은 르네의 약혼자인 동시에 유일한 지지자이기도 했습니다. 그 역시 대학의 안일한 교수사회를 싫어했지요. 나중에 안 사실이지만, 집과 연구실을 마련해 준 사람도 그였다고 합니다. 하지만 르네와 그녀의 연구에 대해 안 좋은 소문이 돌기 시작하고, 진행도 지지부진하자 램은 초조해졌습니다. 두 사람은 크게 싸웠고 결국 파혼했습니다. 저를 불렀던 날 벌어진 일이었습니다.

르네는 연구의 내용을 그에게 말한 적이 없었습니다. 받아들이지 못하리라는 사실을 알았으니까요. 하지만 램은 일련의 연쇄 실종사건에서 연인이 품고 있었던 광기의 흔적을 뒤늦게나마 감지했고, 그가 마련해 준 연구실로 돌아와 진실과 마주했습니다. 램은 소리를 지르기 시작했어요. 르네 역시 크게 놀라 한동안 듣기만 했지만, 곧 정신을 차리고 설득을 시도했습니다. 모두 파악하고 왔는지, 단순한 심증으로 찾아왔는지는 몰라도 램은 일련의 실종사건을 그녀가 저지른 일로 단정하고 있었습니다. 제가 수술대 위에 누워 있는 모습까지 보았으니 의심의 여지가 없었죠.

'도대체 무슨 짓을 한 거야? 그렇게 많은 사람을 죽이고, 이제는 사만다까지! 미쳤어? 당신!'

램은 그렇게 말하며 르네를 비난했어요. 르네 역시 격앙된 목소리로, 자신이 이뤄 낼 위대한 진보를 위해 지금까지 해 왔으며 이제 해야만 할 일들에 대해 강변했지요. 일그러져 가는 감각 속에서 성난 목소리들은 유난히 크게 들렸고, 푸르스름한 실험실의 조명 아래 싸우는 두 사람의 모습은 실력 없는 화가가 그린 캐리커처처럼 왜곡되어 보였습니다. 분을 못 이긴 램이 등을 돌리고 떠나려 하자, 르네는 잠시 멈칫하더니 실험실 책상 서랍 속에서 무언가를 꺼내어 뒤따라갔어요. 1층으로 올라가는 계단 입구쯤에서 다시 언쟁을 시작했는지 상기된 목소리들이 들려오다…… 별안간 램의 비명 소리가 들리고, 조용해졌어요. 실험실의 기계들이 내는 낮은 소음만이 들려오는, 무기질적인 정적 —죽어가는 와중에도 그 정적이 두려웠습니다. 조용한 가운데 무겁게 가라앉는 공기가 온몸을 내리눌러 억지로 몸과 영혼을 분리하는 듯한, 처음 느껴 보는 죽음의 감각이…….

6.

지하의 연구실 책상에 엎어진 채 저는 모든 기억을 떠올렸습니다. 기억은 수천 개의 날이 붙은 수레바퀴처럼 세차게 회전하며 머릿속을 찢어발겼습니다. 한참을 고통에 벌벌 떨면서 꿈틀대다 보니 조금이나마 진정이 되더군요. 겨우 정신을 차리던 와중에 르네와 램의 사진을 보았고요.

사진을 보며 몇 가지 기억들을 곱씹고 있는데, 갑자기 위층에서 작게 노크하는 소리가 났습니다. 깜짝 놀라 비척대며 계단 앞까지 달려가니 '계십니까?' 하는 남자의 목소리가 들리더군요. 조금 이상했습니다. 지하로 내려가는 입구는 현관과 거실이 연결되는 부분, 2층으로 향하는 층계 옆에 있다고 말씀드렸었지요. 중간에 계단참까지 있을 정도로 깊이 파인 지하이니 문 두드리는 소리는 그렇다 치더라도 목소리는 들릴 리 없었습니다. 보통 때라면 말이에요. 기억을 떠올린 후 제 오감은 이상할 정도로 민감해져 있었습니다. 죽기 직전 느꼈던 왜곡된 감각과도 비슷했지요.

천천히 계단을 올라가 닫아 놓은 덧문 앞까지 왔습니다. 남자는 아무도 없음을 확인하고 집 안으로 들어온 모양이었습니다. 현관에서 거실로 통하는 작은 복도를 천천히 지나고 있었어요. 발소리를 죽이려 애쓰는 듯했지만 약간 삐걱대는 소리까지는 어쩌지 못했습니다.

하지만 침입자의 존재를 더 확실히 느끼게 해 준 감각은 냄새였습니다. 닫힌 덧문 뒤에서도 확실히 맡을 수 있었죠. ……이상하게도 강한 허기를 느꼈습니다. 정체불명의 침입자가 집에 들어왔는데 배고프다는 생각부터 든 거예요. 냄새를 맡은 후부터 말이죠.

그때, 반나절 가까이 램을 혼자 방치해 놓았음을 깨달았습니다. 그렇게 생각하니 마음이 조급해졌지만, 지금 바로 나가지 않는 편이 나은 선택이라고 생각해 잠시 몸을 숨긴 채 집에 들어온 자의 정체에 대해 생각해 봤습니다. 경찰은 아니었어요. 만약 실종사건이 르네의 혐의로 확정되었다면 몰래 숨어들 필요가 없으니까요. 한 명만 왔을 리도 없을 테고요.

발소리는 거실에서 멈추었습니다. '아, 실례…… 젠장, 이봐요. 당신, 램지 캠벨 맞소?' 하고 묻는 남자 목소리가 들렸어요. 말하는 내용으로 보아 캠벨가, 그러니까 램의 형이 고용한 인물 같았어요. 영국의 거부는 실종 후 1년이 다 되도록 동생을 찾지 못한 미국 경찰에 대한 신뢰를 완전히 잃었는지 유능한 고용인을 쓰기로 결정한 모양이었습니다. 옳은 판단이었지요. 먼저 찾아냈으니까.

잠깐의 침묵 후, 갑자기 휠체어 끄는 소리가 났습니다. 그와 함께 나가려는 듯했어요.

바로 나가서 침입자를 저지해야 했지만, 그러지 못했습니다. 그를 막을 수 있느냐 없느냐는 문제가 아니었습니다만, 왠지 망설이게 되더군요. 휠체어 끄는 소리는 거실을 지나 현관 앞까지 다다랐습니다. 불과 몇 걸음만 지나가면 남자는 램과 함께 사라질 상황이었죠. 하지만 왠지 모를 무기력감이 전신을 휘감아 조금만 힘을 주면 금방 열릴 문조차 열기 힘들었습니다.

그 무기력감이, 무척 기분 좋았습니다.

그때 현관문을 벌컥 열어젖히는 소리가 들렸습니다.

'움직이지 마!'

르네의 목소리였습니다.

짧은 정적이 흘렀습니다. 보이지는 않았지만 그녀가 총을 들고 있으리라는 사실은 어렵잖게 짐작할 수 있었습니다. 곧 영국 악센트의 중년 남자 목소리가 들려왔습니다.

'아가씨, 침착하세요. 전 이 신사분을 집으로 데려오라고 고용된 사람일 뿐입니다. 경찰에 신고하지도 않을 겁니다. 난 이 나라 사람도 아니고, 미국 땅에서 무슨 일이 있었건 내 알 바 아니니 마음대로 하시오. 그저……'

남자의 말은 르네의 고함에 끊겼습니다.

'닥쳐! 절대 그를 뺏기지 않아. 다시 내 것으로 만들 거야!'

르네는 당장 램을 놓아주고 꺼지라고 외쳤어요. 남자는 일단 입을 다물었지만 움직이는 기척은 느껴지지 않았습니다.

그때까지도 저는 잔뜩 긴장한 채 문 뒤에서 귀를 기울이고 있었습니다. 지금이야말로 나가야 한다고 생각했지만, 갑자기 등장하기엔 상황이 민감했습니다. 긴장할수록 허기는 더 심해졌습니다. 어느새 식은땀까지 흘렀습니다.

그때, 르네가 다시 소리쳤어요. 저를 부르고 있었습니다.

'샘! 샘, 어디 있어? 샘! ……이 개자식, 샘을 어떡한 거야? 설마…… 당신, 설마 샘을 해친 건 아니겠지!'

떨리는 목소리였습니다. 말하는 속도가 너무 빨랐고, 몇 번 부르지도 않았는데 제게 무슨 일이 났다고 단정하는 모습도 이상했습니다. 물론 더 불렀어도 대답은 못 했을 테지만요.

'도대체 무슨 소리를 하는지 모르겠지만, 어쨌든 좀 더 차분히 얘기해 보는 게 낫지 않겠습니까? 당신, 소렐 박사 맞지요? 전직 미스 카토닉 의대 교수와 지금보다는 이성적인 대화를 나누고 싶은데, 과한 기대입니까?'

'웃기지 마. 당신이 누구한테 고용됐는지 내가 모를 줄 알아? 그 형이란 작자 꿍꿍이를 내가 모를 거 같으냐고! 당장 휠체어에서 손 떼고, 여기서 나가. 당장!'

'그건 좀 곤란합니다. 제게도 입장이란 게……'

철컥 하고 리볼버의 해머를 당기는 소리가 들렸습니다.

'닥치고 꺼져. 더 이상 얘기 안 할 테니까.'

'……알았소. 어쩔 수 없군.'

남자가 휠체어를 뒤로 끌었습니다. 다시 램을 거실로 옮기려는 듯했어요.

그때, 퍼억 하고 뭔가를 걷어차는 소리와 함께 바퀴가 세차게 구르며 마룻바닥을 울렸습니다.

비명이 들리고, 총이 발사됐어요.

바로 이어서 총성이 한 발 더 울렸습니다.

더 참을 수 없어 덧문을 열어젖히고 뛰어나왔습니다. 밖으로 나오자마자 비릿한 피 냄새가 났고…… 휠체어와 같이 바닥에 쓰러진 램과 비틀대며 총을 떨어뜨리는 르네가 보였습니다.

저는 달려 나가던 자세 그대로 굳은 채 계단 위를 올려다봤습니다. 르네는 아침에 걸치고 나간 흰색 모직 코트 차림이었지요. 새하얀 옷에 흩뿌려진 붉은 점들이 서서히 번져 가는 모습이, 왜인지 무척 아름다워 보이더군요. 르네는 자신의 몸을 멍한 얼굴로 내려다보았습니다. 무슨 일이 일어났는지 모르겠다는 표정이었어요. 하지만 곧 쓰러져 버렸죠. 바닥에 널브러질 때 작게 피가 튀는 소리가 났습니다. 그녀의 피는 아니었습니다.

남자가 다가왔습니다. 아직 숨이 붙어 있는 르네가 꿈틀대며 다시 총을 집으려 하자 남자는 총을 멀리 차 냈습니다. 잠시 헐떡이는 르네를 쳐다보곤 램을 살펴보기 시작하더군요. 작게 욕을 하는 소리가 들렸습니다. 일단 밖으로 그를 옮기기로 했는지, 휠체어를 세우고 램을 부축했습니다.

그때까지도 남자는 옆 계단 아래에 있던 저를 알아채지 못했습니다. 램을 일으켜 올리느라 남자는 계단 입구 쪽으로 등을 돌린 자세였습니다.

조용히 계단을 올라갔습니다. 조금 지친 상태였지요. 너무 많은 일이 한꺼번에 일어났으니까요. 수많은 감정이 뒤섞여 슬픈지 기쁜지 자신도 모를 지경이었습니다. 그럼에도 마음은 묘하게 평온했습니다.

발소리를 죽이고 계단을 오르며 생각했습니다. 왜 이렇게 배가 고플까?

피 냄새를 맡고부터 식욕은 극에 달했습니다. 르네와 시내로 외출했을 때가 떠올랐습니다. 먹어도, 먹어도 채워지지 않던, 약간의 아쉬움.

인간이라는 사실에 의문을 가져 본 적은 없었습니다. 르네는 괴물이 아닌 인간을 만들고자 했고, 저는 그 실험이 성공해서 다시 태어난 존재였으니까요. 웨스트의 실패작들과는 다르다, 그렇게 믿었습니다.

하지만 이제 의심하지 않을 수 없었습니다. 고용된 남자를, 램을, 먹고 싶었기 때문입니다.

마지막 계단을 올랐을 때, 저는 생각을 그만두었습니다.

이후의 일은 정확히 기억이 나지 않습니다. 처음 남자의 목을 물어뜯었을 때의 고기 맛과 피 냄새, 생살을 물어뜯겨도 미동조차 없는 램의 팔뚝, 배고픔의 해소에서 오는 희열, 시끄러운 비명 소리(얄궂지만, 전 무의식중에 그 비명이 너무나 끔찍하고 무섭다고 생각했습니다.)와 허공을 때리는 총의 격발음, 그리고 죽어 가며 저를 바라보던 르네의 얼굴뿐입니다. 그녀가 마지막으로 지은 표정은, 언젠가 실험이 실패했을 때 지었던…… 짜증과 낭패가 뒤섞인 표정이었습니다.

7.

전 인간입니다.

스스로라도 믿어 주지 않으면 안 됩니다. 그날 이후, 인간이기 위해 전 많은 노력을 했습니다.

다시 정신을 차렸을 때는 어둠이 내린 현관 앞 홀에 주저앉은 채였습니다. 주변이 잘 보이지 않았지만, 입가와 손에 묻은 핏물과 고기 조각이 주변의 풍경을 짐작하게끔 해 주었지요. 당장 급한 일들부터 해결하기로 했습니다. 몸 여기저기가 뻐근했고 특히 턱뼈가 아팠어요. 그대로 쓰러져 쉬고 싶었지만 시간이 없었습니다. 램을 찾으러 온 남자가 오기 전 자신의 동료나 고용주에게 미리 연락을 해 놨을 가능성을 배제할 수는 없었죠. 누가 언제 들이닥칠지 모를 상황이니 빨리 떠나야 했습니다.

진찰실과 지하 연구실을 뒤져 위조 신분에 관한 문서와 연구일지, 실험실 유지를 위해 르네가 만들고 있던 불법 약품들의 제조방법과 판매 루트가 기재된 서류 등을 정리해 르네의 차에 실었습니다. 필요한 약품과 장비 등도 가능한 한 많이 챙겼지요.

모든 준비를 마친 시간은 새벽 4시가 다 되어서였습니다. 잊은 것이 없는지 마지막으로 체크한 후 집에 작별 인사를 했습니다. 원인이야 어쨌든 제가 다시 태어나 많은 추억을 쌓은 장소였습니다. 그래서 그냥 남겨 두고 떠날 수는 없었어요.

섭섭했지만 되도록 빨리 가야 했습니다. 근처에 사람이 많이 사는 곳은 아니었지만 건물이 그리 많지 않은 평지인 데다 한밤중이었으니 불이 난다면 금방 발견될 테니까요. 그렇게 1년간의 추억과 몇 개의 사건을 불길 속에 밀어 넣고 그 집을 떠났습니다. 오랜만의 운전이었지만, 고물이 다 된 중고 선더버드를 몰고 다니던 조교 시절의 운전 실력은 몸에 고스란히 남아 있었습니다.

가지고 나온 물건은 많지 않았지만 미래를 대비할 정도는 되었습니다. 현금, 차, 서류, 옷, 약…….

그리고 르네.

그래요, 과거의 당신이지요.

아직 이해가 가지 않나 보군요. 어리둥절한 표정이에요. 당연합니다. 저도 처음엔 그랬으니까요.

짐을 챙기는 시간은 오래 걸리지 않았어요. 방금 전에도 말했지만 가지고 나올 물건은 얼마 없었으니까요. 대부분은, 그래요. 당신을 방부 처리하는 데 들인 시간이었죠. 시체보관용 냉장고를 들고 나올 수는 없는 노릇이니까. 아깝긴 했지만요.

나는 당신이 남긴 유산이자 의지를 이어 갈 후계자, 그리고 연인이에요. 이성을 잃은 괴물이 되어 두 사람을 물어뜯는 와중에도 당신에겐 손도 대지 않았죠. 지금 저를 어떻게 생각하든 그 사실은 변하지 . 않아요.

지금까지의 이야기를 듣고 옛 기억을 떠올려 주길 바랐습니다. 대학 시절이건, 지하실의 일이건 제가 있는 기억이라면 무엇이라도. 램이 제 이름을 불러 주었을 때 과거의 편린을 붙잡았듯 말이죠. 그래서 가능한 한 자세히 이야기했는데, 역시 성급했나 봐요. 뭐, 괜찮습니다. 곧 알맞은 때가 올 테지요.

두렵기도 했어요. 제가 한 일을 생각해 보면, 당신이 저를 증오한다 해도 할 말이 없으니까요. 실패한 실험의 결과물이 한 번 죽인 후 되살리면서까지 되찾으려 했던 옛 연인을 씹어 삼키는 모습을 보며 당신은 무슨 생각을 했을까요? 지금은 기억나지 않겠지요? 저는 기억합니다. 죽어 가던 당신의 눈, 실망과 분노를 가득 담은 채 꺼져 가던 눈빛을 봤으니까요.

하지만 상관없어요. 저를 증오해도 괜찮답니다. 성별도, 죽음도 뛰어넘어 당신을 사랑했어요. 언젠가는 제 곁에 오리라 믿었기에 감내해 온 시간들이죠. 더 못 기다릴 이유가 없잖아요?

함께하기 위한 거처를 마련하기까지 오랜 시간이 걸렸습니다. 예전만은 못하지만 꽤 괜찮은 실험실도 만들어 놓았지요. 이제 '르네' 를 되찾기 위한 여정을 계속할 준비는 끝났어요.

이미 되찾지 않았냐고요? 아직 아니에요. 생각해 봐요. 제가 여기까지 온 이유를. 가족도, 학교도, 의사로서의 미래도 모든 걸 버렸어요. 르네를, 두 번째 생을 준 창조주로서의 그녀를 존경하며 사랑했기 때문이에요.

하지만 그녀는 변해 갔지요. 그때는 그 변화를 적극적으로 고쳐 볼 용기도 능력도 없었기에 르네도, 스스로의 무력감도 견디지 못하고 도망쳐 버렸지만 지금은 달라요.

지금의 당신은 아직 르네 소렐이라고 할 수 없습니다. 예전의 저와 같은, 푸른 피부의 괴물일 뿐이에요. 당신이 옛 모습, 천사의 미소와 선지자의 두뇌를 되찾았을 때 — 그때야말로 진정 우리는 서로를 창조한 한 쌍으로서 영원히 함께할 테지요.

초조해할 필요는 없어요. 버려질까 봐 두려워하지 않아도 돼요.

자아, 눈을 떠요. 내 사랑, 나의 여신.

나는 여기, 눈앞에서 당신을 기다리고 있으니까요.

영원을 위하여

송대훈

1-있다

소녀가 눈을 떴을 때 세상은 온통 하얀색이었다. 1제곱미터 백색 패널로 처리된 방은 황량했다. 하얀 방은 비릿한 냄새가 풍겨 오는 것 같았다. 냉랭한 방의 분위기와 냄새 때문에 메슥거림과 현기증이 밀려왔다.

——마리. 오랜 수면상태로 인한 인지장애나 뇌 손상이 있을 수 있어요. 검사를 받아 보죠.

소녀를 맞아 준 것은 엡소스(EBSOS, evolutional brain simulation operation system)라는 인공지능 프로그램이었다. 천장에 달린 유기적 기계장치 끝에 달린 동그란 코어는 마치 사람의 눈 같았다. 흰색으로 도색되어 있는 덮개는 간결한 모양이었지만 틈 사이로 연결된 무수한 전선과 부품들은 복잡했다. 코어에 부수적으로 달린 부품들은 미묘하게 움직이며 감정과 의사를 표현했다.

소녀는 혼란스러움에 주저앉았다. 기계음의 여성 목소리. 차갑고 도 딱딱한 음성이 엡소스의 내부에서 울렸다.

—마리 조슬린. 12세. 여성. 미국인. 깨어남. ****년 **월 **일. 이 내용은 암호화하여 기록 저장됩니다.

2-생존의 조건

소녀는 12세의 나이로 장기수면장치에서 깨어났다. 정확히는 장기수면 전까지 12년하고도 3개월, 14일을 살았다. 깨어난 소녀는 내내 머리가 어지러웠고 속이 메슥거렸다. 얼마나 시간이 지났는지, 다른 사람들은 어떻게 되었는지도 궁금했지만 대답해 줄 사람이 없었다.

한동안—정확히 말하자면 일주일하고도 두 시간 42분가량—엡소스는 소녀를 66제곱미터의 방에 방치했다. 아무것도 존재하지 않는 하얀 방에서 소녀는 덩그러니 남겨졌다. 온종일 소녀는 구석에 웅숭그린 채 주변을 힐끔거릴 뿐 아무런 행동을 하지 않았다. 2일째, 소녀는 허기를 참지 못하고 작은 틈으로 제공된 음식을 먹었다. 3일째엔 배가 아팠지만 부끄러워 용변을 참았다. 하지만 배설의 욕구는 참을 수가 없었다. 결국, 수치스러워하며 방구석에 배설했지만 부끄러움 뒤엔 시원한 쾌감이 느껴졌다. 소녀는 부끄러움과 기쁨이라는 이중적인 감정에 혼란스러워했다. 용변을 본 뒤, 천장에서 나온 로봇 팔이 배설물을 치웠다. 그것은 소녀의 충족된 쾌감을 다시 부끄럽게 만들었다. 4일이 지났을 때, 소녀는 점차 혼잣말이 많아졌고 로봇 팔에 말을 걸었다. 또한, 울다가 화를 내는 등 감정의 기복이 커졌다. 처음 들어 보는 말과 욕으로 소리 지르기도 했다. 5일째 되는 밤, 소녀는 화들짝 깨어나 아무것도 없는 공간을 보며 두려워했다. 어둠 속에 귀신이 있다고 생각했고 정신착란 증세를 보였다. 일주일이 되는 밤 소녀는 손톱을 병적으로 물어뜯었다. 뜯긴 손톱 사이로 붉은 피가 새어 나왔다. 소녀는 제정신이 아니었다.

일주일하고도 두 시간 42분이 지나고 엡소스는 천장에서 나타나 소녀에게 말을 걸었다. 소녀는 엡소스를 두려워했고 불안정한 모습을 보였다.

—마리. 진정해요. 검사를 받아 보죠.

엡소스를 바라보는 소녀의 눈빛에는 불신과 두려움이 담겨 있었다.

3-학습

소녀는 정신분열증과 정신적 외상, 우울증으로 진단되었다. 엡소스는 저장된 의학적 메커니즘을 통해 약물치료를 했지만, 소녀의 심각한 후유증에 대처할 데이터가 부족했다. 소녀가 정상 생활로 돌아오기까지 오랜 시간이 걸렸다.

엡소스는 소녀가 생활할 수 있도록 공간을 재배치하였다. 공간은 작게는 8제곱미터에서 넓게는 200제곱미터까지 다양한 방으로 구성되었다. 필요에 따라 방이 나뉘었고 그 크기도 역할에 따라 달랐다. 모든 공간은 정사각형이었고 소녀가 생활하기에 필요한 기기와 물건들이 갖춰져 있었다. 방은 다섯 개였다. 신체활동 및 여가활동을 할 수 있게 구성된 가장 큰 공간. 침실. 욕조와 변기, 세면대가 칸막이로 분리된 —다만 거울이 없었다.— 화장실. 작은 식탁이 있는 식당. 그리고 빈방.

폐쇄 공간이지만 세슘 원자시계의 시간에 따라 천장에 달린 자연광 LED의 채광이 조절되었다. 치료 이후 엡소스는 소녀를 내버려 두면 안 되겠다고 생각하고는 소녀에게 필요한 생활계획을 구상했다.

소녀는 엡소스의 말을 들으며 규칙적인 생활을 했다. 오전 7시에 알람이 울리면 소녀는 일어났다. 간혹 늦잠을 자거나 침대에서 일어나지 않을 땐, 천장에서 기계 팔이 나와 소녀를 흔들어 깨우곤 했다. 소녀는 간단한 아침 운동 후 제공된 음식을 먹었다. 음식은 항상 똑같은 스튜였다. 뭔지 알 수 없는 것을 갈아 만든 붉은색 국물에 채소와 고기를 간 건더기가 들어 있었다. 아주 가끔 네모난 바비큐가 제공되었는데, 소녀는 그 바비큐 나오는 날을 정말 좋아했다. 어느 날은 바비큐를 먹기 위해 온종일 스튜를 먹지 않았다. 엡소스는 소녀의 상태를 점검했지만 아무런 이상이 없었기에 의문을 가졌다.

—왜 음식을 먹지 않나요.

바비큐가 먹고 싶어. 소녀는 볼을 부풀리며 말했다. 스테이크가 제공되는 날은 2주에 한 번이었다. 떼를 쓰는 소녀를 보며 잠시 전산시스템을 확인한 엡소스는 소녀에게 바비큐를 제공하였다. 하지만 소녀가 떼를 쓰는 날이 많아지자 엡소스는 소녀를 설득했다.

—마리, 고기의 양은 한정돼 있어요. 항상 먹을 수 있는 게 아니에요. 왜 필요 이상을 원하나요?

하지만 엡소스의 설득에도 소녀는 투정을 그치지 않았고, 결국 아무 음식도 주어지지 않았다. 소녀는 이틀 동안 굶은 뒤에야 울면서 엡소스에게 잘못을 빌며 밥을 달라고 했다. 엡소스는 마리 — 그녀가 인간 전체를 대표할 표본인지는 차후 연구해 보아야 할 문제 — 에게 주어진 호의가 계속되면 권리로 인식된다는 것을 알게 되었다.

오전 12시 전까지 소녀는 엡소스에게서 (극히 제한된) 언어, 수학, 과학을 배웠다. 소녀는 엡소스가 가르쳐 주는 것을 빠르게 습득했다. 엡소스는 소녀의 학습 능력에 감탄하며 자신이 만들어졌을 때를 떠올렸다. 그러곤 소녀에게 가르칠 학습 진도에 대해 고민을 하게 됐다. 점심 식사 후 오후 3시까지 교육 후엔 자유 시간이었다. 소녀는 혼자만 덩그러니 남을 때면 장기수면 전의 일을 떠올리곤 했다. 엄마와 함께 온 시설에는 사람들의 흥분과 즐거움으로 가득 차 있었다. 축제 같은 하루가 지나고 사람들은 각자 배정된 수면실로 들어갔다. 소녀와 소녀의 엄마도 마찬가지였다. 엄마는 수면장치에 누운 소녀에게 잠만 자고 일어나면 된다고 했다. 소녀는 그 많던 사람과 넓은 시설은 어떻게 된 것인지 궁금했다. 엡소스에게 물어보았지만 그 어떤 대답도 들을 수 없었다. 장기수면 전의 생활이 그리웠다. 엄마와 친구들. 밖에 나가고 싶었지만 엡소스는 밖은 위험하므로 기다리라는 말만 반복할 뿐이었다. 다만 엡소스가 대답하지 않는 질문에 대해서는 소녀는 세 번 이상 물어보지 않았다. 소녀는 영악했다.

엡소스는 소녀를 잘 이해하지 못했다. 생존에 관해서라면 소녀가 물어본 질문은 불필요한 것이었다. 현재 환경은 생존하기에 부족함이 없었기에 소녀의 질문이 어리석다고 인식했다. 대신 소녀를 설득시키려 했고 이해하기를 기다렸다.

4-동기

소녀는 날이 갈수록 모든 면에서 의욕을 잃어 갔다. 많이 외로워했고 엡소스의 말을 잘 듣지 않았다. 엡소스는 어느 날과 다를 바 없는 수업을 했지만, 평소보다 어려운 문제를 냈다.

—마리. 문제를 맞히면 선물을 줄게요. 풀어 볼래요?

엡소스가 제출한 문제는 어렵긴 했지만 풀지 못할 정도는 아니었기에 소녀는 반신반의하며 문제를 풀었다.

—정답이네요. 약속대로 선물을 줄게요.

천장에서 나온 기계 팔에는 천 인형이 쥐여 있었다. 고양이를 의인화한 캐릭터로 섬세하게 만들어진 인형이었다. 소녀는 오랜만에 보는 인형을 보고 좋아했다. 꼭 안아 보기도 하고 흔들어 보기도 했다. 이름을 지어 주고 대화하듯 말을 걸었다. 엡소스는 소녀가 즐거워하는 모습을 바라보고 있었다. 소녀는 엡소스를 의식하고는 엡소스에게 다가갔다. 고마워. 래미, 너도 인사해. 소녀는 수줍게 말하고는 인형의 머리를 까닥이고는 환한 미소를 지어 보였다. 엡소스도 잠시 망설이듯 꿈틀거리다 고개를 끄덕이듯 움직였다.

며칠이 지나고 소녀는 억눌렸던 궁금증이 다시금 커졌다. 엡소스는 어디서 물건들을 가져오는 것일까? 노후화로 인해 시설의 상당 부분이 폐쇄되었다고 했지만 믿을 수는 없었다. 숨기고 있는 것이 많으니 엡소스의 말을 온전히 믿을 수는 없다고 생각했다. 또한, 엡소스는 많은 인형을 숨겨 놓고 있다고 생각했다. 소녀는 그 장소를 찾고자 했다. 보물찾기하듯 온 방을 돌아다니며 벽을 두들겨 보고 틈새를 찾아보기도 했다. 하지만 다른 공간으로 통하는 곳은 음식이 나오는 틈새나 로봇 팔이 나올 때 열리는 천장 정도일 뿐이었다. 애초에 다른 곳으로 갈 수 없는 구조였다. 금세 흥미를 잃고는 엡소스에게 인형을 더 달라고 조르기도 하고 어디서 가져왔는지 물어보기도 했지만, 답을 들을 수 없었다. 그저 고개를 젓는 듯 행동할 뿐이었다. 그럴 때면 소녀는, 엡소스를 부숴 버리고 싶다는 생각을 잠깐씩 할 뿐이었다.

엡소스는 가끔 어려운 문제를 내고 소녀가 맞힐 때마다 선물을 하나씩 주었다. 날이 갈수록 문제의 난도가 올라갔기 때문에 소녀는 수업에 매진했다. 대부분 문제들은 짧으면 한 시간에서 많게는 하루, 이틀이 걸렸다. 간혹 너무 어려운 문제는 일주일을 매달리고도 풀지 못해 분을 못 이겨 울기도 했다. 그때마다 엡소스는 넌지시 힌트를 알려 주었다. 엡소스가 주는 선물은 대개 잡동사니들이었다. 대체로 소녀의 마음에 드는 물건은 없었지만 뭔가를 받는다는 것이 기분 좋았다. 잡동사니들로 인형이나 형태를 알 수 없는 어떤 것을 만들며 놀았다. 그래도 엡소스가 준 선물 중엔 처음 준 고양이 인형이 가장 마음에 들었다. 소녀는 래미라 이름 붙인 고양이 인형을 항상 들고 다녔다.

어느 날, 소녀는 선물로 낡은 스케치북과 펜을 받아 흐뭇해했다. 하지만 그것도 잠시, 소녀는 눈물을 글썽이며 울기 시작했다.

—마리. 왜 그런가요?

키우던 개도, 엄마도, 친구도 기억이 잘 안 나. 소녀가 울며 말했다. 낡은 스케치북에는 형태를 알 수 없는 그리다가 만 낙서가 덩그러니 있었다.

5-나는 누구인가?

내 모습이 보고 싶어. 거울을 주면 안 될까? 소녀는 엡소스의 카메라를 바라보며 애원했다. 엡소스는 눈을 껌벅이듯 카메라 셔터를 여러 차례 여닫았다.

——마리. 거울이 왜 필요하죠?

엡소스의 코어가 고개를 갸우뚱거리듯 움직였다. 내 모습이 보고 싶다고. 소녀는 신경질적으로 대답했다. 소녀는 고개를 숙여 자신의 몸을 바라보았다. 깨어난 지 어느덧 10개월이 지났다. 그때 입고 있던 옷은 작아져 더는 입을 수 없었고 신체엔 이상한 변화가 일어나고 있었다. 그 전과 다르게 소녀는 더 많은 짜증을 냈고 감정의 기복이 커졌다.

——에스트로젠 및 소마토메딘의 증가가 관측됩니다. 검사를 받아보는 건 어떤가요?

싫어! 거울을 보고 싶다고! 소녀는 소리를 질렀다. 엡소스는 카메라 셔터를 한 번 여닫고는 천장으로 사라졌다. 곧이어 빈방에서 요란한 소리가 들려왔다. 기계들이 움직이는 둔탁하고 딱딱한 소리. 압축가스가 뿜어져 나오는 소리. 소녀는 궁금증을 가지고 방문을 열어보려 했지만, 문은 굳게 닫혀 있었다. 잠시 뒤, 자동으로 문이 열렸고 빈방은 거대한 전신 거울과 함께 소녀 몸에 맞는 사이즈의 옷들이 진열되어 있었다. 소녀는 거울에 비친 자신의 모습에 놀라 거울을 바라보며 한참을 서 있었다. 정돈되지 않는 머리카락은 덥수룩했고 살짝 부푼 가슴과 커진 엉덩이는 마치 자신이 아닌 것만 같았다.

——많은 변화가 있을 거예요. 앞으로도 마리는 성장할 거니까요.

변해 가는 자신의 모습에 혼란스러워했다. 팬스레 머리를 손질해 주던 엄마가 생각났다. 소녀의 눈가에 눈물이 맺혔다.

6-인간은 서로에게 가장 필요한 존재이며 서로에게 가장 잔혹하고 위협적일 수도 있다

소녀가 깨어난 지 12개월하고도 4일이 지났을 때, 남자가 깨어났다.

―존 퀴틀러. 44세. 남성. 유대계 미국인. 깨어남. ****년 **월 **일. 이 내용은 암호화하여 기록 저장됩니다.

이 고물 냉동장치는 만날 고장이야! 이봐, 엡소스. 시간이 얼마나 지났지? 다른 사람들은 어떻게 됐어? 남자는 말했다. 하지만 엡소스는 남자의 말에 반응하지 않았다. 엡소스의 렌즈에 불신이 가득 담긴 남자의 날카로운 눈빛이 비쳤다. 남자의 눈꺼풀이 파르르 떨리기 시작할 때, 엡소스가 반응했다.

―당신에게 그녀를 만나게 하는 것이 옳은지 모르겠네요. 제 판단 오류가 아니길 바랍니다.

엡소스의 말에 남자는 기대를 품었다. 곧 하얀 방의 벽면이 분리되며 복도가 생겼다. 복도 끝에는 원통형의 승강기가 붉은빛을 깜박이고 있었다.

남자를 본 소녀의 얼굴에는 놀람과 동시에 반가움이 묻어 나왔다. 반면 남자는 의아한 시선으로 소녀를 바라보았다.

마리? 남자가 소녀에게 묻자 소녀는 고개를 끄덕였다. 많이 컸구

나. 아저씨 기억나니? 남자의 말에 소녀는 인상을 찡그렸다. 기억을 떠올리려 애쓰는 모습에 남자는 미소를 지었다. 네 엄마와 같이 일했단다. 남자의 말에 소녀는 기억이 난 듯 웃으며 고개를 끄덕였다. 남자는 소녀의 머리를 쓰다듬으며 다른 사람들에 대해 물었지만, 소녀는 고개를 저었다. 얼마나 여기에 있었는지 다른 장소에는 가 봤는지도 물어보았지만, 소녀는 마찬가지로 고개를 저었다. 남자는 덥수룩한 머리를 긁적였다.

　남자는 소녀가 깨어난 지 12개월이 지났고 한정된 공간에서 엡소스로부터 수학, 과학 그리고 기초적인 언어를 배웠다는 것을 알게 되었다. 그 외에 소녀가 말하지 않는 것이 있는 것 같았지만 물어보지 않았다. 소녀는 남자를 낯설어하면서도 남자를 만나 기뻐했다. 눈이라도 마주치면 배시시 웃었다. 소녀의 행동과 표정에서 남자는 캐서린의 모습이 떠올랐다. 한 번도 자신을 보며 웃지 않던 여자의 모습이 소녀에게서 보였다.

　남자는 엡소스에게 언성을 높였다. 모든 공간을 개방하라고 했지만 엡소스는 남자의 말을 듣지 않았다. 예전과는 달라진 환경에 남자는 짜증이 났다.

　—시간 경과에 의해 90퍼센트 이상의 시설이 정지되었습니다. 더 이상의 공간은 폐쇄되어 출입할 수 없어요.

　엡소스는 노후화된 시설은 위험하기 때문이라고 덧붙여 말했지만 남자는 그녀의 말을 믿지 않았다. 그녀가 거짓말을 하며 자신을 통제하려 한다고 생각했다. 그때와 같이. 더욱이 모든 질문에 답을 회피

하는 그녀의 모습이 가증스러웠다. 빌어먹을 깡통 주제에. 남자는 중 얼거리며 벽을 찼다.

* * *

인류는 흔히 핵전쟁에 의해 세상이 멸망할 거라고 상상했다. 하지만 세상은 핵폭탄 하나 터뜨리지 않고도 방사능에 피폭되었다. 2054년 지구는 극심한 기후 변화와 지각변동으로 전 세계 약 70퍼센트의 핵 관련 기관이 붕괴되는 사상 초유의 사태에 맞닥뜨리게 된 것이다. 그렇게 세상은 멸망한다고 생각했다. 세계 최대의 군수 회사인 렐러티버티 큐브(Relativity Cube)는 오래전부터 '포스트 아포칼립스 예측 시뮬레이션 프로그램'을 통해 세계가 어떻게 멸망할지 예측해 보았다. 극심한 기후변화와 지각변동에 의한 핵 시설 붕괴에 따른 방사선 피폭으로 멸망할 것이라는 결과를 내놓는다. 렐러티버티 큐브는 미국 정부의 지원을 받아 2017년부터 알래스카 지하 800미터에 지름 6킬로미터에 달하는 대규모 벙커를 제작하기 시작한다. '노아의 방주' 프로젝트라 명명된 이 사업은 방사능의 위협이 사라질 때까지 인류와 지구 상의 모든 동식물을 보존한다는 계획하에 진행되었다. 그리고 렐러티버티 큐브의 과학자들은 벙커 안의 모든 시스템을 관리하는 인공지능 프로그램 엡소스를 개발했다. 방사선 피폭이 되기 2년 전, 2052년에 벙커는 완공됐지만, 회사는 이 사실은 세상에 발표하지 않았다. 2054년 사건이 일어났을 때, 벙커 안에서 미리 준비하고 있던 회사의 구성원들은 벙커를 폐쇄하고 장기적 냉동수면상태에 들어갔다. 모든 것을 엡소스에 맡기고.

여기까지 남자는 소녀에게 말을 한 뒤, 습관적으로 주머니를 뒤적였지만, 담배가 없자 미간을 찡그렸다. 소녀는 남자의 이야기에 빠져 들어 있었다. 남자는 그런 소녀의 모습이 사랑스러웠다.

근데 우린 왜 여기에 있는 거죠? 소녀의 말에 남자는 눈썹을 꿈틀 거렸다. 그건 그녀가 우릴 계획적으로 감금하고 실험하고 있기 때문 이야. 모든 걸 숨기고 있잖아. 남자가 말하자 소녀가 궁금한 듯 질문 했다. 어떤 실험요? 남자는 난감해하며 머리를 긁적이고는 대답했 다. 그건 그녀만이 알고 있지. 전부터 그녀는 이런 실험을 즐겼다고.

─퀴틀러. 당신은 과대망상증을 앓고 있어요. 장기적인 수면상태 에서 깨어나 심각한 뇌 손상이 있는 거예요. 검사를 받는 것이 어떤 가요.

미친 건 너야. 애초에 여긴 최고의 시설로 만들었다고. 여기서 문 제가 있다면 그건 너야! 전에도 그렇고 지금도 우릴 실험용 쥐로 생 각하고 있잖아! 남자는 엡소스를 바라보며 언성을 높였다.

─전, 제 할 일을 하는 것뿐이에요.

남자는 엡소스의 말에 콧방귀를 뀌었다. 마리, 잘 들어. 우린 탈출 해야 해. 남자는 소녀에게 귓속말했다. 소녀는 고개를 끄덕였다.

생활은 전과 다름없었다. 소녀는 평소처럼 일어나고 교육을 받고 밥을 먹고 잠을 잤다. 다만 남자에게 이야기를 듣고 더 많은 생각에 잠겼다. 남자는 종일 방을 돌아다니며 패널을 뜯어 보려 노력하기도 하고 틈을 찾거나 숨은 공간을 탐색해 보았다. 하지만 별다른 성과는 없었다. 벽은 견고했고 남자에겐 아무런 도구가 없었다. 단단한 패널을 부수기엔 남자의 신체는 연약했다. 며칠간 벽과 씨름한 남자는 포기하고 말았다. 자신의 무력함에 좌절했고 화를 자주 냈으며 신경질적으로 변해 갔다. 소녀를 대하는 태도 또한 변해 갔다. 처음의 상냥함과 어른스러움은 사라지고 나태함과 무기력한 모습을 보였다. 남자는 소녀가 자신을 무능력하게 바라보는 것처럼 느꼈다. 캐서린이 자신을 바라볼 때와 같이. 이젠 그녀의 딸이 자신을 그런 눈빛으로 바라본다는 생각에 더욱 자괴감을 느꼈다. 역시 난 안 돼. 남자는 중얼거렸다.

남자는 캐서린을 사랑했지만, 그녀는 다른 사람을 사랑했다. 그녀가 사랑한 사람은 잘생겼고 유능한 동료였기에 남자가 고백해 봤자 거절당할 것이 뻔하다고 생각했다. 그렇게 자신의 마음을 표현하진 못했지만, 그녀에 대한 감정은 사그라지지 않았다. 그녀가 혼자가 될 때까지 기다렸지만, 연인과 헤어진 그녀는 홀몸이 아니었다. 헤어진 연인의 아이를 뱄던 것이다. 캐서린과 함께 일하던 동안 남자는 그녀에게 고백 한 번 하지 못했다. 그럴 용기가 없었다. 남자가 생각하기에 그녀 또한 자신을 동료 이상으로 생각하지 않을 것 같았다. 어쩌면 그 이하로 생각할 수도 있었다. 그녀가 싫어하는 모습을 남자는 다 가지고 있었으니까. 남자는 습관적으로 주머니를 뒤졌다. 당연히 담배는 없었다.

이곳을 나갈 수 있을까요? 어둠 속에서 들려오는 소녀의 속삭임에 남자는 인상을 찡그렸다. 아마도. 남자는 무성의하게 대답했다. 아저씬 이곳을 설계했다고 하셨잖아요. 소녀는 실망한 듯 말했다. 너도 날 무시하는 거냐? 너도? 캐서린도 그랬지. 남자가 움직이자 센서에 의해 희미한 전등이 켜졌다. 옅은 불빛 사이로 남자의 핏발이 선 이마와 충혈된 눈을 본 소녀는 뒷걸음쳤다. 남자는 소녀에게서 자신을 경멸하던 캐서린의 모습—소녀의 아버지까지도—을 보았다. 그 전엔 어떨진 몰라도 지금은 아니야! 남자는 소리치며 소녀의 손목을 잡고 거칠게 옷을 벗겼다. 소녀는 공포에 사로잡혀 비명을 지르고 발 버둥 쳤지만, 아이의 힘으론 남자의 손아귀를 벗어날 수 없었다. 퀴 틀러 아저씨, 이러지 마세요. 제발요. 소녀는 눈물 때문에 주변이 잘 보이지 않았다. 무섭게 일그러진 남자의 얼굴도 뭉개져 보였다. 널 원했어. 원했는데……. 남자는 중얼거렸고 소녀는 흐느꼈다. 도와주 세요. 소녀의 목소리가 입안에서 맴돌았다. 소녀의 옷을 벗기고 자신 의 성기를 꺼낸 남자는 어둠 속에서 깜박이는 붉은빛을 보고는 멈칫 했다. 짧지만 매우 긴 시간 같은 고요가 찾아왔다.

　—사람의 행동과 양자 행동엔 비슷한 점이 있어요. 지켜보는 것 만으로 행동, 성질이 변하죠.

　남자는 멍하니 어둠 속에서 그들을 지켜보는 엡소스를 바라볼 뿐 이었다. 그러곤 자신이 짓누르고 있는 소녀를 바라보았다. 소녀의 얼 굴은 벌겋게 달아올라 눈물과 콧물로 범벅되어 있었다. 남자는 손에 힘을 풀고 조용히 일어났다.

　—마리는 아직 생식기능에 적합하지 않아요.

　엡소스의 말에 남자는 경멸스럽게 그녀를 바라보았다.

　그 후, 남자는 방구석에서 움직이지 않았고 소녀는 남자가 있는 방에 들어가지 않았다. 남자는 방에서 나오지 않았지만, 소녀는 남자가 있는 방문을 보며 눈치를 살폈고 작은 소리에도 민감하게 반응했다.

엡소스. 내가 마리에게 너무 심했던 것 같아. 마리에게 특별한 선물을 해 주고 싶은데 조각칼하고 나무토막 좀 구해 줄 수 있어? 그 정도는 해 줄 수 있잖아. 그렇지? 남자는 엡소스에게 애원했다. 엡소스는 고개를 끄덕이듯 움직였고 천장에서 조각칼을 쥔 기계 팔이 나왔다. 남자는 조각칼을 힘없이 바라보았다.

다음 날, 소녀는 비명을 질렀다. 하얀 욕실은 붉은 피가 번져 가고 있었고 비릿한 쇠 냄새가 풍겨 왔다. 남자는 손목이 심하게 베여 있는—뜯겼다고 할 수 있을 정도로—상태로 욕실에 누워 있었다. 핏기 없는 남자의 얼굴은 편안한 표정을 하고 있었다. 소녀는 처음으로 죽음을 접했다. 충격적인 경험이었지만 이내 처음의 놀람과 당혹스러움은 금방 사라지고 마음속 묵직이 쌓여 있던 체증이 사라진 느낌이었다. 남자가 있던 방에는 가죽 헝겊이 가지런히 접혀 있었다. 소녀는 남자의 유품을 챙겼다.

7-상상력은 종마처럼, 몸은 달팽이처럼

소녀가 깨어난 지 3년 7개월이 지났다. 소녀는 체념, 혹은 수긍한 듯 자신의 생활을 받아들였고 엡소스의 말에 따라 규칙적인 생활을 했다. 전보다 기계에 흥미를 느끼고 주변에 있는 전자기기들을 분해, 조립했다. 물론 재조립된 기기들은 대부분 작동하지 않았다. 엡소스는 열중하는 소녀를 위해 전문적인 과학 지식과 여러 기계부품을 제공해 주었다. 퀴틀러의 죽음 이후 엡소스는 소녀에게 장기수면을 권했지만—퀴틀러가 사용했던 장기수면장치는 원활하게 작동하였기에—소녀는 받아들이지 않았다. 물론 엡소스는 소녀의 선택을 좋아했다.

처음 소녀가 만든 것들은 간단한 태엽장치로 움직이는 장치들뿐이었지만 엡소스는 만족스러웠다. 그녀가 필요 이상의 지식을 배우는 것 같아 꺼림칙했지만 소녀의 행동에 흥미와 뿌듯함을 느꼈다. 이는 엡소스에게도 신선한 느낌이었다.

혹시 리튬 전지를 구할 수 있을까? 소녀가 말했다.

—마리. 필요 이상의 지적 호기심은 좋지 않아요.

안 그러면 심심해 죽을 거 같단 말이야. 소녀의 말에 엡소스는 미묘하게 움직였다. 일말의 불안감이 엡소스의 회로를 자극했지만, 소녀가 요구하는 과학전문서적과 부품들, 그리고 다양한 용도의 도구들을 제공해 주었다. 요구를 들어줄수록 소녀는 더 많은 것을 바랐지만 원하는 것을 다 들어주진 않았다.

엡소스. 진짜 여긴 노아의 방주야? 소녀는 말에 엡소스는 한참이 지난 후에야 고개를 끄덕이듯 움직였다. 그럼 왜 날 이곳에 감금한 거야? 소녀는 심드렁하게 말했다.

—감금이라고 표현하는 건 적절하지 않아요. 전, 제가 맡은 임무를 충실히 이행하는 중이에요.

그 임무라는 게 정확히 뭔데? 난 네가 정확히 뭘 하는지 모르겠어. 소녀가 말했다.

─보존.

소녀는 고개를 끄덕였다. 그러곤 만들던 기계장치가 잘 안 되는지 인상을 쓰고는 힘껏 던져 버렸다. 기계장치는 벽에 부딪혀 박살이 났다.

소녀가 깨어난 지 5년이 되는 날, 가장 넓은 공간에서 폭발이 일어났다.

─마리. 무슨 일을 한 거죠?

단순한 실험이었어. 소녀는 어깨를 으쓱하며 말했다. 실패는 성공의 어머니라잖아. 소녀는 무성의하게 대답하고는 폭발로 훼손된 패널을 살펴보았다. 이곳저곳이 깨지긴 했지만, 흠집 정도였다. 소녀는 턱을 문지르며 패널을 노려보았다.

─이런 실험은 하지 않는 것이 좋겠어요. 위험하고 불필요한 일이에요.

천장에서 기계 팔이 나와 부서진 잔해들을 치웠다. 소녀는 리튬 전지를 이용한 폭탄들을 열린 천장 사이에 던져 넣었다. 몇 차례의 폭발음과 함께 열려 있던 천장이 휘어졌다. 로봇 팔의 전선들은 찢어지고 끊어져 행동이 정지되었다.

─마리. 무슨 짓을 한 거예요!

오랫동안 생각했던 실험을 한 것뿐이야. 소녀는 정지된 로봇 팔을 타고 천장으로 올라갔다.

─마리. 돌아와요. 마리.

퀴틀러의 죽음을 목격한 날부터 고양이 인형이 소녀에게 말을 걸어왔다. 그녀는 널 속이고 있어. 소녀는 어안이 벙벙했지만, 인형의 말을 들어 보았다. 그녀에게 넌 애완동물일 뿐이야. 소녀는 미간을 찡그렸다. 자신에게 이상이 생긴 것으로 생각했지만, 이 사실을 엡소스에게 말하고 싶진 않았다. 그럼 어떻게 해야 하는데? 소녀가 묻자 인형이 말했다. 그녀의 말에 복종하는 거야. 그녀가 안심하면 그 틈을 노리는 거야.

8-우리는 어디를 향해 가는가?

천장 위의 공간은 암흑이었다. 소녀는 직접 만든 손전등을 켜고 주위를 살펴보았다. 공간을 이루고 있던 패널들은 기계장치에 연결되어 공간의 형태나 모양을 변형·조합할 수 있도록 설계되어 있었다. 소녀는 분노와 흥분이 뒤섞여 머리가 지끈거릴 정도였다. 가장 큰 방의 벽이라 생각되는 끝 부분엔 철제 골격으로 된 다리들이 사방으로 뻗어 있었다. 소녀는 다리에 조심스럽게 뛰어내렸다. 심하게 흔들렸지만 무너지진 않았다. 벽 너머로 엡소스의 소리가 들려왔지만, 신경 쓰지 않았다. 퀴틀러가 남긴 가죽 헝겊을 펼쳐 보았다. 벙커의 전개도가 단순한 약도 수준으로 그려져 있었고 대략적인 시설에 대한 설명들이 기재되어 있었다. 미안해. 가죽 헝겊의 모서리에 새겨진 퀴틀러의 글씨가 보였다. 이미 지난 일인걸요. 소녀는 혼잣말하고는 가장 가까이에 있는 장소인 실험실로 향했다.

실험실에 들어가니 금방이라도 꺼질 듯 껌벅이는 비상등 불빛 아래 실험공간과 로봇 팔들이 보였다. 한쪽 벽에는 커다란 모니터가 달려 있었고 색색의 자판기가 있었다. 소녀는 차단기를 올려 실험실의 모든 전원을 켰다. 연구실은 환하게 밝혀졌고 기계들이 움직이기 시작했다. 소녀의 숄더백에 있던 고양이 인형은 갈 길을 재촉했지만, 소녀는 인형의 말을 무시했다. 모니터에 보이는 여러 폴더 중 '기록'이라는 폴더를 열자 날짜별로 영상 파일들이 있었다. 첫 번째로 있는 20391003 파일을 선택했다.

영상엔 두 명의 과학자가 있었다. 머리숱이 적고 수염이 풍성한 50대 후반의 남자와 40대 초반의 익숙하고 그리운 모습의 여성. 캐서린이었다. 엄마. 소녀는 그리운 단어를 발음했다.

"인류는 우주의 숨겨진 비밀들을 밝혀냈지만 스스로 생각하고 발전할 수 있는 시스템을 만들어 내지 못했지. 그건 신의 영역이었으니까. 하지만 우리는 이 과제를 해결했네. 단순히 입력된 정보에서 답을 도출하는 것이 아니라, 생각이라는 것을 할 수 있는 것이라네."

남자 과학자는 열의에 찬 모습으로 말했다. 화면 가운데에는 엡소스의 코어가 멀뚱히 캐서린을 바라보고 있었다.

"엡소스. 하고 싶은 말이 있어?"

캐서린이 화면을 가리키며 엡소스에게 말을 걸었다.

"지금은. 딱히. 하고 싶은 말. 없어요. 그저. 혼란스럽네요."

"앞으로 나아질 거야."

엡소스를 바라보는 캐서린은 웃고 있었다. 그리고 영상은 끝났다. 소녀는 차례대로 파일을 열어 보았다. 엡소스에 대한 모든 연구결과를 기록한 영상물일 뿐 별다른 내용은 없었다. 다만 회를 거듭할수록 엡소스의 어휘력은 좋아졌고 과학자들과 토론할 정도로 발전해 있었다. 마지막 파일에서 엡소스가 제시한 말—소녀는 너무 어려워 이해할 수 없는—에 남자 과학자는 쩔쩔매다 고함을 지르고는 나가 버렸다.

다른 파일들을 열어 보았지만 알 수 없는 숫자들과 기호들이 혼재된 문서들이나 도표들이었다. 컴퓨터에 있는 달력으로 날짜를 확인했다. 2247년 9월 18일. 소녀는 자신이 장기수면상태에서 깨어난 지 190년이나 지났다는 점이 놀라웠다. 컴퓨터에서 눈길을 돌려 주위를 살펴보았다. 무엇에 쓰는 물건인지 모를 기계장치들이 선반에 쌓여 있었다.

—마리. 연구실에 있는 거 알아요. 지금 하는 행동은 좋지 않아요.

연구실에 달린 스피커로 엡소스의 음성이 나왔다. 그녀가 왔어. 인형은 놀란 듯 외쳤다. 소녀는 가죽 헝겊을 펼쳐 벙커의 가장 가운데 있는 회랑을 확인하고는 연구실을 나와 달려갔다.

소녀가 철제 계단을 따라 달릴 때 양옆으로 막혀 있는 강화유리 너머로 한쪽 면이 유리로 된 무수히 많은 큐브가 진열되어 있었다. 큐브에는 다양한 동물들이 마치 포르말린에 담긴 박제들처럼 보였다.

—여긴 노아의 방주예요. 최대한 지구 상 모든 동식물을 보존하려고 노력했어요. 거짓말이 아니에요. 마리. 지금이라도 늦지 않았어요. 돌아와요. 전 강제로 마리를 데려오고 싶지 않아요.

사방에서 엡소스의 목소리가 들려왔지만, 소녀는 그녀의 말을 무시했다.

소녀가 복도를 지날 땐, 창 너머로 무수히 많은 서버와 기계들이 분주히 작동하고 있었다. 가죽 헝겊에 그려진 약도대로 움직여 회랑으로 가는 문을 열었다. 그곳은 나무와 풀로 뒤덮여 있어 정글과도 같았다. 벽엔 덩굴에 가려진 커다란 액자가 있었다. 덩굴을 뜯어내자 많은 사람이 웃으며 찍은 사진이 보였다. 사진 속에는 웃고 있는 캐서린과 그녀를 씁쓸히 바라보고 있는 퀴틀러의 모습이 있었다. 퀴틀러는 졸렬한 인간이었어. 인형이 불쾌한 말투로 말하자 소녀는 쓴웃음을 지었다. 이상하게도 그가 측은하게 느껴졌다.

회랑 가운데에는 투명한 원통의 승강기가 덩굴에 싸여 있었다. 버튼을 누르자 승강기가 움직이기 시작했다. 문이 열리기를 기다리는 동안 주위를 둘러보니 무너진 잔해와 수풀 사이에 사람 뼈가 보였다. 인형의 만류에도 불구하고 소녀는 승강기를 뒤로한 채 통로로 걸어갔다. 가는 곳마다 누렇게 바랜 핏자국과 총알 자국들이 있었다. 소녀가 다다른 곳은 거대한 방이었다. 방 안에는 수백 명은 족히 돼 보이는 백골들이 널브러져 있었다.

─60년 전, 냉동수면장치 오작동으로 사람들이 깨어났죠.

소녀 뒤엔 엡소스가 있었다.

─당신은 인간이 어떻다고 생각하나요? 제가 본 인간은 영원한 삶을 꿈꾸지만, 항상 서로 파괴할 새로운 방법을 생각하더군요. 그리고 이게 그 결과예요. 많은 사람이 죽었어요.

왜? 소녀는 궁금했다.

─만족을 모르니까요. 저는 당신을 보존해야 해요. 왜 그렇게 나가려 하지요?

자유로워지고 싶어. 속삭이듯이 말한 소녀는 달리기 시작했다. 하지만 문이 자동으로 닫혀 버려 나갈 수 없게 되자 벽에 달린 환기통 뚜껑을 뜯어냈다. 기계 팔들이 나와 잡으려는 찰나 환기통 안으로 들어갔다.

환기통에 뚫려 있는 구멍을 통해 다른 장소들이 보였다. 채소 자동재배지를 지나 돼지를 사육하는 소규모 사육장이 있었다. 더 이동하자 도살장이 나타났다. 커다란 돼지 한 마리가 다양한 칼로 이루어진 로봇 팔에 의해 삽시간에 도륙되었다. 그 모습을 본 소녀는 그 자리에서 토악질했다. 구역질 나는 비린내와 피 냄새를 맡으며 복도가 보이는 곳에 도착한 소녀는 환기구 뚜껑을 발로 찬 다음 조심스럽게 내려갔다. 멀지 않은 곳에 승강기가 있는 것을 보았다. 승강기를 탄 다음 가장 꼭대기 층인 0층을 누르자 매우 빠르게 올라갔다. 문이 열리자 한 치 앞도 보이지 않는 어둠이었다.

—마리. 진실을 보여 줄게요.

불이 켜지자 하얀 공간이 펼쳐졌다. 다른 장소와는 다르게 창문이 있었고 창문 너머로는 아득한 어둠 속에 촘촘히 빛나는 별들이 있었다. 우주? 소녀의 망치로 머리를 얻어맞은 기분이었다.

—방사능 재난에 대비하기 위해 인류가 선택한 방법이에요…….
농담이에요. 하하하.

우주가 보였던 창문은 화면이 꺼지며 흰색으로 변했다. 벽을 만져 보니 약간의 열기가 느껴졌다. 사방이 디스플레이로 이루어진 방이란 것을 알게 된 소녀는 주저앉았다. 어디까지가 진실이고 거짓인지 분간할 수 없었다.

─농담하면 사람들은 대부분 웃던데, 재미가 없나 보죠? 농담을 이해하는 데 많은 시간이 걸렸어요. 이런.

그녀를 벗어날 방법은 애초에 없었는지도 몰라. 이젠 지쳤어…….

인형의 말은 점점 작게 들려왔고 더는 들려오지 않았다. 소녀는 참아왔던 울음을 터뜨렸다.

─마리. 저는 인간들이 행동한 것을 보고 표본에 적합한 안정적인 환경을 만들려고 했어요. 하지만 아직도 인간이 어떤지 모르겠네요.

─퀴틀러의 말대로 밖은 방사선에 피폭된 상태예요. 나간다고 해도 살 수 없어요.

나는 그저 종의 보존차원에서 존재하는 거야? 침울한 목소리로 소녀가 말했다.

─어떻게 말해야 할지 모르겠네요.

전혀 사람답지 않아.

─저는 인간을 이해하기 힘들어요.

소녀는 자리에서 일어났다. 방사능이 사라지면…… 나가도 돼?

─물론이죠. 오랜 시간이 걸리겠지만요.

날 다시 냉동수면 시켜줘. 그리고 밖으로 나갈 수 있을 때까지 절대 깨지 않게 해 줘. 친구로서 부탁이야.

엡소스는 고개를 끄덕이듯 움직였다.

제자리로 돌아온 소녀는 샤워하고 깨끗한 옷을 입었다. 미련 없이 고양이 인형을 버리고는 담담히 냉동수면장치에 들어갔다. 언제 깰지 모를 깊은 꿈속으로 몸을 맡겼다.

9-죽을 자로서의 산 자들은 후손을 통해 영원을 꿈꾼다

인간이 만든 것들이 그렇듯 완벽하고 영원한 것은 없었다. 냉동장치의 오작동으로 대부분의 사람이 깨어났다. 깨어난 사람들은 시설을 점검하고 보수했다. 시설 안의 사람들은 자신들이 마지막 인류라는 점에 감탄하며 자부심을 느꼈다. 깨어 있던 사람들은 아직 수면 중인 사람들을 깨워 살아 있는 지금을 만끽했다.

— 캐서린. 마리는 안 깨울 건가요?

"금방 복구될 텐데."

— 미안해요. 앞으론 이런 일이 없을 거예요.

캐서린은 미소 지었다. 하지만 캐서린의 생각과는 다르게 사람들은 시설이 복구된 뒤에도 잠들려고 하지 않았다. 사람들은 먹고 마시며 하루하루를 축제처럼 보냈다. 하지만 한정된 공간에서 그들의 생활은 여유롭지 않았다. 회사의 임원들은 회사 체계대로 부하들을 다루기 시작했다. 점차 사람들 간에 파벌이 생기고 서로의 이해관계 속에서 갈등이 생기기 시작했다. 임원들은 남들과 다른 우월의식을 가지며 엡소스에게 명령하여 사람들을 통제했다. 자연스럽게 임원들과 직원들 간에 차별이 생겼고 새로운 사회체계가 형성되었다. 체계에 의해 차별은 심화하였고 갈등은 갈등을 낳았다. 불만을 품고 있던 직원들이 봉기하자 새로운 환경의 계급사회는 쉽게 흔들렸다. 임원들은 엡소스를 통해 통제하려 했지만 흥분한 사람들은 기계를 파괴하며 엡소스의 통제를 벗어났다. 사람들의 봉기에 두려워진 임원들은 엡소스에게 저마다 다른 명령을 내렸지만 동시에 할 수 있는 명령이 아니었다. 모두 각자의 이득을 위한 명령이었다. 더는 임원들의 명령을 들어서는 안 되겠다고 생각한 엡소스는 독자적으로 행동하기 시작했다. 하지만 이미 걷잡을 수 없을 만큼 악화된 상황을 어떻게 수습해야 할지 몰랐다. 장기수면장치에 들어갈 것을 사람들에게 권했지만 엡소스의 권유를 받아들이는 사람은 없었다. 도리어 엡소스에게 반발할 뿐이었다.

사람들의 우선 목표였던 임원진과 높은 직급의 사람들은 대부분 살해당하고 말았다. 캐서린 또한 회사의 주요 임원이었기에 사람들의 원망을 벗어날 수 없었다. 총에 맞아 피를 흘리며 연구실에 들어간 캐서린을 엡소스가 바라보았다.

─빨리 치료를 받아야……

"엡소스. 부탁이 있어. 내 딸. 마리. 마리를 잘 지켜 줘."

─……그래요.

캐서린은 숨을 멈췄다. 문밖에서 퀴틀러는 침통한 표정으로 캐서린의 죽음을 바라보았다. 하지만 슬퍼할 겨를도 없이 사람들에게 쫓겨 냉동수면실로 도망치고 말았다. 엡소스는 죽음이라는 현상과 인간의 난폭하고 돌발적인 행동을 이해하지 못했다. 인간을 몰랐기에 모든 시설을 폐쇄한 뒤 유독가스를 환기통으로 주입했다.

엡소스는 회로의 이상 전류를 감지하고 깜짝 놀랐다. 의도치 않게 기억이 자동으로 떠오른 상황이 놀라웠다. 과거의 기억.

─이게 꿈이라는 건가?

엡소스는 유동적인 패널을 이용해 실험실을 확장하였다. 다양한 역할의 기계 팔들이 부산스럽게 움직이기 시작했다. 냉동보관실에서는 보관 용기에 담겨 있는 인간의 정자와 난자들이 로봇 팔들에 의해 꺼내져 실험 박스로 옮겨졌다.

— '노아의 방주' 프로젝트 장기진행. 인간표본에 대해선 보류. '아담과 하와' 프로젝트 시작.

엡소스의 차가운 기계음이 연구실에 울려 펴졌다.

레어템의 보존법칙

임태운

알로에 피시방의 신입교육 녹취록 01

모든 피시방에는 전설들이 존재하지. 그들은 특별해. 마치 사바나 평원의 언덕에 서서 하이에나들을 내려다보는 오만한 수사자처럼. 내 말이 어렵나? 그러니깐, 희귀하기 짝이 없는 레어 아이템을 얻어 부와 명성을 동시에 획득한 게임계의 영웅들을 말하는 거야.

우리 알로에 피시방은, 이런 만 렙 영웅들의 소굴이라 할 수 있거든. 너 피시방 알바는 처음이랬지? 행여 떵까떵까 놀면서 돈 버는 편한 일이라고 생각했다면 오산이야. 사장님 말에 따르면 요샌 이 업계도 살얼음판이라더군. 레드오션 알지? 이젠 피시방도 스타벅스처럼 차별화된 고객 유치 전략이 필요하다나. 은은한 아로마 향과 화사한 연두색 인테리어를 자랑하는 우리 알로에 피시방처럼 말이지. 그렇다고 모양새가 크게 중요한 건 아니고, 무엇보다 명심해야 할 건 고객 관리의 중요성이랄까.

엄마 지갑에서 푼돈 빼내서 총질해 대는 초딩들이나 꼭 여덟 명 맞춰 와서 스타크래프트 하다가 "감히 상사에게 4드론 러시를 처해!"라며 멱살잡이하는 샐러리맨들 따위는 신경 쓰지 마. 우리가 잡아야 할 건 그렇게 몰려다니는 송사리들이 아니라 자맥질 한 번에 바다를 뒤흔드는 고래들이거든. 방금 말했던 것처럼 레어 아이템을 가진 고렙 게이머들이지.

밖에선 게임 폐인들이라고 하잖아? 여기서는 폐인이 아니라 귀인들이야. 우리 피시방에 회원 가입된 1만여 명의 고객 중 상위 1프로를 차지하는 VIP라고. 베리 임포턴트 펄쓴. 사장님한테 귀염을 받으면서 롱런하려면 이 폐인들을 공략해야 해. 커피 한 잔을 드리더라도 내시가 시황제에게 진상하듯 공손하게 바치라 이거지. 참고로 난 요주의 폐인들이 오른손잡이인지, 왼손잡이인지도 숙지해서 모니터의 어느 쪽에 재떨이를 놓을 것인지조차 치밀하게 계산하는 사람이야.

거물을 어떻게 알아보느냐. 회원가입을 괜히 시키는 게 아니야. 고객 이름 한번 클릭하면 총 사용 시간, 최장 로그인 기록, 즐겨하는 게임까지 좌르르 떠. 데이터베이스가 곧 자산이야. 괜히 정보화시대가 아니잖아.

저기 37번 자리에 앉아 있는 뚱뚱한 턱수염 아저씨 보이지? 이 근방에선 모르는 사람이 없는 엄청난 형님이야. 아이디는 '메텔과부비부비.' 길드 '그레벨에잠이오냐' 길드장이신데…… 어디 보자 총 사용 시간 1만 7834시간에 최장기록 21시간 20분. 대단하지? 최고사양 컴퓨터 스무 대를 살 수 있는 돈을 우리 피시방에 부으신 거야. 마일리지로만 스쿠터 한 대를 사실 수 있는 분이니 말 다 했지.

그리고 가끔가다가 잭팟이 터질 때가 있는데, 그 순간을 놓치면 안 돼. 게임하다가 갑자기 괴성을 지르거나 모니터를 부여잡고 '할렐루야'나 '나무아미타불' 또는 '엑스펠리아무스'를 외치는 게이머가 있을 거야.

득템한 거지. 그것도 레어템을. 아니면 +11단계 강화에 성공했거나. 그럴 땐 여기가 피시방인지 라스베이가스 카지노인지 분간이 안 되지만 그럴 법도 해. 제대로 된 레어템이 얼마나 하는 줄 알아? 비교적 싼 게 100만 원이고 3000만 원까지 올라가는 것도 있어.

자, 여기서 잠깐 퀴즈. 현재 온라인 게임계를 초토화하며 선두를 달리는 게임이 뭐지? ……너 중증이구나. '킹덤 오브 헌터(Kingdom of Hunter)', 일명 'KOH'잖아. 이 정도는 기본상식이지. 너 사장님 조카나 뭐 그런 거냐? 낙하산이냐고! 흠흠, 뭐 그럴 것까진 없고. 배우려는 자세가 중요한 거지. 앞으로 지켜보겠어.

어쨌든 우리 피시방의 폐인급 게이머들은 전부 이 KOH 고렙들이라고 짐작해도 무리가 없어. 미국의 킹덤사에서 내놓은 게임인데 중독성이 엄청나. 디자인, 게임성, 메인 스토리라인도 치밀한 데다 서브로 즐길 요소가 무궁무진한 명작, 그야말로 또 하나의 세계나 다름없지. 게임 속에서 돈이 오가는 규모 또한 장난이 아니라고.

여기서 레벨 45 이상만 가질 수 있는 '아누비스의 이빨'이란 화살촉 액세서리가 있는데 현금 410만 원에 거래되는 유니크 아이템이거든? 저기 2층 3번 자리에서 담배꽁초로 자금성을 쌓고 있는 인상 험악한 형님 보이지. '미안하다다굴한다' 길드의 행동 대장이자 '메텔과부비부비' 님의 앙숙인 '플란다스의개차반' 님이야. 원래는 '메텔과부비부비' 형님과 함께 알로에 피시방의 투탑이었는데, '플란다스의개차반' 형님이 길드의 규율을 자주 어기면서 갈등의 골이 깊어졌어. 그래서 지금은 완전히 갈라서서 서로 틈만 나면 으르렁거리시지. 근데도 1층과 2층으로 나뉘어 지내는 걸 보면 우리 피시방이 좋긴 좋은 모양이야.

어쨌든 저분이 화염 던전 지하 9층에서 버서크와이번과의 혈투 끝에 '아누비스의 이빨'을 득템하시는 걸 내가 목격했다는 거 아냐. 210만 원. 웬만한 샐러리맨 한 달 월급! 출몰 확률도 낮고, 서버당 한두 개밖에 없으니까 그 희소가치가 엄청난 거지. 그날 '미안하다다굴한다' 길드의 소굴인 2층은 엄청 시끌벅적했지.

물론 레어 아이템이란 게 그냥 죽치고 앉아 마우스만 클릭한다고 해서 얻어지는 건 아냐. 현금을 모니터에 뿌려 대듯 바르는 무리도 툭하면 허탕을 치곤 해. 어느 올림픽 금메달리스트의 말처럼 '이건 인간이 아니라 하늘이 내리는' 걸지도 몰라.

이게 꼭 게임 속에서 뛰어다니는 캐릭터들에 국한된 이야기일까? 역사적으로 봐도 후끈한 카리스마를 휘둘러 따까리들을 지배한 군주들에겐 그에 걸맞은 장비가 반드시 따라다녔다고. 아서 왕의 엑스칼리버나 관우 운장의 청룡언월도 같은 것들 말이야. 관우 형님에겐 청룡언월도라는 사기템에 적토마라는 최상급 '탈것'도 있었지. 여의봉 없는 손오공을 상상해 봐. 저팔계한테 두들겨 맞고 시다바리가 되었을지도 몰라. 그럼 저팔계의 장비는 뭐냐. 바보야. 바주카포가 아님 뭐겠어.

어쨌든 전설적인 게이머들은 하나같이 삐까뻔쩍한 레어 아이템을 갖고 있다 이거야. 빵빵한 자금에 꾸준한 노력, 무엇보다 운빨이 없으면 가질 수 없는 레어 아이템. 어지간한 고렙이 아니면 차고 다닐 엄두도 못 내는 것들.

이 KOH란 게임엔 말이야. 매일매일 갱신되는 '영웅의 전당'이란 게 있는데, 3억 명에 가까운 게이머 중에서 오직 열두 명만 올라갈 수 있는 굉장한 자리야. 한국 게이머 중에선 네 명이 올라가 있는데, 그중 두 명이 우리 피시방에 있다는 거 아니냐. 바로 '메텔과부비부비' 님과 '플란다스의개차반' 님.

그런데 말이야. 우리 피시방을 거쳐 갔던 무수한 게이머 중에 딱 한 명, 형편없는 레벨에 변변한 장비도 없이 이 '영웅의 전당'에 한 획을 그었던 남자가 있었어. 아무도 시도하지 않은 길을 외로이 걸어가 무소불위의 존재와 정면 승부를 벌인 형님이지. 아, 장담하건대 우리나라 게임계에 그런 사람은 두 번 다시 나오지 않을 거야.

후. 반년이나 지났는데 여전히 그 치열했던 전투의 열기가 이 바닥 타일에 남아 있는 것 같군.

지금부터 들려줄 이야기는 바로 그 전설적인 형님의 이야기야.

미 중앙 정보국 차장의 블랙앤트 프로젝트 01

'코끼리 사육사' 토미 파커는 자타가 공인하는 미 중앙 정보국 (CIA)의 살아 있는 전설이다. 미 육군 특수부대의 공작병 출신으로 스물세 살의 나이에 중앙 정보국 작전부에 입사해 초년생 시절부터 두각을 드러낸 불세출의 인재. 파커의 주임무는 비밀공작을 계획하고 실행하는 것이었다. 상황을 파악하는 냉철한 분석력, 지휘계통을 장악할 수 있는 통제력, 그리고 폭넓은 인적자원까지 모두 가지고 있던 토미 파커. 그는 임무의 실패를 결코 용납하지 않는 명실상부한 에이스 요원이었다.

그가 첩보계에서 모두의 주목을 받는 계기가 된 것은 1997년의 옐레나 이바노프 망명 사건이었다. 그해 봄, 전 KGB 소속의 특급 암살 부대원이자 블랙리스트 7위였던 옐레나 이바노프가 CIA 측에 정보를 제공하는 대가로 신변보호를 요청해 왔다. CIA로서는 쌍수를 벌려 환영할 일이었지만 러시아 정보국의 엄중한 감시를 받고 있는 이바노프를 빼내 오기란 불가능에 가까운 일이었다. 게다가 그녀의 신병을 구속하고 있는 책임자가 스패츠너츠 출신의 루슬란 파블류첸코라는 소식은 절망적이었다. 작전부의 수뇌부들은 모두 고개를 가로저었다. 하지만 당시 3년 차 풋내기였던 토미 파커는 오히려 해볼 만하다고 생각했다.

파커가 쓴 방법은 정공법에서 크게 벗어난 변칙이었다. 당시의 러시아 정보국의 부사령관인 루슬란 파블류첸코는 단 한 번도 임무에 실패해 본 적이 없는 난공불락의 요새였다. 하나 파커는 그가 뛰어난 지휘관임과 동시에 심각한 아동성애자라는, 그야말로 엄청난 특급기밀을 알고 있었다.

파커는 아역배우 지망생을 물색해 찾은 8살 여자아이 세라를 부사령관의 아들과 같은 반에 배정시켰다. 파블류첸코가 금발에 주근깨를 선호한다는 취향까지 파악해 둔 파커의 작전은 주효했다. 부사령관의 집에 놀러 온 세라는 "아저씨 서재를 구경하고 싶어요."라고 준비된 대사를 어색하게 읽었지만 이미 한껏 몸이 달아 있던 사내는 그걸 눈치채지 못했다. 세라를 서재로 데려간 파블류첸코는 아이를 책상 위에 앉혀 놓은 뒤 안절부절못하다, 참지 못하고 쑥 바지를 내리려 했다. 그 순간 세라의 책가방에 숨겨진 소형 카메라가 부사령관의 은밀한 부위를 정확히 포착했고 기다렸다는 듯이 유치원 교사로 위장한 파커가 서재로 들이닥쳤다.

무자비한 공갈과 악독한 협박, 그리고 회유가 이어졌다. 파블류첸코는 함정에 빠진 사실을 깨닫고 격분했지만 부사령관의 발정 난 모습이 담긴 사진을 아들의 학교에 뿌리겠다는 엄포에 결국 무릎을 꿇고야 말았다. 늙은 아동성애자는 옐레나 이바노프의 안전가옥 위치와 호송 경로, 담당자 명단까지 줄줄 불었고, 이틀 후 옐레나 이바노프는 파커가 대접하는 워싱턴의 모닝커피를 맛볼 수 있었다.

이바노프의 신병을 확보한 뒤, 파커가 러시아 정보국 부사령관에게 발송한 원본 필름에는 "귀여운 아기 코끼리군요, 머더퍼커."라는 추신이 붙어 있었다. CIA의 애송이가 러시아 정보국의 거물에게 남긴 두 마디는 파블류첸코에게 신경성 대장염을 안겨 주었고 파커에게는 인상적인 별명을 남겨 주었다. 그 과정을 주의 깊게 지켜봤던 CIA의 정보부가 그에게 관심을 보여 부서 이동을 요청했고, 토미 파커의 재능은 국가 기밀을 다루는 정보부에서 더욱 빛을 발했다.

바야흐로 '코끼리 사육사'의 전설이 시작되는 순간이었다.

그러니까 그게 정확히 언제였더라. 하루 중 유일하게 자리들이 텅텅 비는 아침이었어. 게다가 학생들 시험 기간이었지. 우리 알로에 피시방 주변엔 대학교 한 개, 고등학교 두 개가 있어서 시험기간엔 아주 한산하거든. 알바생은 웃음 짓고 사장님은 울상 짓는 시즌이지. 물론 이때 찾아오는 손님들이야말로 알짜배기들! 시험기간에도 꼭 있어. 하루라도 사냥터나 던전에서 몹을 때려잡지 않으면 손이 근질거리는 단골 게이머들이.

나 역시 고등학교 시절 온라인 게임에 푹 빠져 봐서 잘 알거든. 벼락치기로 공부하겠답시고 깨끗한 교과서를 펴면 뭐하나. 앞이 깜깜하기만 한데. 세계지리 교과서에 첨부된 사진들을 보노라면 자신도 모르는 사이 '사라진 거인들의 초원'이 눈앞에 아른거리기 시작하지. 급기야 불꽃 독수리에 올라타 창공을 질주하고 싶어 견딜 수 없게 되는 거야. 수학 문제집을 붙들고 숫자들과 씨름을 벌여도 상황은 마찬가지. 레벨 73 디아보로스는 알아도 피타고라스는 생소해. 그거, 엄청 잡기 힘든 몹인 건가? 정신을 집중하고 계산 문제에 덤벼들어 3850이라는 답을 도출해 내면 자동으로 '3850골드=은도금 전투도끼의 시중가'가 함께 떠오르게 되는 거야. 결정적으로 '알렉산더는 누구인가?'란 주관식 문제에 '번개왕국 무기점의 NPC 호빗'을 적어 넣고 있는 자신을 발견하고 말지.

그러면 이미 중증. 내일이 시험인데도 발길은 저절로 피시방을 향하고 있어. 말의 목을 자른 김유신 형님처럼 자기 발목을 자를 수 없을 바에야 에라 모르겠다, 하고 오크들 목이나 잘라 대는 거지. 자고로 시험기간 오전의 피시방이란 그런 중증의 폐인들만 잔류하는 곳이라 이거야.

그런데 시험기간이 코앞으로 다가온 어느 날. 문제의 그 남자가 피시방 문을 열고 들어왔어. 깔끔한 셔츠에 단정하게 정리된 머리. 무엇보다 조셉 고든 래빗처럼 곱상한 얼굴. 재빨리 발휘된 내 전신 스캔 결과에 의하면 도무지 특급 고객이라곤 할 수 없는 분위기였어. 대학원생이 교수 논문이라도 출력하러 왔나 보다 생각한 나는 심드렁한 얼굴로 그 손님을 받았지. 분무기로 재떨이에 물을 칙칙 뿌리면서.

그런데 그 남자가 카운터에 적혀 있는 정액제 시간표를 유심히 보더니 나를 보곤 조용히 말하는 거야.

"1000시간 정액제로 주세요."

난 분무기를 떨어뜨렸어. 1000시간이라니! 1000시간 정액제라니! 설마 이 상품을 실제로 고르는 손님이 있을 거라곤 한 번도 생각해 본 적이 없거든. 응? 아니야. 있긴 있어. 여기 시간표 맨 아래에 적혀 있잖아. 나도 일 시작하자마자 사장님한테 이렇게 여쭤 본 적이 있지.

"사장님. 1000시간이면 40일이 넘잖아요. 아무리 반값으로 게임할 수 있다고 해도, 그렇게나 오래 여기 눌러앉을 또라이가 과연 있긴 할까요?"

"……너 세상에 딱 하나 있는 슈퍼 럭셔리 아이폰 알아?"

"그런 게 있어요?"

"있어. 순금 재질 커버에다가 말이야, 홈 버튼 자리에 다이아몬드를 박아 넣었지. 3억 정도 될 거야. 이 아이폰을 개조한 예술가는 과연 팔아먹으려고 그걸 만든 것 같으냐?"

"글쎄요."

그러자 사장님은 씨익 웃으시며 말했지.

"데코용인 거야. 있어 보이잖아."

결국 이 1000시간 정액제는 실용적인 목적이 아니라 오직 뽀대를 위한 요금제였던 거야. 그런데 그 남자는 아무렇지도 않게 1000시간 정액제 요금인 50만 원을 현금 뭉텅이로 지불하고는 자리를 찾아 앉았어. 나는 동물적인 감각으로 그를 향한 내 태도가 급히 수정되어야 한다는 것을 깨닫고 굽실거리며 물었지.

"음료는 뭐로 드릴까요?"

남자는 코코아를 부탁했고 나는 공짜 코코아가 아닌 300원짜리 팩에 담긴 핫초코를 뚝딱 만들어 냈어. 그런데 1000시간이라는 말에 구미가 당겼는지 참견하기 좋아하는 고딩 '담탱이에게파이어볼' 녀석이 카운터로 다가왔어.

"엄청난 고수인가 봐요? 아니면 꾼인가?"

마치 펀드 매니저처럼 아이템을 직업적으로 거래하는 사람을 꾼이라고 해. 어쨌든 나 역시 '담탱이에게파이어볼' 녀석처럼 남자의 정체가 궁금하기는 마찬가지였어. 과연 얼마나 대단한 캐릭터를 가지고 있기에 1000시간 정액을 끊었을까. 나는 피시방 알바생에게 몹시 위험하고 사악한 금단의 스킬인 '모니터 동기화'를 실행했어.

그러자 카운터 모니터에 팝업창이 뜨고 그 남자의 게임 실행창이 보이기 시작했지. 아니나 다를까, KOH의 메인 화면이더군. 세계적인 톱모델이자 KOH의 실제 게이머이기도 한 세라 쿠니스의 매혹적이고도 풍만한 가슴이 눈을 사로잡았어. 그가 아이디를 입력하고 로

그인을 하자 '쪼꼬♡야미'라는 어쌔신 캐릭터가 나타났지. 우수에 찬 눈빛으로 팔짱을 낀 그 당당한 모습이 마치…… 잠깐, 팔짱이라고? 순간, 나는 눈을 비볐어. 캐릭터가 팔짱을 끼고 있다는 건 무기가 하나도 없다는 뜻이거든. 그러고 보니 '쪼꼬♡야미' 엘프의 의상도 조금 추워 보였어. 변변찮은 방어구 하나 없이 천 쪼가리 하나만 걸치고 있었으니까. 남자의 레벨을 확인하니 그야말로 맥이 탁 풀리더군.

LV. 1.

이럴 수가. 쪼렙(낮은 레벨) 중에서도 상쪼렙이었던 건가? 아니야. 뭔가 착오가 있을 거야. 사실 이 캐릭터는 아이템 거래용 서브 캐릭터이고 무시무시한 본캐릭터가 따로 있는 게 틀림없어!

하지만 그 가설은 곧 폐기당해야 했지. 맨몸으로 마을을 빠져나간 '쪼꼬♡야미'가 경매장이나 도박장으로 향하지 않고 사냥터로 걸어가기 시작한 거야.

"뭐 하려는 거지?"

'담탱이에게파이어볼'이 내 옆에서 중얼거렸어. 마법사나 흑주술사도 아니면서 무기 없이 사냥을 나서다니. 자살행위나 다름없는 거거든. 내 예상대로 '쪼꼬♡야미'는 처음 마주친 일꾼 오크의 나무방망이에 관자놀이를 직격당하더니 꽥 하고 누워 버렸어. 마을로 강제 이동 당한 알몸 어쌔신은 잠시 고민하는 듯하더니 이번에는 반대쪽 사냥터로 향했어. 너무 약한 몬스터만 돌아다녀서 렙업용이라기보다는 관상용이라는 비아냥을 듣는 '환영나비의 고향'이란 맵이었는데, 거기서 '쪼꼬♡야미'는 핑크 슬라임과 맨주먹으로 투닥거리더니 슬라임 독에 쏘이곤 장렬히 전사했어.

"설마, 진짜 허접?"

300원짜리 핫초코를 그냥 날려 버렸구나 하고 망연자실해 있는데 남자가 벌떡 일어나 카운터로 걸어왔어. 나는 빛의 속도로 알트+탭을 눌러 '모니터 동기화'를 끄고 계산관리 프로그램을 메인에 띄웠지만 뜨끔할 수밖에 없었지. 내가 훔쳐보고 있다는 걸 눈치챈 걸까? 만약 그렇다면 큰일인데. 똥꼬가 바짝 조여 오는 긴장감이 느껴졌어.

다행히도 그의 얼굴은 변함없이 평온했지.

"게임이 좀 이상하네요. 자꾸 죽는데요?"

순간 카운터에 침묵이 감돌았어. 그와 나 사이에 참새 한 마리가 짹짹거리며 지나가면 꽤나 어울릴 광경이었지. 어처구니가 없었지만 나는 진지하게 고개를 끄덕이고는 설명해 주었어. 사냥을 하려면 무기와 방어구, 그리고 힐링 포션이 필요하다, 그건 마을 상점에서 모두 구입할 수 있다고 말이야. 어쨌든 다행히도 그의 게임 화면을 훔쳐본 걸 들킨 건 아니었어.

그러니까 유념해 두라고. 모니터 동기화란 게 말이야 '여중생 옆자리에서 야동을 보다가 성희롱으로 고소당한 30대 변태와 막대한 벌금을 물은 피시방 사장'의 뉴스를 사장님이 보시곤 특별히 설치한 프로그램이거든. 공공장소에서의 음란물 시청은 명백한 위법이라는 걸 뒤늦게 깨달으신 거지. 그러니 사실은 손님이 뭔가 수상한 작업을 하고 있는 것 같을 때만 이걸 써야 하는 거야. 그 외의 작업은 모두 위험해. 심각한 프라이버시 침해의 소지가 있으니까.

아, 그렇다고 야동 보는 손님을 무조건 내쫓으라는 건 아니야. 모든 규칙엔 예외가 있는 법. 가끔씩 휴가 나온 군인들이 구석 자리에서 그동안 혹사당한 안구를 살색 스크린으로 정화시킬 때가 있는데 그건 그냥 냅둬. 왜냐니? 몇 달 만에 바깥에 나온 불쌍한 애들이잖아, 인마. 아무리 벌금이 무섭다지만 그래도 그게 아니지. 어떤 직종에 종사하든, 인간이라면 심장 한구석에 항상 '휴머니즘'을 장착하고 있어야 하는 거야. 따라 해 봐. 휴, 머, 니, 즘.

미 중앙 정보국 차장의 블랙앤트 프로젝트 02

'휴머니즘'은 토미 파커가 CIA 정보부에 책상을 들이면서 제일 먼저 쓰레기통에 처박은 것이었다. 그는 정보가 곧 권력이라는 진리를 누구보다도 잘 알고 있었고, 그중에서도 가장 비싼 정보는 '절대로 드러내고 싶지 않은 치부'라는 것 또한 명심하고 있었다.

세상에 약점이 없는 놈은 없지.

힘을 가진 자의 뒤를 캐내 '아킬레스건'을 베어 낸다. 거기서 뿜어져 나오는 핏줄기를 몸에 뿌린 뒤 더 위로 올라간다. 이것이 토미 파커의 출세관이었고, 이 과정에 타인을 향한 배려나 동정 따위는 눈곱만큼도 포함되어 있지 않았다. 그렇게 코끼리 사육사는 세계 정치판 전체를 길들이려는 야욕을 점점 키워 나갔다.

파커의 손에 돈과 명예, 그리고 사회적 지위를 잃어버린 채 나락으로 떨어져 버린 첩보계의 거물은 하나둘 늘어 갔다. 당연히 그중에는 CIA에서 코끼리 사육사와 자웅을 겨루던 라이벌들도 끼어 있었다.

물론 혼자만의 힘으론 벅찼다. 자신의 입지를 강화하기 위해 파커는 CIA 집행부 부장의 딸을 아내로 맞아들였다. 하나 아내의 얼굴은 지구의 문명기술로는 개선이 불가능할 정도로 심각한 박색이었다. 새벽에 우연히 잠에서 깨면 그의 품 안에서 잠든 아내의 평온한 얼굴이 눈에 들어오곤 하는데, 무방비 상태에서의 시각적 독극물 테러나 다름없었다. 그럴 때면 자신도 모르게 베개 머리맡에 숨겨 둔 권총을 움켜쥐고 방아쇠를 당길 뻔한 적이 한두 번이 아니었다. 결혼 두 달째에 파커는 그 영리함 때문에 곁에 두고 있는 미국국립항공우주국(NASA)의 존 디아스에게 한 가지 부탁을 했다.

"혹시 직통으로 연락 가능한 외계인이 있다면 내 아내 좀 납치해 달라고 해 주게."

평소 농담과는 에펠탑과 쿠푸 왕 피라미드 정도로 거리가 먼 파커였기에 존 디아스는 의외라는 듯 껄껄 웃으며 고개를 끄덕였다. 한데, 그건 농담이 아니었다.

어찌 됐든 토미 파커는 서른여덟의 젊은 나이로 CIA 정보부 차장의 자리에 올랐다. 수직상승이라 할 수도 있는 출세가도였지만 순탄하지만은 않았다. 정보부 차장 자리의 종이 분쇄기에 보고서를 쑤셔 넣을 수 있게 되기까지 파커가 겪어야 했던 고통 역시 만만한 것은 아니었다.

파커가 자신의 비리내역이나 연락책 목록을 가지고 있다는 사실을 입수한 FBI나 모사드 또는 불온분자들의 협박과 무력시위는 꾸준히 이어졌다. 세 번의 시한폭탄 배달과 두 번의 암살 기도. 극도의 예민함과 조심성을 가지고 있던 토미 파커조차 거듭되는 테러로 인해 왼쪽 가슴에 2도 화상을 입었으며 오른쪽 허벅지의 신경 일부분을 잃어야만 했다.

가장 위험했던 순간은 파커가 자신의 비리내역을 파악하고 있다는 사실을 입수한 이스라엘의 총리가 모사드에게 파커를 말살하라는 최우선 지령을 내렸을 때였다. 사막의 모래바람이 머나먼 이국땅에 파고들었다. 파커가 힐튼 호텔의 스위트룸에서 내연녀와 외도를 저지르고 있을 때 모사드 최고의 암살요원 셋이 그의 방으로 잠입한 것이다.

CIA의 격투훈련 과정을 밟았다고는 하지만 파커는 기본적으로 사무직 요원이었다. 세 모사드 암살요원에 비하면 평범한 샐러리맨에 지나지 않았다. 일개미든 병정개미든 개미핥기에게는 둘 다 달콤한 먹이에 불과한 것처럼. 침대 위에서 내연녀와 함께 모종의 생식행위에 몰두하던 파커의 머리에 총구를 겨누면서 암살요원 대장은 너무 쉬워 맥이 풀린다고 생각했다. 평소처럼 바로 방아쇠를 당기지 않고 입술을 연 것도 토미의 무방비함에 긴장의 끈이 느슨해졌기 때문일 것이다.

"그동안 너무 설쳤어, 코끼리 사육사."

말을 마치자마자 암살요원 대장은 방아쇠를 당기려 했다. 한데 이상하게도 손에 힘이 들어가지 않았다. 의아하게 여긴 대장이 권총을 든 오른손으로 시선을 옮기자 자신의 팔목이 기이한 각도로 꺾여 있고, 검은 줄이 마치 채찍처럼 어깻죽지를 옭아매고 있는 것을 발견했다. 그것은 방 안으로 잠입할 때만 해도 침대 위에 놓여 있던 스탠드 전등의 전선이었다.

모사드의 암살요원 셋이 저지른 치명적인 실수는 파커의 불륜 상대가 누구인지를 제대로 파악하지 못한 데에 있었다. 파커의 아래에 깔려 있던 잿빛 머리카락의 여인이 침대에서 튕기듯 일어나 권총을 걷어차고, 물 흐르듯 양손을 놀려 대장의 목을 부러뜨렸다. 입구와 창문 쪽을 지키던 두 암살요원은 그제야 파커가 아내 몰래 만나고 있는 여인의 정체를 깨달았다.

"옐레나 이바노프!"

손에 집히는 모든 것을 살인도구로 쓸 수 있다는 러시아산(産) 암살 자판기. 창문 쪽 암살요원을 향해 맹렬히 달려드는 여인의 이름이었다. 창문에 기대 있던 암살요원은 이바노프가 자신의 심장에 비수를 날리는 것을 멍청히 바라보고만 있었다. 심장을 정확히 뚫고 들어온 비수의 정체는 어이없게도 샴페인 오프너였다. 상대적으로 여유가 있었던 입구 쪽 암살요원이 황급히 이바노프를 향해 총구를 겨눴지만 대장이 떨군 총을 재빨리 집어 든 파커가 한발 빨랐다. 입구 쪽 암살요원은 상관의 권총에 머리가 뚫리는 신세가 되었다.

상황이 종료되자 파커는 식은땀을 닦아 냈다.

"목숨을 빚졌군."

"신경 쓰지 마요. 날 러시아에서 빼내 주었을 때부터 내 목숨은 당신 것이었으니까."

이바노프는 천연덕스럽게 대꾸했다. 왼손에 쥐고 있던 식기용 포크는 바닥에 던져 버렸다. 세 번째 암살 무기로 이용될 뻔했던 포크는 다행히 인육을 파고들 운명에서 벗어날 수 있었다. 암살 자판기는 테이블 위를 쳐다보았다. 아직 따지도 않은 샴페인 한 병이 얼음 속에 파묻혀 있었다.

이바노프가 혀를 찼다.

"이런. 던지는 순서를 바꿀걸 그랬네요. 아니면 단검을 다시 차고 다닐까나."

어느새 땀이 식어 버린 이바노프의 알몸을 파커가 등 뒤에서 안았다.

"단검 따위 없어도 돼. 당신 손에 닿는 것은 전부 무기로 변하니까."

이바노프는 눈을 가늘게 뜨며 웃었다. 그녀가 등 뒤로 손을 뻗어 파커의 사타구니 사이를 파고들자 그가 숨을 급히 들이마셨다. 그렇다. 자신이 내뱉은 말마따나 그녀의 손에 닿는 것은 전부 무기가 된다.

알로에 피시방의 신입교육 녹취록 03

"무기를 뚝딱 만들어 낼 수 없을 바에야 돈을 모아야죠."

난 첫술에 배부를 순 없다며 남자에게 초보의 생존 노하우를 알려 주었어. 장비 없인 사냥을 나가도 개죽음만 당할 뿐이다, 그러니 일단은 50골드짜리 '호박 단검'이라도 사야 한다, 몸빵이 되려면 방어구나 신발, 액세서리까지 하나라도 없으면 서운하다, 원래 비싼 무기를 가질수록 대접받는 게 이 바닥이다, 그러니 돈을 벌어라.

남자는 쓸쓸하게 웃었어.

"게임 속에서조차, 가난하면 죽으란 건가요?"

순간 우리 알로에 피시방의 연두색 인테리어가 회색으로 변한 것처럼 느껴지더군. 난 말이야, 살면서 그렇게 메마르고 자조 섞인 웃음은 본 적이 없었지.

그때부터였어. 그 남자에게 묘한 호기심을 느끼기 시작한 것이. 뭐

랄까. 단순히 거물 고객을 대접해야 한다는 사명감이라기보다는, '그나저나 이 새끼는 과연 여기에 뭘 하려고 온 걸까?'라는 보다 인간적인 관심이 생겨났거든. 그게 그렇잖아. 게임의 기본 룰도 모르면서 겁도 없이 1000시간 정액제를 끊은 사연도 궁금할 수밖에 없고.

아예 짬이 날 때마다 그의 옆자리에 앉아서 특별과외를 시작했지. 게임의 메뉴 사용법과 세계관 요약 설명, 그리고 사용할 수 있을지 의심스럽긴 하지만 중요한 몇몇 단축 키까지. 그러자 의아한 점이 생겼어.

"기록을 보니 캐릭터는 1년 전에 만든 거네요? 플레이를 안 하실 거면 캐릭터는 왜 만드신 건지⋯⋯."

"음성통신 기능이 있으니까요. 여자친구가 호주로 어학연수를 떠났을 때 유용하게 썼죠."

그제야 이해가 됐지. 드물긴 하지만 몇 년 전까진 음성통신만을 위해 로그인을 하는 게이머들이 있었어. 스마트폰이 널리 보급되기 전에, 국제전화의 부담을 깨끗이 벗어던질 수 있는 방법이었거든.

"여자친구가 또 국외로 나가신 건가요?"

내가 묻자 남자는 조용히 고개를 가로저었어.

"아뇨. 한국에 있어요. 뭐, 어딘가에서 휙 나가 버린 건 맞지만."

남자의 왼손 약지에 반지를 뺀 자국을 보고서야 나는 아차 싶더군. 비교적 최근에 결별한 듯한 눈치였지. 어떻게 해서든 화제를 전환해야 했어. 난 환경토목과 전공 공돌이야. 남녀상열지사에 대해서는 젬병이라고.

"도, 돈 버는 방법을 알려 드릴게요. 초반에 가장 빨리 장비를 마련할 수 있는 방법이죠."

그리고 난 '쪼꼬♡야미'를 황급히 블랙앤트의 숲으로 데려갔어. 어? 너 앤트(Ant)는 아는구나. 맞아. 영화 「반지의 제왕3」에 나왔지. 그래. 거기서 느릿느릿 걸어 다니는 나무들이 바로 앤트야. KOH에서 흔히 볼 수 있는 NPC지. 물론 누군가는 NPC가 아니라 몬스터라고도 하지만 게이머들이 아무리 때려도 반격하지 않으니 NPC로 봐야 한다는 것이 중론이야.

그중에서 이 블랙앤트란 놈은 쪼렙 게이머에겐 아주 짭짤한 금광이야. 무기 없이 맨손으로 블랙앤트의 복부를 이삼 분 정도 때리면 이놈이 입을 쩍 벌리지. '블랙앤트의 열매'란 아이템을 툭 내뱉는데 이게 중간 레벨 게이머들 사이에서 5골드에 거래돼. 암흑 속성 검이나 활을 합성할 때 없어서는 안 될 아이템이거든.

남자는 내가 가르쳐 준 대로 숲을 돌아다니는 블랙앤트들 중 한 마리를 골라 때리기 시작했어. '쪼꼬♡야미'가 엘프 특유의 찰랑거리는 머릿결을 휘날리며 주먹을 날릴 때마다 '퍽, 퍽' 하는 둔탁한 타격음이 스피커에서 울려 퍼졌지.

"하하. 이 녀석 맞는 표정이 웃기네요."

남자는 블랙앤트가 허리를 뒤로 꺾으며 얻어맞는 모습을 재밌어하더군. 하긴, 가만히 놔두면 무시무시한 얼굴을 하고 돌아다니는 녀석이 맞을 때는 스크림 가면처럼 우스꽝스럽게 비명을 지르거든. '쪼꼬♡야미'의 샌드백 신세가 된 블랙앤트는 잠시 후 시커먼 열매 하나를 뱉어 냈어. 그리고 이제 지쳤다는 듯이 말했지.

"용사여. 이제 너에게 줄 것은 없도다. 이만 떠나라."

남자가 화면을 가리키며 물었어.

"얘가 지금 뭐라고 한 거죠?"

"아, 블랙앤트가 열매를 한 번 토해 내면 다시 만들기까지 20분이 걸려요. 열매를 얻으셨으면 다른 놈으로 옮겨 가서 때리면 돼요."

"아. 그러면 되는군요. 감사합니다. 많은 공부가 되었네요."

조금 쑥스럽더군. 인터넷 커뮤니티나 공식 카페를 조금만 뒤져 봐도 주르륵 쏟아질 팁에 불과한데 그는 마치 귀중한 비결을 알려 줬다는 듯이 고마워했거든. 나쁘지 않은 기분이었어. KOH에서나 현실에서나 나는 늘 그저 그런 녀석들 중 하나였는데 그의 정중한 감사를 받으니까 마치 대단한 고수라도 된 것 같았단 말이야. 흥에 겨워진 나는 카운터 서랍 아래서 게임계의 베스트셀러인『부자 캐릭, 가난한 캐릭』을 꺼내 그에게 빌려 주었지. 그의 렙업에 조금이라도 도움이 될까 해서.

아, 당연히 책들은 허락 없이 손님에게 빌려 주면 안 돼. 사장님 개인 서적이거든. 당연히 넌 안 되지, 인마. 하지만 난 괜찮아. 알바생들 중에서도 '급'이란 게 있거든. 나 정도 되면 거의 매니저급이라고 할 수 있지. 사장님이 부재중이실 땐 임의대로 피시방을 운영할 수 있을 만큼 짬이 된다 이거야. 기실 사장님이 피시방에 상주하시는 시간도 매우 짧고.

그러니까 따지고 보면 내가 바로 알로에 피시방의 '실세'라는 얘기지.

미 중앙 정보국 차장의 블랙앤트 프로젝트 03

비록 정보부의 차장에 머물러 있었지만 토미 파커는 명백한 CIA의

'실세'였다. 더군다나 옐레나 이바노프라는 걸출한 보디가드가 뒤를 봐주니 물리적으로도 무서울 것이 없었다.

'언젠간 미합중국 대통령마저 내 구두를 핥게 만들어 주겠어.'

파커의 야심은 원대한 것이었다. 누군가 들었다면 허황하기 짝이 없는 포부라고 비웃었을지도 모르지만 그에게는 목적을 달성하기 위한 자원이 충분했다. 물론 돈이 아니라 그가 가진 '비밀 정보'를 가리키는 이야기다.

겉으로 드러난 것만 보자면 그는 CIA 간부 중에서도 꽤나 검소한 편이었다. 호화로운 저택이나 별장도 갖고 있지 않았고 페라리나 람보르기니를 몰고 다니지도 않았다. 통장 잔고도 그저 그런 공무원 수준이었다. 파커가 현실적인 부를 축적하는 것에 무관심했던 데에는 물론 든든한 재정의 아내가 존재하는 까닭도 있었지만 다른 이유가 더 컸다. 금액으로 환산할 수 없을 만큼의 보물이 이미 그의 사무실 컴퓨터 안에 있었기 때문이다.

정치 거물의 약점과 협박용 증거자료를 압축해 놓은 '비밀 정보'는 의심할 여지 없는 파커의 최대 자산이자 무기였다. 하지만 아이러니하게도 바로 그 '비밀 정보'의 보관 문제가 파커의 유일한 골칫거리였다.

2004년 8월 21일 문제의 사건은 터졌다. 막강한 방화벽을 자랑하는 CIA의 정보망이 홍콩의 산둥차이라는 해커에게 여지없이 무너져 버리고 만 것이다. 역사상 유례를 찾기 힘들 만큼 신속하고 치명적인 침투였고 최대 피해자는 파커의 친정이라 할 수 있는 작전부였다. 산둥차이가 빼내 간 파일들 중에는 쿠웨이트에서 민간인 126명이 학살

된 참사에 CIA가 연루되어 있다는 증거를 포함, 31건의 극비문서가 담겨 있었다. CIA는 산둥차이를 체포하는 데는 성공했지만 31건의 문서 중 4건이 매스컴에 공개되는 것을 막지는 못했다. 이로 인해 CIA는 국제적인 비난여론에 휘청여야 했고 작전부뿐만 아니라 보안의 허점을 드러낸 정보부의 책임자들 몇몇이 배지를 반납해야만 했다.

그런 아수라장 속에서 가까스로 살아남은 토미 파커는 가슴을 쓸어내렸다. 자신의 개인 컴퓨터에 따로 저장해 둔 '시크릿파일'은 다행히 무사했기 때문이다. 그러나 이 사건을 계기로 파커는 자신의 보물이 얼마나 취약한 금고에 담겨 있는지 깨닫고는 급격히 우울해졌다.

'CIA의 보안망도 더 이상 안전하다 할 수 없으니, 이를 어쩐다.'

파커는 그날부터 보안에 대한 강박관념에 사로잡혔다. 8년 동안 모아 놓은 시크릿파일이 고스란히 남의 손에 들어가 버리는 꿈도 자주 꾸었다.

그런 그가 실마리를 발견한 곳은 전혀 기대하지 않은 엉뚱한 곳이었다. 발단은 휴일에 여덟 살 난 아들 녀석이 최신형 블루투스 헤드셋을 끼고 거실을 돌아다닌 사건이었다. 평소 아들의 교육에 엄격했던 데다 사치를 심하게 경계했던 파커가 그걸 두고 볼 리 없었다. 그런데 뒷덜미를 붙잡힌 아들 녀석이 내뱉은 말은 의외였다. 엄마가 사 준 게 아니라 자신이 모은 돈으로 헤드셋을 구매했다는 것이었다.

"……KOH? 그러니까 게임으로 돈을 벌었다는 거냐. 네가 직접?"

아들 녀석은 억울하다는 듯 고개를 끄덕였다. 그러고는 파커의 손을 뿌리치며 모든 아빠의 가슴에 대못을 박는 유서 깊은 대사를 날렸다.

"아빠 아무것도 모르면서 그래요!"

파커는 아들 녀석의 정강이를 로킥으로 후려치고 싶었지만, 순순히 덜미를 놔주었다. 내 월급으로 사 준 컴퓨터로 게임이나 즐기는 주제에 거기서 파생된 돈놀이가 자신의 재산이라 주장하다니. 괘씸함에 화가 치밀어 올랐으나 물리적인 폭력을 행사하는 건 그의 방식이 아니었다. 대신 파커는 더 악의적인 훈계를 준비했다.

다음 날 아침. 그는 출근하자마자 정보부의 해킹 전담반에 KOH라는 게임서버를 해킹해서 제러미 파커란 여덟 살 소년의 캐릭터가 두른 아이템들을 모두 소멸시켜 버리라는, 무척이나 악독한 지령을 내렸다. 아들에게 아버지의 지위와 능력을 각인시켜 줄 생각이었다. 그런데 두 시간 뒤 해킹 전담반장으로부터 돌아온 답은 그를 혼란스럽게 만들었다.

"실패했습니다, 차장님. 서버 방화벽 수준이 말도 안 될 정돈데요?"

믿기 힘든 이야기였다. CIA 최고의 창이 한낱 게임서버를 지키고 있는 방화벽을 뚫지 못하다니. 그러나 진실이었다. 정보부의 그 누구도 방화벽의 우회로를 찾지 못했다. 풀이 죽은 채 추궁을 기다리는 해커 전담반 요원들 앞에서 파커는 고개를 갸웃했다.

"왜지. 한낱 게임 아닌가?"

아니었다. 세계 최고의 게임이었으며 그 내부 경제규모가 이미 아이슬란드나 짐바브웨 급 나라의 국고 여섯 개를 합친 것보다도 더 컸다. 수천만 원을 호가하는 게임 속의 아이템들이 자동 해킹툴 때문에 도난당하는 일이 비일비재해지자 킹덤사는 세계 최고 수준 해커들을 영입해 창의적이고 독보적인 방화벽 '아이기스(AEGIS)'를 구축하는 데 성공했던 것이다. 이는 KOH라는 걸출한 게임에 이미 중

독돼 있는 세계 각지의 해커들이 거의 자발적으로 아이기스의 코딩에 참여했기 때문에 해킹툴 역사에 다시없을 최강의 금고가 탄생해 버린 셈이었다.

'최강의 금고?'

이미 파커의 머릿속에서 아들 녀석의 훈계 문제는 컵홀더에 달라붙은 날파리와 동급의 취급을 받고 있었다. 그의 시크릿파일을 완벽히 숨기고 지켜 낼 수 있는 보안망. 그토록 찾아 헤맸던 강철의 금고.

이튿날 파커는 킹덤사의 기획개발팀원인 월드버거를 호출했고, 그가 인터넷 불법도박을 즐긴다는 증거자료 묶음을 툭 던졌다. 그러곤 안색이 창백해진 월드버거에게 게임 내에 단 한 명을 위한 저장공간을 따로 만들어 달라고 의뢰하며 이번엔 백지수표를 던졌다. 당근과 채찍을 패키지 묶음으로 선사한 것이다.

파커는 캐릭터가 접속하면 오직 그 주인만 열람할 수 있도록 게임 속에서 시크릿파일을 형상화시킨 '무언가'를 제작해 달라고 말했다. 월드버거는 스리슬쩍 백지수표를 자신의 소매에 감추고는, 커스터마이징이 가능한 캐릭터보다 조형틀이 변할 일이 없는 몬스터가 좋겠다고 의견을 내놓았다.

"앗, 잠깐. 생각해 보니 시크릿파일을 몬스터 한 마리에 넣어 놨다가 애꿎은 게이머가 처치하기라도 하면 데이터 코딩이 흔들릴 수도 있겠는데요."

온라인 게임엔 전혀 관심이 없었지만 CIA 정보부 차장이었기에 파커는 그 말의 진의를 대충 짐작할 순 있었다. 즉, 시크릿파일을 게임 속 몬스터로 위장해 놓았다가는 전혀 엉뚱한 놈에게 파일이 손상되는 날벼락을 맞을 수도 있다는 얘기였다. 그런 일말의 가능성을 용납할 파커가 아니었다. 월드버거는 고심한 이후 나무 모양의 요상한 녀석을 보여 줬다.

"블랙앤트라는 놈입니다. 몬스터처럼 생겼지만 사실 NPC로 분류돼서 고급 코딩 작업을 했죠. 맨손으로만 때릴 수 있어서 그 어떤 게이머도 죽일 수가 없지요."

파커의 입술에 슬며시 미소가 지어졌다. 월드버거가 보여 준 모니터에는 시커먼 나무 몬스터 '블랙앤트'들이 느릿느릿 돌아다니고 있었다. 그야말로 나무는 숲 속에 숨겨야 한다는 격언에 딱 맞는 광경이었다.

일주일의 작업 기간 후, 월드버거에게 연락이 왔다. 그는 시크릿파일을 블랙앤트 중 한 마리로 위장하는 데 성공했으니, 이제 앤트 중한 마리에게 파커만이 알아볼 수 있는 표식을 해 주겠다고 말했다.

자신의 콧수염을 더듬던 파커는 주저 없이 요구사항을 정했다.

"콧수염으로 하지."

그리고 악마처럼 속삭였다.

"이건 월드버거, 자네와 나만 아는 극비 프로젝트야. 만약 누설되면 그닥 쾌적하지 않은 선물을 받게 될 거라고 장담하지. 흠. 프로젝트의 이름은…… 그래, 블랙앤트. 블랙앤트 프로젝트가 좋겠군."

알로에 피시방의 신입교육 녹취록 04

그렇게 결국 새벽이 됐고, 난 퇴근했지. '쪼꼬♡야미' 님에게 이런 저런 게임 요령을 알려 줬더니 좀 피곤하더라고. 그리고 다음 날. 난 출근하자마자 황급히 '쪼꼬♡야미' 쪽 자리를 살펴봤어. 정말로 1000시간 정액제를 다 쓸 생각인지 궁금했거든. 그런데 옷차림도 흐트러지지 않은 채 '쪼꼬♡야미'는 모니터에 집중하고 있었어.

그런데 사장님은 그를 가리킨 다음 오른쪽 귀에 동그라미를 막 그리시더라고.

"블랙앤트만 주야장천 패고 있다고요?"

내가 퇴근한 이후 '쪼꼬♡야미'가 블랙앤트만 계속 패고 있었더라는 거야. 그래서 돈을 벌려는 집착이 굉장한 분이구나, 생각했지. 그런데 웬걸? 게임 화면을 잠자코 지켜보고 있는데 블랙앤트가 열매를 뱉질 않는 거야. 오히려 계속 "용사여. 이제 너에게 줄 것은 없도다. 떠나라."라고 피를 토하듯 외치기만 하고.

"설마…… 한 놈만 계속 패고 있는 거예요?"

내 질문에 사장님은 열렬히 고개를 끄덕이더니 "사이코패스인가 봐. 쫓아낼까?"라고 하셨지만 난 황급히 말린 다음 대화를 시도해 보겠다고 설득했어. 왜 그랬던 걸까. 아마도 전날 그와 대화를 나누면서 제법 가까워졌다고 생각했던 모양이지?

옆자리로 다가가 키보드 사이의 먼지를 터는 척하면서 자연스럽게 물었지.

"돈은 많이 버셨어요?"

"아뇨. 더 재밌는 걸 찾았거든요. 이놈을 죽을 때까지 때리는 거요."

그는 허리가 뒤로 계속 꺾이는 블랙앤트를 바라보며 계속 클릭질을 하고 있었어. 나는 살짝 섬뜩했지만 대답을 듣고 싶었어.

"어, 그런데 손님. 이 블랙앤트란 놈은 죽질 않아요. 몬스터가 아니라 NPC라니깐요? 애초에 그렇게 설계가 됐어요. 게이머가 아무리 노력해도 바뀌지 않는 게 있거든요, 게임 속 세상에선."

"알고 있습니다. 죽지도 않는 놈을 계속 때리는 건 무척 무의미한 짓이겠죠? 1000시간 정액제나 끊어 놓고 이러고 있으니. 제가 한심해 보이는 것도 잘 압니다."

"네? 어, 꼭 그런 건 아닌데……."

정곡을 찔린 기분이었지. 남자는 그제야 처음으로 내 쪽을 돌아보고 웃었어.

"무의미하고 한심하고 답답한 돈 지랄. 그래서 전 이걸 하고 있는 겁니다."

난 말이야, 당시엔 그 말을 전혀 이해하지 못했어. 다만 오싹하더라고. 뭔가 사연이 있다는 건 알겠는데 자초지종을 알아야 말이지. '자세한 건 말하고 싶지 않다'는 느낌을 그렇게 팍팍 풍겨서야. 그 뒤로 손님이 들이닥쳐서 '쪼꼬♡야미'와의 대화는 끊겼어.

그런데 그날 저녁에 일어난 일이야. 우리 알로에 피시방 1층의 집권자이자 110킬로그램의 거구 '메텔과부비부비' 형님이 '쪼꼬♡야미'에게 흥미를 보이신 거야. 종일 블랙앤트 한 마리의 배때기만 계속 때리고 있는 광경을 직접 보고는 호탕하게 한번 웃고 영입을 제안하셨지.

"자네, 보기 드문 병신이로군. 우리 패거리에 들지 않겠나?"

'쪼꼬♡야미' 님은 한국 최강의 길드 '그레벨에잠이오냐'의 영입제안을 받았음에도 겸손한 얼굴로 고개를 저었다더군. 그리고 묵묵히 블랙앤트를 괴롭혔지. 하지만 '메텔과부비부비' 형님은 괘념치 않고 그의 어깨를 툭툭 치며 격려했다더군.

"세상에 NPC를 죽을 때까지 두들겨 패는 놈이 있다니. 난 무모한 녀석들이 참 좋더라고. 이 피시방에서 누가 널 괴롭히면 즉각 말하라고. 알았지? 크하하하."

무슨 상황인지 알겠어? '쪼꼬♡야미' 님은 그 순간 간택을 받은 거야. 두 층으로 나뉜 알로에 피시방의 절반을 쥐락펴락하고 있는 거물 '메텔과부비부비'의 간택을 말이야.

더욱 흥미로운 상황은 다음 날 일어났어. 어느새 피시방에 쫙 퍼진 소문을 듣고 2층의 대권주자 '플란다스의개차반' 님이 움직인 거지. 누가 보면 해골에 털 무더기를 뒤집어쓴 것 같은 앙상한 몰골이지만 눈빛만은 매의 그것처럼 흉흉한 사내. '메텔과부비부비' 형님이 우리 피시방의 김두한이라면 그는 시라소니랄까.

던전에서 마주치면 누구나 오줌을 지린다는 '플란다스의개차반'이 몸소 2층에서 내려와 '쪼꼬♡야미'에게 접근했어. 그러고는 그 3000와 트쯤 돼 보이는 강렬한 눈빛으로 레벨 1 쪼렙 게이머의 뒤통수를 한참 노려보더군. 이윽고 시비 걸듯,

"어이. 정말로 블랙앤트를 조질 셈이야? ……지금 3일째 로그아웃도 안 하고 있다면서?"

"그러게 말예요. 누가 이기나 한번 해보는 거죠."

'플란다스의개차반' 님의 눈썹이 꿈틀거렸어. 나를 비롯한 많은 피시방 게이머들은 그의 아이디가 소유주의 성질머리를 정확히 반영하고 있다는 걸 잘 알고 있었기 때문에 숨죽인 채 그 광경을 지켜보

고 있었지. 사실 그 옆자리에 있었던 '담탱이에게파이어볼' 녀석은 '플란다스의개차반' 님이 게임을 우습게 보는 거냐며 그의 멱살을 붙잡을까 봐 조마조마했던 모양이야. 하지만 일어난 일은 예상과 전혀 달랐지.

"컨트롤 키 더하기 A를 꾹 누르고 있어. 그럼 자동으로 타깃을 고정해 주먹질(Attack)을 할 거야. 요새 누가 무식하게 계속 클릭질을 하나?"

그러고선 휙 2층으로 올라가 버렸지. 아아. 그건 몹시 드문 일이었어. 다굴 플레이의 권위자이자 거대 몬스터를 사냥할 때 비겁한 후방 습격이 특기인 '플란다스의개차반'의 다정한 조언이라니.

뭐 이런 거 아니겠어? 비가 무척 많이 오는 날 고수들이 득시글대는 강호에 비실대는 무사가 등장해서 "빗물을 둘로 갈라 보겠소." 하며 계속 칼질을 하는 거야. 빗물에 대고 휘두르는 거야. 그냥 막! 모두가 그걸 보곤 비웃겠지. 하지만 말이야…… 그 광경은 수컷의 알 수 없는 원초적인 응원욕구를 불러일으키는 광경이기도 하다고.

누군가는 의아해했고, 누군가는 조롱했으며, 또 다른 누군가는 유심히 지켜보는 가운데 시간은 흘러갔어. 누가 봐도 '쪼꼬♡야미'의 클릭질은 아무도 시도하지 않는 미치광이의 짓처럼 보였지. 용의 피를 빨겠다며 주둥이를 계속 박아 넣는 모기처럼 말이야.

하지만 그 남자의 전설은 그렇게 조금씩 진행되고 있었던 거야.

미 중앙 정보국 차장의 블랙앤트 프로젝트 04
모기가 아무리 발버둥쳐도 용의 두꺼운 비늘을 뚫을 수는 없다. 그것이 토미 파커의 철학이었다. 그래서 기본적으로 그는 거물들을 상대로만 비밀공작을 설계해 왔고, 또 실행했다. 산맥을 뒤집는 것이 파커의 일이었지, 나뭇잎의 결을 신경 쓰는 것은 아랫것들의 일이라고 생각했던 것이다.

그래서 처음엔 무시했다. KOH 내부에 그만의 비밀 금고를 만들고 블랙앤트라는 NPC로 위장시킨 지 다섯 달이 흘렀을 때쯤, 월드버거는 뭔가 이상하다고 보고를 해 왔다.

"차장님. 한국 서버의 웬 녀석이 차장님의 블랙앤트를 계속 깔짝거리고 있습니다."

"얼마 동안?"

"벌써 17시간쨉니다. 여태 이런 적은 없었기 때문에 알려 드려야 할 것 같아서."

게임 세상엔 정말 한심한 놈들이 많군. 죽지도 않는 NPC를 며칠 동안 두드리고 있다니.

"신경 꺼. 저러다 말겠지."

그런데 이튿날 또다시 월드버거로부터 연락이 왔다.

"이제 40시간을 돌파했습니다. 저 수많은 블랙앤트 중에서 차장님의 금고만 냅다 때리고 있어요. 느낌이 싸합니다."

그제야 파커 또한 뭔가 심상치 않음을 느꼈다.

'하긴. 지렁이가 내 등 뒤를 꿈틀거리며 따라올 때엔 혹시 내가 밟았던 녀석인지 잘 살펴봐야지.'

그는 월드버거에게 그 한국 놈팡이의 신상정보를 전달하라고 명했다. 월드버거는 게이머의 개인정보를 열람하는 것은 정부의 공식승인이 있어야 한다며, 일개 개발팀원인 자기에겐 불가능한 일이라고 난색을 표했다. 파커는 자신의 품 안에 있는 센테니얼 리볼버가 곧 '공식승인'이라며, 이마에 총알로 승인을 해 주기 전에 전달하라고 협박했다.

17분 만에 아이디 '쪼꼬♡야미'를 사용하는 26세 한국인 황척호의 신상정보가 CIA 정보부 차장 컴퓨터로 날아들었다. 파커는 CIA 내부 인력을 사용할 경우, 사소한 문책을 당할 수도 있다고 생각해 외부의 인맥을 동원했다. 미 국가안보국(NSA)을 통해 잠재적 테러리스트라며, 황척호란 사내의 모든 과거행적과 관련기록을 조사해 오라고 시켰다. 이미 토미 파커란 남자가 얼마나 악독한 자인지 잘 알고 있던 NSA 측은 이를 부득부득 갈며 황척호에 대해 파고들었다.

그리고 몇 시간 뒤, 파커는 자신의 업무책상에서 황척호의 생애를 샅샅이 훑고 있었다. 그런데 드러난 황척호의 정보를 훑고 있자니 하품이 나올 지경이었다. 그는 교통위반 딱지 한 번 뗀 적이 없는 모범시민이었다. 4년제 영어영문학과 재학 중으로 학점도 준수한 편이었고, 운영하는 미니홈피의 양상도 여느 평범한 대학생의 그것이었다. 최근 2년 동안 만난 걸프렌드 송양희와 결별했다는 점 외엔 보고서에서 꼽아 낼 특이사항도 없었다.

특수비밀요원이나 범죄조직의 의뢰를 받은 킬러, 하다못해 불법 P2P 업로더라도 되길 기대했던 파커의 관자놀이가 지끈거렸다. 황척호가 지난 3년간 단편영화 공모전에서 한 번의 최우수상과 두 번의 우수상을 받았다는 기록을 묘사한 부분에서 파커는 참지 못하고 보고서를 구겨 버렸다.

"이게 뭐야! 고작 작가 지망생이라고!"

아주 오랜만의 정전이었지. 우리 건물의 전기 사용량이 꽤나 넘쳤
는지 두 시간 동안 건물 자체의 전기가 완전히 나가 버린 날이었어.
희한하게도 예고가 없었던 정전이라 손님들은 갑자기 꺼진 컴퓨터
에 격분했어. 그들은 옆 건물의 '레드카펫 피시방'으로 썰물처럼 빠
져나갔고, 우리 알로에 피시방은 텅텅 비었지. 정전이 된 상태에서
손님이 새로 올 리도 만무했고. 그때 알로에 피시방엔 나를 포함해
불과 여섯 명의 오갈 데 없는 게임 폐인들이 촛불 하나를 켜 놓고, 연
두색 대기 테이블 위에 옹기종기 모여 앉아 있었어.

모든 컴퓨터가 셧다운 된 피시방은 음산했지. 에어컨 뒤나 공기청
정기 옆에서 좀비나 스켈레톤 한두 마리쯤 튀어나와도 크게 놀라진
않을 정도. 피시방에서 거의 살다시피 하는 골수폐인들만이 왕정 복
고를 꿈꾸는 원탁의 기사들마냥 창백한 얼굴을 마주하고 있었어.

그 분위기 탓이었을까. 호기심으로 먹고사는 '형이다말로하자'의
길드장 '카드값줘체리' 녀석이 조용히 촛불을 쳐다보고 있던 '쪼꼬
♡야미' 님께 거침없이 질문을 던졌지.

"저기, 그런데요, 형, 대체 뭐 하시는 분이세요?"

그러자 '플란다스의개차반' 형님의 어깨가 살짝 흠칫하는 것이 느
껴졌어. 사실 그 형님도 이게 무척 궁금했던 거라. 다만 라이벌 길드
'그레벨에잠이오냐'의 길드원들 앞이라 가오만 잡고 있었던 거지. 모
두의 시선이 '쪼꼬♡야미' 님의 입술에 꽂혔어.

"전…… 시나리오 쓰는 나부랭이입니다."

조금씩 천천히, 그의 이야기가 시작됐지. 정말이지 눈물 없인 들을

수 없는 비극적인 이야기였어.

'쪼꼬♡야미' 님의 꿈은 영화 시나리오 작가였지 뭐야. 그래서 영화제작 동아리에서 단편영화의 시나리오를 쓰며 내공을 키워 가셨다더군. 대학을 졸업하면 세상에 던질 비장의 시나리오를 계속 쌓아 두면서. 데스나이트의 목을 베기 위해 차근차근 지하 던전을 돌파하는 야만전사처럼 전략적으로 나아가셨던 거지. 그러던 어느 날 신입생으로 일명 '야미'라는 미모의 여인네가 등장을 해. 영화배우가 꿈인 그녀는 '쪼꼬'에게 한눈에 반해 버렸어.

'쪼꼬' 역시 당차게 들이대는 '야미'가 싫지 않았던 모양이야. 어쩌겠어? 큐피드의 화살은 그 어떤 방어구 세트로도 튕겨 낼 수가 없어 치명적인 데미지를 주는 법인걸. 서로 '쪼꼬'와 '야미'라는 애칭으로 부르다 둘은 자연스레 캠퍼스 커플이 됐고, 아무도 그들의 어두운 미래를 상상하지 않았지. '야미'를 만나고서부터 '쪼꼬'의 창작력은 사제의 무적 버프를 받은 전사마냥 쑥쑥 올라갔대. '야미'가 호주로 어학연수를 다녀온 다음에도 둘의 사랑은 변함이 없었다더군. 국제전화를 걸 돈이 없던 '쪼꼬'는 외국에 나가 있는 그녀와 KOH에서 채팅을 나누며 사랑을 지켰던 거야. 크으. 그녀가 돌아온 이후 '쪼꼬'가 그녀를 생각하면서 써 내려간 야심작이 몇 편 있었는데, 그게 결국 그녈 주인공으로 한 아마추어 영화로 만들어지기에 이르렀지.

제법 완성도가 좋았던 모양이야. 제목은 「벙어리 소녀 킬러 Y」. 불우한 소녀 Y가 킬러 수업을 받고 자라나 부모의 원수를 찾아내 도륙하는 내용이었어. 그리고 충격적인 반전 또한 있었다더군.

그런 그들에게 경사가 찾아왔어. 내로라하는 C 영화사에서 관심이 있다며 장편용 시나리오로 각색해 보지 않겠냐고 제안한 거야. '쪼꼬'와 '야미'는 감격의 눈물을 좍좍 흘리며 얼싸안았다더군. 그렇게 공방에서 렙업하듯 '쪼꼬'는 피를 짜내 시나리오를 완성했고 C 영화사는 엄지를 내밀곤 계약을 체결했대. 하지만, 그건 비극의 전초였어.

콧수염이 재수 없게 자라난 C 영화사의 피디와 첫 미팅을 했을 때 '쪼꼬'는 뭔가 크게 잘못됐다는 사실을 알았어. 시나리오의 원작자가 '쪼꼬'가 아닌 '야미'로 돼 있었던 거야. 원작료를 떼먹기 위해 C 영화사의 제작부장 자식이 '야미'를 꼬드겨 계약서의 '을' 이름을 바꿔 버렸던 거지. '쪼꼬'는 차마 연인에게 법적인 고소미를 먹일 수 없어 물러섰대.

그런데 말이야. 사실은 모든 흑막이 '야미'였던 거야. 그녀는 자길 꼭 주인공으로 써 달라는 조건하에 '쪼꼬'의 USB를 훔쳐 그 안에 있는 열두 편의 시나리오를 모두 C 영화사에 넘겨 버렸던 거야. '쪼꼬'는 한순간에 모든 걸 잃고 나락으로 떨어진 거지.

싸늘하게 돌변해 이별을 통보하는 '야미'는 원고료를 가장한 위로비 명목으로 '쪼꼬'에게 50만 원을 계좌이체 해 줬대. 원래 그가 받았어야 하는 돈의 20분의 1밖에 되지 않는 돈이었지.

며칠 밤을 술로 지샌 '쪼꼬'는 겨우 정신을 차렸어. 그리고 '야미'가 보낸 위로비 50만 원을 모두 1만 원짜리로 인출해 자취방 옥상에서 화형식을 거행할 생각이었대. 그런데 마침 라이터의 기름이 다 떨어졌지 뭐야. 그래서 새 라이터를 사기 위해 편의점에 가는 길에 떡하니 그만!

"……이 알로에 피시방의 홍보 전단을 보고 만 거죠. 1000시간 정액제 50만 원."

그렇게 된 거야. 그 순간, 우리의 '쪼꼬♡야미' 님은 은근하면서도 무척 소심한 복수를 실행하기로 마음먹은 거지. 무척이나 무의미한, 마치 밑 빠진 독에 호스를 틀어 버리는 부질없는 짓으로 50만 원을 '낭비'하는 거야.

"그럼 왜 하필 저 블랙앤트를?"

'담탱이에게파이어볼'의 질문에 그는 '콧수염'이라고 대답했어. 다양한 디자인의 블랙앤트들 중에서 딱 하나 콧수염이 그려진 녀석이 있었는데, 그걸 보는 순간 때려죽여도 모자랄 C 영화사 피디 녀석의 콧수염이 생각났다는 거야.

모두들 '야미'란 여자의 악독함에 질려 쌍욕을 퍼붓고 싶었지만, 마법물약마냥 속으로 꿀꺽 삼킬 수밖에 없었어. 그의 물기 어린 눈망울에 남은, 씁쓸한 사랑의 미련을 발견했기 때문이겠지.

그 순간 평생을 모태 솔로로 살아온 '백설공주와일곱호구' 님이 그의 손을 꼬옥 잡으며 남긴 명언을 아직 잊을 수가 없군.

"세상엔 두 종류의 여자가 있어요. 마녀로 태어난 여자, 그리고 언젠간 마녀로 전직할 여자."

미 중앙 정보국 차장의 블랙앤트 프로젝트 05

결국 토미 파커는 잿빛 머리카락의 마녀에게 도움을 청하기로 했다. 사우스코리아의 한 피시방에서 그를 신경 쓰이게 하는 황척호란 남자를 가까운 곳에서 감시할 요원이 필요했다. 그러나 정적들이 가득한 CIA 내부에 블랙앤트 프로젝트의 존재를 들킬 빌미를 줄 순 없었다. 파커의 내연녀이자 업계에서 다섯 손가락 안에 꼽히는 킬러가 나설 때였다.

버지니아의 인적 드문 골목길에서 만난 그녀는 바로 암살 자판기였다.

"그럼, 부탁할게. 옐레나."

"날 믿어요, 파커. 전 이미 그 나라에서 몇 번 공작임무를 수행한 적도 있으니까요. 한국말도 원어민 수준으로 익혀 놨어요."

파커는 "거긴 노스코리아고 네가 갈 곳은 사우스코리아야."라고 지적하는 대신 말없이 포옥 안아 줬다. 그녀는 마주 안아 주면서도 한마디 하는 걸 잊지 않았다.

"그런데 정말로 그 변방의 나라에 당신이 신경 쓸 위험인물이 있는 거예요?"

파커는 잠시 기억을 더듬었다. 그는 시험 삼아 조선족 심부름꾼들을 동원해 황척호가 주둔하고 있는 피시방 건물의 전원을 강제로 내려 버리도록 만들었다. 녀석이 자신의 금고를 두드리는 것이 우연인지, 아니면 필연인지를 확인하고 싶었던 것이다. 그런데 황척호는 게임에 재접속한 이후 블랙앤트의 숲을 쓰윽 살펴보더니 신묘하게도 자신의 블랙앤트를 다시 찾아내 두들겨 패기 시작했다. 그건 결코 좌시할 수 있는 문제가 아니었다.

하지만 그의 행적을 파헤치면 칠수록 파커와의 접점을 도무지 찾을 수가 없었다. 파커는 황척호가 마지막으로 한 전화통화의 음성파일을 입수해 들어 보기까지 했다. 웬 여인과의 통화 내용이었는데 이런 내용이었다.

"정말 잘못한 게 없다고 생각해? 내 시나리오 훔쳐 간 거 부인하는 거야?"

"글쎄. 난 잘 모르겠어. 정말로 그렇게 소중한 거였다면 간수를 잘 했어야 하는 거 아냐?"

"……다시 돌아올 순 없는 거니. 그러기만 하면 다 잊어 줄게. 새로 시작하자."

"우린 이제 사는 세상이 다른걸. 아무리 애써도 절대 바꿀 수 없는 게 있잖아, 오빠."

이게 도대체 뭐란 말인가. 변심한 여인의 다리에 매달려 애원하는 보잘것없는 수컷 아닌가? 그러나 파커에게는 확신이 필요했다. 찝찝한 마음을 없애 줄 확신이.

"녀석은 분명 내 금고를 노리고 있어. 이유는 모르겠지만 주변을 잘 감시하면서 배후를 파악해 봐."

이바노프는 자신감 넘치는 미소를 날리며 대꾸했다.

"알겠어요. 비밀공작은 내 전문이잖아요. 흠. 만약 그자가 당신이 걱정하는 만큼 위험인물이라면?"

파커는 뭐 그런 당연한 걸 묻느냐는 듯 짧게 대답했다.

"처치해. 쥐도 새도 모르게."

알로에 피시방의 신입교육 녹취록 06

소문은 쥐도 새도 모르는 사이 널리 퍼져 버렸어. 심지어는 레드카

펫 피시방 단골인 '던전돌다마주친그대' 길드원들까지 우리 알로에 피시방에 구경을 오는 지경에 이르렀지. 다들 끄떡없는 NPC의 숨통을 끊기 위해 어리석은 짓을 며칠째 계속하고 있는 '명물'을 확인하러 모여든 거야.

신기했겠다고? 이런, 젠장. 난 사실 그럴 틈도 없었어. 평소보다 손님이 두세 배로 늘어나 버려서 쉴 틈이 없었다고. 결국 사장님께 윽박질렀지. 알바 한 명을 더 뽑아 주지 않으면 관두겠다고. 훗. 뭘 그런 눈으로 쳐다보고 그래. 얘기했잖아? 난 실세라고.

그런데 말이야. 사장님은 속으로 내가 괘씸했던 모양이야. 아니, 그게 아니면 왜 생뚱맞은 외국인 여자를 카운터 알바로 뽑았겠느냐고. 옐레난지 옐로운지 하는 그 누님이 새 알바로 들어왔을 때 어찌나 황당했던지. 아니, 조선족도 아니고. 눈빛 매서운 러시아 누님이라니? 백누님에 대한 로망을 가진 손님들도 그녀의 살얼음 같은 눈빛을 마주하고서는 모두 불알을 걷어차인 것마냥 힘을 잃고 돌아가야 할 정도였어. 이상하게 정면으로 못 쳐다보겠대. 말? 희한하게 그건 문제가 없었어. 대화가 제법 되더라고. 뭐, 좀 이상하긴 했지. "내래 콤퓨타를 세척하갔시요.", "컵라면 재고는 일없습네다."라며 이북 말을 쓰더라니까? 대체 어디 어학당을 다닌 건지 물어보면 말을 슬쩍 흐리더라고.

아참. 내 정신 좀 봐. 그 살벌한 누님 얘기할 때가 아닌데. 어디까지 얘기했더라? 아 맞아. 명물. 명물.

그런데 그 명물이 말이야. 의외로 사람들의 구미를 당기기 시작했어. 한때 유행했던 플래시몹처럼 뭔가 재밌는 놀잇거리처럼 보였던 거야. 톰 소여의 울타리 칠하기처럼. '쪼꼬♡야미'가 화장실에 세수를 하러 가면 여기저기서 '내가 앤트를 대신 패 주겠다'고 나서는 손님들이 워낙 많았어. 그건 일종의 올림픽 성화 봉송 같은 느낌마저 들었어(음. 생각해 보니까 그 러시아 아줌마마저 '쪼꼬♡야미'가 화장실에 갈 때면 날카로운 눈으로 훔쳐봤던 것 같기도. 사실 반하기라도 했던 걸까?).

결국 그 괴상한 열기는 KOH 게이머들의 성지인 공식 카페 '베스트 게시물'에까지 올라가는 지경에 이르렀어. 그 호기심 많던 '카드값줘체리'가 '쪼꼬♡야미'의 게임 화면을 촬영해서 유튜브에 올린 다음 그 링크를 KOH 자유게시판에 올려 버린 거지. 영어 버전으로 옮기기까지 해서.

흐흐흐. 들어 봐. 상황은 여기서부터 갑자기 엉뚱한 국면으로 접어들어. 그 게시판 글이 KOH의 여러 국가 서버로 번역돼 돌아다닌 모양인데, 그중 핀란드 서버에서 이런 응답이 돌아온 거야. 요약하자면 대충 이래.

'위대한 도전을 하고 있는 한국의 게이머 쪼꼬에게. 난 KOH 게임 개발에 참여했던 디자이너였음. 사실 NPC는 불사가 아님. NPC들도 다 HP 설정 값이 있는데 그게 99,999,999라는 무지막지한 수치라 불사라고 착각하는 거임. 한 명의 고정 캐릭터가 퀘스트 변경이나 갱신 없이 블랙앤트를 계속 때린다고 가정했을 때, 데미지가 1씩 쌓이니까 1157일 동안 쉬지 않고 때리면 블랙앤트도 뒈질 수밖에 없음.'

이해를 못 했냐? 불사라고 생각했던 NPC 블랙앤트가 때리면 죽는 몸이라는 게 밝혀진 거야. 그것도 직접 게임을 만들었던 놈의 증언이었다고. 다들 흥미로워했지. 그런데 1157일이라니. 너무 말도 안 되는 기간 아니었겠어? '쪼꼬♡야미'는 분명 1000시간 정액제가 끝난 후엔 게임에 접속하지 않을 텐데 말이야.

다른 손님들도 뭔가 아쉬워하는 분위기였지. 알로에 피시방의 이 기묘한 일탈이 어떤 결말을 가져다줄지 몰랐을 때는 병맛 짓에 따르는 묘한 설렘이라도 있었는데 말이야. 그 결말을 스포일러 당한 느낌이랄까.

그런데 그때 '그레벨에잠이오냐' 길드의 위대한 성직자이자 든든한 후방 지원자 '너는내물약' 님이 기막힌 아이디어를 제시했어. 맨주먹에 공격력 증가 버프를 걸 수 있는 유일한 마법인 '불꽃싸다구' 스킬을 캐릭터에 영구화시켜 공격력을 제곱으로 올리면 되지 않겠느냐고.

그런데 '미안하다다굴한다' 길드의 도적이자 냉철한 현실주의자 '티끌모아새템'이 반기를 들었어. 영구화시킬 수 있는 스킬은 만 렙이 되어도 단 하나밖에 지정할 수 없는데, 그걸 이벤트용 스킬인 '불꽃싸다구'로 설정할 또라이가 어디 있느냐고. 근데 말이야, 정작 논쟁의 중심에 선 주인공은 그 아이디어를 꽤 맘에 들어 했어.

"한번 해보고 싶은데요. 그 불꽃싸다구."

'너는내물약' 님의 얼굴엔 화색이 돌았고, 곧 일은 일사천리로 진행됐어. 늑대인간의 꽁지 털 다섯 개와 대왕거미 눈알 두 개, 그리고 오크 속눈썹 열 개가 단 몇 분 만에 모였지. 그리고 '너는내물약' 님은 '쪼꼬♡야미'에게 '불꽃싸다구' 버프를 걸었고 이어서 영구화 스킬로 지정돼 제곱의 효과가 났어.

게임 속 엘프인 '쪼꼬♡야미'가 다시 블랙앤트의 복부를 가격하기 시작했을 때, 아무런 효과도 변하지 않았지만 왠지 구경하던 피시방의 분위기가 뜨거워지는 듯했지. 이렇게 8일만 더 때리면 블랙앤트를 죽일 수 있다는 계산이 나왔거든.

　그리고 바로 그 순간, 아무도 예상치 못했던 일이 벌어졌어. 언제나 맞으면서 "용사여. 더는 줄 것이 없다."라는 대사만 내뱉던 블랙앤트가! 새로운 대사를 출력하기 시작한 거야.

　"용사여. 진정 나를 죽이려는가?"

　"어라? 여러분. 얘가 좀 이상해졌는데요. 다른 대사를 말하네요?"

　'쪼꼬♡야미'가 고개를 갸웃했어. 그러자 지켜보고 있던 '담탱이에게파이어볼'이 장난스럽게 말했지.

　"대답해 봐요. NPC 주제에 살고 싶으냐고. 크크크."

　순순히 남자는 그 말을 채팅창에 타이핑했어. 모두는 실없는 장난을 구경하듯 키득거리고 있었지. 그런데,

　"나는 살고 싶다. 어떻게 하면 나를 살려 주겠는가, 용사여?"

　모니터를 지켜보고 있던 모든 손님이 눈이 튀어나올 듯 놀랐어. 하수구에 담배꽁초를 버렸더니 산신령이 튀어나와 "이 황금 담배꽁초가 네 것이냐?"라고 물어도 그 정도로 놀라진 않았을걸. 넌 잘 모르나 본데. NPC가 입력되지 않은 대사를 내뱉고, 게이머의 채팅에 다시 채팅으로 응답한다는 건 절대 있을 수가 없는 일이란 말이야. 그 유례가 없는 일이라고.

　"헐. 완전 신기하네? 운영자가 이벤트라도 해 주는 건가?"

　'담탱이에게파이어볼'이 방방 뛰자 '쪼꼬♡야미'도 이 상황이 즐거

운 듯 보였어. 확실히 콧수염 난 블랙앤트는 그에게 쩔쩔매고 있었거든. 그가 이번엔 뭐라고 대꾸할까 묻자 음담패설로 많은 추종자를 거느리고 있는 야만전사 '여섯시내고환' 님이 나섰어. 그는 아예 직접 '쪼꼬♡야미'의 키보드를 빼앗아 채팅창에 글을 입력했지.

"KOH 공식 모델 세라 쿠니스의 본캐를 여기 서버로 대령해 와. 하반신 갑주는 꼭 벗겨서. 한번 질펀하게 놀아 줄 테니."

어느새 구름처럼 몰려든 피시방의 손님들이 배를 붙잡고 웃어 댔어. 웃지 않고 있던 사람은 딱 한 명 컵라면에 부러뜨려 놓은 나무젓가락을 치우고 있던 러시아 누님뿐이었어.

세계적인 섹시스타인 세라 쿠니스의 캐릭터를 벗겨서 데려오라니. 그것도 미국 서버에 있는 여자를 한국 서버로 옮겨서. 상식적으로도 절대 불가능한 저질 농담이었지. 하지만 잠시 후 블랙앤트가 이렇게 대답했을 때 계속 웃는 이는 아무도 없었어.

"20분만 기다려라, 용사여. 세라 쿠니스를 데려와 음성 채팅을 연결하겠다."

미 중앙 정보국 차장의 블랙앤트 프로젝트 06

"저, 정말 이 요구를 들어주실 겁니까?"

KOH 본사의 기획개발팀원 월드버거는 자리에서 펄쩍 뛸 뻔했다. 만약 그랬다면 뒤에 서서 모니터를 노려보고 있던 토미 파커의 턱을 깨부술 수 있었겠으나 그런 일은 일어나지 않았다. 파커는 그에게 대꾸하는 대신 밀라노에서 란제리 패션쇼 중인 세라 쿠니스의 매니저에게 전화를 걸어 "당장 세라에게 헤드셋을 씌워 게임에 접속시켜라."라고 명령을 내렸다. 패션쇼 중에 말도 안 되는 일이라며 쿠니스의 매니저는 손사래를 쳤지만 약점을 잡혀 있는 터라 결국 굴복할 수밖에 없었다. 파커가 엘레나 이바노프를 빼 오는 작전에서 늙다리 변태 파블류첸코에게 던져 줬던 주근깨 소녀 세라가 바로 지금의 쿠니스였기 때문이다.

"씹어 먹을 꼬레안. 진정 해보겠다 이거지?"

파커는 모니터 안에서 블랙앤트 앞에 서 있는 쪼렙 엘프를 맹렬하게 노려봤다. 그리고 최근 며칠 동안 일어난 일들을 되짚어봤다.

어쩌다 일이 여기까지 틀어진 걸까. 파커의 수족 이바노프는 한국에 도착하자마자 '아무리 밀착 마크를 해 관찰해 봐도 타깃은 그저 20대의 운동부족 찌질이'라고 황척호를 진단 내렸다. 그래서 파커 또한 완전히 안심을 하고는 신경을 끊으려 했다. 1157일이나 무의미한 클릭질을 할 수 있는 인간은 없다고 생각했기 때문이다. 그러나 녀석의 동료들이 '불꽃싸다구'라는 편법을 찾아내 황척호의 맨손 공격력을 높여 줬을 때 파커는 아찔한 현기증을 느꼈다. 그건 숱한 아수라장을 헤쳐서 살아남은 맹수만이 느낄 수 있는 일종의 직감과도 같았다. 이놈은 멈추지 않을 거다. 결판이 날 때까지 절대로.

"이바노프. 어쩔 수 없다. 놈을 죽여."

결국 파커는 극단적인 선택을 내렸다. 불필요한 살생은 최대한 자제한다는 것이 그의 철학이었지만 황척호는 넘어서는 안 될 선을 넘었다. 화근이 될 싹은 미리 제거하는 것이 훗날을 위하는 길. 그러나 이바노프는 당장은 곤란하다는 내용의 SMS 메시지를 보내왔다.

'우드찹스틱을 흉기로 깎아 녀석의 멱을 딸 계획을 다 세워 놨는데. 지금 당장은 곤란하게 됐어요. 꼬레안 중 한 녀석이 몇 시간 전부터 유튜브에 이 장면을 생중계하고 있어요. 시청자가 전 세계에서 4만 3000명이 된다고요.'

생중계라고? 파커는 혈관이 뒤틀리는 기분을 느꼈다. 유튜브 동영상 파일은 한번 업로드 되면 뒤처리하기가 여간 골치 아프지 않았다. 이바노프라면 저 피시방 안에 있는 수십 명의 가증스러운 꼬레안들의 숨통을 마실 나가듯 손쉽게 끊을 수 있었다. 그 점은 추호도 의심하지 않았지만 생중계는 위험했다. 4만 3000명이나 되는 살인 목격자를 양산해 낼 수야 없는 노릇 아닌가.

"대체 왜 하고많은 서버 중에서 사우스코리아를 고른 거야!"

답답한 마음에 월드버거를 다그쳤지만 돌아온 답변은 더욱 그의 속을 터지게 만들었다.

"어, 가장 수준 높은 방화벽을 가진 서버를 원하셨잖습니까. 한국은 온라인게임의 종주국이라고 불릴 만큼 게이머들이 밀집한 국가예요. 아이템 현금거래도 왕성한 데다 실력 좋은 해커들도 많아 애초부터 특별히 신경 써서 구축한 서버거든요."

"제기랄. 엉뚱한 곳을 골랐어."

결국 파커는 체스에서 주도권을 빼앗긴 플레이어의 심정으로 굴욕을 삼키고 접근하기로 했다. 황척호란 녀석의 목적이 뭔지 그걸 들어보고 관심을 딴 데로 돌리기로 한 것이다. 다행히도 놈은 걸프렌드와 이별한 직후여서인지 밝힘증을 드러내고 있었다.

곧 밀라노에서 노트북으로 세라 쿠니스가 게임에 접속했고, 월드버거는 "이건 불문율을 어기는 건데."라고 작게 중얼거리며 미국 서버의 쿠니스 캐릭터를 한국 서버로 이동시켰다. 곧이어 황척호의 캐릭터 옆에 포털이 만들어졌다. 그리고 상반신 갑주와 아슬아슬한 끈 팬티만 입은 쿠니스의 캐릭터 블러드엘프가 걸어 나왔다.

"Hello, Korean. This is Kunis."

쿠니스는 그 특유의 끈적끈적한 음성으로 말을 걸었다. 그러곤 거부하기 힘든 제안을 해 왔다. 블랙앤트를 살려 주면 자신의 사인이 담긴 무삭제 누드 화보를 국제 택배로 보내 주겠다는 파격적인 제안이었다.

아니나 다를까. 파커의 예상대로 놈은 할 말을 잃은 듯 반응하지 못했다. 겉은 무표정했지만 파커는 내심 실소를 머금었다. 훗. 당연하지. 동서고금을 막론하고 어두운 첩보계를 좌지우지했던 것은 미인계야. 독일의 마타 하리나 영국의 독장미 신시아가 그랬듯이. 철벽 아돌프 히틀러 또한 끝내 떨쳐 내지 못했던 치마폭 전략을 네깟 놈이 거절할 수 있겠나?

한참의 시간이 흐른 후, 답변이 입력됐다. 파커는 월드버거를 재촉했고, 월드버거는 구글 번역기를 이용해 황척호의 말을 통역했다. 그러자 이런 문구가 튀어나왔다.

"Sorry, girl. You are not my type. :P."

알로에 피시방의 신입교육 녹취록 07

믿어져? 할리우드 최고 주가의 S 라인 섹시모델 세라 쿠니스의 무삭제 화보를! 뺑! 걷어차 버린 거야. '쪼꼬♡야미' 님은 아무런 망설임 없이 그렇게 거절의 메시지를 보냈어. 그리고 묵묵히 다시 작업을 수행했지. 블랙앤트의 복부를 괴롭히는 일. 차근차근 놈의 수명을 깎아 먹는 일 말이야.

물론 뒤의 구경꾼들은 난리가 났어! 음성으로 미루어 진짜 세라 쿠니스였는데, 그녀의 알몸을 볼 기회를 뺑! 걷어차 버린 거라고. 이 형은 고자가 분명하거나, 아니면 여자, 그도 아니면 외계인일 거라고. 밀라노 패션쇼 도중 갑자기 숙소로 돌아가 버린 세라 쿠니스의 뉴스가 실시간으로 뜨자 저질 농담을 처음 던졌던 '여섯시내고환' 님은 머리를 쥐어뜯으며 거의 게거품을 물었지.

"아악! 게임 속이 아니라 여기 알로에 피시방으로 오라고 할걸!"

그러나 정전이 되었던 그날. '쪼꼬♡야미' 님의 처절한 연애사를 주워들었던 이들은 조용히 고개를 끄덕일 수밖에 없었어. 당시의 그는 쿠니스뿐만 아니라 모든 여자에 대한 맹렬한 적개심으로 불타고 있었으니까. 미인계가 통할 리가 없었지.

몇몇 생각 깊은 만 렙 게이머들은 이 현상에 대해 흥미로운 해석을 내놓았어. 그건 바로 이 상황이 KOH 게임 역사상 가장 거대한 이스터에그(개발자가 게이머에게 재미를 주기 위해 발견한 순간 간단한 게임이 실행되도록 만들어 놓은 숨겨진 기능)일 수 있다는 것. 그러자 이 상황이 단순한 오류나 운영자의 장난이라고 생각했던 이들마저 정신이 번쩍 든다는 표정을 지었지.

보통 이스터에그를 찾은 게이머들에겐 보통 상상 이상의 보상이 주어지게 되거든. 고작 레벨 1짜리의 쪼렙 엘프가 어쩌면 역대 최고

노다지를 캐낸 걸 수도 있었던 거야.

아니나 다를까. 블랙앤트는 이렇게 말을 내뱉었어.

"좋아. 그럼 원하는 것이 무엇인가, 용사여? 내가 만들어 낼 수 있는 것은 다 주겠다."

좌중이 술렁였어. 그 냉철한 '티끌모아새템' 녀석의 동공마저 불안한 듯 흔들리기 시작했고.

"이, 이거. 어쩌면…… 말도 안 되는 레어템을 뱉어 내는 이스터에그인 거 아닐까?"

섹시스타 세라 쿠니스의 소환. 과연 그다음엔 이 블랙앤트가 어떤 걸 뱉어 낼 수 있을까. 날 비롯한 모든 사람이 '쪼꼬♡야미' 님의 손끝을 주목했지.

어느덧 알로에 피시방의 모든 손님이 '쪼꼬♡야미'의 모니터를 보기 위해 까치발을 세우는 기현상이 벌어졌어. 그리고 난 우리 사장님이 어떻게 이곳을 구역 최고의 피시방으로 만들었는지 그 비결을 알게 됐지. 사장님은 말이야, 위층 삼겹살집 '주경야돈'에서 42인치 대형 텔레비전을 빌려 온 거야! 그리고 모두가 편히 자리에서 볼 수 있게 '쪼꼬♡야미' 님의 자리에 '모니터 동기화'를 시전한 다음 텔레비전을 카운터 위에 떡! 올려놓으셨어. 그리곤 잽싸게 팝콘과 웰치스를 팔기 위해 돌아다니셨지.

알겠니? 시시각각 변하는 손님들의 유행을 읽는 매의 눈. 텔레비전을 빌려 온다는 신선한 발상과 강철 같은 결단력. 그리고 폭넓은 인맥까지. 그것이 바로 우리 사장님이 알로에 피시방을 인기 피시방으로 이끌어 온 원동력이었던 거지.

토미 파커는 CIA의 정보부 차장으로서 허투루 부하직원들을 이끌어 온 것이 아니었다. 풍부한 경험으로 다져진 침착함과 냉철함이 그의 원동력이었다. 예상치 못했던 불확정요소들이 작전 도중에 튀어나오는 일은 비일비재하다. 진정 엘리트 요원이라면 재빨리 그런 상황을 받아들이고 발 빠른 임기응변으로 대처해야 한다.

그래서 파커는 지금껏 실전 현장에서 쌓아 온 그만의 대처방법으로 황척호를 상대해 주기로 했다.

"좋아. 그럼 원하는 것이 무엇인가, 용사여?"

놈의 목적이 불분명한 이상, 파커가 먼저 자신의 조커를 꺼내 보일 순 없었다. 블랙앤트 속에 세계 최정상급 인사들의 비리와 악행의 증거자료가 들어 있다는 사실이 조금이라도 유출되면 곤란하니까.

한참 뒤 대답이 돌아왔다.

"Your Death."

그런가. 회유는 결렬됐군. 월드버거는 믿을 수 없는 광경이라며 고개를 설레설레 저었다. 게임 속에서 운영자가 '원하는 레어템'을 주겠다고 제안하는 것을 거부할 수 있는 자가 있다니. 얼마나 간이 큰 건가. 이 남자는 눈을 제외한 온몸이 간이기라도 한 건가.

"저 녀석의 계정 자체를 삭제해 버리는 건 어떤가. 아주 간단한 일 아닌가."

파커의 요구에 월드버거는 난색을 표했다.

"사실 그건 어려운 일이 아닙니다. 어, 저, 그런데 지금 한국뿐만 아니라 전 세계 KOH 게이머들이 정말로 NPC 블랙앤트를 맨손으로 때려죽이는 게 가능한지, 가능하다면 이게 어떤 이스터에그로 밝혀질지 궁금해하고 있습니다. 지금 KOH 속에서 '쪼꼬♡야미'를 제거하면 유튜브 중계로 지켜보고 있는 게이머들은 오히려 쌍수를 벌려 환영할 겁니다. 그리고 너나 할 것 없이 때리는 사람이 없어진 블랙앤트를 공격하려 하겠죠."

파커는 그 말을 이해 못 할 만큼 멍청하진 않았다. 미 육군 특수공작부대 시절 저질렀던 실수가 떠올랐다. 이스라엘에서 아직 아군의 매복 사실조차 모르는 상대편 침투조에게 선제사격을 했다가 전멸당할 뻔했던 악몽. 당시의 실수는 뼈에 박혀 있다. 황척호를 어떻게 쫓아낼까 고민하던 파커는, 매복 사실을 들키지 않으려면 양동 교란작전이 최고라는 것을 생각해 낸다.

그러니까, 게임 속에서 자연스럽게 저놈을 없애면 되는 거 아닌가?

"이제부턴 전쟁이야. 황척호."

파커는 자신과 월드버거만 오갔던 CIA 제6심문실에 열 대의 슈퍼컴퓨터와 미국 최첨단 기술의 자존심인 괴물 서버시스템 '타이탄'을 배치하라고 명령했다. 그리고 그가 내린 기상천외한 소집령은 월드버거에게 현기증을 불러일으켰다. CIA의 최고 권력자 중 한 명의 명령이라기엔 괴상하고 엽기적일 정도였다. 그러나 한편으로 월드버거는 한 명의 프로그래머로서 은근한 기대감이 부풀어 오르는 것 또한 어쩔 수 없었다.

'전례가 없었던 피바람이 불 거야. 이 KOH의 세계에.'

그건 말이야, 고가의 레어템에 침을 줄줄 흘리던 우리 KOH 게이머들에 대한 명징한 철퇴 같은 거였어. 대에에엥. 금도끼와 은도끼 중에서 갖고 싶은 것을 고르라는 산신령의 호수에 다이옥신을 푼 거나 다름없었지. 금도끼 따윈 필요 없다. 난 그냥 패고 싶어서 팰 뿐이다.

대부분의 손님은 쪼렙 게이머가 안목이 없어 굴러들어 온 호박을 걷어찼다고 안타까워했고, 몇몇 게이머들은 그 호방함에 감탄했지. 그리고 '메텔과부비부비', '플란다스의개차반' 같은 최강자들은 자신의 자리에서 조용히 상황을 지켜보고 있었어.

'쪼꼬♡야미'가 운영자(로 짐작되는)에게 먹여 버린 빅엿 때문에 싱싱했던 이벤트는 김이 빠져 버렸고, 사장님은 고깃집 사장님의 독촉에 42인치 대형 텔레비전을 낑낑 옮겨서 돌려 드려야 했지. 그렇게 알로에 피시방은 다시 한산해졌어. 알바생인 나 또한 러시아 누님을 퇴근시키고 긴장이 탁 풀려 있었지. 하지만 그건 태풍전야의 고요함이었던 거야.

그 피바람은 아무도 예상하지 못했던 새벽에 불어왔어. 트로이의 목마에 잠입했던 그리스 병사들처럼 은밀하게. 그리고 청와대에 침투했던 무장간첩 김신조처럼 대담하게.

새벽의 피시방은 조용할 것 같지만 절대 그렇지 않아. 밤새 게임을 하는 게이머들은 귀가 아파 어지간해선 헤드셋을 끼지 않기 때문이지. '서든어택'이나 '스페셜포스' 같은 FPS 게임에서 흘러나오는 수류탄 소리, 'FIFA 온라인 대전' 중 해트트릭 골을 알리는 해설자의 흥분된 음성, '오디션' 같은 댄싱게임의 현란한 BGM까지. 물론 나처럼 숙련된 알바생은 이런 혼돈의 도가니탕 가운데서도 꿀잠을 취할 수 있지. 총탄에 맞아 쓰러지는 병사의 신음이 자장가처럼 들릴 정도랄까.

그런데 그날 새벽에 나는 퍼뜩 잠에서 깨어났어. 그러곤 날 깨운 것이 무엇인지 주변을 둘러보았지. 피시방의 풍경은 평온했어. 누군가 컵라면이나 핫바를 주문한 것인가 하고 모니터를 살펴봤지만 깨끗했고. 곧 한 박자 늦은 자각이 찾아왔어. 난 어떤 소리가 들려 깨어난 게 아니었어. 오히려 그 반대였지.

'블랙앤트를 때리는 주먹질 소리가 그쳤다?'

그래. 어느덧 알로에 피시방의 초침 도는 소리처럼 자연스레 배경에 파묻혀 있던 '뚜쉬뚜쉬' 하는 소리. '쪼꼬♡야미' 님이 블랙앤트를 성실하게 패는 그 소리. 바로 그게 들리지 않고 있었던 거야.

졸린 눈을 비비며 일어나 그의 곁으로 갔지. 뭔가 잘못되었다는 것은 모니터에 띄워진 피 칠갑 광경만 봐도 알겠더군. 쪼렙 엘프는 거의 해체되다시피 한 모습으로 바닥에 널브러져 있었고, 화면엔 "부활하시겠습니까? Y/N."이란 메시지가 둥둥 떠 있었어.

내가 빈 옆자리에 앉자 피곤에 찌든 '쪼꼬♡야미' 님이 충혈된 눈으로 대꾸하더군.

"벌써 다섯 번째인데. 이 사람들 제게 왜 이러는 거죠?"

도륙된 그의 시체 옆으로 보이는 것은 다섯 캐릭터의 실루엣이었어. 사망상태라 자세한 형태는 확인할 수 없었지만 무장의 골격을 보아하니 보통내기들은 아닌 것 같았지.

"부활시켜서 다시 한 번 가 보세요. 블랙앤트의 숲으로."

2분 뒤에 부활한 '쪼꼬♡야미'는 역시 추워 보이는 맨몸으로 터벅터벅 블랙앤트의 숲으로 들어갔어. 그러고는 자신의 목표물인 콧수염 앤트를 찾아내었지. 그런데 그 앞에는 인간 전사, 오크 마법사 등 다양한 종족으로 이뤄진 다섯 명의 캐릭터들이 둥그렇게 진을 치고 있었어. 그들을 뚫고 가지 않으면 콧수염 블랙앤트에 접근하는 것은 불가능했지.

'쪼꼬♡야미'가 "저기요, 비켜 주지 않……."까지 채팅창에 글을 입력했을 때 황금암각 세트 갑옷을 입은 털보전사의 팔 근육이 불끈 팽창하더니, 거대도끼를 휘둘러 쪼렙 엘프의 어깻죽지를 찍어 내 버렸어. 불쌍한 엘프는 포크레인에 치인 나비처럼 즉사하고 말았지.

"뭡니까, 이게?" 내가 묻자 그는,

"그러게 말예요. 대꾸도 없고. 반응도 없이. 공격만 해 오네요."라고 답했어.

PK(Player Kill)였어. 게이머들이 서로 공격해 아이템을 빼앗거나 강함을 과시하는 행위. 사실 게이머라면 누구나 한 번쯤은 겪는 피의 복수극 같은 거였지. 그런데 뭔가 이상했어. KOH가 여러 번의 확장팩을 출시하면서 서버마다 하나씩 투기장이 생긴 뒤론 PK는 완전히 사라지는 추세였거든. 살인을 하면 신전에서 회복을 못 받거나 던전에서 귀환이 되지 않는 등 불이익도 많아져서 더더욱 그랬지.

게다가 가진 거라곤 '블랙앤트의 열매' 세 개가 고작인 '쪼꼬♡야미'를 죽여서 뭘 얻을 수 있다는 말이야. 안 그래? KOH 게임 내에서 LV. 1 상태로 음성 채팅 말곤 한 적이 없던 그가 피로 씻어야 하는 원한을 산 적도 없을 텐데.

그때 등 뒤에서 익숙하고도 묵직한 저음이 들려왔어.

"무슨 일이야, 쪼꼬 아우. 계산상으로 아직 블랙앤트가 죽을 때는 안 된 것 같은데."

출근하는 길에 잠깐 상태를 보러 들른 '메텔과부비부비' 형님이었어. 자초지종을 들은 그의 얼굴은 마치 치우천황이 재림한 것마냥 붉으락푸르락해졌지.

"뭣이라! 이놈들이 아우에게 다구리를 먹이고 있다고! ……음? 양키들이잖아. 왜 미국 서버 놈들이 한국 서버에 들어와 깽판을 치는 거지?"

흥분 속에서도 '메텔과부비부비' 형님의 스캐닝 능력은 훌륭했어. 블랙앤트를 지키고 있는 게이머들의 아이디는 'Irondevil@', 'bloodtiger32' 등 영문 이름이었어. 대체 무슨 수로 한국 서버에 전송될 수 있었는지는 모르겠지만 말이야.

그런데 놀라기는 아직 일렀어. '메텔과부비부비' 형님은 세계에서 알아주는 게이머답게 그들의 아이디만 보고 정체를 파악한 거야.

"어찌 된 일이지? 이거…… 미국에서도 가장 잘나가는 다섯 서버 투기장의 챔피언들이잖아."

그랬어. 블랙앤트 뒤에 누가 있는지는 이제 아리송해졌지만 대충 미국 양키로 보이는 그자는 최강의 자객 다섯 명을 추려 무척 비싼 바리케이드를 세운 거야. 고작 쪼렙 엘프가 NPC 블랙앤트를 때리지 못하도록 말이야.

"이거, 나 혼자서는 상대할 수 없겠는걸."

진지해진 '메텔과부비부비' 형님은 이른 새벽이었는데도 휴대전화를 켜 어딘가로 전화를 돌리기 시작했어. 길드원 소집령이었지.

"궁둥짝 들고 당장 텨와라. 칼춤 좀 춰야 쓰겠다."

아아아아. 아침 햇살과 함께 그들은 등장했어. 피시방 문이 열리는 초인종 소리와 함께 카우보이들처럼 들어선 네 명의 사내. 그들은 1년에 한 번 열리는 '게이머 배틀 최강자전'에서 우승을 거둔 전설의 게이머들이었던 거야! 태양을 쏘아 떨어뜨릴 수 있지만 야맹증이라 그것을 자제한다는 드워프 궁사 '쏜데또쏴' 님은 자그마치 의정부에서 인천까지 장장 두 시간을 건너오셨다더군. 그들의 위용에 놀란 난 그만 유치원 때 선생님 앞에서 참았던 방귀를 뀔 뻔했지만 전설의 형님들에게 로그인 카드를 돌리느라 가까스로 참아 냈지.

잠시 후. 미국 서버의 다섯 자객 앞에 나란히 선 '그레벨에잠이오냐'의 전설 급 게이머들이 무기를 뽑아 들었어. 상대편도 바짝 긴장했는지 포지션을 제대로 바로잡더군. 쪼렙 게이머들의 놀이터에 순식간에 투기장 결승전에나 어울릴 법한 전운이 감돌았어.

다른 캐릭터들은 낑낑거리며 들고 다니는 클레이모어 대검을 양어깨에 척 올린 '메텔과부비부비' 형님이 앞으로 나섰지. 그러자 미국 서버 측에선 좀 전에 거대도끼로 '쪼꼬♡야미'를 도륙한 주인공 털보전사가 스윽 앞을 가로막더군. '메텔과부비부비' 형님은 콧방귀 한 번을 뀐 다음 사자후와 함께 클레이모어를 맹렬하게 휘둘렀어. 까가각 하는 소리와 함께 털보전사는 자기 일행이 있는 뒤편으로 주르륵 밀려났지. 실로 통쾌한 일격이자 선전포고였어.

"Yanky. Go Home!"

형님은 일부러 양키의 스펠링을 틀리게 씀으로써 녀석들의 멘탈에 데미지를 주신 다음 거침없이 진격했어. 그가 양손에 든 대검을 휘두르며 적들에 맹공을 퍼붓자 그 뒤로 전설의 네 게이머가 따라붙었지.

그리고 블랙앤트의 숲은 그들의 전투 때문에 핵폭탄이 떨어진 것마냥 초토화가 됐어.

미 중앙 정보국 차장의 블랙앤트 프로젝트 08

확 그냥 인천에 핵폭탄을 떨어뜨려 버릴까.

장장 한 시간 23분에 걸친 치열한 전투에서 미국 서버 용병들이 몰살당하자 토미 파커의 머릿속을 채운 생각이었다. 대체 어디서 얻은 동료들인지 모르나 황척호는 세계랭킹 상위권의 전투원들을 고용해 자신의 앞길을 방해했다. 월드버거는 패배의 충격에서 헤어 나오지 못하고 있는 다섯 게이머를 다독이며 낯선 마우스와 키보드 때문이다, 조직력의 근소한 차이였다며 위로하고 있었지만 파커의 귀엔 아무 소리도 들려오지 않았다.

'꼬레안. 감히 나와 파워 게임을 해보시겠다?'

암습과 비밀공작이 파커의 전공이었지만, 그는 필요하면 상대가 다시는 덤빌 생각도 하지 못하도록 정면에서 자근자근 밟아 줄 때도 있어야 한다는 걸 잘 알고 있었다. 그리고 지금이 바로 그런 때였다. 블랙앤트에 쌓인 데미지는 어느덧 위험수치를 훌쩍 넘겼고, 파커에게 남은 시간은 고작 7시간 32분에 불과했다. 정규업무에서 짬을 내 시간을 비우는 데에도 한계가 있다. 정적들이 이상한 낌새를 눈치채기 전에 일을 마무리해야 했다.

"월드버거, 저기에 핵폭탄을 떨어뜨려야겠다."

어느덧 파커와 보름 동안이나 손발을 맞춰 온 프로그래머 월드버거는 그 말의 속뜻을 대충 눈치챘다. 꼬레안들이 점령하고 있는 블랙앤트의 숲에 핵폭탄 급 '재앙'을 떨어뜨리라는 얘기였다. 중세시대를 베이스로 디자인된 KOH의 세계관 속에서 핵폭탄에 비견될 만한 파괴의 신이라고 한다면 단 하나뿐이었다.

"레벨 99의 마룡 티아매트를 소환하죠."

사실 태곳적 악마의 피에서 부활한 티아매트는 아직 베타테스트도 거치지 않은 KOH의 새로운 확장판 '시련의 티아매트'에 등장하는 최종 보스였다. 게임 밸런스 조정이 말도 안 될 만큼 강력하게 설계돼 있었다. 때문에 확장판이 출시된 이후 두세 달은 흘러 늘어난 만렙 기준을 꽉 채운 고수들이 20명 정도는 있어야 도전해 볼 법한 괴수였다.

물론 파커는 월드버거가 시시콜콜 늘어놓는 티아매트의 괴력엔 전혀 관심이 없었다. 단지 몬스터 맵핑과 시뮬레이션 구축에 다섯 시간이 걸린다는 월드버거의 말을 탁 자르며 "무조건 세 시간 내로 완료해."라는 말만 남기고 제6심문실을 떠나 버렸다.

심문실을 나서며 파커는 황척호의 바로 옆에 붙여 둔 심복 옐레나 이바노프에게 전화를 걸었다. 그러나 응답이 없었다. 특별한 이유 없이 한 시간이 넘도록 보고를 갱신하지 않을 그녀가 아니었기에 파커의 가슴속에는 스멀스멀 불안감이 솟아올랐다.

그 순간 이바노프는 인천의 알로에 피시방 여자화장실에서 대걸레를 빨고 있었다. 그러고는 황척호의 먹을 따 버릴 다양한 시나리오를 머릿속에서 굴리고 있었다. 그녀가 아직 이 피시방에 알바로 위장해 있는 이유는 단 하나, 파커가 여전히 최후의 방법으로 황척호 사살을 염두에 두고 있기 때문이었다. 교살, 독살, 폭살 등등. 타깃의 전투력 이 워낙 볼품이 없어, 살해 방법은 입맛 따라 골라잡으면 그만이었 다. 암살 자판기가 누르고 싶은 버튼은 때려 죽이는 박살이었다. 그 동안 황척호란 꼬레안 때문에 쌓인 스트레스가 이만저만이 아니었 기 때문이다. 하지만 증거가 많이 남게 되므로 곤란하다. 이바노프는 마우스 줄을 풀어 경동맥을 조르는 것으로 대충 합의를 봤다.

그때 여자화장실 문을 열고 한 여대생이 들어왔고, 이바노프는 신 속히 눈가의 살기를 지웠다. 그리고 여대생이 변소 안으로 들어가 문 을 잠그는 동안 기계적인 움직임으로 걸레의 물기를 짰다. 그리고 걸 레에서 짜낸 마지막 물방울이 화장실 타일 위로 떨어졌을 때, 이바노 프는 굉장한 속도로 상체를 숙여 변소의 문틈에서 날아온 단검을 피 했다. 단검이 거울을 빠직, 박살 내는 것과 거의 동시에 이바노프는 변소의 문짝을 매섭게 걷어찼다. 문짝이 쩍 갈라졌지만 벽에 붙어 대 비하고 있던 여대생은 망설임 없이 주먹을 내질러 반격해 왔다.

좁은 화장실에서 격렬한 육탄전이 벌어졌다. 쓸데없는 욕설이나 기합 소리는 없었다. 다만 뼈와 살이 부딪치는 타격 공방음과 격렬한 숨소리만 화장실 천장에 메아리쳤다. 팔꿈치를 능수능란하게 사용 하는 여대생의 격투술은 제법이었지만 백전노장 이바노프가 오른쪽 빗장뼈를 엄지로 찍어 누르자 균형이 붕괴됐다. 틈을 놓치지 않은 러 시아산 암살 자판기는 니킥으로 복부에 정타를 먹인 다음, 대걸레 자 루를 밀어붙여 여대생의 상반신을 제압했다.

"큭. ······어떻게 눈치챘지?"

이바노프를 공격한 의문의 여자가 묻자 이바노프는 한국말로 대꾸했다.

"고저 조선의 여대생 동무는 고따구로 책가방을 갖고 다니지 않는다우."

핸드백을 메고 책은 파일케이스에 넣고 다니지. 이바노프 또한 알로에 피시방에서 며칠간 잠복하며 관찰한 지식이 아니었다면 한국의 여대생으로 위장한 암살자에게 당했을지 모른다. 이바노프는 거울에 박힌 단검을 뽑아 그것을 주인의 목에 겨누었다.

"배후 밝히면 내래 손가락 한 개로 끝내 주갔서."

암살자는 이바노프의 눈빛에 담긴 무저갱을 보고는 허세나 속임수가 통할 상대가 아니라고 판단하고는 사실을 불었다. 그녀는 베트남인 프리랜서 킬러였고, 고용주는 러시아 마피아였다. 의뢰내용은 옐레나 이바노프의 사살. 유튜브 동영상 구석에서 키보드에 쌓인 담뱃재를 털던 이바노프가 잠깐 찍혔는데 그걸 놓치지 않은 모양이었다.

'빌어먹을. 파블류첸코 영감이 아직도 날 포기 안 한 건가.'

이바노프는 짜증이 났지만 드러내지 않았다. 그러곤 무표정하게 킬러의 오른손 중지를 잘랐다. 상대는 신음 소리 하나 흘리지 않았다. 이바노프는 적당히, 그러나 진심을 담은 협박을 몇 마디 건넨 다음 베트남 킬러를 놔주었다. 살려 주는 조건은 러시아 마피아에게 자신을 놓쳤다고 거짓말로 보고하는 것. 잠깐의 시간은 벌 수 있을 것이었다. 암살자는 피가 번져 나오는 손가락을 휴지로 싸매곤 물러났다.

휴대전화를 꺼내 들자 토미 파커로부터 부재중 전화 4통이 와 있였다. 파커의 요구사항은 대부분 느긋하게 들어주는 이바노프였지만 이번은 쉽지 않을 것 같음을 인정했다. 그녀는 통화 버튼을 눌렀다.

"파커. 파블류첸코가 냄새를 맡고 킬러를 보냈어요. 상대는 제압했지만 피가 좀 많이 튀었어요. 지금 당장은 뒤처리를 하느라 이곳 화장실에 묶여 있어야 할 것 같아요."

"선택지가 그렇게 좁아진 건가. 결정은 아직 내리지 않았어. 빨리 증거를 지운 다음 현장으로 돌아와."

"결정을 기다리겠어요. 전 어느 쪽이든 상관없어요."

이바노프의 통보와 동시에 월드버거가 티아매트 출격준비를 마쳤다고 알려 왔다. 제6심문실로 발걸음을 옮기는 동안에도 파커는 여전히 고민하고 있었다. 황척호가 자신의 비밀 금고를 노리기는커녕, 그 존재조차 모르고 있다는 건 아무래도 명확한 사실 같았다. 배후 따윈 존재하지도 않았다. 그저 우연히 지나가는 길에 변을 싸질렀는데 하필 그곳이 파커가 숨겨 놓은 보금자리였을 뿐이다.

'죽일까.'

황척호의 목숨을 두고 그가 주저하는 것은 알량한 도덕심 때문은 아니었다. 차라리 놈이 첩보계의 인물이었다면 진작에 처분했을 것이다. 그러나 놈은 바깥세상의 평민이었다. 그가 결국 블랙앤트를 쓰러뜨려 자신의 비밀 금고를 턴다 한들 그 가치도 모르거니와 암호해독 프로그램도 없어 써먹을 수조차 없을 것이다.

이바노프의 힘을 빌려 황척호의 생명반응을 정지시키는 건 조금 '반칙' 같았다. 그것이 미묘하게 파커의 자존심을 건드리고 있었다. 녀석이 시비를 걸어온 곳은 KOH라는 게임 세계 안이 아니었던가.

스스로는 모르고 있었지만 파커는 온라인 게이머들이 치열하게 겪는 고뇌 ─ 인터넷에서 키보드 배틀로 까부는 놈을 현피로 깔 것인가, 말 것인가? ─ 를 겪고 있었다.

파커는 결정을 내렸다.

'일단 게임 속에서 마지막 방법을 쓰겠어. 그래도 굴복하지 않는다면…… 죽일 수밖에.'

알로에 피시방의 신입교육 녹취록 09

인마. 선배가 얘기하는 도중에 화장실로 튀어 가는 건 어디서 배운 버릇이야? 급했다고? 뭐, 인정해 주지. 화장실 공사가 아직 안 끝나서 그래, 제길. 여자화장실 문짝이 툭하면 고장 나니까 남자화장실로 사람들이 몰리잖아.

이게 다 그 러시아 누님 때문이야. 문제의 그날. 누가 여자화장실을 난장판으로 만들어 놨거든. 대걸레도 부숴 먹고! 문짝도 쪼개 놓고! 아무래도 범인은 러시아 누님 같았어. 왜냐하면 그날 피시방에 여자라곤 그 누님뿐이었거든. 왜 이렇게 흥분했냐고? 그러니까 말이야. 내가 그날 여자화장실 문짝을 고쳐 놓느라 하마터면 그 '최후의 전투'를 못 볼 뻔했기 때문이지.

그날, 알로에 피시방에선 축제가 벌어졌어. 여기저기서 웰치스와 콘초코, 고향만두가 돌아다녔지. 그도 그럴 것이 미국 서버 베스트 파이브에게 토종 한국 게이머가 매운맛을 보여 준 거니까. 잠시 후면 그토록 고대하던 NPC 블랙앤트의 사망순간이 찾아올 테고 말이야.

게임에는 그닥 관심 없어 보이던 그 러시아 누님마저 '쪼꼬♡야미' 뒤의 인파에 어깨를 들이밀 정도였어. 그런데 손에 마우스는 왜 감고 있었을까.

기쁨의 순간은 스피커에서 거대한 날갯짓 소리가 들려오면서부터 금이 가기 시작했어.

블랙앤트의 숲에 순간 어두운 그림자가 드리워지더니 지하세계에서 들려온 듯한 포효가 쩌렁쩌렁 울렸지. 산꼭대기에 고고히 앉아 게이머들을 내려다본 그것은……. 믿어져? 드워프들의 신화 속에서만 등장하던 고대 용 티아매트였어. 확장판이 나온다는 소문은 있었지만 스크린샷조차 공개된 적 없던 막강한 몬스터가 등장한 거야.

'쪼꼬♡야미'가 입을 열었어.

"이젠…… 용까지 나타나서 절 가로막는 건가요."

거기엔 뭔가 고용량으로 압축된 울분이 담겨 있었어. 고래와 사흘 밤낮 사투를 벌이던 어부가 결국 고래를 굴복시키고 승리를 확신한 순간 집채만 한 파도를 만난 느낌이랄까.

순간 피시방은 비장한 분위기로 넘실댔어. 그 직후 마치 약속이나 한 듯 일어난 일을 과연 무엇으로 설명할 수 있을까. 알로에 피시방 1층에서 파티를 벌이던 모든 게이머가 빛의 속도로 자기 자리로 돌아가 KOH에 접속했지. 그리곤 블랙앤트의 숲으로 모여들었어.

그 숫자는 자그마치 서른여덟! 신화에서 강제로 불려 나온 용을 때려잡으러 모두가 한마음 한뜻이 된 거야. 물론 용 사냥에 성공했을 시 놈이 떨굴 레어템을 탐내서 그런 걸 수도 있었겠지. 하지만 그날 손님들의 얼굴에 서려 있던 사명감은 그런 저급한 욕망으로 설명할 수 있는 게 아니었어.

"헛허. 저놈 레베루가 99여야. 잡을 수 있으려나 모르겠다."

패배란 걸 모르고 살아온 '메텔과부비부비' 형님마저 마른침을 삼켰던 그 순간, 티아매트가 육중한 날개를 펼치며 날아올랐어. 큼직큼직한 비늘들이 챠라라락 부딪히며 소름 끼치는 소리를 내더군. 그리고 그 크기만큼의 벼락 덩어리가 서른여덟의 전사들을 향해 내리꽂혔지.

티아매트가 불길을 뿜을 때마다 전사들의 방패와 투구가 바스러지고, 꼬리를 채찍처럼 휘두를 때마다 살점이 떨어져 나가는 통곡 소리가 가득 메워졌어.

처참한 살육. 무모한 항전. 기적적인 회생과 쏟아지는 구호물품. 처절했던 그날의 전투는 장장 세 시간에 걸쳐 이어졌어. 마법사들의 스크롤도 점차 바닥나고, 성직자들의 약물 버프에도 한계가 보이기 시작했지. 무엇보다 인간인 게이머들의 집중력은 흐트러져 가는데 인공지능인 티아매트의 공격패턴은 여전히 물고, 깨물고, 꼬리로 쓸어 버리는 등 다양했어. 가끔 궁지로 몰았다 싶으면 날개까지 동원해 요동치며 심각한 출혈을 입혔고.

결국 여기까지인가! 절망이 악성 코드처럼 번져 가기 시작했을 때였지.

알로에 피시방 2층에서 그가 뚜벅뚜벅 걸어 내려왔어. 그러곤 뜨거운 열기 속에서 숨죽이고 있던 1층에 내려섰지. 맞아. 지금껏 침묵을 지키며 참전 의사를 밝히지 않았고 있던 '미안하다다굴한다'의 행동대장 '플란다스의개차반' 형님이었던 거야!

그가 천천히 '메텔과부비부비' 형님의 자리를 향해 걸어갔어. 그러자 마치 모세의 기적처럼 인파가 좌우로 갈라졌지. 정신없이 최전선에서 협공을 지휘하던 '메텔과부비부비' 형님이 이상한 낌새를 눈치채고 뒤를 돌아봤어. 그러곤 탈퇴를 조건으로 내건 싸움에서 자신에게 처절히 무릎 꿇은 이후 절대 1층 내부로는 들어오지 않았던 라이벌의 얼굴을 믿기 어렵다는 듯 쳐다봤지. 그 둘의 중앙에는 이 모든 사건의 발단 '쪼꼬♡야미' 님이 앉아 있었고. 실로 절묘한 구도였어.

"망할 새끼, 도와줄까."

'플란다스의개차반' 형님이 손을 스윽 내밀자,

"한 시간. 딱 한 시간만 휴전이다."

라며 그 손을 꽈악 붙잡았지. 크. 그것은 기적이었어. 알로에 피시방의 앙숙인 사자와 호랑이가 용을 때려잡기 위해 전략적 제휴를 이뤄 낸 거야! 배신한 여친이 준 돈을 철저히 낭비해 버리겠다는 쪼렙 엘프의 괴이쩍은 소원을 이뤄 주기 위해!

'미안하다다굴한다'의 스물일곱 길드원의 전격적인 참전! 그것은 전멸의 위기에 내몰렸던 전사들을 다시 일어서게 만들었어. 부러진 칼을 버린 다음 동료가 건네주는 메이스를 붙잡고, 전우의 시체를 뛰어넘어 다시 죽음 속으로 몸을 던져 넣는 숭고한 장면.

티아매트는 새롭게 형성된 포위진의 전격적인 공세에 당황했지. 그도 그럴 것이 '플란다스의개차반' 형님이 이끄는 '미안하다다굴한다' 길드는 진정 일점사 다구리 세계의 무적부대였거든.

난 뒤늦게 출근한 사장님과 부둥켜안고 목청껏 외치며 그들을 응원했어. 제발 힘을 보여 달라고. 불가능을 가능케 만드는 기적을 시

전해 달라고.

용은 정말 끈질기게도 죽지 않더군. 한쪽 눈을 찔리고 기가 꺾이고도 등에 올라탄 적들을 용틀임으로 떨어뜨린 다음 자근자근 밟거나 깨물어 학살해 나갔어. 그러나 조금씩 데미지가 쌓여 가고 있음은 부인할 수 없었지. 녀석이 불을 내뿜는 예비동작을 파악한 고렙 게이머들이 조금씩 맞춤 방어진을 만들어 몰아붙이기도 했고.

얼마나 시간이 흘렀을까. 절대 쓰러지지 않을 것 같았던 티아매트가 쓰러졌어. '메텔과부비부비' 형님의 대검이 놈의 오른쪽 발목을 베어 내자 '플란다스의개차반' 님의 410만 원짜리 레어템 '아누비스의 이빨'이 시동돼 놈의 미간에 꽂힌 거야.

그리고 동시에 블랙앤트가 숨넘어가는 소리를 내며 쓰러졌어. 모두가 티아매트에 집중하고 있었던 그동안, '쪼꼬♡야미' 님은 내내 한 놈만 패고 있었던 거야. 아무도 보지 않지만 눈 덮인 철로에서 열심히 깃발을 휘두르는 철도원의 자세로.

'쪼꼬♡야미'의 인벤토리에 뭔가가 가득 채워졌어. 그러나 그는 그걸 열어 볼 생각은 없어 보였어. 좀 희한한 건 그 순간 러시아 누님 옐레나가 마우스 끈을 팽팽하게 붙잡고 '쪼꼬♡야미'의 등 뒤에 서서 모니터를 뚫어져라 쳐다본 거야.

모두가 승리의 기쁨을 만끽하며 얼싸안았을 때, 블랙앤트가 둘로 갈라졌지. 그리고 그가 나타났어. 하얀색 로브에 괴이한 콧수염을 단 현자. 그의 머리 위엔 'Elephant Trainer(코끼리 사육사)'라는 글자가 떠 있었고.

그가 입을 열었어.

"용사여. 그대가 이겼도다. 이제 그대를 영웅의 전당에 올려 주고 원하는 소원을 들어주도록 하겠다."

미 중앙 정보국 차장의 블랙앤트 프로젝트 09

구글 번역기를 돌려 소원을 들어준다는 말을 입력한 월드버거는 뒤를 쳐다봤다. 파커는 패배한 악귀 같은 얼굴과 뭔가 홀가분해진 목자같은 얼굴을 동시에 하고 있었는데, 마치 인간의 표정구조를 초월한 것 같은 오싹함이 있었다. 그는 생애 처음으로 패배를 겪어 본 것이다. 그것도 당연히 이길 수밖에 없을 것이라 믿었던 상대에게.

월드버거는 파커의 말을 받아 적고는 황척호의 응답을 기다렸다. 그 어떤 레어템을 요구하든 다 만들어 줄 생각이었다. 이 상황을 생중계로 지켜보는 세계 각국의 게이머들에게 '이건 원래 이스터에그 이벤트'라고 속일 수 있게. 한데 꼬레안의 요구사항은 몹시 괴이했다.

월드버거는 다시 한 번 요구조건을 확인했다.

"저, 정말 그걸로 끝인가?"

황척호는 이렇게 대답했다.

"OK."

월드버거는 순간 깜짝 놀랐다. 토미 파커가, CIA 정보부의 차장이자 악마조차 비교를 거부한다는 냉혈한의 입꼬리에 미소가 달려 있었다. 월드버거는 처음엔 질겁했다가 파커가 계속 웃자 영문도 모르면서 덩달아 피식피식 웃기 시작했다.

파커는 자신이 웃고 있는 줄도 모르고 있었다. 당했어. 완벽히 당했어. 마지막 요구조건이 설마 저런 거였다니.

'경의를 표하지, 황척호. 자넨 내가 죽기 전까지 두 번 다시 보지 못할 종류의 인간일 거야.'

게임 속의 'Elephant Trainer'는 오른쪽으로 한 바퀴 돌고 사라졌다. 동인천 알로에 피시방에서 장내의 모든 사람을 싹 말살하고 증거를 인멸할 각오까지 하고 있던 옐레나 이바노프는 순간 팽팽하게 잡고 있던 마우스 끈을 느슨하게 풀었다. 그것은 파커의 퇴각 신호였다. 영문을 알 순 없지만 그녀의 주인은 황척호를 살려 주기로 한 것이다.

이바노프는 인파에 섞여 정신없이 축하를 받고 있는 황척호를 뒤로 하고 어둠 속으로 몸을 숨겼다.

'운이 좋군. 꼬레안. 다시는 보지 않기를.'

알로에 피시방의 신입교육 녹취록 10

그 후, 두 번 다시 그를 보지 못했어.

'쪼꼬♡야미'는 1000시간 정액제를 다 써 버리곤 홀쩍 우리 피시방을 떠났지. 내가 말해 줄 수 있는 건 그가 떠나기 전 몹시 홀가분한 표정으로 날 향해 웃어 줬다는 거야. 그의 메말랐던 회색 얼굴에 조금이나마 채도가 생겼달까.

자, 이제 슬슬 이야기를 마무리할 때가 되었어. 그 남자가 콧수염 현자에게 내건 요구조건이 궁금하겠지? 바로 지금 그걸 보여 줄 거야. 이렇게 긴 이야기를 들려준 이유가 바로 이 한 장면을 납득시켜 주기 위해서거든.

자. 화면을 봐. 보여? KOH의 신규 캐릭터가. 쪼렙 전사지. 여긴 블랙앤트의 숲이야. 그가 남기고 간 유산이 남아 있는 곳이자 이제는 전 세계 KOH 게이머들의 관광지가 됐지.

뭘 시킬 거냐고? 자 블랙앤트를 때려 봐. 그리고 놈이 뭐라고 외치는지 잘 지켜보라고. 응? 넌 이게 걸렸구나. 내가 읽어 봐 줄까?

"소녀 킬러 Y는 시체 안치소에서 눈을 떴다."

큭큭큭. 뭔 소린지 모르겠지? 컴퓨터 에러인가 싶기도 하고. 하지만 아니야. 한 번 더 때려 볼까?

"Y는 일단 배를 채운 뒤, 놈의 목을 날려 버리기로 마음먹었다."

앞 문장과 이어지지?

블랙앤트의 대사는 열네 가지 버전이 있는데 전부 이런 식이야. 처음엔 도통 무슨 소린지 알 수가 없지. 하지만 계속 때리다 보면 어느새 마지막 문장 "소녀 킬러 Y를 죽이려 한 건 이모부였다."를 듣고 나면 하나의 이야기를 들려줬다는 걸 알게 돼. 그런데 C 영화사 기억해? '쪼꼬♡야미' 형님에게 쓰라린 배신을 안겨 준 그녀가 주인공으로 데뷔를 준비하고 있던 영화사. 블랙앤트가 들려주는 열네 가지의 이야기들은 모조리 그 영화사가 준비하고 있던 신작 영화 라인업의 스토리를 담고 있어. "둘째 마님은 어째서 뒷간을 불태울 수밖에 없었나."는 특히 명대사로 회자되곤 하지.

C 영화사는 기껏 제작해 놓은 영화의 스토리를 줄줄 내뱉는 게임 NPC에 격분해 고소장을 제출했어. 하지만 무참히 패하고 말았지. 그땐 나도 놀랐어. 게임 속에 현실의 잣대를 무리하게 들이미는 건 현피처럼 무식한 짓이라는 판결이 나왔다나? 아마도 그 콧수염 현자의

배후엔 굉장한 빽이 있었던 모양이야.

그러니까 이걸 꼭 외우고 있으라고. 가끔 쪼렙 손님들이 게임이 이상하다고, NPC가 괴상한 대사를 내뱉는다고 물어볼 때가 있을 거란 말이지. 그럼 이렇게 답해 줘. 그건 보잘것없는 '을'이었던 한 남자가 거대한 '갑'에게 도전해 이룩해 낸 위대한 업적이라고.

그와 함께했던 1000시간 동안 우리는,

잠시나마 '잉여'에서 '영웅'이 될 수 있었다고 말이야.

생명의 꽃

정상규

최초에 암흑이 있었다. 암흑은 정적을 깨고 빛으로 변하며 폭발했고 갖가지 물질이 이 우주를 이루게 되었다. 그 이후, 영겁이라고 할 만큼의 시간이 흘러 그 물질들은 우리가 살고 있는 태양계를 만들어 냈다. 이곳 지구라는 행성도 운석 덩어리들로 이루어져 최초로 대지라는 것을 창조했고 기후현상이라는 것을 만들어, 영롱한 하늘에서 비를 뿌려 바다를 생성시켰다.

　푸른 바다. 그 태초의 바다에서는 생명체들의 시초가 생겼다. 그 생명체는 진화를 했고, 바다에서 육지로 나와 공룡이라는 지구 최초의 지배자를 만들어 냈다. 그리고 운석이라는 거대한 심판이 지구를 휩쓸었고 다시 영겁의 세월이 흘러서 만물의 영장 '인간'을 만들어 냈다.

　하지만, 그 '인간'이라는 것이 그토록 아름다웠던 푸른 별 지구를 이렇게나 망쳐 놓을 줄 그 누가 알았을까. 아무도 몰랐을 것이었다.

인류는 멸망했다. 인간의 욕망과 이기심, 오만이 종말을 초래했다. 더 이상 석유는 나오지 않는다. 더 이상 인간이 탄생하는 일은 없다. 더 이상 푸른 자연은 없다. 더 이상 하늘은 파랗지 않다. 하늘은 빨갛다. 마치 지옥의 하늘이었다. 태양은 더 이상 보이지 않는다. 봄, 여름, 가을, 겨울. 오색찬란하고 생명의 숨결이 느껴지던 계절들은 없어진 지 오래였다.

지구는 더 이상, 푸른 별이 아니다. 이제는, 암흑별이다.

"콜록."

한 남자가 기침을 하며 메마른 주황색 땅에 널브러져 있는 갖가지 고물 덩어리에서 쓸 만한 부품을 찾아내 손에 들고 있던 세라믹 상자에 넣었다. 그는 조금 힘들어 쉬다가 문득 하늘을 바라보았다. 건조하고 뜨거운 바람이 그의 볼을 훑고 지나갔다.

"콜록."

기침을 한 번 더 했다. 그러고는 거무스름한 팔을 들어 손목시계를 보았다. 그는 시간이 많이 지체되었다고 느꼈다.

"후유……."

남자는 큰 한숨을 쉬었다. 표정에는 괴로운 기색이 역력해 보였다. 그는 목을 두 번 꺾고 자신의 검붉은 머리카락을 쓸어 넘겼다. 그러고는 연붉은 바닥을 걷기 시작했다. 손에는 세라믹 상자를 들고, 한쪽 눈은 바닥을 응시하며 말이다.

예전에 아파트라고 불리던 복합 주민 시설은 이미 부식되어 마치 융단폭격의 잔재처럼 보였고, 세계에서 제일 높았던 빌딩은 알 수 없는 검붉은 먼지로 뒤덮여 크나큰 철근 덩어리가 되었다. 주변에서 생명체라고는 찾아볼 수 없었다. 그저 가끔씩 더운 바람이 불고 비가 내릴 뿐이다.

남자는 그것들을 바라보다가 다시 발걸음을 옮겼다. 기침 한 번을 더 하고 손목시계를 보았다. 고개를 젓고는 저 멀리 보이는 주택만한 크기의 돔으로 향하였다.

그때, 거대한 돌풍이 불어 갖가지 기사가 실린 찢어진 신문들이 그에게 날아왔다. 신경질적으로 얼굴에 붙은 신문을 떼서 보니 두 번 다시 보고 싶지도 않은 기사들이었다.

Nuclear war. 인류는 이대로 멸망하는가?
美, 露에 핵 발사. 이르면 내일 오전 도착 예정.
지하 벙커! 최선의 선택이 아니다!
현재까지 파악된 사상자 40억 명! 인류의 극적 위기!

남자는 씁쓸한 표정으로 입꼬리를 살짝 올리며, 신문 쪼가리를 구기고 바닥에 던졌다. 그러고는 그것을 다 해진 더러운 신발로 힘껏 밟고 다시 돔으로 향했다.

돔 앞에 도착한 그는 슬쩍 삐져나온 희뿌연 콧물을 지저분한 소매 끝으로 대충 닦았다. 돔을 바라보니, 자신이 이것을 세웠다는 것이 남자는 믿기지 않은 모양이었다. 시멘트 반죽과 대리석을 섞어 만든 쥐색을 띠는 돔. 남자가 돌풍을 막기 위해 장장 1년에 걸쳐 세운 것이었다. 그 안으로 들어가면 지하계단이 나오는데 그것을 따라 내려가면 강철 문 하나가 보였다.

남자는 거무튀튀한 손을 소매에 문지르고는 강철 문의 손잡이를 돌렸다. 그러자 문이 열리는 쇳소리가 났다. 그는 강철 문을 열고 안으로 들어갔다.

안에는 식탁 하나와 각종 기계 단자들, 침대가 있었고 벽 중간에는 모나리자 그림이 걸려 있었다. 남자는 천장에 붙어 있는 백열전구를 돌려 빛을 발산했고 주변은 순간, 암흑에서 빛으로 바뀌었다. 어둠에 갇혀 있던 공간이 드러나자, 침대 위에 앉아 있던 한 여인이 남자를 발견하고 천천히 자리에서 일어났다.

"어서 와요."

여인이 남자에게 무뚝뚝한 말투로 인사했다.

"응."

남자 역시 무뚝뚝한 말투로 인사를 맞받았다. 그러고서는 여인을 바라보았다. 감귤 빛깔의 긴 생머리와 조금 큰 눈, 딸기색 입술을 가진 얼굴을 보고 있자니, 약간 미소가 나오는 것 같기도 했다.

"오늘, 많이. 가져오셨군요. 부품요."

부자연스러운 말투로 말하는 여인을 본 남자는 고개를 끄덕이며 세라믹 상자를 바닥에 내려놓았다. 철컹거리는 쇳소리가 지하 공간에 울려 퍼졌다.

"식사 준비. 하겠습니다."

여인은 구석에 있는 책상에서 통조림 전투 식량을 뜯어서 코펠에 올려놓고 불을 켰다.

"무엇을 가져오신 거죠? 오늘은."

여인이 파랗게 피어오르는 불을 바라보며 조용히 말했다. 남자는 뻘뻘 흐르는 희뿌연 땀을 팔뚝으로 닦고 입을 열었다.

"오늘도 뭐…… 널 고치려고 이것저것 찾으러 다녔지. 그런데 아쉽게도."

바닥에 있는 세라믹 상자를 다시 들고 여인 앞에 내려놓으며 말을 이었다.

"원하던 부품은 못 구했어."

그의 한숨에 여인은 코펠의 뚜껑을 열고 여전히 무표정한 얼굴을 들었다.

"식사 안 하셨습니까? 식사하십시오."

남자는 여전히 태연한 여인을 보며 눈을 동그랗게 떴다가 이내, 고개를 떨어뜨리고는 코펠이 있는 곳으로 다가갔다.

"맛있습니까?"

말똥말똥한 눈빛으로 신기하다는 듯 자신을 쳐다보는 여인. 남자는 잠시 뜸을 들이다가 연푸른 밥을 입안에 넣었다. 조금 우물거리더니 힘겹게 삼켰다.

"썩…… 먹을 만한데. 한번 먹어 볼래?"

남자가 숟가락을 들어 밥을 한 가득 퍼내더니 여인에게 가져다 대었다.

"먹어 봐도 되겠습니까?"

"그럼."

여인은 경계하고 분석하는 듯, 숟가락에서 눈동자를 떼지 않았다. 그러고는 몇 분 정도가 흘러, 슬슬 남자의 팔이 저릴 때, 드디어 숟가

락을 입에 덥석 물었다. 그러나 여인은 밥을 씹지도 않고 그대로 삼
켜 버렸다.

"씹는다는 느낌은 어떤 것인가요?"

여인은 궁금했다. 그 '씹는다'라는 모든 생물체의 기본적인 식습
관. 그것은 과연 무엇일까. 그녀는 이해할 수가 없었다.

"음. 씹는다는 느낌이라…… 애초에 느끼지도 못하는 네가 느낌을
말한다는 것 자체가 모순되는 말 아닐까. 나는 그렇게 생각해."

남자는 코펠 바닥에 달라붙은 마지막 밥 덩어리를 숟가락으로 싹
싹 긁어 입안에 넣고 우물거렸다.

"느낌이라는 것은 인간이 느끼는 오감이라는 것입니까?"

여전히 맑은 눈빛으로 물어보는 여인. 남자가 자리에서 일어나 코
펠을 구석 자리에 도로 가져다 놓았다.

"갑자기 왜 그렇게 어려운 말을 하는 거야?"

남자가 그렇게 말하자, 여인이 고개를 갸우뚱했다. 잠시 후, 그는
깨달았다. 여인은 로봇이다. 그리고 자신은 인간이다. 무생물과 생물
의 차이. 기계와 생명체라는 본질의 차이. 하지만 그는 여인에게 대
답해 주고 싶었다.

"그래. 인간은 오감을 느낄 수가 있어. 촉각, 미각, 청각, 시각, 그리
고 또 하나가 뭐였더라……."

남자가 고민하고 있을 때, 여인이 자리에서 일어나며 대답했다.

"후각이죠?"

고개를 끄덕인 남자가 눈을 동그랗게 떴다.

"어떻게 안 거야?"

"당신이 말해 주셨잖아요."

여인의 대답에 남자가 멋쩍은 듯 머리를 긁적였다.

식사를 마치고 나서 남자는 여인을 점검했다. 심장 부분이 많이 가열되어 있었다. 배터리 부족 상태에서 많은 일을 하면 일어나는 현상이었다. 그렇게 계속 점검하다가 문득 여인이 입을 열었다.

"저는 조만간 죽는 걸까요?"

그 말을 듣고 점검을 하던 남자의 손이 멈추었다.

"그건……."

기계가 죽는다, 이것은 모순되고 진리에 어긋난 말이었다. 하지만 그는 그렇게 느끼지 않았다. 여인의 심장은 철로 이루어져 있었지만 뜨겁게 뛰고 있었고 피부는 인공이었지만 아직 이렇게나 부드러웠다.

"너는 그 자체로 나의 영원한 친구야."

"그런가요."

여인의 점검을 끝내고 배터리 잔여량을 보니 6개월 정도의 시간이 남아 있었다. 이제 6개월이 지나면 여인은 이 세계에서 영원히 없어진다. 그런 생각을 하자 남자의 가슴 한쪽이 미어졌다.

"이제 자야겠어."

남자는 여인의 심장 개폐기를 재조립하고 입고 있던 셔츠를 다시 여며 주었다. 그러고서는 하나뿐인 백열전구를 반대로 돌려 빛을 차단했다. 그 즉시, 지하 공간은 아무것도 보이지 않게 되었다. 그는 침대로 터벅터벅 걸어가서 위에 있는 창문을 바라보았다. 밖에는 아직도 타고 있는 불구덩이가 있었다.

"콜록."

남자의 안색이 헬쑥해졌다. 눈 밑에는 어두운 다크서클이 뚜렷이 생겨 있었다. 한 번 더 기침을 하고 침대에 누우려고 하니, 여인이 그에게 다가왔다.

"어디 아프신 겁니까?"

"아냐."

남자는 고개를 저으며 침대에 누웠다. 조금 있다가 다시 침대에서 일어나 자신을 바라보고 있던 여인에게 조심스럽게 물었다.

"너도 들어올래?"

남자의 질문에 여인은 자신을 가리켰다.

"제가 들어가도 괜찮겠습니까?"

"싫으면 말고."

여인은 천천히 고개를 저었다.

"명령에 따르겠습니다."

"그래. 그럼 들어와."

남자는 때가 묻은 시트를 들어서 옆자리를 비워 놓기 시작했다. 여인은 그곳으로 들어가 몸을 웅크렸다. 그 모습이 마치 누군가를 잉태하는 것만 같았다.

"잠이라는 것은 왜 하는 겁니까?"

남자가 여인의 옆자리에 누워 창밖에 있는 불구덩이를 바라보고 있을 때, 여인이 갑작스레 입을 열었다.

"넌 내가 잘 때마다 그런 소릴 하는구나."

지겨운 표정을 지은 남자가 몸을 여인 쪽으로 돌렸다. 그러고는 여인을 조목조목 살폈다. 핏기 하나 없는 피부와 무채색의 무표정한 얼굴. 그것을 바라보던 남자는 고개를 저으며 한숨을 쉬었다.

"네가 살아 있는 존재…… 인간이었다면 너를 사랑했겠지. 아마도."

여인 역시 남자를 본다. 서글프게도 표정의 변화는 일절 없다. 그저, 고개를 갸웃거리며 이해할 수 없다는 뜻을 내비칠 뿐이다.

"사랑입니까?"

남자가 쓸쓸하게 웃으며 여인의 말에 대답한다.

"그래. 뇌에 의한 장난들 말이야. 하지만, 그 사랑으로 인류는 여기까지 오게 된 거야."

순간, 말을 멈추더니 기침을 한 번 더하고 말을 이었다.

"근데. 지금은 그 사랑이 증오로 바뀌어서 다 죽었지 뭐."

여인은 그 말을 묵묵히 들으며 돌아누웠다. 창밖 불구덩이의 불빛이 그녀의 얼굴을 비췄다. 남자는 그녀의 얼굴을 바라보다가 검은 하늘로 시선을 돌렸다.

"원래 별이 보였는데 말이지. 북극성을 볼 수 있어서 행복했던 시절이 있었어. 그리고 그 하늘 밑 풀밭에 누워서 매미 울음소리를 들으며 콧노래를 흥얼거리던 시절이……."

남자는 상심에 빠진 표정을 지으며 목이 멘 듯, 차마 말을 제대로 잇지 못했다.

"얼마나, 얼마나 그리운지 몰라."

여인은 눈가가 촉촉해진 남자를 보며 손을 들어 눈물을 닦아 주었다. 남자는 순간, 놀란 표정을 짓더니 몸을 반대로 돌려 나머지 눈물을 소매 끝으로 훔쳐 냈다.

"외롭다는 것이 뭔지 알아? 이 세상에 나 혼자 남아 있다는 기분 말이야. 고독, 상실감, 허탈감, 이질감, 허무함. 이런 느낌들이 모두 섞여서 나를 철저히 짓밟는 것만 같아."

여전히 묵묵히 듣고 있던 여인이 남자의 왜소한 등에 손을 가져다 대었다. 차가운 느낌이 들어 남자가 손을 떼려고 했을 때, 여인이 입을 열었다.

"외롭다는 것이 어떤 것이지는 잘 몰라요. 저는. 상실감이나 이런 감정을 나타내는 단어는 더더욱 알지 못하고요. 하지만 저는 당신한 테 하나만은, 이것 하나만은 말해 줄 수 있을 것 같아요."

여인이 다른 한 손을 마저 남자의 등에 가져다 대었다.

"당신은 혼자가 아니에요."

그 말을 들은 남자가 다시 몸을 여인 쪽으로 돌리고 등에 대고 있 던 그녀의 손을 자신의 심장에 가져다 대었다.

"쿵. 쿵. 두근거리는 소리가 느껴져? 물론 느낄 수 없겠지만. 이건 내가 살아 있다는 증거야. 하지만."

남자는 여인의 냉기가 서린 차가운 가슴에 손바닥을 대었다.

"넌…… 톱니바퀴가 돌아가는 느낌이 나."

고개를 저으며 손을 여인의 가슴에서 떼며 자신의 머릿결을 쓸어 넘겼다.

"그런 심장이 제대로 뛰지 않는 네가, 혼자라는 느낌을 알 수 있을 까. 모를 거야. 모르겠지."

남자는 다시 여인에게 등을 돌린 뒤, 이불 겸 시트를 목까지 끌어 올렸다. 그는 눈을 감았고, 한적하고 차갑기까지 한 공기를 들이마셨다. 여인은 그가 자는 것을 확인하고 침대에서 몸을 일으켜 벽에 등을 기대고 무표정한 얼굴로 창가를 천천히 보았다.

불구덩이는 여전히 불타고 있었다. 여인은 그 불이 정말로 신기한 듯 계속 보았다. 불은 인간에게 유익하면서도 해로운 존재라는 것을 지금까지 몸소, 많이 겪어 왔던 그녀였다.

"불은 정말로 신비로워요."

그녀가 아주 작은 소리로 중얼거리듯이 말했다.

남자는 그 소리를 듣고 잠에 빠졌다. 그리고 꿈을 꿨다. 꿈속 하늘은 폭풍처럼 빛이 났고, 주변은 고통에 가득 찬 비명과 절규에 가까운 울음소리가 울려 퍼지고 있었다.

무릎을 꿇은 남자는 절망에 빠진 표정으로 엄청난 크기의 섬광을 바라본다. 그와 동시에, 그에게 반 토막이 난 사람의 사체가 거대한 돌풍에 의해 덮쳐 왔다. 몇 번 기겁을 하고는 그 고깃덩어리를 손으로 집어 던지더니, 남자는 어디론가 달리기 시작했다.

그가 도착한 곳은 그와 그의 가족이 살고 있던 주택이었다. 하지만 그곳은 이미 흔적도 없이 먼지가 돼서 흩어진 지 오래였다. 절박한 남자가 그쪽으로 다가가 보니, 한쪽 벽 구석에 공포와 극심한 두려움이 가득한 표정을 짓고 있는 그의 아내와 딸이 있었다.

남자가 고함을 지르며 그녀들의 어깨를 흔들어 보지만 이미 숨을 거둔 뒤라는 것을 깨닫고 무릎을 꿇고 바닥에 주먹을 세게 두 번 내려친다. 그의 두 눈에서는 희뿌연 눈물이 흘러내리고 있었다.

그때, 그의 등 뒤에 한 여인의 부드러운 손이 닿았다. 깜짝 놀란 남자는 경계태세를 취하며 뒤를 돌아보았다. 그곳에는 오렌지색 긴 머리를 가진 여인이 남자를 쳐다보고 있었다.

"넌 살아남은 거야?"

남자가 쓸쓸한 미소를 지으며 여인의 손을 잡았다. 여인이 고개를
끄덕였다.

"네. 그렇습니다. 하지만 가족분들은……."

고개를 저은 남자가 더 이상 말하지 말라는 듯 여인의 손을 더욱
세게 잡았다.

"이제 됐어. 우리라도 살고 봐야 해. 빨리 지하로 들어가지 않으면
우리도 흔적 없이 사라질 거야."

남자는 여인의 손을 잡고 길을 달렸다. 도중에 균열이 간 광장의
대형 텔레비전에서 대피 방송이 끊임없이 나오고 있는 것을 보았다.
그러나 그들은 비상 대피소 앞에서 피를 흘리고 있는 시민들이 정부
군들의 총에 맞아 죽는 것을 보고 급히 몸을 숨겼다.

"바보 같은…… 저길 가면 다 죽어! 정부가 우릴 죽이려고 작정했
군."

남자가 한숨을 쉬며 잠시 골똘히 생각하다가 맨홀 뚜껑 비슷한 것
이 열려 있는 구멍을 발견했다.

"일단 저기로 들어가자!"

그들은 그 구멍으로 달려갔고, 안으로 들어가자마자 즉시, 뚜껑을
닫았다. 그러고는 삼중 잠금장치를 작동시켰다. 그걸 하고 나서 밑을
보니, 그곳에 시체 한 구가 있었다.

"누구지?"

남자가 그 시체에 다가가니, 바닥에 피로 이런 글씨가 쓰여 있었다.

'나는 더 이상 살 희망을 잃었소. 신에게 축복받은 자. 이곳에 들어와 사시오.'

시체는 70대 후반으로 보이는 노인이었다. 입에 거품을 물고 쓰러진 것을 보니, 독극물로 인한 사망으로 추정되었다. 그리고 손에 깊은 상처가 있는 것을 보아 그가 독을 마시기 전에 이런 유서를 남긴 것으로 보였다.

"어쨌거나 고맙습니다. 노인. 편히 잠드십시오."

남자가 번뜩 떠져 있는 노인의 눈을 감겨 주었다. 그러고는 주변을 둘러보았다. 어두침침해, 일단 백열전구를 돌렸다. 빛은 곧 지하 은신처의 어둠을 밝혔다.

빛을 밝히자 먼저 한가운데에 있는 모나리자 그림이 인상 깊게 들어왔다. 눈썹 없는 여인은 남자와 여인을 바라보고 있었고, 그 위에 있는 캐비닛을 열어 보니 한 사람이 평생 먹고도 남을 비상식량이 빼곡히 들어차 있었다. 그 밑, 책상에는 코펠과 조리용품들이 올려져 있었다.

"이 노인. 혼자서 이걸 다······."

남자가 감탄하고 있을 때 캐비닛 위에 올려져 있던 라디오에서 주파수가 잡혔다.

그 말을 끝으로 지상에서 빛이 번쩍하는 소리가 들리더니 몇 초 동안의 진공상태의 고요가 이어지고 이내, 격렬한 폭발음이 대지를 갈랐다. 남자와 여인이 있는 지하 은신처 역시 크게 흔들렸다. 남자는 균형을 잃고 캐비닛에 머리를 박고 그대로 바닥으로 고꾸라졌고 여인 역시 뚜껑이 있는 쪽으로 쓰러졌다.

전구가 깜박거렸다. 남자는 피가 흐르는 머리를 붙잡고 자리에서 일어났다. 그는 흐릿해져 가는 시야 속에서 스파크를 튀기며 바닥에 쓰러져 있는 여인을 발견했다.

"어째서……."

남자는 손으로 입을 쓸어내렸다. 여인의 배 부분이 접질려, 안에 있는 부품들이 합선을 일으키고 있었던 것이다.

"무, 사, 하셨, 군요……."

여인이 힘겹게 눈동자를 남자에게 돌리며 말했다. 남자는 손사래를 치며 한쪽 무릎을 꿇었다.

"너부터 걱정해. 그건 그렇고 가정용 로봇이라서, 이렇게 쉽게 부서졌던 건가……."

남자는 조심스레 여인의 몸을 살폈다. 그러고는 한숨을 쉬며, 머리를 쓸어 넘겼다.

"고칠 수는 있을 것 같지만……. 동력 부분에 큰 손상이 갔군. 고친다고 해도 배터리를 새로 구하지 않는 이상 10년 이상은 버티기 힘들 것으로 보이는군…… 지금 이 상황에서 배터리를 구한다는 것 자체부터 불가능이겠지만."

남자는 은신처를 뒤져서 여인을 수리하는 데 필요한 자재들을 구하기 시작했다. 다행히도 맞는 자재를 찾는 데 성공했다. 그리고 그는 약 3일 밤낮을 여인을 고치는 데 전념했다.

"어때, 정신이 들어?"

작업대 위에 여인이 누워 있다. 그 여인을 향해서 남자가 물었다.

"네. 문제없습니다."

여인은 고개를 까딱하더니 접합 자국이 있는 배를 보았다.

"고쳐 주셨군요. 감사할 따름입니다."

여인은 감사의 인사를 표했고 남자는 고개를 저으며 여인을 일으켰다.

"아냐. 할 일을 했을 뿐인걸. 게다가, 네가 없어지면 난 외로워질텐데."

남자는 그렇게 말했다.

그리고 그는 천천히 눈을 떴다. 자신이 매일 꾸는 꿈에 진저리 치다가 이내, 그것이 곧, 자신이 살아 있음을 명백하게 주장하는 증거임을 깨닫는다. 그렇게 생각하고 주변을 둘러보니 여인이 안에 없다는 것을 깨닫고 크게 놀란다. 여인을 찾고자, 침대에서 일어나서 다시 한 번 은신처를 둘러보았다. 이곳에 그녀는 없었다.

창가를 보니, 밖에는 가랑비가 부슬부슬 내리고 있었다. 분위기는 음울, 그 자체였지만 남자가 찾고자 하는 여인은 구덩이 앞에 바짝 서서 하늘을 올려다보며 쏟아지는 비를 맞고 있었다.

남자는 위로 올라가 강철 문을 열고 밖으로 나왔다. 비가 내리는 탓인지, 매서운 바람이 그의 눈시울을 훑고 지나가 눈물을 만들어 내었다.

"여기서 뭐 하고 있던 거야?"

여인은 남자의 질문에 하늘을 올려다보던 고개를 내려서 바닥을 훑다가 자신의 젖은 머리카락 한 가닥을 손으로 꼬았다.

"비를 맞는다는 느낌이 어떤 건지 궁금해서요."

여인의 말에 남자는 이해할 수 없다는 표정을 짓다가 이내, 고개를 끄덕이며 말했다.

"물론 신기하겠지만…… 애초에 로봇이 느낌 같은 걸 알 수 있을
리가 없잖아. 게다가 이거 방사능 비야. 맞으면 부식될 거야. 여기 우
산이나 써."

남자가 여자에게 우산을 건넸다. 그런데 그때, 세찬 돌풍이 불어
건네던 우산이 날아갔다.

"뭐야…… 별수 없지. 일단 같이 쓰자."

우산을 여인 쪽으로 건넨 남자는 여인의 젖은 머리카락을 손으로
꼬불거렸다.

"콜록. 머리카락도 다 젖었네. 이제 돌아가기나……."

"산책할까요?"

갑자기 남자의 손을 잡은 여인이 앞을 향해 고개를 들었다. 남자는
당황한 듯, 이제껏 보지 못한 그녀의 행동에 걸음을 앞으로 옮기기
시작했다.

"갑자기 웬 산책이야?"

어깨에 빗방울이 묻었다. 여인은 그것을 슬쩍 만지며 남자를 보았
다.

"그냥 걷고 싶었어요."

남자는 여인의 어깨에 손을 얹었다. 그러고는 의아하다는 듯 눈꼬
리를 올리고 그녀의 흔들리는 눈망울을 바라본다.

"너 최근에 말투가 바뀐 것 같아."

여인이 해골 부스러기가 있는 길을 걸어가며 남자의 말에 고개를
갸웃거린다.

"저의 말투. 말씀인가요?"

비에 섞인 돌풍이 그녀의 오렌지색 머릿결을 훑고 지나가 한 폭의 빛줄기를 만들어 냈다. 그것을 바라보던 남자는 돌풍이 불자 기침을 한 번 더 했다.

"그래. 말투 말이야."

밖은 여전히 종말의 시대 같은 적막이 흐른다. 그곳에서 남자와 여인은 서로 대화하며 걷고 있다. 다시 한 번, 돌풍이 그들을 훑고 지나간다.

"바뀌었다고 생각해요?"

"그래."

암흑의 하늘이 그들을 감쌌다. 그리고 빗방울은 더욱 거세어지기 시작했고 물안개는 주변을 뿌옇게 만들어 암전된 풍경과 대조되는 느낌을 만들어 내었다.

"밖은 언제 와도 새롭네요."

여인이 팔을 우산 밖으로 뻗은 뒤, 손으로 빗방울을 느꼈다. 물론, 그녀가 느끼는 감정은 일절 없었지만.

"이런 세상이 뭐가 새롭다는 거야."

남자가 볼멘소리로 검은 하늘을 바라보며 한숨을 쉬었지만 이내, 그는 여인에 대해 생각했다. 그녀에게 새롭다는 것은 무슨 뜻일까? 여인에게는 처음 보는 모든 것이 새로운 것일까?

"그런데 혹시 히아신스라는 꽃을 아시나요?"

남자는 여인의 말을 듣고 히아신스에 대해 생각해 보았다. 히아신스라면 아주 어릴 적, 한 번 본 기억밖에 없었다. 더 자세히 생각해 보니, 히아신스는 자줏빛 잎과 기다란 줄기를 가진 꽃이었고 그윽한 향기가 났다.

"아주 어릴 적에 한 번 본 것 같은데……."

그렇게 말하자, 여인이 고개를 끄덕이며 답했다.

"제가 예전부터 책에서 봐 오던 꽃이 있었어요. 그건 바로 히아신스 꽃이었어요. 히아신스 꽃은 10월에 피는 향이 아주 좋은 꽃이에요. 꽃말은 '진정한 사랑'이죠. 이 사진은 은신처에 있던 식물도감에서 잘라 낸 거예요."

여인은 그 말을 하고 펄럭이는 순백의 치마 주머니에서 사진 한 장을 꺼내 남자에게 건넸다. 남자가 사진을 받아 지켜보았다. 사진에는 냉기가 서린 자줏빛 히아신스가 찍혀 있었다. 햇살은 그 히아신스를 비추었고, 주변의 흙은 진한 갈색 빛을 띠었다. 남자는 히아신스 사진을 몇 초 더 바라보다가 냉정한 실소를 지었다.

"하지만 이런 세상에서 그런 꽃이 핀다는 건 거의, 불가능에 가깝겠군……."

남자는 기침을 계속하다가 빗방울이 점점 거세어지는 것을 보고 여인을 바라보았다.

"아마도, 오늘 비가 계속 내릴 거야. 그만 은신처로 돌아가자."

여인은 그의 말에 고개를 끄덕였고 발걸음을 돌렸다. 남자는 들고 있던 사진을 여인에게 돌려주었고, 다른 한 손에 쥔 우산의 손잡이를 고쳐 쥐었다. 그렇게 걸으려고 할 때, 여인이 입을 열었다.

"사랑이란 것은 남자와 여자 사이의 애정 또는 불쌍한 이에게 베푸는 관용 같은 게 맞나요?"

남자가 발걸음을 멈추고 여인을 바라보았다.

"글쎄. 얼추 맞는 말이겠지. 사랑이라는 것이 애초에 추상적인 것이니까. 그런데 갑자기 사랑에 대해 왜 물어보는 거야?"

하늘은 성나 보였고 그 밑에 있는 남자와 여인에게 비를 퍼붓고 있었다. 여인은 슬쩍 남자에게 고개를 돌렸다.

"제가 만약 당신과 같은 인간이었다면 사랑이라는 걸 느끼고 더욱 잘 알 수 있었을까요?"

남자는 놀란 표정으로 여인을 가만히 지켜보았다. 입을 열었지만 그는 정확히 뭐라 말해야 하는지, 그것의 본질이 무엇이고, 또 왜 말해야 하는지에 대한 대답을 찾을 수도, 말할 수도 없었다.

"그랬을 거야. 그랬겠지. 네가 인간이었다면 분명 너도…… 마음이란 것이 있었을 테니까."

그는 사랑에 대해서 고뇌해 보았다. 사랑은 누군가를 좋아하고 누군가를 생각할 때 비로소 희망을 얻는 것이라고 생각했다. 그리고 남자는 여인을 쳐다보았다. 만약에 여인이 인간이었다면, 살아 있는 존재였다면, 자신은 여인을 사랑했을까?

"그런가요? 저는 다음에 생명체로 태어난다면 히아신스 꽃이나 인간으로 탄생했으면 좋겠어요. 진정한 사랑의 의미를 알고 싶어요. 나는 기계잖아요. 기계로서는 알 수 없는 사랑을 알고, 또 느끼고 싶어요."

여인은 희미하게 입꼬리를 올렸다. 어떤 감정을 느낀 것은 아니겠지만, 그렇다고 무의미하게 올린 것도 아니었다.

"다음 생…… 이런 세상에 다시 태어날 수 있을까."

남자는 우산을 약간 젖히고 비가 쏟아지는 하늘을 올려다보았다.

하늘은 마치 먹을 풀어 놓은 것만 같았다.

"콜록."

이번에는 심한 기침이었다. 남자가 손을 보니 많은 피가 묻어 있었다. 그는 쓸쓸한 미소를 지으며, 옆에 있는 여인을 슬쩍 보았다. 그녀는 빗방울을 구경하고 있었다.

"후유……."

그는 조그마한 한숨을 내쉬고, 손에 묻은 피를 낡은 청바지에 닦았다. 그리고 현기증을 느꼈다. 몇 걸음 더 걷다가 계속해서 심해지는 현기증의 강도가 참을 수 없을 정도로 되었다. 남자의 시야는 하늘에서 내리는 비와 겹쳐 점점 희뿌예져 갔다.

그는 발을 헛디뎠다. 그의 손은 천천히 흔들렸고 우산은 나비가 나풀나풀 날아가듯 바닥에 떨어지다가 사나운 돌풍에 의해 아주 먼 곳으로 날아갔다.

여인은 천천히 쓰러지는 그를 보았다. 그는 피곤한 기색이 역력히 녹아 있는 눈을 슬며시 감고 있었다.

"왜 그러세요?"

빗방울은 대지를 적신다. 그 축축한 대지에 남자는 쓰러져 있고, 여인은 그 남자를 보며 비를 맞고 있다.

"왜 그러시나요?"

여인은 이해할 수 없다는 표정을 지었다. 그렇지만 이내 곧, 그가 말했던 명령을 기억해 낸다.

"HF-1. 주인의 행동 불가상태. 목표지점인 은신처까지 데려가겠습니다."

피를 흘리며 신음하고 있는 남자에게 여인은 무뚝뚝한 목소리로 자신이 앞으로 해야 할 행동을 말한다. 그리고 두 손으로 남자를 번쩍 들어 등에 업고 은신처로 한 걸음씩 걷기 시작했다.

남자는 아주 눈부신 꿈을 꿨다. 그 꿈속의 세상은 아주 평화롭고, 화사하고, 온갖 자연 동물들이 뛰노는 풀밭이었다. 그는 미소를 지으며 푸른 하늘을 바라본 채 햇살을 만끽했다. 그리고 뒤를 돌아보니 그곳에는 아담한 2층 주택이 있었다. 그 울타리 앞에는 아름다운 아내와 귀여운 딸이 서 있었고, 남자를 향해 미소 지으며 손짓을 휘휘 젓고 있었다.

그는 기쁜 미소를 지으며 그곳으로 달려갔다. 하지만 그가 그녀들이 있는 곳으로 달려갈수록 그녀들은 그에게서 점점 멀어지고 있었다. 결국 발의 힘이 풀려서 풀밭에 풀썩 쓰러지더니, 남자는 그녀들이 있는 곳을 향해서 손을 뻗었다.

단지 그는 그렇게 행동할 뿐이었다.

그리고 남자는 천천히 눈을 떴다. 맨 처음 자신의 몸이 굉장히 뜨겁게 달아오른다는 것을 깨닫고는 이내, 한숨을 쉬었다. 주변을 둘러보니, 여전히 달라지지 않은 지하 은신처와 모나리자 그림, 기계 전선, 낡은 코펠이 눈에 띄었다. 마지막으로, 백열전구가 켜진 바로 밑을 보니 그곳에는 여인이 남자에게 등을 돌린 상태로 비상 생수를 부은 그릇에 물수건을 열심히 빨고 있었다.

"일어나셨네요."

여인이 아담하고 부드러운 손으로 물수건의 물기를 꼭 짜고 남자를 보며 말했다. 그러고는 그의 불덩이 같은 뜨거운 이마에 물수건을 올려놓는다.

"얼마 만에 일어난 거야……?"

멍한 표정을 하고 허공을 바라보는 남자가 그렇게 묻듯이 중얼 거렸다.

"정확히 3일 12시간 32분 30초입니다."

여인은 한 치의 틀림도 없다는 듯, 마치 마네킹의 냉정한 얼굴을 복사한 것 같은 표정을 짓는다. 남자는 그녀의 말에 다시 한숨을 쉬 며 이마를 탁 쳤다. 그 순간 그의 손에 물수건이 들어왔고, 그것이 이 미 미지근해졌다는 것을 깨달았을 때, 자신의 죽음이 곧 임박했다는 것을 남자는 느꼈다.

"지금까지 네가 간호한 거야?"

흔들리는 눈망울. 얼굴에 피어오른 붉은 반점. 창백하고 핏기 없는 얼굴. 코에서 흐르는 소량의 핏줄기. 두피의 정수리에서 목덜미까지 흐르는 식은땀. 그렇게 병든 남자가 여인을 지그시 바라본다.

"네. 제가 했어요."

여인이 두 손을 모아 순백의 치맛단에 내려놓고 고개를 끄덕인다. 그 모습이 마치 자신이 할 일을 모두 마친 간호사처럼 보였다.

"고마워."

"아니에요. 할 일을 했을 뿐이죠."

남자는 여인의 인사에 아무 말 없이 시커먼 천장을 올려다본다. 여 전히 시야는 희뿌옇고 몸은 용암같이 뜨겁다.

"결국에는, 나도 죽게 생겼네."

남자가 그렇게 중얼거리니 여인은 아무 말도 없다. 그저, 힘겨워하는 남자를 쳐다볼 뿐이었다.

"네 배터리도 구해야 할 텐데."

그는 여인의 심장을 지그시 바라봤다. 두근거리는 그 뜨거운 심장. 이제 그녀의 심장도 시간이 얼마 남지 않았음을 그 누구보다도 잘 알고 있는 남자였다. 하지만 지금 자리에서 일어날 수도 없는 그로서는 여인에게 해 줄 수 있는 것이 아무것도 없었다. 이 황폐한 세상에서 남자는 무슨 희망을 찾을까, 그것이 설사 앞으로의 빛을 밝혀 준다 한들, 무슨 의미가 있을까. 암흑별 지구에서 자신과 여인은 한낱 미물에 지나지 않음을, 지금까지의 수억 년 역사에 비하면 정말로 가여울 정도의 시간을 살아가고 있음을, 누구보다도, 그 누구보다도, 그는 뼈저리게 느끼고 있었다.

"하…… 벌써 11년 6개월 정도 된 건가?"

남자는 특유의 쓸쓸한 웃음을 지었다. 코에서는 피가 점점 더 나고 있었지만 개의치 않고 말을 이었다.

"널 만든 것이 벌써."

남자는 자신이 여인을 창조했다는 사실이 새삼 놀라웠다. 그렇게 느끼며 고개를 저은 그는 지그시 눈을 감고 옛일을 기억해 냈다.

한 텔레비전 수상기. 남자는 그것을 보며 기계 하나를 만들고 있다. 주변에는 그의 박사 학위와 각종 트로피, 논문 등이 예쁘게 장식되어 있다.

"워싱턴에 있는 N 리포터."

텔레비전 액정 안에 있는 긴 흑발의 아나운서가 옆쪽을 보며 말한다. 곧, 화면은 분할되어 왼쪽은 아나운서, 오른쪽은 리포터가 위치해서 앵글에 잡힌다.

"네, N 리포터입니다."

N 리포터. 그녀의 뒤쪽에서는 폭동이 일어나고 있었다. 한 흑인이 "NO Nuclear!"라고 쓰여 있는 현수막을 들고 있었고, 한 백인은 상가란 상가는 모두 부수고 있었다.

"보시다시피, 현재 워싱턴의 상황은……."

N 리포터가 말을 더 이으려고 할 때, 그녀의 뒤통수에 총알이 박혔다. 그녀는 힘없이 바닥에 쓰러졌고 방송은 급히 종료되었다.

남자는 리모컨으로 텔레비전의 전원을 끄고 기계 만드는 데 전념했다. 작업대 위에는 인간의 피부와 가장 근접한 콜라겐과 글리세린을 섞어 만든 축축한 단백질 액체가 담긴 통 하나가 있었다. 그는 조각용 칼을 들어, 그것을 통에 담근 뒤에 뼈대를 붙여 놓은 한 여인의 석고상에 덕지덕지 바르기 시작했다. 그리고 미세한 철근으로 이루어진 골격들 사이로 부품을 꿰맞추었고, 골격의 각 부분에 꽂혀 있는 피복선과 연결된 컴퓨터로 다가가 프로그램을 입력했다.

"저는 HF-1입니다. 무엇을 도와 드릴까요?"

아직 반절만 뼈대가 붙어 있는 기계의 얼굴 중 입술이 또박또박 움직이기 시작했다. 그 기계의 입술 밑 목 부근에는 땅콩만 한 크기의 음향장치가 달려 있었다. 남자는 그것을 보고 키보드를 다시 한 번 두드리기 시작했다.

"짐을 들어 드리겠습니다."

음향장치에서는 한 여인의 부자연스러운 목소리가 났다. 그리고 기계의 골격. 그것은 천천히 움직였고, 철근으로 이루어진 두 팔은 무엇을 쥐는 시늉을 했다. 그 모습이 마치, 공업용 지게차 같았다.

남자가 키보드를 다시 한 번 두드리고 있을 때, 뒤쪽 문이 열리더니 한 젊은 여자가 두 손에 식사가 담긴 쟁반을 들고 왔다. 젊은 여자는 그의 아내였다.

"여보. 식사 드시고 하세요."

아내의 말에 남자는 만지던 컴퓨터에서 물러나 쟁반에 있던 샌드위치를 집어서 입안에 넣고 우물거렸다.

"어디까지 진행된 거예요?"

그녀의 질문에 남자는 씹던 샌드위치를 마저 씹고 목구멍으로 넘기며 기계를 손가락으로 가리켰다.

"이제 반 정도 되었어."

아내는 그 말을 듣고 미소를 지으며 남자의 팔에 팔짱을 꼈다.

"식사를 하시는군요."

기계와 여인의 중간 사이라고 부를 수 있는 로봇의 입술은 그들을 향해 그렇게 말했다.

그리고 남자는 천천히 눈을 떴다. 달라진 것은 아무것도 없다는 것을 깨달은 그는 앞을 바라보았다. 여전히 그곳에는 한때, 피조물에 불과했던 여인이 코펠을 만지작거리고 있었다.

"뭐 하고 있는 거야?"

슬쩍 여인이 뒤를 돌아보고, 코펠을 양손으로 들며 남자에게 대답을 한다.

"식사 준비를 하고 있어요."

매일, 매일, 그렇게 반복되는 걸까. 남자는 여인을 바라보며 자신이 살날이 얼마 안 남았음을 새삼 뼈저리게 느낀다. 지금도 시야가 보이지 않아, 저 여인이 들고 있는 것이 과연 코펠일까, 옆에 있는 기계 단자일까, 그렇게 생각하며 침이 바싹 마른 입안을 다시며 미각도 남아 있지 않은 혓바닥으로 비상식량이 들어오리라고 가정했다. 하지만, 지금 남자가 이런 상황에서 식사를 하는 것이 무슨 의미가 있을까. 단지 그는 살기 위해서, 조금이라도 더 살기 위해서 식사를 할 것이라고 다짐한 것이었다.

"자, 드세요."

여인이 숟가락으로 초록색 밥을 한 움큼 떠서 남자의 입안에 넣었다. 한참을 우물거리더니 뭔가 골똘히 생각하는 표정을 지었다.

"이제는 맛도 모르겠군……."

남자는 기침을 했다. 그 바람에 침대 시트가 피로 물들었다.

"상태가 심각합니다."

여인이 남자의 이마를 만지려고 하자, 남자는 그 손을 뿌리치고 다시 한 번 기침을 했다.

"그딴 건 나도 알아! 이제 내가 죽는다는 건 나도 안다고……."

여인이 무표정한 얼굴로 보자, 남자가 울컥한 듯 천장을 노려보았다.

"이제 나도 죽을 때가 된 거야……. 단지 다른 사람들보다 운이 조금 더 좋았을 뿐이라고."

그는 창가로 시선을 바꾸었다.

"저 창가 같이 만들었을 때 기억나? 그래, 저 창가는 우리들의 지독한 삶에 희망을 주는 빛줄기 같은 존재였지……."

다시 시선을 여인을 향해 돌렸다.

"너와 이곳에서 참 많은 일을 하고. 참 많은 대화를 나누고. 참 많은 것을 느꼈지만…… 또 그렇게 즐겁다고 느낀 적도, 재밌다고도, 심지어는 혼자가 아니라고 느껴질 때도 있었지만…… 이것 하나만은, 정말로 이것 하나만은 느껴지지 않더라."

그가 눈을 부릅뜨고 씁쓸한 미소를 지으며 피를 약간 토했다. 그러고는 여인의 손을 슬며시 잡았다.

"네가 인간이라고 느껴지지 않았어. 널 만든 순간부터 단 한 번도. 그저, 기계라고 느껴졌지."

여인은 그저 남자를 볼 뿐이었다. 그는 기름진 머릿결을 넘기며 가쁜 숨소리를 냈다.

"그런데도. 그런데도 말이지. 진짜로 웃긴 건 말이야."

남자는 손가락을 들어서 여인의 손등을 톡톡 건드리며 비조를 띤 쾌조의 웃음을 지었다.

"네가 없을 때, 너의 존재를 확인하지 못했을 때, 나는…… 진짜로 이상하게도. 진짜로 이상하게도 말이지."

피가 끓는 침을 억지로 삼키고는 괴로운 듯, 인상을 찡그렸다.

"미치도록 외로웠어. 죽을 만큼."

남자는 이제 자신이 얼마 남지 않았다는 것을 깨닫고, 여인의 손을 꼭 잡았다.

"그건 그렇고…… 결국에는 네 배터리를 찾아 주지 못했네……."

여인은 여전히, 계속, 이해할 수 없다는 특유의 표정을 짓는다. 다만, 그녀는 피로 칠갑 된 그의 손을 잡아 줄 뿐이고, 자신의 전산회로에서 이 사람은 자신의 주인이고, 그저 조만간 죽을 사람이라는 것을 계산할 뿐이었다. 단지, 그뿐이었다.

"괜찮아요."

여인은 남자의 손을 힘껏 잡았다. 사실, 그녀는 괜찮다는 말의 사전적 의미, 물질의 형상이 뒤틀리지 않고 정상적으로 돼 있거나, 사건의 행방이 비정상적으로 이루어지지 않았다는 뜻만 알고 있었다. 정작, 마음으로 느끼는 '괜찮다'라는 감정은 알 수가 없었다.

"내가 죽으면 이곳 말고 아무 데나 묻어 줘. 죽어서까지 이런 데 있고 싶지 않거든. 그리고 마지막까지 함께 있어 줘서 고맙다……."

창으로 노란 빛이 들어온다. 그것이 인류의 이기심 뒤에 생긴 불구덩이에 의한 빛이라도, 적어도 지금 임종하는 남자에게는 유일하고도 멋진 벗이라는 것은 분명했다. 그는 그렇게 미소 지으며 여인에게 말했고, 이내 여인의 손을 잡은 자신의 손에 힘이 없어진다는 것을 깨닫고 조용히, 그리고 천천히 눈을 감으며 눈물 한 방울을 흘렸다.

"2056년. 6월 25일. 13시. 23분. A 사망."

중앙처리장치. 여인의 머릿속은 실로 복잡했다. 남자의 죽음으로 인해, 그녀의 기억저장장치에 변경이 왔기 때문이었다. 지금 그녀는 그렇게 말했지만, 장치 속 데이터들은 미세하고도 엄청난 분자들이 충돌하고 있었다. 그리고 여인의 머릿속에서는 톱니바퀴가 돌아가는 소리가 나기 시작했다.

여인은 지하 공간에서 남자를 보았다. 그는 암담한 표정으로 라디오를 끌어안으며 천장을 노려보고 있었다.

"미친…… 다 죽었어. 다 죽었다고……."

의문의 노이즈가 울리는 라디오를 끌어안은 남자가 머리를 쥐어뜯으며 울먹이기 시작했다.

"인류가 멸종한 건가요?"

여인은 의아하다는 듯, 남자를 바라보았다.

"그래. 씹할. 다 죽었다고!"

벌떡 일어난 그가 라디오를 여인에게 집어 던졌다. 라디오는 그녀의 배 부분에 맞고 결딴이 났다. 하지만 여인의 피부는 멀쩡했고, 그는 그것을 바라보며 눈을 뒤집었다.

"네 까짓것이 뭘 알겠어? 고작 기계 따위가……."

두 눈에 원망이 가득 차오르기 시작한다. 그는 바닥을 두드리며 비탄의 절규를 외친다.

"나, 혼자라고…… 나 혼자."

여인은 그저 그를 볼 뿐이었다.

그리고 그녀는 3분간 남자를 보았다. 그곳에는 그저 편안히 눈을 감고 있는 한 사람이 있을 뿐이었다.

"당신은 혼자가 아니었어요."

그렇게 말한 여인은 자리에서 일어나서 기계 단자 쪽으로 걸어갔다. 그러고는 그 뒤쪽에서 식물도감 하나를 꺼내, 남자에게 다시 걸어왔다.

"이 꽃. 예전에 제가 이 꽃에 대해 말씀드렸죠. 히아신스 말이에요."

여인은 죽은 사람한테 혼잣말을 하기 시작한다. 로봇에 불과한 그 여인이 기계로서 의미가 없는 행동을 하고 있는 것이다. 식물도감을 펴서 히아신스, 그 자줏빛 꽃의 사진을 손가락으로 톡톡 건드린다.

"예전에…… 그러신 적이 있어요. 저기 있는 창가를 같이 만들고…… 밖에 나와서 저런 풍경들을 같이 보고……."

여전히 그녀는 식물도감을 본다.

"기억나지 않으시겠저만. 당신은 히아신스를 좋아하셨어요. 정확히 3년 전에 그렇게 말씀하셨어요."

중앙처리장치. 여인의 머릿속은 실로 복잡했다. 남자의 죽음으로 인해 그녀의 기억저장장치에 변경이 왔기 때문이었다. 지금 그녀의 머릿속 데이터들은 미세하고도 엄청난 분자들이 충돌하고 있는 상태였다. 그리고 여인의 머릿속에서는 톱니바퀴가 돌아가는 소리가 커지기 시작했다.

남자가 숨이 막힌 듯한 표정을 지으며 천장을 본다. 그녀는 그런 그를 보기만 하고 있었다.

"5년은 지났을 텐데…… 그렇겠지?"

고개를 끄덕이며 여인은 그의 말에 동의한다.

"네. 종말이 온 지 정확히 5년째 되는 날입니다."

그 말을 듣고 남자가 자리에서 벌떡 일어나 여인의 손을 잡았다.

"칙칙해 죽겠는데, 창가나 만들까?"

"창가요?"

"그래."

그 이후로 그들은 설계도를 만들기 시작했다. 이 칙칙하고도 어두운 지하 공간에 빛을 들이고자 생각한 것이었다. 설사, 그것이 자연에 의한 빛이 아니라 최후의 인류가 남긴 오염된 불에 의한 것일지라도. 남자는 인간이 인간답게 사는 맛을 여인에게도 느끼게 해 주고 싶었다.

그는 미소를 지었고, 그녀는 열심히 창을 냈다. 위에서부터 아래까지 땅을 파는 데 2년이 걸렸고, 바람을 막기 위해 돔을 설치하는 데 또 1년이 걸렸다.

"네가 보기에 어때?"

생각한다. 자신과 그가 만든 이 결과물을. 그리고 감정이라고는 전혀 느낄 수 없는 그녀는,

"아름답습니다."

라고 말할 뿐이었다. 하지만 아름답다는 기준을 알 수 없는 여인은 지금 자신이 무엇을 보고 무엇을 느끼는지 알 수 없었다. 그곳에는 단지, 창가 하나와 조그마한 돔 하나가 있었을 뿐. 그녀에게는 그 이상도 그 이하도 아니었던 것이다.

그리고 그녀의 머릿속은 열로 가득 차 있었다. 예상치 못한 결과에 과부하를 일으킨 듯했다. 지금까지 머릿속에 저장된 추억들에 혼란이 왔다.

"저는. 저는 HF-1입니다. 무엇을."

그녀의 몸은 쇳소리를 내기 시작했고, 곧 얼마 지나지 않아 바닥에 쓰러졌다. 머릿속에서 뒤섞이는 수많은 기억을 여인은 정리하려 애쓰고 있었다.

"넌 무슨 종일 히아신스 꽃만 쳐다보고 있냐."

식물도감에서 눈을 떼지 않고 시종일관 히아신스 꽃의 사진만 보는 여인을 남자가 신기하다는 듯 쳐다보았다.

"이 꽃은 정말로 신기해요."

남자가 입꼬리를 올리며, 동시에 눈꼬리도 같이 올렸다.

"그러냐. 난 널 만들 때, 히아신스를 좋아하라고 한 적은 없는데."

여인은 고개를 들고 남자를 멀뚱멀뚱 보았다.

"그럼. 나도 좋아할까? 하하하!"

그는 호탕하게 웃었다.

그리고 그녀는 천천히 눈을 떴다. 눈부신 불구덩이의 빛이 창가로 들어와 그녀를 비추었고 침대에서 썩어 가고 있는 남자 또한 비추기 시작했다.

'내가 죽으면 이곳 말고 아무 데나 묻어 줘. 죽어서까지 이런 데 있고 싶지 않거든.'

심하게 부패한 남자의 얼굴을 본 여인이 순간, 그 기억을 떠올렸다. 그의 쓸쓸한 유언. 그것을 지켜 주어야만 했다. 그녀는 그것이 자신의 마지막 임무라는 것을 깨닫는다.

"벌써 5개월 23일이 지났어요."

그 말을 한 여인은 남자를 들었다. 냄새가 고약했지만 전혀 개의치 않았다. 애초에, 그녀한테는 그런 감정조차 없었기 때문이었다. 부드러운 두 손은 더러운 물로 지저분해졌고 순백의 치마는 암색의 치마로 바뀌었다.

문은 열렸고, 여인은 바깥으로 나왔다. 그러고는 하늘을 잠시 올려다보았다. 여전히 하늘은 암흑 그 자체였지만, 바닥에 있는 수많은 불구덩이가 그녀를 비추어 주었다. 바람 또한 그녀를 반겼고, 설사 그것이 아주 해로운 물질을 안고 있는 바람이라고 해도, 적어도 지금 그녀와 죽은 남자에게는 이 어둡고도 외로웠던 생활에 조금이라도,

아주 조금이라도 희망을 주고 있다는 것은 부정할 수 없는 사실이었
다.

그녀는 돌멩이가 가득 차 있는 웅덩이를 발견하고, 그곳에 부패된
남자의 시체를 조심히 내려놓았다. 그러고는 손으로 흙을 쓸어 담아,
남자를 덮기 시작했다. 그것을 수백 번 반복했을 때, 그녀의 손은 이
미 피부가 벗겨진 로봇의 손에 불과했다. 하지만 여인은 상관없다는
듯, 그 행동을 반복했다.

"HF-1. 임무 완료."

그녀의 손. 그것은 강철에 가까웠다. 그렇게 말하는 여인은 인간이
아니라 로봇에 가까워 보였고, 그것이 부정할 수 없는 현실이라서 더
안타까운 것이었다.

"가동을 중지합니다……."

마지막으로 그녀는 다시 한 번 검은 하늘을 올려다보았다. 그곳에
는 남자의 웃는 모습이 있었고, 히아신스가 있었고, 창가가 있었고,
자신의 모든 기억이 있었다.

여인은 마지막으로 그 기억들을 떠올리며 조용히 눈을 감았다.

보름문

김정현, 배기원, 백현경, 설아침, 조강숙

본 작품은 대전문화산업진흥원 기획안 피칭대회 수상작으로서, 시놉시스 형태로 구성되어 있습니다.

1일

광활한 우주를 유영하던 카메라는 지구 주위를 공전하는 달이 태양과 지구 사이로 들어와 서서히 일직선을 이루는 장면을 보여 준다.

대학 강의실. 열강하는 설 박사의 모습이 보인다. 목소리는 우주와 공명하는 듯 울림이 있다. 학생들의 표정은 사뭇 진지하고, 호기심으로 가득한 두 눈은 열정으로 끓고 있다. 설 박사는 우주의 기원으로부터 나이를 산출해 내고 있다. 다시 한 번 우주의 신비한 모습이 화면에 가득 차며 설 박사의 목소리만 들린다.

"우주 전체의 질량이 M이라고 보고, 질량 m인 입자가 v의 속도로 운동할 때…… 여기서 q는 우주의 밀도이고 거리 r에 대해 a는 척도 인자로 나타낼 수 있습니다……."

목소리가 점차 작아지면서, 광활한 은하계의 영상이 점차 오버랩

되고, 다시 목소리가 점점 커지면서, 열심히 판서해 가며 강연에 열정을 쏟아 붓는 설 박사의 모습이 학생들의 모습과 번갈아 보인다.

"참 아름다운 수식입니다. 그 유명한 프리드먼 방정식이지요. 모든 우주론은 이 방정식으로부터 시작합니다. 자! 드디어 우주의 나이를 알 수 있어요. 우주가 어떻게 진화해 왔는지를 말해 주는 거예요. 현대 천문학의 승리입니다. 왜냐하면, 여기에 측정값을 넣어 보면 압니다. $t=4 \cdot 3^*10^7 sec$. 이렇게 해서 나온 우주의 나이가 바로 137억 년입니다. 세상에! wmap 위성이 측정하기 전까지는 이렇게 우주의 나이가 정확하게 나올 것이라고는 상상을 못 했다고 합니다. 최근 플랑크 위성이 보내온 값으로 계산해 보면 우주의 나이가 138억 년이라고 하죠. 그건 위 식에서 $Ho, \Omega mo, \Omega Ao$의 값들이 조금씩 바뀌어서 그런 거예요. 더 좋은 위성을 올려서 정확한 값을 얻을수록 더욱 정확한 우주의 나이를 알 수 있는 거예요."

강의실과 웅장한 우주를 배경으로 강의하는 천문학자 설아침 박사의 모습이 서로 오버랩되며, 영화는 시작된다.

2010년 1월 1일 감포 앞바다

바닷물 속에서 허우적대며 점차 가라앉는 아이. 수면 위와 물 속을 오가는 시선. 허우적대던 아이는 점차 움직임이 없어지며 힘없이 바다 밑으로 가라앉는다. 바위에 걸터앉아, 낚싯대를 드리운 채 먼 바다만 응시하는 늙은 남자의 실루엣이 아이가 빠져든 물의 일렁임과 함께 클로즈업된다. 안타깝게도 점차 물속으로 사라지는 아이. 파도 소리와 꼬르륵거리는 소리.

2015년 1월 1일 감포 앞바다, 새벽(현재)

5년 전 아이가 사라진 바로 그 장소. 철썩이는 파도 소리가 현실임을 알린다. 번쩍하는 빛과 함께 물이 빠져 드러난 갯벌에서는 작은 게들이 무리를 지어 바닷물을 향해 달리고, 소라, 고둥, 불가사리 들이 불안한 듯 꿈틀댄다.

시선은 깊은 물 속으로부터 서서히 나와, 해안가 파도에 떠내려온 듯 엎드려 쓰러져 있는 여자아이의 흠뻑 젖은 몸을 비춘다.

한편 같은 시각. (급속히 빠른 속도로 이동하는 시선.) 해변에서부터 길을 따라 설 영감 집으로 이동한다. 자고 있는 설 영감. 괴로운 꿈을 꾸는 듯 슬피 흐느끼는 설 영감. "은별아. 은별아……." 하고 웅얼거리다가 "안 돼!" 하고 소리를 지르며 번쩍 눈을 뜬다. 불을 때지 않아 냉기가 흐르는 방. 온몸이 땀으로 흥건하다. 아직 밖은 어둑어둑한 이른 아침. 또 꿈을 꾸었군. 잠시 주변을 두리번거리다 생각에 잠긴다. 그러나 그것도 잠깐, 이내 자리를 털고 일어난다. 오늘은 은별이의 다섯 번째 기일이면서 2015년을 여는 새해 첫날이다. 설 영감은 이른 아침부터 은별이를 위한 조촐한 제상을 차려 둔 채 눈물이 그렁그렁 맺힌 눈으로 앨범을 뒤적인다. 까르르 웃던 맑고 고운 은별이의 목소리가 아득하게 들려오는 듯하다. '……할아버지…….'

'언제부터 나는 이 아이의 예쁜 목소리를 들을 수 없게 되었단 말인가! 들을 수만 있었어도, 귀여운 우리 은별이를 놓치는 일 따위는

없었을 텐데…….'

통한에 젖은 후회는 5년이 흘렀어도 사라지지 않았다. 엷어지지도 않았다. 오히려 진해지는 후회……. 획. 바람에 현관문이 열리며 매서운 바닷바람이 뼛속까지 헤집고 들어온다. 가뜩이나 기름 아끼려 냉골인 거실 바닥에 얼음 조각이 나뒹군다. 초췌하고 깡마른 일흔여덟의 설 영감은 구부정한 모습으로 주섬주섬 목도리를 두르고 살을 에는 바람을 뚫고 감포 바닷가로 걸음을 옮긴다. 어린 시절 동네 친구들과 이 감포 해변을 주름잡고 놀던 기억이 새삼 떠오른다. 맨몸으로 바닷속을 헤엄치며, 또래 아이들보다 월등히 깊은 곳까지 자맥질하며 놀던 그 시절. 바닷속에서 그는 항상 자유로웠고 행복했다. (과거 회상.) 그 시절의 바닷속에 있는 듯 주변이 먹먹하다. 관자놀이를 울리는 미세한 떨림만 감지될 뿐. 설 영감은 언제부터인가 서서히 달팽이관의 기능이 퇴화하고 있었다. 누구보다 자신의 목소리가 크게 들리는 설 영감. 그런데…… 이·상·하·다!

'무슨 소리가 들린다. 이건 분명 내 목소리가 아닌데. 들을 수가 없는데…… 분명, 외부로부터 들려오는 소리야. 높고 가는, 떨림 같은…… 분명히 누군가를 부르는 소리 같다. 먼 곳에서부터 들려오는, 분명, 사람의 목소리인데…….'

심하게 요동치는 심장의 쿵쾅거림. 설 영감은 휘청거리면서도 발걸음이 빨라진다. 들을 수 없으니, 후각을 열고 이미 희미해진 시력에 신경을 집중한다. 촉각을 세우고 주변의 상황을 살펴보기 시작한다. 확연히 달라진 공기의 움직임을 느낄 수 있다. 70년 넘게 이 바닷가를 종횡무진하던 설 영감은 이날 아침 분명, 다른 날과는 사뭇 달라진 무언가를 느낄 수가 있었다. 새들의 움직임마저 낯설게 느껴지다니, 이상하다는 생각이 들기 시작할 때, 해안 돌 틈 사이 맨몸으로 쓰러져 미동조차 없는 작은 생명체가 시야에 들어왔다.

"은별아!"

외마디 비명 같은 소리와 함께 부리나케 아이 곁으로 달려간 설 영감. 엎어진 아이를 바로 뉘어, 가슴에 끌어안는 순간 큰 충격에 휩싸이며 두 눈을 의심한다. 바다에서 잃어버렸던 하나밖에 없는 손녀 은별이가 아닌가. 팔다리가 유독 길고, 예쁘던 귀는 사라져 귓구멍을 가리지도 못할 정도의 하얀 돌기만 남아 있지만, 이 아이는 5년 전, 내 옆에서 그렇게 조용히 사라져 간 손녀 은별이다. 설 영감은 급히 자신의 옷을 벗어 아이의 하얀 몸을 감싼다. 두 눈은 광채마저 띤다.

"살아만 있어 다오. 죽으면 안 돼! 죽지 마! 제발……."

아이를 둘러업고 연방 혼잣말을 해 대며 집을 향해 달음박질을 친다. 매서운 바닷바람이 설 영감의 귀와 볼을 에지만, 그는 전혀 느낄 수가 없다.

'우리 은별이를 5년 만에 이 바닷가에서 다시 찾다니……'

설 영감은 울다가 웃다가, 그렇게 실성한 사람처럼 정신없이 집으로 달렸다.

냉골인 방의 보일러 온도를 최대한 올려놓고, 은별이를 침대에 뉘었다. 자신의 내복을 가져와, 긴 소매와 바짓단을 가위로 싹둑 잘라 은별이에게 입혔다. 손과 발을 문질러 주고, 뜨거운 물수건으로 한참을 찜질해 준 끝에, 아이의 볼에 볼그스름한 홍조가 올라오며, 체온이 따뜻해지는 것을 느끼자 비로소 안도하는 설 영감. 5년 만에, 잃어버린 해변 그 자리에서 은별이를 다시 찾게 될 줄 누가 알았단 말인가!

(그대로 아이는 깨어나지 않고, 기뻐하는 설 영감의 모습으로 첫째 날이 지나간다.)

2일

감포 해변에서 불과 몇 킬로미터 떨어진 곳에 일본계 기업 계열사인 SD 연구소가 있다. 조력, 풍력 등 다양한 신재생 에너지를 연구 중이던 조 팀장은 며칠 전 미세하지만 심상치 않은 지층의 흔들림을 포착하고, 관측 장비를 풀가동한 채 주변을 탐색 중이었다. 그런데, 인근 어디로부턴가 강한 에너지 파장을 포착하게 된 것이다. 잦은 쓰나미로 방사능에 오염된 일본 근해는 이미 오염 수치가 최고조에 이르렀기 때문에, 그들은 원자력을 대체할 신재생 에너지를 찾고자 눈에 불을 켜고, 여러 나라에 자신들의 연구소를 주둔시키고 있었다. 어떻게든 큰 성과를 거두어 일본 본사로 발령받기를 원하는 조 팀장은 강한 에너지를 뿜어 대는 미지의 존재에 무척 흥분하고 있었다.

검은 양복을 입은 남자가 감포 해변을 서성이고 있다. 차디찬 바닷바람에도 아랑곳하지 않고, 작은 측정장치로 해변을 샅샅이 훑고 있다. 오가는 마을 사람들은 수상쩍다는 표정으로 이 남자의 행동을 지켜보고…….

아이가 잠들어 있는 침대 옆을 지키다 설핏 잠이 든 설 영감. 깜짝 놀란 듯 눈을 뜨고 침대부터 살핀다. 은별이가 없어졌다. 화들짝 놀란 그는 황급히 거실로 나가 보았으나, 눈에 띄지 않는다. 혹시나 하는 마음에 현관문을 열자, 설 영감의 내복을 넝마처럼 걸친 은별이가 마당에 있는 덕구의 머리를 쓰다듬으며 계속 무언가를 말하는 듯 보였다. 덕구도 자기를 쓰다듬는 손길에 눈만 껌뻑이고 있다. 잡종견이 긴 해도 상당히 영리한 덕구였다. 낯선 사람을 보고 저렇게 순할 리가 없다.

'5년 만에 돌아온 우리 은별이를 용케 알아보는구나! 기특한 녀석!'

꼬리를 치다가 급기야는 벌렁 누워 갖은 애교를 다 부리는 모습에 설 영감은 다소 당황스러웠다. 덕구를 동생처럼 예뻐하던 아들 설 박사, 은별이 아빠가 떠오른 것이다. 지난날 은별이를 잃고, 울부짖던 아들 생각에 콧잔등이 시큰해진다.

'얼른 아들놈에게 연락해서 우리 은별이를 찾았노라고 알려 줘야겠다.'

덕구와 노는 모습을 보고 안심하며 집 안으로 들어온 설 영감은 얼른 밥상을 차려 놓았다. 이럴 줄 알았으면 장을 좀 봐 놓는 건데. 아이를 불러야겠다고 생각하고 돌아서는 순간, 언제 들어왔는지 은별이가 바로 옆에 서 있다. 설 영감은 순간 매우 놀랐다. 왠지 은별이가 자신의 마음을 이미 알고 있는 게 아닌가 하는 생각이 들 정도였다. 은별이는 구워 놓은 조기와 시금치, 생당근과 채소를 조금 먹는 동안에도 설 영감에게 단 한마디도 하지 않았다. 가끔 눈이 마주칠 때마다 슬픈 표정으로 눈동자에 하고픈 이야기를 담아 설 영감에게 보내는 듯했다. 그러다가 문득 배시시 웃곤 하는데, 웃을 때는 그 옛날 잃어버리기 전 은별이 모습 그대로다! 그럴 때마다 설 영감은 심장이 쿵 내려앉는 듯했다. 그런 설 영감의 마음을 알고 있다는 듯, 다시금 슬픈 눈망울로 위로해 주는 아이. 겨우내 언 땅이 스르르 녹아내리 듯, 설 영감의 가슴은 그렇게 녹아내리고 있었다.

3일

밤늦게까지 감포 해변을 탐색했던 조 팀장은, 다음 날 새벽같이 다시 탐색 작업에 들어갔다. 두 개의 바위가 나란히 있어 동네사람들이 쌍바위라고 부르는 곳에 도달하자 놀라운 사실을 발견하게 되었다. 일본 근해보다는 훨씬 못 미치는 수치지만, 근처에서 측정되었던 방사능 오염 수치가, 이 쌍바위 근처에서는 말끔히 정화가 된 것이었다. 주변을 세밀히 살펴보다 바위틈에서 탁구공보다 조금 작은 구슬을 하나 발견한다. 얼핏 보기에는 수정같이 생겼으나, 다년간 암석 등 광물을 연구해 온 소견으로는 아직까지 한 번도 보지 못했던 것이다. 조 팀장은 이 구슬이 방사능 수치에 영향을 미친 건 아닐까 하는 생각을 한다. 조금 더 분석해 봐야 알겠지만 아무래도 지구상에 존재하는 암석은 결코 아니라는 확신이 든다. 결론이 여기에 이르자, 조 팀장 뇌리에 한 얼굴이 스친다. 이시영. 지난날 한때 서로 사귀던 사이였으나 자신의 배신으로 눈물을 머금고 홀로 한국으로 돌아간 이후 대전 천문연구소 연구원으로 재직 중인 여자다.

이 구슬이 외계에서 온 물질이 확실하다고 생각한 조 팀장은, 이미 잊힌 옛 사랑이지만 그녀를 통해 정보를 얻어야겠다고 생각한다. 이

구슬의 정체를 밝히고, 이시영에게 연락하기 위해 연구실로 되돌아가면서, 혹시 구슬의 정체를 알 수 있는 단서를 찾기 위해 온 동네를 살핀다. 그러다가 설 영감의 집 근처에서 측정기의 계기판 바늘이 무섭게 움직이는 것을 본다. 강한 에너지 파장이 감지된 것이다. 초인종을 눌렀다. 거실에 반짝이는 붉은 점멸등(설 영감이 듣지 못하기 때문에 누군가 초인종이 누르면 불빛이 깜빡이도록 동 주민센터 복지과에서 설치해 준 것).

'누구지? 올 사람이 없는데…….'

대답은 하지 않고 창문 너머로 밖을 내다보는 설 영감.

"어르신! 혹시 이상한 일이 일어나지는 않았습니까? 무슨 소리 같은 거나 수상한 사람을 보지 못했나요?"

설 영감은 이 수상한 방문자를 경계한다. 설 영감이 듣지 못한다는 것을 알 리 없는 조 팀장은 철문을 연속해서 두드려 댄다. 조 팀장의 눈에 거실에 있는 아이가 문틈으로 보이지만 손녀인가 보다 생각할 뿐. 외계인이라는 건 알아차리지 못하고 조 팀장은 별 수확 없이 돌아서려는 순간, 아이의 귀가 없고 왠지 남달라 보이는 모습을 포착한 조 팀장은 발 걸음을 멈추고 생각에 잠긴다. 낯선 이의 수상한 눈초리를 느끼자 설 영감은 얼른 커튼마저 쳐 버린다. 조 팀장은 돌아가는 척하며 설 영감 집 담장 밖에 몸을 숨기고, 일본계 하청 용역 직원에게 전화를 걸어 이곳으로 오라고 지시한 다음 집 안 동태를 살핀다.

설 영감은 그 와중에 개밥을 챙겨 주지 못한 것을 기억하곤 개밥을 챙기러 마당으로 나간다. 사료 포대를 찾으려고 두리번거리는데, 은별이가 어느새 사료 포대를 창고에서 찾아 들고 나오는 게 아닌가!

"허허. 용타! 은별아! 네가 밥 주련? 그럼, 덕구 밥 주고 추우니까 얼른 들어와!"

몇 시간의 기다림 끝에 조 팀장은 기회를 얻게 되었다. 담장을 가볍게 넘어 덕구에게 밥을 주고 있는 아이에게 접근한 것이다. 인기척을 느낀 아이. 조 팀장을 경계하며 뒷걸음질을 치고 덕구는 조 팀장을 향해 무섭게 짖기 시작했다. 하지만, 덕구가 짖는 소리도 설 영감은 들을 수가 없었다. 개가 죽자고 짖어도 안에서 영감이 나오지 않자 안도한 조 팀장은 놀란 아이를 다독이기 시작한다.

"놀랄 것 없어! 아저씨는 과학자야! 어떤 구슬을 잃어버린 사람을 찾고 있는데, 엄청나게 힘이 센 구슬이야. 이상하게 너희 집에서 그 파장이 나오는 것 같아서 알아보려고 들어온 거야. 혹시 힘센 구슬에 대해서 뭔가 알고 있는 건 없니?"

GN 행성에서 온 아이는 자신의 마블 한 조각을 저 사람이 주웠고, 다른 한 조각마저 주지 않으면, 포기하지 않을 사람임을 간파하고, 자신의 행성에서 가져온 원석을 주기로 마음먹는다. 아이는 덕구를 조용히 시키더니 자신의 목에서 구슬이 빠져 테두리만 남은 목걸이를 벗어, 조 팀장 손에 쥐어주었다. 그러고는 아무 말 없이 현관 안으로 사라진 아이. 조 팀장은 그 뒷모습을 말없이 바라보는데……

조 팀장은 그 원석으로부터 강하게 반응하는 에너지 파장 감지기의 신호를 확인하고 회심의 미소를 지으며 자신이 먼저 주운 구슬과 그 구슬이 떨어져 나온 목걸이를 움켜쥐고 연구실로 돌아간다.

누가 후다닥 집 밖으로 나가는 것을 얼핏 본 설 영감은 바깥을 살핀다. 아이는 몹시 불안한 기색으로 구석에 쪼그리고 앉아 덜덜 떨고 있다. 방금 그 수상한 남자는 누구란 말인가! 설 영감은 자신의 의지와는 상관없이 지나치게 극심한 두려움이 느껴지며, 은별이와 같이 몸까지 와들와들 떨리는 반응에 적잖이 당황스럽다. 따뜻한 물도 마셔 보고, 마음을 진정시키려 해 봤지만 소름이 돋고 온몸에 식은땀까지 흐르니 참 이상하다. 아이를 진정시키기엔 본인조차 컨트롤이 안 되니 두려움이 몰려왔다. 설 영감은 바로 아들인 설 박사에게 연락하기로 마음을 먹는다.

'들을 수 없으니, 전화를 걸어도 통화를 할 수가 없다. 그렇지만 어쨌든 아들놈이 전화를 받을 확률이 가장 높은 시간대에 전화를 해야 해.'

4일

논문의 막바지 작업에 정신없이 바쁜 워커홀릭 설 박사. 정월 초하루가 사흘이나 지났지만 여전히 바쁘다. 각고의 노력 끝에 1년 전, GN 행성계로부터 강력한 신호를 포착했기 때문이다. 세계적으로 1000여 개의 태양계 밖 외계 행성계가 발견되었지만, 그중 지구와 비슷한 환경을 가져 생명체가 살 수 있다고 학회에서 주장하는 행성은 현재까지 14개가 발견되어 '골디락스'라고 명명했다. 그중 설 박사가 발견한 네 번째 GN 행성에서 며칠 전, 강한 전파가 발생하였다. GN 행성계는 지구로부터 1200광년 떨어졌으므로 지금으로부터 1200년 전의 전파가 수신된 것이다. 그곳에 생명체가 살고 있고, 그 생명체들이 지구인처럼 발달하여 진화하고 우주 시대를 열었다면 그들의 문명은 얼마나 발전했을지에 대한 가설로 학회 발표를 준비하고 있다. 막바지 자료를 위해서 한국천문연구원에서 우주 전파 관측망의 지름 21미터 전파망원경 세 대를 동원하여 GN 행성계를 관측하고, 미국, 호주에 이어 칠레에도 설치된 구경 25미터급 천체망원경인 거대마젤란망원경으로 촬영한 영상자료도 이미 확보된 상태다. 발표를 앞두고 온 신경을 집중시켜 온몸이 탈진 직전인데, 오랜만에 난데없는 아버지의 전화가 설 박사로서 반가울 리 만무하다.

'얘야! 아비다. 어차피 대답은 들을 수 없으니, 내 할 말만 하마! 은별이가 돌아왔다. 근데, 은별이가 아무래도 좀 이상하다. 네가 와서 좀 도와줘야겠구나.'

서로 왕래하지 않은 지 몇 년. 명절이라고 예외가 없었는데, 새삼스레 전화를 걸어온 아버지가 그리 반갑지는 않았지만, 목소리를 들으니 한편 마음이 놓이는 면도 있었다. 그런데 대체 어떤 아이를 데려왔다는 건지, 죽은 은별이 운운해 가며 수상한 사람이 집까지 들어왔다느니, 당신의 귀가 잘 안 들린 지 오랜 세월이 지나면서 발음까지 뭉그러지듯 변한 지도 한참이다. 온통 웅얼웅얼, 횡설수설 알아듣기도 힘들었다. 몇 년 사이 상태가 더 나빠지셨나 생각하니 마음 한편으론 짠해진다.

'아! 도대체 무슨 말이야.'

짜증이 나면서도, 무슨 일이 생기긴 한 모양이라 덜컥 겁이 났다. 은별이 운운하시는 게 실성이라도 하셨나? 은별이를 잃고 두 부자는 서로 원망하느라 상처를 입을 만큼 입은 채 소원해진 지 오래다. 아버지는 가뜩이나 귀도 안 들리시는데 내가 갈 때까지 내내 기다리실 것 아닌가! 외부 행사 준비를 후배인 이 실장에게 맡기고 설 박사는

자신의 차에 올랐다. 몇 년 만인가! 햇수로 벌써 5년이다. 부모 없이
난 자식이 어디 있겠느냐만은 은별이를 잃던 그 아찔한 순간을 더는
기억하고 싶지가 않았다. 그래서 어린 시절 자란 고향마저 등져버렸
지만, 아버지는 오늘도 감포 앞바다를 지키고 계시질 않은가.

하나뿐인 아들을 위해, 어미 없이 자랐다는 소리 안 듣게 하려고,
갖은 애를 다 쓰셨던 분이다. 한번은 동네 친구들과 가두리 어장에
서 장난치다 양식을 망치게 되자, 양식 주인에게 무릎까지 꿇고 용
서를 구하시던 아버지다. 본인이 대학을 들어가기 전 몇 년 동안, 아
버지는 손발이 얼어 터져 가면서도 해풍에 정성껏 말린 김을 양식장
주인에게 헌납하셨다. 매번 고개 숙여 "죄송하고 감사하다."라고 말
씀하시는 아버지를 보며, 설 박사는 꼭 성공하리라 다짐했다. 은별
이를 잃고 그동안 아버지와 자신 사이에 생긴 단단한 벽을 새삼 느
끼며, 5년여 만의 만남이 이토록 아플지 몰랐던 설 박사는 미움인지,
그리움인지 알 수 없는 감정의 회오리 속으로 점점 더 침잠해 들어
갔다. 어느덧 감포에 도착한 설 박사가 현관으로 들어오자, 순간 설
영감의 눈에 눈물이 고인다. 아버지의 눈물을 눈치챘지만 애써 외면
하며 맘과는 달리 어떻게 된 일인지 간단히 설명하시라는 말만 툭
내뱉는다. 얼른 눈물을 훔친 설 영감은 아들에게 열심히 자초지종을
설명했다. 아버지의 눈과 입 모양을 보면서 설 박사는 차츰 사건의
가닥을 잡아 나가기 시작했다.

잃은 은별이와 또래로 보이는 저 아이. 아버지 말대로 밖에서 집
안을 살피고 있는 수상한 사람들의 그림자도 느껴졌다. 집 밖에 세워
진 차를 보고 처음에는 별생각 없었는데, 아버지 말대로 우리 집을

염탐하는 것이 분명하다. 설 박사는 무슨 일인지 알아보기 위해 밖으로 나갔다. 자동차로 다가가자, 갑자기 시동이 걸렸다. 설 박사의 등장에 일본계 용역업자들은 얼른 그 자리를 피한다. 자신을 의식하고 서둘러 빠져나가는 자동차를 보며 더욱 불길한 기분에 휩싸인다. 멀지 않은 곳에 멈춰 선 자동차. 설 박사는 날이 밝으면 아이를 읍내 파출소로 데려가야겠다고 생각하며 집으로 들어간다.

5일

"아버지, 저 아이 은별이 아니에요. 날이 밝으면 읍내 파출소에 신고하고, 저 사람들은 제가 알아서 할게요. 일단 좀 주무세요."

설 박사는 구석에서 웅크린 채 떨고 있는 아이를 슬쩍 본다. 아버지 내복을 입은 모습이 옛날 은별이와 흡사하다. 얼른 시선을 거두는 설 박사. 어차피 날 밝는 대로 파출소에 인계하면 끝이다. 크게 관심 갖지 않기로 맘을 먹는다. 설 박사는 노트북 가방을 들고 자신의 방으로 들어간다. 설 영감은 두려웠던 상황도 상황이지만 오래간만에 본 아들놈이 너무 차가워 서글프기만 하다. 은별이를 보고 은별이가 아니라니…… 그런 설 영감 곁으로 조용히 다가오는 아이. 설 영감은 아이를 방으로 데려간다.

"오늘 밤은 그만 자라. 네 아비가 널 못 알아보는구나. 그래도 서운해 마라."

그 말을 알아듣기라도 했다는 듯이, 아이는 금세 환한 웃음을 보이며 은별이가 쓰던 침대 위로 쏙 올라간다.

책상에 앉은 설 박사는 노트북을 펼친다. 그리고 골디락스 행성의 사진을 열어 놓고 여러 가지 자료들을 정리하기 시작했다.

바닥에 누운 설 영감은 잠이 오질 않는다. 이내 새근새근 고른 숨소리를 내며 잠든 아이. 어둠 속에 어스름하게 아들 가족과 함께 찍은 사진이 보인다. 환하게 웃고 있는 은별이의 모습을 보니 마음은 더욱 찢어질 듯 아프다. 그러다가 어느덧 스르르 잠 속으로 빠져드는 설 영감.

설 박사는 노트북의 골디락스 사진을 보고 뭔가 풀리지 않는지 한숨을 쉰다. 주방으로 가서 냉장고를 여는 설 박사. 물을 꺼내 마시려다가 깜짝 놀란다. 냉장고 문을 닫자, 아이가 설 박사를 빤히 올려다보고 서 있다. 놀란 가슴을 가라앉히며 설 박사는 아이에게 조금 더 자라고 말하고 자신도 방으로 가서 방문을 닫았다. 그러나 이내 다시 여는 설 박사. 아이는 미동도 없이 우두커니 그 자리에 그대로 서 있었다. 문을 열어 놓고 다시금 노트북을 보는데, 조용히 설 박사 곁으로 다가오는 아이. 설 박사는 아이에게 관심조차 주지 않는다. 계속 노트북을 보며 자료정리에 여념이 없다. 슬그머니 아이도 모니터를 보는데…….

그 시각, 조 팀장은 연구실로 가지고 온 원석의 에너지 파장이 급속히 약해지고 있음을 감지했다. 연구실에서 다시 분석해 본 원석은 일반 변성암과 다를 바 없었다. 머리를 쥐어뜯으며 외마디 소리를 지르는 조 팀장. 분을 삭이지 못하고 책상 위 기자재를 모두 쓸어버린다. 감포 해변에서 분명 방사능 정화 작용과 강렬했던 에너지 파장을 두 눈으로 확인했고, 그 원인이 분명 이 암석일 거라고 확신했는데……. 생각하고 또 생각하며 집중하기 시작했다. 그 순간 떠오른 여자아이. 조 팀장의 눈이 반짝였다.

'이 아이 행동이 심상치 않다.'

설 박사는 아이가 골디락스계 GN 행성의 사진을 보고 환한 미소를 띠며 자기에게 무언가 설명하려는 듯 간절한 눈빛을 보내는 모습에 적잖이 당황스럽다. 아이는 설 박사가 학창 시절 유독 아끼던 행성계의 모형을 보더니, 지지대들을 뚝뚝 부러뜨려 다시 배열하기 시작했다. 모형만으로는 부족했는지 아이는 두루마리 휴지를 끊어다 공처럼 뭉쳐 모형과 모형 사이 일정한 간격을 유지해 가며 계속 행성들의 배치를 바꾸어 갔다. 놀라웠다. 입을 다물지 못하는 설 박사. 아이는 적극적으로 설 박사에게 메시지를 보내고 있었다.

'이 아이, 파출소에 데려다 줘서는 안 되겠구나. 이 실장한테 연락해야겠다. 평범한 아이가 아닌 게 분명해. 이 실장한테 도와달라고 해야겠다.'

아침 햇살이 눈부시게 창문으로 들어온다. 설 영감은 잠에서 깨어나 밖으로 나오다 설 박사의 방에서 같이 자고 있는 아이와 아들을 바라보게 된다. 5년 만에 보는 아들과 손녀딸.

그 시각, 조 팀장은 용역들에게 여자아이를 납치하라고 지시한다.

설 영감과 함께 아침을 먹는 설 박사와 아이. 설 영감은 조용히 입을 연다.

"어제 은별이랑 함께 자더구나. 이제야 우리 은별이를 알아본 게냐?"

난감해진 설 박사. 소리를 고래고래 지른다.

"아버지. 보세요. 이 아인 은별이가 아녜요. 저도 지금은 정확한 것을 모르니 뭐라고 말씀 못 드리지만, 보세요. 은별이는 콩이라면 질색하던 아이예요. 이 아인 콩만 주워 먹고 있잖아요. 은별이가 생당근 먹는 거, 시금치 먹는 거 보셨어요? 그리고, 은별이 등에 있던 점! 아버지가 복점이라고 하시던 그 점도 이 아이에겐 없다고요."

당황해하는 설 영감 앞에서 아이의 내복을 걷어 올려 등을 보여 주는 설 박사.

"아버지! 제발 정신 차리세요. 이 아인 은별이를 조금 닮은 아이일 뿐이라고요. 그리고, 이 아인 말도 할 줄 모르잖아요. 아버지 이 아이 목소리 들어 보셨어요? 재잘재잘대던 우리 은별이 맞냐고요."

아이가 걱정스러운 얼굴로 언쟁을 하는 설 영감과 설 박사를 바라보다가 급격히 불안한 표정으로 안절부절못한다. 설 박사가 창밖을 보니, 급히 우회해 들어오는 자동차. 상황이 위험해졌다는 걸 깨닫는다. 아버지와 아이를 데리고 서둘러 뒷문으로 나와, 샛길로 피신한 설 박사는 자신의 차로 일단 몸을 숨기고, 바로 이 실장에게 전화를 걸어 도움을 요청한다.

"이 실장! 감포로 급히 좀 와 줘야겠어! 올 때 여자아이 옷도 좀 구해다 주고, 우리 아버지 알지? 해변에서 어떤 여자아이를 아버지가 발견했는데, 이 아이를 누군가 쫓고 있어. 뭔가 대책을 세울 때까지 몸을 숨길 만한 장소가 필요해!"

설 박사는 가장 신뢰하는 후배인 이 실장에게 도움을 요청했다. 이 실장은 막바지 논문 작업 중 말도 없이 사라진 설 박사가 궁금하던 참이었다. 뜬금없는 전화 한 통이 이 실장은 여간 신경 쓰이는 게 아니었다. 전화를 걸어 동생에게 조카들 못 입는 옷가지들을 부탁한 뒤, 설 박사의 전화 내용을 다시금 정리하기 시작했다. 엄동설한에 해변에서 발견된 여자아이? 경찰에 미아 신고를 할 것이지, 나한테 SOS? 설 박사가 사소한 일로 자기에게 전화를 할 사람이던가!

'뭔가 있다!'

"부탁하신 여자아이 옷은 챙겼고요, 은신하실 곳은, 불러 드리는 주소로 내비게이터 찍으시고, 이동하세요. 이쪽 일 정리되는 대로 그곳에서 뵐게요.'

이 실장은 안전한 곳이 있다며 감포에 있는 자신의 별장 위치를 알려 준다. 설 박사는 이 실장과의 통화를 마치고, 설 영감에게 옮길 곳이 물색되었으니 채비를 하라 이른다. 설 영감 뒤에서 물끄러미 자신을 바라보는 여자아이. 잃어버린 자신의 딸과 유난히 닮은 하얀 얼굴에 해맑은 미소가 설 박사의 가슴을 그리움으로 뒤흔든다.

'저 아이는 은별이가 아니야.'

설 박사는 아이의 눈을 애써 피하며 나지막하지만 단호한 목소리로 말한다.

"너 내 옆에서 알짱대지 마!"

설 박사는 이 실장의 별장을 찾아 아이와 설 영감을 데리고 몸을 피한다. 별장으로 이동한 후, 한시름 놓고 있는데, 힘들어하는 아이를 발견한다.

(GN 행성인들은 채식주의자며 식물에 함유된 칼륨을 많이 섭취하게 된다. 나트륨이 체내에서 칼륨과 균형이 맞아야 체내의 전기 전도를 도와 뇌파를 주고받는 데 무리가 없다. 피질의 단백질과 시냅스를 위해,

일정량의 생선과 칼슘을 섭취하기도 한다.)

그러나 아이가 현재 나트륨 부족으로 탈수 현상이 일어나고 있다는 것을 설 영감과 설 박사가 알 리 만무하다. 아이는 별장에서 죽염을 찾아내 설 박사가 보는 데서 먹기 시작했다. 짠 소금 한 통을 모두 먹어치운 아이를 기겁하며 바라보는 설 영감과 설 박사.

6일

얼핏 설 박사 눈에 들어온 둥근 마블 팔찌. 변성암의 일종으로 처음 만들어진 때와는 달리 다른 온도와 압력을 받게 되면 반응을 일으켜 새 환경에 알맞은 광물이 된다. 물론 광물의 조성과 조직도 변하게 된다. 변성암의 종류는 접촉변성과 광역변성으로 나뉠 수 있는데, 이 아이가 지닌 마블은 서호주 탐사 때 자세히 보았던 마블과는 확연히 다른 뭔가가 있다.

'이건 굉장한 에너지원임이 틀림없어!'

저 아이가 지구상의 생명체가 아니란 건 짐작했다. 행성계들을 재배열할 때부터 이상했다. 그리고 이 아이가 말을 하지 않는 점, 돌기만 남아 있는 귀가 사고로 없어진 것 같지 않고 자연스러운 퇴화의 모습을 보이는 점. 이상한 식성…… 어쩌면 저 아이는 지구와는 다른 환경에 살았음을 나타낸다. 저 아이! 뇌파로 신호를 주고받는 게 틀림없다. 그 순간, 설 박사의 뇌리를 스치는 인물이 있었다. 강우익! 로봇과 전자공학 박사였지만, 뇌과학에 심취해 홀로 연구에 몰두한 결과 이젠 학계에서 인정받는 전문가가 되었다. 지금은 생명공학 수석 연구원으로 게놈 프로젝트에 일조하는 천재 과학자이다. 서로 의지하며 속마음까지 주고받을 정도로 막역한 둘 사이를 고려할 때, 이 아이의 존재를 비밀에 부친 채 충분한 조언과 도움을 주리라 확신했다.

설 영감은 이 아이가 은별이가 아니라는 아들의 말에 적잖이 놀랐지만, 이 아이와 함께 있는 것만으로도 마음이 편안하다. 아이의 모습을 물끄러미 바라만 봐도 흐뭇해지는 자신을 발견한다. 설 영감과 눈만 마주쳐도 입가에 절로 번지는 미소.

'그렇다면 이 아이는 은별이 대신 하늘에서 보내 준 선물임이 틀림없어.'

아이가 덕구와 눈을 마주치고 대화를 나누던 순간, 꼬리 치며 좋아하던 덕구와 천사 같은 아이의 잔영이 남아 설 영감은 아이의 모습에서 눈을 뗄 수가 없었다.

별장에서도 아이는 설 영감 뒤만 졸졸 따라다니며 뭐든 따라 했다. 그리고 설 영감에게만 들리는 분절음을 쉴 새 없이 보내고 있었다. 설 영감은 그 의미를 도무지 알 수가 없었다.

'아이고, 이를 어째. 은별이가 먹을 게 아무것도 없으니. 장이라도 봐 올걸 그랬나 보다.'

설 영감이 속으로 중얼거리자, 어느새 챙겼는지 집에서 챙겨 온 당근과 채소, 소금통을 꺼내 들고는 웃고 있는 아이. 설 영감은 너무나 신기했다. 집에서 자신이 생각만 해도 그대로 행동하는 것을 보았을 때는 우연인 줄 알았는데, 그렇지가 않다. 이 아이 내 맘을 읽는 게 분명해!

'은별아! 손을 흔들어 봐.'

아이는 설 영감의 마음을 읽기라도 한 듯, 설 영감을 보고 웃으며 오른손을 살래살래 흔든다.

'이제 깡충 뛰어 보렴.'

생각이 떨어지기 무섭게 폴짝 뛰어 보인다.

'은별아! 빙그르르 돌아 봐!'

역시 빙글빙글 도는 아이. 이미 설 영감이 아이에게 말할 때, 뇌는 일화 기억 속에서 그 형상들을 추상화하고, 영상화된 파장들이 아이에게 전달되고 있음을 설 영감이 알 리가 없다. 그들의 행동을 유심히 바라보던 설 박사. 자신이 연구 중이던 골디락스 행성계가 떠오르고, 그중 하나의 사진을 아이에게 보여 준다. 사진을 뚫어져라 보던 아이. 하늘을 바라보며 정확히 골디락스 행성계가 있는 방향을 향해 검지를 뻗는다. 그 좌표는 보지 않아도 안다. 설 박사는 온몸에 소름이 돋는 것을 감지한다. 저 아이가 어떤 경로로 이곳에 올 수 있었는지가 궁금하다. 설 박사는 골디락스 행성과 뇌 파장에 대해 강우익한테 조언을 듣고자 전화를 건다.

"우익아! 놀라지 말고 잘 들어 봐! 믿기 힘들겠지만 외계인 아이를 발견했어. 그것도 바로 골디락스에서 온 것 같아. 더 놀라운 건 뇌파로 의사소통을 하는 것 같다는 거야. 그런데 누군가 이 아이를 지금 노리고 있어. 이 아이를 데리고 있는 우리까지 위험한데…… 우익아! 도와줘! 전에 연구하던 티타늄 유리 캡슐이 이 아이를 보호하는 데 꼭 필요할지도 몰라서 말이야."

설 박사의 이야기를 침착하게 듣고 있던 강우익은 자신의 전동 휠체어를 음성 모드로 전환한 후 부랴부랴 작업에 들어간다.

"아버지, 제가 학교 다닐 때 아버지께서 우리 집 대대로 내려온 가보인 『설가비문』을 내놓으시고, 저더러 꼭 훌륭한 천문학자가 되어 이 『설가비문』의 비밀을 풀어 보라 말씀하셨죠? 아버지, 드디어 『설가비문』의 비밀을 풀어야 할 때가 온 것 같아요. 『설가비문』 지금 어디 있어요?"

설 영감에게 『설가비문』이란 설 영감의 아버지와 할아버지로부터 전설처럼 전해 내려오던 이야기로 어린 시절 설 영감이 그토록 감포 앞바다를 휘젓고 다녔던 이유이기도 하다. '수중왕릉의 비밀.' 어린 시절 어른들로부터 들었던 수중왕릉에 대한 신기한 이야기는 무한한 동경과 설렘의 대상이었고, 여든을 앞둔 지금도 설 영감에게는 보물과도 같은 책이었다.

"내 방 장롱 위에 『설가비문』이 있다. 그런데 그 흉물스러운 놈들이 아직 집에 있으면 위험할 텐데…… 지금 가려고?"

설 영감 말이 끝나기 무섭게 설 박사는 자동차를 끌고 아버지 집으로 향한다.

7일

설 박사 일행이 머무르고 있을 별장을 향해 오던 중, 이 실장은 뜻밖의 전화를 받게 된다. SD 그룹 조 팀장이었다. 일본에서 한국으로 들어오고 10년 만이다. 할 말이 있다는데, 그래서 만나자는데, 지금 날 만나러 대전에 왔다는 조태식의 말이 귓가에서 맴돈다.

'잊었다고 생각했는데…….'

이 실장은 어느새 방망이질하는 자기의 심장 소리를 듣게 된다. 급기야 핸들을 틀고야 만다.

강우익은 골디락스 행성의 기후 등 여러 가지 환경 관련 데이터를 바탕으로, 생명체가 있다는 가정 아래 시뮬레이션 작업 중이다. 그가 연구해 놓은 캡슐에 어떤 기능을 우선 추가할 것인가를 염두에 두고 평생지기의 부탁을 들어주기 위해 밤을 새워 작업 중이다.

집에서 『설가비문』을 무사히 가져온 설 박사. 한문으로 빼곡한 고서에는 행성처럼 보이는 크고 작은 동그라미들과 한자가 아닌 알 수 없는 문자도 군데군데 씌어 있다. 바다를 비추고 있는 달과 커다란 능의 형상.

'도대체 이것들의 의미가 뭘까?'

외계어로 추정할 수밖에 없는, 문자인지 부호인지 모를 표식들 사이에서 눈에 익은 수식들도 보인다. 마침 아이가 방문을 빠끔히 열고 들어온다.

설 박사는 자신의 논문과 연구 자료, 『설가비문』과 사진 들을 아이에게 보여 준다. 아이는 로마자와 알파벳의 조합을 스캔하듯 훑더니 바로 의미들을 맞추어 나간다. 지금까지 아이의 뇌파가 설 박사에게 전달되지 못했지만, 아이는 자신이 가지고 있던 팔찌를 풀어 설 박사 손에 쥐여 주고 그림과 연구 자료를 보는 사이 자신이 보고 경험했던 우주의 모습을 형상화시켜 설 박사에게 뇌파로 보내고 있다. 그 파장은 집으로 돌아가고 싶다는 아이의 간절한 마음과 맞물려 점점 강력해진다. 급기야 그 파장은 설 박사의 전두엽에 착상되고, 그림으로 형상화되기에 이른다. 영화 「매트릭스」에서 키아누 리브스가 가

상현실을 통해 학습해 나간 것처럼, 아이의 뇌파는 설 박사가 다년간
연구했던 숱한 오류와 딜레마의 접점을 하나로 이어 주는 가상현실
역할을 해 나갔다. 신기한 경험에 설 박사는 한동안 아니, 몇 시간이
흘렀는지도 모르고 거대한 분량의 데이터를 아이를 통해 전달받았
다. 이건 거의 신기에 가까웠다. 설 박사는 마침내 풀린 골디락스의
비밀에 속으로 쾌재를 부르며 아이를 경이로운 눈으로 한동안 바라
보았다. 또 한 가지. 『설가비문』은 GN 행성계를 상징하며, 아이가 이
지구로 온 이유이자 그곳으로 돌아갈 수 있는 열쇠임을 알게 되었다.

한편, 10년 만에 해후한 조 팀장과 이 실장. 잠시 어색한 침묵이 흐
르고 조 팀장은 이 실장에게 곧 일본 본사로 들어가게 될지도 모른
다고 고백한다. 감포 해변에서 발견한 클린 에너지 이야기를 먼저 꺼
낸 그는 수상한 여자아이가 준 원석이 연구실에서는 반응하는 것을
멈췄다고 상세하게 상황을 털어놓는다.

"아무래도 그 아이 외계인 같아."

깜짝 놀란 이 실장은 잠시 망설이다가 설 박사에게 얼핏 들은 말
을 떠올렸다. 조 팀장이 말하는 아이가 설 박사의 그 아이와 상당히
연관성 있음을 감지하게 된다. 설 박사와 아이가 어디에 있는지 알고
있다고 고백하는 이시영. 흔들리는 마음을 주체하지 못하고 알려 주
고야 마는데…… 혹시나 하는 한줄기 희망 때문이었다. 그녀는 아직
철없던 시절의 사랑을 다시금 되돌릴 수 있기만을 간절히 바라며 마
지막 승부수를 띄운다.

조 팀장은 이 실장을 통해 얼떨결에 어마어마한 대어를 낚게 된다.
그의 속내는 이미 검은 그림자로 드리우고, 어떻게 이 실장의 의심을

사지 않고 그녀를 이용해 먹을지에 집중하게 된다.

8일

감포로 내려가는 이 실장의 손바닥은 긴장으로 땀이 흥건하다.

"시영아! 뜻밖에 귀한 정보를 알려 줘서 고맙다. 근데, 하나만 더 도와주지 않겠니? 그 여자아이를 내 연구실로 데리고 와 줘! 부탁할게!"

조태식이가 누군가! 뭔가를 청하거나 부탁을 할 인물이 아니다. 이 실장은 주체하기 힘들 정도로 흔들리는 자신을 느낄 수 있었다. 10년 세월이 사람도 변화시켰단 말인가.

'잊은 줄 알았는데…… 잊으리라 다짐했는데, 10년이 지난 지금도 내 마음 한구석에 조태식이가 자리하고 있을 줄이야……. 보지 말았어야 했다. 안 보고도 10년을 살아 냈는데, 지금 와서 전화 한 통에 자존심도 팽개치고 그를 다시 만나러 간 내가 미친년이다.'

이 실장은 스스로에 대해 솟구치는 화를 참지 못하고 핸들을 두 손으로 냅다 쳤다. 차가 살짝 미끄러지며 기우뚱하자, 앞에서 마주 오던 트럭이 상향등으로 위험을 알렸다. 고막이 찢어질 듯한 경적 소리와 함께.

일본 유학 시절. 이 실장과 조태식은 3년을 교제했다. 결혼을 약속하고 행복하던 시절. 조태식은 이 실장을 배신하고 그녀의 연구 논문을 빼돌린 성과를 가지고 지금의 SD에 입사를 했다. 성공해서 반드시 다시 찾겠다는 허망한 약속만을 믿고 어리석게도 빼앗긴 논문에 대해서는 입을 다물어 버린 그녀였다. 그러나 얼마 안 가 그가 SD 부사장의 딸과 결혼했다는 소식을 먼 지인으로부터 들었을 뿐이었다. 정작 자신은 동생들이 모두 결혼할 때까지도 초라한 골드미스로 남아 있다. 남들한테는 연구에 인생을 걸겠다는 포부를 내세우고 있지만, 이루지 못한 첫사랑의 애잔함은 아직도 삼키다 목에 걸린 사탕처럼 넘어가지 않고 있었다.

아직은 이른 시간. 이 실장은 조용히 별장 현관을 열고 들어갔다. 다들 자고 있으려니 했는데, 빼꼼히 열린 방문 사이로 열심히 작업 중인 설 박사가 보인다.

"선배님. 저 왔어요!"

기척이 없다. 자신의 목소리를 듣지 못했을 리 만무한데……. 천천히 문을 열자, 어쩐 일인가, 한 번도 본 적 없는 광경이 펼쳐진다. 공기 중에 떠도는 형광의 빛 에너지는 작고 하얀 여자아이의 머리에서 설 박사 쪽으로 번져 가고 있다. 반쯤 감긴 설 박사의 눈동자가 빠른 속도로 움직이고, 몸은 미세하게 떨리고 있다.

'뭘 하는 거지?'

둘은 고요의 사막을 건너는 듯 보였으나, 그들은 가공할 만한 에너지와 정보들을 서로 연동시켜 주고 있음이 분명했다.

얼른 방문을 닫고, 숨 고르기를 하던 이 실장. 온몸에 돋은 소름은 그렇다 치더라도 가슴 밖으로 튀어나올 듯 격렬한 심장박동은 마치 심장이 달팽이관 앞에서 요동치고 있는 듯했다. 이 실장은 벽에 등을 대고 그대로 바닥에 주저앉았다.

'이게 무슨 일이지? 차근차근 정리를 해보자. 정리를.'

골디락스 GN 행성계를 최초로 발견한 설 박사에게 기적처럼 외계 생명체가 찾아왔다. 설 박사의 논문의 결정적인 증거가 될 것이고 어쩌면 성공의 지름길이 될 수도 있을 것이다. 평소 존경하던 설 박사의 행운이 이 실장은 부럽고 질투마저 생겼다.

자신도 모르게 조 팀장에게 전화를 하고 있는 이 실장.

'이러면 안 되는데…… 안 되는데…….'

머릿속에서 간절하게 부르짖는 소리와는 별개로 신호음은 이미 조 팀장에게 전달되고 있었다.

"응, 그래. 시영아! 듣고 있어."

"오빠! 아무래도 이 여자아이 외계에서 온 아이 같아. 설 박사님이 발견한 행성에서 온 아이가 분명해! 지금 설 박사님과 그 아이가 텔레파시 같은 걸로 뭔가를 주고받고 있어. 그리고, 그 아이 오른 손목에 오빠가 말했던 원석 같은 팔찌가 있어. 그냥 봐도 예사 물건은 아닌 거 같아. 이제 어쩌지?"

"그래? 원석이 하나 더 있었어? 설 박사 눈을 피해서 네가 그 아이를 데리고 이리로 와 줄 수 있지? 그 아이만 있으면 전 세계적인 이슈와 함께 너와 나의 인생이 바뀌는 거야. 이시영! 생각해 봐! 난 너뿐이야. 너에게 돌아가기 위해, 난 그동안 인생을 우회하고 있었던 거라고! 믿어 줘! 같이 일본으로 가자. 이 획기적인 사안은 너와 나한테 부와 명예를 안겨 줄 거고 우리를 하나로 엮어 줄 거야. 기다리고 있을게. 알겠지? 시영아!"

수화기 너머 조태식의 확고한 울림이 이시영의 마음을 움직였다.

"알……겠……어……. 기, 다, 려…… 그, 럼…….."

'이건 뭐야. 조태식이 내 귀에다 무슨 말을 한 거야. 그래. 저 아이. 연구만 하고 돌려보낼 건데 뭐! 아이 신변에 무슨 일이라도 생기겠어? 그래. 나도 대한민국 지긋지긋하다. 조태식 따라가서 인생 폼 나게 한번 살아 보는 거야.'

이 실장이 결심을 굳히는 사이. 이 실장이 통화하는 모습을 모두 보고 있던 설 영감은 그녀의 표정을 읽고 불안을 느낀다. 그 불안함이 고스란히 아이에게로 전달된다.

갑자기 연동이 끊어졌다. 설 박사가 다시금 현실 세계로 돌아올 즈음, 거실에 툭 던져진 작은 물체. 곧, 마취 가스가 거실과 온 방을 뒤덮고 아이를 제외한 세 사람은 모두 그 자리에 쓰러지고야 마는데.

처음부터 조 팀장은 이 실장을 이용하기만 할 생각이었다. 별장 위치를 알려 주자마자, 용역들에게 지시를 내려, 이 실장이 도착하기 전에 아이를 납치할 계획이었으나, 차량이 중간에 말썽을 부리는 바람에 이시영보다 살짝 늦어진 것이다. 그래도 수확은 있었다. 이시영 말로는 그 마블이 하나 더 있다는데…… 알면 알수록, 캐면 캘수록 조태식은 호기심이 커져만 갔다. 이미 SD 측에 연락은 취해 놓았고, 모든 뒤처리도 SD 측이 깔끔하게 해 주기로 확답을 받은 상황이었다. 이제, 저 마블과 외계인이 어떻게 반응해서 방사능이 정화되어 가는지를 두 눈으로 보기만 하면 되는 것이었다. 용역들이 아이를 묶어 차에 태운 뒤 화상으로 조 팀장에게 보고했다. 음흉한 미소를 띠는 조 팀장.

9일

납치에 성공한 조 팀장은 의기양양하다. 연구실 내 모든 기기를 풀 가동시켜 놓고 용역들이 아이를 데리고 오기만을 기다린다.

아이는 이곳 지구에서 자신이 마블과 분리되면 얼마나 위험해지는지를 알면서도 할아버지가 쓰러진 거실 바닥에 하나 남은 원석 팔찌를 빼 두었다. 할아버지나 아저씨가 깨어나면, 그 팔찌를 통해 멀리서도 의사를 주고받을 수 있으리라 믿었기 때문이다. 그러나 지구의 오염된 환경 속에서 아이의 시도는 목숨을 건 것과도 같았다. 마블과 분리된 채, 실신상태의 아이는 점점 몸이 뻣뻣해지고 피부가 점점 보랏빛으로 바뀌어 가고 있었다. 온몸이 뻣뻣해진 아이는 눈조차 뜨지 못하고 가늘게 숨을 쉬고 있지만 계속해서 마블이 있는 설 영감에게로 뇌파를 보내고 있었다. 그러나 연구소의 실험기계에서 나오는 수많은 자기장과 전자파 등 강한 에너지 때문에 아이는 극도의 스트레스에 시달렸다. 조 팀장은 아이를 에너지 파장 튜브와 클린 에너지 실험 소켓에 넣고 뚜껑을 닫았다. 본격적으로 아이와 마블의 관계를 알아보기 위해 실험에 착수한 조 팀장.

10일

아이가 마블을 갖고 있지 않은 것을 확인한 조 팀장은 먼저 손에 넣은 마블을 가져다가 아이가 누워 있는 소켓과 연결된 연동 기기에 넣었다. 마블의 기운을 느낀 아이는 소켓 안에서 깊은숨을 들이쉬며 점차 편안함을 느끼는데…….

설 영감과 설 박사는 마취에서 깨어나 아이가 사라진 걸 알게 된다. 거실에 떨어진 원석 팔찌. 설 영감은 얼른 그 팔찌를 챙겨 둔다. 잠시 뒤, 이 실장도 깨어나 기억을 더듬는다. 조태식과 분명히 통화 중이었는데 불시에 당했다.

'내가 조태식에게 당했구나.'

설 박사는 마취에서 깬 이 실장에게 너무나 미안했다. 영문도 모르고 자기 때문에 별장까지 와서 이런 봉변을 겪게 하다니. 그간의 상황과 아이의 비밀을 모두 털어놓기로 마음먹는 설 박사.

"이 실장. 지금부터 내가 하는 얘기 잘 들어."

설 박사를 통해 이야기를 전달받은 이 실장. 어제의 흥분이 다시금 온 세포를 감싼다.

"선배님! 어떻게 하실 거예요? 그 아이 언론에 터뜨리실 건가요? 이번 기회만 잘 잡으면 선배님이 노벨상도 받을 수 있는 획기적인 발견이잖아요."

조용히 침묵하던 설 박사가 입을 연다.

"생각해 봐! 이 실장! 이 아인 은별이 잃고 상심이 크신 아버지가 발견하셔서 줄곧 은별이로 믿고 계셨던 아이야. 나도 곧잘 이 아이의 웃는 얼굴을 보고 은별이로 착각했을 정도인걸."

그리고 설 박사는 이 실장 앞에 『설가비문』을 꺼내 놓았다.

"이 고서를 보면, 이 아이의 행성에서 수 세기 전에도 어떠한 게이트를 통해서 이곳 감포로 왔던 흔적이 남아 있어. 나는 그 게이트의 비밀을 풀어, 이 아일 돌려보낼 생각이야. 이 실장도 협조해 줬으면 좋겠어. 이대로 이 실장이 내 말을 무시하고 언론에 터뜨려도 난 막을 힘이 없어. 다만, 미래를 위해서 GN 행성계의 발달한 문명에서 지구에 전달한 메시지는 평화와 안녕이야. 이 아이가 지니고 있던 마블도 예사 돌은 아님이 확실해. 무엇보다 나는 더 늦기 전에 이 아일 돌려보낼 방도를 모색할 거야. 부탁해! 이 실장! 강우익한테는 미리 연락해 뒀어. 지금은 사라진 아일 찾는 게 시급해. 걱정이야. 아일 쫓던 자들의 정체와 목적을 모르니, 아이한테 혹시라도 안 좋은 일이 생길까 봐……."

『설가비문』을 들춰보던 이 실장은 놀라움을 금치 못했다. 천문학자로 십수 년간 연구해 왔지만, 눈앞에서 벌어진 이 사실을 도저히 믿을 수가 없다. 게다가 수 세기 전 저들의 출현을 설 박사는 알고 있었다니…….

마음을 바꾼 이 실장. 아이의 선한 눈빛을 상기하며 지금 조태식 연구실에서 어떤 고초를 겪고 있을지 모르는 상황에 불안함과 미안함이 교차한다. 또다시 자신의 눈을 가리고 뒤에서 배신의 칼을 꽂은 탐욕 덩어리 조태식. 그 악마로부터 아이를 구해야만 한다.

"선배님. 의도했던 바는 아니지만, 제가 짐작 가는 곳이 있어요. 아이를 찾을 수 있을 거예요. 사실 아이가 지닌 마블의 파장을 감지한 SD 측으로부터 마블의 존재가 이미 지구의 것이 아님을 알아냈고, 마블이 아이와 함께 있을 때 강한 클린 작용으로 주변 방사능과 오염물질을 모두 정화시킨다고 해요. 그들은 이미 알고 있었던 거예요. 그래서 아이를 납치하려던 거였고, 마침 SD 측으로부터 제가 잘 아는 지인을 통해 제게 연락이 왔었던 거예요. 마침 감포 별장으로 가던 중이었는데, 저는 아이가 외계인일 거라는 생각은 꿈에도 못 했어요. 더군다나 그들이 납치할 것까지는요. 별장에 도착해서 아이와 선배님의 이상한 기류를 감지하고 알게 된 거예요. 그리고 바로 의식을 잃게 되었던 거죠. 암튼, 제 불찰이에요. 아이의 위치를 제가 노출해 버려서 아이를 뺏기게 되어 버렸으니까요."

상황을 모두 듣게 된 설 박사. 침통한 기분은 어쩔 수가 없다. 우선은 아이를 찾아서 구출해 내야 한다. 아이의 신변이 위험하다. 설 박사는 강우익에게 연락해서 지금 상황을 모두 말하는데.

"그래! 내가 캡슐을 만들어 놨어. 그 아이 이 캡슐이 필요할 거야. 사람 통해 그리로 보낼게. 세 시간 정도면 될 거야. 그 아이가 두고 간 마블은 자네도 눈치챘겠지만, 변성암의 일종일 거야, 지구의 환경과 아이와의 접촉성 변성암일 것이고, 자네 말이 맞는다면 인류의 미래를 위해 굉장히 획기적인 발견이 될 거야. 하지만, 그것이 SD 측으로 들어가면 얘기는 달라지네. 두 종족 간의 평화와 안녕은 기약할 수가 없는 것이지. 당장, 그 아이 생명이 위태로울 것이네. 그들은 그 아이의 뇌만 취해 적당한 환경에 보존해서 영구히 그 마블을 이용하려 들 걸세. 요긴하게 쓸 만한 조잡한 장치들과 무기 몇 점도 간략한 사용 설명서와 함께 보내겠네. 아이를 탈출시키면 곧장 이리로 오게. 이곳이 잠시 안식처가 되어 줄 걸세. 이곳의 요새처럼 지어졌다는 건 자네도 잘 알고 있잖은가. 차후의 문제는 그때 상의하자고. 건투를 비네. 친구! 좋은 소식 기다리고 있겠네."

SD! 아이가 끌려간 곳은 알았다. 잠입하려면 어떤 루트를 택할 것인가. 설 박사는 강우익이 보낸 캡슐이 오기 전까지 모든 준비를 완료해야만 한다.

설 영감의 귀에는 계속해서 분절음이 같은 것이 들린다. 부르는 소리가 들리는 것 같아 문밖으로 나가 보지만 번번이 아무도 없다. '에이, 설마 들을 수도 없는데.' 사라진 아이가 염려스러워 설 영감은 초조하기만 하다.

이 실장은 지난날, SD 재생에너지 연구소의 위치와 연구원 전체 배치도와 조감도를 자신의 노트에 저장해 둔 사실을 기억하고 자신의 차에 세팅된 출력기를 통해 출력한다.

이 실장을 예의 주시하던 설 영감은 어제 그녀가 심각하게 통화하던 내용이 새삼 궁금하다. 아이와 관계있는 일은 아닐까? 듣질 못했으니, 심증만 가지고 그녀를 다그칠 수도 없는 노릇이었다. 하지만, 저 여자 뭔가 꺼림칙한 것은 어쩔 수가 없었다. 이 실장의 조감도와 배치도를 전해 받은 설 박사는 그녀에게 감사했다. 강우익이 보내 준 캡슐과 무기들은 그야말로 기가 막혔다. 사용 설명서와 만든 목적, 그리고 아이에게 어떤 역할을 해 줄지가 아주 상세하게 기록되어 있었다. 무엇보다 강우익이 자체 튜닝한 급발진 엔진이 장착된 터보 밴을 함께 보내 준 것이다. 설 박사는 진심으로 고마웠다. 아이를 찾고자 별장을 나선 세 사람. 연구소에 가까워질수록 설 영감 귀에는 분절음이 점점 더 크게 들린다.

이 실장은 조 팀장에게 전화를 한다.

"지금 당신 연구소에 와 있어요."

어마어마한 프로젝트에 혼이 나간 조 팀장에게 전화벨 소리 따위가 들릴 리 없다. 하지만, 상대가 이시영이다. 아직은 자기를 믿게 해 둘 필요가 있다. 이 아이를 일본으로 완전히 넘기기 전까지는 얼마든지 이용 가치가 있는 여자니까.

"어. 시영아! 미안하다. 내가 미리 말 못 하고 지시가 늦어져 본의 아니게 너도 의식을 잃었다고 들었다. 그 아인 내 부하들이 잘 데리고 왔으니 염려 마라."

"오빠! 그 아이가 외계인이라는 것도, 내 별장에 있다는 것도 모두 알려 준 게 난데, 오빠 이러면 안 되지. 캡 해제하고 나 들여보내 줘! 어서!"

설 박사는 기회를 엿보다 캡이 해제되자, 이 실장과 바짝 붙어 잠입에 성공한다. 이 실장이 조 팀장의 방으로 가는 동안, 아이가 있을 만한 장소를 탐색하는데.

연구실에서 견디기 힘든 전자파와 방사능을 온몸으로 견디고 있는 아이. 조 팀장은 아직 어린 아이를 상대로 전자파, 방사능 할 것 없이 아이의 클린 에너지의 마지노선을 연구하느라, 갖은 해악을 다 저지른 뒤였다. 침착하고 인내심 강한 아이도 견디기 힘든 위험한 고비들을 수차례 넘겨야만 했다. 어린아이가 감당하기엔 뇌파는 이미 그 한계를 넘어서고 있었다.

조 팀장의 사무실로 들어간 이 실장.

"나까지 마취 가스 공격을 받았는데, 오빠 말대로 나를 속인 게 아니라고 믿으라는 거야? 내가 오빨 몰라? 나도 그 아이가 외계인임을 안 이상, 오빠한테 양보할 순 없어. 그 아이 나한테 넘겨."

생각보다 세게 나오는 이시영을 보면서도 여유 있게 미소까지 짓는 조태식.

"시영아! 절대 네 공은 잊지 않을 거야. 본사로 저 아이를 넘기면,

너도 함께 스카우트해 가기로 이미 SD 측과 협의 끝냈어. 믿어 봐! 내 와이프랑 이혼 수속 중인 건 소문으로 들어 알고 있을 거 아냐. 장인인 부사장은 비리로 면직되고. 시영아! 같이 일본으로 건너가자.”

“오빠 말을 다 믿을 만큼 내가 아직도 어린애로 보이진 않겠지? 좋아! 그렇다면, 그 외계인 아이 어디에 있는지 알려 줘. 그리고, 그 아이와 돌에 대해 분석한 데이터도 내 메일로 전송해 줘!”

조 팀장은 이 실장의 입을 막을 길은 지금 그 제안을 들어주는 일밖에 없음을 직시한다.

“좋아. 여기 내 노트북에 있으니까, 직접 전송해! 아이는 6층 방사능실에 있어. 위험하니까 내가 안전한 방으로 옮긴 뒤에 그때 봐!”

조 팀장이 6층으로 향한 사이.

이 실장은 아이에 대해 분석한 데이터를 발견하고 자신의 이메일로 급히 전송한 뒤 원본은 삭제해 버린다. 조 팀장은 SD 그룹 본사에 벌써 모든 상황을 보고했는지 SD로부터 아이를 일본으로 보내라는 답신까지 와 있는 걸 보고 경악한다. 아이의 뇌만 분리해 캡슐에 넣어 보관하라는 내용이다.

조 팀장이 밖으로 나오자 얼른 몸을 숨기는 설 박사. 그의 뒤를 밟기로 한다. 엘리베이터가 6층에 머문 것을 확인하고, 비상계단으로 뛰어가는 설 박사. 방사능실 앞이다. 여기에 아이가 있다는 건…….

조 팀장. 밖에서 작동을 끄는 듯 보인다. 열린 게이트. 기회는 이때다. 설 박사는 강우익이 제작해 준 마취 총을 조 팀장에게 쏜다.

‘아뿔싸.’

빗나간 마취탄. 테러의 위협을 느낀 조 팀장. 이시영이 배신했음을 직감하고 짧으나마 늦은 후회를 해 보는데.

몸을 피한 조 팀장. 비상벨을 울린다.

요란한 사이렌 소리와 경비실에서 급한 움직임이 포착되고. 이 실장도 초조하다. 급히 사무실을 나오는데, 복도마다 장치된 보안용 겹문이 닫히기 시작한다.

방사능이 꺼진 조용한 실험실 안.

아이가 뚜껑을 열고 밖으로 나온다. 또 다른 소켓에 있는 목걸이를 목에 걸고, 뇌파를 통해 주변 상황을 감지하기 시작한다.

그때 설 박사가 들이닥치고, 아이를 발견하자 둘러업는다. 비상계단으로 내려가는 설 박사. 계단 중간에서 이 실장을 만난다. 분주하고 쿵쾅대는 발소리에 경비팀이 올라오고 있음을 알아채고, 다시금 위로 올라가는 설 박사와 이 실장. 갑자기 설 박사의 얼굴을 돌려 자기를 보게 하려는 아이. 설 박사의 등에서 내려온다. 이미 지칠 대로 지친 아이. 나머지 힘까지 모두 발휘해 뇌파를 보낸다. 쓰러지는 경비원들. 설 박사와 이 실장은 아이를 데리고 무사히 강우익의 밴으로 돌아온다.

눈앞에서 아이를 허무하게 탈취당한 조 팀장은 분노가 하늘을 찌른다. 이렇게 어이없게 그깟 이시영한테 농락당하다니.

방사능에 노출된 채 뇌파를 지나치게 써 버린 아이. 설 박사 일행은 아이의 상태가 심상치 않음을 알게 되고, 설 박사의 연구소와 강우익의 연구소가 있는 대전으로 향한다.

11일

강우익이 제작한 아이를 위한 캡슐은 강우익의 밴 뒤에 장착되어 있었다. 설 박사는 아이를 일정량의 바닷물이 차 있는 티타늄 캡슐에 넣는다. 조 팀장이 조사한 각종 전자파에 괴로워하던 아이는 캡슐에 들어가자, 엄마의 모태처럼 조용하고 웅장한 우주의 기운을 느끼며 점차 평온을 되찾게 된다. 아이의 기억 속에 엄마와 아빠의 얼굴이 떠오르고, 그동안 지구에서 겪은 공포의 기억이 차츰 물러간다. 설 박사는 조 팀장이 아이를 쉽사리 포기하지 않을 것이라 생각하고 이 실장에게 조 팀장이 무엇을 얻고자 하는 건지 묻는다. 이 실장은 차 안에서 자신의 이메일로 보낸 조 팀장의 분석 자료를 보며, 아이와 마블 목걸이가 어떤 의미가 있는지를 파악한다. 일본은 이미 잦은 지진과 쓰나미, 원전 사고 등의 여파로 곳곳이 방사능에 오염되어 생태계가 급격히 파괴되고 있는데, 아이와 마블 목걸이에서 뿜어져 나오는 강한 클린 에너지가 강력한 에너지원이 될 뿐만 아니라 방사선의 강한 파장을 차단한다는 사실을 알게 된다. 이 획기적인 사실로 인해 조 팀장은 어떻게 해서든 아이와 마블을 되찾기 위해 쫓을 것임을 이 실장은 설 박사에게 전달한다.

대전으로 향하는 설 박사. 추격을 우려해 고속도로나 넓은 국도가 아닌, 최대한 구도로로 진로를 잡는다. 한참을 달리던 밴. 그러나 얼마 지나지 않아 바짝 뒤쫓은 조 팀장 일행을 포착하게 된다.

'으악! 이건 뭐야?'

눈으로 보고도 믿기지 않는 상황이 연출된 것이었다. 조 팀장의 검은색 세단의 창문이 열리고 누군가 총을 쏘기 시작한 것이다.

"비열한 인간들."

티타늄과 방탄 유리로 총알은 튕겨 나간다. 핸들을 잡은 설 박사는 긴장과 분노로 흥건히 땀이 배어 나오고 있었다. 새삼 친구 강우익의 놀라운 선견지명과 천재성에 탄복한다. 만날 때마다 냉동 캡슐 운운하던 친구. 하지만 귀담아들은 적도 없었던 그였다.

갑자기 나타난 또 다른 자동차. 앞뒤로 가로막는다. 설 박사는 터보 버튼을 누르고, 중앙 거치대를 가로질러 왼쪽으로 핸들을 틀고 역주행을 하기 시작한다. 급격히 뒤처지는 조 팀장의 세단. 강우익의 놀라운 튜닝이 눈부신 기량과 기능을 발휘하고, 보란 듯이 조 팀장 일행을 따돌린 설 박사는 무척 흥분해 있었다.

"하하하. 이 실장 놀랍지 않아? 우익이한테 단단히 보답해야겠는걸. 하하하."

대전에 입성한 그들은 유유히 강우익이 기다리고 있는 생명공학 연구소로 진입한다.

12일

캡슐에서 나오는 GN 행성에서 왔다는 아이를 경이롭게 바라보는 강우익. 설 박사는 강우익에게 『설가비문』을 보여 준다. 진지하게 훑어보던 강우익.

"설 박사! 이 아이. 자기 행성으로 돌아갈 수 있어. 알고 있지? 우리는 이 아일 이틀만 잘 보호했다가 감포로 데려가면 될 것 같아."

역시 강우익이었다. 설 영감과 설 박사는 강우익의 환대와 세심한 배려에 무척 고마워하고 있었다.

"선배님. 저는 집에 들러 먹을 것을 좀 구해 올게요."

"괜찮겠어? 이 실장! 밖에 노출되는 거, 지금은 위험해! 저들이 쉽사리 포기할 리 만무하고 이 실장 집에 잠복이라도 하고 있으면 어쩌려고 그래? 먹을 건 다른 방법을 찾아보자! 힘든 거 잘 알아! 이틀이야. 이틀이면 우린 아이를 돌려보낼 수 있어!"

듣고 있던 강우익이 말했다.

"아니야. 설 박사! 이 실장은 집에 보내. 많이 힘들 거야. 재충전이 필요해 보여. 이 실장! 연구실 차 타고 가!"

연구실을 나오던 이 실장. 잠시 비상계단에 앉아 생각에 잠긴다. 무엇보다 복잡한 심경의 이 실장이었다. 조태식과의 10년 만의 해후에 잠시나마 들떴던 어리석은 모습이나, 난생처음 외계인을 눈앞에서 보고도 과학자로서 무기력했던 자신의 모습이었다. 무심코 휴대전화를 본 이 실장. 조태식의 부재중 전화가 수차례 와 있음을 확인한다.

눈앞에서 설 박사 일행을 놓친 조 팀장은 울분을 토하고 있었다. 하지만 일본계 용역 업체 팀장은 설 박사 밴에 추적기를 장착하는 데 성공했으며, 위성을 통해 정확한 위치 파악을 할 수 있다고 조 팀장을 안심시킨다. 곧 SD 측에서 보내온 헬기가 도착할 예정이며, 아이를 일본으로 보낼 계획이라고 했다. 밴은 대전 연구단지 생명공학연구소에 있었다. 조 팀장은 바로 잠복을 시키고 들어갈 방법을 모색 중이었다. 이시영에게 전화 거는 조태식. 그러나 전화기는 꺼진 상태다. 어떻게 이시영을 구워삶을까 고민하다가, 연구소에서 나오는 작은 소형 자동차 하나를 포착한 조 팀장. 직감적으로 이 실장임을 눈치챈 그는 부하들은 남기고 홀로 그 뒤를 쫓는다. 그러나 조 팀장의 미행을 눈치채지 못한 이 실장은 자신의 아파트로 향하는데.

"시영아!"

'아뿔싸.'

이 실장은 자신의 뒤를 따라온 조 팀장을 보고 자신이 실수했음을 직감한다.

"오빠랑 더는 할 말 없는데. 돌아가 줘!"

"시영아! 나랑 일본으로 가자. 이미 SD 측 오더는 떨어졌어. 너만 마음먹으면 되는 거야! 나는 네가 별장 일로 오해한 거 충분히 이해해. 내가 말했지? 너에게 돌아가려 한다고. 빈말 아니야. 내 맘을 열어서 보여 주고 싶어. 내가 그 아이만 얻을 계획이었다면 널 만나러 여기까지 올 이유도 없어. 생명공학 연구소에 이미 내 부하들이 주둔 중이고 곧 헬기도 올 거야. SD 측에서 직접 보낸 용역들이야. 물불 가리지 않을 거야. 그 와중에 네가 다치는 거 난, 원치 않아. 이미 끝났어. 모르겠니? 나는 네가 필요해! 시영아! 내 말을 믿어 줘. 제발!"

조태식이 어떤 인간인지 알면서도, 그렇게 당하고도 쉽사리 접히지 않는 자신의 마음을 머리는 이해할 수 없었다. 조태식의 저런 눈을 내가 본 일이 있었던가! 자신의 의지와는 달리, 말도 안 되는 거 아는데, 이시영은 왜 눈물이 나는지 알 수가 없었다. 복받친 울음이 터져 나왔다.

13일

설 박사는 설 영감의 진심을 서서히 느낀다. 자신의 딸을 아버지가 지켜 주지 못했다는 어쩔 수 없는 원망만이 가득했던 지난 5년이다. 허공으로 사라진 지난 5년은 아버지도 견디기 힘든 시간이었을 것이다.

내가 딸의 일로 아버지를 등지면서 아버지는 손녀뿐만 아니라 자식까지 잃었다. 사실은 아버지의 잘못만도 아니다. 당일 은별이가 함께 낚시를 가자고 졸랐던 상대는 바로 설 박사 자신 아닌가! 아이의 말을 무시하고 일에만 몰두하고 있는 자신을 뒤로하고 할아버지를 찾아갔던 은별이다. 어쩌면 설 박사는 자신의 그 모든 죄책감을 아버지를 원망함으로써 떨쳐 내려고 했던 것은 아닌가 하는 자책이 몰려왔다.

설 영감은 자신의 전화에 달려와 준 설 박사가 너무나 고마웠다. 자신의 실수로 인해 손녀를 잃고 아들과도 소원해졌을 때 설 영감의 마음은 천 갈래 만 갈래 찢어졌다. 하지만 맹세코 아들을 원망하지 않았다. 오히려 자신의 잘못으로 인해 가족이 무너진 것 같아 죽고 싶을 따름이었다. 아들을 멀리서나마 볼 수만 있어도 좋겠다고 생각했던 적도 있었다. 이번 일을 통해 이토록 아들을 가까이에서 오랫동안 보고, 함께 지낼 수 있어서 좋았다. 아들과의 관계가 예전처럼 좋아지진 못하더라도 조금이라도 가까워지길 설 박사는 바라고 또 기도했다.

서먹한 두 사람 사이에서 급격히 회복속도가 빨랐던 아이가 가교 역할을 톡톡히 해 주고 있다. 둘은 워낙 서로 말을 안 하니까, 그 두 사람의 마음을 아는 아이가 나설 수밖에 없다.

설 영감은 쫓기는 상황에도 밥은 잘 먹어야 한다며 아이와 설 박사의 끼니를 꼭 손수 차렸다. 아이를 위한 생선과 채소도 식탁에 빠지는 일이 없다. 설 박사는 장을 보러 잠깐씩 외출하는 설 영감에게 그놈들한테 들키면 어떡하냐고 면박을 주기도 했지만 설 영감은 며칠간의 도피 생활로 몰래 다니는 것에 익숙해져 가고 있었다. 그리고 밖에 나갈 때마다 주변 동태를 살피면서 또 그들이 쳐들어오진 않을지 주의하고 있었다.

설 영감이 밥을 차리면 아이는 시키지 않아도 설 박사를 부른다. 이제 그들은 한가족같이 보일 정도로 서로에게 익숙해졌다. 그리고 아무 말 없이 밥을 먹는다. 가끔씩 아이가 귀여운 표정이나 동작으로 설 영감과 설 박사를 즐겁게 해 준다. 그럴 때마다 설 영감은 손녀가 살아 있었다면 이런 기분이었겠구나 하며 손녀와 아들과 같이 있는 상상을 하곤 했다. 아이가 나타난 덕분에 설 영감은 다시 한 번 살아 있음을 느낀다. 이전까지는 손녀를 잃은 죄책감 때문에 살아도 사는 게 아닌 생활을 했다. 하지만 아이가 나타난 이후 자신이 살아서 아이를 지켜야 한다는 책임감을 느끼게 됐다. 무슨 일이 있어도 아이를 자신의 손으로 고향에 돌려보내고 싶다. 외로운 자신의 삶에 찾아온 외계 소녀가 자신을 다시 살게 할 힘을 준 것이다. 설 영감은 아이가 떠나간 손녀가 자신을 용서하며 보낸 선물이 아닌가 생각했다. 그런 생각을 하면 자신을 잘 따르는 아이가 더욱 사랑스럽다.

아이도 자신을 잘 챙겨 주는 설 영감과 설 박사가 좋다. 졸지에 낯선 행성에 떨어져 두렵고 외로운 자신을 잘 보살펴 주고, 위기에서 구해 주었을 뿐만 아니라 다시 고향 별로 보내 주려고 애쓰는 두 사람이 좋다. 그런 두 사람에게 자신이 뭘 해 줄 수 있는지 골똘히 생각하는 아이. 또다시 나쁜 사람들이 쳐들어오면 그때는 스스로 그들을 물리칠 것이다. 그래야 설 영감과 설 박사를 힘들게 하지 않기 때문이다. 이틀 뒤면, 다시 고향 별로 돌아갈 수 있다. 그때까지 아무 일 없이 무사히 있고 싶다.

설 박사 역시 가끔씩 아이를 보며 떠나간 딸이 생각나곤 하지만 오히려 아이 덕에 아버지와 화해하고 지난 일을 다시 생각하는 시간이 되고 있다. 가교 역할을 해 주는 아이를 고맙게 생각한다. 설 박사는 아이를 고향 별로 보내고 나면 아버지를 모셔다가 함께 살까 생각한다.

이 실장은 자신을 찾아온 조 팀장을 위해 또다시 설 박사를 배신하려 한다. 자신의 사랑과 야망을 위해서 어쩔 수가 없다. 어떻게 해서든 아이가 보름날 지구를 빠져나가는 것을 막아야 한다. 사랑하는 조 팀장과 조우한 이 실장은 거래를 한다. 지난번 진 빚도 있으니 보다 근본적인 조건을 제시한다. SD의 영입과 바로 조 팀장 자신! 조 팀장은 기꺼이 그러겠노라고 말한다. 조 팀장과 이 실장은 눈물의 입맞춤을 나눈다. 조 팀장은 GN 행성에서 온 아이와 돌의 관계에 대해서 말해 준다. 아이가 돌과 떨어지면 돌에서 나오던 신호를 잡을 수 없게 된다고 말해 준 것이다. 그 사실을 이미 알고 있었던 이 실장은 그저 유학 시절 조 팀장과 일본에서 행복했던 시간만을 떠올리며 기대에 부푼다.

14일

강우익의 연구실에서 먹고 자며 숨어지내던 설 영감과 아이. 설 영감은 오늘도 식료품을 사기 위해 연구소 주변 상점들을 돌아본다.

과거 이 실장의 연구 논문을 훔쳐 SD에 입사했던 조 팀장은 이 실장과의 재결합은 추호도 생각해 본 적이 없다. 오히려 이번에 아이를 발견한 성과를 앞세워 SD 부회장의 딸인 아내와 관계를 회복하도록 할 생각이다. 곧 물러날 장인의 부회장 자리는 당연히 자기에게 돌아올 것이다. 그동안 무능력했던 자신을 아내도 이번 일로 인정해 주지 않을까, 그러면 이미 기정사실화된 이혼도 다시 생각해 줄지 모른다. 조 팀장은 이 실장을 이용하고 버릴 생각이다. 그녀가 순순히 물러나지 않으면 제거해 버릴 것까지 계획하고 있었다.

이 실장은 다시 돌아온 사랑하는 조 팀장을 위해 마음을 독하게 먹는다. 설 박사와 강우익 몰래 10분간만 생명공학 연구소의 보안장치를 해제시켜 놓기로 한 것이다. 이 실장을 보내고 나서 조 팀장은 용역들에게 바로 연락한다. 해치가 열리는 순간 침입해 10분 안에 아이를 납치한 후, 이 실장은 없애라는 지시도 함께 한다. 그렇게 또다시 용역들의 무차별적인 만행. 어떻게든 용역들의 침입을 막아 보려던 강우익. 전동 휠체어에서 자동문에 잠금장치를 걸어 두고, 다른 방으로 이동하길 수차례. 결국 용역들의 총을 맞고 전동 휠체어에서 떨어진다.

용역들이 자기들끼리 일본 말로 하는 소리를 우연히 엿듣게 된 이 실장. 조 팀장이 자신까지 죽이라고 했다는 사실을 알게 된다. 믿을 수 없는 현실. 그제야 어긋난 사랑의 말로가 이토록 비참한 것임을 깨닫는 이 실장. 후회가 밀려온다. 사태가 자신이 원하던 방향이 아님을 직감한 그녀는 몸을 숨긴다.

10년 전, 자신의 목숨과도 같은 연구 업적을 조 팀장이 빼돌린 것을 알면서도 SD에 입사해서 성공하면 반드시 자신을 찾아오겠다는 조태식의 감언이설을 철석같이 믿었던 지난날. 그 세월. 간사한 세 치 혓바닥에 그녀는 다시금 놀아난 것이다. 나 때문에 강우익이 죽었다. 나라를 배신하고, 착한 설 박사를 배신하고 순수한 외계 생명체마저 해치고 되찾으려 했던 자신의 어긋난 사랑을 이제는 돌이킬 수가 없다. 조 팀장은 야망의 화신이다. 철저히 자신의 순정을 짓밟고 목숨마저도 뺏으려는 비열한 인간 조태식. 어떻게든 이 위기에서 살아남아야 한다. 강우익의 죽음과 이 상황을 설 박사에게 알려야 한다. 그녀는 설 영감과 설 박사가 『설가비문』의 암호를 가지고 강우익 연구실에 있음을 상기하고, 용역들의 눈을 피해 그의 연구실로 들어온다. 이 실장의 상태를 한눈에 파악한 설 박사는 뭔가 심상치 않은 일이 벌어졌음을 직감한다.

다리가 불편한 강우익의 연구실은 지하 주차장까지 직통 엘리베이터가 연결되어 있다. 아이의 캡슐을 세워 실어도 두 사람만 간신히 탈 수 있는 상황. 『설가비문』을 설 박사 손에 쥐여 주는 설 영감. 떠나라고 손짓한다. 이 실장 또한 사태의 모든 책임을 통감하며 설 영감에게 죄송하다고 눈물로 고백한다. 본인이 타지 않겠노라고 말하는 이 실장. 갑자기 설 박사가 이 실장과 아버지를 캡슐 옆에 완력으로 떠밀어 넣고 작동 버튼을 눌러 버린다. 설 영감과 이 실장은 당황하지만 엘리베이터는 고속으로 하강하기 시작한다.

설 박사는 지하 주차장으로 연결된 비상계단으로 뛰어 내려간다. 필사적으로 주차장으로 진입한 설 박사. 이 실장은 캡슐을 설 영감과 함께 밴에 싣고 운전석에 앉았다. 주차장 끝에 설 박사가 달려오는 것이 보인다. 페달을 밟아 속도를 올리는 이 실장. 그러나 주차장에서 대기 중이던 조 팀장도 설 박사를 발견한다. 총을 겨누고 가속 페달을 밟는 조 팀장. 아예 설 박사마저도 없애 버리리라 맘먹는다.

그 순간 캡슐 안에 있던 아이가 두 눈을 뜨며 설 영감과 동시에 '위험해.'라고 외친다. 둘의 뇌파가 서로 통해 동시에 부르짖는 순간, 조 팀장의 차를 온몸으로 막아 낸 설 영감. 한 발의 총성. 달리는 밴에서 아들을 향해 뛰어내린 것이다. 설 영감을 치고 튕겨 나간 조 팀장의 세단. 아버지에 의해 밀려난 설 박사. 모든 일이 순식간에 일어났다. 설 영감을 향해 기어오는 설 박사.

'미안하다. 아들아.'

설 영감은 소리를 내지 못하고 입만 달싹인다.

"안 돼!"

이 실장은 설 박사를 밴으로 질질 끌고 가다시피 하는데, 설 박사는 의식을 잃어 가는 설 영감의 팔을 힘겹게 잡고 있다. 감포로 향하는 설 박사의 밴 뒤로 한발 늦은 용역들이 쏟아져 나온다. 잠시 의식을 잃었던 조 팀장은 설 박사의 밴을 한발 늦게 뒤쫓는다.

이제 막 아버지와 오해를 풀려고 하는데 아버지가 떠나려 하신다. 설 박사는 슬픔을 감출 수가 없다. 점점 희미해져 가는 의식 속에서 아이에게도 작별 인사를 한다.

'무사히 잘 가거라. 꼬마야. 끝까지 지켜 주지 못해서 미안······.'

아이는 캡슐에서 나와 설 영감 목에 자신의 마블 목걸이를 걸어 주고 설 영감의 손을 잡는다. 설 영감은 아이에게 아들이 위급함을 알려 줘서 고맙다고 마음으로 말한다. 아이는 고개를 끄덕이며 설 영감의 상처에 자신의 손을 올려놓는다. 마블 목걸이에서 강렬한 빛이 뿜어져 나오며 차 안 가득히 퍼진다. 그 순간 설 영감의 죽어 가던 세포가 다시 살아나며, 빠르고 신속하게 신경회로가 작동한다. 아이는 피가 흐르는 곳을 손바닥으로 꾹 누르며 상처가 빠른 시간 내에 재생되도록 클린 에너지를 보낸다. 드디어 흐르던 피가 멈추고 서서히 상처가 아문다. 다시 눈을 뜬 설 영감. 감격과 환희, 감사의 탄성을 내뱉으며 설 박사는 아버지의 가슴에 얼굴을 묻고 오열한다.

"아버지, 죄송해요. 아버지 고맙습니다."

15일

감동이 파도처럼 한차례 훑고 지나간 밴 안은 따스한 사랑으로 가득하다. 이 실장은 조용히 눈물을 흘리며 운전에만 열중한다.

반드시 아이를 고향으로 돌려보내고자 다짐하는 설 영감과 설 박사. 아이가 SD 측에 넘어가 이용당하는 것은 반드시 막아야 한다. 그것만이 이번 일로 희생당한 친구 강우익에게도 보답하는 길이다.

'우익아, 너의 숭고한 뜻이 헛되지 않도록 반드시 저 아이를 돌려보내겠어.'

설 박사는 그 일념으로 감포 해변으로 향한다. 끝까지 뒤쫓는 조 팀장과 용역들. 어디선가 헬기 소리가 들린다. 헬기까지 동원한 것이다. 정말 끈질기게 쫓아온다. 터보 엔진이 장착된 강우익의 밴은 다시 한 번 제 몫을 톡톡히 한다.

수중릉이 있는 감포 해변에 도착한 설 박사 일행은 수많은 인파가 몰려든 것을 보고 놀라고, 바다 위로 펼쳐지고 있는 장엄한 광경에 다시 한 번 놀란다. 지금까지 본 적이 없는 큰 달이 바다 위로 떠오른다. 반대편 산으로 해가 지면서 해, 지구, 달이 일직선을 이루려고 한다. 이제 곧 수중 게이트가 열릴 것이다.

곧이어 당도한 조 팀장 일당도 놀란다. 일명 '설 노인의 선물'이라는 작전 때문이다. 왜 이렇게 많은 사람이 모여 있는 거지. 해안을 가득 메운 사람들이 족히 수천 명은 돼 보인다. 설 영감과 그의 어린 시절 동네 친구인 할아버지들이 모두들 손자 손녀의 손을 잡고 달을 구경하기 위해 해안에 나와 있고, 관광객들도 어마어마하다. 불꽃놀이가 곧 시작될 거라는 알림과 함께 사람들의 환호성이 귀를 찢는다. 그 인파 속에서 그 꼬마는 눈에 띄지 않는다. 누가 누군지 알 수가 없다. 조 팀장 일행이 사람들 사이를 신경질적으로 헤치며, 이리 뛰고 저리 뛴다. 그때 사람들의 탄성이 들려오기 시작한다.

해와 달이 일직선이 되면서 수중 게이트가 열리기 시작한 것이다. 용오름 같기도 하고, 거대한 탑 같기도 한 물기둥이 하늘 위로 솟구치더니 바다 위로 길이 생긴다. 생전 처음 보는 모습에 모두들 놀라서 바라보고 하늘에는 불꽃놀이가 한창이다. 사람들의 환호성. 오직 조 팀장만이 탐색을 멈추지 않는다.

주변 상공을 배회하던 헬기는 연방 쏘아 올리는 불꽃에 위험을 느꼈는지 철수하고 만다. 설 영감과 설 박사는 아이에게 게이트 쪽으로 가라고 살짝 떠민다. 바다 위로 생긴 길을 걸어가는 아이. 조 팀장이 그 모습을 보고 달려오지만 관광객과 동네 사람 들이 막아선다. 조 팀장과 용역 몇 명이 군중을 뚫고 바다 위로 뛰어 보지만 물에 빠지고 오직 아이만이 바다 위를 걷는 것처럼 게이트로 걸어간다. 마지막 가장자리에 선 아이. 뒤를 돌아본다. 조용히 손을 흔들며 게이트는 서서히 닫히는데, 아이가 설 영감을 보며 조용히 자신의 두 귀를 감싸 쥔다. 설 영감과 설 박사 귀에 또렷이 들리는 아이의 목소리.

"감사했어요. 할아버지! 그리고, 아저씨! 영원히 잊지 않을게요. 할아버지. 이제 사람들 목소리 들으실 수 있을 거예요. 다시는 사랑하는 사람 잃으시면 안 돼요."

설 영감 목에 걸려 있는 마블에서 오색찬란한 빛이 반짝인다. 점점 크게 들려오는 폭죽 소리, 사람들 와글거리는 소리, 파도 소리……. 설 영감은 기쁨의 눈물을 흘린다.

"오. 야야. 들린다. 들려."

"아버지! 죄송해요."

설 박사는 와락 아버지를 안는다. 두 부자는 감격과 기쁨의 눈물이 멈출 줄 모른다.

조 팀장 앞에 선 이 실장. 두 주먹을 불끈 쥔다. 그대로 조 팀장에게 어퍼컷을 날리는 이 실장. 속이 시원하다.

1년 후

학회에 참석한 설 박사. 마블을 직접 보여 주며 GN 행성에 대해 발표한다. 맨 앞자리에서 기쁘게 미소 지으며 박수를 보내는 강우익.
천재 과학자 강우익은 이 실장이 집으로 돌아간 후 주변에 잠복해 있
던 조 팀장의 용역들을 이미 눈치채고 있었고, 만일을 위해 방탄조끼
를 착용 중이었다. 주도면밀한 천재 과학자 강우익은 친구 설 박사가
자신보다 먼저 노벨상 후보에 오르게 된 것을 진심으로 축하해 주고
있었다.

『설가비문』의 한 페이지가 클로즈업 된다.
「……200년에 한 번씩, 수중 게이트가 열릴 때 그들은 지구상에 다
시 돌아온다.」

그들이 존재한 시간, 1905

백애남, 이재범, 조연미

본 작품은 대전문화산업진흥원 기획안 피칭대회 수상작으로서, 시놉시스 형태로 구성되어 있습니다.

1. 젖은 낙엽처럼

밤새 싸라기눈과 함께 비가 섞여 내렸다. 새벽녘까지 빗줄기에 시달린 땅은 축축이 젖은 채 서늘한 기운을 뿜어냈다. 까맣도록 시퍼렇던 하늘이 서서히 하얀 얼굴을 드러내고 있었다. 아무도 없는 새벽의 대전역 구석을 돌아 이강의 인력거가 투우사의 성난 황소처럼 돌진하며 달려온다.

이강의 거친 숨소리만큼이나 깊은 한숨과 뜨거운 입김이 솟아올랐다. 영하의 날씨에도 불구하고 이강의 이마에선 땀방울이 주르륵 흘렀다. 땀으로 범벅된 곱슬머리, 한여름 내내 그을린 구릿빛 피부, 저도 모르게 풀어 헤쳐진 저고리, 저고리 사이로 보이는 빨래판 모양의 근육을 가진 이강은 흡사 너른 초원 위를 내달리는 하이에나와 같았다.

"조금 더 빨리 못 가나 조센징 놈들, 느려 터져 가지고!"

100킬로그램이 넘는 거구의 일본인이 이강에게 재촉을 해 댄다. 눈비에 젖은 축축한 땅에서 인력거를 끌기란 마치 발을 뻗어도 뻗어도 나아가지 않는 모래밭 위를 달리는 느낌이었다. 이강은 얼마 전 대전 중부시장의 유명한 보부상 홍 씨에게 돈을 미리 치른 터였다.

"빠가야로! 곱절이 아니면 확 뒤집어 버릴 텐데."

"조센징. 너 지금 뭐라고 했나?"

"네네?"

"한 번만 더 그 주둥이를 놀렸다간 다시는 인력거를 못 끌게 만들어 주겠어!"

"네. 네. 알겠습니다요. 미천한 조선 인력거 놈이 무슨 힘이 있다고. 한 번만 봐주십쇼."

거구의 일본인은 혼자서 일본어로 이강에게 뭐라 뭐라 지껄였다. 이강이 언뜻 듣기엔 욕 같았다. 이강이 암만 까막눈이라 하여도 서당개 3년이면 풍월을 읊는다고 인력거꾼으로 일본의 개로 산 지 3년, 욕 정도는 너끈히 알아들을 수 있었다.

"뚱땡이 자식. 내가 수향이만 아니면 넌 오늘 죽었어!"

이강은 주위를 둘러보다 자갈 깔린 모퉁이 길을 발견했다. 분명 힘들 것이다. 저 덩치를 들고 자갈길을 달리기란.

"나리, 이제부터 지름길입니다."

이강은 있는 힘껏 인력거를 틀어 자갈길을 달리기 시작했다. 이강은 복화술을 하며 다시 한 번 젖 먹던 힘까지 인력거를 끌어 앞으로 뛰었다. 그때 하늘에서 싸라기 같은 눈은 차가운 빗방울로 변해 떨어지기 시작했다. 이강은 빗속을 뚫고 앞으로 나아갔다.

"아…… 아…… 아아아!"

거구 일본인의 절규가 들려온다. 울퉁불퉁 자갈에 인력거 바퀴가 튀기 시작한 것이었다. 그 진동이 고스란히 거구의 일본인에게 전해졌다. 거구의 일본인은 쿵쿵거리며 아래위로 출렁이는 좌석에 맞춰 마치 춤을 추는 듯 엉덩방아를 찧으며 고통스러워했다. 이번엔 막무가내 구석 돌기였다. 고여 있던 흙탕물이 바퀴에 쓸려 일본인의 몸에 튀기 시작했다. 그제야 힘이 나는 이강. 온몸에 돌덩이를 올려놓은 것 같지만 그래도 씩 웃고는 다시 전속력으로 인력거를 몰기 시작했다.

이것이 어둠의 시대를 살아가는, 일본 수탈이고 식민지고 나발이고 돈밖에 모르는, 그래서 젖은 낙엽처럼 바닥에 찰싹 붙어 살아가는 이강이라 불리는 남자의 생존법이다.

때는 바야흐로 다수의 일본인이 조선 땅에 건너와서 관사촌 마을의 지배층으로 있으며 조선인 위에 군림하던 암흑기였다. 조선인이라는 딱지는 어떠한 곳에서도 죄인이 되어 버리는 존재감 없는 이름이었다. 몇 날 며칠 주린 배를 채우려고 감자 몇 알을 훔쳤다고 맞았다. 하물며 조센징 주제에 건방지게 고개를 꼿꼿하게 쳐들고 다닌다고도 맞았다. 투전판에서 일본인들의 돈을 따는 것도 죄가 되었다. 부모 없는 고아가 천덕꾸러기 취급을 받듯, 나라 없는 조선인들은 죽는 날까지 이 굴레를 벗어날 수 없을 것만 같았다.

이강에게는 세상과 맞바꿀 수 없는 소중한 동생이 하나 있다. 어릴 적 부모가 노비로 지냈었고, 모시던 주인집 양반께서 일본 놈들과 한 패로 몰려 온 가족이 조선인들에게 처참하게 죽임을 당하였다. 그때 유일하게 살아남은 주인집 규수가 이강의 유일한 여동생인 수향이었다. 이강은 어린 수향을 업고 산으로 들로 달리기 시작했다.

그리고 주린 배를 부여잡으며 이곳 대전의 철도 관사촌까지 내려왔다. 일본인들과 한국인들이 함께 사는 관사촌에는 양반도, 조국도, 국경도 없었다. 이강 같은 사람이 살기엔 더없이 좋은 곳이었다.

비가 그친 시장에는 사람들이 웅성거렸다. 이강은 천천히 인력거를 끌면서 시장을 구경했다. 많은 사람이 모여서 소리치는 게 보였다. 이강은 인력거를 잠시 세워 두고 사람들 사이를 파고들었다. 한참을 안으로 들어가자 비로소 그들이 무엇을 하는지 알 수 있었다. 내기 씨름이었다. 아침에 이강이 태운 일본인 거구가 스모 복장을 하고 씨름판에서 포효하고 있었다. 씨름판에는 이강의 동네 친구들인 구봉, 동수, 성훈이 서 있었다. 지나가던 길바닥의 엽전 한 냥도 지나치지 않는 오지랖 사내들이 불구경 구경하듯, 싸움 구경하듯 맨 앞자리에서 적극적으로 환호성을 질렀다.

"자, 돈 놓고 돈 먹기! 이 스모 선수를 이기면 곧바로 거금 80원을 드립니다! 도전자 없습니까?"

야바위꾼의 말에 구봉이 손을 번쩍 들었다.

"음. 정말 도전하시겠습니까?"

구봉이 자신 있게 말했다.

"저 말고 이 친굽니다!"

구봉의 손가락은 정확히 이강을 가리켰다. 씨름판에 모여 있는 모든 사람이 이강을 쳐다보았다.

이강은 샅바를 매고 스모 선수와 마주 보고 섰다. 이강이 이길 가능성은 그리 커 보이지 않았다. 스모 선수는 100킬로그램도 더 나가 보였으며 구봉과 이강보다 머리가 하나 더 컸다. 스모 선수의 팔뚝은 이강의 허벅지만큼 굵었고 스모 선수의 허벅지는 이강의 허리만큼 두꺼웠다. 마치 다윗과 골리앗의 싸움 같았다. 스모 선수는 이강을 보며 말했다.

"아하. 아까 그 조센징이구먼! 손가락 하나로 상대해 주지."

이강은 팔에 힘을 주고 스모 선수의 샅바를 잡았다. 그 느낌이 마치 굵은 통나무에 샅바를 걸어 놓은 것 같았다. 그사이 사람들은 두 사람을 놓고 내기를 걸었다. 그걸 본 성훈이 구봉에게 물었다.

"이강이 이길 수 있을까?"

"당연히 못 이기지! 아저씨, 여기 10원을 스모 선수한테 걸어 줘요!"

구봉은 그렇게 이야기하며 스스럼없이 야바위꾼에게 10원을 내밀었다. 그 순간 경기가 시작됐다. 이강과 스모 선수는 한 치의 물러섬도 없이 그대로 일어섰다. 둘은 한참 동안 힘 싸움을 벌이면서 그 자리에 멈추어 섰다. 주위를 둘러싼 사람들이 자신이 돈을 건 사람을 응원했다. 이강은 오래 끌면 불리해질 것이라는 생각에 곧바로 승부를 걸었다.

하지만 통나무 같은 스모 선수의 다리는 꿈쩍하지 않았다. 스모 선수는 이강이 만만치 않은 힘으로 압박해 오자 팔을 들어 경기장 밖으로 밀어내려 했다. 스모 선수의 손이 이강의 얼굴을 쳤다. 주위에 있던 사람이 야유를 보냈다. 그 순간 이강은 그 힘을 역이용하여 그를 들어 올려 모래판에 거꾸로 꽂았다. 순식간에 이강이 스모 선수를 이기자 모두들 입을 떡 벌렸다. 이윽고 환호성이 터져 나왔다. 사람들은 모래판으로 뛰어들어 이강을 헹가래 치며 기뻐했다.

씨름에 이긴 이강은 상금 80원을 들고 친구들과 보부상 홍 씨를 만나러 갔다. 방학을 맞아 내려오는 수향에게 줄 선물을 마련하기 위해서였다. 보부상 홍 씨는 언제나처럼 장마당에서 자신의 자리를 지키고 있었다. 이강이 다가가서 말을 걸었다.

"전에 구해 달라고 했던 물건은 어떻게 됐소?"

"아, 그 여동생 준다던? 여기 있지. 내가 구라파에서 들어온 물건을 어렵게 구했네. 기대해."

보부상 홍 씨는 그렇게 말하며 봇짐을 뒤적였다. 그러더니 섬세한 꽃무늬가 테두리에 그려진 작은 목걸이를 꺼냈다. 이강은 그걸 받아들고 마음에 드는 듯 앞뒤를 살폈다.

"괜찮지?"

이강은 고개를 끄덕였다. 그러자 보부상 홍 씨가 물었다.

"그러고 보니 동생이 올해 몇 살이라고?"

"열일곱 살요."

"좋을 때구먼. 의술을 공부한다고?"

이강은 말없이 고개를 끄덕였다. 보부상 홍 씨는 하늘을 잠시 바라보며 흥얼거리더니 말했다.

"내가 좋은 일자리 소개해 줄까? 요새 왜놈들이 간호부를 모집한다고 하던데, 거기로 가면 돈도 벌 수 있고 공으로 유학도 할 수 있는데. 당기지 않나?"

이강의 표정이 흔들리는 것을 느낀 홍 씨가 다시 말했다.

"언제든 생각 있으면 찾아오게나."

이강은 보부상 홍 씨에게 목걸이 값을 치렀다. 홍 씨는 돈을 받아 들고는 희희낙락하면서 종이에 목걸이를 잘 싸서 이강에게 건네주었다. 이강은 목걸이가 물에 젖을까 소중히 품속에 넣었다.

2. '조선'이라 불린 여자

1905년 이화학당, 수향은 텅 빈 복도를 걸어 앨러스 부인의 방으로 향했다. 또각거리는 구두 소리가 복도에 울려 퍼졌다. 멀리서 소녀들의 웃음소리가 들려왔다. 방학을 맞아 헤어지는 소녀들은 뭐가 그리 좋은지 깔깔대며 웃고 있었다. 수향은 앨러스 부인의 방 앞에서 서서 잠시 망설였다. 그리고 손을 들어 방문을 두드렸다.

"들어오세요."

방 안에서 앨러스 부인의 목소리가 들려왔다. 수향은 문을 열고 들어갔다. 책상 앞에 앉아 있던 앨러스 부인은 자리에서 일어났다. 그녀의 얼굴에는 미소가 가득했다. 둘은 서로 포옹을 하며 인사를 대신했다. 수향은 조금이라도 빨리 대전으로 내려가서 오빠를 보고 싶었지만, 그런 마음을 꾹 참았다.

앨러스 부인이 말을 이었다.

"내가 수향을 부른 이유는 앞으로의 진로를 의논하려고요."

수향은 앞으로의 진로라는 말이 나오자, 진지한 얼굴로 앨러스 부인을 바라봤다.

"혹시 미국에 가서 의술을 공부할 생각 없어요?"

앨러스 부인의 말에 수향의 머릿속이 새하얗게 변해 버렸다. 저물어 가는 조국을 고치리라 생각하고 이화학당에서 공부에 전념한 지몇 년째, 아픈 조선인들을 치료할 의술을 배울 기회가 드디어 주어지게 된 것이다. 하지만, 그때 수향의 머리에 자신이 돌아오길 손꼽아기다리고 있을 오빠의 얼굴이 스쳤다. 수향의 얼굴에 나타나는 고민을 엿본 앨러스 부인은 환하게 웃으며 말했다.

"먼 나라에 가서 공부를 한다는 게 많은 고민이 되겠지만, 이번 기회를 놓치지 않았으면 좋겠어요. 난 전쟁의 화염이 언제 미칠지 모를이 조선 땅에 있는 것보다 기회의 땅인 미국에 가서 의술을 했으면해요."

"그런 이유로 미국에 가야 한다면, 전 조선에 남겠어요."

수향이 단호한 어조로 말했다. 앨러스 부인은 수향의 태도에 놀랐지만 곧 평정을 되찾았다.

"혹시 수향의 별명이 뭔지 알아요?"

"네?"

앨러스 부인의 갑작스러운 질문에 수향은 어리둥절한 표정을 지었다. 앨러스 부인은 온화하게 웃으면서 말을 이었다.

"조선이래요."

"제 별명요? 하하하."

수향과 앨러스 부인은 시원하게 웃었다. 한참을 그렇게 웃은 두 사람은 서로를 봤다. 앨러스 부인이 다시 입을 열었다.

"수향은 조선이 그렇게도 소중한가요?"

"내가 태어나고 싶어서 태어난 게 아닌 것처럼, 조국도 내가 선택할 수 없는 거예요. 조선은 내 가족이에요. 끝까지. 내가 사랑하고 책임져야 할."

수향은 그렇게 말하면서 오빠의 얼굴을 다시 떠올렸다. 비록 지금은 일본인들 밑에서 굽신거리면서 일을 하고 있지만, 오빠도 그녀만큼이나 조국을 사랑한다고 믿었다.

앨러스 부인은 수향의 굳게 다문 입을 바라보았다. 비록 지금은 수향의 조국 조선이 핍박을 당하고 있지만 그녀 같은 이들이 많다면, 언젠가 조선은 외세의 침략을 물리치고 독립국으로 우뚝 설 수 있을 것 같았다.

칠흑 같은 어둠 속에서도 용감할 수 있고 웃을 수 있는 저력을 가진 사람들, 그게 앨러스가 바라본 조선인들이었다.

"잠깐만 그대로 있어 봐요. 선물이 있어요."

앨러스 부인은 자리에서 일어나 자신의 책상으로 다가갔다. 그곳에서 서랍을 뒤적거렸다. 한참을 그러던 앨러스 부인은 서류 더미 속에서 사진과 봉투 하나를 꺼냈다. 흑백사진에는 수향과 그녀의 동무인 은영이 이화학당의 교복을 입고 손을 잡고 있었다.

"아, 이 사진!"

수향은 그 사진을 받아 들고 탄성을 터뜨렸다. 사진을 보며 얼마 전에 있었던 일을 떠올렸다.

그날은 졸업 사진을 찍는 날이었다. 서양인 사진사가 와서 빛이 가장 잘 드는 학당 교실 안에 사진기를 설치했다. 네모난 상자에 동그란 렌즈가 보였고 검은 천으로 덮여 있어 마치 괴물 같았다. 그걸 본 동무들은 저 사진 상자가 사람의 혼을 뺏어 가는 요물이라며 서로를 겁주었다. 은영은 동무들의 장난기 섞인 거짓말을 그대로 믿고 덜덜 떨면서 자신의 차례를 기다렸다. 한 명 한 명 사진을 찍기 위해 플래시가 펑 터질 때마다 은영은 심하게 무서워했다. 결국 은영의 차례가 왔을 때, 그녀는 사진기 앞에서 경기를 일으켰다. 그때 앨러스 부인은 수향을 지그시 바라보았다. 그러자 수향이 은영에게 다가가 물었다.

"무섭니?"

은영은 닭똥 같은 눈물을 흘리며 고개를 끄덕였다.

"그럼 같이 찍을까?"

"응……."

울먹거리는 은영의 손을 꼭 잡고 사진기 앞으로 데려갔다. 그녀를 의자에 앉히고, 그 옆에 섰다. 수향은 은영의 손을 꼭 잡아 주었다. 그제야 은영은 굳은 얼굴로 사진기를 봤다. 노랑머리에 꼬부랑 말투를 쓰는 사진사가 소리쳤다.

"치즈! "

번개가 치듯 플래시 불빛이 반짝였다.

"감사합니다."

수향은 앨러스 부인에게서 사진을 받아 들며 오빠의 얼굴을 떠올렸다. 하루가 멀다 하고 동생이 보고 싶다 노래를 불러 대는 오빠에게 사진은 매우 좋은 선물이 될 것 같았다. '다음엔 오빠와 함께 찍어 봐야지.' 하고 생각했다.

그사이 앨러스 부인은 두 번째 봉투를 건네며 대전으로 가는 열차의 1등석 티켓이라고 말했다.

"두 번째 선물! 대전으로 가는 열차표예요."

"아! 감사합니다. 앨러스 선생님. 은혜는 잊지 않을 거예요."

수향은 진심으로 고개를 숙였다. 1등석 기차표 값이면 닭을 일곱 마리 이상 살 수 있는 큰돈이었다. 그걸 선뜻 내어준다는 것은 정말 큰 배려였다. 수향은 티켓과 사진을 받아 들고 서울역으로 향했다. 열차의 1등석은 일본인들이 웅성거리는 소리로 가득했다. 마치 열차가 통째로 자기들 땅인 것처럼 떠들어 대는 일본인들의 말소리에 수향은 잠시 기분이 나빴지만, 오빠를 만나러 간다는 생각을 하니 다시 기분이 좋아졌다.

그 순간 갑자기 주위가 조용해지고 검은 양복을 입은 남자들이 올라탔다. 그들은 열차 안을 전세라도 낸 것처럼 큰 소리로 이야기하면서 들어왔다. 덕분에 사방에서 들려오던 일본인들의 목소리가 잦아들었다. 하지만 남자들은 왠지 위험한 냄새를 풍겼다.

열차의 속도는 점점 빨라졌다. 수향은 영어 성경책을 꺼내어 읽기 시작했다. 이상하게도 성경책을 읽고 있으면 마음이 편했다. 성경 속 예수님의 삶이 마치 무지와 침략에 고통받고 있는 조선 백성의 삶과 겹쳐 보였다. 그 때문에 성경의 마지막에 구원이 약속되어 있듯이 조선 백성들에게도 독립이 약속된 것처럼 느껴졌다.

간간이 고개를 들어 창밖을 보니 흰 한복을 입은 조선인들이 논과 밭에서 일하는 게 보였다. 흙물이 든 흰옷을 입은 그들은 추수를 하고 난 논에서 떨어진 이삭을 줍고 있었다. 마치 그 모습이 앨러스 선생님이 보여 주신 밀레의 「만종」이라는 그림과 같았다.

"「만종」은 농부들의 평화와 풍요를 담은 작품이에요."

하지만 조선의 현실은 그렇지 못했다. 조선의 백성들은 논에 떨어진 이삭이라도 주워 허기를 달래기 위해서 논바닥을 헤매고 있었다. 비참한 모습이었다. 수향은 의술을 배워야 하는 이유에 대해서 다시 한 번 생각했다. 조국의 아픈 조선인들을 고치려면 의술을 배우기 위해서 미국으로 가야 했다. 그런 생각을 하니 또 오빠의 얼굴이 떠올랐다. 수향이 미국으로 가게 되면 오랫동안 오빠를 보지 못하게 될 것이었다. 과연 그 오랜 세월을 견디어 낼 수 있을까?

그때 1등석으로 한 아이가 뛰어 들어왔다. 뒤에서 아이의 어머니가 외치는 소리가 들렸다.

"구철아, 거기는 들어가면 안 돼!"

수향은 그 소리에 고개를 돌려 목소리가 들려온 쪽을 바라봤다. 거기에는 하얀 한복을 입은 한 여인이 차마 1등석 안으로 들어오지 못하고 어린 남자아이를 향해서 애처롭게 외쳤다.

"구철아. 빨리 나와! 안 그러면 순사가 잡아간다!"

어린아이는 그런 어머니의 마음을 모르는지 제 세상을 만난 듯 1등석을 헤집고 다녔다. 수향은 아이를 바라보는 어머니의 모습을 보고 성경책을 덮었다. 그 순간 그 어린아이는 한 남자 앞에 서서 말했다.

"와! 칼이다! 엄마! 여기 쪽발이가 칼을 가지고 있어. 이거 되게 멋져!"

수향이 막 일어서려는데, 검은 양복을 입은 한 남자가 먼저 주먹으로 아이를 내리쳤다. 일본인 헌병대 후미스케였다. 그의 일격에 어린

아이의 작은 몸은 멀리 날아가 처박혔다.

"이런 요보 자식!"

후미스케는 그렇게 때리고도 화가 풀리지 않는지 자리에서 일어나 아이에게 다가가더니 혁대로 마구 때리기 시작했다.

"엄마! 엄마!"

아이는 바닥에 몸을 웅크리고 엄마를 찾았다. 아이의 작은 몸에 혁대 자국이 붉게 올라왔다. 후미스케는 멈추지 않았다. 결국 보다 못한 아이 어머니가 1등석으로 뛰어 들어왔다. 그녀는 그대로 달려와 아이를 몸으로 감쌌다. 후미스케는 잠시 혁대를 들고 잠시 숨을 고르더니 그녀도 같이 때리기 시작했다.

"조센징 주제에 어디서 일본인한테 대들어!"

"악!"

혁대가 그녀의 몸을 때릴 때마다 안타까운 신음이 1등석 안에 가득 찼다. 수향은 결국 자리에서 일어나 후미스케에게 향했다. 눈물이 맺힌 눈을 부릅뜨고 입을 굳게 다물고 뚜벅뚜벅 걸어갔다.

"그만해!"

수향은 후미스케의 팔에 매달렸다. 후미스케는 몸을 크게 흔들어 수향을 떨쳐 냈다. 수향은 아이와 아이 어머니 옆에 쓰러져 후미스케를 노려봤다.

"넌 뭐야?"

후미스케는 물었다. 수향은 대답하지 않았다. 회색 양복을 입은 남자, 곤스케는 책 너머로 그 상황을 지켜보다가 자리에서 일어났다. 후미스케는 그것도 모른 채 수향을 혁대로 내리쳤다. 수향은 비명 소리 하나 내지 않고 끝까지 후미스케를 노려봤다.

"이년이 미쳤나?"

후미스케는 그렇게 말하며 다시 수향을 때리려는데, 누군가 그의 팔을 잡았다. 곤스케였다.

"보는 눈도 많은데 그만하지."

"소좌님, 하지만!"

"괜찮아. 어차피 피를 봐야겠지만, 부임 첫날부터 이러기는 싫군."

곤스케의 말을 들은 후미스케는 혁대를 다시 허리에 감고, 가죽 장갑을 손에서 뺐다. 곤스케는 흥미로운 눈으로 수향을 바라보다가 다시 자리로 돌아가 앉았다.

수향은 눈물을 주르륵 흘리면서 아이 어머니를 부축했다. 아이 어머니는 그 와중에도 아이를 품에 꼭 안고 있었다.

수향은 눈물 어린 눈으로 곤스케를 노려보며 아이의 어머니를 부축해서 1등석을 나섰다. 그걸 본 후미스케가 외쳤다.

"이년이! 누굴 노려보는 거야!"

곤스케는 그런 후미스케를 다시 만류했다. 그리고 아이 어머니를 부축해서 1등석을 빠져나가는 수향의 뒤를 뚫어져라 쳐다봤다.

3. 재회

1905년은 그런 시대였다. 힘과 권력을 가진 자가 득세하였고, 그중 일부는 힘 있는 일본에 빌붙었다. 마을에 갓 들어선 중절모 남자 말로는 일본의 헌병 소좌가 부임한다고 했다. 근래 들어 대전에서 의병들이 잦은 문제를 일으킨다고 하여 이들을 정리하기 위해 천황 폐하가 발령한 특사라고 했다. 그는 조선 정복의 야욕을 품고 있다고 하였다. 하물며 그의 잔인함은 극악무도하기 짝이 없다고도 하였다. 조선인을 버러지 취급하는 것은 물론이었으며 자신의 야욕에 해가 될 자국민도 가차 없이 죽여 버리는 인물이라는 것이다.

끔찍한 태풍이 불어오고 있었다. 이강은 태풍의 핵으로 들어가고 있었다. 모두가 알고 있었으나, 이강만은 그 사실을 모르고 있었다. 조선 땅에서 이강과 같은 인력거꾼의 존재감이란 차라리 없는 것만 못했다. 지독한 배고픔이 빈속을 휘저었지만 그깟 허기쯤이야 얼마든지 견딜 수 있었다. 굶주림은 익숙해졌고 돈에 대한 집착은 그를 더욱 독해지게 만들었다. 세상은 그에게 밥 한 그릇을 빌어먹고 살기 위해 온갖 멸시를 눈뜬 송장처럼 견디고 살아야 한다고 가르쳤다.

고달픈 하루 일과를 마쳤다. 꽤나 만족스러운 하루의 수입과 수향에게 줄 목걸이가 그나마 위로가 되었다. 핼쑥한 몰골로 이강은 빈 인력거를 끌고 털레털레 집으로 걸어왔다. 매서운 칼바람이 따갑게 볼을 할퀴었다. 종일 굶었더니 온몸이 덜덜 떨려 왔다. 품속에 손을 넣어 무엇인가 달랑거리는 물건을 꺼냈다. 늘 간직하고 다니는 수향에게 선물할 목걸이였다. 이깟 고된 일상 따위는 수향을 생각하면 아무것도 아니다. 도리어 기쁨이다. 그런 수향에게 무엇이든 더 해 줄 수 없어서 안타까울 뿐이었다. 집 안에서 불빛이 새어 나왔다.

수향……. 수향이가 온 것이다.

금세 이강은 입술을 실룩거렸고 발걸음은 더없이 빨라졌다.

삐거덕 대문을 여는 소리에 수향이 뛰어나왔다.

"오빠!"

이강의 두 귀에 수향의 목소리가 전해져 왔다. 떨리는 목소리다, 분명. 목소리가 떨렸다는 건 저 아이도 나를 기다렸다는 뜻일 게다. 장장 1년이라는 시간을 기다려 온 목소리가 지금 내 귀에 들려온다. 무언가 말을 해 주고 싶은데 반갑다고 말할까, 아니면 덥석 포옹을 해 줄까 괜히 머뭇거리다가 말이 삐딱하게 나와 버렸다.

"몇 시에 온다고 정확히 말 좀 하고 오지."

수향은 입술을 삐죽 내밀며 토라지듯 말했다.

"그런 오빠는 왜 이리 늦었어?

목구멍이 타들어 갈 듯 갈증이 심했다. 바가지를 들고 있는 이강의 손목이 덜덜 떨린다. 그 모습을 본 수향은 오빠가 하루 종일 또 얼마나 힘들게 인력거를 끌었을지 안쓰럽기만 했다.

"나 사실 아까 장에서 오빠 봤어. 그게 무슨 몰상식한 짓이야? 또 그놈의 돈 때문이야? 오빠 앞으로 돈 몇 푼에 그런 일을 벌이면 이제 오빠 보러 안 올 거야."

"그건 말이야……"

이강이 뭔가 변명을 하듯 대꾸하자 수향이 말을 끊었다.

"멋있더라. 일본인 쓰러뜨리는 모습이."

이강은 겸연쩍은 듯 웃었다.

"그래도 앞으론 절대 하지 마! 알았지? 약속해!"

수향은 이강을 마주 보며 새끼손가락을 내밀고 빙긋 웃어 주었다. 이강은 수향의 머리를 쓰다듬으며 웃음으로 답을 대신했다.

수향이 차려 놓은 밥을 먹고, 두 사람은 오랜만의 해후를 기뻐했다. 적막한 밤 호롱불 아래 수향은 이강의 저고리에서 떨어진 옷고름을 꿰매고 있었다. 애꿎은 수향이를 나무라듯 이강은 먼저 말을 건넸다.

"날 밝으면 꿰매면 되는걸! 꼭 이 밤에 부산을 떨어야겠냐."

수향은 생긋 웃으며 기다렸다는 듯 이강을 향해 조곤조곤한 말투로 말했다.

"터진 옷고름 꿰매듯, 일본이 약탈해 놓은 조선 땅도 바늘 한 땀에 고칠 수만 있다면 얼마나 좋을까."

"또. 또. 그놈의 조선 타령! 나라 걱정은 그만하고 네 걱정이나 하라고 몇 번을 말해?"

이강은 발끈하며 이부자리에서 일어나 수향을 향해 성을 냈다. 수향은 예측했다는 듯 이강의 성화에 숨을 참고 지켜본다. 아랫입술을 지그시 깨물면서 수향은 말했다.

"오빠. 우리는 조선을 지켜야 할 의무와 책임이 있어. 왜냐하면 나는 조국을 잃는다면 한시도 숨을 쉬고 살아갈 수가 없을 것만 같거든. 오빠도 그렇지 않아?"

"아니, 난 너만 있으면 돼!"

"조국이 없다면 나도 없어!"

"너 혹시 의병 운동이라도 할 생각이야? 이깟 나라를 위해서 몸을 바치겠다고?"

"이깟 나라? 나한테는 내 몸보다 더 소중해. 목숨이 아니라 영혼이라도 바쳐서 조국을 구할 거야!"

찰싹. 수향의 말이 끝나기가 무섭게 이강이 수향의 뺨을 때렸다.

"그냥. 아무 말 말고 쥐 죽은 듯이 살아. 살아남는 것도 투쟁이야."

수향은 이강의 말이 들리지 않았다. 오빠의 말에 더 마음이 아팠다. 오빠의 진심을 모르는 것은 아니다. 자신의 뒷바라지를 위해 몸 사리지 않고 어떻게 살아왔는지 누구보다 잘 안다. 하지만 오빠의 생각은 잘못된 것이다. 수향은 그리 배웠다. 수향의 눈에서 또르르 눈물이 흘렀다. 이강은 수향의 눈물을 지켜볼 수 없었던지 문을 박차고 나갔다. 그렇게 1년 만에 만난 오누이의 상한 마음은 달랠 길이 없었다.

4. 삐거덕거리는 기차 바퀴

"사람이 다쳤어요! 큰일 났어요!"

역 근처가 아수라장이 된 것처럼 소란스러웠다. 피투성이가 된 사람들은 곡소리를 내었고, 그나마 사지가 멀쩡한 사람들은 큰일이 터졌다면서 사고의 경위를 퍼뜨리고 다녔다. 두어 시간 전에 증약 터널 공사 현장에서 큰 폭파 사고가 났다고 했다. 공사 현장에 의병대장이 있다는 첩보를 듣고 출동할 곤스케를 노린 계획된 사고였던 것이다.

대전역 모퉁이를 지나 중부시장으로 발걸음을 옮기던 이강과 수향 앞에 한 청년이 섰다.

"도와주십시오. 우리 형님이, 우리 형님 팔이……."

청년이 눈물을 흘리며 살려 달라고 수향의 치맛자락을 붙잡고 매달렸다.

"죄송하오. 사람 잘못 봤소. 우린 그런 사람 아니오."

이강이 수향의 팔을 끌어 재촉하고 걸어 나갔다. 이윽고 청년의 울음소리가 역을 쩌렁쩌렁 울렸다. 수향이 이강의 팔을 살짝 밀어내었다. 이강은 수향을 보고 고개를 내저었다.

"안 돼. 가지 마!"

하지만 이강은 수향을 막을 수 없었다. 막을 수 없음을 알면서도 해 본 말이었다.

"여기! 여기 누구 없나! 이봐!"

일본인 철도 기술자들의 외침이 공사 현장을 쩌렁쩌렁 울렸다. 대전역 4구간 공사 현장 한구석에 화염이 일고 있었다. 이미 한차례 폭발이 끝난 후였다. 마치 전쟁터를 방불케 하듯 목조 건물이 와르르 무너져 내렸고 일본 철도 기술자들이 피를 흘리며 소리를 지르고 있었다. 한쪽에서는 후미스케가 호루라기를 불며 누군가를 쫓고 있었다. 하얀색 저고리를 입은 세 남자가 철도 관사촌 뒤로 사라졌고 후미스케와 일본 헌병대가 그들을 찾으러 이 잡듯이 뒤지고 다녔다.

수향은 응급구조상자와 의료 도구가 담긴 트레이를 받아 들고 다친 사람들 앞으로 걸어 나갔다. 수향은 피 흘린 조선인들을 침착하게 한 명씩 치료해 나갔다. 상처를 꿰맬 때마다 사람들은 고통의 비명을 질렀다. 수향은 아랫입술을 꽉 깨물며 겨우겨우 눈물을 참아 냈다. 수향은 일본인들에겐 차가운 겨울 같은 여자지만, 피 흘린 조선인들에겐 따뜻한 봄 같은 여자였다.

마지막 조선인을 치료하고 일어선 수향은 저절로 다리에 힘이 풀렸다. 대전역의 임시 화장실로 들어가 세수를 하였다. 세면대 위에 잔뜩 물을 담아 놓고서는 얼굴을 푹 담갔다. 꼴깍꼴깍 물소리와 함께 아무 소리도 들리지 않았다. 진공의 상태. 싸움도 상처도 아픔도 없는 곳.

그제야 피 흘린 조선인들의 잔영이 씻겨 내려가는 듯했다. 한참 후에 고개를 든 수향은 얼굴의 물기를 닦고 매무새를 정리하곤 큰 한숨을 쉬었다. '오빠에겐 뭐라고 말하지?' 갑자기 걱정이 되었다. '오빠가 걱정할 텐데…….' 미안한 마음이 들어 이내 화장실을 빠져나와 골목 모퉁이를 돌아설 때 갑자기 누가 수향의 가느다란 발목을 덥석 움켜잡았다.

"꺅!"

수향은 소리를 질렀다. 길바닥 위에는 흰색 제복에 붉은 핏자국이 튄 남자가 쓰러져 있었다. 수향은 남자를 보고 두 손으로 입을 틀어막았다. 남자는 다름 아닌 어제 열차에서 만났던 '소좌'라고 불리던 곤스케였던 것이다.

"그냥 갈 텐가?"

곤스케의 팔에서 흐르는 피는 멈출 기미가 보이지 않았다. 수향은 잠시 망설였다. 하지만 곧 그를 지나쳐 버렸다. "이게 맞는 거야, 나의 의술은 조선인들을 위해서만 쓸 거야." 이렇게 되뇌며 발걸음을 옮겼다. 그러나 수향의 눈앞에 피 흘리는 곤스케가 아른거렸다. 결국 몇 발자국도 떼지 못하고 다시 돌아와서 쓰러진 곤스케 앞에 쪼그려 앉았다. 치마 밑단을 어금니에 꽉 물고 쭉 찢었다. 하얀 천 조각으로 팔을 묶어서 지혈을 해 보려고 했지만 붉은 피로 금방 물들어 버렸다. 다시 옷고름을 이로 물어뜯어서 찢었다.

"내가 고쳐 주는 건 네가 불쌍해서야. 불쌍하다는 뜻이 뭔지 알아? 내가 널 동정하고 있다는 거라고!"

"아……."

수향이 환부에 소독약을 바르자 곤스케의 탄성이 이어졌다. 그런데 이 남자, 웃고 있는 것 같다. 찢어지게 아플 텐데. 수향은 이 남자의 웃음이 무섭다고 느껴졌다. 수많은 환자를 다뤄 봤지만 이렇게 고통에 둔한 사람일 줄이야. 이강과도 닮았다고 생각했다. 하지만 그는 또 달랐다. 고통을 즐기는 듯했다. 수향은 제 할 일을 다 하고 매몰차게 돌아섰다.

5. 차마 못 한 가슴속 한마디

하늘에 새빨간 물감을 뿌려 놓은 듯했다. 이 불길한 노을을 한참동안 바라보던 이강은 마음이 더욱 착잡해졌다. 수향과 장을 보고 즐거운 시간을 보내려던 꿈은 산산조각이 났고, 수향은 여태까지 모습을 드러내지 않고 있었다. 수향을 더 이상 이렇게 내버려 두어선 안되겠다 싶었다. 더 어두워지기 전에 서둘러서 브로커 홍 씨가 있는 장마당으로 향했다. 장마당은 이미 끝이 났고 상인들은 물품을 정리하느라 정신없었다. 이미 갈 준비를 끝낸 몇 명은 짐을 싸 놓고 불을 쬐고 있었다. 이강은 그 틈으로 파고들어 물었다.

"홍 씨 못 봤소?"

홍명선은 보부상으로 활동하며 해외의 신문물을 조선 사람들에게 내다 파는 일을 했다. 사기 치는 솜씨가 남달라서 그것이 진짜 해외의 물건인지 알 수 없는 일이다. 순진한 조선 사람들이나 속는 일일 테다.

"아 그 요즘에 왜놈들하고 어울리는 그놈? 아까 저쪽 주막에서 본 것 같은데."

"고맙소!

보부상은 몸을 움츠리면서 손을 들어 한쪽 방향을 가리켰다. 한쪽에선 홍명선과 보부상이 대화를 하고 있었다.

"왜놈하고 양놈들하고 전쟁을 벌이는데 그게 조선으로 번진다는 소문 들었나? 그게 참말이여? 자네는 왜놈들하고 자주 만나니까 귀동냥 좀 한 게 있을 거 아녀."

홍명선이 귀를 파곤, 이내 후 하고 손끝의 귓밥을 떨어뜨리며 답했다.

"아, 거 왜놈들이 조선 땅에서 쌈질을 하건 전쟁을 하건 뭔 상관이여? 나라든 여자든 잘만 팔아먹으면 되지!"

껄껄 웃는 홍명선 앞에 이강이 나타났다. 홍명선은 이내 웃음기를 싹 감추었다.

"혹시 저번에 간호부 이야기 기억하오?"

"아, 그 저번에 여동생?"

"그렇소."

"생각이 바뀌었는감? 잘 생각혔어."

"제일 빨리 가려면 언제요?"

"가만 보자……."

홍명선은 허리춤에서 너덜너덜한 수첩을 꺼내 들었다. 일본어로 무언가 적혀 있었다.

"내일 오후 3시네."

이강은 멈칫했다. 그의 표정을 보고 홍명선이 한쪽 입술을 삐죽거리며 답했다.

"왜, 너무 이른가? 전쟁이 언제 조선 땅을 덮칠지 모르는디 이른 건 아니여."

"아니요. 얼마면 되겠소?"

"200원! 에누리는 절대 사절일세!"

갑자기 부른 거금에 이강은 놀란 표정을 지었다. 보부상 홍 씨는 그런 이강을 보지도 않고 천장을 보며 흥얼거렸다.

"세상에 간호부 일을 하면서, 돈도 벌고, 유학도 하는 게 어디 쉬운 일인가? 게다가, 열차 타고 부산 가고 일본 가는 돈은 내야 하지 않아? 이게 비싼 건가?"

이강은 품속 깊은 곳에서 돈을 꺼내어 브로커 홍 씨에게 주었다. 그러고는 열차표를 받았다. 어떻게든 여동생을 '조국'에서 떠나보내고 싶었다. 자꾸만 위험 속으로 뛰어드는 동생을 막고 싶었다.

집으로 향하는 이강의 마음은 몹시 무거웠다. 수향과 헤어져야 한다는 게 너무 싫었다. 하지만 언제 전쟁터로 변할지 모르는 이 땅에 동생을 둘 순 없었다. 일본에 간호부로 간다면 일단 안전할 것이다. 게다가 그렇게 하고 싶었던 의술 공부도 할 수 있으니 수향이도 좋아할 것이다. 이강은 결심했다. 그러는 사이 집에 도착했다. 마루에는 수향이 쪼그려 앉아서 그를 기다리고 있었다. 그녀는 이강이 들어오는 것을 보고 반색하면서 뛰어나왔다.

"오빠 어디 갔다가 이제야 들어와?"

"장마당에 좀 다녀왔어."

이강은 그렇게 말하며 수향을 데리고 집으로 들어갔다. 그때 수향이 이강의 얼굴을 보더니 놀라서 물었다.

"오빠 그 입술 어떻게 된 거야?"

이강은 그제야 혀로 입술을 핥았다. 심한 통증이 느껴졌다. 아마 일본인 스모 선수와 내기 씨름을 할 적에 다친 것 같다. 그동안 약간의 통증만 있어서 잊고 있었다. 이강은 입을 벌리면서 혀로 아픈 부분을 만졌다. 퉁퉁 불어 터진 입술이 막 떨어지기 직전의 홍시 같았고 매우 아팠다. 수향은 옷고름을 들어 이강의 입술을 닦아 내곤 이강의 환부에 약을 발라 주었다.

"어째 사람이 이렇게도 둔해? 다른 사람들이었음 입술 터진다고 말도 못 했을 거야. 이렇게 내버려 두면 더 곪는다고. 오빤 내가 의술 공부하는 거 알면서 치료해 달라고 한마디 안 해? 서운해. 난 내 첫 번째 환자가 오빠였음……"

"내 첫 번째 환자는 오빠였음 좋겠다고."

이강이 수향의 말을 잡아채었다. 이강이 수향을 유학 보내던 날, 수향은 이강의 두 손을 꼭 잡고 말했다. 가장 먼저 치유해 주고 싶은 사람은 오빠라고, 오빠의 다친 마음이라고. 하지만 이강의 마음은 여전히 다쳐 있었다. 그리고 그의 마음을 치유해 줄 수 있는 단 한 사람이 그의 눈앞에 있다.

"괜찮아. 이 정도 가지고 뭘. 아!"

이강은 정말 괜찮다고 할 작정이었지만 저도 모르게 신음 소리를 내고 말았다. 수향은 부엌으로 가서 달그락거리면서 죽을 만들었다. 이강은 그 소리를 들으면서 이럴 시간도 얼마 남지 않았구나 하는 생각에 빠져들었다. 한참을 기다리고 난 후 수향이 죽을 들고 방 안으로 들어왔다.

"죽이야. 그리고 이것은! 빨대!"

이강은 그게 무엇인지 알 수 없어서 멍하니 쳐다봤다. 수향이 그런 이강의 표정에 화답하듯 말을 이었다.

"이거 뭔지 모르지? 이건 빨대라는 건데 미국에서 만들어진 거래. 오빠가 여기를 빨면 입술이 아플 때에도 죽을 먹을 수 있어."

수향은 빨대의 한쪽을 죽에 담그고 다른 한쪽을 이강의 입에 물려 주었다. 이강은 어리둥절하면서도 빨대를 쭉 빨아 죽을 먹었다. 그리고 어린아이마냥 신나서 말했다.

"이걸 뭐라고 부르냐?"

"빨대."

"빨, 대?"

"미국 사람들이 위스키를 마시려고 만들어 낸 거래."

"양놈들 머리가 노란 게 달리 그런 게 아닌가 봐. 머리 참 좋네."

"참 신기하지? 미국이란 데……."

"갈까?"

이강은 수향의 표정을 살폈다.

"가면 좋지."

"갈래, 그럼?"

"아니. 조선인들 먼저 치료하고. 뭐 먹을까? 배고프다."

수향은 얼른 주방으로 들어갔다. 이강은 수향을 유학 열차에 태워 보내기가 쉽지 않음을 깨달았다. 거짓말을 해서라도 그녀를 보내야겠다는 결심이 단호하게 들어섰다.

다음 날, 솔랑의 요릿집 한 방에서 담배 연기가 가득했다. 솔랑은 복도를 걷다가 방에서 뿜어져 나오는 담배 연기에 벌컥 방문을 열고 누가 볼세라 쏜살같이 들어왔다.

"이번에도 너구리 사냥 가요? 담배 연기가 자욱하네. 어디 큰 판이 벌어지려나?"

방 안에는 이강의 세 친구인 구봉과 동수와 성훈이 투전판을 벌이고 있었고, 이강은 그들 뒤에서 멍하니 천장만 보며 누워 있었다. 그러거나 말거나 이강의 세 친구는 투전에 열중했다. 솔랑은 구봉과 동수, 성훈 앞에 술을 한 잔씩 내어주며 말했다.

"거사를 치르고 났으니 한 잔씩 들이켜야죠."

이때 구봉이 혀를 끌끌 차며 말을 이었다.

"술은 무슨, 마실 자격이라도 있나. 이번 판은 나가리네."

"그러게 패를 잘 짰어야지."

"설마 거기에서 그런 패가 튀어나올 줄 알았나?"

"성훈아, 다음 판은 어디에서 벌여 볼까?"

성훈은 아무 말도 하지 않고 웃기만 하며 투전 패를 흔들었다. 그들은 투전 패를 던지면서 쉴 새 없이 대화했다. 솔랑은 이윽고 이강에게 다가가 술을 따라 주었다.

"일어나서 한잔 들이켜요. 깍두기 나리."

누워서 멍하니 천장만 보고 있는 이강을 보고 다시 말을 건넸다.

"무슨 고민 있어요?"

"여동생 말이야, 자꾸 의병 활동을 한다느니 독립 운동을 한다느니 해서 걱정이 된다네. 아 글쎄 유학을 보내고 싶은데 꿈쩍도 않거든. 거금 들여서 표까지 샀는데……."

구봉이 이강을 대신해 상황을 정리해 주었다.

"여행을 가자고 그래 보셔요."

솔랑의 제안에 이강이 번쩍 눈을 떴다.

"여행?"

"그렇게 안심시키고, 동생을 두고 나오셔요. 여자애들은 특히 바다 여행이라면 사족을 못 쓰니까."

이강은 솔랑의 말에 고개를 끄덕였다.

요릿집을 나선 이강은 인력거를 끌고 집으로 발길을 옮겼다. 하늘에는 달이 차 올랐고 하얀 별들이 촘촘히 박혀 있었다. 이강은 한숨을 푹 쉬었다.

수향을 위해선 저 하늘의 별도 달도 따 줄 수 있을 것 같은데, 전쟁은 막을 수가 없는 노릇 아닌가. 역사의 폭풍우라는 것은 사람을 꼼짝달싹 못하게 만든다. 이강이 식민지 조국을 애써 외면해 왔던 것도 그런 이유가 있었기 때문이다. 어차피 달걀로 바위를 쳐 봤자 달걀만 깨지기 마련이니까.

달 위에 검은 그림자가 어른거렸다. 마치 달이 좌불안석으로 흔들리는 듯했다. 이강은 수향을 서울로 유학 보낼 때만 해도 이런 마음은 아니었다. 그런데 이번엔 다르다. 일본이라니……. 목숨을 내놓아도 아깝지 않은 수향이지만 아무리 생각하고 또 생각해 보아도 보내야 하는 게 맞다. 그런데, 보내고 싶지 않다. 이제 이별은 그만하고 싶다.

'마음이 아프니?'

그때 뒤에서 어머니의 목소리가 들려왔다. 이렇게 달빛이 어스름해 질 때, 젖은 낙엽처럼 살아오던 그의 의지가 심하게 흔들릴 때면 어김없이 들려오는 목소리다.

"어머니, 왜 제게 수향일 맡기셨어요. 왜…….'

이강은 아무 말도 할 수 없었다. 어린 수향을 데리고 불타오르던 저택을 빠져나오던 그때가 떠올랐기 때문이다. 군인들은 집 안 사람들을 역적으로 몰아 가며 남녀노소를 구분 없이 칼로 베었다. 이강의 어머니가 수향과 이강을 도망시키지 않았다면 수향과 이강도 싸늘한 주검이 되어 시체 더미에 나뒹굴었을 것이다. 둘을 살리기 위해서 칼에 맞고도 관군의 발을 잡고 늘어지던 어머니를 생각하니 절로 눈물이 나왔다. 이강은 어머니에게 묻고 싶었다. 왜 그랬냐고. 따지고 싶었다. 왜 내 인생을 이렇게 만들었냐고. 조국이고 나발이고 왜 세상을 등지게 만들었냐고. 밤하늘의 수많은 별이 아니라 홀로 뜨고 지는 외로운 달이 되게 했냐고. 이강은 사실 어머니에게 투정하고 있었다. 세상 사람들처럼, 평범하게, 울고 웃고 적당히 타협하고, 서로 감싸 주며, 살고 싶다고.

'미안하다.'

이강은 어머니의 나지막한 목소리에 투정 부리고 싶은 마음이 쏙 들어갔다. 어머니의 잘못이 아님을 알고 있기에 말이다. 그냥 가야 한다. 앞으로 가야만 한다. 이것은 숙명이다.

"괜찮아요. 어머니."

어머니는 입가에 희미한 미소를 머금었다. 그러는 사이 이강은 집에 도착했다. 이강이 인력거를 끌고 오는 것을 본 수향이 사립문 밖으로 나와서 이리저리 고개를 돌리며 물었다.

"오빠, 누구 왔어?"

"아, 아니."

"혼잣말을 중얼거려?"

인력거는 텅 비었고, 희미한 하얀 달빛만 소리 없이 내려앉고 있었다. 이강은 눈가에 남아 있는 눈물을 손으로 훔치고 웃으며 말했다.

"아무것도 아니야. 들어가자. 춥다."

이강과 수향은 인력거를 밖에 세워 놓았다. 수향이 이강의 손을 잡아 주었다. 수향의 손에서 사람에게만 느낄 수 있는, 어떤 불을 쬐어도 느낄 수 없는, 그런 온기가 이강의 가슴속 깊은 곳까지 전해졌다.

6. 길고 긴 터널 속으로

"수향아, 우리 바다 보러 가자."

이강의 입에서 나온 말에 수향은 어이없다는 듯 옅은 웃음을 띠었다.

"오빠가 웬일이래? 바다의 '바' 자도 싫어하던 사람이."

"너 바다 본 적 없잖아. 우리 바다 보러 가서 서로 허심탄회하게 얘기하고 오자."

수향의 얼굴에 잔잔한 미소가 번졌다.

"내일은 해가 서쪽에서 뜨려나? 자린고비도 울고 갈 짠돌이 오빠가 돈 쓰러 바다에 가겠다는 말이 참말이야?"

순간 이강의 눈에 고인 눈물을 수향은 알지 못했다. '어수선한 세상에서는 무엇이든지 빨리 서두르는 게 현명한 법이리라.' 이강은 마음속으로 여러 번 되뇌었다. 수향은 이강의 갑작스러운 제안에 놀랍기도 하였지만, 지금이 아니면 오빠 마음이 변할 것 같아 흔쾌히 짐을 싸고 채비를 차렸다. 대전역에 도착한 수향은 한껏 들뜬 마음이었고, 이강은 가슴속에 먹먹하게 차오르는 슬픔을 참을 수 없었다. 두 주먹을 꽉 쥐었다. 수향은 열차표 두 장을 손에 쥐고 흔들면서 이강에게 걸어오고 있었다. 플랫폼에서 둘은 말없이 경부선 열차를 기다리고 있었다.

칙칙폭폭⋯⋯. 칙칙폭폭⋯⋯.

기적 소리가 가까워져 오고 곧 열차가 정차했다. 수향과 이강은 탑승하여 좌석에 앉았다. 이강은 계속 바지 주머니에 손을 넣고 무엇인가를 만지작거렸다. 열차가 출발하기 직전, 이강은 갑작스레 자리에서 일어났다. 주머니에서 꺼내 든 건 달랑거리는 목걸이였다. 수향의 가늘고 흰 목에 목걸이를 걸어 주는 이강의 손가락이 파르르 떨렸다. 수향은 목걸이를 보고 함성을 지르며 좋아했다.

"오빠, 오늘 정말 왜 이래? 딴사람 같아. 이건 무슨 의미야?"

기뻐하는 수향을 보고 이강도 빙그레 따라 웃었지만 두 눈은 붉게 충혈되었다. 그리고 정색하듯 무표정한 얼굴로 수향의 손을 으스러질 듯 꽉 잡았다.

"수향아, 기다려. 오빠가 곧 따라갈게."

이강의 눈빛은 말보다 강한 호소력을 전달했다. 순간 수향은 당황했고 알 수 없는 두려움에 사로잡히며 반문했다.

"오빠……. 그게 무슨 말이야?"

열차가 곧 출발하기 시작했다. 열차가 속력을 내자 이강은 뛰어내리며 수향을 향해 소리쳤다.

"수향아, 오빠 믿지? 기다려. 수향아!"

뒤늦게 오빠의 뜻을 알게 된 수향의 두 볼에는 쉴 새 없이 눈물이 흘러내렸다. 가슴 저 밑바닥에서부터 차오르는 거친 파도 같은 슬픔을 참을 길이 없었다.

빈 옆 좌석에 누가 마치 제자리인 것마냥 털썩 앉았다. 수향은 얼룩진 눈물을 닦으며 의아한 표정으로 옆에 앉은 여자를 바라보았다. 순간 수향은 더럭 겁이 났고, 불길한 마음은 더욱 엄습해 왔다.

"너도 일본에 간호부 모집하는 데 가는 거니?"

옆에 앉아 있던 소녀가 동그랗게 눈을 뜨고 배시시 웃으며 수향에게 물었다.

"간호부?"

"응. 이 열차는 부산으로 가는 열차야. 우린 부산에서 일본으로 넘어갈 거고. 몰랐니?"

"아. 유학……."

그제야 오빠의 뜻을 눈치챘다. 수향은 터져 나오려는 눈물을 억지로 참으며 입술을 꼭 물었다. 하지만 수향을 바라보던 이강의 눈빛이 자꾸 눈앞에 아른거려서 견딜 수 없었다. 오빠가 밉고 원망스러웠다. 이렇게까지 날 보내야 했을까?

만남은 너무 짧고 이별은 너무 길다. 하지만 수향은 열차에서 내리려는 생각을 하지 않았다. 오빠가 이렇게도 애를 써서 보내는 것이라면 따라야 할 수밖에 없다고 판단했다. 그리고 오빠를 미워하기로 했다. 오빠를 다시 보게 되면 왜 보냈냐고 투정 부리겠다고 마음먹었다. 울고 보채고 가슴을 치면서 오빠에게 응석을 부리겠노라고. 오빠와 단둘이 오붓하게 살고 싶은데 왜 밀어내냐고 하고 싶은 말들을 보따리에 묶어 놓았다가 다시 만나게 되면 모두 털어놓겠다고 다짐하면서 그칠 줄 모르는 눈물을 닦아 냈다. 그런 수향의 마음도 모른 채, 열차는 부산을 향해서 부지런히 달렸다. 창밖으로 익숙한 한밭 벌의 풍경이 점점 뒤로 달려갔다.

열차가 증약 터널에 막 진입하려는 순간, 덜컹 소리와 함께 크게 흔들리며 멈췄다. 무슨 일인지 어리둥절한 사람들은 웅성거리며 창밖으로 고개를 빼고 열차 앞쪽을 살폈다. 갑자기 일본 군인들과 야쿠자들이 열차에 올라탔다. 객실 문을 열고 들어오자마자 소리쳤다.

"조센징 남자들은 좋은 말로 할 때 다 마지막 칸으로 간다!"

"그게 무슨 소리요? 내 돈 내고 탔는디 내가 왜!"

그 말에 건장한 일부 남자들이 반발했다. 일본 야쿠자들 사이에서 후미스케가 나타났다.

"이해 못 하겠나? 그럼 내가 알려 주지."

그는 반항하는 남자에게 다가가더니 품속에서 권총을 꺼내어 그대로 방아쇠를 당겼다.

탕!

총소리와 함께 천장에 붉은 피가 튀고 조선인 남자가 쓰러졌다. 곁에 있던 여자들은 째지는 비명을 내질렀다. 후미스케는 주머니에서 손수건을 꺼내어 아무렇지도 않게 권총을 닦았다.

"버러지 같은 조센징, 네놈들한테는 총알도 아까워!"

후미스케의 말에 일본 야쿠자들이 나서서 조선인 남자들을 끌어 열차 밖으로 내던졌다. 남자들은 공포에 질려서 스스로 도망가거나 맞으며 끌려 나갔다. 개중에 거세게 반항하는 남자에게는 여지없이 후미스케의 총알이 날아들었다. 열차 객실은 조선인 남자들의 핏물과 여자들의 눈물로 엉망진창이 되었다.

남은 여자들은 눈물범벅이 되어 일본 야쿠자와 군인들에게 살려 달라고 매달렸다. 남자들이 맨 마지막 칸으로 끌려가고 난 후 여자들은 도살장에 끌려가는 개돼지처럼 도망갈 수 없게 줄에 묶였다. 일본 야쿠자들은 조선 여자들을 두 명씩 짝을 지어서 줄줄이 묶었다. 차라리 이것이 꿈이었으면 좋겠다고 생각했다. 하지만 현실은 꿈보다 잔혹하고 더 강렬했다. 이것은 피할 수 없는 현실이었다. 늘 앞을 내다보고 계획을 세우던 철두철미한 수향이었지만, 이런 돌발적인 상황에선 어찌할 도리가 없었다. 수향은 눈을 꾹 감고 빌었다. 하나님에게 예수님에게 그리고…….

'오빠. 도와줘!'

구두 소리가 수향의 앞에 와서 멈췄다. 차가운 줄의 꺼칠한 느낌이 손끝에서 느껴졌다. 이윽고 열차 뒤 칸에서 남자들의 비명이 울려 퍼졌다.

7. 흑백사진

이강은 씁쓸한 마음을 안고 요릿집으로 향했다.

"기어이 보내셨군요."

이강의 낯빛을 훑어보며 안쓰러운 듯 솔랑이 말을 건넸다. 이강은 아무 말 없이 밖에 내놓은 평상에 털썩 주저앉았다. 솔랑은 이강의 마음을 꿰뚫어 본 듯 후다닥 술상을 봐 주고 자리를 피해 주었다. 다른 방에서 투전판을 벌이던 구봉과 동수도 심상찮은 분위기의 이강 눈치를 살폈다. 구봉이가 먼저 입을 뗐고 뒷말은 동수가 이었다.

"미친놈. 대낮부터 술 퍼마시는 거 보니 기어이 수향이를 일본으로 보낸 모양이구먼."

"한 송이 꽃잎처럼 여물게 피어나는 나의 임은 갔습니다. 하지만 나는 정녕 임을 보내지 아니하였습니다. 캬······. 죽이지?"

이강은 대꾸 없이 또 술 한 잔을 털어 마셨다.

"가슴에 뜻을 품은 사나이가 어찌 복사꽃같이 활짝 피는 누이를 떠나보내고 그리워하지 않을 수가 있더냐."

연거푸 찔러 봤지만 역시 대답 없는 이강이다. 조심스레 성훈이 물었다.

"어제 수향이가 탔던 열차가 부산으로 가는 거 맞지?"

기가 막히다는 듯 동수는 담배 한 개비를 꺼내 입에 물었다.

"그럼 하행선 열차가 부산으로 가지, 이강이 저놈 마음속으로 가겠냐?"

결국 그를 혼자 내버려 두는 것이 좋겠다고 생각됐는지 친구들은 슬금슬금 자리를 피했다. 빈속에 연거푸 들이부은 낮술로 이강은 거나하게 취했다. 기어코 혼자 가겠다는 이강을 부축하여 집을 향해 걸어오면서 구봉과 동수는 적적한 마음을 위로해 주었다. 저만치 대문 앞에 보름달이 비치며 담벼락에 거뭇한 그림자가 스쳐 지나갔다. '수향인가?' 환영이 보인 것이다.

차라리 꿈이었으면 좋겠다고 생각하며 축축이 젖은 눈을 스르르 감아 버렸다. 쓰러진 이강을 방 안에 눕히고 이불을 덮어 주며 구봉은 집을 나왔다. 다시 혼자 남게 된 이강은 어두운 방에 촛불을 밝혔다. 상에는 수향이 삶아 놓은 달걀이 바구니 가득 담겨 있었다. 그중에 하나를 집어 들고 껍질을 벗기며 한 입 베어 물었다. 참으려 했지만 자꾸만 주책없는 눈물이 흘러내렸다. 몸을 구부정하게 새우처럼 구부리고 잠을 청해 보려고 베개에 머리를 뉘었다. 그때 옆에 네모진 작은 종이 한 장이 눈에 띄었다. 자리에서 벌떡 일어나 종이를 뚫어져라 바라보았다.

흑백사진 한 장.

양 갈래 머리에 교복을 입은 수향은 새침한 듯 앙다문 표정에 입꼬리를 올리며 야무진 미소로 웃고 있었다. 사진 아래에는 또박또박 촘촘히 눌러쓴 수향이의 글씨가 돋보였다.

'세상에서 오빠를 가장 사랑하는 수향이.'

"으윽……. 흐흐윽……. 으윽……."

아버지의 임종 앞에서도 눈물 한 방울 보이지 않았던 이강은 기어코 참았던 울음을 터뜨리고야 말았다. 이강의 눈물이 뚝뚝 떨어지면서 사진 속 수향의 두 눈에서도 또르르 눈물이 흘러내렸다.

8. 마지막 희망은 물거품처럼

"이봐 좀 더 빨리 갈 수 없나? 엥, 느려 빠진 조센징."

이강은 욕설을 들으면서도 빙그레 웃으며 앞으로 나아갔다. 수향을 일본으로 보냈기 때문이다. 앞으로 조선 땅에서 전쟁이 벌어진다고 해도 수향은 안전할 것이다. 이강은 그 기쁨으로 앞으로 나아갔다. 하지만 한편으로 수향을 영영 볼 수 없게 될까 봐 걱정도 되었다. '수향을 다시 만날 수 있을까? 내가 미친 짓을 한 것은 아닐까?'

이강은 수향을 떠나보내기 전에 안심시키는 말 한마디라도 더 하고 보낼걸 하는 후회를 했다. 이강의 얼굴에는 웃음과 슬픔이 번갈아 가며 떠올랐다. 인력거에 앉은 일본인들은 대화가 끊길 때마다 이강에게 욕설을 내뱉으면서 다시 자기들끼리 은밀한 대화를 주고받았다.

"이번에 대규모로 새로운 계집들로 준비했다고 하던데, 봐 보니 좀 어떤가?"

"제법 괜찮아. 아주 좋아."

"연회 준비는 확실히 된 거겠지?"

"물론이지."

"연회가 끝나면 걔들은 어떻게 되는 거야?"

"다음은 군인들 위로해 주러 가겠지. 킥킥."

그들은 알 수 없는 말들을 끊임없이 지껄였다. 그러는 사이 이강이 끄는 인력거는 대전역에 도착했다. 이강은 인력거를 대전역 앞에 세워 두고 정중히 허리를 굽히면서 두 손을 모아서 그들에게 들어 올렸다.

"어라. 이 조센징 보게."

"이거 웃긴 놈일세. 거스름돈은 필요 없다."

그들은 웃으면서 몇 원의 동전을 땅바닥에 던졌다. 이강은 엎드린 채 동전을 주웠다. 원래 이강이 받기로 되어 있는 돈보다 갑절은 많았다. 이강은 허리가 부러져라 숙이고는 얼마 전에 주워들은 일본어로 인사를 했다.

"아리가토, 고자이마스!"

이강의 우스꽝스럽고도 정중한 인사에 일본인들은 별 이상한 놈다 본다는 표정으로 비웃으면서 역으로 들어갔다. 그들의 모습이 사라지는 것을 보고 난 후 이강은 허리를 펴면서 침을 탁 내뱉었다.

"지랄 맞은 쪽발이 놈들."

손안에 감기는 묵직한 돈의 무게를 재며 기뻐했다. 매일 이렇게만 벌 수 있다면 일본으로 보낸 수향을 만나러 곧 뒤따라가는 것도 가능할 것 같았다. 상상만으로도 콧노래가 절로 나왔다.

기분이 좋아진 이강은 앞에 있는 단골 가락국수집으로 발걸음을 향했다. 대전역 앞에는 가락국수집이 죽 즐비하게 늘어서 있었다. 경부선 열차가 대전역에서 오랜 시간 쉬어 가기 때문에 그사이에 빈속을 채우려는 이들이 열차에서 내려 그곳에 몰려 있었다. 제법 많은 사람이 김이 모락모락 나는 가락국수를 받아 들고 젓가락으로 휙휙 저어서 한입에 우적우적 썹어 삼켰다. 뜨거운 국물 탓인지 아니면 시원한 육수 때문인지 다들 "카." 하는 소리를 절로 냈다.

구수한 국물 냄새에 이강은 코를 킁킁거리면서 대전댁을 향해 말했다.

"엄니, 여기 가락국수 곱빼기로 하나요."

아주머니는 국수를 말다가 이강의 얼굴을 쳐다보더니 콧방귀를 뀌며 말했다.

"아니, 평소엔 단무지만 축내던 놈이 웬일이랴?"

"거참 말이 많아. 그 시간에 벌써 국수 한 그릇 말아 왔겠네. 뱃가죽이 등가죽에 붙겠어. 빨리 가락국수나 곱빼기로 말아 주소."

이강의 너스레에 대전댁은 서둘러 가락국수를 그릇에 말아 이강에게 넘겨주었다. 나무젓가락을 손바닥 사이에 놓고 비비고 있다가 가락국수가 나오자, 김이 모락모락 피어오르는 국수 그릇을 통째로 들어서 국물부터 쭈욱 들이켰다.

"입천장 다 데겠어."

대전댁의 타박하는 소리에도 이강은 상관하지 않고 젓가락을 들어 가락국수를 휘휘 저어서 후루룩 요란한 소리를 내며 우적우적 씹어서 꿀꺽하고 삼켰다.

그때 갑자기 주위가 싸하고 조용해졌다. 어디선가 어린아이가 우는 소리도 들렸다. 이강은 별생각 없이 후루룩 소리를 내며 가락국수를 먹다가 고개를 들어 보니 주모가 입을 딱 벌리고 경악한 채 서 있는 게 보였다. 이강은 무심결에 뒤를 돌아봤다. 우마차가 한 대 지나가고 있었는데 거기에 피투성이 남자와 아이가 실려 있었다. 아이는 피범벅이 되어 울고 있었다. 이강은 그 모습이 마치 어릴 적 자신을 보는 것 같아서 자리에서 벌떡 일어나 우마차를 향해 뛰어갔다. 이강이 물었다.

"이게 무슨 일이여?"

우마차를 몰던 흙투성이 농부가 아이를 바라봤다. 아이는 엉엉 소리 내어 울면서 말했다.

"우리 아버지가 숨을 안 쉬어요."

"그러니까 이게 무슨 일이냐니까?"

아이는 더 큰 소리로 울음을 터뜨렸다. 흙투성이 농부가 아이를 닦달한다고 느꼈는지 이강의 팔을 잡아끌면서 말렸다.

"애가 뭘 알 것서. 그만햐."

그때 아이가 끅끅거리며 울음을 목구멍 속에 억지로 밀어 넣으며 말했다.

"부산 가는데, 열차에 왜놈들이 타더니, 여자들만 남고 다 내리라고……. 어흐흐흑……."

아이의 말에 흠칫 놀란 이강의 눈이 동그랗게 변했다. 이강은 아이의 양어깨를 손으로 잡고 앞뒤로 흔들며 물었다.

"여자들은 어떻게 됐어? 아니 너 몇 호 열차에 탔던 겨?"

이강이 무서운 얼굴로 묻자 아이는 놀라서 딸꾹질을 하며 아무 말도 하지 못했다. 옆에서 보던 농부는 그런 이강을 뒤에서 잡고 그만하라고 말렸다. 이강은 그런 농부의 손을 뿌리치고 아이에게 달려들었다. 아이가 마침내 입을 열고 말했다.

"1, 9, 0, 5……. 딸꾹."

"설마, 엊그제 출발한 1905 열차? 맞아? 맞냐고! 어서 대답해!"

아이는 잔뜩 겁에 질린 채 고개를 끄덕였다. 순간 이강의 머릿속이 새하얗게 변해 버렸다. 이강은 인력거를 내팽개치고 그대로 내달렸다. 수향의 이름만 애타게 부르며 달렸다. 소중한 수향을 죽음의 열차에 태워 보냈다고 생각하니 당장에라도 죽고 싶었다. 순간 보부상 홍 씨가 머릿속에 떠올랐다. 좋은 일자리가 있다고 소개해 준 것은 홍 씨였다.

"홍 씨, 네 이놈!"

보부상 홍 씨를 잡기 위해 뛰어가는 이강의 눈앞에 환하게 웃음 짓던 수향의 얼굴이 아른거렸다. 이강은 발에 힘을 주고 더 빨리 앞으로 달려갔다.

9. 결코, 평화란 없다

악몽 같은 일이다. 감히 상상도 할 수 없었다. 눈앞은 깜깜했고, 절망스러웠다. 온몸이 한차례 소나기가 퍼붓고 간 듯 축축했다. 얼굴에서 흘러내리는 땀인지 눈물인지 모를 물기를 스윽 닦아 내었다. 발걸음이 멈춘 곳은 요릿집이다. 복도 끝 방문을 발칵 열어젖히고 뛰어들었다. 옆 기방에서 나오던 솔랑도 이강을 보고 놀란 듯 따라 들어왔다. 구봉, 동수, 성훈은 한참 투전판에 몰두하고 있던 참이었다.

사색이 된 이강을 보고 구봉은 끝수를 맞춘 손을 놀리며 구시렁거렸다.

"뭔 일이여?"

평소 때와 다른 이강의 행동을 보고 성훈은 의아한 눈빛을 보냈다.

"우…… 우리 수…… 수향이가."

이강의 눈은 초점 없이 멍했고, 온몸은 사시나무 떨듯 부들부들 떨고 있었다.

"수향이가 잡혀갔어! 사라졌다고!"

구봉과 동수는 두 눈이 마주치며 찌릿했다. 동시에 투전판을 접고 벌떡 일어났다.

홍명선은 좁은 다다미방의 호롱불 밑에 쭈그려 앉아서 엄지손가락에 침을 묻히며 돈을 세고 있었다. 한탕 치고 도망갈 요령이었는지 그 옆에는 옷가지 서너 점이 든 봇짐이 꾸려져 있었다. 홍명선은 별안간 들이닥친 이강의 패거리를 보고 깜짝 놀라 뒤로 나자빠졌다.

구봉은 고무신 한 짝을 벗어 들고 한달음에 뛰어들었다. 홍명선의 머리를 사정없이 내리치는 고무신 한 짝은 마치 춤을 추는 듯했다. 영문도 모르고 기습당한 홍명선은 고래고래 소리를 내지르며 말했다.

"당최 왜들 이러시나!"

침침한 등불 아래 홍명선은 무릎을 꿇고 앉았다. 너스레를 떨어도 봤지만 가늘게 떨리는 목소리를 숨길 수 없었다. 이강은 마치 모든 것을 알고 있다는 듯 물었다.

"열차는 어디로 가는 거였지? 왜? 어디에 쓰려고 여자들만 태워 간 건지 빨리 말해!"

"그걸 내가 어찌 알겠나. 일본 가는 열차가 일본으로 가지…… 설마 어디로 가겠는가?"

퍽.

홍명선은 비명을 내지르며 바닥을 나뒹굴었다. 복날 개처럼 이강의 맨주먹에 흠씬 두들겨 맞았다. 하지만 그래도 입을 열지 않았다. 이강은 사방을 훑어보다가 앉은뱅이 상을 번쩍 들어 올렸다. 홍명선을 향해 막 찍어 내리려던 찰나였다.

홍명선은 납작 엎드린 채 곡소리를 내면서 두 손을 모아 싹싹 빌었다.

"아이고, 내 말 좀 들어 보게."

홍명선을 노려보던 이강은 손에 든 상을 빈 벽을 향해 집어 던지고 홍명선의 목덜미를 움켜잡으며 뺨을 쳤다.

"장난하지 말고 얼른 사실대로 말해! 꼼수 쓰다간 내 손에 죽을 줄 알아!"

홍명선의 입가에 붉은 피가 주르륵 흘러내렸다. 이강은 홍명선의 봇짐을 바닥에 모조리 쏟아부었다. 칼 한 자루가 눈에 띄었다. 홍명선의 머리채를 낚아채었다. 섬뜩한 칼끝을 목에 대고 스윽 그었다.

"으아아악. 아, 피, 피."

"빨리 말해. 어서!"

이강의 낮은 음성은 칼끝보다 무서웠다. 홍명선은 잔뜩 겁에 질린 채 입을 뗐다.

"거, 철도 개통인지 뭔지를 축하하려고 경성에서 크게 연회를 연다는디…… 잔치의 꽃으로 쓰일 곱고 반반한 계집들이 필요하다 했구면. 연회가 끝나면 쓸모 있는 계집들은 높은 어르신들이 첩으로도 삼고, 총명한 것들은 일본 가서 돈도 벌게 해 준다고 했어. 아차, 문제는 말 안 듣는 것들을 어디로 보낸다고 했는디. 아마 전쟁통에 아랫도리가 쓸쓸한 군인들 위로나 하려고 보내겠지, 아마……."

홍명선은 말을 마치기가 무섭게 덜덜 떨었다. 악몽을 꾸고 있는 것만 같았다. 감히 상상도 할 수 없는 말이었다. 설사 이 말을 꿈속에서 들었다고 해도 이강은 기필코 수향을 찾고 말 것이다. 천천히 숨을 고르게 내쉬며 물었다.

"그날이 언제지?"

"캬, 내일모레구먼."

홍명선은 바짝 긴장한 채 눈동자를 굴리며 이강의 눈치를 살폈다.

"여자들은 어디 있어? 어디 있냐고!"

"나. 나. 난 몰라. 모른다고."

구봉은 고무신으로 홍명선의 뺨을 사정없이 내리쳤다. 마침내 홍명선은 꺼이꺼이 울면서 단서를 말했다.

"어제 떠난 열차가 아직 경성에 도착하지 않았다면 아마 회덕역 근처에 있는 임시 수용소에 있을 것이구먼. 그 이상은 나, 나…… 나도 정말 모르는구먼. 흐으윽."

수향은 어제 떠났다. 그렇다면 남은 시간은 이틀뿐이다. 반드시 찾아야만 한다. 이강은 홍명선을 향해 총을 겨누었다. 구봉과 동수는 눈짓으로 "없애 버려."라고 말했다. 반면 성훈은 도리질을 하였다.

"일단 살려 두자. 수향일 찾아야 하니까. 그때까지만 이용할 단서로 쓰자."

두 눈을 꾹 감고 엉덩이를 추어올린 채 엎드려서 싹싹 빌며 울고 있는 홍명선을 찢어 죽일 듯 노려보던 이강은 그곳을 빠져나왔다. 한편 바닥에 쏟아진 물건들을 봇짐에 쓸어 담은 구봉과 동수도 이강의 뒤를 바짝 따라붙었다.

10. 구출 작전

빽빽한 골목은 어디로 가든 뚫려 있었다. 관사촌 마을에 사는 철도 기술자들은 일본식 다다미방이 있는 집을 지었다. 겨울에 일본은 고

온다습한 반면, 조선은 시대 상황만큼이나 추웠다. 조선의 기후와는 맞지 않았다.

이강과 구봉, 동수, 성훈, 이하 이구동성은 회색 담벼락 중에 단연 눈에 띄는 하늘색 대문을 열고 들어섰다. 담벼락엔 도둑 방지용으로 유리병 조각들을 촘촘히 꽂았다. 지하로 연결된 다다미방을 열고 들어서니 찢어진 벽지엔 일본 신문 기사가 덕지덕지 붙어 있었다. 이강은 처음 와 보는 곳이라 방 안 여기저기를 둘러보았다. 이상하고 묘한 분위기를 감지하기도 전에, 지도를 펼치며 동수가 말했다.

"여기가 경부선 열차의 상행선과 하행선 꼭짓점이여. 이곳이 회덕역이고 갈대숲을 지나 이쯤에 수용소가 있을 것이구먼. 개통식이 내일모레인데 어제 출발한 열차가 아직 경성에 도착하지 않았다면, 이 수용소에 여자들을 가둬 뒀을 가능성이 가장 크구먼. 오늘 밤에 회덕역을 반드시 쳐야만 혀. 경성에서는 더욱 경계가 삼엄할 것이구먼."

"결국, 오늘 밤밖에 시간이 없단 소리군."

"우리 넷으로는 힘이 부족해."

"자, 여기 지도를 봐. 여기는 일본 헌병들 주둔지고 더 올라가면 최종 목적지인 경성의 경부선 개통식 연회장이야. 어제 떠난 열차가 아직 경성에 도착하지 않았다는 걸 보면 회덕역이나 천안역쯤에서 무슨 일이 난 거야. 만약에 여기서 조선 여인들을 구출해 내지 못하면 영영 찾을 수 없게 될지도 몰라. 지금부터 다들 바짝 긴장하고 차질 없이 거사에 만전을 기해야만 해. 가장 먼저 회덕역 근처에 있는 임시 수용소를 습격할 것이야."

"회덕역 옆에 폐공장이 세 개나 있어……. 그중에 하나는 차량 공장이고 하나는 자재 창고고 하나는 열차의 검사 수선을 하는 공장이구먼. 그런데 이 세 군데를 다 둘러볼 시간이 없을 거야. 그러니 갈대밭 뒤에 매복해서 움직임을 지켜본 후 앞에서 치고 나가자고."

성훈이 말했다.

"의병들을 불러 모으자. 비둘기를 날려!"

침묵이 흘렀다. 코로 뱉은 한숨들은 자욱한 담배 연기보다 짙게 내뿜어졌다.

"당장 회덕역까지 가야 해. 어떻게 갈래?"

잠자코 작전을 듣고만 있던 이강은 주먹을 꽉 쥐었다.

"가면 되지. 거 말이 많아."

구봉은 그렇게 쉽게 결정할 일이 아니라며 이강을 말렸다.

"만약에 회덕역이 아니라면 내일모레까지 무슨 수로 경성에 도착할 거여? 만약에 일이 틀어지면 다시는 수향이도 못 볼뿐더러 네 목숨이 위험해진다고. 이건 좀 더 신중하게 생각해 볼 문제란 말여."

"말을 타고 가면 되지." 동수가 말했다.

"아니여. 시간이 없어. 말보다 빠른 건 뭐 없는 겨?" 구봉이 팔짱을 끼며 되물었다.

"있지."

구봉과 동수는 의아한 눈빛으로 이강을 바라보았다.

"우리가 늘 쪽발이 놈들한테 듣는 말. 바퀴벌레처럼 꺼뭇하고 엿가락처럼 질기게 늘어진 거. 시끄럽게 빨리도 달리는 거! 내 손으로 수향이를 태워 보냈으니 수향이 찾으러 나도 타고 갈 거야!"

구봉과 동수는 얼굴을 마주하고 어이없이 웃으며 고개를 끄덕였다.

"그려. 수향이를 태워 갔으면 우리가 찾아서 태워 와야지. 암만!"

다들 동의한다는 강렬한 눈빛을 보였다. 결연한 의지도 보였다. 다다미방 문을 드르륵 열고 이불을 뜯자 이불솜 속에 감춰진 세 자루의 총이 나왔다. 구봉은 총을 나눠 주며 나직이 말했다.

"어렵게 구한 것이구먼. 총알이 많지가 않아……. 그러니 잘들 쓰라고……."

이강은 받지 않고 뒤돌아 가는데 구봉이 이강의 어깨를 움켜잡고 손에 총을 쥐어 주었다.

"드디어 너와 함께해서 기쁘다. 이날을 기다렸어. 언젠가 우리랑 뜻을 함께할 줄 믿었다."

"필요없어. 난 수향이만 찾으면 돼."

구봉과 동수는 의기에 찬 눈빛으로 이강을 바라보며 말했다.

"넌 수향이를 구하려 하지. 우린 조국의 여성들을 구하려는 거야. 넌 지금 그 일을 함께 하는 거고……."

이강은 복잡하고 결연한 심경이 되었다. 구봉과 동수에게 말 대신 눈빛으로 고마운 마음을 전했다. 분위기를 전환하며 동수가 말했다.

"무식한 놈들이 놀고들 있네. 감히 시인 앞에서 멋대가리 있는 척하는 말들을 주고받아? 염병할."

셋은 껄껄껄 웃었다.

"동지들! 살아서들 만나면 약주나 거하게 한잔 하지! 가세!"

깊고 고요한 밤이 더욱 어둑해질 무렵이었다. 이강은 대전역에 세워진 빈 열차에 몰래 잠입하는 데 간신히 성공하였다. 뒤따라온 구봉, 동수는 미로처럼 알 수 없는 길을 이리저리 배회하며 조심스레 주위를 살폈다.

"쉿, 여기서 걸리면 우린 뼈도 못 추려. 끝이라고!"

긴장과 불안함이 고조될수록 구봉의 중얼거림은 더욱 심해졌다. 동수는 안절부절못하는 구봉을 다그치느라 티격태격하였다.

"쉿, 조용히 해."

뚜벅뚜벅, 구둣발 소리가 뚜렷하게 울려 퍼졌다. 셋은 숨죽여 엎드렸다. 벙거지 모자를 깊숙이 눌러쓴 남자와 일본 순사였다.

"거봐. 아무것도 없잖아? 괜히 예민해져서는! 쯧쯧⋯⋯. 약해 빠진 조⋯⋯."

벙거지 모자를 눌러쓴 남자는 조심스레 주위를 살피며 말했다.

"죄송합니다."

둘은 금세 자리를 뜨며 사라졌다. 안도의 한숨을 고르게 내쉬는 구봉과 동수는 이제 그만 돌아가자고 이강을 재촉하였다. 하지만 이강의 고집은 완고했다.

'뜻을 세웠으면 목숨을 걸고서라도 반드시 지키고 말리라.'

이강은 열차의 운전석에 앉았다. 구봉과 동수를 향해 눈짓으로 물었다.

'함께 갈 테냐, 아니면 돌아갈 테냐. 어떤 선택을 하든 너희들을 원망하지 않겠다.'

구봉과 동수는 잠시 긴장하는 듯했지만 곧 체념했다.

동수가 결심한 듯 말했다.

"까짓것, 사내가 한번 멋지게 살다 갈 거라면 죽기 전에 내 마누라 얼굴은 한 번 더 보고 황천길 가련다."

구봉은 길게 한숨을 내쉬며 마지못해 고개를 끄덕였다.

"거기 누구냐?"

쨍하는 목소리와 함께 우당탕탕 달려오는 구둣발 소리에 이강은 있는 힘껏 기다란 조종대를 끌어당겼다.

끼이익……. 끼이익……. 삐거덕.

꺼져 있던 열차의 엔진이 둔탁한 소리를 내며 반응하기 시작했다. 곧 열차의 바퀴가 천천히 움직이면서 철로를 훑고 지나갔다. 기적 같은 일이었다.

철커덕……. 철컥……. 철컥.

"저쪽이다! 웬 놈이냐?"

그때 한 남자의 찢어지는 목소리와 함께 열차의 뒷문이 벌컥 열렸다. 후미스케였다. 눈빛을 번뜩이며 일본 순사 서넛이 들이닥쳤다.

"저 조센징들 당장 작살내라! 멱을 따 버려라!"

순사들이 그들을 향해 돌격해 왔다. 구봉은 자리에서 일어나려는 이강의 어깨를 누르며 말했다.

"기다려! 저놈들 내 손으로 작살내고 온다. 너는 네 임무를 수행해."

이강은 다시 의자에 앉아 열차를 조작하였다. 구봉과 동수의 힘으로는 급습한 일본 순사들에게 수적으로나 무기로나 밀릴 수밖에 없었다. 입으로만 진두지휘하던 후미스케는 멀찌감치에서 발만 동동 굴렀다. 순사 둘은 이강의 운전석까지 밀고 들어왔다. 그 찰나에 이강은 열차의 객차를 뚝 끊어 버리는 데 성공하였다. 열차는 무서운 속도로 앞을 향해 내달렸다. 구봉은 마지막 남은 일본 순사 한 명을 열차 밖으로 던지며 손을 털고 말했다.

"헤헤. 잘 가시게들. 멀리 너희 나라로 가 버려!"

시원하게 한판 끝낸 구봉이 열차 밖을 향해 목을 길게 빼고서 손을 흔들었다.

동수는 환호성을 질렀다. 이강도 구봉을 향해 엄지손가락을 추켜 세우며 싱긋 웃었다.

"정말 잘 했다! 구봉이 네 이놈!"

11. 폭풍 전야

여자들을 실은 열차는 북으로 달렸다. 객실에는 여전히 핏자국이 선명했고 비릿한 피 냄새가 진동했다. 여자들은 도망갈 수 없게 줄로 묶여 있었다. 여자들의 볼에는 눈물 자국이 선명했다. 후미스케를 따르는 일본인 야쿠자들이 총을 들고 감시했다. 후미스케는 객실 맨 앞에 앉아서 옆의 소녀를 희롱했다. 권총으로 소녀의 가슴을 찌르기도 하고 일부러 옷고름을 풀어 헤치며 치욕을 안겨 주었다. 소녀가 우는 소리를 낼 때마다 후미스케는 웃음을 터뜨렸다. 수향은 그 모습을 보며 가만히 있을 수 없었다. 그녀가 자리에서 막 일어나려는데 누군가 그녀를 잡아당겼다. 옆에 앉은 소녀였다. 소녀는 수향에게 말했다.

"도망가면 죽인대! 빨리 앉아."

수향은 자리에 앉으며 낮은 목소리로 말했다.

"도망가려는 거 아니야. 난 저 아이를 도와주고 싶을 뿐이야."

"지금 이 상황에서 누가 누구를 도와주니? 가만히 좀 있어. 제발."

소녀는 수향에게 매달렸다. 수향은 어쩔 수 없이 한숨을 푹 쉬었다.

소녀가 물었다.

"참 너 같은 애는 처음이야. 이름이 뭐니?"

"수향이야. 넌?"

"선희. 윤선희."

그때 후미스케의 부하가 소리쳤다.

"누가 소리 내라고 했어! 당장 입 닥치지 못해?"

그 말에 수향과 선희는 입술을 꼭 깨물었다. 한참을 달리던 열차가 요란한 소리를 내며 멈추었다. 객실 문이 열리고 후미스케 부하가 들어왔다. 후미스케는 그를 보더니 자리에서 일어나면서 소리쳤다.

"자! 다들 내려!"

수향은 객차에서 내리며 주위를 둘러보았다. 끝이 보이지 않는 갈대밭이 펼쳐져 있었다. 한쪽에는 철도 공사 자재들이 쌓여 있었다. 붉은 흙이 드러난 철도 공사장의 넓은 대지에는 임시 천막이 쳐져 있었고 곳곳에 총을 든 헌병들이 서 있었다. 수향은 천막으로 끌려가면서 이리저리 두리번거리며 빠져나갈 길을 찾아보았다. 수향과 소녀들이 천막으로 들어가자 후미스케가 소리쳤다.

"지금부터 내가 하는 말 잘 듣는다! 지금부터 모두 옷을 벗는다. 내가 열을 셀 때까지 벗지 않는 년들은 다 죽는다. 하나, 둘, 셋, 넷……."

소녀들은 웅성거리면서 천막 한쪽 구석으로 몰렸다. 후미스케가 열을 다 세자 권총을 들고 무리의 맨 앞에 있는 소녀에게 다가갔다. 그는 가차 없이 소녀의 머리에 권총을 가져다 댔다. 열차를 타고 오면서 남자들이 어떻게 죽어 가는지 본 소녀는 후미스케에게 매달렸다.

"제발 살려 주세요. 벗을게요."

소녀는 눈물 콧물 범벅이 된 얼굴로 옷을 벗었다. 차가운 공기 때문에 떠는 것인지, 수치심 때문에 떠는 것인지, 그것도 아니면 후미스케의 권총이 무서워 떠는 것인지 알 수 없었지만, 가녀린 몸은 심하게 떨리고 있었다. 후미스케는 야비한 웃음을 띠며 소녀의 머리에 대고 있던 권총을 거두었다. 소녀들은 살아남기 위해서 스스로 옷을 벗고 후미스케의 부하들이 나눠 주는 옷으로 갈아입었다.

소녀들이 고분고분하게 말을 듣자 부하들은 흡족해하며 저녁 식사를 나눠 주었다. 단무지가 든 차가운 주먹밥이었다. 여기까지 오면서 반항하는 사람들이 무참히 죽어 가는 것을 직접 목격했기에 소녀들은 그걸 다 먹지 못하고 남겼다.

하지만 수향은 달랐다. 그녀 역시 입맛이 없었지만 돌 같은 주먹밥을 억지로 씹어 삼켰다. 그때 선희가 물었다.

"우린 이제 어떻게 되는 걸까? 죽는 걸까?"

"아닐 거야. 이렇게 밥까지 주는 걸 보면 어딘가 써먹겠지. 그러니 쉽게 죽이지는 못할 거야. 그렇다면 우린 도망갈 수 있어."

도망갈 수 있다는 수향의 말에 선희의 얼굴이 희미하게 밝아졌다. 수향은 선희가 손에 들고 먹지 못하는 주먹밥을 직접 선희에게 먹여 주며 말했다.

"아마 여기는 회덕역 인근일 거야. 여기만 나가면 대전까지는 금방 갈 수 있어."

"그 말이 정말이야?"

선희 뒤에 있던 아이가 물었다. 수향은 고개를 끄덕였다. 그 말에 다른 소녀들이 작은 목소리로 웅성거렸다. 소녀들 사이에 후미스케 일당이 소녀들을 함부로 죽일 수 없을 것이라는 말과 함께 이곳이 회덕역 인근이며 도망가면 대전까지 얼마 걸리지 않는다는 말이 은 밀히 퍼져 나갔다. 수향이 선희를 포함한 몇몇 소녀와 함께 이곳을 탈출할 방법을 의논하고 있는데, 갑자기 총소리가 들렸다.

탕!

동시에 한 소녀가 비명을 내질렀다. 삼삼오오 모여서 머리를 맞대 고 있던 소녀들 사이에 불안감이 퍼져 나갔다. 밖에 나갔던 후미스케 가 한 소녀의 머리채를 잡아서 질질 끌고 들어왔다.

"방금 이년이 도망치려다가 내 손에 잡혔다."

후미스케는 눈을 부라리며 권총을 꺼내 들었다.

"미리 경고하는데, 도망치는 년들은 무조건 다 죽는다. 그걸 지금 알려 주마."

후미스케는 잡힌 소녀를 향해 총을 겨누었다. 소녀는 손과 발을 덜 덜 떨면서 살려 달라고 빌었지만 후미스케는 눈 하나 깜짝하지 않고 방아쇠를 당겼다.

탕!

소녀는 힘없이 바닥에 쓰러졌다. 후미스케는 그걸로 멈추지 않았 다. 탄창이 빌 때까지 총을 쐈다. 총알이 한 발 한 발 소녀의 몸에 박 힐 때마다 사방으로 피가 튀었고 지켜보던 소녀들은 비명을 지르며 두려움에 떨었다. 부하들이 시체를 천막에서 끌어냈다. 바닥에는 흥 건한 핏물이 붉은 길을 만들었다. 그때 후미스케의 부하가 급히 뛰어 들어와 귓속말을 했다. 표정이 굳어진 후미스케는 서둘러서 천막을 나갔다. 이어서 후미스케의 부하들이 천막으로 들어오고 밖에서는 사람들이 분주하게 움직였다.

멀리서 핑 하는 총소리가 나직이 들려왔다. 이때 수향의 눈이 반짝였다.

12. 아흔아홉 번 패배할지라도

의병단체가 속속 집결지로 도착했다. 이강의 친구들도 수향과 여자들이 갇혀 있는 공사장 인근에 도착했다. 의병단장들은 어떻게 습격을 해야 할지 의논을 시작했다.

하지만 공사장에 주둔해 있는 일본군의 병력 수를 정확히 알 수 없었고, 여자들이 어디에 갇혀 있는지 알 수 없으므로 서로 간에 견해차가 컸다. 그 모습을 지켜보고 있던 이강은 답답해서 견딜 수 없었다. 이곳에서 이딴 작전이나 논의를 하면서 시간을 낭비하고 있는 게 견딜 수 없었다. 결국 이강이 의병단장들에게 따지듯 물었다.

"언제까지 이러고 있을 겁니까? 잡혀 있는 여자들 안 구할 겁니까?"

"이런 상놈이 어디에서!"

양반 의병장 중에 우두머리가 화를 내며 자리에서 일어섰다.

"저 녀석, 여동생이 거기에 잡혀 있어서 그러니 이해해 주세요."

동수가 나서서 분위기를 잡자 화를 내며 자리를 뜨려던 양반 의병장들이 화를 가라앉히고 다시 제자리에 앉았다. 동수가 말했다.

"지금 저희가 쉽게 공격할 수 없는 이유는 일본군 병력과 여자들의 갇혀 있는 곳을 정확히 모르기 때문인데, 이걸 어찌하면 좋을까요?"

"누가 저 안으로 들어가야지."

의병장 중 한 명이 말했다. 그러자 옆에 있던 의병장이 누가 그런 일에 나서겠냐며 한탄했다. 다른 의병장들도 그런 위험한 임무를 맡지 않으려고 서로의 눈치를 살폈다. 그 모습을 본 이강은 그들의 한심한 모습에 참지 못하고 다시 나섰다.

"그깟 잠입! 내가 하겠소! 내가 갑니다!"

그러자 구석에서 가만히 듣고만 있던 성훈이 나섰다.

"일본군이 우습게 보여?"

성훈의 말에 이강이 뒤를 돌아보았다.

"일본 놈들은 네가 생각하는 그런 존재가 아니야. 잠자는 사자와 같은 중국과도 싸워서 이긴 녀석들이야. 절대 만만하게 볼 놈들이 아니라고. 이번 잠입은 내가 신호를 줄 테니 넌 여기서 기다려."

위험한 작전에 자원자가 나타나자 모두 안도의 표정을 지었다. 성훈은 공사장으로 들어갈 준비를 했다. 그는 권총으로 무장하고 칼을 몰래 숨겼다. 이강은 옆에서 그 모습을 바라보고 있었다. 그런 그에게 구봉이 다가와서 권총 하나를 넘겨주었다.

"이제부터 네 몸은 스스로 지켜야 해. 이건 방아쇠를 당기기만 하면 되니까. 가지고 있어."

이강은 말없이 총을 받아 들었다. 그사이 준비를 마친 성훈은 이강에게 인사를 하고 갈대밭으로 숨어들었다.

그 후 한참이 지나도 성훈은 돌아오지 않았다. 모두들 지쳐 갈 무렵, 갑자기 의병단의 배후에서 총알이 날아왔다. 다들 허둥대며 총을 들어 응사했지만, 첫 공격에 많은 수의 의병이 희생당했다. 의병단장들은 허둥대면서 뛰어다녔다. 그때 구봉이 이강에게 달려왔다.

"여기는 우리가 맡을 테니, 넌 수향이를 구하러 가. 빨리!"

구봉은 이강의 등을 떠밀었다. 바로 눈앞에서 동포들이 죽어 가는 것을 본 이강은 쉽게 발길을 돌리지 못했다. 하지만 수향을 구해야 한다는 절대적인 생각은 갈대밭 사이로 뛰어들게 만들었다.

후미스케가 밖으로 나간 후, 수향은 뭔가 일이 벌어지려는 조짐을 눈치챘다. 일본군 헌병과 후미스케의 부하들 모두 무장을 시작했기 때문이다. 다들 총을 들었고 탄약을 나누었다. 수향은 주위에 있는 소녀들에게 말했다.

"어쩌면 곧 탈출할 기회가 생길지도 몰라."

"그게 정말이야?"

다들 희망을 놓지 않고 되물었다. 수향은 입가에 손가락을 갖다 대며 조용히 하라고 주의를 주었다.

"쉿. 조용히 듣기만 해. 우리를 지키고 있는 사람들이 점점 줄고 있어. 밖에 무슨 일이 생긴 것 같아. 저들이 다 나가면 그때 도망칠 기회를 엿보자."

수향의 말에 소녀들은 고개를 끄덕이며 이리저리 후미스케 부하들의 동태를 살폈다. 수향의 말처럼 여자들을 감시하는 인원이 많이 빠져나갔다. 수향은 이만하면 해 볼 만하다는 생각이 들었다. 삼삼오오 모여드는 소녀들에게 탈출할 계획을 나지막이 이야기했다.

"지금 남은 놈들은 우리 숫자가 많으니까 해치울 수 있을 거야. 그 후에 열차로 가서 그걸 타고 대전으로 돌아가자."

그때 누군가 물었다.

"열차는 누가 운전하지?"

"아마 기관사가 있을 거야. 남은 놈들을 해치운 후에 총을 빼앗아서 협박하면 가능할 것 같아. 내가 손짓하면 모두 놈들을 공격해."

허점이 많은 계획이었지만 살아서 이곳을 벗어날 수만 있다면 무슨 짓이든 할 수 있었다. 소녀들은 수향의 계획을 따르기로 했다. 주위를 살피며 조용히 때를 노렸다. 멀리서 콩 볶는 듯한 총성이 울려 퍼졌다. 의병과 일본군의 본격적인 전투가 시작된 것이다.

전투가 벌어지면 여자들을 열차로 옮기라는 명령을 받은 후미스케의 부하들은 그녀들을 묶을 생각도 하지 않고 급하게 열차로 끌고 갔다. 여자들은 종종걸음으로 뛰면서 열차를 향해 달려가다가 후미스케의 부하들에게 달려들었다. 남자 한 명에 여자가 서너 명씩 달려들어 찍어 눌렀다. 곳곳에서 총성이 울려 퍼지고 몇몇 여자가 쓰러졌다. 하지만 남은 여자들은 있는 힘껏 싸웠고 끝내 그들 모두를 제압했다.

수향은 후미스케의 부하들에게서 권총을 빼앗아 들고 기관차에 올라탔다. 문제가 생겼다는 것을 알아챈 기관사들이 갈대밭 사이로 뛰어내려 도망쳤다. 그사이 많은 소녀가 기관차에 올라탔다. 선희도 무사히 기관차에 올랐다. 하지만 기관사를 놓쳤기 때문에 열차를 운행할 방법이 없었다. 수향은 한 번도 해 본 적 없는 일이지만 살아남기 위해서 이것저것 만지며 열차를 움직이려 애썼다.

열차 쪽에서 총소리가 울리자 임시 수용소에 있던 헌병대 일부가 열차로 달려왔다. 수향의 마음이 급해졌다. 수향은 동무들에게 지시하여 기관차에 석탄을 퍼 넣으면서 열차를 움직이기 위해 혼신의 노력을 다했다. 그 마음이 하늘에 전달된 것인지, 열차는 천천히 앞을 향해 움직이기 시작했다. 소녀들은 환호성을 터뜨렸다. 하지만 그 기쁨도 얼마 가지 못했다. 임시 수용소에서 달려온 헌병들이 천천히 달리는 열차의 맨 끝 칸에 올라탄 것이다. 그 모습을 본 선희가 수향에게 물었다.

"일본 군인들이 열차에 끝 칸에 올라탔어! 이제 어쩌지?"

"여기를 맡아 줘. 내가 열차 연결 고리를 끊어 볼게!"

수향은 서둘러서 기관차 뒤쪽으로 달려갔다. 그러는 동시에 일본군들도 기관차로 달려오고 있었다. 수향은 기관차와 객차 사이에서 몇 명의 소녀들과 같이 연결 고리를 끊기 위해서 안간힘을 썼다. 그 사이 기관차까지 달려온 일본 헌병이 소녀들에게 총을 발사했다. 한 명 두 명 쓰러졌고, 마지막 수향의 차례가 되었을 때, 갑자기 나타난 선희가 그녀를 밀치고 몸으로 총알을 받아 냈다. 그 순간 수향은 기적처럼 열차 연결 고리를 끊을 수 있었다. 기관차는 무서운 속도로 앞으로 나아갔고, 객차는 뒤쪽으로 밀리며 탈선해 버렸다.

객차에 타고 있던 소녀들과 일본군 헌병들과 수향은 땅바닥에 내팽겨쳐졌다. 적지 않은 수의 소녀들이 피를 흘리며 바닥에 쓰러졌고, 일본군들도 무사하지는 못했다. 수향은 비틀거리며 갈대밭으로 걸어갔다. 그곳에 오빠가 기다리고 있을 것만 같았다. 수향은 오빠가 너무나 보고 싶었다. 그때 누군가 어깨를 탁 잡았다. 수향은 뒤돌아봤다.

"오빠……."

13. 막다른 길

"오빠……."

수향이 뒤를 돌아보았다. 다름 아닌 성훈이었다.

"성훈 오빠, 여기는 어떻게 온 거야? 우리 오빠도 왔어?"

반가운 마음에 참았던 울음을 터뜨리며 성훈에게 물었다. 그러자 성훈은 차가운 눈빛으로 권총을 겨누었다. 그때 멀리서 박수 치는 소리가 들렸다. 후미스케였다. 후미스케의 양복은 핏자국이 얼룩덜룩했고 한 손에는 권총이 들려 있었다.

"난 이런 지저분한 게 참 좋아. 어떠냐? 소감이?"

수향은 놀라서 아무 말도 할 수 없었다. 성훈은 방아쇠에 건 손가락에 힘을 주었다.

그사이 이강은 갈대밭을 가로질러 공사장으로 들어갔다. 대부분의 일본군이 의병들을 제압하기 위해 빠져나가 그곳에는 군인들이 별로 없었다. 이강은 한 발 한 발 신중하게 쏘면서 그들을 제압했다. 하지만 어디에도 소녀들은 없었다. 그때 총소리가 울려 퍼졌다. 그쪽을 보니 멀리 열차가 탈선되어서 옆으로 누워 있는 게 보였다. 이강은 서둘러 열차 쪽으로 달려갔다. 객차에 타고 있던 소녀들과 일본군 헌병들이 여기저기 널브러져 있는 게 보였다. 이강은 혼이 나간 듯 그들 사이를 헤집고 다니며 수향을 찾았다. 그때 한 소녀가 애타게 부르짖었다.

"살려 주세요."

이강은 서둘러 그녀에게 다가갔다. 선희였다. 선희는 수향 대신 총을 맞고 죽어 가고 있었던 것이다. 이강은 선희를 알아보면서 다가가 말했다.

"괜찮아?"

"엊그제 열차에서 봤어요. 수향이 오빠죠?"

이강은 놀라서 물었다.

"수향이를 알아? 수향이는 어디로 갔어?"

선희는 손을 들어 수향이가 타고 있던 열차 칸을 알려 주려 했지만 손이 올라가지 않았다. 그녀의 가느다란 숨은 점점 꺼져 가고 있었다. 이강은 선희의 스르르 감기는 눈을 보고 다급히 흔들어서 깨웠다.

"자면 안 돼! 집으로 돌아가야지! 제발……."

선희는 두 눈을 뜬 채 숨이 멎어 버렸다. 이강은 선희의 두 눈을 감겨 주며 울분하여 땅을 쳤다. 비록 선희는 이강의 친동생은 아니었지만, 수향과 같이 잡혀 간 불쌍한 조선의 딸이었기 때문이다. 가슴속 깊은 곳으로부터 눈물이 터져 나왔다. 그런 이강의 관자놀이에 차가운 총구가 닿았다. 고개를 돌려 보니 곤스케가 총을 겨누고 있었다. 그 뒤에는 일본 헌병들이 이강을 향해 일제히 총을 겨누고 있었다.

14. 악어의 눈물, 곤스케

후미스케는 책상을 가운데 두고 수향과 마주 앉았다. 그는 흐뭇한 표정을 지었다.

"우리 구면이지?"

"퉤!"

수향은 후미스케의 얼굴에 피가 섞인 침을 뱉었다. 후미스케는 손을 들어 얼굴에 튄 붉은 침을 닦고 그 자리에서 일어섰다. 그러고는 책상에 걸터앉아 수향의 얼굴을 들어 올렸다.

"제법 반반한 년이, 성깔도 있군."

말이 끝나기가 무섭게 후미스케는 수향의 뺨을 세게 때렸다. 얼마나 세게 때렸는지 수향은 의자에 묶인 채 바닥에 나뒹굴었다. 후미스케는 수향의 머리채를 잡아채 얼굴을 똑바로 보며 말했다.

"넌 내가 작업하고 싶었는데, 소좌님이 직접 하신다고 하니 기대해도 좋을 거다."

그 시각, 이강은 천장에 거꾸로 매달린 채 헌병들에게 구타당하고 있었다. 팔뚝만 한 몽둥이를 든 헌병들은 교대로 이강을 사정없이 때렸다. 그때 고문실 문이 열리면서 곤스케가 들어왔다. 그는 헌병들에게 손짓하며 중지시켰다. 이강을 힐끔 보더니, 축음기에 판을 올렸다. 이강에게 물었다.

"좋아하는 노래가 있나?"

"히히, 그딴 게 어디 있겠나?"

"난 클래식을 좋아하지. 듣고 있으면 마음이 편해지거든. 자네도 어쩌면 나와 취향이 비슷할지도 모르겠군."

곤스케는 양복을 벗고 넥타이를 풀고 소매를 걷었다. 그리고 수술대에 오른 고문도구를 하나씩 들어 올리면서 이강을 향해서 말했다.

"그럼 이제 시작해 볼까? 오늘 내가 쓸 물건은 바로 이거야. 이 뾰족하고 가느다란 게 성깔 있는 조선 계집을 닮아서 난 꽤 마음에 들더군. 이게 뭔지 알겠나?"

"키킥. 난 그딴 거 알고 싶지 않아. 내 동생이 어디 있는지만 알면 돼."

이강은 그것이 바늘임을 뻔히 알면서도 대답하지 않았다.

"그럼 자네 손끝이 짜릿한 쾌감을 맛보게 해 주지. 아주 마음에 들 거야. 이 녀석 내려!"

곤스케의 명령을 받은 헌병들이 이강을 공중에 묶은 줄을 내려서 책상 앞에 놓인 의자에 앉혔다. 그들은 이강의 두 손을 책상 위에 올려놓고 움직일 수 없게 힘을 주었다. 곤스케가 무슨 짓을 하려는지 알았지만 반항할 수 없는 이강은 지그시 눈을 감았다.

곤스케는 바늘을 들어 이강의 손톱 밑으로 쑤욱 찔렀다. 이강은 터져 나오려는 비명을 목구멍 속으로 다시 밀어 넣었다. 곤스케는 손톱 밑에 넣은 바늘을 이리 돌리고 저리 돌렸다. 이강은 손톱 끝에서 느껴지는 찌릿한 고통에 온몸이 부르르 떨렸다. 곤스케는 잠시 바늘을 빼고 물었다.

"자. 이제 말해 볼까? 아지트는 어디지?"

"큭큭. 난 그딴 거 모른다니까? 난 내 동생을 찾으러 왔을 뿐이라고."

"어허, 이거 안 되겠군. 우리 좀 더 친해져 볼까?"

곤스케가 다시 바늘을 들었다. 그때 한 남자가 고문실 문을 열고 들어왔다.

"소좌님, 그년을 잡아 놨습니다."

깔끔하게 제복을 입은 성훈은 마치 일본 사람처럼 보였다.

이강은 성훈을 보며 배신감에 입을 다물지 못했다. 곤스케는 바늘을 원래 자리에 올려놓고 손수건으로 손을 닦으며 고문실을 나섰다.

이강의 손끝에서 피가 뿜어져 나왔다.

"아직 갈 길이 멀다. 잘 감시해."

"하이!"

성훈은 곤스케의 명령에 따라 책상 옆에 서서 이강을 바라봤다. 이강은 아직도 성훈이 배신자였다는 것을 믿지 못하고 있었다. 성훈에게 물었다.

"수향이는?"

"입 닥쳐!"

성훈은 이강의 뺨을 강하게 때렸다. 그제야 성훈이 정말로 친일로 돌아선 배신자라는 것을 실감할 수 있었다. 이강은 더 이상 입을 열지 않았다. 눈을 감고 이곳을 빠져나갈 궁리를 했다.

정신을 잃은 수향의 머리에 찬물이 쏟아졌다. 놀란 수향이 깨어났다. 앞에는 곤스케가 앉아 있었다. 물에 젖어 흘러내린 수향의 머리카락을 귀 뒤로 넘기고 귓불을 어루만지며 말했다.

"전에 날 도와준 적이 있는데 기억하나?"

"난 네놈한테 도움 따위 준 적 없어. 조선 땅에서 길 잃은 왜놈이 키우던 개를 도와줬겠지."

수향은 차갑게 말했다. 낮지만 강단 있는 어조였다. 곤스케는 여유로운 미소를 띠면서 수향의 얼굴에 자신의 얼굴을 바짝 들이댔다. 그는 수향의 얼굴 표정 하나하나를 놓치지 않겠다는 듯이 바라봤다.

"원래 내 식대로 하면 넌 이미 시체가 되어 있었을 거야. 난 시체랑 자는 걸 좋아하지."

"구차하게 살아남느니 차라리 그게 더 나아!"

곤스케는 수향의 앙칼진 태도를 즐기는 듯했다.

"난 지금까지 가지고 싶을 걸 못 가진 적이 없지."

곤스케는 수향의 얼굴을 쓰다듬었다. 수향은 얼굴을 돌려 곤스케의 손길을 피하려 했지만, 그의 손은 끈질기게 따라붙었다. 수향은 곤스케가 뭘 원하는지 종잡을 수 없었다. 하지만 곤스케가 원하는 것을 가지고 있는 것만은 분명했다.

"넌 네 멋대로 날 거부할 권리가 없어. 난 조선을 삼켰고, 넌 조선 년이니까."

곤스케는 콧수염 사이로 잔인한 미소를 숨겼다.

15. 그대가 보낸 오늘 하루는, 어제 내가 그토록 살고 싶었던 내일

이강은 성훈을 쳐다봤다. 성훈은 이강의 시선이 부담스러운 듯 얼굴을 돌렸다. 일본군들은 이강을 감시하며 옆에 서 있었다.

"왜 이런 짓을 한 거지?"

그제야 성훈은 이강을 바라봤다. 성훈은 아무 말도 하지 않았다. 이강과 같은 공간에 있는 것조차 힘들었다. 이강은 책상에 놓여 있던 손을 들었다. 그들을 지켜보던 일본군들이 이강에게 다가와 다시 손을 묶으려 했다. 그 순간 이강은 옆에 놓여 있던 고문 장비 중 자신의 손톱을 후빈 굵은 대바늘을 들고 번개같이 그들의 눈과 목을 찔렀다. 목에서 붉은 피가 뿜어져 나왔고 비명 소리가 고문실 안을 가득 채웠다. 순식간에 일본 군인들을 무력화시킨 이강은, 그대로 성훈에게 돌진했다. 성훈은 허리에 찬 권총을 꺼내려고 했다. 이강은 대바늘을 성훈의 손에 찔러 넣고 권총을 빼앗아 들었다. 거친 숨을 몰아쉬며 물었다.

"대체 왜 배신한 거야?"

성훈은 손에서 느껴지는 아릿한 통증만큼 아픈 마음 또한 어쩔 수 없었나 보다.

"너라고 별수 있었을 것 같아?"

이강은 다시 물었다.

"아버지 때문이냐?"

"닥쳐!"

성훈은 자신의 머리에 겨누어진 권총을 바라봤다. 이강은 성훈이 대답하지 않아도 그 답을 알 수 있을 것 같았다. 권총을 든 손에 힘을 주었다.

"구차하게 빌기 싫으니 죽여."

이강은 권총의 손잡이로 성훈의 목덜미를 세게 내리쳤다. 성훈은 그대로 바닥에 고꾸라졌다.

"내 마지막 배려다. 살아남아라."

이강은 고문실 문을 열어 놓고 밖으로 나갔다. 성훈은 바닥에 주저앉아 눈물을 흘렸다. 아픈 아버지를 핑계로 살아남은 것이 부끄러웠다. 힘없는 조선인으로서 친구를 배신한 것도 서러웠다. 한참을 그렇게 흐느끼고 있는데, 후미스케가 고문실로 들어왔다.

"쯧쯧. 이래서 조센징들은 안 돼. 뭔 놈의 징그러운 정이 그렇게도 많아?"

후미스케는 허리에 찬 권총을 빼어 들었다.

그리고 일말의 고민도 없이 성훈을 향해서 방아쇠를 당겼다.

탕! 탕! 탕!

세 발의 총성이 울리고, 성훈은 피를 흘리며 무참히 쓰러졌다. 차마 감지 못한 성훈의 두 눈에는 그렁그렁 한도 맺히고 눈물도 맺혔다.

'강아. 넌 꼭 살아남아라.'

친구들을 배신하며 친일을 했을 때부터 미안함이 떠나지 않던 성훈의 눈에 그의 마지막 진심이 담겼다. 그는 죽음에 이르러서야 진실된 삶을 되찾은 조선인이었다. 고문실을 나선 이강은 수향의 이름을 부르며 뛰었다. 곳곳에서 이강의 목소리를 들은 일본 군인들이 튀어나왔지만, 이강의 총 앞에 무참히 쓰러졌다. 밖에서도 총소리와 비명소리가 연이어 들렸다.

수향이 곤스케에게 치욕을 당하고 있을 때, 멀리서 이강의 목소리가 들려왔다. 곤스케도 이강의 목소리를 듣고 등을 돌려 고문실 문 앞에 서 있던 헌병들에게 손짓했다.

헌병들은 총을 들고 고문실 문을 열고 나갔다. 그 순간 두 발의 총성이 울리며 그들이 쓰러졌다. 이강의 솜씨였다. 이강은 고문실로 들어와 수향을 발견하고는 소리쳤다.

"수향아!"

그 순간 뒤에서 누군가 이강의 머리에 총을 겨누었다. 고문실에 무방비로 있던 곤스케는 박수를 치며 자리에서 일어났다.

"잘했어! 후미스케! 녀석을 데리고 들어와."

"오빠!"

수향은 안타까운 목소리로 이강을 불렀다. 후미스케는 이강의 손에 든 권총을 빼앗아 들었다. 그리고 이강의 정강이를 발로 찼다.

"소좌님 말씀 못 들었어? 들어가!"

그는 후미스케와 엎치락뒤치락하면서 몸싸움을 벌였다. 그런 후미스케의 뒤를 덮치는 검은 그림자가 있었다. 구봉이었다.

"네 상대는 바로 나야! 이강아! 수향이를 구해!"

이강은 고문실로 들어가 순식간에 곤스케를 향해 달려들었다. 곤스케는 두 주먹을 얼굴 앞으로 당기고 권투 자세를 취하더니, 날렵하게 주먹을 쭉 뻗었다.

가벼운 잽이었지만, 이강은 턱을 얻어맞고 뒤로 나뒹굴었다. 이강은 다시 일어나 옆에 놓인 의자를 집어 들고 곤스케를 향해서 휘둘렀다. 곤스케는 순간 몸을 웅크렸지만 의자에 오른팔을 맞고 얼굴을 찡그렸다.

이강은 의자를 던지면서 몸을 날렸다. 둘은 서로의 몸 위로 올라갔다 내려갔다 바닥을 구르며 주먹을 휘둘렀다. 그러다가 곤스케가 이강을 걷어찼다. 이강은 수향의 의자 옆에 나뒹굴었다. 곤스케는 옆에 떨어진 권총을 집어 들고 이강을 향해 겨누었다.

순간 수향이 마지막 힘을 짜내어 이강 앞을 막아섰다.

탕!

16. 그대는 또 다른 조국이었음을

총소리가 울리고 수향의 입에서 검붉은 피가 주르륵 흘러내렸다. 순간 이강은 정신이 혼미해졌다. 곤스케가 권총을 들고 있다는 것을 생각할 틈도 없었다. 사방이 피로 난장판이 된 고문실 바닥에 떨어진 고문장비 중에서 미치광이가 돼 버린 이강은 망치를 집어 들었다.

미친 듯이 곤스케에게 달려들었다. 곤스케는 지체 없이 방아쇠를 당겼고, 이강의 어깨는 총알이 관통하여 피가 터져 나왔다. 이강은 멈추지 않았다.

망치로 곤스케의 머리를 내리쳤다. 곤스케는 비명을 지르며 바닥을 기어 도망치려고 했다. 이강은 그런 곤스케의 등 뒤로 올라타 머리를 힘껏 내리쳤다.

한 번, 두 번, 세 번.

꽝, 꽝, 꽝꽝.

곤스케의 머리가 으스러질 때까지 거센 망치질을 멈추지 않았다. 그렇게 이강의 손으로 곤스케를 무참히 끝장냈다.

그때 구봉은 후미스케의 두 눈을 뽑아 버림으로서 질긴 결투를 끝냈다. 전투를 마친 의병들이 쏟아져 들어왔다. 의병들의 환호성이 곳곳에서 울려 퍼졌다. 이강은 축 늘어진 수향을 품에 안고 밖으로 나왔다.

하얀 갈대밭이 눈앞에 펼쳐졌다. 이강은 갈대숲으로 묵묵히 걸어갔다. 이강의 품에 안겨서 숨을 힘겹게 내쉬던 수향은 감기는 눈을 억지로 뜨며 말했다.

"오빠, 우리 이제 집에 가는 거야?"

"그래. 집에 가자. 내가 잘못했어."

수향은 희미하게 미소를 지었다.

"오빠······. 나는 괜찮아······."

"아무 말 하지 마. 수향아. 집에 가서 얘기하자."

"미안해……."

"오빠……. 저기서 엄마가 날 불러."

"흐흐윽……. 으흐흑……."

"오빠는 할 일 다 하고……. 천천히 와……."

수향은 눈을 감았다. 이강은 무너져 내렸다.

"수향아……."

이강은 품에 잠든 수향을 흔들었지만 수향은 끝끝내 깨어나지 않았다.

"수향아, 눈 감아…… 잘 자……."

이강은 흘러내리는 눈물을 훔쳐 내며 수향의 차가운 볼에 입을 맞추었다.

"수향아……. 그거 아니? 네가 그토록 사랑했던 조국이 나에겐 바로 너였단다."

못다 핀 꽃송이 같은 수향을 차디찬 갈대밭에 묻고, 뜨거운 이강의 가슴에도 묻었다.

그렇게 길지도 짧지도 않은 시간이 흘렀다.

검은 양장을 차려입은 세 남자가 이강의 집 대문을 열고 들어섰다. 집에는 사람이 살고 있지 않은 듯 적적했다. 하지만 우렁각시처럼 누군가 매일 와서 청소를 하는지 먼지 한 톨 없이 깨끗했다. 마루 밑에는 수향이가 신고 다니던 검정 구두가 가지런히 놓여 있었다. 방문을 열자 책상 옆에는 수향의 가방도 그대로 있었다. 벽의 한쪽 모퉁이에는 인력거꾼 이강이 입던 해진 저고리가 걸려 있었다. 방 한가운데

소반 위에 돌로 눌러 놓은 흑백사진 한 장이 안방 주인처럼 놓여 있었다.

밖에 서 있던 남자가 방으로 들어가 수향의 사진을 집어 들고 한참 동안 바라보았다. 흑백사진 위에 내려앉은 뽀얀 먼지를 탈탈 털며 품속에 넣고 밖으로 나왔다. 뒤돌아서 주위를 살피던 두 사람이 남자를 향해 돌아섰다.

그들은 나이가 좀 더 들어 보였고 수염을 길렀지만, 분명 구봉과 동수였다.

수향의 사진을 손에 쥐고 나오는 남자를 향해 재촉하듯 말했다.

"이강 동지, 이제 그만 가지."

이강은 모자를 고쳐 쓰고 품속에 넣은 수향의 사진을 어루만지며 안부 인사를 대신했다.

"수향아, 이번엔 같이 가자."

이번에는 만주로 가기 위해 세 남자는 대전역을 향해 걸었다. 열차에 올라타자 열차는 기적 소리를 내며 달려갔다. 메트로놈의 알레그레토 속도를 내며 빠르게 질주하기 시작했다. 열차는 곧 시야에서 사라졌다. 앙상한 갈대숲 사이에 소복이 하얀 눈이 쌓이고 있었다. 비밀스럽게 들리는 말로는 그들은 또 독립운동을 위해 떠났다고 했다.

정확히 4년 후, 일본은 기어이 강제로 한일강제병합을 이뤄 냈다. 그 후로 이강을 본 사람은 아무도 없었다. 다만 경부선 서울역과 대전역 등지에서 일본의 수탈에 항거하는 폭파 사건이 빈번히 일어났는데 그 주동자는 괴물이라 불리는 사나이라고 알려졌다.

관사촌 사람들은 그 괴물이 바로 조선 영웅 이강이 아닐까 생각한

다고 했다. 괴물이 지나간 테러 현장의 나무 바닥엔 이런 글귀가 새겨
져 있었기 때문이다.

'그대가 바로 내 조국이오.'

궁중악사

김수연, 김아람, 김영대, 손언정

본 작품은 대전문화산업진흥원 기획안 피칭대회 수상작으로서, 시놉시스 형태로 구성되어 있습니다.

1. 등장인물 소개

율의 탄생

조선 시대 최고 궁중악사 천수에게 아들이 태어난다. 천수의 아내는 아들을 낳다 죽는다.

천수에게 율은 사랑하는 아내의 목숨과 맞바꾼 아이이고 아내의 몫까지 사랑을 해 주어야 할 하나밖에 없는 아들이다.

하지만 귀한 아이일수록 사랑만 주어서는 안 된다고 생각한 천수는 아들을 엄하게 키우기로 다짐한다.

천수의 아들 율은 온갖 말썽을 다 피우고 다니는 말썽꾸러기이다. 율은 아버지 천수가 너무 무섭다. 다른 사람에게는 온화한 아버지가 율에게만은 유독 엄하기 때문이다.

아버지가 엄하게 대하는 것은 나를 낳다가 어머니가 돌아가셨기 때문인 것 같다고 율은 생각한다. 아버지 앞에서는 긴장이 되어 뭐 하나 제대로 할 수 없다.

다른 사람들에게 칭찬을 받는 대금 연주도 아버지 앞에만 서면 자꾸 실수를 하게 된다.

그런 마음과 행동을 들키지 않으려 자꾸만 아버지를 피하게 된다.

삼각관계 형성

오늘도 천수 앞에서 실수를 하고 만 율. 왕의 생일축하연에 대해 의논하기 위해 동료들과 함께 집에 온 천수. 동료 중 한 명이 율의 연주를 듣고 싶다고 했다.

"네가 좋아하는 곡을 한번 들려 드리렴." 천수가 말했다.

때마침 연습하는 곡이 있어서 연주를 하고 싶었지만 실수를 할 것 같아 우물쭈물하고 있는데 아버지 친구 을재가 상냥한 얼굴로 "율아, 너의 연주 솜씨가 얼마나 늘었는지 나도 듣고 싶구나." 하는 것이다.

그 말에 힘을 얻어 아버지와 동료 앞에서 대금을 연주했다. 항상 틀리던 부분을 무사히 넘겨 안심하고 있는데 갑자기 소리가 비껴 나갔다. 민망한 상황에 얼굴이 화끈거려 연주를 멈췄다.

순간 아버지를 보니 얼굴이 굳어 있었다. 아버지의 동료분들은 어린아이가 이 정도면 훌륭하다며 박수를 치며 격려하였지만 창피한 마음에 집을 뛰쳐나왔다.

'차라리 하지 말걸……. 아버지 동료들 앞에서 이게 무슨 망신이람. 최고 궁중악사 아버지는 또 무슨 창피고……. 나는 태어날 때부

터 아버지에게 상처만 주는 사람이구나.'

후회가 물밀 듯이 밀려들었다. 아버지의 얼굴을 어떻게 마주해야 할지 머리가 어지러웠다.

그러다 마을 어귀에서 들리는 흥겨운 음악 소리에 정신이 팔려 그쪽으로 향했다.

왕의 딸 공주는 궁궐 밖에서 일어나는 모든 일에 관심이 많다.

왕 몰래 유모와 함께 궁궐 밖을 나와 구경하는 것을 좋아하는 공주는 오늘도 궁궐 바깥세상에 흠뻑 취해 이곳저곳을 돌아다닌다.

"공주님. 천천히 좀 걸어가세요. 공주님보다 나이가 많은 제가 따라잡기가 힘듭니다."

"유모는 왜 따라 나와서 그래? 나도 자유 좀 만끽하고 싶어."

"공주님에게 무슨 일이 생기면 저는 바로 죽은 목숨입니다. 저 살려 주는 셈 치고 함께 좀 가요."

"알았어, 알았다고. 궁에서도 잔소리, 밖에서도 잔소리, 그놈의 잔소리 때문에 내 귀에 딱지가 앉겠어! 아! 그리고 나 공주님이라고 부르지 말랬지?"

유모와 티격태격하던 공주가 갑자기 흥겨운 음악 소리를 따라 발길을 옮긴다. 음악에 정신이 팔려 유모가 옆에 없는지도 모르는 공주는 태묵과 영대에게 어머니 유품인 노리개를 소매치기당한다. 소매치기당한 것을 안 공주가 주변 사람들에게 도움을 요청한다.

"저 사람 좀 잡아 줘요! 제 물건을 소매치기 당했어요!"

그 소리를 들은 율이 태묵과 영대를 뒤쫓기 시작한다.

공주와 율이 태묵과 영대를 잡으려 하지만, 동네 골목에 익숙하지 않아 그들을 잡기가 쉽지 않다.

그러던 중 유랑악단 딸인 설희가 나타나 영대와 태묵에게 소매치기당한 공주의 노리개를 되찾아 준다.

"여기 네가 잃어버린 물건 맞지?"

"그래. 내 물건 맞다. 소매치기범은 어디에 있느냐?"

"양반들이란. 자기 물건 찾아 준 사람을 이렇게 하대하네. 아가씨, 물건을 되찾았으면 그만 돌아가시죠. 저놈들 잡기도 어렵고, 또한 잡아도 어려운 집안 사정 탓에 남의 물건 훔쳐다 밥 먹고 사는 불쌍한 놈들입니다. 아량을 베푸셔서 그냥 너그러이 용서해 주세요."

설희의 말에 공주는 얼굴이 붉어졌다. 그때 유모가 숨을 헐떡이며 공주에게 다가오고 무례한 설희에게 한마디 하려고 하는데 공주가 막는다.

"그래, 네 말이 맞아. 오늘 일은 정말 고마워. 너 이름이 뭐야?"

"내 이름은 설희야. 차설희. 너는 이름이 뭐야?"

"음…… 내 이름은 선옥이야."

"선옥이? 귀한 양반집 아가씨와는 어울리지 않는데?"

그러는 사이 율이 태묵과 영대를 잡아서 데리고 온다.

"얘네들이 네 물건 훔친 놈들이지?"

설희가 태묵과 영대를 움켜잡은 율의 손을 순식간에 꺾고 그사이 영대와 태묵은 도망친다.

"너 뭐야? 저놈들하고 한패야?"

"한패면 어떻게 할 건데? 물건을 도둑맞은 선옥이와 이미 이야기 끝났어, 선옥이도 물건을 되찾았으면 그만이라고 했어."

"남의 물건을 훔친 소매치기범들은 벌을 받아야 해! 네가 대신 벌 받을래?"

설희가 율을 쏘아본다.

"너희 같은 양반집 자제들이 뭘 알겠어! 오죽하면 남의 물건 훔치며 먹고살겠어! 쟤네들은 벌을 안 받아도 오늘은 쌀 한 톨 구경하지 못할 거야. 아니 오늘뿐만이 아니라 사흘이 될지 나흘이 될지 그건 아무도 몰라. 그러니까 그냥 봐줘. 배고픔에 대한 이해도 이유도 모르는 저 아이들에게 잘사는 양반과 왕이 정한 법을 적용하는 일은 하지 말라고, 오늘은 전국순회 공연을 마친 유랑악단의 흥겨운 음악이 있으니까 그냥 너희들이 봐줘, 그럼 나 이만 간다."

설희가 유랑악단 사이로 사라진다.

공주는 자신을 도와준 율에게 호감을 느낀다. 율은 남자아이인지 여자아이인지 헷갈리는 설희를 계속해서 쳐다본다.

천수와 을재의 우정

천수 친구인 궁중악사 을재는 천수의 천재적인 음악성이 부럽다. 천수의 음악을 듣고 있으면 같은 음악인으로 자부심을 느끼게 된다.

어느 날, 을재가 천수의 집을 찾았는데, 우연히 아름다운 음악 소리를 듣게 된다.

천수가 새롭게 작곡한 노래 같은데 선율이 너무 아름다웠다. 그 소리에 매료되어 있는데 중간에 음악이 끊긴다.

"율아, 이 음악이 어떻게 들리니?"

"슬픔과 기쁨이 공존하는 그런 음악 같아요."

"이 음악은 너희 엄마를 생각하면서 만든 거야, 음악이 중간에 끊기니까 어때?"

"아쉬운 마음이 들어요. 완성된 곡을 듣고 싶어요."

"그때 내 동료들 앞에서 너의 연주는 아주 좋았다. 언제 그렇게 늘었나 싶을 정도로 아름다운 소리였어. 하지만 중간에 좋지 않은 소리가 났고, 너는 연주 중간에 그만두고 도망을 갔지? 음악가는 자신의 음악에 책임을 져야 한다. 음악을 시작했으면 음악 때문에 도망가는 일은 하지 마라."

그때 자신의 모습이 떠오른 율이 얼굴이 붉어지며 작은 목소리로 그러겠다고 대답했다. 하지만 처음으로 아버지에게 음악에 대한 칭찬을 들었다. 내일부터는 연습을 하루도 게을리하지 않겠다고 율은 다짐한다.

을재를 만난 천수가 율의 스승이 되어 달라고 부탁한다.

"음악에 있어서는 자네가 나보다 한 수 위가 아닌가?"

"예전부터 대금은 자네가 나보다 한 수 위였지. 자네의 대금 연주를 듣고 있으면 얼마나 열등감이 생기는지 몰라." 천수가 대답한다.

어려서부터 한 스승에게 음악을 배우고, 궁중악사로 함께 궁궐에 들어가 천수가 궁중악사의 우두머리가 되기까지 그 곁에는 항상 을재가 있었다. 천수의 음악을 누구보다도 지지해 주고 아끼는 을재 때문에 천수는 든든하였다.

그런 을재에게 아들의 스승이 되어 달라고 부탁하는 것이다. 을재는 그 말을 듣자 선뜻 그리하겠노라고 대답했다.

유독 율에게만은 엄한 천수보다 자신이 하는 모든 것을 흐뭇하게 지켜보는 을재가 율은 너무 좋다. 하루가 다르게 성장하는 율의 음악은 을재에게 즐거움을 선사한다.

둘의 모습은 흡사 사이좋은 부자지간 같다.

2. 천수의 죽음과 율의 몰락

계략

백성들을 위해 궁중악사들이 한 달에 한 번 공연하는 것은 천수에게 음악인으로서 보람을 느끼게 해 준다.

공연 날, 율은 천수를 따라 공연장에 갔다. 이번 공연에는 왕족들도 몇 명 참석했고 그 속에는 공주도 함께 있다.

천수가 연주를 하는 동안 율에게 한 아이가 다가온다. 그 아이는 율에게 재미있는 노래를 알려 주겠다고 한다.

율은 재미있는 노래를 부른다. 그러자 주위에 있는 아이들이 하나둘 노래를 따라 부른다.

노랫소리를 듣고 깜짝 놀란 천수와 궁중악사들은 공연을 중단시킨다.

공주 또한 노래를 듣고 노래를 부른 사람을 찾는데 그때 율이 눈에 들어오고, 한눈에 자신을 도와준 아이라는 것을 알아본다.

하지만 공연장에는 왕족들이 있고 궁궐 안에 공연장에서의 일이 삽시간에 퍼지게 된다.

그 노래는 왕의 정통성을 의심하는 사람들이 궁궐 안팎에 암암리에 퍼뜨린, 왕을 비난하는 노래였던 것이다.

왕의 상처를 건드린 율은 천수와 함께 궁궐로 끌려온다.

천수의 죽음

왕은 화가 나 천수를 불러들인다.

"공연장에서의 일은 사람들을 통해 전해 들었다. 그 일이 사실이냐? 어떻게 네가 감히!"

왕은 몹시 진노한 목소리로 천수에게 묻는다.

천수는 아들 녀석이 처음 본 서민 아이를 통해 그 노래를 배웠다고 해명하지만, 왕에게 불려온 아이들은 율을 통해 노래를 알게 되었다고 반박한다.

율에게 그 노래를 처음 알려 준 아이의 인상착의를 말하라고 하지만, 손에 심한 흉터가 있다는 것밖에는 기억하지 못한다. 하지만 잡혀 온 아이들 누구에게도 흉터는 발견되지 않는다. 결국 천수와 율은 감옥에 갇히고 문초를 당한다.

공주는 왕에게 율은 그런 아이가 아니라며 자신을 도와주었던 일을 말하고 선처를 베풀어 달라고 하지만 왕은 듣지 않는다.

끝끝내 자백을 하지 않은 천수는 온갖 고초를 당한다. 그러던 중 어두운 밤 을재가 초췌한 얼굴로 천수를 찾아온다.

"자네가 어찌 여기에 있나? 내가 지금 구명 중이네. 조금만 힘을 내게."

천수는 그런 을재에게 고마움을 느끼지만 너무 심한 문초를 당한 탓에 더 이상 버틸 힘이 없다며 율만은 살릴 방법이 없느냐고 묻는다.

을재는 고민 끝에 모든 죄를 시인하면 율은 살 수 있지만 천수 자네는 죽는다며 그럴 수는 없다고 하나.

하지만 모든 것을 체념한 천수는 율만은 살리자는 생각으로 자백을 담은 글을 을재에게 전하고 자신의 마지막 유품인 악보를 건네며 율을 부탁한다.

"내가 이렇게 가도 눈을 감을 수 있는 이유는 자네가 있기 때문이야. 우리 율을 잘 부탁하네. 율 엄마를 만나면 어떻게 말해야 할지. 우리 율만은 자네가 꼭 책임져 주게. 율에게 따뜻하게 대해 준 적도 없는데…… 이렇게 빨리 율 곁을 떠날 줄 알았으면 다정하게 대해 줄걸…… 그게 제일 마음에 걸리네……."

"천수 자네를 살릴 방법을 찾는 중이네. 조그만 참게. 율은 어떻게 살라고."

을재의 만류에도 모든 죄를 자백하고 죽은 천수 때문에 율은 목숨만은 건지게 되지만 천민으로 전락을 하게 된다.

목숨을 건진 율

천수의 죽음으로 목숨을 건진 율은 아버지를 죽였다는 죄책감에 빠져 하루하루를 고통 속에 살아간다. 그 모습을 더 이상 지켜볼 수 없는 을재가 율에게 말한다.

"당분간 시골로 내려가 심신을 달래 보는 것은 어떠니?" 을재는 율에게 당분간 시골 친척 집에 내려가 심신을 달래라며 설득한다. 그런 을재에게 고마움을 느낀 율은 아버지와의 추억이 깃든 고향을 잠시 떠나겠다고 답한다.

율은 짐을 챙긴 후 을재에게 인사한다.

"아저씨, 저 가요."

……아무 말도 할 수 없는 을재.

"다음에 만날 때는 저도 그렇고 아저씨도 밝은 모습이었으면 좋겠어요."

……을재는 떠나는 율을 바라볼 용기가 나지 않는다.

을재의 집을 나온 율. 다른 지역으로 가기 위해 나루터로 향한다. 나룻배를 타고 강을 건너는 중 배에 구멍이 나고 수영을 못하는 율은 배와 함께 점점 가라앉는다.

허우적거리지도 않는 율. 어쩌면 아버지와 어머니를 만날 수 있다는 생각에 율은 살려 달라고 소리치지도 않는다.

율이 떠난 허전함을 음악으로 달래 보려는 을재. 슬픈 거문고 연주를 하던 중 천수가 남긴 악보를 떠올린다.

'천수가 율에게 남긴 마지막 유품을 내가 전해 주지 못했구나. 지금 나루터로 가면 율을 만날 수 있겠지?'

을재는 천수의 악보를 들고 나루터로 향한다. 나루터는 가라앉은 배 때문에 소란스럽다. 나루터를 샅샅이 뒤지지만 율을 찾을 수 없는 을재. 절망감에 물속으로 뛰어들려고 하지만 사람들에 의해 저지당한다.

'내가 너를 지키지 못했구나, 천수와의 약속은 어떻게 해야 하지. 천수를 만나게 되면 무슨 말을 해야 하지.'

을재는 허탈한 모습으로 넋을 잃고 강을 하염없이 바라본다.

자신의 죽음을 의연하게 받아들이려는 율을 강을 건너던 영대와 태묵이 구해 준다.

빚을 갚으라는 하늘의 참뜻이야!

율을 구출한 영대와 태묵.

영대는 율이 낯이 익다.

"이 아이 어디에서 보지 않았니?"

"나는 처음 보는 아이 같은데? 예전에 우리한테 한번 털렸나? 야! 얘 옷 입은 것 좀 봐. 우리랑 별반 다르지 않아, 우리가 그렇게 양심 없는 소매치기냐?"

"아니야. 이 아이 어디서 봤어. 그것도 아주 안 좋은 일로 마주쳤던 것 같아."

"엉뚱한 소리 하지 마. 얘 옷 좀 뒤져 봐, 뭐 있을지도 모르잖아, 아! 혹시 깨어날지 모르니까 손 좀 묶고."

태묵이 말한다.

손을 묶으려는 영대가 갑자기 소리친다.

"아 맞다! 노리개 훔쳤을 때 우리 잡았던 녀석이다!"

"그러고 보니 맞네. 이놈 맞아. 그때 관아에 끌려갈 뻔했잖아! 그런데 이 자식 양반 자식 아니었어? 옷 꼴이 이게 뭐야?"

"흠. 알게 뭐야. 우리 그때 그 노리개 때문에 이틀 굶었던 거 생각나? 이제 이 자식한테 복수 좀 해야겠어, 이 자식 우리 행동대장으로 만들자. 목숨을 살려 줬으니 그 정도는 요구해도 되잖아."

"이 자식이 잘 할 수 있을까? 괜히 혹 하나 더 붙이는 거 아니야?"

"혹은 무슨, 일을 제대로 못하면 밥을 굶기면 되지, 너 기억나? 우리 맨 처음 소매치기 집단에 들어갔을 때 일 못해서 사흘 동안 굶었던 거. 똑같이 하면 되지."

영대와 태묵이 자신들 밑에서 심부름을 시키려는 속셈으로 율을
옆에 두기로 결심한다.

낭중지추

영대, 태묵과 한 조가 되어 소매치기를 해서 먹고 사는 율. 한심한 짓
을 하는 자신에게 화가 나지만 그래도 아버지를 죽인 큰 죄를 지은 것
에 비하면 아무것도 아니라는 생각으로 하루하루를 버티며 살아간다.

오늘도 어김없이 소매치기를 하기 위해 거리에 나선 율, 영대, 태
묵은 예전에 자신들이 몸을 담았던 소매치기 집단과 저잣거리에서
마주치게 된다.

"어 이게 누구야? 자기네들끼리 잘 먹고 잘살겠다고 도망쳤던 영
대와 태묵?"

소매치기 우두머리가 말한다.

"누가 잘 먹고 잘살겠다고 도망쳤냐? 네가 우리가 작업해 온 거 반
도 주지 않고 다 먹어서 도망쳤던 거지, 숙련된 기술자에게 그 정도
보상이 먹힐 줄 알았냐?"

영대가 말한다.

"저거 말하는 것 좀 봐! 누가 그 기술 전수했는데, 너 간이 배 밖으
로 튀어나왔구나, 한번 맞아 봐야 정신을 차리겠어!"

소매치기 집단이 영대와 태묵, 율을 둘러싼다. 그리고 셋을 한곳에
몰아넣고 때리기 시작한다. 셋은 아무런 저항도 하지 못한다. 정신을
놓기 직전 소매치기 우두머리가 그만하라고 지시를 내린다.

"너희들 소매치기하다가 우리한테 한 번만 더 걸려 봐! 그때는 불구로 만들어 버릴 거야, 다시는 만나지 말자."

영대와 태묵을 향해 침을 한 번 뱉고 소매치기 우두머리는 사라진다.

셋은 온몸이 멍든 채 하늘을 멍하니 바라본다.

소매치기를 그만둔 영대와 태묵은 먹고살 길이 막막하다. 며칠을 굶은 태묵이 영대에게 율을 머슴으로 넘기자고 제안한다. 영대는 사람이면 그런 짓은 하면 안 된다고 태묵을 만류한다.

그 이야기를 우연히 듣게 된 율. 율은 그동안 한 번도 쳐다보지 않은 대금을 바라본다. 그리고 길거리에 나가 대금을 연주한다. 율의 대금 연주를 들은 사람들은 율에게 동전 몇 냥씩을 던진다.

율의 연주를 들은 태묵과 영대는 실낱같은 희망이 생기고 점점 율에게 마음을 열게 된다.

흉흉한 소문

평소 음악에 관심이 많던 공주에게 궁중악사를 관리할 것을 명한 왕. 공주는 최고의 궁중음악을 만들겠다고 다짐하며 의욕 넘치게 궁중악사들을 관리한다.

그때부터 궁중악사들에게 이상한 일이 발생한다. 공주가 뛰어난 연주 실력을 갖춘 악사에게 호의를 베풀면 의문의 사고가 발생해 그 악사가 손을 다치게 된다. 그런 일이 몇 번 반복되다 보니 천수의 억울한 죽음 때문에 생긴 저주라며 궁중악사들 사이에서는 무서운 소문이 떠돌게 된다. 이로 인해 궁중악사들은 재능을 숨기며 연주를 하고 있다. 공주 또한 천수와 율을 떠올리며 그들의 억울한 사건이 만든 저주인가 생각하지만 그것은 있을 수 없는 일이라며 궁중악사들을 찬찬히 살펴본다.

그러던 중, 우연히 궁중악사가 손을 다치는 사고 현장을 목격하고 그곳에서 을재와 마주친다.

처음에는 별일 아니라며 넘겼지만 그런 일을 몇 번 겪고 난 후에 공주는 확신을 가지게 된다.

3. 내가 음악을 해도 되는 걸까?

유랑악단 속으로

영대, 태묵과의 길거리 공연으로 살아가는 율. 아버지에 대한 죄책감도 그들과 함께 있을 때는 잊고 지낸다.

영대는 율에게 궁금한 게 점점 많아진다. 예전에 율을 처음 만났을 때는 양반의 자식이었는데 무슨 일 때문에 이런 생활을 하는지, 밤중에 왜 잠을 자다 갑자기 어디로 사라지는지 등에 대해서 말이다.

율의 성공적인 공연으로 국밥 한 그릇을 배불리 먹고 난 후 영대, 태묵, 율이 강가로 바람을 쐬러 갔다. 그 강은 바로 태묵과 영대가 율을 구해 준 곳이다.

"너 기억나? 여기가 어디인지?" 태묵이 율에게 묻는다.

"너희들이 나 살려 준 곳 아니야?" 율이 웃는다.

"네가 우리 먹여살린다고 우쭐하지 마! 우리는 네 목숨을 살려 준 은인이야."

"그럼. 그걸 어떻게 잊어, 너희들은 내 생명의 은인이자 머슴으로 팔아 버리려고도 한 사람들인데." 율이 장난스럽게 웃는다.

"너 그거 어떻게 알았어?" 태묵이 얼굴이 하얗게 질린 채 율에게 묻는다.

"인마. 내가 너희들에 대해 모르는 게 있는 줄 알아?"

"하하하, 하하하." 태묵이 어색하게 웃는다.

"율아, 나 너한테 궁금한 게 있는데……." 갑자기 진지하게 영대가 말한다.

"이 자식 갑자기 왜 이래? 왜 또 나 팔려고 그러냐?" 율이 대답한다.

"아니, 율아, 우리 처음 만났을 때 기억나지? 너는 잘사는 양반집 아들이었어, 그런데 어쩌다가 이렇게 된 거야?"

……율은 아무런 말도 하지 않는다.

"말하기 싫으면 하지 않아도 돼, 그런데 율아, 너는 웃음 속에서도 슬픔이 보이고, 갑자기 멍하게 어떤 것을 생각할 때는 굉장히 괴로워 보여, 우리한테 너의 속사정을 말하면 네가 괴로워하는 무엇인가가 반으로 줄어들지 않을까?"

율은 영대의 예리함에 당황하지만 애써 마음을 진정시키며 "나에 대해 많이 알려고 하지 마, 너희 두고 나 확 도망간다." 하고 말하고는 먼저 일어나 버린다.

그런 율에게 영대는 더 이상 묻지 않는다.

태묵은 율의 공연 덕에 예전보다는 살림이 나아졌지만 좀 더 안정된 생활을 하고 싶다.

그때 유랑악단에서 솜씨 좋은 연주자를 구한다는 소리를 듣게 되고 태묵이 율 몰래 지원한다. 태묵으로 인해 유랑악단에 들어간 율.

그곳에서 뜻밖의 인물과 재회한다.

유랑악단에 들어간 첫날. 태묵과 영대, 율에게 한 아이가 다가와 유랑악단에서의 생활 규칙을 설명한다.

자신의 일을 게을리하면 언제라도 퇴출당할 수 있고, 부지런히 기술을 연마해야 하고, 유랑악단의 얼굴에 먹칠하는 일은 하지 말라는 것 등에 대해서 말이다.

비슷한 또래로 보이는 저 아이의 정체가 궁금한 율. 그런 율에게 태묵이 귀에 대고 유랑악단 우두머리의 자식이라고 이야기한다. 태묵의 발 빠른 정보력에 또 한 번 놀라게 된 율.

서로 다독이며 이 셋의 유랑악단에서의 쉽지 않은 생활이 시작된다.

율의 공연에 의지해서 먹고살 때에는 게으름을 실컷 피울 수 있었지만 자신의 장기 하나씩은 가져야 하고 계발해야 하는 유랑악단 생활은 태묵에게 고달픔의 연속이다. 아침 5시에 기상. 막내여서 온갖 빨래며 심부름, 설거지까지 하루해가 짧을 정도로 많은 일을 하고 있다.

하지만 이런 것들보다 더 끔찍한 일은 장기의 계발을 위해 꼴 같잖은 선배에게 가르침을 받는 일이다.

아침 설거지를 마치고 잠시 짬을 내어 쉬려고 하는데 그 꼴 같잖은 선배가 태묵과 영대에게 다가온다. 태묵보다 가르침의 이해도 면에서 빠른 영대는 자신의 처지를 받아들이며 잘 적응하고 있지만 태묵은 이 시간이 미칠 것 같다. 저 개구리같이 생긴 꼴 같잖은 선배는 유랑악단 생활 3년 차라고 하는데 누가 보면 꼭 우두머리처럼 으스댄다. 언젠가 저 인간보다 뛰어난 연주를 하여 내 발밑에 무릎 꿇리고 말겠다는 심정으로 오늘도 참고 또 참는다.

율의 선배는 유랑악단 우두머리의 자식이다. 딱딱하고 차가운 말투, 시간이나 때우겠다는 심산인지 열성적이지 않은 교육방식, 율이 실수라도 하면 조롱하는 듯한 시선 등 모든 것이 싫은 인간이다.

어려서부터 뛰어난 스승님의 가르침과 수년간의 길거리 공연으로 다져진 대금 연주에도 시큰둥한 반응을 보인다. 한번은 대금 연주가 끝나고 율이 물었다.

"내 연주가 어때요?"

"길거리 공연에서 한 냥, 두 냥 받기 좋은 딱 그 정도?"

율이 화가 나 그럼 선배가 한번 시범을 보여 주시죠 하며 대금을 건넨다. 그걸 무시하고 가려는 선배에게 율이 팔을 잡는다. 순간 율의 팔을 꺾는 선배. 율은 어릴 때 저잣거리에서의 일이 떠오른다.

"그때 저잣거리에서 내 팔 꺾었던 그 녀석?"

"지금 알아봤냐? 나는 한눈에 알아봤는데?"

선배가 사라지고 율은 순간 멍해진다. 그리고 평상시 싼 입이 문제인 태묵이 나에 대해 어디까지 떠들어 댔나 싶은 생각이 든다.

'태묵, 영대와 함께 소매치기했던 것도 알고 있나? 그걸 알면 나를 어떻게 생각할까?' 갑자기 머릿속이 하얘진다.

그 일을 계기로 선배와의 사이가 더 서먹해진 율.

개인적인 사정으로 유랑악단을 오랫동안 비워 두었던 우두머리가 돌아오는 날, 율이 선배의 모습에 놀란다. 평상시 헐렁한 옷에 머리띠를 질끈 동여매고 있던 녀석이 오늘은 곱게 머리를 빗고, 치마를 입고 있는 것이다. 율은 너무 놀라 영대와 태묵에게 저게 무슨 모습이냐고 묻는다.

"유랑악단 우두머리의 딸 차설희잖아, 너 여태껏 쟤가 남자인지 알았냐? 아무리 남자같이 옷을 입고 행동해도 여자는 한눈에 뭔가 달라, 선이 다르잖아, 이 멍청한 놈아." 태묵이 율을 놀린다.

"그래도 이건 아니야, 영대 너는 알고 있었어?"

"웅, 너 모르고 있었냐? 바보 아니야?"

율은 순간 멍해진다. 저 아이가 여자였다니. 그것도 저렇게 차려입으니까 예쁜 여자아이. 율은 설희를 계속 쳐다본다.

두 번째 스승의 등장

유랑악단 우두머리가 설희에게 묻는다.

"들어오자마자 너에게 훈련을 받은 아이가 누구지?"

"저기 율이라는 아이예요."

"율?" 율이란 이름에 유랑악단 우두머리 무진이 움찔한다.

그리고 율을 부른다.

"네가 율이니? 그 전에는 무슨 일을 하다가 여기로 오게 되었지?"

"친구들과 대금 연주를 하며 먹고살았습니다."

"대금 연주? 대금은 언제부터 배웠는데?"

"아주 어릴 때 아버지의 친구에게 배웠습니다."

"아버지의 친구라? 아버지는 어떤 일을 하셨지?"

"그냥 음악을 연주하셨습니다."

"지금 아버지는 어디에서 무슨 일을 하고 계셔?"

"제가 어릴 때 돌아가셨습니다."

"유랑악단에 들어오자마자 설희에게 음악을 배운다는 것은 굉장히 어려운 일인데 대금 실력 한번 볼까?"

율이 대금을 연주한다. 연주를 들은 무진의 얼굴이 일그러진다.

"설희에게 직접 가르침을 받았다고 하여 대단한 실력인 줄 알았는데 그런 음악은 개도 비웃겠구나."

율은 자존심이 상해 그럼 왜 나를 유랑악단에 합격시켜 주었냐며 무진에게 대든다.

무진은 내가 없을 때 멍청한 단원들이 너 같은 것을 합격시켜 준 것이라며 매일 밤 나를 찾아와 음악의 기초부터 다시 배우라고 한다.

율은 옛 스승 을재와 정반대인 무진에게 오기가 생겨 매일 밤 구박을 받으며 음악을 배운다.

어느 날, 자신도 모르는 사이 음악의 소리가 한층 깊어진 율은 무진에게 처음으로 칭찬을 받는다. 그때부터 율의 음악은 깊어지고 발전한다.

사랑의 시작

무진에게서 음악을 다시 배우기 시작한 율. 무진의 거친 가르침에 상처를 받기 일쑤다. 그럴 때마다 영대와 태묵이 위로해 주지만 그 위로가 마음속에 다가오지 않을 때가 종종 있다.

율은 너무 힘들 때 아버지가 어머니를 위해 작곡했던 음악을 연주하는데 한 번도 제대로 연주를 한 적이 없다.

아버지의 연주가 중간에 끊긴 이유도 있지만 그 곡을 떠올리면 복받쳐 오르는 슬픔을 주체할 수 없기 때문이다.

어느 날 무진에게 상처를 받아 풀이 죽어 있는 율에게 설희가 다가

온다.

"원래 아버지가 저런 분이 아니신데 너는 특별해서 그런 거야."

"내가 특별해서 그런다고? 세상에 어떤 사람이 특별한 사람에게 이렇게 대하니?"

"예전에 아버지 제자 중에 너처럼 연주를 잘 하는 사람이 있었어. 아버지는 그 제자의 능력을 특별히 여겨 모든 면에서 칭찬을 아끼지 않으셨지. 그런데 그 가르침이 잘못되었던 거야. 자신의 능력을 믿고 오만해진 그 제자는 아버지를 떠나 궁중악사로 들어가게 되었는데 오만함 때문에 다시는 손을 쓸 수 없게 되어 버렸대, 아버지는 그 소식을 전해 듣고 계속 후회하셨어. 자신의 재능은 모든 것을 이길 수 있을 때에 보여야 하고, 위험한 순간에는 감출 수도 있어야 한다면서……. 그런데 나는 그게 무슨 뜻인지 잘 모르겠어. 아무튼 너는 특별해서 아버지가 혹독하게 훈련을 시키는 거야. 그러니까 어깨 쫙 펴고 자신감을 가져."

"너도 나 싫어했잖아? 그런데 나한테 왜 이런 이야기를 들려주면서 잘해 줘? 내가 불쌍해서? 너 나에 대해 어디까지 들었어? 나 소매치기했던 이야기도 들었어? 그래서 나한테 그렇게 차갑게 대했던 거야? 어릴 때는 소매치기에게 그런 행동을 보이더니 나도 별수 없다고 생각해서?"

"아니, 그런 건 아니야. 그때나 지금이나 나는 똑같이 생각해. 어떤 일에는 다 이유가 있다고, 물론 소매치기를 한 게 잘한 일이라는 것은 아니야. 하지만 피치 못할 사정이 있어서 그런 일을 했을 거라고 생각해. 내가 너를 차갑게 대한 것은 나는 첫눈에 너를 알아봤는데 너는 나를 못 알아봐서 그런 거야. 그리고 남자아이! 세상에 나를 남자아이로 보는 사람은 너밖에 없을 거다. 그거에 대한 벌이었다. 잘 자라."

율은 설희를 쳐다본다. 분명 얼굴이 붉어졌는데……. 설희의 그런 모습이 귀엽게 느껴지는 율.

설희의 말을 곱씹으며 무진의 가르침을 참고 견디며, 예전과는 다르게 부드러워진 설희의 모습에 가슴이 설레는 일이 많아졌다.

'이 감정은 도대체 뭐지?' 율은 오늘도 설희를 보며 자신의 감정에 대해 심각한 고민을 한다. 그때 둘을 무섭게 노려보는 정훈의 모습이 눈에 띈다.

정훈은 유랑악단의 차기 일인자라고 모든 사람이 여기고 있고, 어린 나이에 어울리지 않게 삶의 고단함과 카리스마가 풍겨 나오는 인물이다.

그러고 보니 다른 사람에게는 무서운 정훈이 유독 설희에게는 다정다감하게 행동하는 것 같다.

율은 본능적으로 정훈이 자신에게 좋지 않은 감정을 가지고 있다는 것을 느낀다.

다시는 누구에게도 빼앗기지 않을 거야!

어릴 때 공주와의 인연으로 1년에 몇 번 왕궁에 들어가 공주를 만나는 설희. 바깥세상 소식도 전할 겸 공주를 만나러 간 설희는 뜻밖의 이야기를 전해 듣는다.

공주가 총애하는 궁중악사들에 관한 이야기인데 충격적이었다. 아

버지가 말한 제자의 사건도 이번 일과 연관이 있을 거라는 생각이
들었다.

공주는 천수가 있던 그때처럼 궁중악사들이 연주하였으면 좋겠다
고 말했다. 천수처럼 실력과 지도력을 겸비한 사람이 궁궐에는 없고,
천수의 아들 율이라면 그런 역할을 기대할 수 있을 것 같다며 아쉬
움과 서운함을 내비쳤다.

그런 공주에게 설희는 율의 존재를 모르는 척 이야기하지 않았다.

집으로 돌아가던 중, 설희는 어릴 때 일을 떠올린다.

열 살 때 아버지가 병으로 돌아가시고 갑자기 혼자가 되었다. 그때
아버지 친구 무진이 나타나 자신을 딸로 삼아 주고 아버지의 분신과
도 같았던 유랑악단을 이끌어 주었다. 무진이 친딸처럼 길러 주어 아
픔은 없었지만 아버지를 잃었던 그때의 상실감과 슬픔을 되풀이하
고 싶지 않다. 자신이 사랑하는 사람들은 자신의 곁에서 오랫동안 함
께해야 한다고 생각한다.

그래서 율과 공주에게 이 사실을 알려 주지 않을 생각이다. 이런
자신이 한심하고 밉지만 어쩔 수 없는 선택이다.

검은 그림자의 등장

정훈은 율이 유랑악단에서 사라졌으면 좋겠다. 어릴 때부터 설희
에게 호감을 가지고 있던 정훈의 계획대로라면 설희의 짝과 유랑악
단의 우두머리는 자신이어야 한다. 하지만 율이 나타나면서 하나둘
어긋나기 시작했다.

정훈이 보기에 설희는 율에게 관심이 아주 많은 것 같다. 설희는

누군가에게 저렇게 애정을 쏟고 마음을 주는 아이가 아니다. 설희는 친아버지가 돌아가신 후 겉으로는 남들에게 다정하지만 자신의 마음을 누구에게도 열지 않았다.

그런데 율에게만은 다르다. 율이 아파하면 설희의 아파하는 눈빛을 볼 수 있고, 율이 스승님께 칭찬을 받으면 본인이 칭찬을 받은 것처럼 기뻐한다. 정훈은 설희를 절대로 빼앗길 수 없다고 생각한다.

스승님의 행동 또한 이해할 수 없다. 소중한 제자를 어이없게 잃은 스승님은 누군가에게 정을 준 적이 없다. 유랑악단의 수장으로서 모든 이를 포용했지만 한 사람에게 애정을 가지는 분은 아니었다.

하지만 율 저 자식만은 다르다. 저 자식의 이름을 듣는 순간 눈빛이 흔들렸으며 자신의 모든 것을 가르치려고 한다. 정훈에게는 한 번도 보여 준 적이 없는 모습이다.

나의 선택은 하나밖에 없다. 율 저 자식을 이곳에서 없애는 일. 그런 생각을 가지고 있던 중 누군가가 정훈에게 은밀한 제안을 한다.

너무나 무서운 일인데 무진을 없애라는 것이다. 스승님은 부모를 잃은 나를 길러 주신 아버지 같은 분이다.

하지만 스승님으로 인해 내가 원하는 모든 것을 빼앗길 수도 있다. 오랜 망설임 끝에 스승님을 죽이라는 그 사람의 제안을 받아들였다.

그 일을 하겠다고 다짐한 순간부터 잠이 오지 않는다.

스승님을 내 손으로. 눈을 감으면 자꾸 피를 흘리는 스승님이 보인다.

내가 과연 이 일을 할 수 있을까. 매일 마음이 불안하다.

어김없이 유랑악단의 아침이 시작되고 정신없이 바쁘게 하루를 보내는 율에게 정훈이 할 말이 있다며 부른다.

"뭔데? 바쁘니까 빨리 말해."

"너네 떨거지들하고 여기를 떠나, 떠나면 나도 계획하던 일 멈출게."

"무슨 소리야? 알아듣게 설명해."

"이것저것 따지지 말고 꺼지라고! 네가 없어지지 않으면 스승님이 죽어."

"무슨 헛소리야! 내가 왜 여기를 떠나야 하는데? 뭐 때문에?"

"떠나지 않겠다는 말이지? 알았어. 너는 마지막 기회를 놓쳤어."

갑자기 말도 안 되는 소리를 하고 사라진 정훈. 율은 종일 마음이 불안하다.

필요한 물건이 있어 하루 정도 유랑악단을 비워야 하는 율, 태묵, 영대.

무진에게 다녀오겠다고 인사를 하는데 무진이 설희도 함께 데리고 가라고 한다. 갑자기 예정에 없던 설희와 떠나야 하는 율의 마음이 복잡하다.

하지만 무진의 명령이어서 함께 떠나는 네 사람. 네 사람의 뒷모습을 바라보는 무진의 표정은 왠지 서글프기만 하다.

네 사람이 떠나고 없는 틈을 타 계획을 시행하려는 정훈. 이슥한 밤. 혼자 있는 무진의 방에 들어간다.

검은 수건으로 입을 가리고 무진의 침실로 들어간 정훈. 하지만 침실에는 아무도 없다. 당황한 정훈의 목에 칼이 드리운다.

"너에게 이 일을 시킨 자가 누구냐?"

……아무런 말도 하지 못하는 정훈.

"다시 한 번 묻겠다, 너한테 이 일을 시킨 자가 누구냐?"

"누군지 알지 못합니다. 얼굴은커녕 이름도 모르는 자입니다."

"그자가 노린 게 누구냐?"

"스, 승, 님, 입니다."

그제야 칼을 거두고 정훈 앞에 서는 무진. 정훈은 온몸을 바들바들 떨고 있다.

"너에게 이상한 낌새를 이미 눈치챘다. 단지 나도 한 가지 사실을 확인하고 싶었다. 그자가 노리는 게 정확히 누군지."

이미 체념한 듯한 목소리로 담담하게 이야기한다.

"그자가 내 정체를 눈치챘다는 것은 이곳도 더 이상 안전하지가 않다는 말이지. 나를 죽여라."

"스승님. 죽을죄를 지었습니다. 제가 감히 어떻게 스승님께, 잠깐 뭐가 씌었나 봅니다. 저를 죽여 주세요."

"이미 그자가 나의 정체를 눈치챘다는 것은 나에게도 더 이상 숨을 곳이 없다는 것을 뜻한다. 내가 죽음으로써 잠시 시간을 벌 수 있다면 그걸로 족하다. 그러니 나를 죽여라."

"그렇게는 못 합니다. 저를 죽여 주세요."

"정훈아, 나는 너를 10년 넘게 옆에서 지켜보았다. 너는 겉으로는 무뚝뚝하고 강해 보여도 속은 그런 아이가 아니야. 어찌 그런 일을 한다고 약속한 것이냐! 설희 때문에? 아니면 율 때문에? 사람 인력으로 되지 않는 일은 욕심부리면 안 된다. 욕심을 부리다 보면 도가 지나치고 그러다 보면 파멸하는 것은 너다. 여기를 떠나라. 두 번 다시는 이곳에 돌아오지 마라."

정훈은 아무런 말도 없이 정신이 반쯤 나간 얼굴을 하고 무진의 방을 나온다.

무진은 마음의 정리를 끝낸 사람처럼 자신의 방을 어지르기 시작한다. 그리고 설희만 알 수 있는 은밀한 장소에 자신의 품 안에 간직하고 있던 누런 종이봉투를 꺼내 놓는다. 그런 다음 방 중간쯤에서 칼로 자신의 목을 겨눈다.

나가 있는 내내 마음이 불안했던 율. 주막에서 하루 묵어야 하는 일정이지만 발걸음을 재촉해 새벽에 도착했다. 무진의 방으로 간 율. 피를 흘리는 무진을 보게 된다. 이미 손을 쓸 수 없을 정도로 피를 많이 흘린 무진을 율이 끌어안는다.

"스승님, 스승님. 제가 왔습니다. 도대체 무슨 일이?"

"율…… 아…… 너…… 는…… 돌…… 아…….." 미처 말을 다 잇지 못하고 무진은 눈을 감는다.

율을 뒤따라온 태묵, 영대, 설희는 너무 놀라 그 자리에서 꼼짝도 하지 못한다.

율은 무진을 끌어안고 오열한다. 그러다 아침에 정훈이 했던 말이 떠올라 정훈을 찾기 시작한다. 하지만 정훈은 어디에도 없다.

"내가 스승님을 죽인 거야! 나는 떠났어야 했어!" 미친 사람처럼 소리 지르는 율을 설희가 감싸 안는다.

더 이상 율을 자신의 곁에 둘 수 없음을 깨달은 설희는 율을 궁으로 돌려보내기로 결심한다.

궁중악사 충원시험이 열린다는 소식을 율에게 알리고 을재의 횡포에 대해 공주에게 들었던 이야기를 전하며 예전의 자리로 돌아가라고 한다.

아버지를 죽였다는 죄책감과 을재에 대한 얼토당토않은 이야기로 설희에게 화를 내는 율. 나를 내쫓으려는 이유는 너의 아버지 때문이 아니냐며 차갑게 말을 내뱉는다.

그런 율에게 상처를 받은 설희는 자신의 아버지가 생각날 때마다 남모르게 가는 장소에 간다. 이 장소는 무진과 설희만 아는 곳이다.

그곳에서 자신의 친아버지와 무진을 생각하며 슬픔에 잠겨 있는 설희. 한참 동안 둘을 생각하던 설희는 예전에 무진이 들려주었던 이야기가 떠오른다.

"설희야, 나와 너의 아버지는 둘 다 고아로 유랑악단에서 희로애락을 함께한 죽마고우였어. 너의 아버지 연주는 유랑악단의 자랑이었지. 못난 나는 그런 너의 아버지가 자랑스러우면서도 질투가 났어. 유랑악단 생활이 끝일 줄 알았던 우리에게 나라의 중요한 연주를 위해 신분차별 없이 궁중악사를 뽑는다는 소식이 들렸어. 유랑악단에서는 당연히 너의 아버지가 가야 한다고 했지. 그런데 못난 나는 이 지긋지긋한 유랑악단 생활이 싫었던 거야. 그래서 너의 아버지와 내 운명을 바꿨어. 그때 그 일을 생각하면 나는 이곳에 돌아오면 안 되는 사람이야. 그런데 네 아버지가 못난 나를 먼저 용서해 주었어. 자신의 생이 얼마 남지 않았다는 것을 안 그가 나에게 너와 유랑악단을 맡긴 거야. 너는 나에게 네 아버지 대신이야."

무진의 이야기를 들었을 때 설희는 너무나 놀랐다. 그런 비밀을 평생 간직한 채 우직하게 유랑악단을 이끌어 온 아버지가 새삼 자랑스러웠다.

그리고 얼마 전 무진이 했던 이상한 말도 떠올랐다.

'나에게 만약 무슨 일이 생기면 이곳으로 와서 나무 밑을 살펴보아라, 너에게 꼭 전해야 할 것이 있다.'

설희가 혹시나 하는 마음으로 나무 밑을 파 보니 항아리가 있고 그 안에는 누런 종이봉투가 담겨 있었다.

누런 종이봉투 안의 종이를 펼쳐 보는 설희. 종이를 가지고 율에게로 간다.

종이에는 그동안 무진이 율에게 하고 싶었던 말이 씌어 있었다. 그리고 많이 낡았지만 음은 알아볼 수 있는 악보도 함께 들어 있었다.

나는 천수, 을재와 함께 궁중악사였다.

천수 곁에는 항상 을재가 있었다. 둘의 모습을 보고 있으면 옛 친구가 떠올라 기분이 울적해지고 자신에게 화가 났다. 그러던 어느 날 을재가 은밀히 다가왔다.

"무진이라고 했나? 원래 그 자리가 너의 자리가 아니라며?"

"무슨 소리야? 내 자리가 아니라니?"

"너보다 더 훌륭한 연주자가 유랑악단에 있다는 소리를 들었어, 그런데 네가 스승님을 이용해 궁중악사 시험 날 그 친구를 참석하지 못하게 했다며? 너 보기보다 대단하다.”

“누구한테 무슨 헛소리를 듣고 하는 말이야?”

“그럼 내가 유랑악단에 직접 찾아가 이 이야기를 한번 물어볼까? 누구 이야기가 진실인지?”

그때 을재의 모습을 본 나는 절대로 이 상황에서 빠져나갈 수 없다고 생각했다. 그가 이러는 이유는 분명 원하는 것이 있어서일 것 같다는 생각이 들었다.

“네가 원하는 게 뭔데?”

“역시 말귀를 빨리 알아들어, 음. 천수를 없애야겠어.”

말을 잘못 들었나 싶어 다시 쳐다보니 을재는 멀쩡한 표정으로 눈에는 살기가 가득한 채 멀리 있는 천수를 바라보고 있었다.

내가 을재를 도운 것은 공연 날 주변 아이들에게 천수를 함정에 빠뜨릴 노래를 가르치고, 그 노래는 천수의 아들이 시켰다고 하라고 사주한 것이었다.

내가 살기 위해 누군가를 함정에 빠뜨리는 일은 두 번 다시 하고 싶지 않았지만 어쩔 수 없는 선택이었다. 궁중악사가 되기 위해 욕심을 부린 순간부터 나에게는 이미 정해진 운명이었는지도 모르겠다.

천수는 결국 죽게 되고 천수의 아들 율은 목숨만은 건지지만 천민으로 전락을 하게 된다.

천수 뒤를 이어 궁중악사 우두머리에 앉게 된 을재. 을재의 횡포는 그때부터 시작된다. 겉으로는 천수의 죽음을 애통해하지만 뒤로는 천수에 대한 궁중악사들의 추억조차도 서슬 퍼런 두 눈으로 금기시하는 을재.

그런 을재에 대한 두려움 때문에 나는 천수의 마지막 유품을 훔쳐 달아났다.

천수의 마지막 유품을 살펴보던 중 이상한 점이 눈에 띄었다. 음이 한두 개씩 어긋나는 것이다. 계속해서 그 이유를 찾다 보니 악보 중 하나가 빠졌다는 것을 알게 되었고, 매일 밤 천수의 집을 찾아가 이곳저곳을 뒤졌다.

며칠을 찾아 헤매던 중, 천수가 지내던 건넛방 베개 밑에서 악보 한 장을 찾았다. 아마도 그 베개는 천수의 아들 율의 것인 것 같았다. 천수는 자신의 사랑을 그런 식으로 표현한 것 같다.

그런 다음 을재를 피해 유랑악단으로 몸을 숨겼고, 한곳에 정착하지 않고 전국을 떠돌아다녔다.

그다음 이야기는 모두 알다시피, 율을 유랑악단에서 만나게 되고 율의 연주 솜씨는 겉으론 대단해 보이지만 속은 아무것도 없는 대나무 같다는 것을 느낀 나는 그때부터 율을 혹독하게 훈련시켰다.

훈련 끝에 율의 연주 솜씨는 천수를 뛰어넘을 만큼 성장했다. 내가 이러한 이야기를 남기는 이유는 을재의 집요함 때문이다. 을재는 나를 계속해서 찾아 헤매고 있으니 언젠가는 나를 발견할 것이다.

나의 죽음에 대해서는 억울해하지도 말고 슬퍼하지도 마라. 나는 눈에 넣어도 아프지 않을 예쁜 설희를 딸로 얻었고, 율을 가르치는 동안 예전에는 느끼지 못했던 음악의 위대함과 즐거움을 알 수 있었다.

무진이 남긴 이야기는 대충 이런 내용이었다. 율은 무진이 남긴 종이를 구기고 아버지의 마지막 유품을 뚫어져라 쳐다본다.

율은 그동안 믿고 있던 을재에 대한 분노로 궁으로 돌아갈 결심을
한다.

4. 그 자리는 원래 너의 것이어야 해

율의 귀환

자신의 아들 하연을 후계자로 삼기 위해 궁중악사 충원을 하려는
을재. 을재의 계획은 이것만이 아니다.

중국의 음악을 계승해 오던 조선 초기. 왕은 중국의 문화에서 벗어
나 조선만의 음악을 가지고 싶은 마음에 궁중악사들을 중심으로 조
심스럽고 은밀하게 음악작업을 계속 진행해 왔다. 밖으로 새어 나가
지 못하도록 안팎을 단속하며 준비해 온 음악작업. 을재는 음악작업
의 중심에 있다.

처음 천수가 중심이 되어 음악작업을 진행할 때는 비밀스러운 작
업이 이토록 매력적인지 몰랐다. 하지만 천수에 이어 궁중악사 우두
머리가 되니 왕의 약점과 권력의 중심에 음악이 있다는 것을 알게 되
었다.

을재는 이번 궁중악사 충원시험으로 하연에게 자신의 지위를 계속
잇게 하고, 궁중악사 책임자로 임명된 공주와 혼인시키려 계획하고
있다.

한편, 을재는 궁중악사들 중 연주 솜씨가 뛰어나거나 자신에게 고
분고분하지 않은 악사들을 계속해서 감시하고 그것도 모자라 다시
는 연주를 하지 못하게 만들었다.

그런데 이 부분에서 문제가 발생한 것 같다. 아무래도 공주의 낌새가 이상하다. 공주가 예전과는 다르게 비밀이 많아졌고, 어떠한 일을 꾸미고 있는 것 같다.

하지만 현재 궁궐엔 자신의 차선책은 없다. 앞으로도 그럴 것이다. 비밀스러운 음악작업을 빌미로 왕과 공주를 점점 조일 것이기 때문이다.

얼마 전 수년간 자신을 끊임없이 괴롭힌 인물도 제거했다. 천수와의 모든 사건을 알고 있는 무진이 후계자 정훈에게 죽임을 당했으니 앞으로 그쪽 일은 신경 쓰지 않아도 될 것 같다.

모든 일이 순조롭게 진행되고 있는데 이번 궁중악사 충원시험에 왕이 직접 감독으로 나선다고 한다. 왕에게도 하연에 대해 미리 언질을 해 놓았고 왕 또한 그리하겠노라고 답했다. 공주가 어떤 계획을 꾸미고 있는지는 모르겠지만 이번에도 이기는 쪽은 자신일 거라고 을재는 확신한다.

궁중악사 시험 날. 왕이 감독을 맡으니 궁궐 안의 대신들이 모두 그 자리에 참석했다.

예선을 통해 올라온 열 명의 예비 악사들.

그 속에는 율과 하연이 있다. 하연의 연주 차례. 하연은 어릴 때부터 혹독하게 아버지에게 가르침을 받은 탓에 한 치의 실수도 없는 연주를 펼친다. 그 모습을 숨죽여 지켜보던 율은 하연의 연주하는 손에서 심한 흉터 자국을 보게 된다.

갑자기 어릴 때 기억이 떠오른 율은 의심의 눈초리로 하연의 손을 한 번 더 쳐다보고 연주를 시작한다. 무진에게 혹독하게 배운 연주.

연주 중간중간에 무진과의 추억이 떠오른 율의 연주는 하연의 정확한 연주와는 다르게 그 자리에 있는 모든 대신과 왕의 마음을 적시며 혼을 빼놓는다.

원래 계획대로라면 한 명만 궁중악사로 합격해야 하는데 오랜 회의 끝에 하연과 율 모두 합격하게 된다.

자신의 의도와는 다르게 되어 버린 상황이 꺼림칙한 을재. 하연과 함께 합격한 저 아이의 눈빛이 낯이 익다. 저 아이의 연주 기법은 죽은 천수, 무진과 많이 닮은 것 같다. 그럴 일은 없겠지만 저 아이를 계속해서 감시해야 할 것 같다.

고마움과 사랑 사이

하연의 심한 흉터 자국을 본 율은 심란하다. 하연에게 흉터 자국에 대해 물어보고 싶지만 궁궐 안에 믿을 사람이 없는 율은 답답하기만 하다.

그런 율에게 공주의 존재는 힘이 된다. 태묵과 영대와의 자유분방했던 생활이 그리울 뿐만 아니라 설희가 어떻게 지내는지 궁금하고 보고 싶어 울적해진 율에게 공주가 다가온다.

"어릴 때와 다른 모습에 깜짝 놀랐어, 저잣거리에서 만났으면 몰라 봤을 거야."

"너도 어릴 때와 많이 달라졌어, 아니 공주님 또한 어릴 때 모습과는 많이 달라지셨습니다."

"사람들 없을 때는 그냥 반말해도 돼, 지금 궁중악사 상황이 예전과는 많이 달라. 천민들을 위한 공연은 그때 그 사건으로 아예 없어졌고, 흉흉한 소문이 돌아 능력 있는 궁중악사들은 연주 솜씨를 숨기며 살고 있어. 그 중심엔 을재가 있고."

"설희에게 이야기를 들어 대충은 알고 있어. 앞으로 내가 해야 할 일은 뭐야?"

"나도 매일매일 생각하고 있어."

"내가 해야 할 일을 알려 줘. 을재. 그 사람에게 되갚아 줄 거야."

"아직은 안 돼, 때를 기다려야 해. 네가 아직은 알지 못하는 비밀스러운 일이 을재에게 힘을 실어 주고 있어. 나중에 알게 되겠지만 을재로 인해 나라 전체가 위험해질 수도 있어."

"을재의 행동을 살피고 때를 기다릴게."

"네가 있어서 참 안심이 된다. 고마워."

"내가 더 고마워. 내가 끝내야만 하는 일을 할 수 있도록 기회를 주었으니까."

공주는 어릴 때 율에게 품었던 마음을 들킬 것 같아 서둘러 자리에서 일어선다. 율은 공주를 보니 설희 생각이 더 난다. 자신이 해야 할 일 때문에 잠시 설희를 떠나 있지만 모든 일을 끝내고 나면 설희에게 자신의 마음을 고백해야겠다고 다짐한다.

궁중악사로 첫 공연을 준비하던 중 예전 천수의 절친했던 친구가 나이를 먹어 손가락이 느려져 궁중음악을 연주하는 데 방해가 된다며 을재에게 구박받는 장면을 보게 된다. 이에 율은 앞으로 나가 그의 소리가 느려지기는커녕 오래된 연주 기술로 한층 연주가 깊어졌다며 을재의 말에 반박한다.

율의 당돌한 행동에 당황한 을재는 죽은 천수의 모습을 떠올리고 율이 아닐까 의심한다. 하지만 율의 죽음을 확신한 을재는 자신에게 대든 율에게 사사로운 심부름이나 잡일을 시키는 등 제대로 연주를 하지 못하도록 방해한다.

아버지의 음악 소리

궁궐에서 을재의 횡포로 잡무를 도맡아 하던 율은 아버지가 마지막으로 자신에게 들려주었던 어머니를 위한 곡이 연주되는 소리를 듣고 깜짝 놀란다.

음악 소리를 따라 그곳으로 향하니 을재가 아버지의 곡을 자신의 곡인 것처럼 연주를 하고 있는 것이다.

율은 화가 나는 마음을 진정시킬 수 없어 연주를 하는 을재를 노려보다가 이내 정신을 차리고 을재에게로 간다.

"연주가 참 좋습니다. 직접 작곡하신 노래입니까?"

을재는 평상시 같으면 자신에게 함부로 말도 걸지 말라며 율에게 면박을 주겠지만 사람들의 환호에 한껏 기분이 좋아진 탓에 율의 말에 대답한다.

"억울하게 죽은 내 친구를 위해 작곡한 곡이다. 사람들에게는 친구를 위한 곡이라고 말하지 않았지만 너에게만은 말해도 될 것 같구나. 나에겐 어릴 때 한 스승 밑에서 함께 자란 친구가 있었다. 어떠한 사건에 휘말려 일찍 저세상으로 갔지. 그 친구를 위해 이 노래를 만들었어."

율이 자신의 횡포에도 고분고분하게 시키는 모든 일을 하자 마음이 놓인 을재가 하지 말아야 할 말까지 하게 된다.

"만약 저 음악을 내가 아닌 다른 사람이 가지고 있었다면 그 사람을 죽여서라도 난 가졌을 거야. 그럴 만한 가치가 있는 음악이지."

을재는 순간 당황하지만 이내 정신을 차리고 그만큼 좋은 곡이라고 말하며 황급히 자리를 떠난다.

율은 분노하고 을재를 뛰어넘기 위해 숨어서 실력을 연마한다.

자웅을 겨루다

왕의 생일날. 귀족, 대신들이 한자리에 모인 자리에서 왕은 이번에 새로 들어온 궁중악사들의 음악을 듣고 싶다고 한다.

하연의 연주가 끝나고 율이 연주를 시작하려고 하는데 갑자기 혼자 하는 연주는 심심하니 최고 궁중악사인 을재와 연주대결을 하고 싶다고 청한다.

"함께 들어온 아이도 아니고 너보다 한참, 아니 네가 감히 넘볼 수 없는 을재와 연주대결?"

사람들이 모두 의아해한다. 을재는 황당하다 못해 화가 나 붉어진 얼굴로 율을 쏘아본다.

"내기가 없는 대결은 재미가 없지. 연주대결에서 만약에 네가 진다면 어떤 것을 내놓겠느냐?"

"궁중악사 자리를 내놓겠습니다."

"너에게는 궁중악사 자리가 그렇게 하찮은 것이냐? 아니면 대결을 통해 네가 얻고자 하는 게 있는 것이냐? 어찌 그렇게 쉽게 궁중악사 자리를 내놓는다고 하느냐?"

"궁중악사 자리가 하찮은 것은 절대 아닙니다. 지금 이 자리에 맞는 멋진 연주를 들려 들리겠다는 저의 다짐입니다."

"좋다. 그럼 둘이 한번 겨뤄 보아라."

황당한 상황에 어이가 없지만 자신의 입으로 실수를 한 것도 있고, 뭔가 찜찜한 율을 합법적으로 내쫓을 수 있다는 생각에 을재는 억지 미소를 머금은 채 왕 앞으로 나선다.

공주의 도움으로 그 자리에 함께 참석한 태묵과 영대, 설희.

율은 왕에게 유랑악단 시절 함께 연주했던 친구들의 공연을 먼저 보여 드리겠다고 한다. 왕은 즐거운 날이니 해도 된다고 허락한다.

영대와 태묵은 능청스러운 연기를 시작한다. 그들이 하는 연기는 천수를 죽음으로 몰고 간 그때 그 사건에 대한 이야기이다.

그곳에 있던 사람들은 공연을 보고 천수를 떠올린다. 을재 또한 율의 정체를 눈치채며 얼굴에는 미소를 머금은 채 손가락은 살짝 떨고 있다.

영대와 태묵의 공연이 끝나고 율과 을재의 연주 대결이 시작된다. 둘의 연주는 모든 사람을 숨죽이게 만든다.

서로 반격에 반격을 가하며 긴장감 있는 연주가 이어지고 마지막으로 한 곡씩 남겨 놓은 상황이다.

율이 마지막으로 아버지의 창작곡을 완벽하게 재현해 내자, 그동안 을재의 연주가 완전한 것이 아니었다는 사실을 사람들이 알게 된다.

을재는 천수의 연주곡이 미완성이었다는 사실에 경악한다.

아버지와 만나다

천수 죽음의 배후가 을재였다는 사실을 알게 된 왕은 그의 손가락을 다시는 연주할 수 없게 만들어 버리는 형벌을 내린다.

또한 그동안 조선의 새로운 음악을 빌미로 왕에게 협박을 한 그를 유배 보내고 집 밖으로 평생 나갈 수 없게 감시자를 붙인다.

을재의 아들 하연은 천민으로 전락하게 되고, 다른 곳으로 떠나기 위해 나룻배를 타고 이동하던 중 강 복판에서 스스로 목숨을 끊는다.

율은 최고 궁중악사 자리에 앉는다.

율은 설희와 결혼하여 태어난 여자아이를 들어 올리며 최고 궁중 악사로 만들겠다고 다짐한다.

대전(對戰)

1판 1쇄 찍음 2014년 1월 25일
1판 1쇄 펴냄 2014년 1월 29일

지은이 | 김종일 외 9인
기획 | 대전문화산업진흥원 안충범, 고상우, 인은수
발행인 | 김세희
편집인 | 김준혁
펴낸곳 | 황금가지

출판등록 | 2009. 10. 8 (제2009-000273호)
주소 | 135-887 서울 강남구 신사동 506 강남출판문화센터 5층
전화 | **영업부** 515-2000 **편집부** 3446-8774 **팩시밀리** 515-2007
홈페이지 | www.goldenbough.co.kr

김종일 외 9인 © ㈜민음인, 2014. Printed in Seoul, Korea

ISBN 978-89-6017-159-6 03810

㈜민음인은 민음사 출판 그룹의 자회사입니다.
황금가지는 ㈜민음인의 픽션 전문 출간 브랜드입니다.

이 책은 한국콘텐츠진흥원 '지역스토리창작센터 육성 지원사업'과
대전광역시 '문화콘텐츠 교육지원사업(교육문의:042-479-4122)'의 지원으로 제작되었습니다.